서구문학 수용사

이 저서는 2017년 정부(교육부)의 재원으로
한국연구재단의 지원을 받아 수행된 연구임(NRF-2017S1A6A4A01021744)
This work was supported by the National Research Foundation of Korea Grant
funded by the Korean Government(NRF-2017S1A6A4A01021744)

서구문학
수용사

—— 안미영

서구문학의 수용과 로컬리티의 재구성

역락

머리말

한국문학사에서 서구문학은 어떻게 수용되었을까요.

서구문학은 한국 근대 문인들에게 어떻게 이해되고 어떠한 영향을 미쳤을까요.

이 책은 서구문학 작품의 번역과정이 아니라 수용과정을 살펴본 것입니다. 서구문학 수용사는 수용의 역사이기도 하지만, 한국 근대 문학의 형성과정과 한국 근현대 문학이 지닌 독자성을 보여줍니다. 근대 문인들은 서구문학을 의식하면서 전대와 다른 형태의 문학 형식과 내용을 모색해 나갔습니다. 그들은 세계사적 보편성을 의식하면서 한국 문학 정체성을 사유하고 전개해 나갔습니다.

한국 근현대 문인들에게 헨릭 입센(Henrik Johan Ibsen 1828~1906), 애드거 앨런 포(1809~1849), 안톤 체호프(Anton Pavlovich Chekho 1860~1904), 앙드레 지드(Andre Gide 1869~1951), 조지 오웰(George Orwell 1903~1950), 어니스트 헤밍웨이(Ernest Miller Hemingway 1899~1961), 헤르만 헤세(Hermann Karl Hesse 1877~1962)는 세계적인 문호이자 서구문학의 대명사였습니다. 한국 문인들은 세계적인 문호의 작품을 수용하고 그들의 활동을 주시하면서 문학이라는 보편성을 사유하고 한국 문학을 일구어 나갔습니다.

한국 근현대 문인들이 주목한 서구 문인의 공통점은 자기 시대(時代)에 민감한 지성인이었다는 점입니다. 그들의 작품 배경과 활동 반경은 그들이 소속한 국가와 민족의 울타리에 갇혀 있지 않았습니다. 그들은 국가보다 세계를 사유했으며 민족보다 인류의 삶을 모색했습니다. 그들은 자신이 추구하는 세계와 인류에 대한 전망을 작품으로 구현한 까닭에, 그들이 던진 화두는 시간과 공간을 초월하여 유효한 의미를 발할 수 있었습니다. 한국 근대 문인들은 서구 문인이 던진 화두를 읽어내며, 그것을 이 땅의 문학으로 실현해 나갔습니다.

이 책은 총 3부로 구성되어 있습니다. 1부에서는 한국 근대 문학을 형성하는 요인을 세 가지로 살펴보았습니다. 한국 근대 문학은 인권에 대한 자각, 단편이라는 형식의 정립, 문학에 대한 지적 성실성을 기반으로 전개됩니다. 입센이 『인형의 집』에서 여성을 기표로 던진 인권 문제는 한국 근대 작가들에게 식민지를 넘어선 근대적인 삶에 대한 인식 지표가 됩니다. 염상섭과 채만식은 호흡이 긴 장편의 양식으로 방향성을 상실한 여성을 통해 식민지 근대의 삶을 탐구했습니다.

근대적인 삶은 전대와 다른 근대적인 양식으로 표현됩니다. 1920년대를 기점으로 단편에 대한 탐구가 이루어집니다. 근대 문인들은 포, 체호프, 헤밍웨이의 창작 방법에 주목했으며, 이들의 노작을 통해 새로운 실험을 비롯한 단편이라는 양식의 정립과 완숙에 이르게 됩니다. 포의 공포소설, 탐정소설은 근대 단편의 통일성과 완결성에 기여했으며, 체호프의 문학은 이태준의 애수와 감정묘사에 영향을 미쳤으며, 헤밍웨이의 하드보일드 문체는 박태원의 입말체에 영향을 미치는 등 한국 근대 단편의 창작 지평을 넓혀 나갔습니다.

1933년 앙드레 지드의 전향은 근대 문인들에게 문학자의 양심과 실천을 일깨워주는 계기가 되었습니다. 문학은 현실 문제에 뛰어들 수 있는 작가의 양심이자 실천이며, 인간의 개성 옹호를 위한 지속적인 탐구이면서 동시에 세계를 압제하는 전체주의에 대한 끊임없는 경계

이어야 합니다. 동시대 문인들은 지드를 통해 식민지 문학의 소명을 포함하여 문학이 감당해야 할 지적인 성실함을 의식했습니다. 그것은 자신의 삶과 문학, 양자의 일치를 이루기 위한 부단한 자기성찰 요컨 대 작가정신과 다르지 않습니다.

2부에서는 해방이후 한국 문단에 보편성과 특수성이 착종되는 현상을 주목했습니다. 해방은 자주적으로 성취한 것이 아니므로, 해방공간은 갈등과 분단의 조짐으로 어수선한 혼란 정국이었습니다. 1947년과 1948년은 첨예한 대립과 격변을 보이는 시기입니다. 1947년 앙드레 지드가 노벨문학상을 수상하자, 지드를 일컬어 한편에서는 '소부르주아의 비극적 양심'으로 또 다른 한편에서는 '삶에 대한 성실성의 대변자'라는 이중의 입장을 보였습니다. 이데올로기의 대립 속에서도 문학자의 고심과 성찰이 개진되고 있었습니다.

남한에 단독 정부가 수립되던 1948년, 그해 10월 조지 오웰의 『동물농장』이 번역됩니다. 1945년 오웰은 『동물농장』을 전체주의의 경계를 목적으로 창작했지만, 1948년 남한에서 『동물농장』은 전체주의의 도구로 전락합니다. 1950년 오웰의 또다른 작품 『1984』가 번역되었지만, 일민주의를 비롯한 전체주의의 그늘 속에서 당대 문인과 독자들은 오웰이 제기한 이중언어의 알레고리를 현실에서 읽어내지 못합니다.

프랑스, 영국에 이어 미국 작가는 어떻게 이해되었을까요. 근대를 거쳐 해방이후에 이르기까지 헤밍웨이는 아메리카 데모크라시의 기수로 이해되었습니다. 근대 문단에서는 개척 국가의 퓨리턴(Puritan) 정신을 실현하는 작가이자 스페인 내전에 참전한 평화주의자로 이해되었습니다. 1954년 노벨문학상을 수상하자, 뉴 프런티어 정신을 구현하는 미국문화의 아이콘으로 부상했습니다. 한국 문단에서 헤밍웨이의 수용은 곧 아메리카 데모크라시의 옹호를 대변하고 있습니다.

프랑스의 지드가 근대를 비롯하여 해방이후 지식이들의 지적 성찰에 영향을 주었다면, 영국 작가 오웰의 소설은 미군정이라는 관 주도로 번역되었던 까닭에 지식인의 주체적인 이해가 아니라 관 주도의 독해와 의도를 무비판적으로 수용하게 됩니다. 미국 작가 헤밍웨이는 근대를 비롯하여 해방이후에 이르기까지 미국이라는 국가의 이미지와 동일시 되었습니다. 다시 말해 미국과 헤밍웨이는 공히 대중적으로 이해되고 옹호되었습니다.

3부에서는 한국 근현대 대중 독자에게 큰 영향을 미친 조지 오웰과 헤르만 헤세 문학의 수용사에 주목했습니다. 오웰의 『1984』는 1950, 1960~1970, 1980년대에 이르기까지 점진적으로 관 주도에서 벗어나 주체적인 독해가 이루어지며, 풍부한 독해는 곧 시민의식의 성장을 보여줍니다. 한국 독자들의 사랑을 받는 헤세의 소설은 처음 번역되던 근대를 비롯하여 오늘날에 이르기까지 한국인들의 독서 취향과 고전을 읽는 목적을 시사해 줍니다.

오웰의 『1984』는 1950년대에는 오지 않은 미래를 다룬 공상소설, 1960~1970년대는 정치소설, 1984년 전후로는 알레고리 소설로 이해되었습니다. 『1984』에 대한 일련의 독해는 시민의식의 성장을 보여주면서 동시에 한국 사회 정치담론의 진화를 보여줍니다. 초기에는 공산주의에 대한 비판서로 이해되었다면 1960년 4·19를 경험하면서 동시대 민주주의의 성찰은 물론 문학의 당대성이라는 소임을 환기시키는 작품으로 이해되었습니다. 1984년에 근접함에 따라, 정보과학기술과 기관이 결합함으로써 개인에 대한 통제의 위협을 경고하는 텍스트로 수용되었습니다.

헤세의 작품은 『싯다르타』(1946 번역)가 가장 먼저 출간되었으며 이후 『크눌프』(1954 번역), 『데미안』(1955 번역), 『나르치스와 골드문트』(1955

번역) 등의 순으로 번역되는데 주로 수행과 수신의 성장소설로 수용되었습니다. 헤세가 2차 세계대전과 독일의 만행을 규탄하는 등 동시대 현실을 치열하게 고뇌한 작가임에도, 한국에서 그의 작품은 원형적 인간의 자기완성을 실현하는 작품으로 이해되었습니다. 1960~1970년 성장 위주의 사회 분위기가 헤세의 소설을 탐구의 궤적보다 자기완성에 방점을 두도록 읽혔던 것입니다. 이러한 사실은 출판자본주의의 마케팅 전략도 고려되어야 하지만, 자기완성을 위한 수신서를 지향하는 한국 독자들의 독서 취향을 시사합니다.

식민지, 해방, 분단을 배경으로 성장한 한국 문학은 '인간'을 사유하면서, 동시에 정치적 맥락을 염두에 두지 않을 수 없었습니다. 한국 근현대문인들은 '주체적으로 봉건 질서를 쇄신하기도 전에 제국의 식민지가 된 상황에서, 도둑처럼 찾아온 해방에 직면하여, 남북 분단과 산업화의 그늘에서, 문학이 무엇을 할 수 있으며 무엇을 해야 할 것인가' '현실의 제반 압제에 대응하여 문학은 어떠한 독자성을 지켜나갈 수 있는가'를 고뇌했습니다.

그들은 자신보다 앞서 같은 문제의식으로 고뇌했던 서구 문인의 작품과 삶의 궤적을 읽어 들였습니다. 내셔널리즘과 파시즘을 포함한 전체주의에도 굴하지 않고 끊임없이 인간의 진보를 찾으며 문학의 길을 모색해 나갔던 선도적인 문인의 삶을 주목했던 것입니다. 그들이 읽었던 보편성은 한국적 특수성 속에서 로컬리티를 재구성하며 한국 근현대 문학의 흐름을 이어나갔던 것입니다.

흔쾌히 출간해주신 역락출판사와 교정과정을 함께 해 주신 이태곤 편집이사님, 임애정 대리님, 안혜진 팀장님께도 깊이 감사드립니다.

2021년 1월 겨울 벌판 저자

차례

제 2 부 해방이후, 보편성과 특수성

제 3 부 시민의식과 자기완성

일러두기

1. 자료의 인용 글은 원문을 그대로 하되, 가급적 띄어쓰기를 함.
2. 자료의 인용 글에서 글자가 명확히 판독되지 않을 경우 *로 표기함.
3. 자료의 인용 글에서 굵은 글씨는 인용자의 강조임.
4. 참고문헌은 각주로 대신함.

제1부
근대 문학의 형성

1. 헨릭 입센의 「인형의 집」 수용

1.1. 근대문학과 노라

한국 근대 소설에는 진보적 작중 여주인공을 지칭할 때 흔히 '노라'라는 표현이 자주 나온다. 가령 1920년대 염상섭은 「너희들은 무엇을 어덧느냐」(『동아일보』, 1923, 8.27-1924, 2.5)에서 학생첩이 된 덕순의 행적을 '노라의 자유사상'에 기탁하는가 하면, 1930년대 이상은 「失花」(『조광』, 1937, 5)에서 카페 NOVA의 웨이트레스 나미꼬를 '노라의 따님'이라 명명하기도 한다. 이때 '노라'는 헨릭 입센의 「인형의 집」에 등장하는 여주인공 '노라'를 일컫는다.

「인형의 집」에 등장한 노라는 아내와 어머니이기 앞서 자신의 인격을 찾아 나서는 진보적 인물을 지칭하거니와 1920~30년대 근대문학에서 '노라'는 진보적 여성 인물에 대한 상투적인 유행어이다. '노라'와 대조적으로 봉건적이고 인습적 여성을 지칭할 때는 '인형'이라 명

명한다. 인격의 자각을 유무로 '인형'과 '노라'가 구분되는데, 근대 소
설에서는 자신의 인격을 자각하고 당당히 남편과 아이가 있는 집을
나설 수 있을 만큼 전위적이거나 당돌한 여성을 '노라'의 후예들로 보
고 있다.[1]

　이처럼 근대 소설에서 여성 인물의 성격변화를 몰고 온 큰 동인 가
운데 하나가 헨릭 입센(Henrik Johan Ibsen, 1828-1906)의 「인형의 집」
(1879)이다. 한국 근대문학에서 입센 극은 한결같이 여성문제를 다룬
작품, 「인형의 집」(1879)을 비롯하여 「幽靈」(1881)과 「海부인」(1888)만
소개된다. 「인형의 집」과 관련하여 「유령」은 '집나간 노라에 대한 거
센 항의'에 대항하여 입센의 의지를 보인 작품으로 노라가 현모양처로
집에 머물렀을 때의 비극을 보여주고 있다면, 「海부인」은 노라의 자각
보다 한 걸음 나아가 결혼과 연애에 있어서 여성의 적극적인 자유 의지
를 보여주고 있다.

　「인형의 집」은 셰익스피어의 극이 번역되기도 전인[2] 1921년 1월 일
간지에 번역 연재된다. 이 작품으로 말미암아 근대 소설에 등장하는
여성 인물의 행동반경은 달라진다. 구습에 젖어있는 여성 인물의 행동
반경이 '집'에 머물러 있다면, 인습을 타파하고 개인적 삶에 눈 뜬 여
성 인물들은 '집'을 떠나 학교와 공장, 그리고 전철 및 기차에 오르는
등 '집밖'의 삶을 산다. 입센의 「인형의 집」은 근대 소설에 등장하는
여성 인물의 행동반경 변화만을 보여주는 것이 아니라, 당대 지적 풍

---

1) 「인형의 집」의 '노라'에서 유래된 신생어, "노라이즘(noraism)"은 "인습(因襲)에 반항하고
　인간으로서의 여성의 지위를 확립하려고 하는 주의"를 나타내는 조어이다. 이희승, 『국어
　사전』, 민중서림, 1989, 440면 참고.
2) 현철의 번역으로 1921년 5월부터 1922년 12월까지 셰익스피어의 극 「하믈레트」(『개벽』)
　가 연재 형식을 거친 후, 이듬해 1923년 단행본 『하믈레트』(박문서관, 1923, 4.30)가 출
　간된다.

토를 바꾸어 놓는 계기를 제공한다. '노라의 출현'은 1920년대 이후 근대 소설의 주제를 바꾸기도 한 것이다.

입센의 「인형의 집」은 당시 여성 운동에도 적지 않은 영향을 준다.[3] 근대 문학사에서 "입센은 劇形으로 表示하여 一種 問題로 疑問을 보이엿"을 뿐 "正面적으로 徹底하게 主張한 이는 케이 女士"[4]이다. 입센 스스로 "나의 作品은 主義宣傳을 自意識에서 쓴 것은 아니다. 나는 세상 사람들이 믿는 以上으로 더 많이 詩人이요 더 적게 社會哲學者이다. --(중략)-- 女性運動을 爲하여서 意識的으로 일하였다는 名譽는 辭退할 수박게 없다. 나는 女性運動의 眞意조차 아지 못한다. 내게는 오직 廣範한 人生問題라고만 생각된다.-- 내 일은 人生의 描寫에 있다"[5]고 고백하고 있거니와 입센의 작품은 특정 주의를 표방하는 선전극은 아니다.

입센의 입장은 시극(詩劇)과 상징극을 비롯한 다양한 형식과 소재의 작품을 창작한 그의 전작 및 당대의 분위기를 고려해 보더라도 설득력을 가진다. 당시 서구에서는 국가적 차원에서 자연법으로 기본적 인권을 전제로 한 시민사회가 구축되던 시기이고 보면, 노르웨이[6] 작가

---

3) 입센의 「인형의 집」이 '여성운동에 미친 영향'에 관한 연구는 최지영의 「헨릭 입센의 『인형의 집』이 近代韓國의 女性解放運動과 演劇에 끼친 影響」(중앙대 신문방송대학원, 석사학위논문, 1992, 6)을 참고하기 바람. 이 밖에 입센의 작품이 '우리나라 연극계에 미친 영향'은 고승길의 「한국 신연극에 끼친 헨릭 입센의 영향」(『동양연극연구』, 중앙대학교 출판부, 1993)을 참고하기 바람.

4) 김윤경, 「婦人問題의 意義와 夫人運動의 由來」, 『신여성』, 1925.8, 11면. 당시 엘렌 케이는 여성 운동의 사상적 바탕이 된다. (노자영, 「女性運動의 第一人者」, 『개벽』, 1921, 2월(46~44면)·3월(45~50면) 참고)

5) 이헌구, 「입센의 思想的 異端-特히 「人形의 家」를 論하면서」, 『조광』, 1936.5, 349면. 인용문은 「인형의 집」을 발표한지 20년 후인 1898년 5월, 노르웨이 여권동맹 축하회석에서 입센이 발표한 연설 중 일부이다.

6) 노르웨이는 사회보장제도가 그 어느 나라보다 앞서있을 뿐 아니라, 1980년대 중반이래 국회의 정부 관료 중 40% 이상이 여성으로 구성되어 있으며, 노동당의 경우 여성이 주도하고 있다.

입센의 「인형의 집」은 가정 부인에 대한 문제이기 앞서 인권 차원의 인격에 대한 문제제기이다. 그럼에도 근대문학사에서 「인형의 집」은 풍속 차원에서 "성윤리상(性倫理上)의 새 도덕"[7]을 주장하는 안방 여성의 독립선언서 역할에 그치고 만다. 이러한 전도 현상은 발신자 입센의 「인형의 집」이 수신자인 근대 조선의 작가와 독자들에게 수용되는 과정에서 매개자와 매개 환경의 특수성이 빚어낸 문제이다.

방띠겜은 발신자와 수용자 이외 매개자 자체 연구의 독자성을 매개학(媒介學·mēsologie)으로 언급한 바 있으며,[8] 小林正은 매개자를 개인적 매개자, 매개적 환경, 번역자로 분류한 바 있다.[9] 이 장에서는 입센의 「인형의 집」이 조선총독부 기관지 『매일신보』에 연재되었다는 점에 착안하여 매개적 환경 『매일신보』의 특수성을 살펴보려 한다. 특히 이입과정에서 동일한 매개적 환경(『매일신보』 번역연재)을 지닌 「장한몽」과 비교 검토를 통해 당대 『매일신보』의 매개적 환경이 수용자들에게 미친 영향력을 살펴볼 것이다. 아울러 문학작품을 차용하여 자기화하고 발전시킨 전용의[10] 일 예를 채만식의 처녀 장편 『인형의 집을 나와서』를 통해 살펴보려 한다.

---

7) 서항석, 「입센과 女性問題」, 『신가정』, 1936, 5, 34면.
8) Paul van Tieghem, La litērature comparēe (Paris:Collection Armand Colin, 1951,), p.60. 이창용, 『비교문학의 이론』, 일지사, 1990, 47면에서 재인용. 매개자는 중개자(intermediaries) 혹은 전달자(transmittes)라고도 하며, 서로 직접적인 접촉없이 번역자, 평론가, 비평가, 학자, 여행자 혹은 서적이나 신문 잡지 등의 매개체와 중개자의 역할을 모두 포괄한다. 울리히 바이스슈타인·이유영 역, 『비교문학론』, 기린원, 1989, 44면.
9) 小林正, 『比較文學入門』, 東京大學出版部, 1950, 27면. 이창용, 위의 책, 48면에서 재인용.
10) 전용은 분명히 타인의 것에 해당하지만 자기의 것으로 변형하여 활용하는 방법이다. 윤호병, 『비교문학』, 민음사, 1994, 119~122면.

1.2. 매개 환경 『매일신보』

입센의 「인형의 집」은 1921년 1월 25일부터 4월 2일까지 『매일신보』
(白華·桂岡 合譯)에 연재되면서 본격적으로 한국 근대 문학에 수용된다.
1921년 「인형의 집」이 번역되자, 근대문학사에서 입센은 근대 희곡의
창시자로 자주 언급된다. 1909년부터 1937년까지 총 96편에 달하는 입
센 관계의 논평 기사가 있는데, '입센의 생애 및 작품과 사상을 소개'
한 글이 주종을 이루며 '여성해방 문제를 중심으로 입센의 사상'을 다
루고 있다.[11] 작품의 연재가 끝나자 다음과 같은 나혜석의 시가 게재
되었다.

> 내가 人形을 가지고 놀 때 깃버하듯 아바지의 쌀인 人形으로 남편
> 의 안히 人形으로 그들을 깃부게 ㅎ는 慰安物되도다
> 노라를 노아라 最後로 순순하게 嚴密히 막어논 障壁에서 堅固히 닷
> 첫든 門을 열고 노라를 노와쥬게
> 남편과 子息들에게 對흔 義務가치 내게는 神聖흔 義務잇네 나를 사
> 람으로 믄드는 使命의 길로 밟아서 사람이 되고져
> 나는 안다 억제홀 수 업는 늬마음에서 온통을 다 헐어 맛보이는
> 진정 사람을 除하고는 늬몸의 갑업는거슬 늬 이제 깨도다 아아 사랑
> ㅎ는 少女들아 나를 보와
> 精誠으로 몸을 밧쳐다오 만흔 暗黑 橫行홀지나 다른날 暴風雨뒤에
> 사롬은 너와나[12]

이듬해 1922년에는 양백화가 번역한 『노라』(영창서관, 1922, 6.25)와

---

11) 고승길의 앞의 글(434~437면)에는 근대 문학사에서 언급된 입센 논평을 도표로 소개
   하고 있다.
12) 나혜석의 시(김영환 작곡), 「人形의 家」, 『매일신보』, 1921, 4.3.

이상수가 번역한 『人形의 家』(한성도서, 1922, 11.15)가 각각 단행본으로
출간되었는데, 당시 수신자들의 적극적 반응과 작품의 파급력을 알 수
있다. 번역은 공히 일본의 번역판 시마무라 호오게츠(島村抱月)의 일역
본(日譯本)을 중역(重譯)한 것이다. 일역본(日譯本)의 중역(重譯)에서 짐작
할 수 있듯이, 근대문학사에서 입센의 「인형의 집」 유입은 일본 근대
문학과 밀접한 관계를 맺고 있다. 이와 관련하여 간과해서 안 될 사실
은 「인형의 집」이 총독부 기관지인 『매일신보』를 통해 맨 먼저 게재
되었다는 점이다. 1920년대 당시 『매일신보』가 편집국장을 비롯하여
제반 기자에 이르기까지 일본인에 의해 경영되던 반(半)관보형식의 친
일 기관지였다는 점에서, 입센의 「인형의 집」중역(重譯)은 독자 포섭
및 독자의 관심 선회(민족이 아닌 여성)를 위해 이루어졌음을 짐작할 수
있다.

『매일신보』가 처음부터 친일 기관지를 표방한 것은 아니다. 1910년
경술국치 이전에는 『대한매일신보』라는 이름으로 '國債報償義捐의 필
요'를 주장하는 등 민족과 민중의 든든한 후견인이었다. 『대한매일신
보』는 1904(러일전쟁)년부터 1910(경술국치)년 이전까지 조선을 대표하던
신문으로서, 영국 민간인 배설(Ernest Thomas Bethell) 소유의 일간지이다. 『대
한매일신보』는 '일본의 황무지 개간권 요구 반대', '의병들의 무장투
쟁', '국채보상운동', '애국계몽운동'을 적극 지원하는 항일 민족지의
성격을 띠었다. 이에 배설과 주한 일본 공사관 서기관 하기와라(萩原守
一)와의 관계가 점차 악화되었으며, 일본은 이를 제지코저 외교교섭을
비롯한 배설의 추방 등 탄압책을 모색했다. 1908년 5월 27일부터 발행
인이 배설에서 만함(A.W. Marnham)으로 바뀌자, 통감부는 한일합방 3
개월 전인 1910년 5월 21일 만함에게 700파운드를 주고 신보를 인수
한다. 한일합방이 공포되자 '대한(大韓)'이라는 두 자를 떼고 '매일신보'

라는 제호로 총독부 기관지가 되었다.[13]

경술국치 이후 일본인의 손에 넘어감에 따라 총독정치를 구가(謳歌)하는 친일지로 변모한다. 『매일신보』는 일본 총독부 관할로 넘어감에 따라 독자와 판매 부수가 현저하게 줄어들기 시작한다. 가령 1908년까지만 해도 『매일신보』는 총 발행 부수 8,086부로 『데국신문』·『황성신문』·『국민신보』·『대한신문』 네 신문의 총 발행 부수인 8,484부에 필적하는 등 상당수의 독자를 확보하고 있었다.[14] 더구나 문화정치의 일환으로 총독부가 1920년 1월 6일자로 『조선일보』·『동아일보』·『시사신문』의 발행을 허용함으로써 『매일신보』의 독자 확보는 점점 어려워져 갔다.[15]

이러한 분위기에서 『매일신보』는 1921년 헨리 입센의 「인형의 집」을 연재한다. 이미 일본에서 「인형의 집」이 어떤 파장을 몰고 왔는지 그 영향력을 익히 알고 있는 일본측에서는 판매 부수를 비롯한 신문의 대중적 위상을 고려하여 자구책을 고안한 것이다. 이러한 사실은 1910년 이후 『매일신보』의 풍속 일변도 기사를 보아도 알 수 있지만, 이 글에서는 『매일신보』에 연재된 소설만 언급하도록 하겠다.

『매일신보』는 1910년 일제의 기관지가 된 이후 소설게재에 전력해 왔는데, 다수의 작품이 대중적 취미에 부합하는 흥미 위주의 통속 소설이다. 당시 신문에 연재된 장편 소설을 살펴보면 다음과 같다. 조중환의 「쌍옥루(雙玉淚)」(1912, 7.17〜1913, 2.4), 「장한몽(長恨夢)」(1913, 5.13〜10.1), 이상협의 「정부원(貞婦怨)」(1914, 10.29〜1915, 5.19), 「해왕성(海王星)」(1916, 2.10〜1917, 3.31), 「무궁화(無窮花)」(1918, 1.25〜7.27), 진학문의 「홍

13) 정진석, 『한국언론사』, 나남, 1990, 228〜240면 참고.
14) 정진석, 앞의 글, 240면 참조.
15) ?堂學人, 「每日申報는 엇더한 것인가」, 『개벽』, 1923, 7, 43〜55면 참고.

루(紅淚)」(1917, 9.21~1918, 1.16) 등을 비롯하여 이광수의 「無情」(1917, 1, 1~6.14)과 「개척자」(1917, 11.10~1918, 3.15)에16) 이르기까지 『매일신보』에 연재된 소설의 다수는 독자의 통속적 취미에 부합한다. 이와 연장선상에서 1921년 1월부터 연재된 헨릭 입센의 「인형의 집」 역시 독자의 대중적 흥미가 보장된 번역물로서 신문 판매 부수(독자)의 확보와 동시에 암암리에는 일정한 정치적 목적까지 대동(帶同)하고 있다.

조중환이 『매일신보』에 연재한 「쌍옥루(雙玉淚)」(1912, 7.17~1913, 2.4), 「장한몽(長恨夢)」(1913, 5.13~10.1),17) 「단장록(斷腸錄)」(1914, 1)은 일본 소설의 번안(飜案)으로 대중들의 인기 몰이에 크게 이바지한다. 1910년대 유일 언론매체인 『매일신보』의 지면상으로, 소설이 독자에게 미친 영향력은 컸다. 1910년대 번안 연재된 「장한몽」이 민중의 위안물로서 소설의 통속화를 초래했다면,18) 이후 1920년대 중역(重譯) 연재된 「인형의 집」은 소설의 주제와 성격을 바꾸어 놓는다. 1921년 『매일신보』에 연재된 「인형의 집」을 기점으로 '중류 여성인물을 주축'으로 하는 새로운 소재 및 주제가 근대 소설에 나타나기 시작한다. 염상섭은 「해바

---

16) 당시 신소설만 연재되던 『매일신보』에 이광수의 소설이 연재되기 시작한 경위는 다음과 같다. 이광수는 동경에서 요시다(吉田絃二郎)에게 사사(師事)하며 조선총독부 청사가 기공된 1916년 7월 도꾸도미(德富蘇峰)를 만난다. 도꾸도미는 1915년 6월 『京城日報』 사장에서 물러나 동경에서 『國民新聞』의 사장으로 있었다. 서울의 『京城日報』와 『매일신보』는 같은 경영체이므로, 도꾸도미의 입김으로 이광수는 『매일신보』의 청탁을 받아 「東京雜信」(1916, 9.27~11.9)을 연재하던 중 신년 장편소설에 대한 청탁을 받는다. 『무정』(1917년, 1.1~6.14)의 연재가 끝나자, 『매일신보』 특파원으로 「五道踏破旅行記」(1917, 6.26~9)를 연재한 후 동경에서 두 번째 장편 『개척자』(1917, 11.10~1918, 3.15)를 연재한다. 서광운, 『韓國 新聞小說史』, 해돋이, 1993, 99면. 『이광수전집』(삼중당, 1974) 연표 참고.

17) 「長恨夢」은 번안 작품중에서도 가장 인기가 높았던 탓에, 「續篇 長恨夢」이 1915년 5월 25일부터 동년 12월 26일까지 『매일신보』에 계속 연재되었다. (전광용, 『신소설연구』, 새문사, 1993, 46면 참고)

18) 최원식, 「「長恨夢」과 위안으로서의 文學」, 『한국근대문학사론』, 한길사, 1997, 244~267면.

라기」(『동아일보』, 1923, 7.18~8.26)의 '영희'를 비롯하여 『너희들은 무엇을 어덧느냐』(『동아일보』, 1923, 8.27~1924, 2.5)의 '덕순'과 '경애' '마리아'·『사랑과 죄』(『동아일보』, 1927, 8.5~1928, 5.4)의 '마리아' 등을 통해 중류 여성의 허영과 타락을 보여주고 있는가 하면, 나도향의 『환희』(『동아일보』, 1922, 11.21~1923, 3.21)에서는 '혜숙' 그리고 이광수의 『재생』(『동아일보』, 1924, 11.9~1925, 9.28)에서는 '순영'을 통해 중류 여성의 사생활과 비애를 보여준다.[19] 입센의 「인형의 집」번역을 기점으로 시작된 '노라의 출현'은 1920년대 일제의 문화정치에서 '문화'를 정치의 영역이 아닌 '여성'의 영역으로 그 향방을 바꾸어 놓는다.

일본에서 입센이 가장 먼저 소개된 것은[20] 쯔보우찌 쇼오요오(坪內逍遙)의 「ヘンリシク·イブセン」(『早稻田文學』, 1892, 11)이라는 단문을 통해서이다. 1893년에는 「人形의 집」(高安月郊, 『一點紅』, 1893, 4) 일부가 영역본(英譯本)에서 번역되고, 이후 1901년에는 일본 최초의 번역본이라고 할 수 있는 『イブセン作 社會劇』이 나온다. 이 무렵부터 약 10년 동안, 『매일신보』에서 번역본으로 채택한 시마무라 호오게츠(島村抱月)의 일역본(日譯本)을 위시하여 총 30종에 이르는 입센 번역 단행본이 간행된다. 일본에서는 1920년대 초까지 '입센 전성시대'를 이루었으며, 입센 소개와 연구·외국 입센론의 도입·수많은 입센 공연·활발한

---

19) 장편소설의 통속화 경향은 앞서 최원식의 「『長恨夢』과 위안으로서의 文學」에서도 언급된 바 있다. 최원식은 '장한몽'이래 나도향의 『환희』와 이광수의 『재생』에 내재된 통속화 경향을 남녀간 삼각관계를 중심으로 논의하고 있다. 이 글에서는 1920년대 소설에 나타난 '중류 여성인물의 출현'과 '그들의 사적 비애'를 문제삼는데, 이러한 경향은 1920년대에만 국한된 것이 아니라 그 이후에도 지속된다. 가령 1930년대' 현진건의 『赤道』(『동아일보』, 1933, 12.20~1934, 6.17)의 '홍영애', 1940년대 박태원의 『女人盛裝』(『매일신보』, 1941, 8.1~1942, 2.9)의 '숙자' '순영' '숙경'이 대표적 예이다.

20) 일본에 전래된 입센 수용 양상은 藤木宏辛, 「日本における書誌」, 『悲劇喜劇』251號, 1971, 9. 고승길, 앞의 글, 428~433면에서 재인용함. 이 밖에 한계전 외 3인, 「1930년대 한국문학의 비교문학적 연구」, 『비교문학』, 4집, 1989.12, 17~18면을 참고함.

번역본 단행 등을 주도하는 <イブセン會>(1907-1908)가 생겨날 정도
였다.

일본의 근대문학에서 입센의 근대극이 폭넓고 깊이있게 연구되었음
에 비해 한국의 근대문학에서는 「인형의 집」을 위시한 여성 소재의
일부 문제극만 소개되었다는 점은 주목해 보아야 할 대목이다. 나아가
입센의 「인형의 집」이 『매일신보』에 의해 맨 처음 소개된 것이고 보
면, 조선 민중을 정치에 눈먼 인형으로 만들려는 일제의 유린책을 의
심해 볼 필요가 있다. 실상 「인형의 집」을 비롯한 여성 소재 문제극을
제외한 입센의 작품이 한국에 소개된 것은 이후로부터 해방되고 나서
도 오랜 후의 일이다. 근대 문학사의 노정에서 번역된 헨릭 입센의 작
품을 순차적으로 소개하면 아래와 같다. 표에서 짐작할 수 있듯이 근
대 문학사에서 입센의 작품은 '여성' 문제를 다룬 작품만 소개되었으
며, 그중에서도 『인형의 집』이 총 7편 중 4편을 차지한다.[21]

작품	번역자	출판사	출판연월일
『노라』	양백화	영창서관	1922, 6.25
『人形의 家』	이상수	한성도서	1922, 11.15
『海婦人』	이상수	한성도서	1923, 6.20
『바다의 婦人』(梗)	赤鉛筆	학생2:4	1930, 4.1
『幽靈』(梗)	이정호	신여성7:10	1933, 10.1
『인형의 집』	박용철	동광당서점	1940, 5.20
『人形의 집』	허집	조선공업문화사출판부	1949, 10.20

일제의 정책으로서 『매일신보』의 매개적 환경 이외, 개인적 매개자
로서 조선의 지식인에 의해서도 입센의 「인형의 집」은 널리 소개된다.

---

21) 김병철의 『한국근대번역문학사연구』(을유문화사, 1975) 연표를 참고함.

일본 근대문학에 몰아닥친 입센 열풍을 직접 체험한 일본 유학생, 현철(본명: 현희윤1891~1965)은 고국에 돌아와 입센을 소개하고 그의 극을 실연(實演)하기도 한다. 그는 입센에 대한 작가 및 작품 소개를 비롯하여 1925년 9월 조선배우학교를 설립하는가 하면 최초로 「인형의 집」을 시연(試演)하면서 근대극 발전에 크게 기여한다.[22] 그 밖에 1934년 4월 18일 · 19일 양일에 걸쳐 극예술연구회가 「인형의 집」을 공연한 바 있다.

공연을 의미하는 '연극'과 그 대본인 '희곡'이 엄격히 구분되듯, 근대극을 무대에 올리는 연극의 목적과 활자화되어 읽히는 문학작품의 소개는 현격한 동기의 차이가 있다. 문학 작품으로 『매일신보』에 중역(重譯)된 「인형의 집」은 연극학도의 공연을 위한 실험정신과 달리, 번역하고 게재한 이들의 특정 목적이 내재해 있기 마련이므로 근대문학사의 영향관계에서 비판적으로 검토되어야 한다. 요컨대, 매개적 환경이 노리는 정치적 의도는 개인적 매개자의 단순 소개와는 그 성격이 다르다. 다음 장에서는 이입과정에서 동일한 매개적 환경(『매일신보』번역연재)을 지닌 「장한몽」과 비교 검토(주제의 연속성과 유사성)를 통해 『매일신보』의 매개적 환경이 수용자들에게 미친 영향력에 주목해 보자.

1.3. '이수일'과 '심순애'의 후일담

「인형의 집」은[23] 전체 3막으로 구성되어 있으며, 1막과 2막이 인형

---

22) 근대극에서 현철의 공적은 유민영의 「近代劇 先導者 玄哲」(『개화기연극사』, 새문사, 1987, 202~234면)을 참조하기 바람.
23) 이 글에서는 「인형의 집」이 처음 소개된 「人形의 家」(『매일신보』, 1921, 1.25~4.2)를 참고하되 인용문은 하단에 막(幕)과 연재 날짜만 밝히도록 함.

의 삶을 사는 노라의 모습을 보여주고 있다면 3막은 인격을 자각한 노라가 인형의 삶을 청산하고 집을 나가는 것으로 종결된다. 「인형의 집」에는 노라와 헬머, 크로스탓과 린덴, 링거 총 다섯 인물이 사건을 진행한다. 작중 인물은 대립구도를 보이고 있는데, 노라와 헬머·크로스탓과 린덴·헬머와 링거가 쌍을 이룬다. 이 대립은 철저하게 '남'과 '여'의 대립구도를 보이고 있다. 가정내 아내와 남편의 대립, 연애시절 여성과 남성의 대립, 인형같은 아내를 둔 남편과 외로운 독신 남성의 대립으로 치밀하게 짜여져 있다. 작품의 초점은 노라와 헬머의 대립구도로 귀납적 구성을 보이지만, 실상 이들의 갈등 동기는 크로스탓과 린덴이 제공한다. 한때 '고리대금업'을 하던 크로스탓으로부터 차용한 돈이 문제되어 노라와 헬머가 갈등하는가 하면, 은행장 헬머로부터 린덴이 얻으려는 행원자리가 실상 은행원 크로스탓의 해직을 전제하고 있으므로 이들은 노라와 헬머에게 갈등의 근원을 제공하고 갈등을 심화시킨다.

노라와 헬머의 대립이 갈등에서 이별로 가정이 해체되는 데 비해 크로스탓과 린덴은 대립에서 화해로 가정을 형성한다. 이러한 작품의 갈등처리 과정을 고려해 볼 때, '인형'의 삶에 파탄을 몰고 온 크로스탓과 린덴은 오히려 노라와 헬머보다 더 유심히 보아야 할 문제적 인물이다. 린덴은 노라의 소꿉친구로서 3년 전에 미망인이 된다. 크로스탓은 헬머와 학생시절부터 친구사이로 그 역시 불행한 결혼을 하고 난 후 지금은 세 아이와 살고 있다. 린덴(크리스티네: 결혼전 이름)은 결혼전 크로스탓과 연애하며 사랑을 약속한 바 있다. 그녀는 크로스탓을 사랑했지만 황금을 쫓아 다른 남자와 결혼한다. 그들은 당시의 실연(失戀)에 대해 각각 다음과 같이 고백한다.

린덴。 여보시우 늬게는 의지업는 어머니와 두 동싱이 잇는 것을
　　　　좀 싱각ᄒ세요 우리가 당신의 將來만 밋고 긔대릴수는 업
　　　　섯세요.

크로스탓。 그린 틱은 나를 늬버리고 쌴 사람을 가들일 權利가 잇
　　　　소?(3막1-3.14)

린덴。 무어애요 나도 그일에 對ᄒ야는 각금 늬가 잘못 ᄒ지나 안
　　　　앗나 ᄒ고 돌이켜도 싱각ᄒ여보아요.

크로스탓。 (一層 말소리를 부드럽게) 틱에게 排斥을 嘗ᄒ든 바로
　　　　그 當場에는 정말 말이지 이 쌍덩어리가 바로 늬 발아
　　　　린에서 써져들어가는 것 갓습듸다. 자- 나를 보와요 나
　　　　는 只수 돗대 안붓잡고 잇는 破船ᄒ 사름이요.(3막2-3. 15)

　위 인용문은 통속 소설에서 흔히 발견할 수 있는 진부한 레퍼토리
이다. 그럼에도 불구하고, 크로스탓과 린덴의 진부한 과거는 「인형의
집」의 드러나지 않는 또 하나의 주제인 '물질 문제'를 보여준다. 린덴
이 돈 많고 조건 좋은 남자를 선택해서 떠나자, 크로스탓은 어떻게 해
서든지 많은 돈을 벌 요량으로 '고리대금업자'가 된다. 사랑하는 연인
이 돈을 선택하자 실연한 청년은 돈에 원한이 사무쳐 황금광(고리대금
업자)이 된다는 이야기는 개화기이래 오늘날까지 익숙한 통속적인 대
중 소설의 주제이다.

　「인형의 집」이 소개되기 8년 전『매일신보』(1913, 5.13~1915, 10.1)에
연재되었던 「장한몽」은 이 주제를 당시 매우 흥미롭게 대중들에게 소
개한 바 있다. 이수일과 심순애는 어린 시절부터 서로 결혼을 약속하
며 사랑을 나누었으나, 심순애는 은행장 김중배와 결혼한다. 심순애와
린덴의 황금지향은 모두 육친애에 근거를 둔다. 심순애가 본인의 허영

심을 부모의 강권에 의탁하고 있다면, 린덴은 좀더 호소력 있게 '의지 업는 어머니와 두 동싱'의 장래를 내세운다. 결국 "재산도 있거니와 친척도 번다하고, 또는 이 세상에서 어디를 나서든지 그 사람은 조금 이라도 괄세치 못하"니 "그 사람과 친척의 의(義)를 맺어놓으면 일후에 는 무슨 일이 있더라도 손 빌기도 쉽"[24]다는 것이 공통된 양자의 결혼 동기이다.

남의 집에 살면서 학업도 마치지 않은 이수일은 크로스탓과 마찬가 지로 장래가 믿음직스럽지 못했다. 심순애의 변심을 계기로 이수일은 학업을 중도에 파하고 '고리대금업자'가 되는데, 이 역시 크로스탓과 동일한 동기와 행로이다. 이수일의 고백에 의하면 "내가 처음에 이 영 업을 시작하기로 마음먹은 것은" "전일부터 내가 어떠한 사람을 마음 으로 깊이 믿고, 그 사람도 나를 잊지 못하야서 서로 저버리지 못할 사이로 지내다가, 우연히 재물이 눈을 가리어서 언약도 저버렸고 의리 도 없어"(82면)져 버린 실연(失戀)의 상처 때문이다.

이와 동일한 상처를 크로스탓은 "짱덩어리가 바로" "발아리에서 써 져들어가는" 지경, "돛대 안붓잡고 잇는 破船흔 사름"(3막2-3.15)으로 표현한다. 이수일이 "의리도 모르고, 인정도 모르고, 즐거움도 모르고, 명예도 모르고, 연애도 모르고 단지 돈 밖에는 다시 바라는 것"(82면) 없는 악덕 '고리대급업자'가 된 것과 마찬가지로, 크로스탓은 자신의 영리를 위해서라면 타인의 불행에는 조금도 개의치 않는 악덕 '고리대 금업자'가 되어 노라를 협박한다. 「장한몽」에서의 이수일과 마찬가지 로, 「인형의 집」의 크로스탓 역시 처음부터 악덕 '고리대금업자'는 아 니었으나 물질에 눈면 여인의 배반으로 말미암아 황금광이 된 것이다.

---

24) 조일제, 『新小說全集』9, 을유문화사, 1968, 44면. 이하 「장한몽」의 작품 인용은 이 책을 참고로 하되 하단에 페이지 수만 밝힘.

장편 「장한몽」이 이수일과 심순애가 재결합하는 것으로 끝을 맺고 있다면, 3막극 「인형의 집」은 크로스탓과 린덴이 재결합하면서 스토리는 헬머와 노라의 가정 파산에 집중된다. 크로스탓과 린덴이 이수일과 심순애의 연애시절 갈등과 화해를 보여주고 있다면, 헬머와 노라는 「장한몽」이후 이수일과 심순애의 가정생활을 보여준다. 결국 헬마와 노라로 대표되는 「인형의 집」은 연애상의 남녀 문제가 가정내(內) 부부간의 남녀 문제로 옮아간 것이라는 점에서, 「장한몽」의 이수일과 심순애의 후일담으로 볼 수 있다. 『매일신보』에서 1910년대 「장한몽」을 통해 남녀애정 문제의 흥미를 경험한 독자들에게 결혼 후의 또 다른 남녀 문제를 다룬 1920년대 「인형의 집」은 훨씬 더 친숙한 흥미를 몰고 왔음을 짐작할 수 있다. 연애 시절을 다루건 가정생활을 다루건 남녀의 문제는 독자들에게 항상 흥미로운 가십거리를 제공해 주기 때문이다.

「인형의 집」은 결혼 후, 적어도 물질이 해결된 이후 남녀 문제인 인격 문제를 제기한다. 유교적 가풍에 의하면, 여성은 삼종지도(三從之道)에 의해 아버지에서 남편으로 나아가 아들에게 이양된다. 이때 자신의 인격과 입지는 이양 받은 이들에 의해 결정된다.[25] 봉건 도덕이 균열되는 근대에 이르면 가정에서 자신의 권리를 제대로 행사하지 못하던 여성의 처우가 문제시된다.[26] 「장한몽」에는 이러한 여성의 입지가 시

---

25) 한국뿐 아니라 유교사상이 생활로 정착한 동양, 더 정확히 말하자면 근대문학 태동기의 동양에서는 입센의 「인형의 집」이 큰 반향을 몰고 왔다. 최지영의 논문, 『헨릭 입센의 『인형의 집』이 近代韓國의 女性解放運動과 演劇에 끼친 影響』(중앙대 신문방송대학원, 석사학위논문, 1992, 6)의 "東洋에 있어서 『인형의 집』의 受容"에는 인도와 일본 중국에서 「인형의 집」이 수용된 각 양상을 보여주고 있다. (최지영, 앞의 글, 34~41면 참고.)
26) 가령 「人形의 家」가 연재중이던 1921년 1월부터 4월 사이 『매일신보』의 기사중 다수가 여성문제를 다루고 있는데 소개하면 다음과 같다. 「女子解放에 대한 漫感」(1921, 2.2), 「家庭勞動問題」(上)(下)(1921, 2.23~24), 「新女子에게 寄함」(1~11회)(1921, 3.4~16),

사되어 있다. 심순애가 자신의 처지를 일컬어 "기계적으로 남편을 섬기고 한 물건과 같이 방안에 놓여 있어, 나의 몸을 내가 스스로 속이고 남의 아내된 본의가 없이 한갓 농속에 들어 있는 새의 몸과 같"(122면)다고 여기는가 하면, 이수일 역시 심순애에게 "그대는 김중배에게 팔려가는 일 개 물건인 고로, 남이 중가(重價)를 내고 사가는 물건에 험점을 내어서는"(172면) 안 된다고 말한다. 이때 '물건'에 대한 심순애와 이수일의 개념은 다르다. 심순애의 '물건'은 가정내 아내의 입지를 의미한다면, 이수일의 '물건'은 자본주의 사회의 상품 가치를 의미한다.

심순애는 가정에서 자신의 입지는 자각하지만 사회에서 자신의 입지는 자각하지 못한다. 「장한몽」에서는 물질에 눈먼 심순애가 물건과 동일시되고 있으며, 이는 심순애가 인격 자각에 이르지 못했음을 보여준다. 인형 심순애와 노라는 인격 자각의 유무에서 차이가 난다. 심순애가 자신의 인격을 자각했다면 그녀는 '황금이 있는 남자'가 아니라 '황금이 있는 세상'으로 뛰어들어야 하는 것이다. 물질은 집안에서 얻어 질 수 있는 것이 아니라 집밖에서 구해야 하는 것이다. 자본주의 초입기에서, 심순애의 문제점은 물질에 눈먼 데 있다기보다 물질을 배우자 김중배에게 구했다는 데 있다. 1920년대 입센의 「인형의 집」에서 남편을 등지고 가출(家出)한 노라는 심순애에 비해 근대적 인물이다.

「인형의 집」의 초입부에는 심순애와 동일한 인형 노라가 등장한다. 쇼핑해 온 많은 물건을 두고 기뻐하는가 하면, 남편인 헬머가 박봉의 변호사에서 "돈이 산덤이 만큼"(1막 6-1, 31) 생기는 은행장이 된다는 사실에 호들갑스럽게 흥분한다. 인형 노라가 인격을 발견하는 계기는 물질의 문제, 불법적인 돈의 차용에 있다. 노라의 그릇된 물질 처리를

「婦人의 權利」(1921, 3.29), 「早婚과 賣女의 風惡」(1921, 3.30)

기화로, 헬머는 자신의 명예훼손과 아내의 부도덕을 문제삼아 노라를
질책한다. 노라는 아내에 대한 남편의 애정을 직시하는 과정에서 가정
내 부인의 인격을 자각하며 집을 나간다. 그러나 그녀는 '동기(남편 병
구환)'와 '결과'(불법적 僞書)가 항상 일치하는 것이 아니라는 사회의 부
조리는 자각하지 못한다. 지금까지 자신이 '인형'의 삶을 살았다는 것
은 자각했으나, 인형을 탈피하는 길이 막연히 교육을 받는 데 있다고
생각할 뿐 어떻게·무엇을 공부할 것인지, 사회적 분별력을 구비하지
않은 노라의 앞날은 불투명하다. 사회 속에 홀로 내던져진 개인은 사
회에 관한 지식 없이는 행동할 수가 없는데, 입센의 「민중의 적」(1882)
에서 스토크맨 박사의 비극이 이를 잘 보여준다. 불행히도 이 작품은
우리 근대 문학사 내에서는 번역되지 않았다.[27] 노라는 자신이 인형이
된 문제의 원인을 남편에게 찾았지만, 실상 남편의 집을 벗어난 노라
는 이 사회에서 남편의 인형이 아니라 제반 현실의 노예가 되기 때문
이다.

  그럼에도 불구하고 이 작품이 내던진 화두는 근대극의 창시자로서
입센의 뛰어난 사회적 통찰력을 보여준다. 입센이 과도기적 근대에 산
재한 현실 문제중 하나인 '가정에서 여성의 위치'를 지적할 수 있었던
것은 서구 시민사회의 성립과정에서 '인권 문제'가 선행해 있기 때문
이다. 서구 민주주의 배경 아래 주체성 있는 시민사회에서는 식민통치
하 조선 사회와 달리, 이 문제가 적시의 긴요한 과제가 될 수 있다.

  주체적으로 민주주의를 수립한 서구에서는 민중의 인간된 자유와
권리를 화두로 하는 「인형의 집」과 같은 근대극이 출현할 수 있지만,
봉건적 압제 하의 조선 사회에서는 전근대적인 신파극이 '人間的 無力

---

27) 허영, 「Henrik Ibsen」, 『근대 연극』, 한신문화사, 1985, 296면.

感을 一時的으로 마비시키기 위한 <感傷의 눈물>'28)만 자아내는 암흑기로서 인격에 앞서 민족의 존립이 불투명한 상황이었다. 신파극이 현실 문제를 눈물의 정화로 체념시키고 있다면, 식민지 조선에 이입된 「인형의 집」은 발신자의 의도와 달리 '현실' 문제를 가정 내부의 '남녀' 문제로 축소시키고 만다. 그 결과 1920년대 한국근대문학사의 노정에서 이 작품은 가정내 벌어지는 남녀의 갈등과 대립을 보여주는 가정 비극에 그치고 마는가 하면, 남편에 대한 아내의 인격문제(여성운동)로 주제가 축소된다.

발신자와 수신자간의 역사적 토대에 있어서 당시 조선은 노르웨이와 현격한 차이가 있다. 입센 극의 분석에서 작품 출현의 역사적 배경에 대해 규명은 엥겔스의 서간문에 잘 지적되어 있다.

諸威(노르웨이:필자주)의 農民은 決코 農奴이엇든 일이 읍없니다. --(중략)-- 諸威의 小섁르조아는 自由農民의 子孫들입니다. 짜라서 그것은 불상한 獨逸의 小市民에 比하면 훨씬 人間다운 人間입니다. 이와 쪽 마찬가지로, 諸威의 婦人은 獨逸의 小市民婦人보다는 比較할 수 업슬만큼 高級입니다. 입센의 戱曲이, 어써한 缺點을 갓고 있든 間에, 亦是 그 곳에는 - 設使中小쑤르조아的인 것일지라도 - 그러나, 獨逸과는 比較도 안될 高級의 世界가 描寫되어있습니다. 그 世界에는 사람들은 오히려 性格을 갓고 있고, 創意性을 發揮하는 힘도 갓고 있고, 自立的으로, 行動하고 있습니다.29)

1920년대 식민지 조선은 비단 가정내 부인뿐 아니라 식민통치하 누

---

28) 이두현, 『한국신극사연구』, 서울대학교출판부, 1996, 66면 참고.
29) 김팔봉, 「「입쎈」論-文學問題에 關한 「엥겔스」의 書簡抄譯」, 『문학창조』, 1934, 6, 63면.('上田進, 『文藝』, 1934, 3.'을 重譯함)

구나가 모두 억압과 구속을 받는 종속적인 입지이고 보면, 입센이 제시한 안방의 문제는 집밖의 냉혹한 현실의 문제를 흐리게 할 우려가 있다. 당시 조선의 시급한 문제는 집안에 있는 것이 아니라 집밖에 있기 때문이다. 현실적으로 조선의 당면한 문제는 가정 내부에 있지 않으며, 남편에 대한 아내의 인격부정에만 국한된 것이 아니다. 1920년대 현실 문제의 근본은 식민통치하 왜곡된 주종관계에 있다. 1920년대 식민지 조선의 근대 소설에서 가정의 범주를 벗어나지 않는 남녀의 문제는 통속소설 혹은 풍속소설의 범주를 벗어나지 못한다. 아내에 대한 남편의 문제가 중요하지 않다는 것이 아니라, 1920년대라는 역사적 상황에서 「인형의 집」의 매개 환경이 '정치'와 '현실'의 문제를 '가정'과 '남녀'의 문제로 축소시키고 있음을 주목할 필요가 있다.

근대문학사에서 근대극 「인형의 집」이 안방여성의 독립선언서로 그치고 만 데에는 발신자와 수신자의 역사적 토대를 무시한 일제의 매개 환경(『매일신보』및 정치적 의도)이 자리잡고 있다. 입센의 「인형의 집」이 처음 번역된 매개 환경 '『매일신보』(1921)의 「인형의 집」'은 반성적으로 검토해 보아야 한다. 신파극으로서 「장한몽」이 전근대적 윤리의 강요와 인정이라는 이름으로 짜내는 눈물의 비극이라고 한다면[30] 「인형의 집」 역시 봉건적 여성관이 초래한 가정내 남녀 비극을 벗어나지 못한다.

근대문학사를 재검토하건대, 가정내 아내의 자각도 중요하지만 일제통치하 식민지 백성의 자각을 은폐시키는 일제 '문화정치'의 이면을 자각하는 것도 긴요한 과제이다. 가정에서 아내가 남편과 아버지의

---

30) 권영민, 「一齊 趙重桓의 翻案小說들」, 『新文學과 시대의식』, 새문사, 1988, 120면. 개화기 신파극의 대다수는 일본 신파극을 그대로 옮겨 놓은 것이었으며, 자주 독립과 현실에 대한 비판 등의 적극적인 주제의식 대신에 값싼 감상주의가 그 주조를 이루고 있었다. (위의 글, 113면)

'인형'이었다면, 식민지 조선에서 당시 대중은 일본의 '인형'이기 때문
이다. 무엇보다도 일제의 문화적 조작에 의해 울고 웃으며 재주부리는
'인형'의 삶을 자각하는 것이 급선무라고 할 때, 「인형의 집」의 매개
환경은 이러한 민족적 자각을 흐리게 하는 촉매 구실을 했다. 「민중의
적」을 비롯한 입센의 민중대상 사회극이 언급 및 번역되지 못했던 당
대 문화정치의 이면은 이러한 사실을 반증한다. 이 작품이 표제가 되
어 출간된 것(곽복록 역, 『민중의 적』, 1980)은 1980년대 이후이다.

1.4. 채만식, '인권 문제'로 확산

채만식의 『인형의 집을 나와서』(『조선일보』, 1933, 5.27~11.14)[31]는 입
센의 「인형의 집」에 나타난 가정 비극을 사회 비극으로 격상시킨 작
품이다. 채만식은 입센의 「인형의 집」이 노정한 문제에 대해 "婦人解放
은 中流家庭의 한 안해가 집을 버리고 맨손으로 쒸어나오는 것으로는
그것이 階段은 될지언정 完成은 아"니며, "소꺄르의 意義를 淸算하고
眞正한 解放의 길을 發見"[32]해야 한다고 지적한다. 이러한 입장은 1930
년대 중반이후 박영희의 글에서도 찾아볼 수 있다. 박영희는 "입센의
사회극은 現代人의 生活속의 腐敗한 一面을 보여주는 顯微鏡이되매 그
功績이 크"지만, "그의 理想은 永遠"히 이상(理想)으로만 남아있다고 지
적한다.[33] 박영희의 글에서 짐작할 수 있듯이 1930년 중반에 이르면
입센에 대한 비판적 검토가 시작된다. 즉 "입센을 有名하게 한 그의 社

---

31) 작품은 『채만식전집1-人形의 집을 나와서』(창작사, 1987)를 참고함. 이하 인용문은 이
책으로 하되 인용문 하단에 페이지 수만 명시함.
32) 채만식, 「「人形의 집을 나와서」를 쓰면서」, 『삼천리』, 1933, 9, 669면.
33) 박영희, 「『헨릭 · 입센』의 社會劇-특집 그 歿後 三十週年에 際하야」, 『조선일보』, 1936,
5.22. 참고

會劇보담도 오히려 그의 初期 詩劇과 晩年의 象徵劇의 새로운 形式의 演出에 만흔 期待와 興味"[34]를 표출한다.

이러한 제논의에 선행하여 1933년, 채만식의 『인형의 집을 나와서』는 입센 극을 비판적으로 차용한 전용의 일 예이다. 채만식은 입센의 극에 나타난 막연한 문제의식을 구체적인 사회문제로 형상화하는데 성공한다. 이 작품은 제목 그대로 집을 나간 노라의 후일담으로 크리스마스 이후 노라가 집을 나간 이듬해 정월부터 이야기가 전개된다. 집을 떠난 노라는 여관과 친정의 시골집, 전셋집을 전전하면서 사회 생활을 시작한다. "노라는 새로운 삶을 하여 새로운 인생을 발견하려고 가정과 남편과 어린아이들을 버리고 나온 것"이지만 "무엇이 새로운 삶이요, 어떻게 해야 새로운 인생을 발견한다는 것"(71면)인지 모른다. 집을 나올 때 자기 교육의 목표와 방법을 구체적으로 고민하지 않은 노라는 세상에 부유한다.

노라에게 급선무는 '물질 문제'에 있으므로 그녀의 사회 생활은 당장 기거할 집과 먹을 양식을 마련하는데 급급하다. 호기롭게 집을 나올 때와는 달리, 집밖의 세상은 그리 만만치 않다. 당장 밖에서 인력거를 잡아탈 때, 그리고 여관에 들어설 때에는 뭇 남성의 시선을 받으며 애매한 일에 연루되는 등 경찰서 신세마저 진다. 이때마다 노라는 남자들의 조력을 받는다. 의사 남병희는 사회적 대처 능력이 부재한 노라를 도와 그녀의 세간을 2백원에 팔아주는가 하면 경찰서에서 나오도록 주선한다. 시골에서는 오병택의 도움으로 밤길에 무사히 친정집을 가는가 하면, 자신의 회포를 풀고 이후 행로에 대해 자문을 구하는 등 그를 정신적 지주로 여긴다.

---

34) 全一劒, 「『노라』印象記-벌서 博物館的 存在인가?」, 『조선일보』, 1936, 5, 26.

집밖에 나온 노라는 점점 나락의 길로 접어든다. 집을 나와서 노라가 처음 얻은 직업은 저능아 '가정교사'이다. 저능아를 가르치면서 아이를 비롯하여 그 집 식구들로부터 울분을 경험한 이후, 노라는 늑막염을 앓으며 병원에 입원한다. 퇴원한 노라는 '화장품 외판원'으로 나서지만, 돈 많이 번다는 꼬임에 빠져 '카페 여급'이 된다. 여급이 된 그녀는 돈을 많이 벌기는커녕 오히려 빚만 진다. '봉건도덕의 노예'가 싫어 집을 나온 노라는 이제 '상품경제 시대의 노예'가 된다. 카페에서 뭇 남자들의 '인형'이 된 노라는 정조를 잃자 투신자살한다.

한강에서 구출된 노라는 새로운 삶을 시작한다. 노라는 인쇄소의 제본 직공이 되어 오병택이 준 베벨의 「부인론」을 읽는다. 베벨은 '여성문제'를 총체적으로 다룬 최초의 마르크스주의자로서, 그는 여성이 공적인 노동력으로 통합됨으로써 해방될 수 있다고 주장한다.[35] 노동자인 노라는 이제 '임순이'로 개명하여 노동일선에 뛰어든다. 그녀는 노동현장에서 은행측의 감독인 남편 현석준과 다시 대립한다. 채만식은 의미있는 문제적 대립은 가정내 아내와 남편의 갈등이 아니라, 이 사회 노동자와 자본가의 갈등임을 보여준다. '노동의 관점'에서 보자면 '가정교사', '화장품 외판원', '카페 여급' 모두 노동의 일 영역이다.

그럼에도, 유독 공장 노동자만을 '자각의 전형'으로 삼은 채만식의 의도는 인쇄소 여직공 남식을 통해 드러난다. 인쇄소 여직공 남식은 노라에게 악덕 자본가에 대항하는 스트라이크의 필요성을 역설한다. 채만식은 '자신의 이익만 챙기는 자본가'에게 대항할 수 있는 '적극적

---

35) 리사테틀·유혜련 외 1인 역, 『페미니즘사전』, 동문선, 1999, 72면 참고. 베벨은 엥겔스의 제자로 『여성과 사회주의*Women under Socialism*』에서 여성해방운동을 사회주의 운동에 결부시켰다. 그는 여성의 진정한 해방은 사회문제와 밀접한 관계가 있으며, 따라서 사회제도의 변혁 없이는 여성 문제 해결은 불가능하다고 본다. (김옥희, 『新女性論』, 지구문화사, 1991, 126면)

인 노동자의 삶'을 염두에 두고 있다. 그는 사회를 변혁시킬 수 있는 적극적이고 주체적인 의지를 가진 노동자의 삶을 지향한다. 그것이야 말로 진정 여성이 인형의 삶이 아니라 사회의 주체로서 삶을 살아갈 수 있는 적극적인 방안이라고 본다.

1930년대 당대 현실에서 진정한 자각과 인격의 발견은 자본가의 횡포에도 맞설 수 있는 적극적인 노동자의 삶에 있다는 것을 보여주기 위해, 채만식은 노라를 한강에 투신하게 만드는 재생 모티프를 삽입한다. 채만식은 여성이 단순히 가정 내부의 문제에 분투하는 것이 아니라 사회의 역량있는 인력으로 투신하기를 원한다. 이 지점에서 채만식은 입센의 「인형의 집」이 당대에 던진 '막연한 문제제기'를 뛰어넘어 여성을 공적 노동 현장으로 소환하는데 성공한다. 그러나 사회의 건강한 노동자로서 공적 삶을 살아가는 '임순이'의 모습이 작품의 결미 부분에 암시로 그칠 뿐 구체적인 실생활의 전모를 보여주지 못한 한계가 있다. 이점은 채만식 작품의 한계라기보다 당대 사회의 한계로 보아야 한다.

1.5. 길 위에 선 노라

이 글에서는 입센의 「인형의 집」이 한국 근대문학에 어떻게 수용되었는지 이입과정에서 매개자의 매개환경 및 전용의 일예를 살펴보았다. 비교문학의 관점에서 발신자와 수신자 및 매개자를 살펴보면, 발신자는 헨릭 입센의 「인형의 집」이며 수신자는 발신자로부터 그 영향을 받아들인 1920년대 조선문단의 작가들과 독자가 된다. 한국 근대문학사에서는 일본이 고정매체 역할을 하고 있다는 한 연구자의 지적처럼,36) 「인형의 집」의 매개자는 작품을 처음 연재한 일제 기관지, 『매일신보』 즉 일본이다.

입센의 「인형의 집」은 총독부 기관지 『매일신보』에 일역본(日譯本)의 중역(重譯) 연재를 통해 우리 근대문학사에 유입되었으므로, 무엇보다도 매개자의 모럴과 지적 책임이 문제시된다. 왜냐하면 근대문학사의 특수성으로 말미암아 매개자와 수용자 간 문학적 영향관계 이전에 정치적 주종관계가 전제해 있으며, 이를 십분 활용한 친일 기관지 『매일신보』의 의도적이고 정책적인 매개 전략은 수용자의 수용환경을 고려한 것이 아니라 매개자의 입지 확보를 위한 발판이 되고 있기 때문이다. 당시 「인형의 집」이 최초 완역 연재된 매개 환경, 『매일신보』는 두 가지 정치적 목적을 가지고 있었다.

첫째 『매일신보』는 1920년대 1월 6일자로 발행이 허용된 『동아일보』·『조선일보』·『시대일보』를 견제하여 다수의 독자를 확보하기 위한 전략으로서 일본에서 이미 흥행의 호가를 누린바 있는 입센의 「인형의 집」을 게재한 것이다. 둘째 『매일신보』는 연애상의 남녀 문제에서 결혼 후의 남녀 문제로, 1910년대 대중의 인기 몰이에 기여한 「장한몽」과 동일한 통속적 주제를 통해 정치에 눈먼 백성을 만들려는 의도가 내재해 있다.

1920년대 친일 기관지 『매일신보』에 소개된 입센의 작품은 조중환의 「장한몽」이 그러했듯이 대중의 의식을 정치와 현실에서 물러나 남녀의 문제라는 국소적 차원으로 몰고 간 혐의가 있다. 한 시대와 사회를 지탱시켜주는 책임 있는 화두를 던지는 임무가 당시대의 작가와 저널리즘의 사명이라고 한다면, 1919년 3.1운동이 좌절된 이후 1920년

---

36) 김학동, 『비교문학론』, 새문사, 1984, 36면.

대초『매일신보』에 중역(重譯) 연재된 입센의 「인형의 집」은 독자 대중의 시야를 축소시키고 현실의 문제를 망각하도록 만든 혐의가 크다. 그 결과 1920년대 이후 신문연재 장편소설에서는 중류층 여성의 삶이 지닌 모럴 문제가 대두하기 시작한다.

문제의 초점은 남편의 인형인 '가정 부인'이 아니라, 식민지 현실을 망각하도록 조정하는 일제의 인형인 '당대 지식인', 작가의 문제로 전환되어야 할 것이다. 이 지점에서 채만식의『인형의 집을 나와서』(『조선일보』, 1933, 5.27~11.14)는 가정 문제를 사회 문제로 확산시킨 작가의 통찰력이 돋보인다. 채만식의 작품은 입센의 「인형의 집」을 당시 조선의 사회풍토에 알맞게 차용하여 전용했다. 입센의 「인형의 집」이 남녀의 인격문제를 보여주고 있다면, 채만식의『인형의 집을 나와서』는 식민통치하의 긴요한 문제인 사회적 인권 문제를 보여주고 있다.

지금까지 살펴본 바에서 드러나듯 이입과정에서 매개환경이 갖는 특수성 및 당대 전용의 일 양상은 일제의 문화정치 하에 소개된 입센의 「인형의 집」이 근대 소설에서는 정치와 사회 문화가 아닌 풍속 문화로 수용되었음을 잘 보여준다. 보편적인 인격에 대한 각성이 이루어지기 이전에 일기 시작한 여성에 대한 인격문제는 불완전성을 전제하고 있다. 개별 인간의 인격과 자율성을 자각하기 이전에 제기된 여성의 인권 문제는 흥미로운 가십과 이야기 거리로 전락할 우려가 있기 때문이다. 염상섭은 「너희는 무엇을 어덧느냐」(『동아일보』, 1923, 8.28~1924, 2.5)에서 여성의 인권 제기가 어려운 1920년대 한국의 전반적 배경을 보여준다는 점에서, 이 작품은 주목할 필요가 있다.

2. 1920년대 노라의 방황

2.1. 1920년대 히로인, 여학생

1920년대 소설에서 두드러진 여주인공(heroine)은 여학생이다. 신소설과 이광수의 『무정』이래 1910년대 소설에서 여학생이 그 맹아를 보였다면, 1920년대 소설에 이르면 소설내 주인공으로 부상하면서 당 시대 새로운 문화의 아이콘이 된다. 1920년대 염상섭의 소설에는 이러한 여학생의 면모가 잘 나타나 있다. 1920년대 염상섭의 초기 소설이 당대 현실에 대한 부정성을 잘 보여준다고 할 때, 작중에서 이를 실현하는 인물은 여학생이다. 그들은 허영과 사치를 일삼는가 하면, 도덕적 패륜아이기도 하다. 이들의 신분이 여학생이라는 사실은 중요하다. 1910년대부터 출현한 여학생은 사회성을 반영한 신분으로서 당 시대의 문제를 시사해 주는 문제적인 계층이기 때문이다. 1920년대 염상섭의 소설에 출현한 여학생은 작게는 인물의 허영과 사치를 보여주며 크게는 사회의 통속화를 보여준다는 점에서, 당 시대의 타락상을 보여주는 객관적 상관물이다.

「검사국대합실」(『개벽』, 1925, 7)에서 여학생은 오빠와 작당하여 남자들의 금품을 탈취하는가 하면, 「제야」(『개벽』, 1922, 2~6)의 여학생은 육욕에 빠져 여러 남자와 관계하면서 누구의 피인지 알 수 없는 자식을 가진 채 또 다른 남자와 결혼한다. 「만세전」(1924)에서 을라는 동경에서 음악학교를 다니지만 이인화와 병화 사이를 오가며 연애만 일삼는데, 실상 그녀의 학비는 그녀가 관계하는 남자들에 의해 조달된다. 또 「해바라기」(『동아일보』, 1923, 7.18-8.26)에서 결혼한 영희는 시아버지에게 폐백을 드리지 않은 채 죽은 애인의 묘비를 세우는데 전념한다.

특히 염상섭의 초기 소설중 「너희는 무엇을 어덧느냐」(『동아일보』, 1923,
8.27~1924, 2.5)는 여학생이 작품 전면에 부각되면서 여학생의 타락 원
인을 시사해 준다는 점에서 주목을 요하는 작품이다.

  '애욕과 물욕에 눈 먼 청춘 남녀의 삼각관계'로 요약할 수 있는 이
작품의 인물은 크게 '한규를 가운데 둔 덕순과 마리아', '마리아를 가운
데 둔 명수와 석태', '도홍을 가운데 둔 명수와 중환'의 세 쌍으로 나
눌 수 있다. 여성 인물중 기생 도홍을 제외한 덕순, 마리아, 경애는 여
학생들로서, 작품은 이들 여학생의 사생활에 초점이 맞추어져 있다.
돈 많은 남자의 후취(後娶)로 들어간 덕순은 경애의 애인인 한규와 관
계하는가 하면, 마리아는 애정없이 부호(富豪)인 석태와 결혼하면서, 작
품은 파국으로 종결된다. 이 장에서는 염상섭의 「너희는 무엇을 어덧
느냐」에 등장하는 여학생들이 물욕과 애욕에 들뜬 1920년대 방황하는
노라의 전형이라는 점에 초점을 맞추어, 작중 여학생들의 불량성을 살
펴보고 1920년대에 불량 여학생이 출현하게 된 원인을 규명해 보려
한다.[37]

2.2. 여학생의 허영과 타락

  염상섭의 「너희는 무엇을 어덧느냐」에 등장하는 여학생은 '학생'의
모습이 아니라 '허영에 들뜬 여성'의 모습으로 등장한다. 염상섭은 타
락한 여학생들의 생활을 통해 당대 사회의 혼란한 모습을 보여주고
있거니와, 이들 여학생은 작중에서 무기력한 지식인 남자와 더불어 애

---

37) 염상섭의 「너희들은 무엇을 어덧느냐」는 『동아일보』에 1923년 8월 28일부터 1924년 2
   월 5일까지 129회 연재되었다. 본문에서 작품은 『염상섭전집』1(민음사, 1987)를 참고하
   되, 인용문은 하단에 페이지 수만 밝히도록 한다.

정과 물욕 사이에서 좌충우돌한다.

덕순이는 불구자이며 아버지뻘 되는 남자의 후취(後娶)가 된다. 이 결혼에는 덕순의 계산과 영리가 개입해 있다. 덕순에게는 자신의 허영과 사치를 뒷받침해 줄 수 있는 경제적 조력자로서 남편이 요구되었는데, 구체적으로 그것은 '잡지를 만드는 일'이며 일본이나 미국에 유학하기 위한 '학비 조달'의 방편이기도 하다. 이러한 허영심은 덕순뿐 아니라 작중 여학생들 모두가 가지고 있다. 아직 18~9세 된 경애는 "짯짯한 품도 행복스럽지만 짯짯한 주머니도 반가운 것"이며 "쓰거운 키쓰도 업시는 살 수 업지만 피아노ㅅ소리도 들어야" 함은 물론 "엇더한 째는 피아노ㅅ소리가 미직은한 키쓰나 느슨한 포옹을 더 쏙업고 더 힘"(197면)있게 할 수 있다고 생각한다. 이러한 경애이고 보니 돈 없는 한규와 밀애를 나눌지언정 결혼 의사를 밝히지는 않는다. 마리아는 '미국 여행권'을 취득하기 위해 후원자인 외국인 교장의 눈에 나지 않기 위해 노력하며 사랑하는 남자를 뒤로하고 황금의 소유자(양복점과 구둣가게)인 안석태를 쫓는다. 여학교 교사가 된 희숙 역시 가난한 문사인 명수를 뒤로하고 부호(富戶)를 선택한다.

작중 여학생들은 학문에 뜻을 두는데, 경애는 동경 유학생이고 덕순과 마리아는 계속 공부하기 위해 유학을 준비한다. 그럼에도 불구하고 그들의 전공이 무엇인지, 어떤 학문을 공부하려고 하는지, 공부하고 돌아온 후에는 어떤 일을 하려고 하는지 작중에는 전혀 나타나 있지 않다. 덕순이를 필두로 해서 그들이 애써 만드는 잡지의 성격도 분명하지 않을 뿐 아니라 잡지와 관련하여 모인 남녀 회합의 성격도 분명하지 않다. 회합에서는 잡지에 게재된 기사에 대한 시비(是非)를 거론하는데 그 기사 내용은 남편 있는 여자가 다른 남자와 연애하여 이혼했다는 일본의 B부인에 대한 것이다. 이러한 내용은 잡지의 성격도 말해 주거거니와 회합에 모인 인물들의 주된 관심사가 무엇인지 말해 준다.

1910년대에도 여학생은 존재했으나 1920년대 여학생들처럼 허영과 물질에 좌우되는 타락상을 보이지 않았다. 이광수의 『무정』(『매일신보』, 1917, 1.1~6.14)에서 형식과 더불어 열차 안에 모인 여학생은 민족의 장래에 대해 고민하며 비록 피상적일 망정, 교육의 목적을 조선 민족의 구제에 둔다. 형식의 질문에 대해 여학생 병욱은 자신있게 대답한다. "힘을 주어야지요! 문명을 주어야지요." "가르쳐야지요! 인도해야지요!" "교육으로, 실행으로."[38] 선형과 영채, 그리고 병욱은 제각각 음악과 수학을 공부하고 돌아오겠다는 사명감을 가지고 있다. 이러한 사실은 「너희는 무엇을 어덧느냐」를 비롯한 1920년대 염상섭 소설의 불량 여학생과는 대조적이다.[39] 덕순을 비롯한 작중 여학생들이 허영심의 충족차원에서 유학을 계획하고 있는 반면 1910년대 이광수 소설에서 여학생은 적어도 민족에 대한 사명감으로 유학을 준비한다.

뿐만 아니라, 나혜석의 「경희」(『여자계』, 1918, 3)에서 주인공 경희는 일본에 유학중인 여학생이지만 허영과는 거리가 먼 인물이다. 바느질과 부엌일 어느 하나에도 소홀함이 없는 경희는 여학생이 허영의 산물이 아니라 실속 있고 능력 있는 생활인임을 보여준다. 가령, 소제(掃除) 방법의 경우 경희는 "가정학에서 배운 질서, 위생학에서 배운 정리, 또 도화(圖畵) 시간에 배운 색과 색의 조화, 음악 시간에 배운 장단

---

38) 이광수, 『무정』, 삼중당, 1976, 311면. 물론 형식으로부터 영어과외를 받은 선형의 경우, 처음부터 학구열 혹은 민족적 사명감을 가지고 있었던 것은 아니다.
39) 이후 염상섭은 『사랑과 죄』(『동아일보』, 1927, 8.5~1928, 5.4)에서 예술(음악)과 직업 (간호사)을 가진 여학생 출신의 신여성, 정마리아와 지순영을 대조적으로 보여준다. 간호사 지순영의 지순한 묘사와 대조적으로, 예술(음악)을 전공하는 여학생 정마리아는 허영과 타락을 일삼는 불량여학생으로 묘사된다.

의 음률을 이용하여"[40] 지식을 실행해 옮기는 인물이다.[41] 학문의 습
득과 생활의 실천을 동일시하는 여학생은 배우고자 하는 학문의 성격
을 분명히 하고 진로를 고민한다.[42]

　　교육 목표가 뚜렷하고 비교적 행실이 반듯하던 1910년대 여학생들
은 불과 2~3년 만에 허영과 사치의 대명사로 전락한다. 여학생이 모
두 그런 것은 아니지만 다수의 여학생은 교육의 명분이 바뀌었다. 이
것은 졸업 후 사회진출이 용이하지 않았던 시대의 문제도 있겠지만
그에 앞서 그들의 교육 목표가 대의(민족 구제)에 있지 않고 일신(一身)
의 구제에 있기 때문이다. 당시 여학생들에게 있어 '일신(一身)의 구제'
는 직업인으로서 자아실현과도 거리가 멀다. 여학생들은 여학교 졸업
장과 같은 장식적 효과를 등에 업고 좋은 혼처를 얻으며 물질을 향락
할 수 있는 계층에 편입하려 한다. 「너희들은 무엇을 어덧느냐」에서
염상섭은 "녯적에는 혼서지 한 장으로 계집을 사고 팔고 하얏지만 지
금 세상에는 녀학교 졸업증서 한 장으로 사내를 사고 팔려가고 하게

---

40) 나혜석, 『나혜석전집』, 태학사, 2000, 96면.

41) 경희가 보여주는 반듯한 여학생의 면모는 1920년대 여학생과 대조적이다. 당시 "舊家
庭婦人이 본 女學生"에 의하면, "녀학생들이 책으로 배우는 공부는 물론 잘들 하겟지만
은 실제에 살림살이를 잘 할 줄 모르는 것이올시다. --(중략)-- 학교에서 배운 일류
양료리법은 잘 알지만은 조선의 김치 깍둑이는 잘 담을 줄을 모르고 수주머니나 수침
은 잘 만들지만은 남편의 양말 구멍은 잘 트러막어주지 안는 것 갓습니다." (「女學生의
各人各觀」, 『신여성』, 1926.4, 43면.)

42) 나혜석의 「경희」에 대해 최근 논자들은 다양한 입장을 보인다. 이상경은 작중 경희가
'자각한 신여성은 어떻게 행동해야 할 것인가'를 진지하게 모색한다는 점에서 이광수의
『무정』에 묘사된 신여성 김선형의 몰주체적인 모습과 대조적이라고 언급한다. (이상경,
「여성의 근대적 자기표현의 역사와 의의」, 『한국근대여성문학사론』, 소명, 2002,
65~67면.) 반면 이태숙은 월급이 오백냥 남짓한 보통학교 교사와 월급 사십원이 보장
되는 수놓기를 비교하면서 수놓기를 선택하는 경희의 행위는 여성주체의 의미를 전근
대적으로 축소하고 있다고 본다. (이태숙, 「여성성의 근대적 경험양상-1920~30년대
문학을 중심으로」, 고려대학교 박사학위논문, 2000, 33~36면.) 양자 모두 경희가 사회
주체로서 당대 여성의 적극성을 대변한다는 데는 의견을 같이 한다.

되엇다"(213면)고 지적한다.

여학생들의 관심은 연애에 집중된다. 이들의 연애는 신소설과 1910
년대 소설에 나타난 초기 연애 목적 즉, 정신적 교류와 동질감 형성의
차원을 벗어나 있다. 1910년대 이광수가 『무정』에서 "진정한 사랑은
피차에 정신적으로 서로 이해하는 데"(278면) 있다는 연애의 정신성을
언급한 데 비해, 작중 여학생의 연애는 정신적인 교류에 앞서 물욕과
애욕에 따르고 있다. 정신적 교류를 우선시 했다면 덕순과 마리아는
부호가 아닌 지식인 남성을 배우자로 선택해야 할 것이다. 이들의 연
애는 오히려 가벼워진 정신과 더불어 육체의 타락상을 보여준다. 이러
한 양상은 1920년대 염상섭의 작품에만 국한된 것이 아니라 동시대
작품에서 흔히 발견할 수 있다. 김동인의 「弱한자의 슬픔」(『창조』, 1919,
2~3)에서 강엘리자베드는 "아무 작용도 아니하는 눈을 공연히 멀거니
뜨고 책상을 오르간으로 삼고 다뉴브곡을 뜯으면서" 짝사랑하는 남자
"이환"과 "결혼, 신혼여행, 노후의 안락"[43] 등을 공상하는 감상적 연
애지상주의자로 묘사되어 있다. 백치미마저 풍기는 여학생 강엘리자
베드는 가정교사로 있는 집의 남작과 관계하여 아이를 가진다.

전술한 바에서 드러나듯 염상섭의 「너희는 무엇을 어덧느냐」를 비
롯한 1920년대 작중 여학생들은 교육에 대한 통찰과 사명감보다 허영
에 경도되어 있다. 그렇다면 이들이 불과 2~3년 만에 이처럼 급작스
럽게 불량 여학생으로 타락한 계기는 어디에 있는가. 어떤 계기로 말
미암아 여학생들은 타락하고 정염의 노예로 전락한 것인가. 이에 대한
답은 염상섭의 「너희는 무엇을 어덧느냐」에서 간접적으로 드러난다.

---

43) 김동인, 「弱한자의 슬픔」, 『김동인선집』, 어문각, 1981, 324면.

덕순이의 형님두 만세 이후로 급작실히 퍽 변한 모양입듸다. 게다
가 글짜나 쓰는 사람들하구 추축을 하고 잡지니 문학이니 하게 되니
까 딴 세상 가튼 생각이 나는 게지-- 그건 고사하고 <엘렌, 케이>
니 <입센>이니 <노라>니 하는 자유사상(自由思想)의 맛을 보게 되
니까 모든 것을 자긔의 처디에만 비교해 보고 한층 더 마음이 움즉
이지 안켓오(190면, 굵은 글씨는 인용자의 강조)

인용문은 여학교를 졸업한 덕순의 타락에 대한 해명이다. 덕순은 애
정없는 부호의 첩이 되어 남편의 조력으로 잡지를 만들고 있으며 이
후에는 일본과 미국행을 도모한다. 인용문은 덕순의 파행적 행로에 앞
서 의식 변화가 전제해 있음을 시사한다. 이는 비단 덕순 뿐 아니라
당시 여학생들의 내면을 말하는 것이기도 한다. 그것은 구체적으로
1919년 3월 1일 이전과 이후라는 역사적인 변화를 의미하며 그 이면
에는 엘렌 케이와 같은 여성 운동가, 입센과 같은 전위적인 작가가 전
제해 있다. 이러한 시대의 내외문제와 아울러 간과할 수 없는 사실이
당시 여학생의 소박한 교육환경이다. 다음 장에서는 1920년대 불량 여
학생의 출현 배경을 '교육 환경'과 '만세운동의 좌절' 및 '신사상의 유
입'에서 각각 찾아보도록 하겠다.

2.3. 불량 여학생의 기원

여자교육은 선교사에 의해 1886년부터 시작되었는데 그 내용은 '모
범적 주부상'과 '전도사 양성'으로 집약된다. 1908년 4월에 구한국정
부(舊韓國政府)에서 최초 여자교육령, 관립 고등여학교령(官立高等女學校
令)이 선포된다. 그해 5월 서울에서는 관립한성고등여학교(1911년 이후

경성여자고등보통학교로 개명)가 설립되었는데 이것이 국가차원의 최초 여자교육기관이다. 이 고등여학교령 발포와 동시에 남자만 수용하던 보통학교에 여자부를 설치할 수 있다는 칙령이 발포된다. 전문정도(專門程度)의 최초 고등 여자 교육기관은 1910년 이화학당에 설립된 이화대학(1925)인데 이를 필두로 1920년대 여자 전문교육은 이화보육(1914), 중앙보육(1922), 경성보육(1925), 여자의학강습소(1928)가 있다.[44]

1920년대에 이르면 문화운동으로 말미암아 학교교육뿐 아니라 각종 야학과 강습회 등을 통해 교육을 갈망하는 학생 수가 급격하게 증가하고, 1920년대 말에 이르면 여자 교육이 보편화된다.[45] 1920년대 한 일간지에는 '가정에서 준수할 신도덕'의 항목으로 "從來와 같은 女子敎育 無視의 弊風을 廢止하고, 此를 善處하여 敎育을 增進시킬 것"이라는 '여성교육의 의무'를 첨가한다.[46] 개화기 이래 1920년대 이르면 여자 교육은 널리 확산되지만[47] 그에 비해 교육의 내용은 그다지 혁신적이지 않다. 이러한 사실은 당시 여학교의 교육과정(교과목)과 여자 교육의 목표를 통해서도 확인할 수 있다. 각 학교별 교과목은 다음과 같다.

여자보통학교에서는 수신, 국어, 조선어, 산술, 역사, 지리, 이과(理科), 직업, 도화(圖畵), 창가, 체조, 가사급(及)재봉을 수업하고 여자고등

---

44) 주요섭, 「朝鮮女子敎育史」, 『신가정』, 1934.4, 14~39면 참고.

45) 손정숙, 「신식학교, 여성들에게 무엇을 가르쳤나?」, 『우리나라여성들은 어떻게살았을까』 2, 청년사, 1999, 60~71면.

46) 「新道德을 論하여 新社會를 望하노라―(二)家庭에 대한 新道德」, 『동아일보』, 1920, 7. 19.

47) 1920년대 여자교육확산에 따라 여학생이 얼마나 증가했는지 살펴보면 다음과 같다.

학교 \ 연도	1908(초등)/1921(중등)	1920년	1929년
초등정도	130(공립)	12646(공립)1062(사립)659(서당)	72436(공립)7593(사립)
중등정도	283	705	4159

(주요섭, 위의 글, 36면 참고)

보통학교에서는 수신, 공민과(公民科), 국어, 조선어, 외국어, 역사·지리, 수학, 이과(理科), 도화(圖畵), 가사, 재봉, 음악, 체조를 수업한다. 조선교육령에 의하면 보통학교의 목적은 "아동의 신체발달에 유의(留意)하고 덕성을 함양하며 생활에 필수되는 보충지식과 기능을 가르치며 국민 된 성격을 함양하고 국어를 습득케 하는데" 있다. 여자고등학교의 목적은 조선교육령 제8조에 "여생도의 신체발달 급 부덕(婦德)함양에 유의하되 덕육을 베풀고 생활에 유용한 보통지식과 기능을 가르치며 국민 된 성격을 양성하고 국어에 숙달(熟達)케 하는 것으로써 목적을 삼음"이라 명시되어 있다.48)

'신체발달'·'부덕함양'·'보통지식과 기능습득'·'국어숙달' 등으로 요약되는 여성 고등교육의 목적에는 전문성이나 민족적 사명감이 내재해 있지 않다. 초급 수준을 벗어나지 않는 여자 교육의 좁은 울타리는 여학생이 외적 허영과 사치로 굴절될 여지를 지닌다.49) 당시에는 마땅히 여성직업이라 할 만한 직업이 분화·발달되지 않았으므로 대부분의 여학생은 학교 교원이 된다. "겨우 중학정도를 맛치고 나오는 이"는 "상급학교 갈 여비가 업스며" 그렇다고 직업을 가지려 해도 "그들의 학식정도와 긔능을 싸라서 갈 만한 곳이 업"다.50) 1925년 당시 경성일대 여자고보 졸업생들의 진로를 살펴보면 졸업생의 상당수가 상급학교를 진학하거나 가정에 복귀한다.51) 아래의 도표에서 확인할

---

48) 주요섭, 위의 글, 31~33면.
49) 최혜실은 교양 수준을 벗어나지 않는 당시 여성 교육은 '현모양처' 양성에 있다고 보고, 1920년대 신여성에 대한 세인들의 비난은 근본적으로 현모양처 산출에 치중한 교육 환경 탓으로 본다. (최혜실, 「1920년대 신여성의 사랑과 고백」, 『신여성들은 무엇을 꿈꾸었는가』, 생각의나무, 2000, 165~174면.)
50) 「婦人職業問題」, 『신여성』, 1926.2, 524면.
51) 「녀학교 졸업생들의 가는곳」, 『신여성』, 1924.4, 57면. 참고로 아래의 표는 1925년 졸업생이 희망하는 진로를 표로 나타낸 것이다. 졸업생들의 희망 직종에서는 새로운 사실을 알 수 있다. 당시 여학생들은 교사를 희망하기보다 상급학교진학 및 가정 복귀를 희

수 있듯이 전문직으로 유일한 직종인 '교사'를 제외하면, 고등 교육을 받은 여성이 사회로 진출할 수 있는 직종은 전무하다.

校名 \ 種別	숙명고보	배화고보	진명고보	동덕고등과	정신여고	이화고보	계
사범과	2명	0명	0명	0명	0명	0명	2명
상급교	4명	5명	0명	0명	5명	9명	23명
교사	3명	8명	11명	2명	7명	4명	35명
가정	6명	0명	2명	6명	1명	5명	20명
외국유학	일본 6명	0명	0명	0명	일본 4명	0명	10명
기타	0명	0명	0명	사망 1명	0명	0명	1명
계	21명	13명	14명	8명	17명	18명	91명

(1924년 졸업생들의 현직업별)52)

망한다. 즉 그들은 직업인보다 상급생 혹은 가정부인을 희망한다. 이러한 사실을 통해 당시 여학생은 사회 활동을 비롯한 공적 영역에 대한 관심이 희박한 것을 알 수 있다.

校名 \ 種別	숙명고보	배화고보	진명고보	경성여고	동덕고등과	정신여교	이화고교	계
사범과	16명	0명	0명	31명	0명	0명	3명	15명
상급교	(齒)1명	20명	2명	0명	14명齒2명	8명	15명	62명
교사	0명	0명	2명	15명	0명	1명	8명	16명
가정	14명	0명	3명	23명	8명	1명	0명	49명
외국유학	일본 7명	0명	일본 7명	3명	0명	일4/중1	일본 1명	23명
기타	0명	구직 9명	0명	0명	0명	0명	3명	12명
계	38명	29명	14명	72명	24명	15명	30명	222명

52) 위의 글, 57면. 이 밖에 '근대 직업 여성의 실태'에 대해서는 신영숙의 「일제하 한국여성사회사 연구」(이화여대 박사학위논문, 1989)의 '직업여성의 실태와 사회적 지위' 68~126면) 부분을 참조할 것.

염상섭의 「너희들은 무엇을 어덧느냐」에서 덕순과 정애는 여자고보를 졸업하고 후취(後娶)로 ‘가정’에 들어간 경우이고, 경애는 일본에 ‘유학’간 경우이며, 마리아는 여자고보를 나와 ‘유학’을 준비하고 있으며 희숙은 ‘교사’가 된 경우이다. 작중 인물들은 모두 위 도표에 나타난 경성 여자고보 졸업생들의 진로를 벗어나지 않으면서 1925년 당시 여학생의 실제 모습과 문제점을 시사해 준다. 취업과 사회 진출 및 민족에 대한 기여도가 희박한 여자교육의 실상은 여학생에게 장식적 효과로서 허영심을 조장하는데, 염상섭의 「너희들은 무엇을 어덧느냐」에서 여학생들의 복잡한 연애 문제, 물질적 욕망 등이 이를 반영한다.

이밖에 1920년대 여학생에 대한 외부의 시선이 이러한 사실을 뒷받침한다. 1920년대 서점 측에 의하면 “우리 조선에는 아즉까지 녀학생이 읽을만한 서적도 별로 업”으며 “책을 보는 녀학생도 별로 업”다. 여학생이 즐겨 읽는 “서적의 종류로 말하면 대개가 소설, 동화(童話), 잡지 등”에 불과하며 “책사는 다른 화장품 상뎜보다 녀학생과 인연이 조금 멀다.” 또 상회(商會) 측에 의하면 “녀학생들이 대개 학용품보다 화장품을 만히 사”는가 하면 “화장품중에도 조선의 것은 아니 사가고 갑이 만흔 외국 것을” 선호하며 “우산이나 다른 물품을 사는 데도 실질보다도 외식을” 추종한다고 지적한다.[53]

“十年前의 卒業生”은 1920년대 여학생에 대해 “우리 공부할 쌔만 하야도 련애라는 것은 문자도 잘 알지 못하얏슴니다만은 지금의 학생들은 편발의 처녀라도 자유련애를 곳잘 주창”하며 “전보다도 허영심과 사치의 풍이 느러”간다고 지적한다.[54] 1910년대에 비해 1920년대 여학생은 허영과 사치의 산물로서 생활인과는 동떨어져 있다. 여학교의

53) 「女學生의 各人各觀」, 『신여성』, 1926.4, 41~42면.
54) 위의 글, 43면.

증가와 함께 다수의 여학생이 배출되지만[55] 그들의 지식은 실질적이거나 전문적이지 못한 초급 수준에 그친다. 이러한 분위기에서 다수의 교육받은 여학생들은 지적인 면보다 외적인 면에 관심을 쏟으며 허영심을 배가한다. 염상섭은 「너희는 무엇을 어덧느냐」에서 이러한 당대 여학생의 타락상을 보여준다.

2.4. 여학생의 좌절과 통속화

염상섭의 「너희는 무엇을 어덧느냐」에서 '덕순'과 '마리아'는 허영에 사로잡힌 불량 여학생의 행적을 대표한다. 이 장에서는 두 인물의 타락원인을 규명해 보도록 하겠다. 덕순은 "만세이후로 급작실히 퍽변"(190면)했다. 그렇다면 한 사람의 세계관을 바꾸어 놓은 '만세운동'은 과연 어떤 의미를 가지고 있으며, 어떤 결과를 초래한 것인가. 1919년 3월 1일 만세운동의 실패와 좌절을 살펴보기 위해 만세운동을 중심 소재로 한 전영택과 김동인의 작품을 일별해 볼 필요가 있다. 전영택의 「운명」(『창조』, 1919, 10)은 만세직후 분위기를 감지하기에 좋은 작품이다. 오동준은 경성감옥에 수감된 이후 일본에 있는 약혼녀 생각만 한다. "동준은 매일 수수밥에 된장국으로 살아가고 감방 안의 단내와 구린내로 얼굴이 누우래지고 뚱뚱 부어 살이 찐 듯하여서 아주 몰

---

55) 1925년 당시 여학생(高等程度)의 총수는 아래의 표와 같다. 수적으로 경기도가 가장 많으며 다음으로 평남과 황해, 그리고 평북과 경북에 다수의 여학생이 있음을 알 수 있다. 일기자, 「全鮮女學生高等程度總數와 그 出生道-어느 道의 女學生이 第一 만흔가」, 『신여성』, 1925.12, 24~25면.

지역 인원	경기	충북	충남	전북	전남	경북	경남	황해	평남	평북	강원	함남	함북	외국
2795	985	47	65	78	20	175	132	306	428	202	89	102	58	18

라보게 되었"[56])는데, 변한 것은 그의 외양뿐 아니라 의식마저 몰라보게 달라졌다.

오동준이 감방안의 고통을 감내해 내는 저력은 민족에 대한 변함없는 신념(信念)이 아니라 약혼녀에 대한 정념(情念)에 있다. "내가 언제든지 나가는 날이 있으리라. 나가면 그 때는 일본 동경 갔던 H가 나를 찾아보려고 돌아오리라. 아홉시 몇 분 차가 있지, 차에서 내리거든 내가 몇 해 전에 동경서 처음 사랑하며 지낼 때처럼 막 끌어안고 키스를 하리라."(162면) 감방 안에 있는 오동준의 의식을 지배하는 것은 역사적 사명감 혹은 민족에 대한 고뇌가 아니라 키스하고 포옹해 줄 애인에 대한 정념(情念)이다. 이제 그를 지탱시켜주는 삶의 동기는 애인과의 달콤한 연애 및 신가정과 같은 사적인 정서이다. 출감 후 그는 약혼녀가 이미 다른 남자와 동거하여 뱃속에 아이까지 가졌다는 사실을 알게 된다. 이 작품에서 직시할 점은 약혼녀의 변심이 아니라 수감된 이후 이미 역사와 민족을 떠나 버린 오동준의 의식이다.

김동인의 「태형」(『동명』, 1922, 12~1923, 1)은 전영택의 「운명」에서 수감자가 처한 상황을 더 처참한 상황으로 몰고 간 작품이다. 수수밥과 된장국은커녕 물 한 컵, 공기 한 모금도 허락되지 않은 극한 상황에서 인간은 무엇을 할 수 있으며, 어떻게 돌변할 수 있는지 보여준다. 이 때 감옥은 민족의 존립이라는 대의명분에 앞서 개인의 생존을 자각하는 배경이 된다. "삼월 그믐 아직 두꺼운 솜옷을 입"고 있을 때 수감된 나는 작은 감방에서 40여명과 함께 한여름을 맞는다. 나는 민족의 독립에 앞서 어떻게 하면 살을 뭉개는 극심한 더위를 피할 수 있을지 골몰한다.

---

56) 전영택, 「운명」, 『신한국문학전집21-전영택』, 어문각, 1981, 161면. 이하 인용문은 하단에 페이지 수만 명시.

지금의 그들의 머리에는 독립도 없고, 민족자결도 없고, 자유도 없고, 사랑스러운 아내나 아들이며 부모도 없고, 또는 더위를 깨달을 만한 새로운 신경도 없다. 무거운 공기와 더위에 괴로움 받고 학대 받아서 조그맣게 두개골 속에 웅크리고 있는 그들의 피곤한 뇌에 다만 한 가지의 바램이 있다 하면, 그것은 냉수 한 모금이었다.[57]

김동인은 감방에서는 "냉수"뿐 아니라 "시원한 공기와 넓은 자리를 (다만 일이십 분 동안이라도) 맛보는 것은 여간한 돈이나 명예와도 바꿀 수 없는 귀중한 것"(456면)이라 역설한다. 비좁은 공간에서 살과 살이 맞붙어 뭉게 지는 상황을 모면하기 위해 무엇보다도 긴요한 것은 자리(공간)이다. 같은 감방에서 70이 넘은 노인이 태형언도를 받고 공소를 취하자, 나는 노인에게 분개하면서 노인이 다시 태형을 받도록 다른 수감자들을 동요한다. "여보! 시끄럽소. 노망했소? 당신은 당신이 죽겠다구 걱정하지만, 그래 당신만 사람이란 말이오? 이 방 사십 명이 당신 하나 나가면 그만큼 자리가 넓어지는 건 생각지 않소? 아들 둘 다 총에 맞어죽은 다음에 뒤상 하나 살아있으면 무얼해? 여보!"(459면)

민족을 구제할 수 있다고 믿었던 신념이 무너지자 그들은 이제 일신의 안위에서부터 안락을 긴요하게 여긴다. 만세운동의 좌절은 전영택의 「운명」과 김동인의 「태형」에 등장하는 지식인 남성에게만 찾아온 것이 아니다.[58] 근대 소설사에서 여학생 1세대(나혜석, 김명순, 김일엽)는 만세운동에 가담한 것으로 알려져 있다. 실지로 3.1 운동 이후, 여성 검거자 471명중 여교사·여학생의 검거자 수가 218명으로 여성 총

---

57) 김동인, 앞의 책, 453면. 이하 인용문은 하단에 페이지 수만 명시.
58) 나혜석의 경우 20여세의 소녀로서 그녀는 "전 인류에게 애착심이 생기고 동포에 대한 의무심이 나며 동류에 대한 책임"을 가지고 있었으며 "반 년 감옥생활 중에 더할 수 없는 구속과 보호와 징역과 형벌을 당"한 바 있음을 회고한다. (나혜석, 「母된 감상기」, 『동명』, 1923, 1, 1~21.)

검거자의 약 46%를 차지하고 있음을 볼 때[59] 일제에 저항한 여학생의 적극적인 활약상을 짐작할 수 있다. 이광수의 『재생』(『동아일보』, 1924, 11.9~1925, 9.28)에서 타락한 '순영' 역시 한때 만세운동에 적극적으로 가담한 바 있다.

순영을 비롯하여 1920년대 여학생들은 "독립 운동이 지나가고 사람들의 마음이 모두 식어서 나라나 백성을 위하여 인생을 바친다는 생각이 적어지고 저마다 저 한 몸 편안히 살아갈 도리만"[60] 챙긴다. "그때 통에 울고불고 경찰서와 감옥에 들어가서 영광으로 알던 계집애들도 점점 그때 일을 웃음거리 삼아서 이야기할 뿐이요, 이제는 어찌하면 잘 시집을 갈까, 어찌하면 미국을 다녀와서 남이 추앙하는 여자가 될까"(53면)를 궁리하면서 통속화의 길을 걷는다.[61] 염상섭의 「너희는 무엇을 어덧느냐」에 등장하는 덕순과 마리아 역시 만세운동에 가담하고, 감방에 수감된 바 있는 전력을 가지고 있다. 늦은 밤, 마리아는 남자를 만나기 위해 사감과 교장의 눈을 피해 '기숙사 문'을 나서다가 불현듯 '감옥 문'을 연상한다.

> 마리아는 지금도 재작년에 ××감옥에 드러갈 제 순사가 문을 쪽쪽 두득이닛가 안에서 <짜양> 일원자리 은전만한 구멍으로 깜안 눈이 반짝하고 내여다보더니 조고만 겻문을 여러 주든 것을 머리ㅅ속에 그려 보고 가벼웁게 한숨을 쉬엇다. (341면)

---

59) 정요섭, 「3.1운동 당시의 여성운동」, 『한국여성운동사:일제치하 민족운동을 중심으로』, 일조각, 1971, 73면.

60) 이광수, 『이광수전집』2, 삼중당, 1974, 53면. 이하 인용문 하단에 페이지 수만 밝힘.

61) 이광수는 『재생』에서 여학생의 타락 원인을 만세운동이후 "오래 전부터 학교에 있던 조선 사람 선생들이, 혹은 그때 통에 감옥으로 들어가버리고, 혹은 외국으로 달아나고, 혹은 부자격이라 하여 쫓겨"(53면)난 까닭에, 학생들에게 감화를 줄 만한 선생이 학교에 부재함을 들고 있다.

이때 마리아의 '한숨'이 어디에서 연유한 것인지 작품에서는 명확히 드러나지 않는다. 만세운동을 상기하고 그에 대한 좌절에서 오는 한숨인지, 아니면 암울한 역사적 사명감을 벗어났다는 안도에서 오는 한숨인지 알 수 없다. 한 가지 분명한 사실은 연애에 눈먼 마리아의 의식이 이미 공적 세계에서 사적 세계로 옮겨왔다는 점이다. 덕순이가 "만세 이후로 급작실히 퍽 변한"(190면) 것과 마찬가지로, 마리아를 비롯한 당대 여학생들 역시 '역사에 대한 좌절'과 '사적 세계로 매몰'되는 내면 변화를 가졌던 것이다. '만세운동'의 좌절은 당대 지식인으로서 여학생들이 역사의 현장에서 개인의 문제로 한 걸음 물러서는 계기가 되었다. 그러나 만세운동의 좌절이라는 역사적 사건만으로 불량 여학생의 출현을 해명하기에는 미흡하다.

2.5. 여학생의 외출

염상섭의 「너희는 무엇을 어덧느냐」에서 덕순은 "<엘렌, 케이>니 <입센>이니 <노라>니 하는 자유사상(自由思想)의 맛을 보게 되니까 모든 것을 자긔의 처디에만 비교해 보고 한층 더 마음(190면)"이 들떠서 통속화되었다. 작중 여학생의 행적은 '노라'의 행적과 비교되고 있거니와, 1920년대 이후 조선을 떠들썩하게 했던 헨리 입센의 작품 「인형의 집」은 불량 여학생의 출현을 이해하는 배경이 된다. 「인형의 집」은 1921년 1월 25일부터 4월 3일까지 『매일신보』에 연재되었고, 그 이듬해에는 양백화가 번역한 『노라』(영창서관, 1922. 6.25)와 이상수가 번역한 『人形의 家』(한성도서, 1922. 11.15)가 각각 단행본으로 출간된다. 당시 「인형의 집」은 작가들과 독자들에게 큰 반향을 몰고 온다. 가령 전통에 얽매인 여성을 '인형'이라 칭하는 반면 이에 반기를 든 신여성을 총칭 '노라'라고 부른다. 이상의 「失花」(『문장』, 1939)에는 전위적인 여학생을 '노라의 따님'이라 부르는가 하면 채만식의 『인형의 집을 나와서』(『조선일보』, 1933, 5.27-11.4)에서는 구습에 젖은 여성을 '인형'의 삶으로 묘사한다.

염상섭의 「너희는 무엇을 어덧느냐」를 이해하기 위해 당대 문단과 사회에 영향을 미친 「인형의 집」의 내용을 일별할 필요가 있다. 노라는 평범한 중산층 가정의 주부이다. 노라는 헬머에게 양처(良妻)로, 자녀들에게 현모(賢母)로 헌신한다. 노라는 남편 병구환을 위해 빌려 쓴 돈이 문제가 되어 남편으로부터 버림받을 위기에 처하자 자신을 위한 삶을 자각한다. 염상섭은 「너희는 무엇을 어덧느냐」(『동아일보』, 1923, 8.27-1924, 2.5)를 연재하기 한 해 전, 평문 「至上善을 爲하야」(『신생활』, 1922, 7)의 서두를 「인형의 집」의 노라가 자각하는 대목의 인용으로 시작한다. 이 부분은 염상섭의 「너희들은 무엇을 어덧느냐」에 등장하는 불량 여학생의 이해에 긴요한 대목이므로 전문을 인용하도록 하겠다.

> 노라 「事實 내게는 兒孩들은 付託하실 수가 업습니다 – 당신 말씀
> 대로 그런 問題는 내 힘에는 겨운 일얘요. 나에게는 그보다
> 도 먼저 解釋해야 할 問題가 잇습니다. **나는 自己를 敎育할**
> **方策을 차려야 하겟습니다.** 그러나 당신의 助力을 바들 必要
> 가 업지요. 나 혼자 始作하겟습니다. 내가 인젠 下直하고 간
> 다는 것도 그 째문이올시다」
>
> 헬머– (깜짝 놀나서 벌쩍 이려나며) 「무슨 소리야?」
>
> 노라 「自己自身과 周圍의 社會를 알기 爲하야 나는 아주 獨身이 될
> 必要가 잇습니다. 하기 째문에 이 以上 당신하고 갓치 지낼
> 수가 업다는 것입니다」

헬머—「그래 家庭이나 男便이나 子息까지 버린다니, 世上에 炎像
　　　사나운 것도 生覺을 해야지」

노라「그런 것은 쩌리고 잇슬 수가 업세요. 나는 單只 하랴고 하는
　　　일은 엇더튼지 해야 하겟다고 生覺할 쑨입니다」

헬머—「이게 말이야 大體 그 싸위로 자네의 第一 神聖한 義務를 버
　　　릴 수가 잇나?」

노라「나의 第一 神聖한 義務란 무어얘요」

헬머—「그걸 날더러 무러? 남편에게 對한 子息에게 對한 義務지」

노라「나에게는 쪽갓치 神聖한 義務가 다른 데 잇슴니다.」

헬머—「그런게 잇슬 理가 잇나. 무슨 義務란 말이야?」

노라「나 自身에게 對한 義務죠」

헬머—「무엇보다도 第一에 자네는, 안해요 에미다」

노라「그런 것은 나는 인젠 밋지 안어요. 무엇보다도 第一에 나는
　　　사람이얘요. 마치 당신이 사람인 것갓치. 적어도 일로부터는
　　　그러케 되랴고 합니다. 물론 世上 사람은, 大槪는 당신에게
　　　同意하겟지요, ⊞에도 그럿케 씨웟셨지요. 그러치만 인젠 普
　　　通사람이 하는 말이나, ⊞에 씨운 것으론 滿足할 수 업슴니
　　　다. 自己가 무엇이던지 生覺하고 窮理해서 透得해내지 안으면
　　　안되겟슴니다.」[62] (굵은 글씨는 인용자의 강조)

　'자기를 위한 삶'을 직시하고 갱생(更生)을 도모하려는 노라에게 잇
어서 '가출(家出)'은 두 가지 의미를 가진다. 첫째 노라가 가족과 가정
을 위해 헌신했음에도 불구하고 인격을 인정하지 않는 폭군 남편에
대한 대항이라는 점, 둘째 노라는 자신의 인격을 자각하고 그 누구의
도움없이 스스로 갱생을 도모한다는 점이다. 1920년대 이후 「인형의
집」이 여성해방의 정전으로서 널리 애독되었지만, 당시 소설에서 이

---

62) 염상섭, 『염상섭전집12』, 민음사, 1987, 41~42면.

두 가지를 모두 실현하는 인물은 좀처럼 찾아볼 수 없다. 여학생들이 인격을 자각한 점에 있어서는 신여성으로 진일보한 지성을 소유했으나 의식의 실현에 있어서는 노라의 실행에 미치지 못하고 있기 때문이다. 평문 「至上善을 爲하야」에서 인용한 노라의 행적과 대비하여, 염상섭이 「너희는 무엇을 어덧느냐」에서 지적하는 것은 '여학생의 의식과 실행에 있어서 괴리 문제'이다.

작중 여학생들은 모두 일본 혹은 미국 유학을 꿈꾸지만, 그들은 무엇을 위하여 혹은 어떤 공부를 하려는 것인지 명분이 분명하지 않다. '자기의 교육'을 위해 남편의 조력을 받지 않겠다는 노라의 의지와 달리, 덕순은 교육비 조달을 위해 애정없는 남자의 후취(後娶)가 된다. 덕순뿐 아니라 여학생들 모두는 학비 조달을 포함한 물질을 전적으로 남자와 후원자에게 의존한다. 마리아는 미국 유학을 위해 부호(富豪) 안석태와 결혼하려는가 하면 미국여행권을 발급해 주려는 쓰라운 교댱의 눈에 나지 않으려고 애쓴다. 염상섭의 「너희는 무엇을 어덧느냐」에서 '자기의 교육'을 스스로의 힘으로 해결해 나가려는 여학생의 적극적인 면모는 어디에도 찾아 볼 수 없다.[63]

황금의 노예가 된 여성의 물욕을 보여준다는 점에서, 염상섭의 『너희는 무엇을 어덧느냐』는 1910년대 조중환의 「장한몽」과 별반 다르지 않다. 그럼에도 불구하고 이 작품의 특기할 만한 변별성이 있다면 염상섭은 일반 여성이 아니라 신학문을 공부한 지식인 여성, 여학생들의 내면을 보여주고 있다는 점이다. 염상섭은 당시 여학생의 내면을 움직이는 것은 역사도 아니며 낭만적 열정도 아니며 오로지 황금과 허영

---

63) 이와 대조적으로 프로 작가들의 작품에는 여자고학생이 등장한다는 사실은 흥미롭다. 이기영의 『두만강』에는 여자 고학생 분이가 등장하여 여성 노동자들의 현실을 보여준다. 이상경, 「1920년대 신여성의 다양한 행로에 관한 연구」, 『한국근대여성문학사론』, 소명, 2002, 117면.

에 있다는 것을 보여준다. 이 점은 입센의 「인형의 집」이 당시 조선에 유입되어 널리 반향을 몰고 왔음에도 불구하고 마치 급하게 냉수를 들이킨 것처럼 불완전하게 정착했음을 보여주는 지점이기도 하다. 즉, 노라의 자각은 여학생들의 의식 변화에만 그칠 뿐, 실생활을 통한 사회 활동으로 이어지지 못했다.

염상섭은 장편 「너희는 무엇을 어덧느냐」(1923, 8.27~1924, 2.5)를 연재하기 이전, 중편 「해바라기」(『동아일보』, 1927, 7.18~8.23)를 연재한다. 「해바라기」에서 여학교 출신의 영희 역시 「너희는 무엇을 어덧느냐」에 등장하는 여학생과 다르지 않다. 영희는 "사랑을 바다주는 보수로 밥을 먹여달라는 것은 이편의 권리"이며 이것이 "뎨일 현명한 인생의 길"(123면)이라 여긴다. 소설을 쓰고 예술에 대한 남다른 열정을 가지고 있는 영희는 「너희는 무엇을 어덧느냐」의 덕순과 마찬가지로 자신의 열정을 실현하기 위한 물질적 조력자로 부호(富豪) 홍수삼을 선택한다. 영희는 배우자에 대한 자신의 애정을 남편이 주는 물질에 향응하는 보답이라 여긴다. 사랑과 물질을 각각 수수관계로 하여 후취(後娶)로 결혼하고 예술을 하는 영희 역시 '자신의 노력'으로 '자기를 교육할 방책'을 간구하는 노라와는 거리가 먼 인물이다. 단순히 남자의 사랑을 받아주는 것이 남자의 밥을 먹는 것에 대한 이유 혹은 거래가 될 수는 없다.[64] 애정을 돈으로 살 수 없는 것이다.

이러한 여학생의 타락은 여학생들의 사회진출이 용이하지 않았던

---

64) 이와 관련하여 1920년대 중반에 이르면 여성문예지에 재미있는 논설이 등장한다. 「웨-제힘으로살지못하느냐?-남편을바라보는모든녀성에게」(박달성, 『신여성』, 1926, 2, 13~17면)는 서울 가정부인을 대상으로 아내에 대한 남편의 현실적 바람을 꽁트 형식으로 나타낸 글이다. 반면, 「안해에게 월급을주라-이만한일과로동을 돈으로계산하자」(개성 송화자, 『신여성』, 1925, 12)에서는 아내의 가사 노동을 8백원이라는 금액으로 환산하여 부인 노동의 경제적 가치를 역설한다.

당시 사회 풍토의 탓도 없지 않겠지만 무엇보다도 큰 원인은 여학생들 스스로 무엇을 위하여, 어떤 공부를 하겠다는 의지가 없다는 데 있다. 염상섭의 「너희는 무엇을 어덧느냐」에서 여학생들은 타자들의 일방적인 도움으로 공부를 하지만, 무엇이 되기 위해 혹은 어떤 일을 하기 위해 공부를 하겠다는 것인지 의지가 없다. 작중 여학생들이 인형의 삶을 벗어나기 위해 집을 나왔다는 점에서 그들은 '자기를 교육하려는 방책'으로 집을 나온 노라의 후예들이다. 그러나 「인형의 집」에서 노라가 연애를 위하여 집을 나온 것이 아닌데 반해, 작중 덕순을 비롯한 여학생들은 연애와 허영을 실현하기 위해 집을 나서고 유학을 가고 급기야 이혼을 한다. 그런 의미에서 작중 '여학생의 외출'은 사사로운 비밀을 만드는 형식에 지나지 않으며 그들은 가정 혹은 사회로 귀환하지 않는다. 신소설에 나타난 여성의 가출(家出)이 구시대 담론(유교 이데올로기)의 균열을 보여주는 역사적 의미를 띠고 있는데 비해[65] 1920년대 소설에 나타난 불량 여학생의 가출은 개인의 내밀한 사적(私的) 의미를 띠고 있다.

염상섭의 「너희는 무엇을 어덧느냐」에서 공부하겠다고 집을 나선 여학생들은 친구집에 기숙하거나 여관집을 전전하면서 자신의 연애문제로 인해 안절부절못한다. 경애는 애인의 여관방을 드나들면서 밀애를 나눈다. 덕순이는 연애를 위해 애정 없는 남편에게서 떠나려 하지만, 남편의 경제력 없이는 유학갈 수 없으므로 여관을 전전한다. 마리아는 여학교의 기숙사를 나와 예배당과 남자 하숙집을 드나들면서 연애한다. 이들은 내면에 구심점을 이루는 사상과 의지가 없으며, 감정

---

65) 이영아의 「신소설의 개화기 여성상 연구」(서울대학교 석사학위논문, 2000)는 '가출(家出) 모티프'에 주목하여, 전대와 구분되는 여성 인물의 행로를 통해 신여성의 의식을 추적한 바 있다.

과 물질의 노예가 되어있다. 이러한 사실은 일견 염상섭의 신여성에
대한 혐오심을 보여주는 것이기도 하지만 당시 팽배해 있는 여학생의
통속화와 타락을 시사해 준다. 요컨대 신사상을 수용하되 실천적 개념
으로 수용하지 않고 인습에 대한 반론으로 성급히 이해한 당시 여학
생들의 단면을 보여준다.

2.6. 일그러진 근대

염상섭의 1920년대 초기작에는 여학생이 빈번히 등장한다. 작중 여
학생은 허영과 물욕에 빠져 있다는 점에서 1910년대 소설의 여학생과
는 다른 면모를 보인다. 1910년을 전후로 여학교가 설립되면서 1910년
대 단아한 여학생이 1920년대 이르면 불량스럽게 변한다. 염상섭의 「너
희는 무엇을 어덧느냐」는 1920년대 불량 여학생의 출현 배경을 보여
준다. 그 배경은 크게 다음과 같이 세 가지로 나눌 수 있다.

첫째, 1920년대 여학교 교육의 목표와 내용이 소박한 초급 수준에
그치고 있으며 그 결과 여성은 전문 직업인이나 시대를 주도하는 지
식인으로 자리잡지 못했다. 염상섭의 「너희는 무엇을 어덧느냐」에서
드러나듯, 학교 교육을 마친 여학생들은 돈 많은 가정 부인(마리아) 혹
은 유학(경애, 마리아)을 하거나 교원(희숙) 정도에 그친다. 특히 여학생
의 유학은 교회와 돈 많은 남자의 원조에 의존하며, 실제로 그들의 교
육 목적과 의도는 뚜렷하지 않다.

둘째, 1919년 만세운동의 좌절은 여학생들이 역사의 현장에서 사적
세계로 선회하는 계기가 되었다. 1920년대 여학생들은 동시대 남성 지
식인과 마찬가지로 3.1운동에 가담한 바 있다. 만세운동은 민족과 국

가를 구제하려는 시대적 사명감을 가진 당대 지식인, 남학생과 여학생
들에게 큰 좌절과 시련을 몰고 왔으며 이를 계기로 그들은 일신의 안
일을 우위로 하는 개인 생활에 전념하기 시작한다. 염상섭의 「너희는
무엇을 어덧느냐」에서 덕순과 마리아는 만세운동과 수감 전력을 가지
고 있으나, 이제 그들은 사적 세계에 골몰한다.

셋째, 1921년 『매일신보』에 연재되어 소개된 입센의 「인형의 집」과
같은 신사상의 영향력을 간과할 수 없다. 입센의 「인형의 집」에서 노
라는 남편과 자식에 앞서 여성 자신의 삶에 대해 자각한 진보적 인물
로 여학생들의 삶에 변화를 몰고 왔다. 그러나 집을 나선 노라가 남편
과 타인의 도움없이 자신의 노력으로 자기를 교육하겠다고 다짐한 데
비해, 1920년대 여학생들은 돈 많은 부호(남자) 혹은 후원자의 도움으
로 학비를 조달한다. 염상섭의 「너희는 무엇을 어덧느냐」에서 덕순은
학비 조달을 위해 아버지뻘 되는 남자의 후취로 들어가며, 유학을 준
비하는 마리아 역시 부호를 선택한다. 여학생은 신사상을 유입하되 실
천적 개념으로 이어가지 못하고 사치와 허영을 실현하고 유지하기 위
한 학교에 진학한다.

1920년대 여학생은 1910년대 여학생과 달리 통속화되고 타락한 모
습을 보인다. 이러한 면모는 실상 1930년대까지 이어진다. 이상의 「失
花」(『문장』, 1939, 3 유고작)에 등장하는 여학생의 불량스런 면모가 이를
대변한다. R영문과에 재학중인 姸이는 "전날 밤에는 나와 만나서 사랑
과 將來를 盟誓하고 그 이튿날 낮에는 깃싱과 호-손을 배우고 밤에는
S와 같이 飮碧亭에 가서 옷을 벗었고 그 이튿날은 月曜日이기 때문에
나와 같이 같은 東小門 밖으로 놀러가서 베-재"[66]하면서 애정행각을

---

66) 이상, 『이상문학전집-소설』, 문학사상사, 1994, 363면.

벌인다. 또 강경애는 「그 여자」(『삼천리』, 1932, 9)에서 공부한 신여성 마리아를 통해 현실과 괴리된 여성의 허영심리를 묘사하고 있다.[67] 염상섭은 여학생의 변화를 누구보다 먼저 직감하고 통감한 작가이다. 여학생으로 대표되는 신여성이 근대라는 표식의 객관적 상관물이라면, 염상섭은 여학생의 타락상을 통해 1920년대 조선에 몰려온 근대를 비판하고 우려했던 것이다.

---

67) 유사한 관점에서 동시대 이태준은 「백과전서」(『신소설』, 1930, 1)에서 신여성(여학생)을 '백과사전 한 질'과 '유성기 한 틀'에 비유하며 여학생과 이에 대한 동시대인들의 허영을 보여준다.

1. 에드거 앨런 포의 수용

1.1. 근대문학과 포 문학

애드거 앨런 포(Edgar Allan Poe 1809~1849)는 「갈가마귀 *Raven*」와 「애너벨리」의 시인, 「검은 고양이」와 같은 공포소설의 대가, 「도둑맞은 편지」와 같은 탐정소설의 선구자로[1] 알려져 있다. 그렇다면 포는 언제, 누구에 의해, 처음 한국에 작품이 소개되었을가. 포의 작품은 김명순에 의해 한국에 처음 소개된다. 김명순은 시 「大雅 Raven」「헬렌에게」(『개벽』, 1922.10), 소설 「상봉 *The Assignation*」(『개벽』, 1922.11)을 번역했다.

---

[1] 포가 발명한 천재 탐정 오귀스트 뒤팽은 이후 등장하는 추리소설 속의 모든 탐정-코난 도일의 셜록 홈즈, 애가서 크리스티의 에르퀼 포와르, 모리스 르블랑의 아르센 루팡 등의 원형이 되었다. 또한 포는 뒤팽의 사건 해결을 독자들에게 해설해 주는 화자 겸 조수를 설정함으로써 후에 등장하는 셜록 홈즈와 그의 조수 왓슨의 모델을 제공해 주기도 했다. 김성곤, 「왜 지금 포(poe)인가」, 『에드가 앨런 포 읽기의 즐거움』, 살림, 2005, 14면. 포의 탐정소설은 과학소설(SF)의 시원이라 할 수 있다. SF의 장르적 특성에 대해서는 노대원의 「SF의 장르 특성과 융합적 문학교육」(『영주어문』42, 영주어문학회, 2019, 221~245면)을 참조할 것.

1920년대 수용 당시부터 근대 문인들은 시, 소설, 문학 이론을 비롯해서 작가의 생애에 걸쳐 다양한 관심을 보였으며, 포 문학은 근대 문단과 작가들에게 문학의 새로운 흐름으로 수용되었다.

박용철, 김광섭, 윤곤강, 한흑구 등의 시와 평문2) 김동인, 이태준 등의 소설에 영향을 미쳤다. 김동인의 「광화사」, 「광염소나타」 등이 사회적이고 역사적인 의미의 배경이 없다는 점, 살인과 광기를 다루고 있다는 점에서, 포와의 유사성이 논의되었다.3) 이태준의 단편 「가마귀」(『조광』1936, 1)와 포의 시 「갈가마귀 *Raven*」(*The Evening Mirror*, 1845, 1)의 비교연구가 활발히 진행되었다.4) 이태준의 「가마귀」는 포의 문학 이론을 실현한 작품으로서5) 「가마귀」에서 주인공은 포의 시 「갈가마귀 *Raven*」을 읊조리는 등 포 문학의 영향력을 직접적으로 드러내고 있다.

포의 작품과 이론은 1920년대 한국 근대 문단의 조류와 상응하는 작품이 번역되었다. 문인들은 자신이 발 딛고 있는 현실 조건을 토대

---

2) 김용직, 「한국 현대시에 수용된 애드거 앨런 포우에 관한 고찰」, 『논문집』, 서울대학교 교양과정부, 1971, 17~44면.

3) 김현실, 「1920년대 번역 미국소설 연구-그 수용양상 및 영향의 측면에서」, 이화여자대학교 국어국문학과 대학원 석사학위논문, 1980. 김현실은 1920~30년대 한국 근대문단에서 가장 많이 알려진 미국 작가로 포를 언급했다. 포가 진지하고 비극적인 인간의 내면성에 영향을 미쳤다면, 오 헨리는 새로운 단편소설 기법에 영향을 미쳤다고 보았다. 포의 「타원형 초상화」는 김동인의 「광화사」를 떠올리게 한다. 액자식 구도, 화가 주인공의 예술과 소설, 죽음과 그림의 완성을 동일하게 바라보는 시선은 두 작품의 공통점이다.

4) 김동식, 「「가마귀」에 관한 몇 개의 주석:계몽의 변증법과 관련해서」, 『상허학보』11, 상허학보, 2003.8, 307~335면. 김명렬, 「Edgar Allan Poe의 "The Raven"과 이태준의 "까마귀"」, 『한국문화』32, 서울대학교 규장각 한국학연구원, 2003.12, 129~151면. 김명숙, 「이태준의 <까마귀>에서 본 포우 시의 화소」, 『한중인문학연구』49, 한중인문학회, 2015, 199~220면. 김동식이 계몽과 예술의 관계 속에서 예술적 환상에 주목하여 인물을 분석했다면, 김명렬은 포의 창작철학(원리)에 근거하여 두 작품의 성과를 비교분석하고 있다. 김명숙은 미인의 죽음, 까마귀와의 대결, 고딕 분위기 조성 세 가지의 측면에서 이태준이 포의 영향을 받았다고 보았다.

5) 이태준 문장론의 근저에는 포의 흔적이 내재해 있다. 안미영, 「이태준의 『문장강화』에서 문장론의 배경과 문학적 형상화」, 『근대문학을 향한 열망, 이태준』, 깊은샘, 2009, 236면.

로 외국문학 작품을 읽고 근대 문학의 내용과 형식을 탐구했다. 1927
년『해외문학』이 창간호를 내면서 포 문학의 이해와 작품 번역에 상
당 부분을 할애한 데서 알 수 있듯이, 포 문학은 전대와 구분되는 선
진성을 지니고 있었다. 미국문학은 워싱턴 어빙을 기점으로 에드거 앨
런 포, 에머슨, 롱펠로우, 소로, 휘트먼, 마크 트웨인 등의 순으로 전개
되는데, 한국 근대문단에서 포는 미국작가 중에서도 세계 문단에 영향
을 미친 작가로 당시 높이 평가되었다.[6]

포의 작품과 문학이론은 한국 근대소설의 정립에 영향을 미쳤다. 근
대 단편소설을 정립한 김동인, 단편소설을 발전시킨 이태준은 공통적
으로 포를 단편소설의 원조 작가로 언급했다.[7] 한국 근대문단에서 포
의 영향력은 다음과 같은 글에서 잘 드러난다.

> 포우의 영향은 저널리즘의 맹아, 탐정소설, 단편소설의 선구에만
> 그치지 않고 사상 방면으로도 적지 않은 영향을 주었다. 과거 문예
> 사상 거대한 파동이었던 악마파 예술(1850년대 이후), 상징파 예술
> (1885년대), 데카당스파 예술(同上 時代) 등의 예술지상주의 예술이
> 포우의 순예술관 내지 병적 예술의 후예였다. 그 외 포우의 병적 환
> 상과 신경질적 공포심리로부터 산출된 신비소설, 공포소설 등이 있
> 다.[8]

인용문에서 알 수 있듯이, 한국 근대문단에서 포가 미친 영향력은
세 가지로 요약된다. 첫째, 단편소설의 선구자이자 새로운 영역의 탐

---

6) 「근대영미문학의 개관7-영미문학의 개관」,『조선문단』제4호, 1925, 1.1.
7) 김동인, 「소설작법」,『조선문단』8호, 1925, 6, 99면. 이태준, 「산문학의 재검토(其二) 短
   篇과 掌篇(상)」,『동아일보』, 1939, 3.24.
8) 김영석, 「포와 탐정문학」,『연희』, 1931.12. 조성면 편저,『한국 근대대중소설 비평론』,
   태학사, 1997, 118~119면.

정소설을 개척했다. 둘째, 그는 1920년대 한국 문단의 분위기를 대변하면서 동시에 서구 문학흐름을 대표했다. 악마파, 상징파, 데카당스는 1920년대 폐허 백조 중심의 문단 분위기를 대변하고 있으며, 동시대 작가들은 포의 작품과 이론을 그들의 작품세계를 해명하고 실현하기 위한 전거로 삼았다. 셋째, 공포심리로부터 산출된 공포소설이라는 새로운 영역을 창안했다. 탐정소설, 신비소설, 공포소설이라는 일련의 범주는 근대 단편소설의 형식과 내용의 특이성을 집약하고 있다. 포는 형식적인 면에서 근대 단편소설을 정립하고 발전시켰으며, 내용적인 면에서는 근대 인간의 내면을 탐구했던 것이다.

1934년 전무길은 125회 포의 탄생제를 기념하며 그의 생애와 작품 세계에 대해 장기간 신문에 연재하였다. 포에 관한 유명한 연구자 알폰소 스미스가 포의 작품을 '예술적이며 감정적인 A형', '이지적이며 과학적인 B형'으로 구분했다면, 그는 환상물, 탐정물, 공포물로 분류했다.9) 근대 문단에 번역된 포의 소설은 「相逢 The Assignation」(김명순 역, 『개벽』제29호, 1922, 11.1), 「黑猫物語 검은고양이」(역자미상, 『시대일보』1925, 12.26~31), 「赤死의 假面 The Masque of the Red Death」(정인섭 역, 『해외문학』창간호, 1927, 1.17) 세 작품이다. 세 작품은 모두 공포물이라는 공통점을 가지고 있다.

---

9) 전무길, 「『에드가 알란 포』의 수기한 생애와 작품—125회 탄생제를 지나서」(1)~(6), 『조선 일보』, 1934, 2.23/24/25/~3.1/2. 그는 포의 작품을 탐정적인 것, 환상적인 것, 공포를 다룬 것, 세 가지로 구분했는데, 이러한 분류는 이후 포의 문학세계 전모를 바라보는 준거가 되었다. 이를 표로 나타내면 다음과 같다. (1934, 2.10. 안악에서)

구분	종류와 특징
환상물	「도난당한 편지」, 「유과중의 墮落」. 비현실적인 것으로서 현실성을 부여하려고 시험한 것.
탐정물	「황금충」, 「몰구가의 살인」, 「도실당한 편지」. 탐정소설의 원조.
공포물	「흑묘」, 「어쉬가의 붕괴」.

1920년대 한국 근대 문인들이 포의 공포소설을 번역했다는 사실은 1920년대 한국 문단의 특이성은 물론 시사하는 바가 크다. 세계사적으로 문화예술계를 풍미한 표현주의 사조는 1920년대 한국 문단의 문예 흐름과 방향성을 시사한다. 낭만주의, 퇴폐주의, 예술지상주의 풍조는 표현주의의 지류로서 1920년대 문인들의 자의식과 작품세계를 형성하고 있다. 표현주의 유파는 자연을 바라봄에 있어서 기존과 다른 시각을 가지고 있었다. 그들은 육안에 비친 자연의 무미건조한 외관을 그들 자신의 개성적인 환영으로 변형하고 재창조하였다. 그들은 외계의 자극을 뛰어넘어 그들 내면에서 우러나오는 경이의 세계를 건설하였다.10)

1.2. 포 문학의 번역

한국에서 포의 작품은 1920년대부터 번역된다. 한국 근대문학사에 번역된 포의 시와 소설, 포에 대한 평문을 시기별로 소개하면 다음과 같다.11)

---

10) 임노월, 「藝術至上主義의 新自然觀」, 『영대』, 1924, 8.1, 8~9면. 임노월은 표현주의 예술의 동향을 다음과 같이 소개하였다. 인상파의 마네는 자연에 대한 시각의 전통적 습성을 해방시켜 새로운 색채관조의 길을 개척하려고 했으며, 후기인상파의 세잔느는 공간에 나타난 입체감의 신비를 포착하기 위하여 명민한 감응과 지혜의 종합성을 가지고 새로운 형태를 창조하려고 했다. 표현파의 칸딘스키는 자연에 대한 정신적 반응을 조형적으로 표현하기 위하여 자연의 외관을 추상적인 선과 색의 대조로써 환원시키기 위해 고심했으며 악마주의 원조 보들레르는 평범한 자연을 다른 경지에서 파악하고 구현하려 애썼다. 그들은 공통적으로 자연의 무미건조한 외관을 애써 개척하고 변형하기에 집중하였다. 예술지상주의자는 표현된 작품을 외계의 진리와 상대적으로 비교해서 그 가치를 결정하려는 재래의 예술에 대해서 반항하였다. 그들의 심각한 욕망은 부지불식간에 위대한 현실성을 가지고 나타나게 되었으며, 표현파는 지금까지 상상치도 못하는 미지의 세계 풍경을 그렸다.

11) 김병철의 『한국근대서양문학이입사연구』(을유문화사, 1980)에 소개된 자료를 바탕으로

장르	번역자	제목	출처	일시
시	김명순	「大鴉 Raven」, 「헬렌에게」	『개벽』제28호	1922, 10.1
	와이 生	「아나벨 리-」	『無名彈』창간호	1930, 1.20
	김상용	「애너벨 리-」	『신생』27호	1931, 1.1
	최재서	「엘도라도-(理想鄕)」	『시학』제2집	1939, 5.20
	최재서 외	「헤린에게」「天堂에 계신 님」「엘도라도」「콜로시움」	『해외서정시집』	1939
소설	김명순	「相逢 The Assignation」	『개벽』제29호	1922, 11.1
	역자 미상	「黑猫物語」(검은 고양이)	『시대일보』	1925, 12.26~31
	정인섭	「赤死의 假面 The Masque of the Red Death」	『해외문학』 창간호	1927, 1.17
	강연한	「검둥 고양이」	『원고시대』 창간호	1928, 8.1.
평문	임노월	「表現派의 開祖 포-의 自然觀-藝術至上主義의 新自然觀의 하나」	『영대』	1924, 8.1
	필자 미상	「근대영미문학의 개관7-영미문학의 개관」	『조선문단』제4호	1925, 1.1
	정인섭	「『포오』를 논하야 외국문학 연구의 필요에 及하고 『해외문학』의 창간을 祝함」	『해외문학』 창간호	1927, 1.17
	필자 미상	「『포오』小傳」	『해외문학』 창간호	1927, 1.17
	이종명	「探偵文藝小考」	『중외일보』	1928, 6.5~10
	김영석	「포오와 탐정문학」	『연희』	1931.12

하되, 새로운 자료를 추가했다.

송인정	「탐정문예 소고」	『신동아』	1933,4
전무길	「탄생 백이십오년제에 관해 논함」	『조선일보』	1934, 1.15
편집부	「에드가 알란 포 125년 탄생제」	『조선일보』	1934, 2.17
전무길	「『에드가 알란 포』의 수기한 생애와 작품-125회 탄생제를 지나서」(1)~(6)	『조선일보』	1934, 2.23/24/25/ ~3.1/2
전무길	「미국 소설가 점고(5)-궁빈(窮貧)이 박차하여 준 "포丨"의 단편 개척」	『동아일보』	1934, 9.8
청파생	「창작철학」	『시학』제2집	1939, 5.20
이태준	「산문학의 재검토(其二) 短篇과 掌篇(상)」	『동아일보』	1939, 3.24

시와 소설의 번역, 평문의 전개 과정에서 다음과 같은 세 가지 사실을 알 수 있다. 첫째, 초기에 악마주의 시, 공포를 주제로 한 소설이 번역되었다는 점이다. 최초로 번역된 시가 포의 악마주의 계열의 작품이다. 김명순이 번역한 외국 시는 표현파, 상징파, 후기인상파, 악마파세 갈래로 나누어지는데, 포의 시 「大鴉」와 「헬렌에게」는 악마파의 범주에 속한다.[12] 시와 소설에 걸쳐, 최초 번역자인 김명순은 포 문학에

---

12) 김욱동, 「누가 번역하였는가」, 『번역과 한국의 근대』, 소명출판, 2010, 170면. 김욱동은 김명순의 번역작 중에서 포의 시 외에도, 샤를 보들레르의 「빈민의 死」와 「저주의 여인들」을 악마파로 분류했다. 김명순은 표현파의 작품으로 독일 시인 프란츠 베르펠의 「웃음」과 헤르만 카자크의 「비극적 운명」, 상징파의 작품으로 모리스 메테를링크의 「나는 찾았다」와 레미 드 구르몽의 「눈(雪)」, 후기 인상파의 작품으로는 호레쓰 호레이의 「주장(酒場)」을 번역한다.

서 악마주의에 주목했다.[13] 악마예술이란 19세기 말엽 유럽에서 일어
난 문예사조나 사상의 경향을 가리킨다. 추악, 퇴폐, 괴기, 전율, 공포
따위의 분위기 속에서 아름다움을 찾아내려는 예술적 시도이다.[14]

당시 저널에서도 포를 "근대문학에 대서특찬 할 만한 악마주의 사
조를 뿌려노흔 도취시인"[15]으로 소개했다. 포의 시에서 악마주의는 환
상과 미를 통해 구현된다. 포의 시는 독자로 하여금 표면에 나타나는
현실보다는 현실을 떠난 어떤 것, 보이지 않는 신선한 세계에 대한 믿
음으로 인도한다. 포 스스로 신, 악마, 평범한 인간이 됨으로써 현실
세계의 관조를 통해 환상의 세계와 현실의 세계에 대한 오묘한 접합
을 보여주었다.[16] 소설에서도 포는 인간의 일상적인 모습, 외면적으로
드러나는 성격이 아니라 내면에 감추어진 추악하고 극단적인 모습에
주목하였는데, 공포소설은 이를 다룬 대표적인 장르이다.

근대 문단에 번역된 소설은 공통적으로 공포소설에 해당된다. 「相逢
The Assignation」(김명순 역, 『개벽』제29호, 1922, 11.1), 「黑猫物語 검은고양이

---

13) 박지영은 김명순의 번역시를 기존의 윤리의식 등 경직된 관념을 뛰어넘어 악마성, 추의
   미학 등 새로운 미학적 언어 구성을 통해 황홀경의 시적 경지를 추구하는 악마주의적
   성향의 상징주의라 평가했다. 김명순이 포를 번역하면서 보들레르의 상징주의 시의식
   이 완성되었다고 할 때, 그녀는 독일과 프랑스로의 유학을 꿈꾸었던 문학도로서 이를
   분명하게 인지하고 있었다. 김명순은 두 번째 유학기간인 1918~1920년경 동경에서 포
   의 텍스트를 읽은 것으로 보인다. 일본에서 포의 전집은 1900년도에 발행된다.『エドガ
   ア・アラン・ポオ全集』(谷崎 精二 譯), 春秋社, 1900. (박지영, 「위태로운 정체성, 횡단
   하는 경계인-'여성번역가/번역' 연구를 위하여」, 『여성문학연구』제28호, 한국여성문학
   회, 2012, 20~22면 참조.) 김명순이 처해있던 당시 상황에 대해서는 주수민의 「김명순
   短篇 <도라다볼 째>소고」(『영주어문』40, 영주어문학회, 2018, 315~337면.)를 참조할 것.
14) 포를 비롯하여 그의 영향을 받은 샤를 보들레르와 오스카 와일드가 이 예술에 핵심적
   역할을 했다. 김욱동, 「누가 번역하였는가」, 『번역과 한국의 근대』, 소명출판, 2010, 173
   면 참조.
15) 「미국의 문예」, 『동아일보』, 1925, 6.2.
16) 정규웅, 「해설-환상과 미의 세계」, E.A. 포, 『세계시인선 32-에너벨 리』, 민음사,
   2005, 108~109면 참조.

」(역자미상, 『시대일보』1925,12.26~31), 「赤死의 假面 *The Masque of the Red Death*」(정인섭 역, 『해외문학』창간호, 1927,1.17), 세 작품은 모두 죽음을 중심 소재로 삼고 있으며, 극단적인 사랑과 공포의 감정을 보여주고 있다. 포의 단편소설은 크게 환상, 풍자, 추리, 공포의 범주로 나누어지는데[17] 초기 문인들은 '공포'를 주제로 하는 작품에 관심을 모았다. 포 문학의 두드러진 특징을 '공포소설'로 보고 있다는 점, 이러한 사실은 포를 수용하기 시작한 1920년대 한국 문단의 분위기를 반영한다.

  1920년대 문단에서 악마주의는 데카당 문학으로 이해되었다. 포를 처음 소개하는 평문에서도 그를 데카당 문학의 세계적인 선구자로 소개한다. 데카당의 기원은 1880년대 사람들이 당대의 심미적 쾌락주의를 <데까당스>(Dekadenz, décadence)라고 즐겨 부르는 데서 시작되었다. 데카당은 문화의 몰락과 위기라는 느낌, 즉 흥망성쇠라는 한 생명과정의 종말에 서 있으며 한 문명의 해체에 직면해 있다는 의식을 포함한다.[18] 1920년대 한국 근대 문단은 1919년 3.1운동의 실패와 식민지 그늘 속에서 데카당에 심취했는데, 여기에는 세계적인 문호 포의 작품이 지닌 영향력도 한몫하고 있었던 것이다.

  둘째, 『해외문학』파가 세계문학의 새로운 흐름을 수용하고 전달하려는 목적으로 포의 작품을 번역하고 작가를 소개했다는 점이다. 『해외문학』은 창간호에서부터 포 문학을 세계문학의 대표 격으로 호명하고 이를 한국문학의 발전과 전개의 토대로 삼으려 했다. 창간호에서 동인들은 외국 문학 연구의 근본 목적을 다음과 같이 밝혔다. "우리가

---

17) 홍성영은 포 전집을 간행하면서 제1부 환상, 제2부 풍자, 제3부 추리, 제4부 공포 4개의 영역으로 나누었다. 에드거 앨런 포·홍성영 옮김, 『우울과 몽상-에드거 앨런 포 소설 전집』, 하늘연못, 2002.

18) A.하우저/백락청·염무웅 공역, 「인상주의」, 『문학과 예술의 사회사-현대편』, 창작과비평사, 1974, 187면.

외국 문학을 연구하는 것을 결코 외국 문학 연구 그것만이 목적이 아니오. 첫재에 우리 문학의 건설, 둘재로 세계문학의 상호 범위를 넓히는 데 잇다." "먼저 위대한 외국의 작가를 대하며 작품을 연구하여써 우리 문학을 위대히 충실히 세워노며 그 광채를 독거 보자는 것이다."[19] 외국문학 전공자들은 포 문학의 위대성을 인지하고 있었으며, 한국 근대문학을 건설하고 부흥시키려는 목적으로 포의 문학을 소개했던 것이다.

창간호에서는 포를 논하며 외국문학 연구의 필요성을 제언하고 있다.[20] 1927년 창간 당시 새로운 문학의 대표로 포를 호명하고 있는 데서 알 수 있듯, 그들은 향후 문학의 흐름을 주도하고 대변할 수 있는 새로움의 근거를 포의 문학에서 찾았던 것이다. 그런 까닭에 정인섭은 이 글에서 포 문학이 프랑스, 러시아, 독일, 영국, 일본을 비롯한 전 세계 문인들에게 어떠한 영향을 미치고 있는지 구체적으로 기술하고 있으며, 창간호에는 포 문학의 이론(효과설)을 실현한 대표작으로 「붉은 影의 假面 *The Masque of the Red Death*」을 번역했다.

---

19) 松, 「창간 권두사」, 『해외문학』창간호, 1927.1, 1, 1면.
20) 정인섭, 「『포오』를 논하야 외국문학 연구의 필요에 及하고 『해외문학』 창간을 祝함」, 『해외문학』창간호, 1927.1,1, 19~31면. 이 글의 말미에는 다소 감상적인 어조로 해외 문학의 동시대 의의를 피력하고 있는데, 창간호의 취지로 미루어 포가 세계문학의 새로운 흐름을 대변하는 작가로 수용되었음을 확인할 수 있다.

　　우리는 재료를 요청한다. 완전한 재료를 기대하고 잇다. 문학의 일 낭만주의가 왼 문화의 전체에 큰 영향을 주고 예술의 신운동이 생활양식에도 떠날 수 없는 관계를 가진 이상 우리 사회에서도 특히 경시치 못할 것은 문학이다. 그 문학을 완성식히기 위하야 외국문학 연구가 필요하고 그것을 사회에 보급식히기 위하야 가장 충실한 작품의 소개가 필요한 동시에 그 목적을 달하는 지면이 필요하니 이제 미약하나마 『해외문학』이란 인형아(人形兒)가 출생되엿다. 형제자매여! 찬바람 부는 이때에 눈서리 치는 우리 땅에서 당신들의 따뜻한 가삼의 요람에 안기여 당신들의 키쓰를! 뼈와 피는 바다건너 이국에서 솟사낫지만 당신의 형제가 고히 모와서 이목구비를 부쳐주엇습니다. 그리고 심장에는 피가 뜁니다. (정인섭, 「『포오』를 논하야 외국문학 연구의 필요에 及하고 『해외문학』 창간을 祝함」, 『해외문학』창간호, 1927.1,1, 31면.)

셋째, 포의 작품뿐 아니라 그의 삶에 대해서도 지대한 관심을 가졌다는 점이다. 근대문단에서 포의 작품이 그리 많이 번역된 것은 아니나,[21] 번역활동이 활발하지 않았던 시기를 고려할 때 그 관심은 지대한 것이었다. 비통한 사상, 신비적 풍경을 일컬어 데카당 문학의 선구자로 소개하면서, 동시에 그의 음주와 병을 언급하며 작품과 작가의 삶을 일치시키고 있다.

> 그의 작품에는 사진색채와 자연파 냄새가 교묘하게 조화했으며, 쾌락을 寫하는 것으로써 예술의 최고천직이라 하엿다. 미국문필자로서 세계문단에 큰 영향을 준 것은 아마 이 한 사람일 것이다. 그는 實노 세계문단에 중요위를 유한 대시인이다. 그는 시뿐 아니라 산문도 잘 썻다. 산문으로는 「붉은 影의 假面」, 「黃金蟲」, 「黑描」, 시로는 「雅(가마귀)」, 「驚鐘」 등 모다 그의 걸작이다. **그의 敏感과 비통한 사상에 채색한 신비적 풍경은 명확히 근대 데카단 문학의 선구이다. 포오는 일즉 병과 음주로 생애를 마츤 자로 그의 경우가 그에게 만흔 영향을 주엇다.**[22]

이 외에도 세계적인 문사들의 고료를 소개하면서, 포의 걸작시 「大雅(큰가마귀)」가 『아메리칸리뷰』에 15불로 팔렸다는 사실이 소개된다.[23] 1927년 『해외문학』창간호에서도 포의 생애를 소개했으며,[24] 포의 사

---

21) 번역되었어도, 일본어의 중역으로 보인다. 김명순을 비롯한 지식인들은 일본어로 번역된 포의 작품을 접한 것으로 보이는데, 당시 유입된 일역본은 다음과 같다. Poe, Edgar Allan, 谷崎精二郎 역, 『ポオ傑作集-世界文學全集11』, 新潮社, 昭和2-5(1927~1930). 전체 549면(다권본). 포우, 호프만 등 저, 江戶川亂步 역, 『ポオフマソ集-世界大衆文學全集』30, 新潮社, 1929. 전체 506면(다권본).

22) 「근대영미문학의 개관7-영미문학의 개관」, 『조선문단』제4호, 1925, 1.1. 굵은 글씨는 인용자의 강조.

23) 김안서, 「문호의 고료」, 『동아일보』, 1926, 12.28.

24) 1809년 가난한 배우를 양친으로 하여 출생한 포는 5~6세 때 양친을 잃고 연초상인 부

인(死因)도 기사화 되었다.[25] 1934년 전무길은 125회 포의 탄생제를 즈음하여 그의 생애와 작품을 장기간에 걸쳐 조선일보에 연재한다.[26] 문학비평방법론으로 전기주의적 접근은 여전히 유효하지만,[27] 포에 대한 일련의 관심을 작가에 대한 소박한 관심으로만 볼 수는 없다. 근대 문학 전개과정에서, 대중은 포 뿐 아니라 다른 문인들 역시 작가와 작품을 동일선상에서 바라보았다. 그들은 작가의 삶을 통해 작품을 이해하려 했던 것이다.

이러한 사실은 근대 문학과 독자의 특수성, 표현주의 유파의 새로운 창작태도로 설명될 수 있다. 오늘날과 달리, 근대 독자는 텍스트라는 객관적인 실체가 아니라 작가와의 관계 속에서 작품을 이해하고 수용했다. 여기에는 당시 출현한 표현주의 예술의 특수성이 고려되어야 한다. 고전주의가 대상에 대한 엄격한 틀과 형태에 근거를 두고 있으며 인상주의가 주체의 시선에 초점을 맞추고 있다면, 표현주의 예술운동은 작가의 시선에서 더 나아가 작가의 체험을 중시한다. 그러므로 작품에 대한 이해를 위해서는 작가에 대한 이해를 고려하지 않을 수 없

호 존 앨런의 양자가 되었으나 방탕 때문에 의절을 당한다. 호구지책으로 문필에 종사하게 되었으나 여전히 생활은 빈곤, 실연, 상처로 아편, 음주에 빠져 빈곤과 허약 속에서 일생을 마쳤다는 간단한 전기를 한 페이지 반 정도의 분량으로 제시했다. 필자미상, 「『포오』小傳」, 『해외문학』창간호, 1927, 1.17, 186~187면.

25) 19세기 미국 괴기소설의 천재 포의 죽음은 "주취의 결과가 아니고 노상에서 강도의 습격을 당하야 부상한 것이 원인이 되어 서거한 것이라는 설이 유력하게 되었다." 이것은 포의 임종을 본 의사의 수기가 포의 80년기를 기념하는 소책자에 발표된 것을 바탕으로 쓴 것이다. 「三雅四俗」, 『동아일보』, 1929, 12.12.

26) 포의 출생, 성장과정, 애정편력, 죽음에 이르기까지 5회에 걸쳐 포의 생애를 자세하게 소개한다. 전무길, 「『에드가 알란 포』의 수기한 생애와 작품─125회 탄생제를 지나서」, (1)~(6), 『조선일보』, 1934, 2.23/24/25/~3.1/2. 양자로서 성장, 사랑하는 여인들과의 관계, 젊은 아내의 죽음, 술에 탐닉해 온 그의 삶 등은 문학작품만큼 기괴한 사건과 작품을 만들며 세인들의 관심과 이목을 집중시켰다.

27) 훗날 연구자들도 작가의 삶과 작품의 영향관계에 주목하여 연구하였다. 홍일출, 『에드거 앨런 포우─불운한 천재의 문학 이론과 작품』, 건국대학교출판부, 1996.

다. 그들은 근대적인 개인으로 개인의 경험을 작품에 반영했기 때문에, 작품을 이해하기 위해서는 작가의 특수한 경험과 삶의 궤적을 고려하지 않을 수 없기 때문이다.

1.3. 낭만성과 환상성

포의 문학은 1800년대 미국문학을 대변한다기보다, 19세기 전반기 새로운 문학의 물결을 집약하고 있다. 한국 근대문단에서 포 문학이 미친 영향을 논하기 앞서, 포 문학이 어떤 점에서 전대와 다른 새로움을 대변하는지 살펴볼 필요가 있다. 세계사적인 관점에서 포 문학의 의의는 포 문학의 독자성을 시사해 준다.

미국문학사에서 포(Edgar Allan Poe 1809~1849)는 호손(Nathaniel Hawthorne 1804~1864)과 더불어 미국 고유의 문학 전통의 기초를 세운 작가로 알려졌다.[28] 그는 프로이드(1856~1939)가 인간의 심리를 탐구하기 앞서, 인간의 내면에 잠재하는 다양한 정서에 주목하였으며 이를 과학적이고 객관적인 형태로 기술하는 문학창작 방법론을 모색했다. 구체적으로, 그는 아메리칸 드림이 악몽으로 변해가는 과정에서 점차 사라져간 목가적인 꿈과 꿈의 부재 속에 나타나는 황량한 정신적 풍경을 적나라하게 보여준 용기 있는 작가[29]라고 평가된다.

그렇다면 포 문학에서 어떠한 요소들이 이러한 사실을 반영하고 있는가. 포 문학은 크게 '낭만성'과 '환상성'으로 호평 받았다. 낭만성과

---

28) R.스필러·양병탁 옮김, 「미국의 예술가」, 『미국문학사』, 서문당, 1996, 83면. 스필러는 포와 호손을 미국문학 전통의 기초를 세운 작가로, 랄프 왈도 애머슨(Ralph Waldo Emerson 1803~1882)과 헨리 데이빗 소루우(Henry David Thoreau 1817~1862)는 미국 고유의 문학적 영감의 주요한 근거를 명확히 하고 이를 표현한 작가로 분류된다.

29) 김성곤, 위의 글, 17면.

환상성, 두 가지 특징은 한국 근대 문단이 주목한 포 문학의 특이성과 합치된다. 포 문학의 낭만성과 환상성은 다음과 같이 평가된다.

첫 번째로 포의 문학의 의의를 "낭만적 미(美)와 낭만적 감정"으로 보고, "낭만주의 문학의 자질을 어떤 작가보다도 가장 완벽하게 성취"[30]한 작가로 평가한다는 점을 들 수 있다. 밀드리드 실버는 미국문학(『A Brief History of American Literature』)을 논하면서 포의 문학의 낭만적 미를 높이 평가한다.

둘째로 포 문학에서 환상성과 그 파급력을 높이 평가한다. 보르헤스는 중남미 문학의 환상문학은 포의 소설에 기원을 두고 있다고 보았다. 유럽 문화가 대체로 정연한 질서 속에서 움직이므로 사실주의로 포착될 수 있음에 비해 중남미의 현실은 사실주의로 포착되지 않는 복잡다기한 미로와 같다. 중남미 작가들은 미국문학에서 자신들의 세계를 표현하는 방법을 배웠다. 기묘한 세계에 사는 인간을 묘사하고 그러한 세계에 살고 있는 인간성의 심연을 잡아내기 위해, 포의 단편소설을 읽고 중남미판 환상문학을 만들어 냈다는 것이다.[31]

실제 포의 작품에서는 낭만성과 환상성이 어떠한 방식으로 구현되는가. 이를 위해 포가 쓴 문학이론을 일별할 필요가 있다. 그는 워즈워스(1770~1850)와 콜리지(1772~1834)의 도덕적이고 보수적인 예술관에 반기를 든다. 교훈주의에 반대하며 그는 "태양 아래 그 어떤 작품도, 바로 그런 시 - 즉 시 자체일 뿐 그 이상이 아닌 시 - 오로지 시 자체를 위해서 쓰인 시 - 보다 더 온전하게 품위 있고 더 지고하게 숭고한 시란

---

30) 밀드리드 실버·정태진 옮김, 『미국문학』, 한신문화사, 1988, 125면. 역사적으로 포는 비평, 단편소설, 시 등의 세 분야에 영향을 미친 위대한 작가인 만큼, 본원적인 가치를 한마디로 평가하기 어렵다고 보았다.

31) 호르헤 루이스 보르헤스·김홍근 옮김, 「호손과 포」, 『보르헤스의 미국문학 강의』, 청어람미디어, 2006, 43면 참조.

존재하지도, 존재할 수도 없다"고[32] 주장했다. 그는 시가 교훈이 아니라 행복과 즐거움을 주어야 한다고 본다. 1800년대 전반, 보수적인 미국 문단의 풍토에서 즐거움에 대한 발견은 신선했지만 동시대 미국 문단에 널리 수용되기는 어려웠다.

'즐거움'이라는 정서는 어디에서 기인한 것인가. 포는 「시의 원리」를 설명하기 위해 정신세계를 '순수 지성', '취향', '도덕의식', 세 가지로 나누었다. 이 중에서 "시의 유일한 판정자는 '취향'"임을 강조한다. 지성이나 양심은 부차적인 관계만 있을 뿐이며, 시는 우연을 제외하고는 '의무'나 '진리'와 하등의 관계가 없다고 보았다. '지성'이 '진리'와 관련된다면 '취향'은 '아름다움'을 알게 해 주고 '도덕의식'은 '의무'에 경의를 표하게 한다는 것이다. 그는 아름다움에 대한 감각을 인간의 정신 깊이 자리한 불멸의 본능으로 설명한다. 이 감각이야말로 인간이 다양한 형태, 소리, 향기, 정취에서 즐거움을 얻도록 도와준다.[33] 즐거움을 중시하고 아름다움에 대한 감각을 강조한 만큼, 그는 워즈워스의 교훈주의 시에 대해 반대했던 것이다.

그는 삶의 목적이 행복이어야 하며, 교훈의 목적도 행복이어야 한다고 보았다. 행복의 또 다른 이름이 즐거움이라는 것이다. "즐거움을 주는 사람이 교훈적인 가르침을 주는 사람보다는 그의 동료들에게 더 중요하며", "즐거움을 얻으면 이미 행복이라는 목적이 달성된 것인 반면, 교훈은 단지 그 목적을 달성하기 위한 수단에 불과"하다는[34] 것이다. 즐거움은 가르침에서 오는 것이 아니라 열정에서 온다. 이러한 견해는 '예술'과 '상상력'에 대한 그의 정의에서도 드러난다.

---

32) 애드거 앨런 포·손나리 옮김, 「시의 원리」, 『글쓰기의 철학』, 시공사, 2018, 63면.
33) 애드거 앨런 포·손나리 옮김, 위의 글, 63~69면 참조.
34) 애드거 앨런 포·손나리 옮김, 「B에게 보내는 편지」, 『글쓰기의 철학』, 시공사, 2018, 38~39면.

나에게 '예술'이라는 용어를 매우 짧게 정의해 달라고 한다면, 나는 '**오감이 자연 안에서 영혼의 베일을 통하여 지각한 것의 재현**'이라고 말하겠다. 그렇지만 아무리 정확하게 재현을 한다 해도 자연 안에 있는 것의 단순한 모방으로는 그 누구도 '예술가'라는 성스러운 이름을 부여받지 못한다. --(중략)-- **우리는 눈을 반쯤 감고 경치를 바라봄으로써 언제라도 그 실제 경치의 참된 아름다움을 두 배로 만들 수 있다.** 아무것도 걸치지 않은 적나라한 '오감'은 종종 지나치게 적게 보고, 또 다른 한편으로는 언제나 지나치게 많이 본다.35)

상상력의 영역은 무한대이고 상상력의 재료는 우주 전체로 확장된다. 심지어 추함으로부터도 상상력은 자신의 유일한 목적이자 필수불가결한 시금석인 아름다움을 만들어 낸다. 그러나 일반적으로 우리가 상상력을 평가할 때 고려되어야 할 특정한 측면은 다음과 같은 것들이다. **결합된 요소들의 풍요로움과 힘, 결합이 가능하면서 결합할 만한 가치가 있는 새로운 무엇들을 발견해내는 능력, 그리고 특히 완성된 덩이의 완전한 '화학적 결합'의 여부이다.**36)

포는 오감을 극대화하고 영혼의 지각을 통해 아름다움을 두 배로 만들 수 있다고 보았다. 상상력의 영역은 무한대이고 상상력의 재료는 우주 전체로 확장될 수 있다. 동시대 미국 문인들의 성향에 비추어 포의 문학론은 시대를 앞서 있다. 포가 중시하는 오감, 영혼의 지각, 상상력은 시보다 소설에서 더 다양한 실험과 성취를 보였다. 예컨대 공포소설에서 그는 인간의 다양한 심리를 끝까지 밀고 나가면서 인간성의 심연과 영혼을 탐구해 보였다.

---

35) 애드거 앨런 포·손나리 옮김, 「영혼의 베일」, 『글쓰기의 철학』, 시공사, 2018, 51~52면. 강조는 필자.
36) 애드거 앨런 포·손나리 옮김, 「상상력에 대하여」, 『글쓰기의 철학』, 시공사, 2018, 31~32면. 강조는 필자.

D.H 로렌스는 포의 공포소설을 통해 그의 문학의 선취성을 발견했다. 그는 포를 자기 자신의 신념과 경험에 따라서 행동하는 용감한 인간, 거만한 인간으로 평했다. 죽음과 살인을 중심 소재로 다룬 포의 소설을 분석하면서, 포를 일컬어 "인간의 영혼의 지하 묘지, 지하 저장고, 끔찍한 지하 통로 속으로 들어간 모험가"라 명명한다. 죽음과 죽음 이후의 의식을 조명하는 포의 문학을 "공포와 자신의 파멸의 경고의 깊이를 측량"한 것으로 설명한다.[37] 그는 포 소설에 자주 등장하는 살인 모티프를 인간의 영혼과 욕망을 분석한 것으로, 다시 말해 포가 삶이라는 속살에 접근하는 방식으로 살인, 탐욕, 욕망을 탐구한 것으로 보았다.

> 살인 자체의 매력은 흥미롭다. 살인이란 단지 사람을 죽이는 것이 아니다. 살인이란 삶 그 자체의 속살에 도달해, 그 속살을 죽이려고 하는 탐욕이다. 따라서 시체의 도난과 시체의 빈번한 병적 훼손은 피살자의 속살에 도달하고, 그 속살을 발견하고 소유하려고 하는 시도다. --(중략)-- 그들에게서는 극단적 사랑과 극단적 증오에 대한 이상한 욕망을 발견할 수 있고, 타인의 영혼을 신비스러운 폭력으로 소유하려는 욕망, 또는 자신의 영혼을 죽은 사람처럼 끔찍하게 양도하려는 욕망 등도 발견할 수 있다.(154면)

포는 인간의 영혼이 어떠했는지 숨김없이 이야기했고 그를 통해 영혼의 실체와 마주할 수 있었다. 그는 인간의 심연을 탐구하면서 동시에 과학적이고 객관적인 사유를 시도했다. 예컨대 「한스 팔의 환상 여

---

37) D.H 로렌스·임병권 옮김, 「애드거 앨런 포」, 『미국 고전문학 강의』, 자음과모음, 2018, 127~156면 참조. 이하 로렌스의 글 위의 책에 의한 것으로 인용문 말미에 페이지만 기입함.

행」에서 주인공은 과학적 사유를 통해 열기구를 만들어 달로 가는 길을 개척한다. 네덜란드를 배경으로, 보잘것없는 시민 한스 팔은 로테르담에서 풀무질에 종사하고 있었으나 화덕이 사라지자 일을 잃었고 빚에 시달린다. 그는 역학, 실용 천문학 등의 과학서적을 읽고 연구와 실험을 거듭한 끝에, 열기구를 만들어 달 여행을 실현한다. 시장에게 달에 가기까지 과학적인 실험과정과 빚에 대한 탕감요청을 적은 편지를 보냈으나 무시당했다. 한스 팔의 이야기는 한편의 환상이자, 로테르담을 배경으로 물리학과 형이상학으로 대변되는 동시대 지성에 대한 조롱으로 남았다.[38]

포(1809~1849)가 소환해 낸 인간의 어두운 심연과 동시대 지성에 대한 냉소는 신의 부재를 부르짖던 니체(1844~1900)의 사유를 떠올리게 한다. 니체는 사람들의 보편적인 믿음을 도덕적 편견의 소산으로 돌리고 그런 믿음의 반대편에 있는 명제가 오히려 진리에 가까움을 입증했다.[39] 니체가 기독교를 포함하여 근대 세계의 가치를 비판하며 인간을 새로운 방식으로 계몽시킨 철학자라면, 포는 시기적으로 니체보다 앞서 인간의 심연을 탐구한 선진적인 예술가이다. 그런 까닭에 포는 동시대 미국 문단보다 프랑스, 독일, 러시아 등 다른 나라의 작가들에게 작품의 가치를 인정받아 세계적으로 명성을 알렸던 것이다. 그의 창작 활동 시기는 짧았지만, 그 누구보다 앞서 근대적인 인간의 내면을 감지하고 천착해 냈다는 점에서 그의 작품은 선도성과 동시에 세계사적 보편성을 지닌다. 그런 의미에서 포 문학에서 낭만성과 환상성은 단순한 기교에 그치지 않으며, 닫혀 있었던 정신의 해방으로 볼 수

---

38) 에드거 앨런 포·홍성영 옮김, 「한스 팔의 환상 여행」, 『우울과 몽상-에드거 앨런 포 소설 전집』, 하늘연못, 2002, 44~90면.
39) 고명섭, 「도덕의 계보」, 『니체 극장』, 김영사, 2012, 601면.

있다.

포 문학의 선취성은 낭만성과 환상성으로 요약할 수 있다. 낭만성과 환상성이 구현되는 기저에는 그의 문학이론이 전제해 있다. 그는 기존의 교훈주의 문단 풍토에 반기를 들고, 문학을 통해 즐거움을 추구하고 아름다움에 도달하려 했다. 오감과 상상력을 극대화하여 인간의 심연에 도달하려 했으며, 그 결과 전대 문학이 다루지 않았던 영혼에 드리워진 다양한 인간 정서를 탐구할 수 있었다.

1.4. 효과설(effect)과 탐정소설

포 문학의 독자성을 살펴보았으니, 포가 한국 근대 문단에 미친 영향에 주목해 보자. 우선 한국 근대문단에 소개된 포의 문학이론과 번역된 소설을 살펴보려 한다. 포 작품의 번역 실재를 살펴봄으로써 당시 문단과 지식인들이 주목한 바가 무엇이고 근대 소설 정립과정에서 어떤 영향을 미쳤는지 살펴보려는 것이다. 1920년대 번역된 포 소설의 분석에 앞서, 근대 문단에 소개된 포의 기사와 평문을 통해 포의 독자적인 문학이론에 주목할 필요가 있다.

김동인은 「광염소나타」(『중외일보』, 1930, 1.1~12), 「광화사」(『야담』제1호, 1935) 등의 창작과정에 있어서 포의 영향을 받았다.[40] 위 작품의 창작에 앞서, 「소설작법」(1925년)에서 소설의 창작, 인물의 성격창조방법을 기술하는 과정에서 포의 위상을 언급한다. 단편소설 창작방법을 모색하는 과정에서 서구의 여러 문인들의 창작방법을 탐독했는데, 특히 단편의 정립자로 포를 제시했다.

---

40) 김현실, 「1920년대 번역 미국소설 연구-그 수용양상 및 영향의 측면에서」, 이화여자대학교 국어국문학과 대학원 석사학위논문, 1980.

-그러는 가운데 또한 특별히 이저서는 안될 사실이 잇으니 **십구
세기초부터 에드가-알란 포-를 원조로 하여 시작된 한 소설의 형식
단편소설에 대하여서-다.** 取才, 結構, 描寫, 모든 방식을 아직 것의
소설작품의 그늘에서 버서나서 **온전한 독립적 형식으로 쓰는 이 단
편소설**을 단지 광범한 '소설'의 한 형식으로 볼지 혹은 騎士物語에서
소설로 진보된 것과 마튼가지의 혁명으로 볼지 그것은 이후에 역사
뿐이 증명할 것이겠지만 **포-에 連하여도 도-데, 모-팟산, 체홉 등을
지나서 지금의 국제적 소설계에서는 단편소설 전반임은 거저 넘기
지 못할 사실**이다.[41]

김동인이 소설작법에서 포를 언급한 것은, 포가 근대적인 단편소설
의 형식적 특징, 다시 말해 단편구성의 독자성을 의식적으로 설파했기
때문이다. 포는 작품뿐 아니라 그의 문학이론 다시 말해 창작방법도
주목을 받았다. 영문학자 정인섭은 포 문학의 세계사적 의의를 높이
평가하고 그의 창작이론에 주목하였다. 그는 1927년 『해외문학』창간
호에서 잡지의 창간 취지를 포 문학의 의의를 소개하는 것으로 기술
하고 있다. 서구 문학을 소개하는 잡지에서, 서구 문학 이해의 가치를
포 문학을 이해하는 것과 동궤에 두고 있다. 포 문학이 세계 여러 문
호들에게 영향을 미쳤음을 설파하고, 포의 창작방법에 주목하여 다소

---

41) 김동인, 「소설작법」, 『조선문단』, 1925.5, 99면. 강조는 필자. 포 외에도 톨스토이의 집
필법도 언급한다.

　나는 이상 간단하니 構想作成의 세 가지 요소를 설명하엿다. 여기는, 이제 쓴 그 세
가지의 항목을 범벅으로 하여, 좀 더 구체적으로 설명하여보겠다. 우에 쓴 바로도 자세
히 씹어보면 료해는 하겟지만, 事件, 人物, 背景, 세 가지에서 어느 점을 기점으로 삼던
그것은 관계 업스나, 그 세 가지가 화합하여 한 완전한 소설초안으로 되기 전에 붓을
드럿다가는, 완성되는 작품은 불명료하거나, 불철저하거나 불완전한 것이 안 될 수가
업다. '한 구식~ 腹案하여 마즈막의 한구까지 暗誦한 뒤에야 처음으로 붓을 잡는다'는
만년의 톨스토이의 집필법은 반듯이 본바들만한 가치가 있다. (김동인, 「소설작법3」, 『조
선문단』9호, 1925.6, 80면.)

장황하게 소개했다.

> 그이는 극히 감격적인 반면에 또한 극히 지적이며 의식적이엇다. 그이는 과학적 방법을 예술창작에도 이용하려고 하엿지만 그것은 불란서의 졸라식의 과학주의와는 퍽 다른 것이다. **그이는 감격이 고 저에 달할 때 한숨에 그것을 기술하지 안코 그것을 반성하며 지적으 로 연구하야 엇덕케 햇스면 가장 완전한 효과를 득할가 하는 부절의 노력을 하엿다.** 특히 그이의 시형(詩形)은 정돈됨과 명료하게 연마됨 으로써 크게 주목되는 바이요 **산문단편의 역사상 그 창시자라는 중 요한 지위를 점하게 되었다.** 그이는 장편시라는 것이 벌써 말 그 자 체에 모순이 잇다는 의견을 소설에도 적용하였다.
>
> 그래서 독자는 피로와 장애에서 생기는 외부적 불순한 분자에 지 배되지 안는다하야 그 단일의 효과를 주장하고 **현명한 작가는 자기 의 의도를 사건에 적합식히지 안코 자기가 수확하려는 효과를 몬저 심중에 그려보고 그 효과를 어들 수 잇게 사건을 생각해 내며 그 목 적을 달할 수 잇게 노력하여야 된다하고 서두부터 일어일구라도 직 접간접으로 그 목적의 효과에 적합하도록 하여야 한다** 하엿으며 자 기자신이 그것을 실행한 것은 씨의 단편소설이 설명하는 바이다.[42]

정인섭이 설명하는 포의 독자적인 문학관은 이른바 '효과설', '단일 효과'라 명명되는 것이다. 효과설이란 작가가 거두려는 효과를 먼저 심중에 그려놓고, 그 다음에 그 효과에 적합하도록 사건을 생각하여 목적에 도달하도록 하는 것이다. 이러한 사실은 문학 양식의 특징은 물론, 소설에서 단편이라는 양식을 정립하는 데 기여한다. 포는 호손

---

42) 花藏山人(정인섭), 「『포오』를 논하야 외국문학 연구의 필요에 及하고 『해외문학』 창간 을 祝함」, 『해외문학』 창간호, 1927. 1.17. 21~22면. 굵은 글씨는 인용자의 강조. Edgar Allan Poe: Essays and Reviews, The Library of America, 1984. 효과설은 'effect'로 표기됨.

의 작품을 논하는 다른 글에서도 이를 언급했다. 산문을 쓸 때, 인상적인 사건의 결합으로 이야기의 기초를 만들어서는 안 되며, 결말을 염두에 두고 이야기를 시작해야 함을 재차 강조했다.

> 숙달된 문학가가 이야기를 하나 썼다고 하자. 현명한 사람이라면 그는 자신이 사용한 사건에 부합되도록 사고를 하지는 않았을 것이다. 오히려, **용의주도하게 만들어내야 할 어떤 단일한 효과를 먼저 생각해 놓고 난 후에 사건들을 고안해 낼 것이다. 그리고 미리 생각해 놓은 효과를 만들어내기에 가장 유리하도록 이 사건들을 결합할 것이다.** 만약에 그의 최초의 문장이 이 효과를 가져오기에 적합하지 않다면, 그는 첫출발부터 잘못을 저지른 것이다. **작품 전체를 통하여 직접적이거나 간접적이거나 간에 미리 정해진 하나의 구상에 적합하지 않은 말은 한 마디도 쓰여져서는 안 된다.**[43]

무엇보다도 포는 효과를 염두에 두고 여러 요소들의 배치를 강조했다. 창작과정에서 효과를 염두에 둔다는 것은 결말을 정한 후에 사건과 정조를 구성한다는 것이다. 이른바 플롯이라는 것은 결말을 염두에 두고 사건과 정조를 배치한 것이다.

> 어떤 플롯도, **플롯이라는 이름을 가지려면 펜을 들기 전에 결말까지 상세하게 구성해야만 한다**는 것은 틀림없다. **결말을 지속적으로 염두에 두고 있을 때만, 사건과 정조를 의도대로 발전시키면서 플롯에 귀결이나 인과관계가 불가피하다는 느낌을 줄 수 있다.** --(중략)-- 하지만 나는 결말을 염두에 두고 이야기를 시작하는 방식을 선호한다. --(중략)-- **먼저 이런 이야기를 정하고, 두 번째로 생생한**

---

43) 에드거 앨런 포 · 최상규 옮김, 「『두 번 듣는 이야기』재론」, 찰스 E.메이 엮음, 『단편소설의 이론』, 정음사, 1990, 81면. 굵은 글씨는 인용자의 강조.

효과를 고르고, 사건이나 정조-평범한 사건과 독특한 어조, 또는 반
대로 독특한 사건과 평범한 정조, 사건과 정조가 둘 다 독특한 것 -
중 어떤 것으로 이야기를 만들어나가는 것이 가장 좋은지 생각하고,
효과를 내는데 가장 좋은 사건과 정조의 결합을 추구한다.[44]

보르헤스는 포가 시에서 사용하던 기법을 단편소설에 적용했다고
보았다. 모든 내용이 마지막 한 줄에 집중되도록 구성되어야 한다는
소신을 소설에도 실현했다는 것이다.[45] 포의 소설은 만년의 자기 이론
에 충실히 따르고 있다. 포는 소설의 주요 목적이 독자에게 감명을 준
다는 점에서, 가장 강력한 효과를 산출할 수 있는 내적 법칙을 발견하
려고 하였다.[46] 포의 효과설은 이야기의 구성만이 아니라 길이 및 분
량과도 관련된다. 그는 문학의 효과를 위하여 통일성을 강조한다. "모
든 종류의 문학적 구성에 있어서 효과와 인상의 통일성이 가장 중요
하다." "통일성은 앉은 자리에서 숙독을 끝낼 수 있는 작품 속에서만
유지"될 수 있기에,[47] '산문으로 된 이야기'는 숙독하는 데 한 시간 반
내지 두 시간이 적당하다고 보았다.

한국 근대문학사에서 김동인이 단편소설을 정립하는 과정에서 포의
위상을 언급하고 창작에 영향을 받았다면, 이태준은 포의 문학이론을
구체적으로 적용하여 「가마귀」(『가마귀』, 한성도서주식회사, 1937)와 같은

---

44) 에드거 앨런 포 · 송경원 옮김, 「강렬한 독창성」, 『생각의 즐거움-애드거 앨런 포 에세
   이』, 하늘연못, 2004, 8~9면. 굵은 글씨는 인용자의 강조.
45) 호르헤 루이스 보르헤스 · 김홍근 옮김, 「호손과 포」, 『보르헤스의 미국문학 강의』, 청
   어람미디어, 2006, 48면.
46) R 스필러 · 양병탁 옮김, 「미국의 예술가」, 『미국문학사』, 서문당, 1996, 93면.
47) 에드거 앨런 포 · 최상규 옮김, 「『두 번 듣는 이야기』재론」, 찰스 E.메이 엮음, 『단편소
   설의 이론』, 정음사, 1990, 79면. 짧은 이야기는 "작가 자신이 의도하는 바가 무엇이
   되었든 그것을 완전히 펴낼 수 있다. 그래서, 독서를 하는 시간 동안에는 독자는 작가
   의 지배하에 들어간다."

작품을 창작하는 등 단편소설 발전에 기여했다. 그는 단편의 양식적
특징을 설명하면서 전대와 구분되는 단편소설의 독자적인 근대성을
다음과 같이 언급한다.

> **단편은 인생을 묘사하는 데 한 경제적 수단으로 발생한 형식이다.**
> 그러므로 고대의 것이 아니라 근대의 것이다. ─(전략) **소설가의 손**
> **으로 의식적으로 계획되기는 애드가 알란 포우(1809~1849)에서부터**
> **다. 그는 장편을 읽거나 쓰거나 하기에 누구보다 권태를 느낀 작자**
> **였다.** 인생이란 반드시 길게, 늘어지게 이야기해야만 표현될 것은
> 아니다. 어느 한 단면만으로도 족하다. **이러한 포우의 단편 주장은**
> **세계적으로 호응되어 포우의 뒤를 이어 모파상, 체호프 등 단편작가**
> **들이 출현하게 된 것이요,** 따라서 작가와 평론가들 사이에 단편에
> 대한 정의니 규정이니 하는 것이 이루 매거할 수 없게 쏟아져 나온
> 것이다.[48]

이태준은 자신의 단편관을 다음과 같이 개진한다. "단편이란 소설
형태 중에서 인물 표현을 가장 경제적이게, 단편적이게 하는 자", "인
물이면 인물에만 치중하고, 행동이면 행동, 배경이면 배경에 강조해서
단일적인 효과를 거두는 것이 단편의 약속"이다. "단일적이게 어느 한
가지가 강조되도록만 구상을 한쪽으로 치우치게 해 가지고 시간과 공
간을 되도록 절약"하여 "독자에게 단시간 내에 강조된 인생의 일 단면
을 보"이는 것이다.[49] 이태준은 안톤 체호프의 소설을 통해 자신의 단
편관을 정립해 나갔지만, 체호프에 영향을 준 단편의 창시자 포의 효

---

48) 이태준, 「산문학의 재검토(其二) 短篇과 掌篇(상)」, 『동아일보』, 1939, 3.24.(이태준, 『무
　서록』, 깊은샘, 1994, 58면.) 굵은 글씨는 인용자의 강조

49) 이태준, 「산문학의 재검토(其二) 短篇과 掌篇(상)」, 『동아일보』, 1939, 3.24. 이태준, 위
　의 책, 59면.

과설도 이미 수용했던 것이다. 「가마귀」에서 이태준은 작중 인물의 입을 통해 포와 그의 작품을 언급하고 있을 뿐 아니라, 창작과정에 있어서 포가 제시한 단편의 완결성과 통일성을 실현하고 있다.

1930년대 접어들면서 포의 탐정소설이 주목받기 시작한다.[50] 포는 "현대 저널리즘의 시조", "단편소설의 창시자", "탐정소설의 비조"로서[51] 탐정 과정에서 불가피한 지식으로 과학과 추리로 근대 보통 탐정소설과 다른 운니(雲泥)의 차이가 있는 과학적 탐정소설을 창작한 것이다.[52] 포는 탐정소설을 통해 이성적이고 합리적인 세계, 과학적이고 논리적인 세계를 탐구했다. 탐정소설은 이미 명쾌한 결말이 전제되어 있으며, 이를 실현해 나가는 과정이 과학적이고 논리적인 구성을 취하고 있다. 포는 단편소설을 정립했을 뿐 아니라 탐정소설의 개척자로 알려졌는데, 그것은 효과를 플롯에 활용한 까닭이다. 포의 효과설이 단편의 양식적 정체성을 구현했다면, 이를 구성을 통해 충실히 활용한 장르가 탐정소설이다.

근대 문인들은 탐정소설을 탐정의 과정, 공상과 과학적인 요소에 초점을 맞추어 정의했다. "탐정소설은 탐정을 주제로 하여 쓴 소설"로서 "어떠한 사건이 발생되었을 때에 이 사건을 과학적 추리와 논리적 기계적으로 해부하여 결말을 얻는 것을 주제로 하여 쓴 소설",[53] "탐정소설! 영어의 소위 '디텍티브 노벨'이란 어떠한 비밀 또는 의문"을 "풀기 위하여 쓰는 인간의 노력의 자취를 소설의 형식을 빌려서 기술하

---

50) 「에드가 알란 포 125년 탄생제」, 『조선일보』, 1934, 2.17. "미국의 시인이요, 단편소설의 시조요 탐정소설의 원조라 칭하는 에드가 알란 포의 125년제를 거행"이라는 기사를 다루었다.

51) 김영석, 「포오와 탐정문학」, 『연희』, 1931.12. 조성면 편저, 『한국 근대대중소설 비평론』, 태학사, 1997, 117면.

52) 김영석, 위의 글, 119면.

53) 김영석, 위의 글, 120면.

여 독자의 흥미를 끄는 것"이다.[54] "탐정문학이란 그 취재된 내용으로
보아 가능성 있는 공상세계에서 사건적인 내용을 이론적으로 판단하
는 소설형식"으로,[55] 탐정소설의 요소는 다음과 같다. 첫째, 공상을 다
루되 과학적으로 전달될 수 있는 공상이어야 한다. 둘째, 그 내용이 사
건적인 동시에 추리 판단은 논리적 심리적이어야 한다.[56]

포의 소설을 탐정소설의 전사단계로서 추리소설로 세분하기도 한
다. 보르헤스는 포의 소설을 공포소설과 추리소설 두 범주로 나누고,
추리소설이 탐정소설의 막을 열었다고 보았다.[57] 이 장르는 무엇보다
재치 있고 추리적 요소가 가미되었다. 일반적으로 범죄는 추상적이고
논리적인 추리에 의해서가 아니라 우연, 정보제공, 고발로 그 전모가
드러났다. 포는 탐정으로 파리 출신의 귀족 샤를 오귀스트 뒤팽을 창
조하고, 추리구조를 창안했다. 또한 영웅의 무훈담이 주인공을 존경하
는 평범한 친구에 의해 언급되는 형식 역시 고안했는데, 셜록 홈즈와
그의 전기작가인 와트슨 박사가 그 예이다.[58] 추리소설(Mystery)은 포
가 창안해 낸 근대소설로서 이성의 힘으로 세계를 설명하고 변화시킬
수 있다는 서구 부르주아지의 자신감과 합리주의를 극화한 장르이
다.[59] 포는 문학 양식의 효과설을 통해 단편소설의 정체성을 수립했으

---

54) 송인정, 「탐정문예 소고」, 『신동아』, 1933, 4. 조성면 면저, 앞의 책, 127면.

55) 이종명, 「탐정문예 소고」, 『중외일보』, 1928, 6.6.

56) 이종명, 「탐정문예 소고」, 『중외일보』, 1928, 6.7.

57) 호르헤 루이스 보르헤스·김홍근 옮김, 「호손과 포」, 『보르헤스의 미국문학 강의』, 청
어람미디어, 2006, 48면.

58) 호르헤 루이스 보르헤스·김홍근 옮김, 「탐정소설, SF 그리고 서부문학」, 『보르헤스의
미국문학 강의』, 청어람미디어, 2006, 158면. 보르헤스는 포의 탐정소설로 다음과 같은
다섯 작품을 들었다. 「모르그 가의 살인사건」, 「도둑맞은 편지」, 「마리 로제의 미스터
리」, 「너는 사나이야」, 「황금풍뎅이」.

59) 조성면, 「한국의 대중문학과 서구주의:'비서구 문화의 정전성과 타자성'의 맥락에서」, 『한
국학연구』제28집, 인하대학교 한국학연구소, 2012, 2면 참조. 추리소설의 본질은 부르
주아 사회의 영원성과 안정성을 수호하는 부르주아지의 서사시이며, 이성과 합리의

며, 과학적으로 실현하는 과정에서 추리소설, 탐정소설을 창시했다. 탐정과 추리문학의 대가로서 포에 대한 관심은 지속적으로 나타난 다.[60]

1.5. 공포소설과 공포의 발견

포는 과학적 탐구방식을 통해 서구 부르주아지의 자신감과 합리성을 극화했지만, 그와 동시에 환상성과 낭만성을 극대화하여 인간의 정서를 탐구했다. 공포는 포가 탐구한 대표적인 정서로서 인간의 내면에 잠재하는 욕망의 발생과 전개의 전제가 된다. 이 장에서는 한국 문단에 번역된 포의 세 소설, 「相逢 *The Assignation*」(김명순 역, 『개벽』제29호, 1922, 11.1), 「黑苗物語 검은고양이」(역자미상, 『시대일보』1925, 12.26~31), 「赤死의 假面 *The Masque of the Red Death*」(정인섭 역, 『해외문학』창간호, 1927, 1.17)을 분석하려 한다.

첫 번째 번역 소설 「相逢 *The Assignation*」(김명순 역, 『개벽』, 1922.11.)은[61] 베네치아를 배경으로 남녀의 비극적인 사랑을 극화했다. 작중 남녀 주인공은 서로 사랑하지만 함께 할 수 없기에, '죽음'이라는 극단적

힘으로 세계를 설명하고 장악할 수 있다는 이성중심주의를 내면화한 이성의 서사시이다. 시민사회가 충분하게 성장하지 못한 상황에서 강압적으로 식민지체제에 편입된 한국사회는 문학사적 조건이 서구에 비해 매우 열악하였다. 창작보다는 번역/번안이, 탐정소설보다는 정탐소설이 우위에 있었던 것은 이 같은 현실을 반영하는 것으로 보았다. (조성면, 위의 글, 19면.)

60) 포는 미해결로 끝을 막은(?) 마리 로져스 사건을 취재로 "매리 로젯의 비밀"이라는 탐구소설을 발표하였는데 당시 언론에서는 이 작품을 언급하며 미해결 살인사건에 대한 문제점에 접근한다. 「섬광적 서광에서 사건은 다시 암흑으로-포의 탐정소설 매리 로젯같은 신의주 美人殺害事件」, 『동아일보』, 1933, 4.10.

61) 김명순·서정자/남은혜 엮음, 「相逢 The Assignation」, 『김명순 문학전집』, 푸른사상사, 2010, 771~786면.

인 방법을 선택한다. 그들은 죽음으로 사랑을 완성하려 했다. 남자가 독약을 넣은 술을 먹고 죽은 순간, 여자 역시 자신의 집에서 자살한다. 이 작품에서 남녀의 죽음은 파멸과 종결이 아니라 시작이자 완성의 방식이다. 번역자인 김명순은 자신이 추구하는 문학의 주제인 사랑을 화두로, 작품을 번역한 것이다. "예술의 경지와 죽음, 그리고 사랑은 동급이며 일체를 이루는 것"[62]이라는 지적은 김명순의 문학은 물론 포의 작품을 이해하는데 있어서 유효하다.

최근 번역본에는 「밀회」와 「밀회의 약속」으로 어휘의 사전적 의미에 충실하게 번역되었지만,[63] '상봉(相逢 서로 만남)'이라는 제목이 번역자 김명순의 예술관과 의도를 훨씬 더 잘 나타내고 있다. 그녀는 작중 남녀가 다른 사람의 눈을 피해 몰래 만나는 것이 아니라 '서로 만난다'는 의미를 강조하고 있다. 죽음은 현실에서 실현될 수 없는 두 남녀의 사랑을 완성시켜 준다. 죽음을 통해 사랑의 완성을 바라보는 작가의 시선은 1920년대에 팽배해 있었던 낭만주의와 상통한다.[64] 김명순은 죽음을 초월한 인간의 사랑을 강조했던 것이다. 그녀는 작품의 번역 끝에 포를 '악마예술'의 본존으로 언급하는데, 그것은 이전까지 탐구하거나 인정하지 않았던 인간성의 일부를 현실로 소환해 낸 것이다.

---

62) 박지영, 앞의 글, 28면. 박지영은 김명순의 「상봉 *Assignation*」(『개벽』28, 1922.11) 번역을 작가의 낭만주의적 경향으로 분석한다. "이 소설은 공작부인과 그녀의 옛애인이 죽음을 통해 현세에서는 이루어질 수 없는 사랑을 이룬다는 이야기로 이 두 남녀의 이야기를 몽환적인 문체로 표현한 것이다. 포의 초기작에 속하는 이 텍스트에서는 환상성, 공포 등의 모티브가 죽음마저 초월한 영원한 사랑이라는 낭만적 주제와 만난다".(박지영, 위의 글, 26면)

63) 홍성영 번역, 「밀회의 약속」, 『우울과 몽상』, 하늘연못, 2002, 767~779면. 바른번역 옮김/김성곤 감수, 「밀회」, 『에드거 앨런 포 소설전집』, 코너스톤, 2017, 313~334면.

64) 한국 최초 소프라노 가수 윤심덕과 신극 운동에 앞장선 선각자 김우진은 현해탄에서 자살한다. 김우진은 기혼자로서 고향에 아내를 두고 있었다. 두 사람의 죽음은 이루어질 수 없는 비극적 사랑으로 언론에서도 회자 되었다. 「현해탄 격랑 중에 청춘남녀의 정사」, 『동아일보』, 1926,8.5.

근대문학사를 뒤칠 적에는 누구든지 포-의 초인간적의 위대한 힘을 긍정치 안흘 수 업습니다. --(중략)-- 만일 포라는 신비아가 업섯드면 지금까지 우리는 인생에 대한 예견을 가지지 못하고 구린내가 나는 자연주의 속에서 가티 썩엇슬는지도 알 수 업섯습니다. 그리고 포-는 보-드레-ㄹ와 가티 악마예술의 이대본존인데. 요즘 우리 문단급 사상계에서는 아즉까지 구투를 벗지 못하고 공연히 허위적 공리에 눈 어두워서 악마예술의 진의를 잘 이해도 못하면서 비난하는 부천(膚淺)한 상식가가 만흔 듯합니다.[65]

두 번째로 번역된 소설은 「黑苗物語 검은고양이」(『시대일보』1925, 12. 26~31)[66]이다. 이 작품에서 포는 인간의 내면을 탐구하고, 인간의 내면 깊이 잠재해 있는 광기와 폭력을 조명한다. 이 작품은 한 남자의 자기 고백으로 구성되어 있다. 그는 '플루토'라는 이름의 고양이를 키우고 있었다. 플루토는 그리스 신화에 나오는 저승과 사자의 신에서 따온 것이다. 남자는 표면적으로는 온순하고 선량해 보이나, 사랑하는 아내와 고양이에게 극단적인 폭력을 휘두른다. 고양이 눈알을 빼고 죽이는가 하면, 새로운 고양이를 데리고 온다. 그는 급기야 아내를 죽이고 고양이를 아내의 사체와 함께 벽에 매장한다. 수사과정에서 경관이 집을 방문했을 때, 벽을 두드리는 순간 괴성이 흘러나왔고 그는 수감된다.

이 작품에서 포는 이성적이고 합리적으로 보이는 인간의 내면에 잠

---

65) 김명순, 「부언」, 『개벽』3년 11권, 개벽사, 1922.11, 35~36면.
66) 『시대일보』는 1924년 창간된 일간지이다. 주간잡지 『동명』이 1922년 9월 3일 창간되었는데, 1923년 중단되고 1924년 『시대일보』로 창간되었다. 사장 최남선, 편집국장 진학문, 정치부장 안재홍, 사회부장 염상섭으로 구성되었으며 학술논문을 비롯하여 소설, 만화, 단평 등을 고루 실었다. 1925년 4월부터 사장은 홍명희로 바뀌고 편집진들도 바뀌었으나 경영난을 타개하지 못하고 1926년 8월 중순부터 휴간되었다. 9월 18일부터 이상협이 『중외일보』라는 새로운 제호로 신문 발행허가를 받아 운영했다.

재하는 광기와 폭력에 주목하였다. 탐정소설에서 이성적이고 합리적인 플롯의 단일 효과를 보여주었다면, 공포소설의 범주에 속하는 이 작품에서는 인간의 내면에 잠재하는 다양한 의식을 조명하였다. 작중에서 남자의 파국은 외부에서 오는 것이 아니라 그 자신의 내부에 잠재하는 광기에서 온다. 폭력적인 범행은 남자의 부주의한 내적 동요로 말미암아 경관에게 발각되고 만다. 이 작품은 데카당을 실현한 작품으로 소개되는데, 데카당의 프레임 덕분에 인간의 내면에 존재하는 파괴적인 폭력성이 용인되고 천착 될 수 있었다. '검은 고양이'는 인간에게 내재해 있는 광기와 폭력성을 소환해 내고 그와 조우 할 수 있게 해 준 장치이다.

세 번째로 번역된 소설 「赤死의 假面 *The Masque of the Red Death*」(정인섭 역, 『해외문학』창간호, 1927, 1.17) 역시, 죽음과 인간의 대립을 통해 인간의 나약한 정서를 탐구한 것이다. 이 작품이 『해외문학』창간호에 번역되었다는 사실은 이 작품이 지닌 문학적 의의가 얼마나 높은지 시사해 준다. 포 문의의 수작(秀作)으로 이해되고 있음을 알 수 있다. 이종명 역시 포를 소개하는 글에서 단편소설과 탐정소설 개척자, 신비소설과 공포소설의 맹아, 프랑스의 악마주의 · 상징주의 · 데카당파의 비조(鼻祖)라는 평가와 더불어 포의 단편 중에서 「赤死의 假面 *The Masque of the Red Death*」을 「盜賊마진 편지 *The Purloined Letter*」, 「메리로제트 事件 *The mystery of Maeie Roget*」과 더불어 걸작으로 보았다.[67]

「相逢 *The Assignation*」이 죽음을 초월한 사랑을 , 「黑苗物語 검은고양이」가 인간 내면의 광기와 폭력성을 조명했다면, 「赤死의 假面」은 '죽음'을 '적사의 가면'으로 성격화 하여 인간의 어리석음과 허세를 탐구

---

67) 이종명, 「探偵文藝小考」, 『중외일보』, 1928, 6.5~10.

하고 있다. 작중에서 인간은 죽음과 대결한다. 성에 죽음이 창궐하여 한껏 도피했으나, 인간이 방만한 틈을 타 죽음은 성안으로 들어와 성을 잠식해 들어간다. 인간은 합리와 이성의 힘으로 죽음을 따돌린 것 같으나, 어리석음과 허세로 말미암아 죽음은 모두의 생명을 앗아간다. 인간은 이성과 논리로 무장한 듯 보이지만 그보다 더 큰 허세와 방만함을 가지고 있다. 이러한 한계로 말미암아 죽음으로부터 벗어날 수 없다.

정인섭은[68] 번역에 앞서 이 작품을 색채와 감각이 돋보이는 소설로 소개했다. 영문학자 천승걸은 「赤死의 假面 *The Masque of the Red Death*」을 효과의 단일성이 완벽에 가깝게 실현된 작품으로 평가했다. 색깔 상징과 장식 효과, 소설이 시작되는 세 개의 문장과 마치는 세 개의 문장을 비교하며 정교하게 짜여진 스타일, 본능적인 정서가 빚어내는 인간에 대한 진실이 드러나는 작품, 앉은 자리에서 읽기에 너무 길지도 짧지도 않은 소설의 길이도 지적한다.[69] 김현실 역시 「赤死의 假面」

---

68) 번역자 정인섭(1905~1983)은 번역문은 간결하고 명료하다. 그는 극예술연구회 동인이면서 한글학회 회원이다. 그는 1929년 와세다대학교 영문과를 졸업하고 1953년에는 영국 런던대학교 대학원을 수료하였다. 김진섭, 이하윤 등과 외국문학 연구회를 조직하였으며 연희전문을 거쳐 중앙대 외국어대 교수를 역임했다.
69) "이야기가 시작되면서 곧 우리는 공포의 세계로 이끌려 들어가서 이야기가 끝날 때까지 짙은 공포와 음울한 환상의 분위기 속에 계속 꼭 갇혀 있게 된다. 그런데 이 환상과 공포의 분위기는 주로 색깔 상징과 장식의 효과에 의해서 이루어지며 또 강화되고 있다" "진홍색(scarlet)은 즉시 죽음과 피로 얼룩진 재앙을 상기시키고, 검은색은 곧 공포와 음울함의 분위기를 전달하며, 보라색과 금빛은 장엄함과 호화로움을 암시하는데 아주 적절하다. 장식의 효과는 이 색깔 상징들에 의하여 강화되고 있다. 죽음의 무도회(*danse macabre*)가 열리는 호화로운 방들의 장식은 대담한 상상력으로 넘치며 매우 환상적이고 기괴한 분위기를 이룬다. 특히 무겁게 드리운 검은 벨베트 휘장으로 밀폐되듯 감싸인, 그리고 피빛 유리창을 통해서 기괴한 불빛이 그 검은 휘장 위로 흘러내리는 서쪽 맨 끝의 마지막 방은 바로 죽음과 뒤따르는 암흑의 강렬한 상징이라고 볼 수 있다."(천승걸, 「포우(Poe)의 소설 이론에 대한 한 논평」, 『미국문학과 그 전통』, 서울대학교출판부, 1985, 252~253면. 250~255면.)

은 죽음 자체를 인물처럼 묘사하는데, 대체로 색채 감각 및 공포의 분위기 그리고 죽음과 삶의 상징적 이미지들이 전달되어 기괴한 분위기를 자아낸다고 보았다.[70]

「相逢」, 「黑猫物語」, 「赤死의 假面」 모두 공통적으로 '죽음'을 소재로 하고 있다. 죽음을 초월한 사랑, 광기와 폭력 및 부주의한 동요, 죽음을 뛰어넘을 수 없는 어리석음과 나약함, 일련의 사실은 죽음을 전유하여 인간 내면의 다양한 정서를 보여준다. 사랑의 완성으로서 죽음, 폭력의 실천으로서 죽임, 대상화한 죽음, 일련의 죽음에는 공통적으로 공포가 짙게 드리워져 있다. 그는 가장 기본적인 공포심이라는 가정에서 문학의 소재를 초자연적인 것에서 구하였다. '죽음'은 인간이 직면한 공포를 집약한 것이다.[71] 죽음의 공포를 넘어서는 사랑, 죽임이라는 극단적인 폭력이 자아내는 공포의 분위기, 공포라는 감정의 구체적인 형상화가 산문이 도달할 수 있는 진리의 경지이자 문학이 보여줄 수 있는 아름다움이다. 그런 연유로, 한국 근대문단에서 포의 소설은 '공포/신비문학'으로 이해되었다

1920년대 번역된 포의 소설에 나타난 '공포'를 이해하기 위해 임노월, 정인섭, 전무길의 포에 관한 논의를 주목할 필요가 있다. 그들은 표현주의 문예사조라는 넓은 범주에서 포가 놓인 문학사의 통시적 위치를 고려하고 있을 뿐 아니라, 미국문학이라는 공시적 의의를 염두에 두고 포 문학을 논하고 있다. 임노월은 표현파의 개조(開祖)로 포의 자연관을 소개하며 그 안에 내재된 '공포'를 창조를 위한 무한 자료로 설명한다. 그 기저에는 인간에 대한 절망과 비통이 전제해 있다.

---

70) 김현실, 위의 논문, 44면.
71) R 스필러, 위의 책, 93면.

포의 예술은 자연에 대한 수동적 태도에서나 정신적 활동에 의한 적극적 태도로써 새로운 조형의 세계를 창조하려고 하였다. 그래서 자연의 형태를 이상력(理想力)으로 조정하여 창조의 무한자유를 고조하려는 것이 포의 예술을 일관한 주제였다. 그러나 거기에는 영원히 사라지지 못할 비통과 알지 못할 공포가 숨어 있다.[72]

그의 作品 가운데 나타난 風景은 전부 그 자신의 情感을 상징한 것이다. 그러므로 그의 敍景文은 공포와 비통에 싸여 있다. 공포와 비통은 그의 혼을 한량업는 자유경으로 인도하엿다. 거기는 인간적 미련이라고는 전연이 업는 세계엿다. 인생에 대한 영원한 절망이 그로 하여금 전 열정을 미지의 나라한테 밧치게 하엿다. 그는 몬져 인생이 혐오하고 불완전한 것으로 취급하든 공포와 비통의 위대한 미를 미지의 세계에서 발견하였다.[73]

정인섭은 포 문학의 성격을 개인성의 소산으로 미에 대한 끊임없는 고민으로 설명한다. 그것은 인간의 내면, 정서, 무의식적으로 잠재한 다양한 감정의 발현이다. 포가 만든 자연은 신이 만든 자연이 아니라 자신의 개성이 깃들여 있는 상징적인 자연이다. 개인의 내면에서 고민하고 신음하는 영혼의 그림자를 그려냈으며, 그 안에는 고통과 공포 속에서 괴롭게 숨 쉬는 자아가 깃들여 있다. 표현주의 예술가들처럼 포는 '대상'으로서 자연을 본 것이 아니라 자신의 '경험'을 통해 자연을 표현해낸 것이다.

그이는 인간혼의 표면에 떠 있는 憂苦와 恐怖를 다 마시고 나면

---

72) 임노월, 「藝術至上主義의 新自然觀」, 『영대』, 1924, 8.1, 10면. 인용문은 오늘날 맞춤법을 고려하여 수정함. 이하 동일.

73) 임노월, 「藝術至上主義의 新自然觀」, 『영대』, 1924, 8.1, 14면.

그 뒤에는 어떤 평화로운 地境과 미의 세계가 표현될지 모르겠다는 一縷의 희망을 가지고 용감하게 그 우고와 공포를 향하야 勇進하였다.

그러나 그이는 美와 憂苦와 恐怖와의 경계에서 그 통절히 懷疑했으며 거기에 포의 驚異가 있고 이상한 색채와 향기를 가지게 하는 엇던 힘이 있다. 그이의 작품을 읽어보면 일면에는 魂의 무섭고도 괴로운 그림자가 있는 동시에 他面에는 그 가운데 포함된 일종의 美를 가진 장엄하고 준열한 환상의 舞蹈를 발견할 수 있어서 독자로 하여금 목전에 무엇이 절박해 오는 것을 느끼게 한다.

그이가 주장하는 美는 그이의 魂이 안주를 요청하는 증거가 되고 그이의 작품에 포함된 不安 恐怖는 그이가 아직 완전한 미에 도달치 못했다는 혼의 끝없는 고민을 증명하는 것이다.[74]

전무길도 포의 낭만주의 예술관의 기저에 있는 공포라는 정서를 다음과 같이 설명한다. "그는 미 외에 도덕이나 진리의 존재를 경시하엿다. "도실당(盜失當)한 편지"외 "어쉬 가(家)의 붕락(崩落)" 등은 공포물에 속하는 최대급 일 것이다. 그의 작품의 생명은 이에서 흐른다."[75] 미국을 비롯한 서구의 문단에서 볼 수 없었던 새로운 창작 소재로서 공포라는 정서가 출현했던 것이다. 공포에 대해 천착하고 공포소설을 창안한 예술가로서 창작 정신을 현실에 구체적으로 실현해 옮긴 것이다.

그렇다면 포가 도달하지 못한 '미'는 무엇이며, 어디에서 온 것인가. 공포는 이 세계에 신의 죽음을 전제로 발견할 수 있는 인간의 감정이다. 신에 대한 외경이 아니라 신의 존재를 부정함으로써 인간에게 남는 두려움과 무질서의 감정을 적극적 소환해 낸 것이다. 이성이 합리

---

74) 花藏山人(정인섭), 「『포오』를 논하야 외국문학 연구의 필요에 及하고 『해외문학』의 창간을 祝함」, 『해외문학』 창간호, 1927.1.17, 20면. 강조는 필자.

75) 전무길, 「미국 소설가 점고(5)-궁빈(窮貧)이 박차하여 준 "포"의 단편개척」, 『동아일보』, 1934. 9.8.

를 낳았다면 공포는 광기를 낳았다. 포는 신이 없는 세계에서 신과 분리된 인간의 전모를 탐구하고 형상화했다. 그는 신과 분리된 인간의 내면에 존재하는 다양한 목소리를 제시한다. 어둠과 고통에 신음하는 영혼의 목소리는 신이 부재한 시대에 인간이 직면해야 하는 감정이다. 신에게 보내던 외경이 사라진 자리에 가장 인간적인 감정, 공포가 자리 잡게 되었다.

그런 의미에서 포에 있어서 공포는 미의 추구가 도달한 지점이었다. 포가 제시한 공포와 신비는 종교적인 영역으로부터 분리되어 지상에 있는 인간의 속악한 영역을 보여준다. 부재한 신의 자리를 대체한 것이 인간들에게는 근대적 '미'이다. 포는 미(美)를 도덕과 진리에서 찾는 대신에 오히려 공포에서 찾았다. 그는 예술지상주의 입장에서 "예술은 미를 구하는 것이라는 신념에서 일체 청교도적 우상을 파괴하고 나갔으니 자연히 그의 논적은 증가될 뿐이었다. 그가 낭만주의의 변종이란 평을 받은 것도 이상의 논거에서 온 것이다."[76]

문학의 궁극 목적를 미의 추구에서 찾았다. "그는 작시(作詩)의 목적이 결코 도덕이나 진리를 논함에 있지 않고 미(美)에 대한 욕구를 만족시키며 그 효능으로는 영혼을 향상시킴에 있다고 보았다."[77] 장르상 시는 리듬에서, 이야기는 진실에서 찾는다.[78] 시에 비해, 산문은 극히

---

76) 전무길, 「에드가 알란 포의 수기(數奇)한 생애와 작품-125회 탄생제를 지나서」, 『조선일보』, 1934, 2.25.
77) 전무길, 「에드가 알란 포의 수기(數奇)한 생애와 작품-125회 탄생제를 지나서」, 『조선일보』, 1934, 3.1. 시의 미는 막연하고 숭고한 감정으로서 음악과 같은 효과를 가져야 하며 단소(短小)해야 한다고 주장하였다.
78) 에드거 앨런 포·최상규 옮김, 「『두 번 듣는 이야기』재론」, 찰스 E.메이 엮음, 『단편소설의 이론』, 정음사, 1990, 81~82면. "나는 이야기라는 것이 시보다도 월등한 점이 있다는 말을 했다. 사실 시의 <리듬>은 시인의 최고의 착상-미(美)의 착상-을 발전시키는 데 있어서는 본질적인 도움이 되어 주지만, 이 리듬의 인공성은 <진실>에 기초를 두는 모든 주요한 사고나 표현의 전개에는 피할 수 없는 장애가 된다. 그러나 대개의

다양한 사고 및 표현의 양식이나 변형 예컨대 추론, 풍자, 유머를 활용할 수 있다. 시가 미를 훌륭하게 다룰 수 있는데 비해 공포, 격정, 증오를 비롯한 기타 요소들은 산문에서 다룰 수 있다. 진실의 탐구는 시가 아니라 소설이라는 장르에 의해 가능하며, 이때 진리는 인간의 내면에 존재하는 다양한 성격과 감정을 통해 구현된다. 포는 공포소설을 통해 인간의 내면에 존재하는 다양한 정서를 발견했으며, 그것은 근대 예술이 구현하는 근대 인간의 존재방식을 대변하고 있었다.

1.6. 포 문학의 의의

한국에서 포 문학은 1920년대부터 번역되었다. 포의 문학은 신문, 저널 등을 통해 그의 시와 소설이 번역되었고, 작품과 작가에 대한 평문들이 쏟아지기 시작했다. 포 문학의 수용은 한국 근대 문학이 근대성을 확립해 나가는 데 큰 영향을 미쳤다. 시와 소설이 동시에 번역되었고, 포의 문학이론과 작가 소전 등이 소개되었다. 포 문학의 번역추이와 수용과정을 통해 다음과 같은 세 가지 사실을 알 수 있다.

첫째 1922년 최초로 번역된 시와 소설이 악마주의 계열의 시, 공포소설이라는 점이다. 최초의 번역은 근대 여성작가 김명순에 의해 이루어졌다. 이러한 사실은 작품을 번역한 작가 김명순의 창작 구심점을 시사하기도 하지만, 1920년대 근대 문단의 데카당 분위기를 대변해 준다.

둘째, 외국문학을 전공한 연구자들이 한국 근대문학의 부흥을 목적으로 『해외문학』창간호에 포의 작품과 그의 이론을 집중적으로 소개했다는 점이다. 『해외문학』연구자들은 동시대 세계문학의 대표성을

경우, 또 매우 높은 정도로, 이야기가 노리는 것은 <진실>이다."

포 문학에서 찾았으며, 포 문학의 수용과 이해를 통해 우리 문학이 나아가야 할 방향성을 탐색했다.

셋째, 포의 문학은 작가의 삶과 동일선상에서 이해되고 수용되었다. 이는 포에게만 국한되지 않았으며, 근대문학의 전개과정에서 작가의 삶 역시 작품을 이해하기 위한 또 하나의 텍스트로 수용되었다. 포를 비롯한 표현주의 유파의 작가들은 창작과정에서 자신의 경험을 표현하는데, 근대적 개인으로서 작가의 경험은 작품에서 사물과 대상에 대한 독자적인 인식을 보여준다. 작가의 삶은 작품 이해의 근거가 된다는 점에서 작품과 더불어 해석의 대상이 되었다.

이러한 세 가지 사실은 포가 한국 문단에서 호명되었던 근거와 이유를 보여준다. 첫째, 1920년대 데카당 문단의 분위기에서 이를 대변하는 세계적인 문호의 작품이 동시대 문인들에게 공감을 자아내고 그들의 문학관을 대변했다. 둘째, 외국문학 전공자들의 검증에서 드러나듯 세계사적으로 선도적인 문학이 포의 시와 소설임을 알 수 있다. 포의 작품은 1920년대 세계문학의 새로운 물결을 집약하는 코드로 이해되었다. 셋째, 포는 작품 못지않게 그의 삶이 문단과 독자의 관심을 자아냈는데, 이러한 사실은 표현주의 예술을 특이성을 반영한다. 근대예술은 대상의 구현에 있어서 실체가 아니라 작가 개인의 경험을 반영한다. 그러므로 작품을 이해하기 위해 작가의 삶 역시 해석의 대상이 되었다. 같은 맥락에서 1930년대 모더니즘 작가들의 삶이 그 자체로 근대적인 풍모의 예술로서 동시대 독자들에게 소비되었다.

한국 근대 문학사에서 포의 소설은 두 가지 측면에서 근대 소설의 정립에 영향을 미쳤다. 첫째, 포는 문학 양식의 효과설을 주창하였으며, 이는 시뿐 아니라 단편소설의 창작방법으로서 한국 근대 단편소설 작가들에게 영향을 미쳤다. 작품의 완결성을 위해 창작에 앞서 작품의 결말과 주제 의식을 엄격하게 통제해야 한다는 주장은 단편소설의 장르적 완결성을 확립하는 초석이 되었다. 김동인이 포를 통해 단편소설의 장르를 발견했다면, 이태준은 단편소설의 독자성을 문학사적으로 발전시켰다. 특히 탐정소설의 경우, 양식의 효과설이 구성과 형식을 통해 구현된다는 점에서 단편소설의 새로운 영역을 개척한 것으로 볼 수 있다.

둘째, 포는 근대 인간의 내면을 탐구하고 이를 작품에 구현했다. 1920년대 포의 소설은 세 작품 「相逢 *The Assignation*」(김명순 역, 『개벽』제 29호, 1922, 11.1), 「黑苗物語 검은고양이」(역자미상, 『시대일보』1925, 12.26~31), 「赤死의 假面 *The Masque of the Red Death*」(정인섭 역, 『해외문학』창간호, 1927, 1.17)이 번역된다. 세 작품 모두 공포물로서 인간에 내재해 있는 공포의 감정을 소설로 구현한 것이다. 세 작품 모두 죽음을 중심 소재로 삼고 있는데, 이때 죽음은 인간에 내재해 있는 공포를 소환하고 가시화 하는 장치이다. 일련의 작품들은 죽음을 초월한 사랑, 죽음에 이르는 광기와 폭력성, 죽음으로부터 벗어날 수 없는 인간의 나약함과 허세를 각각 보여주고 있다. 공포의 극한이 죽음이라는 점에서, 포는 작중 인물들을 죽음과 죽임이라는 특정 상황으로 끝까지 몰고 감으로써 인간성의 어두운 면모를 탐구했다.

외국문학은 한국 문단 지식인들의 정신적 고뇌와 조우 하면서 반향을 일으킨다. 포의 문학은 이 땅의 문인들이 세계사적 추이를 독해하면서 근대 문학의 형식과 내용이 갖추어야 할 미적 자질이 무엇인지 탐구하게 했다. 포의 경우, 형식적인 측면에서는 단편소설의 완결성을 발견하고 발전시킬 수 있는 계기를 제공했으며, 내용적인 면에서는 근대 인간의 내면을 탐구하고 확장하는데 기여했다. 근대 문인들은 외국 문학의 수용과정에서 한국 문학의 특수성을 객관화 하고, 시공간을 초월한 문학의 보편성을 찾기 위한 도정을 지속했다. 한국근대문학사에서 포의 문학은 문학의 양식적 특이성을 발견하고, 근대 인간의 내면을 탐구함으로써 근대문학의 근대성을 확립하고 성찰할 수 있는 계기를 제공해 주었다.

2. 안톤 체호프의 수용

2.1. 체호프 문학의 번역

한국 문단에 안톤 체호프(Anton Pavlovich Chekho, 1860~1904)는 언제 수용되었을까. 체호프는 1920년대에 단편과 희곡이 소개되고 단행본이 번역되었다.[79] 김병철의 『한국근대번역문학사연구』Ⅰ·Ⅱ(을유문화사, 1980)에 소개된 번역목록을 바탕으로 누락된 저작 자료들을 추가하면 다음과 같다.

번역 작품	역자	출처	출간일
사진첩	순성	학지광	1916. 9
La Cigale	평양빗	『서광』제7호	1920, 9.1
서전(瑞典) 성냥	미상	『동명』2;8-12	1923, 2.18~3.18

---

79) 안톤 체호프의 작품이 한국에 수용되는 과정에 관한 논의로는 다음과 같은 선행 연구가 있다. 신동욱, 「러시아 문학의 수용과 한국문학」, 『교수아카데미총서』3, 일념, 1993, 143~152면., 안숙현, 「서거백주년을 맞은 안톤 체호프의 현대적 의미: 한국에서 체호프 수용」, 『연극평론』33, 한국연극평론가협회, 2004, 51~60면., 강명수, 「남북의 체호프 문학 수용 양상」, 『문학사상』, 문학사상사, 2005.3, 265~272면., 강명수, 「한국의 체호프 문학 : 시대별로 개관한 체호프 문학수용 양상」, 『국제문화연구』25, 청주대학교 국제협력연구원, 2007, 79~92면.

정처(正妻)	변영로	『동명』2;14	1923, 4.15
와-냐 아저시 [희곡]	김온	토월회 제1회 공연	1923, 7
	결(缺)	『시대일보』	1925, 12.7
애수	늘봄	『신생명』3호	1923, 9.15
인자(人子)와 猫子(묘자)	김석송	『신여성』1;2	1923, 10.25
『체홉단편집』	권보상 역	조선도서주식회사 (간)46판, 9pt	1924, 6.25
여자와 연애와 결혼과	김석송	『신여성』2;9	1924, 9.1
사자생(寫字生)	북극성	『생장』제2호	1925, 2.1
피서지에서	수주(樹州)	『시대일보』	1925, 8.17
곰 [희곡]	미상	『시대일보』	1925, 12.7
혼수ㅅ준비	임영빈	『효종』창간호	1925, 12.12
구혼	김온	『해외문학』1	1927, 1.17
백조의 노래 [희곡]	김온	『해외문학』2	1927, 7.4
결혼식 [희곡]	김온	『현대평론』1;9	1927, 10.1
결혼신청	결(缺)	『Paskyla』	1927, 11
개	소총(素靑)	『청년』8;7	1928, 10.1
내기(賭)	미상	『조선지광』87호	1929, 9.1
훈장	안서	『대조』제5호	1930, 8.1
벚꽃 동산/앵화원	결(缺)	이화고녀 공연	1930, 11, 28~29
	함대훈	극연직속실험무대공연	1934, 12
곰	함대훈	『조선일보』	1931, 8.8~18(9회)
마을의 여자들	함대훈	『조선일보』	1932, 4.23~5.10(9회)
구혼 [희곡]	함대훈	『신조선』제3호	1932, 9.2

부활제야(復活祭夜) 부활전야	함대훈	『전선』1;1-2	1933, 1.1~2.1
기념제 [희곡]	함대훈	『조선일보』	1933, 1.23~28(5회)
		극연직속 실험무대공연	
귀찮은붙이들	변영로	『신가정』1;10	1933, 10.1
정(情) 잘 부치는 여자	노석(老石)	『신가정』4;3	1936, 3.1
걸인(乞人)	정규창	『정음』제22호	1938, 1.30
2백만원	최필봉	『청년예술』1;1	1948, 5.10

1920년대는 한국 근대 단편소설의 성립과 정착의 시기로서, 현진건을[80] 비롯한 동시대 작가들이 체호프의 소설을 통해 단편 소설의 문법을 정립해 나갔다. 1924년에는 체호프의 단편집 『체홉단편집』이 간행되었다.[81] 1930년 이화 고녀에서 「앵화원」을 무대에 올릴 때에는 후원사인 동아일보는 대거 홍보했다.[82]

1930년대에 이르면 체호프 소설에 대한 관심은 줄기 시작하며, 해방

---

80) 당시 단편 작가로 유명한 현진건은 조선의 체홉이라 불리기도 했다. "玄鎭健氏는 年 31 京城産의 眉目秀麗한 風貌를 가젓슬뿐더러 朝鮮의 「체홉」이라 하리만치 短篇小說作家로 有名하다." 「인재 순례, 신문사측」, 『삼천리』제4호, 1930, 1. 두 작가에 관한 비교 논의로는 김혜순, 「체호프의 <憂愁>와 현진건의 <운수좋은 날>에 나타난 소외 구조 비교」(『겨레어문학』, 겨레어문학회, 1989, 115~136면)와 채진홍, 「현진건의 「운수좋은 날」과 체홉의 「애수」 비교 연구」(『비교문학』36, 한국비교문학회, 2005, 57~82면)가 있다. 연구자들은 두 작품에 대한 공통점과 차이점에 주목했으며, 단편이라는 장르 인식은 논의 삼지 않았다.

81) 단편집에는 다음과 같은 11편의 작품이 수록되어 있다. 「로스칠의 해금」, 「변덕장이」, 「실업슨자식」, 「검은 중」, 「재판구경」, 「비싼과녕」, 「입마츰(키스)」, 「신사친구」, 「변변찬은 일」, 「연극구경하고서」, 「녯날일」.

82) 주최 이화여고기청문학부, 후원 동아일보사 학예부. 당시 이화고녀의 연극은 연출 홍해성, 장치 원우전이 맡았으며, 동아일보에 거듭 광고가 나갔다. 「대성황 이룬 『극하는 밤』의 첫날 『벚꽃동산』『체홉』작(전사막)꼭 하로밤 남엇다」, 『동아일보』, 1930, 11.30.

이후에는 러시아 문학에 대한 관심이 고리키를 비롯한 사회주의 경향의 작품으로 옮겨간다. 체호프에 대한 한국 문단의 관심은 1920년대에 가장 왕성하고 활발했다. 작품 이외 체호프에 대한 평문을 소개하면 다음과 같다. 김병철의 『한국근대번역문학사연구』 I · II(을유문화사, 1980), 그 외 잡지와 신문 등을 참조하여 연도순으로 정리한 것이다.

글쓴이	제목	출처	일시
주요섭	로서아의 대문호 체엑호프	『서광』제6호	1920, 7.5
안서	근대문예(6)	『개벽』제19호	1922, 1
박영희	체호프 희곡에 나타난 로서아 환멸기의 고통	『개벽』5;2	1924, 2.1
김온	로서아 극문학에 대한 소고	『조선지광』76	1928, 2.1
루나찰스키 · 역자 미상	우리들과 체홉(상)(하)	『중외일보』	1929, 10.27~29
함대훈	체홉의 기념제-25주기와 문단생활 50년(상)(하)	『동아일보』	1929, 11.13~14
김온	로서아문호 체ㅋ홉과 그의 신로	『조선일보』	1929, 12.15~24
모리스베어링 · 이하윤 번역	체-홉의 희곡(1)~(4)	『중외일보』	1930, 3.21~27
	체-홉흐의 희곡	『극예술』	1934, 12.7
이태준	내게 감화를 준 인물과 그 작품(1):안톤 체호프의 애수와 향기	『동아일보』	1932, 2.18
유치진	모스크바 예술좌 노여우(老女優) 체-호흐부인 크닛펠	『조선일보』	1932, 3.21
백석	임종 체홉의 6월 (그 누이 매리에게 한 병중서한)	『조선일보』	1934, 6.20~26

편집부	로서아문학과 여성 (삼인자매와 에레-나)	『삼천리』	1934, 11
홍해성	「앵화원」을 더듬어	『신가정』	1935, 5
츄곱스키	위대한 작가 체-홉론	『삼천리』	1935, 6
편집부	체홉의 동화	『사해공론』	1935, 10
유치진	나의 수업시대 작가의 「올챙이 때」 이야기	『동아일보』	1937, 7.22
김운곡	체-홉흐의 문학관-그의 서한에 나타난 문학적 견해	『조광』	1938, 1
이태준	문호의 대표작과 그 인격 : 체호프의 「오렝카」	『삼천리』	1940, 12

체호프 작품의 번역(번안)은 주로 김온, 함대훈과 같이 러시아 문학 전공자들에 의해 이루어졌지만 작품에 대한 논평은 문학작품을 창작하는 작가들에 의해 이루어졌다. 김억은 체호프를 한국 근대문단에 소개하면서 '자연주의' 계열의 작가로 분류했다.[83] 그것은 그가 일상의 평범한 현실을 배경으로 하되, 생활의 실태를 객관적이고 예민하게 묘사하고 있기 때문이다. 그의 '평범한 일상에 대한 발견'은 동시대 문인들도 다음과 같이 공통적으로 지적했다.

① 그는 또 **평범한 독자가 일상 견문하고 경험도 있으면서도 그것이라고 밝히 깨닫지 못한 일상생활에 아조 적은 쓸데없는 점**을 그에 독특한 천품으로써 예민하게 묘사하였다.[84]

---

83) 안서, 「근대문예」(6), 『개벽』제19호, 개벽사, 1922, 1. 강조는 필자.
84) 주요한, 「로서아의 대문호 체엑호프」, 『서광』제6호, 1920, 7. 강조는 필자.

② 그가 그리는 비애는 고전문학에 있던 비장(悲壯)극도 아니였고 로맨틱이나 센티멘탈리스트의 눈물의 무대도 아니었었다. **다만 평범한 일상생활의 고민과 우울과 애상이 흘러 넘치는 무대였다.** 그러나 암흑에서도 늘 체호프는 **미약한 희망과 광명이 처세(處世)의 가냘픈 웃음**과 같이 던져주는 무엇이 있다.[85]

①은 체호프를 한국 근대문단에 최초로 소개한 주요한의 글이다. ②는 박영희가 체호프의 대표 희곡 「바냐 아저씨」, 「세자매」, 「앵화원」을 대상으로 러시아 환멸기의 문학적 특수성을 소개한 글이다. 그는 작중 인물의 대사를 일부분씩 번역하여 인물의 핍진한 묘사와 더불어 가냘픈 웃음과 같은 애상을 소개하였다. 주요한과 박영희 모두가 체호프의 작품에서 주목한 것은 '일상성'이다.

함대훈은 이와 같은 체호프 문학의 특징을 그의 직업이 의사인 데서 찾고 있다. "그의 문학적 생활에 크나큰 도움이 된 것은 의업(醫業)에 종사하는 동안 제종(諸種) 계급(階級)의 형형색색의 인물의 성격에 접할 기회를 가진 것과 박물학에 능하야 과학적 사색에 통한 것이라 하겠다."[86]

체호프는 유치진을 비롯한 희곡작가 뿐 아니라[87] 동시대 다른 작가들에게도 영향을 미친다. 1920년대는 한국 단편소설이 정립되고 다양한 형태의 단편이 모색되고 창작된 시기인 만큼, 체호프의 작품은 1920년대 작가들의 주목을 받았다. 특히 체호프가 구현한 일상에 대한 관심과 묘사의 핍진성은 단편의 내용과 형식에 지대한 영향을 미쳤음을 짐작할 수 있다. 1930년대에도 지속적인 영향을 미치는데 이태준의

---

85) 박영희, 「체호프 희곡에 나타난 로서아 환멸기의 고통」, 『개벽』, 개벽사, 1924, 2.
86) 함대훈, 「체홉의 기념제-25주기와 문단생활 50년(상)」, 『동아일보』, 1929, 11.13.
87) 유치진, 「나의 수업시대 작가의 「올챙이 때」 이야기」, 『동아일보』, 1937, 7.22.

평문과 작품을 통해 확인해 볼 수 있다. 이태준은 정서적 측면, 양식적 측면에서 체호프의 소설을 체화하여 단편의 장르적 특성을 견고히 한다.

2.2. 이태준과 안톤 체호프

한국 근대 단편의 완성자로 알려진[88] 이태준은 안톤 체호프의 영향을 많이 받았다. 동시대 문인 중에서 체호프의 작품을 가장 잘 이해하고 나아가 창작으로 구현했다. 이태준이 체호프의 작품을 얼마나 이해하고 있었는지는 다음 두 인용문의 비교로 짐작할 수 있다. 첫 번째 인용문은 1889년 체호프의 소설이며, 두 번째 인용문은 체호프 소설에 대한 1932년 이태준의 평가이다.

① 나는 작가가 첫 페이지부터 양심과 함께 모든 관습과 맹세로써 자신을 휘감으려고 노력하지 않은 러시아의 문학적 신제품을 단 한 편도 기억하지 못한다. 어떤 사람은 나체에 대해 이야기하는 것을 두려워하고, 어떤 사람은 심리적 분석을 하느라 스스로 손발을 결박시키고, 어떤 이는 '인간에 대한 따뜻한 태도'를 요구하고, 어떤 이는 그 목적이 의심스러울 만큼 특별히 온통 자연 묘사로 페이지를 채우고 있다……. 어떤 사람은 자기 작품 속에서 한사코 부르주아가 되기를 원하고, 어떤 사람은 한사코 귀족이 되려고 한다는 식이다. **계획성과 예리함과 현명함은 있으나 자유가 없고 사람들이 원하는 것을 쓸 만한 용기가 없으므로, 자연히 작품다운 작품**이 나오지 않게 되는 것이다.[89]

---

88) 이재선, 『한국소설사-근·현대편 I』, 민음사, 2000, 406~407면.
89) 안톤 체호프·정명자 옮김, 「지루한 이야기」, 『사랑스러운 여인』, 학원사, 1991, 83면. 굵은 글씨는 인용자의 강조. '지루한'이라는 러시아 형용사 'Скучная'은 '지루한'이라는 뜻 외에도 '우울한', '울적한', '적적한', '무료한', '권태의', '재미없는', '따분한'이

② 무엇보다 내가 체호프의 작품을 존경하는 것은 그의 작품은 작자 자신에게 이용, 유린되지 않은 예술품이기 때문이다. 그는 입센이나 톨스토이나 또 요즘 흔한 작가들과 같이 무슨 선전용으로 무슨 사무적 조건에서 예술품을 제작하지 않았다. 그는 누가보든지 가장 미더운 눈물어린 눈으로 사물을 보았고 가장 침착하고 평화스러운 마음으로 생각하면서 우리 인간의 **편편상**(片片像)을 기록했다. 그러므로 그의 작품은 어느 하나만이 뛰어나는 걸작도 아닐 것이요, 어느 몇 편만이 그 시대에 맞을 것도 아닐 것이다. 그의 작품은 영원히 새로울 것이요, 누구에게나 친절할 것이라 믿어진다.[90]

①은 체호프가 1889년 집필한 <지루한 이야기>에 등장하는 주인공 노교수의 독백이다. 체호프는 노교수의 목소리를 통해 19세기말 러시아 문단의 문제들을 지적하고 있으며, 나아가 그가 지향하는 문학을 시사한다. 그는 제정 말기 러시아 소설이 도덕과 종교 그리고 과학 등 특정 의식에 결박되어 살아 있는 인간의 실제를 담아내고 있지 못하며, 쓰고자 하는 것을 자유롭게 쓰지도 못함을 비판한다. 작가들은 계획성, 예리함, 현명함 등은 구비하고 있으나 원하는 것을 쓸 만한 용기도 없다는 것이다.

②에서 이태준은 체호프가 침착하게 대상을 천착하고 있으며 특정 목적성을 작품에 담고 있지 않다고 평가한다. 그 결과 그의 작품은 선전용 예술품, 사무적 조건의 예술품이 아니라 시공간을 초월하여 유효한 인간 면모들을 인물로 창조해 낼 수 있었다는 것이다. 이태준의 평

라는 뜻이 있다. 이는 주인공의 단조로운 삶의 내면에 깃든 무정신성을 반영한다. 이영범, 「체호프의 『지루한 이야기』연구」, 『인문과학논집』46, 청주대학교 인문과학연구소, 2013, 388~389면 참조.

90) 이태준, 「내게 감화를 준 인물과 그 작품(1):안톤 체호프의 애수와 향기」, 『동아일보』, 1932. 2.18. 굵은 글씨는 인용자의 강조.

가는 ①의 체호프 작품에서 드러난 작가 의지를 그대로 대변한다. 체호프는 특정 의식에 결박되어 있지 않은 인간 실제에 주목하여 작품을 창작했다. 이태준의 평가는 러시아 문학연구자들의 평가와 상통한다. 나보코프에 의하면, "체호프는 등장인물을 교훈의 수단으로 삼지 않았고 인물을 미덕의 전형으로 만들지 않았다." "살아 숨 쉬는 인간상 그대로를 정치적 메시지나 문학적 전통에 얽매이지 않고 그려냈을 뿐"이다.91)

러시아 문학사에서 체호프는 인간의 구체적인 운명을 놀라울 정도의 예술적 사실성을 가지고 묘사하면서 그것을 인간의 본성, 사회관계의 본질, 삶 일반의 의미에 대한 문제 제기와 유기적으로 결합시킨 작가로 평가한다. 그런 까닭에 그가 구현해 낸 특정 시대 개인의 삶이라는 협소한 무대는 인간 보편 존재의 극한으로까지 발전해 갈 수 있다는 것이다.92) 체호프를 비롯한 한국 근대 문단에 소개된 러시아 작품은 사회의 구조적인 모순을 폭로하거나 인간 내면의 나약함과 상호 불이해 등 인간 문제를 사실적으로 그리고 있었으며, 한국 근대 작가들은 일련의 작품을 통해 식민지 현실의 모순과 인간에 대해 비판적으로 자각할 수 있었다.93)

---

91) 블라디미르 나보코프 · 이혜승 옮김, 『나보코프의 러시아 문학강의』, 을유문화사, 2012, 144면. 정명자 역시 "그는 인간을 변화시키거나 교육하려 하지 않았고, 단순히 그들을 위로하려는 입장에 있었던 작가"라고 평가했다. 그런 까닭에, 체호프의 아이러니는 "일종의 애정까지도 내포한 아이러니"라고 소개했다. (정명자, 『인물로 읽는 러시아문학』, 한길사, 2001, 158~159면.)
92) 박형규 외 9인, 「제3장 러시아 문학의 창작방법과 양식」, 『러시아 문학의 이해』, 건국대학교출판부, 2002, 225~226면 참조. 체호프는 스탕달, 발자크, 톨스토이와 더불어 시대의 변화와 요구를 인지하고 창작활동을 통해 그에 부응하는 목소리를 담아내는 리얼리즘 작가로 논의된다.
93) 안숙현, 「3 · 1운동 직후 한국 무대에서 러시아극 공연」, 『새국어교육』82, 한국국어교육학회, 2009, 689~720면.

이태준은 체호프의 소설을 적확하게 이해한 만큼, 창작에도 적지 않은 영향을 받았다. 스스로 사숙했다고 할 만큼, 단편 창작에 있어서 큰 영향을 받았다. 그렇다면 이태준은 체호프를 통해 어떤 영향을 받았으며, 그것이 단편관 정립에 어떤 영향을 미치게 되었는가. 공통점과 차이점에 대한 비교가[94] 아니라, 이태준은 문학관을 정립하는 과정에서 체호프 소설을 어떻게 이해하고 있었으며 그로부터 어떠한 영향을 받았을까.

2.3. 애수의 한 기원

이태준은 외국문학을 많이 읽었고 그 영향도 적지 않게 받았다. 그의 수필에는 평소 읽은 외국문학 작품이 빈번히 언급되어 있다.[95] 특히 사숙해 온 작가로 번번이 '안톤 체호프'를 지명했다. 1939년 한 대담에서 이태준은 '사숙(私淑)'하는 작가로 도스토옙스키와 더불어 체호프를 꼽았다.

---

94) 이태준과 안톤 체호프에 대한 비교 논의로는 노문학자 강명수의 선행 논의들이 독보적이다. 그는 러시아 문학에 대한 지식을 기반으로 이태준의 다양한 자료와 작품을 섭렵하여 양자 간의 차이와 공통점을 상세히 밝혀 놓았다. 그는 주로 두 작가의 전기적 특징과 작품 간의 공통점 및 차이에 주목해 왔다. 강명수, 「체호프와 이태준의 소설 비교 연구」, 『노어노문학』제18권제2호, 한국노어노문학회, 2006.8, 111~142면; 강명수, 「체호프와 이태준의 소설에 나타난 지식인들의 (내면)세계: 작가의 자기 고백적 소설을 중심으로」, 『슬라브학보』제21권3호, 한국슬라브유라시아학회, 2006, 51~74면; 강명수, 「체호프와 이태준의 소설세계에 나타난 미와 현실: <6호실>과 <패강랭>을 중심으로」, 『노어노문학』제19권1호, 한국노어노문학회, 2007, 127~153면; 강명수, 「체호프의 <나의 삶>과 이태준의 <고향>연구: 서사 층위를 중심으로」, 『한국노어노문학회 학술대회 자료집』, 한국노어노문학회, 2010, 1~11면.

95) 이태준의 수필과 잡문, 그리고 『문장강화』를 대상으로 그가 읽고 영향을 받은 것으로 보이는 작품을 소개하면 다음과 같다.

「누구의 소설을 가장 좋아하십니까」

「체홉을 좋아하구요. 또 또스터엡스키-두 좋아하지요」

「체홉과 또스터엡스키-는 아주 다른 경향을 가진 작가가 아닙니까」

「그러죠. 그러치만 그 두 작가가 다- 좋습니다. 체홉은 묘사를 잘 하구 또스터엡스키-는 줄거리가 있는 이얘기를 보혀주구요.」[96]

두 작가 중에서 이태준의 창작 방법과 태도에 영향을 끼친 작가는 체호프이다. 이태준은 '근대 세계문호의 명작'으로 체호프의 「오렝카」를 꼽은 바 있으며, 직접 작품의 일부를 번안한 바 있다.[97] 그는 1924년 가을 동경으로 유학갔으며, 유학 시절 체호프의 소설을 애독했다.[98] 이듬해 1925년 「오몽녀」를 발표하여 등단하였고, 1926년에는 동경 상지대학 예과에 입학하여 매우 곤궁한 가운데서도 문학작품을 읽

국가	작가
러시아	고리키, 톨스토이, 도스토예프스키, 투르게네프, 안톤 체호프
일본	아쿠다가와, 요시다겐지루, 도쿠토미 로카, 가와바다 야스나리, 古田太次郎
영국	페이터(간접적)
프랑스	플로베르, 모파상, 셍떽쥐베리, 아미엘, 파스칼, 알렝(철학자)
	앙드레 지드, 볼테르, 루소,
	에밀 졸라, 스탕달, 앙리 마시스(간접적)
미국	애드거 앨런 포, 헨리 데이빗 소로
독일	괴테
기타	성경, 오마 카엠, 입센

96) 일기자, 「장편작가 방문기(2) 이상을 말하는 이태준씨」, 『삼천리』제11권 제1호, 삼천리사, 1939, 1.

97) 「12월의 삼천리문단」, 『삼천리』, 삼천리사, 1940, 12. 후술하겠지만 「오렝카」는 오늘날 독자들에게 「귀여운 여인」으로 알려진 작품의 주인공이며, 이태준은 주인공의 이름을 작품명으로 제시한 것이다.

98) 이태준, 「내게 감화를 준 인물과 그 작품(1):안톤 체호프의 애수와 향기」, 『동아일보』, 1932, 2.18., 이태준, 「의무진기(意無盡記)」, 『춘추』, 조선춘추사, 1943, 5.1. 이 두 평문에는 이태준이 읽은 안톤 체호프 소설의 제목과 특징이 나타나 있다.

곤 했다. 당시 그는 조대(早大)에서 미국정치사(米國政治史)를 강의하던
외국인 B씨의 헬퍼 노릇을 했다. 그는 지하실까지 4층인 양관 한 채에
들어 있을 권리와 월급 15전씩을 받고 있었는데, 당시 외국문학 작품
을 탐독했으며 특히 체호프의 소설에서 큰 감화를 받았다. 세월이 지
난 후에도 그 시절을 다음과 같이 회상했다.[99]

> 나의 책 읽던 즐거운 추억은 아모래도 동경시절로 날아 가군 한
> 다. 사흘 나흘씩 세수도 않고, 봄비 뿌리는 「아마도」는 굵게 담은
> 채, 「단넨도꼬」속에서 보던 투르게네프의 장편들, **11월 말까지 가을
> 인 무장야(武藏野)의 무밭머리 길들, 참나무 숲의 「호소미찌」들, 거
> 기를 거닐며 읽던 체호프의 단편들, 빠사로프와 함께 흥분하던 「허
> 무」, 오텡카, 리-도치카, 그리고 카-챠와 더불어 머금던 애수의 눈
> 물들,** 어느 음악, 어느 미술, 어느 시에서 이처럼 인생을 눈물에 사
> 무쳐 감동하였으랴! 지금 생각하면 나의 문학적 청춘시절이었고 나
> 의 「독서의 운문시대」였었다. [100]

고독한 유학 생활에서 체호프의 작품들은 이태준에게 위로와 감동
을 주었다. 특히 그는 '애수의 눈물', '인생의 눈물'이란 말로 그 감동
을 표현했는데, 이는 당시 그 자신의 고독과 생활고의 영향도 크겠지
만 그가 체호프의 작품에서 주로 '애수'의 미학에 주목한 까닭이다. 그
는 1927년 학교를 중퇴하고 귀국하여 취업난에 직면했다. 1929년 개벽
사에 입사하여 『학생』의 책임, 『신생』의 편집을 해 오다가, 그해 가을
에는 『중외일보』로 자리를 옮겼다. 1930년 결혼하고 이듬해 1931년에
는 『중앙일보』 학예부로 옮겼다. 1932년에는 이화여전을 비롯한 학교

---

99) 이태준, 「의무진기(意無盡記)」, 『춘추』, 조선춘추사, 1943, 5.1.
100) 이태준, 「감상」, 『삼천리』제13권 12호, 삼천리사, 1941, 12. 강조는 필자.

에 출강하여 작문을 가르치기도 했다. 1935년 『조선중앙일보』(『중앙일보』의 개제)를 퇴사하기까지, 경제적으로 정서적으로 비교적 안정된 생활을 유지했다.[101] 생활의 안정기에 접어든 1932년 이태준은 자신에게 감화를 준 작품과 작가로 안톤 체호프를 꼽았는데, 체호프 소설의 매력을 다음과 같이 소개했다.

> 무엇에 끌리어 그렇게 반해 읽었는가? 하면『글세?』하고 나는 얼른 대답을 내일 수가 없다. 그처럼 체호프는 얼른 드러나게 좋은 *으로 설명할 수는 없는 작가라 생각한다.
> 그 시초도 없고 끝도 *없는 이야기 그러면서도 구슬처럼 자리 없이 끊어진 **아름다운 이야기**, 『치사스런 녀석!』하고 옆에 있으면 침이라도 뱉고 싶게 미우면서도 어딘지 그와 손목을 잡고 울어주고 싶은 데가 있는 **주인공들, 하늑하늑하는 애수가 전편에 흐르면서도 저가의 감상이 아니요, 생화(生花)의 향기처럼 경건한 분위기**, 이런 것들이 그의 작품이 가지고 있는 특색일까 생각한다.[102]

이태준은 체호프 소설의 특색으로 아름다운 이야기, 주인공, 전편에 흐르는 애수를 꼽았다. 특히 그는 '애수'에 가장 큰 영향을 받은 것으로 보이는데, 다른 글에서도 누차 체호프 소설에 나타난 '애수'를 언급한다. 1934년 12월 8일 밤에는 체호프의 희곡 「앵화원」을 관람했는데, 당시 주목한 것도 '애수'이다. 하루의 여정을 소개하면서 연극에 대한 감상을 다음과 같이 소개했다.

---

101) 이태준·상허 학회 편, 「작가연보」, 『이태준전집』, 소명출판, 2015. 이하 이태준의 전기적 사실은 이 책의 연보를 참조함.
102) 이태준, 「내게 감화를 준 인물과 그 작품(1):안톤 체호프의 애수와 향기」, 『동아일보』, 1932. 2.18.

8일 밤 극연(劇硏)의 「앵화원」 이제 3막째 끝나는 것을 보고 우리
는 일어섰다. 중간에서 보되 그 맛이 나고, 중간에서 그만 보되 또
그 맛이 넉넉한 것은 소설에서도 보는 체호프의 맛이었다.

애수, 그리고 가련한 고아를 보는 듯한 가엾은 희망, 그런 우울한
향기에 젖은 우리는 '낙랑(樂浪)'을 다녀 나와 인사도 없이 헤어졌다.[103]

「앵화원」은 「갈매기」, 「바냐 아저씨」, 「세자매」와 더불어 체호프의
대표 희곡이다. 「앵화원」은 전체 4막으로 구성되어 있지만, 3막에 이
르면 이미 인물들의 귀추가 결정된다. 1막에서 3막까지는 귀향한 여지
주와 그녀의 가족들이 빚에 몰려 벚꽃동산을 잃게 되는 내용이며, 4막
에 이르면 여지주와 가족들은 벚꽃동산을 떠난다. 이태준은 여지주 일
가가 벚꽃동산을 잃게 되는 3막까지 보았으며, 그의 마음에 깊이 각
인된 것은 '애수'의 감정이다.

이러한 사실은 이태준이 문학작품을 볼 때 무엇에 주목하고 있는지
알게 해 주는데, 이를 구체적으로 알기 위해 「앵화원」의 인물들을 일
별할 필요가 있다. 인물은 크게 영지인 벚꽃동산을 잃게 된 몰락한 토
착 지주, 건설과 임대에 눈을 뜬 신흥 부르주아, 새로운 미래를 건설하
려는 신세대, 세 부류로 나눌 수 있다.

그중 이태준은 벚꽃동산을 잃은 몰락한 토착 지주에게 감정을 이입
하고 있음을 알 수 있다. 그는 주로 지나간 것에 대한 애틋함을 향수
했는데, 이는 이태준의 상고 취향과 합치한다. 1934년 12월 8일 밤, 그
는 「앵화원」에서도 '가련한 고아를 보는 듯한 가엾은 희망' 그리고
'우울한 향기'에 젖는 등 애수의 감정을 마음껏 즐겼던 것이다.

---

103) 이태준, 「여정(旅情)의 하루」, 『무서록』, 깊은샘, 1994, 240면. (『조선중앙일보』, 1934,
12.13.) 굵은 글씨는 인용자의 강조. 당시 공연은 함대훈의 번역으로 극연직속 실험무
대 공연이었다.

이태준은 1931년 장녀를 보았고 이어 1934년 차녀를 보았으며, 1933년에는 구인회를 조직하는 등 자신의 문학적 입장이 분명했고 문단 내 입지도 확고해졌다. 그러므로 1934년 「앵화원」에 대한 감상은 사회적 경제적으로 다소 안정기에 접어든 당시 이태준의 문학적 입장과 관점을 반영하고 있다. 이태준은 「달밤」(1933), 「손거부」(1935) 등에서 볼 수 있듯이 과거의 잔영을 간직한 인물에 대한 슬픔과 아름다움 즉 애수에 주목했다.

10년이 지난 1946년 모스크바에서 연극 「앵화원」을 다시 볼 때, 그의 관점은 바뀐다. 그의 시선은 '몰락한 토착 지주'가 아니라 '새로운 미래를 건설하려는 신세대'로 옮겨간다. 그는 과거의 향수가 아니라 '사회의 변혁'에 주목한다. 1946년 이태준은 모스크바 예술좌에서 「앵화원」을 관람했다. 관람 당시 자신의 벅찬 감정을 다음과 같이 기술했다.

새로 올 사회에는 도저히 있을 수 없는, 이미 그들로서의 난숙된 인물들이다. 막을 거듭해 이들이 무르익어갈수록 새 시대의 싹 대학생이 쑥쑥 자란다. 모두 영절스럽다 몸짓 하나까지라도 횅하니 외워 있는 배우들이요 우리는 듣지 못하는 말맛에까지 반하는 여기 관객들은 하득하득 숨차지다가 막이 끝나면 우루루 일어서 무대 앞으로 밀려 나오며까지 박수를 한다. 막이 들린다. 배우들이 답례한다. 막은 나렸으나 박수는 그치지 않는다. 배우들은 아모리 다음 준비가 바뻐도 두 세 번은 박수에 답례를 하게 된다. 그중에서도 충복역(忠僕役)을 하는 노배우에게 가장 뜨거운 경의들을 표하였다. 그는 정부의 훈장을 탄 「인민의 배우」라 한다.[104]

---

104) 이태준, 「소련기행」, 『소련기행·농토·먼지』, 깊은샘, 2001, 71면. 굵은 글씨는 인용자의 강조.

이태준은 1934년에 '과거의 상념에 젖어 있는 인물'을 '가련한 고아'
로 애잔하게 바라보았다면, 1946년에 이르면 그들을 '새로 올 사회에
는 도저히 있을 수 없는' '난숙한 인물'로 열외 시킨다. 그는 과거에
대한 상념 대신 '새로 올 사회'와 '새 시대의 싹 대학생'에 주목한다.
극 중 등장하는 대학생 트로피모프는 러시아의 미래를 고민하며 현실
을 비판했다. 2막에서 대학생은 벚꽃동산의 여지주와 상인, 그리고 지
주의 가족들에게 러시아의 문제점을 비판했다.

> 지금 우리 러시아에서 노동하는 사람들은 극소수에 지나지 않습
> 니다. 제가 알고 있는 인텔리의 절대다수는 아무것도 구하지 않고,
> 아무것도 하지 않으며, 노동할 능력도 없습니다, 인텔리라고 자처하
> 면서도 하인들에게 반말하고, 농부들을 짐승 대하듯 하고, 어설프게
> 학습하고 심각하게 독서도 하지 않으며, 아무 일도 하지 않고, 과학
> 에 대해서는 말로만 떠들고, 예술에 대해서는 전혀 모릅니다. …(중
> 략)… 그래서 우리가 나누는 모든 훌륭한 대화는 분명히 우리 자신
> 과 다른 사람들을 속이기 위한 것일 뿐입니다. 그토록 많이 그리고
> 자주 말했던 탁아소는 어디 있습니까? 도서실은 어디 있나요? 오
> 직 소설 속에서나 나오는 것일 뿐, 실제로는 전혀 없습니다.[105]

대학생은 다음과 같은 말로 여지주의 딸 아냐를 각성시킨다.

> 우리는 최소한 200년은 뒤떨어져 있고, 우리에겐 아직 아무것도
> 없으며, 과거에 대한 명확한 입장도 없습니다. **우리는 그저 추상적**
> **인 논의나 하고 애수를 한탄하거나 보드카를 마실 따름입니다. 현재**
> **에서 삶을 시작하려면 우선 우리의 과거를 속죄하고, 그것을 청산해**

---

105) 안톤 체호프 · 김규종 옮김, 「벚나무 동산」, 『체호프 희곡 전집』, 시공사, 2010, 692면.

야 한다는 것은 너무도 자명합니다. 그런데 과거의 속죄는 오직 고통을 통해서만, 전례 없고 끊임없는 노동을 통해서만 가능합니다.[106]

대학생은 아냐에게 영지인 벚꽃동산을 상실한다는 개인적인 상념에서 벗어나, 러시아 전체가 위대하고 아름다운 벚꽃동산임을 일깨운다. 대학생은 신시대의 기수답게 애수를 버리고 추상적인 논의가 아니라 구체적인 노동을 통해 현실의 조건을 변화시켜야 한다고 주장했다. 해방이후 이태준은 과거에 젖은 인물이 아니라 미래를 만들어 갈 인물에 주목했다. 그는 '애수'와 결별하고 현실에 소용이 되는 일들을 모색한다. 해방이전에는 체호프의 작품에서 과거의 잔영에 주목했다면 해방이후에는 도래할 현실에 주목했으며, 그 결과 체호프 작품에 내재해 있는 리얼리즘을 읽어 들인다. 동일 작품에 대한 새로운 시각은 해방이후 이태준의 의식 변모를 보여준다.

해방이후 이태준은 문화건설중앙협의회 문학가동맹 남조선 민전 등의 조직에 참여하는 등 정치활동에 열을 올렸다. 1945년에는 문학가동맹 부위원장, 1946년에는 민주주의민족전선 문화부장과 남조선조소문화협회 이사가 되었다. 1946년 7~8월 상순 즈음 월북후, 8월 10일부터 10월 17일까지 '방소문화사절단'의 일원으로 소련의 모스크바와 레닌그라드 등지를 여행했다. 여정 중 모스크바에서 체호프의 희곡 「앵화원(벚꽃동산)」을 관람했다.

이태준이 「해방전후」(『문학』, 1946.8)에서 옛것으로부터 눈을 돌려 새롭게 도래할 세상에서 희망을 찾으려 했던 데서 알 수 있듯이, 해방후에는 그전과 다른 입장에서 문학을 바라보았다. 「해방전후」는 '한 작가의 수기'라는 부제가 달린 만큼 자전적 요소가 강한 작품인데, 이

---

106) 안톤 체호프, 위의 작품, 697면. 굵은 글씨는 인용자의 강조.

작품에서 그는 오래된 것에 대한 애수 대신 새로 올 사회의 개혁에 주
목한다. 그런 만큼 1946년 「앵화원(벚꽃동산)」 관람 시, 그는 작가의 현
실 변혁 의지가 반영된 리얼리즘 작품으로 독해했다.

이태준에게 있어서 '과거'에 대한 애잔한 정서는 그의 소설에 자주
드러나는 정서 '애수(哀愁)'를 낳았다. 마음을 서글프게 하는 슬픈 시름,
애수는 과거의 것에 대한 애착이 있을 때 발생한다. 과거는 폐기의 대
상이 아니라 '상고미(尙古美)'를 통해 미적 대상으로 승화되면서 애수를
자아냈다. 이태준에게 '애수'는 이중적 감정이다. 단순히 슬픔만을 의
미하지 않으며 그것을 관조하고 향수하는 현재 자신 안에 존재하는
또 하나의 미적(美績) 자아가 전제해 있다. 이것은 작가의 정서적 여유
를 반영함과 동시에 작품 내부적으로는 미학적 효과를 발휘한다. 작가
이태준의 미적 자의식 작동 기저에 안톤 체호프에 대한 독서가 전제
해 있었던 것이다. 해방이후에는 현실 개혁에 눈을 돌린 후, 그는 새로
운 사회와 그에 부응하는 젊은이들의 모습에 주목하면서,[107] 동일 작
품을 다시금 리얼리즘 작품으로 수용하게 되었다.

2.4. 단편, 인생의 단면 집중

이태준은 단편소설의 역사와 장르에 대한 인식이 명확했다. 그는 포
를 기점으로 모파상과 체호프 등을 통해 단편이 완성을 기하게 되었

---

107) 해방이후 이태준은 자신이 현실에서 할 수 있는 정치적 노력에 힘을 기울였는데 이러
한 사실은 체호프 작품 「앵화원」의 독해에서도 나타난다. 해방이후 그는 현실에 대한
정치적 입장을 표명하고 적극적인 행보를 보인다. 「인민대표대회와 나의 소감」, (『자유
신문』, 1945, 11.25), 「먼저 진상을 알자」(상)~(하)(『자유신문』, 1946, 1.19~21), 「한자
폐지, 한글 횡서가부: 전국적 심의로」(『자유신문』, 1946, 3.5.), 「금후 정치적 시위운동
엔 학생은 절대로 참가불허」, (『자유신문』, 1946, 3.8)

다고 본다.

> 단편은 인생을 묘사하는 데 한 경제적 수단으로 발생한 형식이다.
> 그러므로 고대의 것이 아니라 근대의 것이다. **단편의 시조라면 창창**
> **하게 성경으로 올라가 '방탕한 자식'의 이야기를 꺼내는 사람들이**
> **많으나 그것은 우연한 사실이요 소설가의 손으로 의식적으로 계획**
> **되기는 에드가 알란 포우(1809~1849)에서부터다.**
> 그는 장편을 읽거나 쓰거나 하기에 누구보다 권태를 느낀 작자였
> 다. **인생이란 반드시 길게, 늘어지게 이야기해야만 표현될 것은 아**
> **니다. 어느 한 단면만으로도 족한다.**
> **이러한 포의 단편 주장은 세계적으로 호응되어 포우의 뒤를 이어**
> **모파상, 체호프 등 명 단편작가들이 출현하게 된 것이요,** 따라서 작
> 가와 평론가들 사이에 단편에 대한 정의니 규정이니 하는 것이 이루
> 매기(枚擧)할 수 없게 쏟아져 나온 것이다.108)

이태준은 단편이 "인생을 묘사하는 경제적 수단"에서 발생했다고
보고, 그 시조로 성경의 '방탕한 자식' 이야기를 들었다. 소설가에 의
해 기획되고 창작된 것은 에드거 앨런 포부터라고 보았다. 포는 탁월
한 단편소설이란 인간의 외면이든 내면이든 단일 사건, 앉은 자리에서
독파될 수 있는 짧은 형태, 독창적이고 깊은 감동과 인상, 통일된 인상
과 효과, 시종 평이한 문체의 작품이어야 한다고 했다.109)
이태준은 고대에도 인생을 경제적으로 묘사하는 이야기가 있었는데
그 기원을 신약성서 누가복음 15장의 '방탕한 자식'에서 찾고 있다. 그
는 자주 이 대목을 읽었던 것으로 보이는데, 1936년에도 "밤에 자리에

---

108) 이태준, 「단편(短篇)과 장편(掌篇)」, 『무서록』, 깊은샘, 1994, 58면. (「산문학의 재검토
    (其二) 短篇과 掌篇(상)」, 『동아일보』, 1939, 3.24.) 굵은 글씨는 인용자의 강조.
109) 홍일출, 「문학이론」, 『에드거 앨런 포우』, 건국대학교출판부, 1996, 43면.

누워 누가전 15장 11절부터 24절까지 정독"[110)했다. 그는 이 부분을 '한편의 소설'로 보았다. 누가복음 15장은 '되찾은 양의 비유', '되찾은 은전의 비유', '되찾은 아들의 비유' 세 부분으로 구성되어 있는데, 이태준이 언급한 '방탕한 자식'은 '되찾은 아들의 비유'의 일부이다. '되찾은 아들의 비유'는 누가복음 15장 11절부터 32절의 내용인데, 그중 이태준이 주목한 부분은 11절부터 24절이다. 그가 주목한 「누가복음」 15장 11절~24절을 소개하면 다음과 같다.

> 예수님께서 또 말씀하셨다. "어떤 사람에게 아들이 둘 있었다." 그런데 작은아들이, '아버지, 재산 가운데에서 저에게 돌아올 몫을 주십시오.'하고 아버지에게 말하였다. 그래서 아버지는 아들들에게 가산을 나누어 주었다. 며칠 뒤에 작은아들은 자기 것을 모두 챙겨서 먼 고장으로 떠났다. 그리고는 그곳에서 방종한 생활을 하며 자기 재산을 허비하였다.
>
> 모든 것을 탕진하였을 즈음 그 고장에 심한 기근이 들어, 그가 곤궁에 허덕이기 시작하였다. 그래서 그 고장 주민을 찾아가서 매달렸다. 그 주민은 그를 자기 소유의 들로 보내어 돼지를 치게 하였다. 그는 돼지들이 먹는 열매 꼬투리로라도 배를 채우기를 간절히 바랐지만, 아무도 주지 않았다. 그제야 제정신이 든 그는 이렇게 말하였다. "내 아버지의 그 많은 품팔이꾼들은 먹을 것이 남아도는데, 나는 여기에서 굶어 죽는구나. 일어나 아버지께 가서 이렇게 말씀드려야지 '아버지, 제가 하늘과 아버지께 죄를 지었습니다. 저는 아버지의 아들이라고 불릴 자격이 없습니다. 저를 아버지의 품팔이꾼 가운데 하나로 삼아 주십시오.'"
>
> 그리하여 그는 일어나 아버지에게로 갔다. 그가 아직도 멀리 떨어

---

110) 이태준, 「미쓰 · 스프링」, 『중앙』, 1936, 4. (이태준, 『무서록』, 깊은샘, 1994, 58면과 270면.)

져 있을 때에 아버지가 그를 보고 가엾은 마음이 들었다. 그리고 달려가 아들의 목을 껴안고 입을 맞추었다. 아들이 아버지에게 말하였다. '아버지, 제가 하늘과 아버지께 죄를 지었습니다. 저는 아버지의 아들이라고 불릴 자격이 없습니다.'

그러나 아버지는 종들에게 일렀다. '어서 가장 좋은 옷을 가져다 입히고 손에 반지를 끼우고 발에 신발을 신겨 주어라. 그리고 살진 송아지를 끌어다가 잡아라. 먹고 즐기자. 나의 아들은 죽었다가 다시 살아났고 내가 잃었다가 도로 찾았다.' 그리하여 그들은 즐거운 잔치를 벌이기 시작하였다.[111]

이태준은 단편소설의 단면에 주목한 까닭에, '자식의 방탕에 대한 아버지의 입장'이라는 단일 의미에 집중했다. 11절에서 24절에는 '아버지'와 '작은아들'만이 등장하고, 25절부터 '큰아들'이 등장한다. 그가 주목한 부분은 방탕한 아들과 그 아들을 용서하는 너그러운 아버지라는 이자 관계이다. 만약 작은아들과 아버지 외에 이를 지켜보던 큰아들까지 고려한다면, 이야기는 '방탕한 자식'과 '성실한 자식' 그리고 두 상이한 아들을 대하는 '아버지의 넓은 도량'이라는 다양한 의미가 파생될 것이다. 이처럼 이태준은 하나의 인물에 치중하여 단일 효과를 거두는 것을 단편의 양식적 특징으로 파악했다. 이러한 사실은 그가 포의 효과설(effect)을 체화하고 있음을 시사하는데, 그는 다음과 같이 단편을 설명했다.

어렵게 생각할 것은 없다.

단편이란 소설 형태 중에서 인물 표현을 가장 경제적이게, 단편적이게 하는 자라 생각하면 그만이다.

---

111) 『신약성서』, 카톨릭성경.

"인물, 행동, 배경이 전체적으로 균등하게 취급되는 것이 아니라 인물이면 인물에만 치중하고, 행동이면 행동, 배경이면 배경에 강조해서 단일적인 효과를 거두는 것이 단편의 약속이다."

단일적이게 어느 한 가지가 강조되도록만 구상을 한쪽으로 치우치게 해 가지고 시간과 공간을 되도록 절약하는 것이다. 독자에게 단시간 내에 강조된 인생의 일 단면을 보인다.[112]

이태준은 단편을 경제적인 장르로서 인생의 단면을 부각시키는 작품으로 인지한다. 인생의 단면을 강조하는 것은 이태준의 단편관이기도 하지만, 포의 영향을 받은 것이며 나아가 체호프의 단편관으로부터 받은 영향이다. 끄로포트낀은 체호프의 주특기를 다음과 같이 소개한 바 있다.

체홉은 장편소설이나 로망스를 쓰려고 한 적은 없다. 그의 영역에서 단편은 자신만의 특기를 가진 분야였다. 그는 자신이 창조한 주인공의 출생부터 죽음까지 이야기 전부를 결코 언급하지 않는다. 단편에서 그렇게 하는 것은 적절한 방법이 아니기 때문이다. 따라서 **그는 주인공의 일생에서 한 순간과 한 에피소드만을 다룬다. 그리고 작품에서 묘사되는 남녀의 유형들이 독자의 기억에 영원히 남을 수 있도록 이야기를 풀어나간다.**[113]

이태준은 인생의 단면을 부각시키되, 그 이야기는 독자의 기억에 영

---

112) 이태준, 「단편(短篇)과 장편(掌篇)」, 『무서록』, 깊은샘, 1994, 59면. (「산문학의 재검토 (其二) 短篇과 掌篇(상)」, 『동아일보』, 1939, 3.24.) 굵은 글씨는 인용자의 강조.

113) 끄로포뜨낀·문석우 옮김, 『러시아문학 오디세이: 고대에서 20C』, 작가와비평, 2011, 369면. 굵은 글씨는 인용자의 강조. 끄로포뜨낀은 체호프의 단편을 "20페이지 남짓한 단 한 개의 에피소드라는 제한된 공간 안에서 복잡다단한 상호관계의 심리 드라마를 보여주는 세계"라 소개한다.

원히 남을 수 있도록 그 안에 깊이를 내장하고 있어야 한다고 보았다.
1941년 이태준은 체호프의 작품을 재독하면서 새롭게 발견한 의미를
다음과 같이 소개한다.

> 체호프의 것으로 단편인 것은 최근에 몇 가지 재독해 보았다. 나
> 는 재독하는 작품마다에서 놀랐다. 전에 읽고 가졌던 그 작품에의
> 지식이란 하나도 믿을만한, 온전한 것이 못됨에서였다. 여주인공의
> 행동만 기억이 되던 「정조」에서 작자의 어느 작품에서보다 무르녹
> 은 기술이 이번에야 눈에 띄었고, 「우울한 이야기」에서 **젊은 카챠**
> **의 심경**이 니코라이 노교수보다 차라리 심각한 인생에의 절망이었
> 던 것은 이번에야 비로소 맛볼 수 있었다.[114]

「우울한(지루한) 이야기」는 체호프의 문학관과 동시대 러시아 현실을
잘 보여주고 있다. 노교수 니콜라이는 의학대학에서 학생들을 가르치
며 연구하고 있다. 그가 지닌 지식 및 교양과 대조적으로, 대학의 구조
는 구태의연하며 학생들은 세속적인 욕망에 빠져 학문에 대한 열의가
없다. 아내와 딸은 속물근성에 젖어있다. 니콜라이는 이러한 현실을
목도하면서 연구를 지속하는데 그의 삶은 우울하고 지루하다. 카챠는
니콜라이의 동료 교수가 죽으면서 남겨둔 딸이다. 카챠는 연극을 좋아
하며 배우가 되는 등 생동하는 삶에 뛰어든다. 그렇지만 그녀는 사랑
하는 남자와 연극으로부터 상처받고 딸을 잃는다. 니콜라이와 카챠 두
사람에게 삶은 무료하고 우울하다. 카챠는 병든 니콜라이에게 치료를
권하고 자기 삶의 구원을 요청하지만, 니콜라이는 그녀를 돌려보낸다.
　이태준이 처음 이 작품을 접했을 때는 노교수가 느끼는 생의 절망
을 읽었는데, 재독했을 때는 젊은 여성이 느낀 절망이 더 심각하다고

---

114) 이태준, 「감상」, 『삼천리』제13권 제12호, 삼천리사, 1941, 12.

ㄴ느꼈다. 주인공의 고독 못지않게 큰 고독에 빠져 있음에도, 주인공의 고독한 심사를 공감하고 고독으로부터 그를 빼내려 고심하는 여성의 심사까지 읽어낸 것이다. 이태준은 단편을 인생의 단면을 부각시킨 경제적인 장르로 인지했을 뿐 아니라, 그가 재독하고 음미했던 체호프의 작품을 통해 짐작할 수 있듯이 좋은 작품은 그 안에 깊이를 내장하고 독자에게 여러 겹의 울림을 줄 수 있어야 한다고 보았다. 끄로포뜨낀은 체호프가 다룬 이야기가 아주 하찮을지라도 쉽게 잊혀지지 않으며 읽을 때마다 새로운 기쁨을 주는 이유로, 풍부한 세부 묘사와 탁월한 어휘 선택을 지적했다.[115] 이태준 역시 "풍부한 세부 묘사와 아주 탁월하게 선택된 표현들"에 의해 단편이 깊이를 내장할 수 있다고 본 것이다.

2.5. 감정의 발견과 묘사

이태준은 1940년 체호프의 「오렝카」(1899년 창작)를 직접 번안하여 잡지에 소개했다. 이태준은 주인공 '오렝카'를 중심으로 사건을 소개한다. 그녀는 아무것도 바라지 않으며, 사랑할 수 있는 대상이 곁에 있기를 바랄 뿐이다. 극장 경영주, 목재상, 수의사 세 남자를 사랑했으나, 세 남자 모두 떠났다. 두 남자는 죽었고, 나머지 한 남자는 자신의 가족을 찾아 떠났다. 그녀는 남자가 다시 그녀의 집에 왔을 때, 남자가 아내와 아들을 데리고 자기 집에서 살기를 소원한다. 남자로부터 사랑을 받을 수 없을지라도, 그 남자의 곁에 머물고 싶어 했다. 남자는 아내와 아들을 데리고 그녀의 집으로 왔으나 다시 떠났다. 그녀는 남아

---

115) 끄로포뜨낀, 위의 책, 368면.

있는 그의 아들에 대한 사랑으로 일상을 살아간다.[116]

체호프는 말하기(telling)가 아니라 보여주기(showing)에 의해 인물의 성격을 창조했다. 이태준도 이 작품을 대화 위주로 번안했는데, 말미 부분을 주목해 보자.

그의 전 존재를, 영혼을, 이성을, 뒤흔들어 놓을 만한 「사랑」을 요구하는 것이었다. **「오렝카」에게 사상을 주고, 생활의 이상을 주고, 그의 식어버린 피를 다시 데워줄 수 있는, 「사랑」을 요구하는 것이었다.** 그러므로 「오렝카」는 가끔 치마폭에 매달리는 고양이를 밀쳐 버리며 이렇게 중얼거리는 것이었다.

「저리가, 귀찮데두!」

앞으로 오는 날들, 오는 해들, 모다, 이런 그날 그날들이요, 그해 그해들이다. 아무런 즐거움도, 아무런 생각도 없는.

이런 몇 해가, 지난 후, 어느 여름날 석양이다. 의외로, 참말 의외로, 그 수의, 사별은 아니었던 때문이었든지, 그가 나타난 것이다.

「오, 당신이! 아니 어떻게 오섯세요?」

「오렝카」는 후둘후둘 떨면서 숨차게 말했다.

「나, 아주 살러. 연대는 인전 고만두고, 좀 나대루 살어볼려구... 아이 학교두 인전 고등과에 입학시켜야 되겠구 해서... 안해허군 화햏했지」

「그럼 부인은 어디 게세요?」

「아이 데리구 요 앞 여관에. 난 지금 셋방을 얻으려구 나선 길에」

「어쩜! 어쩜! 당신두! 왜 우리 집으루 오시잖구! 우리 집은 맘에 안

---

116) 한국 근대 문단에서는 이 작품을 '정(情) 잘 부치는 여자', '어여분 여인' 등으로 번역했다. 한 잡지에서는 오렝카에 대해 남자의 입장에서 볼 때 어여쁘다고 평가했다. "남편이 밧굴 때마다 그 남편의 직업을 인생의 가장 중요한 것이라고 한 것은 理智적은 아니나 남자로 볼 때는 어여분 여성이다." 「문호가 그린 여성」, 『삼천리』제8권22호. 삼천리사.

드러요? 네? 방센 안 받을게요...」하고 「오렝카」는 울어버렸다.

「이리 와서들 사세요 네? 난 당신이 와 주시는 것만 해두 고마워
요! 네? 난 그것만으로도 얼마나 질거울가요!」

------------(중략)----------

어미는 친정으로 가버리고, 아비는 워낙 돌보지 않는 아들을 「오
렝카」가 제 자식처럼 뒤치개질을 한다. 학교에서 올 때쯤 되면 미리
가 기다리고 있다가 데리고 온다. 공부하는 것을 옆에 가 들여다본
다. 자는 것도 어루만져 까지 본다. 동네사람을 만나면,

「원, 요즘 고등학콘 안 배는 게 없어! 아이가 그만 공부에 시달려
어찌 축이 가는지!」

하고 아이에게 전념이 된다. 그리고 저녁마다 그 아이 어미가 아
이 찾으러 오는 꿈을 꾸고는 깜작 놀라 뛰어 일어나군 한다. 꿈인
것을 다행하게 생각하면서 가만히 아이 자는 방을 엿보고 아이가 편
히 자는 숨소리이면 그제야 마음을 놓고 자기 자리로 돌아오는 것이
었다.[117]

오렝카는 누군가를 사랑함으로써만 자기 존재의 의의를 지닌다. 그
녀는 특정 이념을 구현하지 않으며, 이성과 합리의 인간이 아니다. 그
녀는 단지 '여성'의 본능적 감정을 실현해 보인다. 여성에 대한 이러한
시각은 체호프의 다른 단편에서도 나타난다. 오렝카는 이태준의 처녀
작 「오몽녀」에서 '오몽녀'와 동종이형의 캐릭터이다. 이태준은 첫 소
설에서 여주인공의 성격을 특정 목적을 실현하는 인물로 창조하지 않
았다. 그렇다고 오몽녀가 근대적 이성과 합리의 세례를 받은 것도 아
니다. 이태준은 오몽녀를 통해 과거에서부터 지금까지 존재해 온 인
간, 여성이라는 존재가 지닌 본능적 성격에 주목했다.[118] 체호프와 이

---

117) 이태준, 「문호의 대표작과 그 인격 : 체호프의 「오렝카」」, 『삼천리』, 삼천리사, 1940,
    12. 강조는 필자.

태준 소설에서 '애수'는 이러한 가공되지 않는 자연 상태의 인간이 본의 아니게 문명과 합리의 세계에 직면하여 자아내는 슬픔의 정서이다.[119] 이태준의 처녀작에 등장하는 '오몽녀'와 마찬가지로, '오렝카'는 자신이 처한 현재에 충실하게 살아간다. 주위 시선과 이성의 틈입을 받지 않고, 자신이 처한 상황에서 취할 수 있는 행복을 구한다.

체호프와 이태준은 인간의 이성이 아니라 감정에 초점을 맞추었다. 이태준의 '오몽녀'와 체호프의 '오렝카'가 특정 목적을 구현해 내지 않는 이유는 그들이 '감정'을 체현해 내기 때문이다. 오렝카는 젊어서는 물론 늙어서도 어느 한 대상을 사랑하지 않고서는 살 수 없는 인물로 등장한다. 여러 남자를 사랑하는 그 여자에 대해 체호프는 특정한 이유를 제시하지 않는다. 체호프의 관점에서 그것은 이성이 틈입하기 이전, 여자가 지닌 본래적 성격이기 때문이다. 체호프는 사상이나 생활의 이상보다 감정을 전달하는 것이 더 구체적이고 실제적인 것으로 보았던 것이다.

1899년 「오렝카(귀여운 여인)」과 같은 시기에 발표된 「개를 데리고 다니는 부인」의 말미에서, 체호프는 남자 주인공 구르프의 감정을 다음과 같이 술회한다. "예전에 그는 슬플 때면, 머리에 떠오르는 온갖 논리로 자신을 위로했다. 하지만 이제는 논리를 따지지 않고 깊이 공감한다. 진실하고 솔직하고 싶을 따름이다."[120] 이는 구르프라는 인물의 성격을 보여줄 뿐 아니라, 작가 체호프가 도달한 인간에 대한 성찰의

---

118) 강명수도 체호프와 이태준 소설의 공통점으로 '본원적 인간'을 지적한 바 있다. 강명수, 「체호프와 이태준의 소설 비교 연구」, 『노어노문학』제18권제2호, 한국노어노문학회, 2006.8, 136면.
119) 이태준의 「오렝카」 번안과 애수에 대한 분석은 안미영, 「수필, 기타 글에 대한 해설」(『이태준문학전집 : 수필』, 소명출판, 2015)의 3장의 내용을 참조함.
120) 안톤 체호프·오종우 옮김, 「개를 데리고 다니는 부인」, 『개를 데리고 다니는 부인』, 열린책들, 2007, 273면.

지점이다.

요컨대 체호프는 인간 본연의 감정에 주목하고 이를 객관적으로 전달하려 했다. 그는 감정을 논리와 이성으로 포장되기 이전의 솔직함으로 보았던 것이다. 이태준 역시 '감정'은 사상과 이성이 발동되기 이전, 사상보다 앞서는 것으로 보았다. 문학 작품은 다른 영역과 달리, 이성적으로 명문화 되기 이전의 감정을 불어 넣는 데 있음을 강조한다.

> 문학은 사상이기보다는 차라리 감정이기를 주장해야 할 것이, 철학이 아니라 예술인 소이(所以). 감정이란 사상 이전의 사상이다. 이미 상식화 된, 학문화 된 사상은 철학의 것이요, 문학의 것은 아니다.121)

> 문예작품에서는 사상보다는 먼저 감정이다. 사상으로 명문화하기 이전의 사상, 즉 사고를 거친 감정이라야 할 것이다. 흔히 작품의 생경성은 이미 상식화한 사상을 집어넣는 데 있다. 그러므로 사상가의 소설일수록 너무 윤리적이 되고 만다. 그런 작품은 아무리 대가의 것이라도 철학의 삽화격이어서 문학으로는 귀빈실에 참렬(參列)하지 못할 것이다.122)

감정이 중시된다고 해서 감상에 경도되어야 한다는 것이 아니다. 인물의 성격을 창조할 때, 인물의 감정이 살아있도록 묘사해야 한다는 것이다. 이는 대상을 객관화 하되, 내적 인상을 포착하는 체호프의 창작원리와 상통한다.123) 이태준의 번안에서 알 수 있듯이, 인물들 간의

---

121) 이태준, 「누구를 위해 쓸 것인가」, 『무서록』, 깊은샘, 1994, 52면.
122) 이태준, 「명제 기타」, 『무서록』, 깊은샘, 1994, 63면.
123) 오종우, 「체호프와 진실」, 『체호프의 코미디와 진실』, 성균관대학교출판부, 2014, 295면 참조.

생생한 '대화'는 작중 인물의 감정을 보여주는 데 적실하다. 인물의 감정을 표현한다고 해서 그것을 설명해서는 안 되며, 있는 그대로를 묘사해야 하기 때문이다. 이태준은 담화(談話)를 통해 인물의 성격을 창조했으며, 특히 방언을 구사하는 인물에 의해 개성을 창조했다.124) 이태준이 번안한 「오렝카」 결미의 대화에서 보듯, 그것은 작가가 설명하는 것이 아니라 인물 스스로 자신의 감정을 드러내는 것이다. 이태준은 평소 간결체에 개성을 가미한 문체를 지향했는데,125) 인물의 성격 창조에 있어서 '개성'은 '감정'의 발현으로 창조됨을 알 수 있다.

2.6. 사숙과 영향관계

체호프는 소설가이자 극작가로서 1920대 한국 문단에서 왕성하게 번역되고 무대에 올려졌다. 체호프에 대한 관심과 이해는 한국 근대 단편소설 정립기로 알려진 1920년대에 최고조에 달한다. 이후에는 점차 그 열기가 식는데 1945년에는 고리키와 같은 사회주의 색채가 짙은 작가에게 관심이 경도된다. 1920년대 한국 문단에서 체호프는 자연주의 계열의 작가로서 일상에 주목하고 묘사에 핍진성을 보인 작가로

---

124) 안미영, 「이태준의『문장강화』에 나타난 소설의 수사학」, 『개신어문』23, 2005, 237~269면 참조.

125) 이태준은『문장강화』의 '제4강 각종 문장의 요령'에서 서간문의 문장 정도를 제시하면서 체호프의 글을 인용한다. "문장이 어려워서 잘 알아보지 못하게 되면 결국 손(損)은 이쪽이다. 될 수 있는 대로 쉽게 뜻을 전하는 것이 편지뿐 아니라 모든 문장의 정도(正道)"라 강조하면서 다음과 같은 체호프의 서간집 내용을 소개했다. 인용문은 체호프가 여행 중, 누이에게 보낸 편지의 일부이다. "모스크바서 셀프 호프까지 오는 데는 퍽 지리했다. 옆에 앉은 사람들이란 밀가루 시세밖에는 말할 줄 모르는, 참 강한 실제적인 성격자들이었다. 열두 시에 나는 구우르스에 닿았다."(이태준, 「제4강 각종 문장의 요령」, 『문장강화』, 깊은샘, 1997, 120면.) 이태준은 말하듯이 쉽게 써야 함을 강조한다. 어려운 글이 아니라 간략하면서도 쉽게 쓴 글이 품위 있는 글임을 강조한다.

소개되었다. 이 장에서는 한국 근대작가 이태준이 안톤 체호프로부터 받은 영향에 주목했다.

한국문학사에서 이태준이 일구어 놓은 문학적 성취는 지대하다. 단편을 비롯한 다수의 장편 창작을 통해, 근대 문학의 좌표를 제시하였다. 그는 다양한 외국 문학 작품을 읽고 창작방법을 고심했다. 이태준의 왕성한 문학적 성취를 깊이 들여다보면, 문학 활동의 여정에 그가 사숙한 작가의 흔적이 깊이 자리 잡고 있다. 창작 입문기와 완숙기, 그는 안톤 체호프의 영향을 많이 받았다. 스스로 체호프를 사숙해 왔다고 말해 왔으며, 체호프의 소설을 그 누구보다 깊이 이해하고 공감했다. 나아가 체호프의 창작 태도에 동감하고 창작으로 실현해 보였다.

1930년대 이태준은 체호프 소설의 이해에 그치지 않고 창작을 통해 단편소설의 장르 인식을 공고히 했다. 유학시절 그는 체호프 소설을 통해 위로와 감동을 받았으며, 처녀작 「오몽녀」를 비롯 단편소설 창작방법에 영향을 받았다. 이러한 문학적 영향은 크게 정서적인 측면과 양식적인 측면으로 소개할 수 있다. 정서적인 측면에서, 이태준은 체호프의 소설을 통해 '애수'에 경도되었다. 이태준의 단편에는 '황수건', '평양기생'을 비롯한 작중 인물들이 애수를 자아내는데, 유학시절 읽었던 체호프 소설에서 한 기원을 찾을 수 있다. 이태준에게 있어서 애수는 상고취미와 동반하여 해방이전까지 지속된다.

그는 체호프의 「앵화원(벚꽃동산)」을 볼 때마다 단평을 남겼는데, 1934년과 1946년 양자간 감상의 낙차가 크다. 1934년에는 과거의 인물이 자아내는 애수에 감응했다면, 해방 후에는 새로운 세대에 감응하고 도래해야 할 사회의 모습에 주목했다. 1930년대에는 과거의 잔영을 지닌 인물에 주목하여 애수를 향수했다면, 해방이후에는 그들이 새로운 질서에 편입되지 못함을 직시하고 새 시대 새로운 주역에 주목했다.

이는 해방이후 그의 정치적 행보와도 일치한다. 해방이후 이태준은 체호프의 저작에서 애수의 시선을 거두는 대신 리얼리즘의 요소를 읽어낸다.

양식적인 측면에서, 체호프의 저작은 이태준의 단편관 정립에 영향을 주었다. 이태준은 단편소설로 등단했을 뿐 아니라 단편소설에서 미적 정수를 드러낸 작가로 알려져 있다. 그는 장편소설도 많이 창작했지만, 그보다 앞서 단편에 대한 뚜렷한 장르인식을 가지고 있었다. 이태준은 단편관 정립에 있어서 안톤 체호프로부터 크게 두 가지 영향을 받았다. 우선, 포와 더불어 체호프를 통해 단편은 인생의 단면에 집중해야 함을 직시했다. 인생의 단면을 보여주되, 오랫동안 기억되고 읽을 때마다 새롭게 각인될 수 있도록 세부 묘사와 탁월한 표현을 위해 최선을 다해야 한다고 보았다.

다음으로, 그는 이성보다 감정 묘사에 주의를 기울였는데 이는 체호프의 단편관과 상응한다. 체호프는 대상을 객관화 하되 내적 인상을 포착해야 한다고 보았으며, 그 역시 인간의 감정을 중요시 여겼다. 이태준은 감정이야말로 문명과 외부세계가 끼어들지 못하는 인간의 본래적 성격이기에, 사상과 이념에 앞서 감정을 중시했다. 소설에서 감정은 대화의 방식으로 인물의 성격 창조에 기여하며, 이러한 감정에 대한 묘사를 통해 인물의 개성이 창조될 수 있다고 보았다. 그는 체호프의 단편 「오렝카」의 번안에 있어서도 인물간의 대화를 핍진하게 묘사해 놓았다.

러시아의 대문호 안톤 체호프는 현대 단편소설의 완성에 기여했을 뿐 아니라 한국 근대 작가 이태준의 단편관 정립에도 영향을 미쳤다. 한국 근대 단편의 완성자 이태준 저작의 기저에는 세계문학의 영향이 잔영으로 자리 잡고 있다. 1920년대 문인들이 체호프의 자연주의적 창작 방법에 주목했다면, 이태준은 체호프 소설에서 문명과 합리가 틈입하기 이전의 인간에 주목하고 그들에 대한 향수를 발견하였으며 해방 이후에는 현실 개혁을 위한 리얼리즘 문학으로서 체호프 소설의 전위성을 읽어내기도 했다. 이태준의 체호프에 대한 이해는 이태준 문학의 독자적 면모를 확인하게 해 줄 뿐 아니라, 한국 근대 단편의 정립과정을 영향관계에서 파악할 수 있는 일면을 시사한다.

3. 어니스트 헤밍웨이의 수용

3.1. 박태원과 헤밍웨이

헤밍웨이 소설은 언제, 누구에 의해 번역되었을까. 헤밍웨이의 작품은 1930년대 박태원에 의해 「도살자 *The Killers*」(『동아일보』, 1931, 7.19 ~31)가 처음 번역된다. 원작이 1927년 발표된 것으로 보아, 한국에서 번역은 비교적 동시대에 이루어졌다. 당시 박태원은 창작 입문기의 신인작가인 만큼, 소설창작방법 탐구를 위해 서구 작가들의 창작 경향과 기법에 주목했다. 그는 헤밍웨이 단편을 번역하면서 '대화'를 통한 인물의 성격 창조 및 사건의 전개라는 창작방법을 탐구했다.

박태원의 「도살자 *The killers*」(『동아일보』, 1931, 7.19~31) 번역은[126] 시사하는 바가 크다. 그는 1920년대부터 시와 잡문을 발표했지만, 소설은 1930년(「적멸」, 『동아일보』, 1930, 2.5~3.1) 발표하므로, 그전에 이루어

---

126) 1933년 11월 2일자 조선일보 특간에 김기림이 '전쟁아 잘 잇거라의 원작가'라 하여 헤밍웨이의 생애와 작품 해설이 소개되었다. 『비평』제6권제9호(1938, 9.1)에 헤밍웨이의 스페인내전 보도기인 초역으로 된 역자 미상의 '서반아 현지보고'가 있다. 김병철, 「미국문학의 번역」, 『한국근대번역문학사연구』II, 을유문화사, 1975, 724면.

진 번역은 소설 창작방법의 모색과 태도를 보여주기 때문이다. 초기 박태원은 중단편소설을 창작해 온 만큼, 1931년 헤밍웨이 단편의 번역은 창작기법의 구체적인 탐구과정을 보여준다. 헤밍웨이 역시 단편을 통해 습작기의 문체를 연마했다. 헤밍웨이의 문학에서 주제와 처리 사이 능숙한 균형을 유지하고, 간결한 문체와 테마가 강력한 힘과 의미를 얻게 되는 것은 장편이 아니라 단편에 있다.127)

단편 *The killers*는 헤밍웨이 문체의 특징을 고루 구비하고 있다. 1927년 발표된 작품으로 헤밍웨이 특유의 하드보일드 문체가 구성은 물론 주제에 영향을 미치고 있다. *The killers*는 제목에서부터 독자에게 긴장감을 고조시켜 놓고 첫 문장에서 끝 문장까지 살인에의 공포에 의한 긴장감을 유지하게끔 서술되었다.128) 이 장에서는 *The killers*를 비롯한 헤밍웨이의 창작 특징을 살펴보고 이 작품의 번역작업을 통해 박태원이 주목한 창작기법과 그것이 소설에 어떻게 실현되었는지 살펴보려 한다. 박태원은 번역이라는 적극적인 독해를 통해 헤밍웨이의 문체를 이해하고 창작에 구체적으로 활용했던 것이다.

박태원 문학에서 서양문학의 번역이 차지하는 의의에 관한 논의는 다수 있다.129) 그 중에서도 김미지는 괄목할 만한 성과를 보였다. 김

---

127) 토머스 걸러슨·최상규 옮김, 「단편소설 :경시된 예술」, 찰스E. 메이, 『단편소설의 이론』, 예림기획, 1997, 27면 참조.

128) 신홍식, 「헤밍웨이 작 「THE KILLERS」에 대한 분석 시고」, 『제주번역전문대학 논문집』제7집, 제주한라대학, 1981, 10면.

129) 김정우, 「1920~30년대 번역 소설의 어휘 양상」, 『번역학연구』7권1호, 한국번역학회, 2006, 45~66면., 김미지, 「박태원의 외국문학 독서 체험과 '기교'의 탄생」, 『구보학보』5집, 구보학회, 2010, 73~96면., 김미지, 「식민지 작가 박태원의 외국문학 체험과 "조선어"의 발견-영문학 수용과 번역작업을 중심으로」, 『대동문화연구』70, 성균관대학교 대동문화연구원, 2010, 449~482면., 김미지, 「박태원 소설의 고전 수용 양상과 소설 새로 쓰기의 방법론」, 『間SAI』제11호, 국제한국문학문화학회, 2011, 31~59면., 김미지, 「소설가 박태원의 해외문학 번역을 통해 본 1930년대 번역의 혼종성과 딜레마-「屠殺者」, 「봄의 播種」, 「조세핀」, 「茶한잔」을 중심으로」, 『한국현대문학연구』41집, 한국

미지는 박태원이 *The killers*를 번역할 무렵 일본에서도 이 작품이 번역
(Hemingway, Ernest, "The Killers" 杉木喬 譯, 「暗殺者」, 『現代アメリカ短篇集』,
春陽堂, 1931.)되었음을 확인한 바 있다. 김미지는 번역이 근대적 문학
언어와 문체 형성에 매우 결정적인 역할을 했으며, 그러한 실천들이
구체적으로 어떤 양상으로 전개되었는지 주목해 왔다.[130]

박태원은 1930년대 초 다수의 외국문학작품을 번역했다. 박태원이
습작 시절 번역한 외국문학작품을 소개하면 다음과 같다.

장르	외국문학작품 (작가)	
시	「漢詩譯抄」(『신생』3권3호, 1930.2)	
	「小曲」(『동아일보』, 1930, 2.2)	
소설	톨스토이	「이라아스(杜翁小說)」(『신생』3권6호, 1930.9) 「세 가지 문제」(『신생』3권11호, 1930.11) 「바보 이반」(『동아일보』, 1930, 12.6~12.24)
	헤밍웨이	「屠殺者」(『동아일보』, 1931, 7.19~7.31(전7회))
	리엄 오플래허티 O'Flaherty Liam(1896~1984)	「봄의 播種」(『동아일보』, 1931. 8,1~6) 「쪼세핀」(『동아일보』, 1931, 8,7~15)
	캐덜린 맨서필드	「茶 한잔」(『동아일보』, 1931, 12.5.~12.10)

현대문학회, 2013.12, 203~238면., 김미지, 「새로운 레토릭과 윤리의 발견」, 『구보학
보』11집, 구보학회, 2014, 311~319면.

130) 김미지, 「1930년대 문학 언어의 타자들과 '조선어' 글쓰기의 실험들-박태원의 『천변풍
경』, 「소설가 구보씨의 일일」등을 중심으로」, 『한국문학이론과 비평』60집17권3호, 한
국문학이론과비평학회, 2013, 280면 참조. 박태원의 번역문은 일관되고 계획적이기보
다 창작자의 입장에서 선택의 고투와 혼란을 노정하고 있다고 보았다.

본격적으로 소설을 창작하기 위해, 외국문학을 번역하면서 창작방법을 탐구했던 것이다. 박태원은 문학세계 형성에 영향을 받은 요인을 네 가지로 설명하고 있거니와 그 중 하나가 당대 일본문학과 더불어 서양문학의 수용이다.[131] 박태원은 구소설과 신소설을 읽고 외국문학작품을 탐닉했다.

구소설을 졸업하고 신소설로 입학하야 수년 내 『반역자의 母』(고리키), 『모오팟상선집』, 『獵人日記』(투르게네프) ⋯⋯ 이러한 것들 알든 모르든 주워 읽고 '하이네' '서저팔십(西條八十사이조 야소)' '야구우정(野口雨情노구치 우조) ⋯⋯ 이러한 이들의 작품을 흉내내어 성히 「抒情小曲」이란 자를 남작(濫作)하든 구보는 드디어 이 해 가을에 이르러 집안 어른의 뜻을 어기고 학교를 쉬어 버렸다.[132]

춘향전, 심청전류의 구소설을 탐독하기는 취학 이전이거니와, 정말 문학 서류와 친하기는 '부속보통학교' 3, 4학년때 이었던가 싶다. 내가 산 최초의 문학서적이 新朝社版 『叛逆者の母』, 둘째 것 역시 같은 사판의 『モーパッサン 選集』이었다고 기억한다. ⋯(중략)⋯ 나는 또 나대로 알거나모르거나 톨스토이, 투르게네프, 셰익스피어, 바이런, 괴테, 하이네, 위고⋯⋯ 하고, 소설이고, 시고, 함부루 구하여 함부루 읽었다.[133]

---

131) 박태원이 활동할 무렵, 일본어 편자 또는 역자에 의한 편집판 선집과 총서는 다음과 같다. 『現代小英文學選』(1926), 『愛蘭劇集』(1928), 『モーパッサン選集』(1920), 『現代アメリカ短篇集』(1931), 『近代短篇小說集』(1929) 김미지, 「박태원의 외국문학 독서 체험과 '기교'의 탄생」, 『구보학보』5집, 구보학회, 2010, 76면 참조. 박태원 문학에 영향을 미친 요인으로 당대 일본문학과 서양문학 외에도 춘향전 심청전 등 구소설, 이광수 김동인 염상섭 등을 통한 신문학, 이상을 비롯한 구인회 작가들과의 교류를 들 수 있다.

132) 박태원, 「순정을짓밟은춘자」, 중앙, 1936년4월 (류보선 편, 『구보가 아즉 박태원 일때』, 깊은샘, 2005, 228면).

133) 박태원, 「춘향전탐독은이미취학이전」(류보선 편, 위의 책, 231면.)

박태원은 창작 활동을 시작할 무렵, 헤밍웨이, 맨스필드, 오플래허
티 등 당대 최신 서양 신문예작품을 번역했다. 작품의 전문번역 외에
도 그가 소설 창작을 위해 다양한 외국문학 작품을 읽었던 흔적을 그
의 평문을 통해 확인할 수 있다. 「창작여록-표현·묘사·기교」(『조선중
앙일보』, 1934, 12.17~31)는 창작방법뿐 아니라 그가 관심을 가지고 읽
었던 외국문학작품이 간접적으로 제시되어 있다.

소설의 표현, 묘사, 기교를 설명하기 위해 캐서린 맨스필드의 「茶한
잔」, 쥘 르나르의 「博物誌抄」, 알퐁스 도데의 「사포」, 모파상의 「목걸
이」, 오 헨리의 「賢者의 선물」·「二十年後」·「자동차 대어놓고」, 발자
크의 소설, 제임스 조이스의 『율리시스』 등을 예시로 들고 있다. 일련
의 작가들은 유럽 작가군(쥘 르나르, 모파상, 도데, 발자크)과 영미작가군
(맨스필드, 제임스 조이스, 오플래허티, 헤밍웨이)으로 분류할 수 있다. 단편
소설에 주목하여 미국문학사의 전개과정을 고려할 때, 미국의 단편소
설은 두 가지 전통에 근거해서 구분된다. 사건과 플롯에 비중을 두는
오 헨리의 부류, 인물의 내적 갈등 같은 심리적 측면에 비중을 두는
헨리 제임스의 부류이다.[134]

두 범주는 유럽문학사에서 모파상의 객관적인 전통과 체호프의 주
관적인 전통으로 대응된다. 모파상 등 주로 프랑스 작가들이 수립하고
전개해 나간 객관적 전통은 문예사조에서 사실주의 및 자연주의와 관
련되어 있으며 날카로운 관찰, 생생한 세부묘사, 명료하고 적확한 표
현 등을 중시한다. 발자크, 플로베르, 프로스퍼 메리메 같은 작가들이
이 전통을 세우는데 이바지했다. 체호프 등의 러시아의 투르게네프,
니콜라이 고골과 같은 작가들은 플롯보다 인물과 성격 창조에 주목했

---

134) 김욱동, 「단편소설의 미학」, 『헤밍웨이를 위하여』, 이숲, 2012, 283~284면 참조. 이
하 글에서 영미문학과 유럽 단편소설의 형식적인 차이에 대해서는 이 책을 참조함.

다. 인물의 외부 행동보다는 감정이나 심리적 갈등 또는 성격 묘사에 무게를 실었다. 이들은 플로베르와 모파상처럼 평범한 일상을 다루되, 인물의 삶에서 순간적인 모멘트를 포착하고 표현하는데 초점을 맞추었다.

헤밍웨이는 단편소설의 두 가지 전통을 고루 수용하였다. 플롯 중심의 객관적 전통을 수용하여 발전시키는가 하면 인물의 미묘한 성격이나 내적 갈등을 중시하는 주관적 전통에도 관심을 기울였다. 그는 소설에서 사건과 행동을 기술할 뿐 아니라, 내적 갈등 역시 역동적으로 구현한다.[135] 미국 현대 단편소설은 1920년을 기점으로 큰 변화를 보인다. 헨리 제임스, 이디스 워튼 등 1920년대 단편에서는 소설의 속도가 완만했다. 대부분의 사건과 내용은 꽤 명백히 제시되었고 인물은 예외적 인간으로 재현형식은 충격적인 숙지의 효과를 내기 위해 계산되었고 교훈적이다. 반면 헤밍웨이를 비롯한 1920년대 작가들의 소설은 플롯이 없는 것처럼 보일 정도로 행동이 크게 간결해졌다. 중대한 사고 내용이나 주제를 겉으로 드러내지 않고 종잡을 수 없이 해 놓고 있으며 흔히 상징의 형식으로 제시한다. 병치법이나 반복법 등 수사적 장치에 의존한다.[136]

헤밍웨이는 1, 2차 세계대전을 겪으면서 죽음과 폭력에 노출되었던 만큼, 안일하고 자유스러운 감정 대신 사실을 우선했다. 더욱이 소설의 주인공이 상류사회 출신이 아니라 동시대 사회에 살고 있는 평범한 사람들인 만큼 그들이 감당해야 하는 현실은 역동적이면서도 비극적이다.[137] 작중에서 평범한 인물이 감당해야 하는 비극성은 대화를

---

135) 김욱동, 위의 책, 284면.
136) 리차드 코스텔라네츠·최상규 옮김, 「오늘의 미국 단편소설」, 찰스E. 메이, 『단편소설의 이론』, 예림기획, 1997, 326~327면 참조.
137) 박엽, 「헤밍웨이 소설에 있어서 비극정신」, 『영미어문학연구총서5-헤밍웨이』, 민음사,

비롯한 문체를 통해 구체화 된다. 문체는 인물의 운명을 비롯한 그들이 처해 있는 상황의 절묘함을 구현해 내는데 일조하고 있다.

헤밍웨이 소설이 서구 단편소설의 객관적 전통과 주관적 전통 양자를 아우를 수 있었던 것은 헤밍웨이가 인물의 언어인 대화'에 주목하고 이를 십분 활용한 데 있다. 박태원이 번역한 헤밍웨이의 단편 *The killer*는 '대화'가 사건의 전개는 물론 주제를 구현해 내고 있다. 인물의 언어를 통해 인물의 성격을 보여줄 뿐 아니라 문제적 상황을 전개해 나간다. 사건과 플롯에 비중을 두되, 인물의 심리 묘사에도 주력한다. 작가의 개입이 아니라 인물의 언어를 통해 내면은 물론 사건의 전개 과정을 제시한다. 박태원은 헤밍웨이 소설에 나타난 대화, 구체적으로는 인물의 입말체에 영향을 받았다.

3.2. 문체 탐구와 입말체 구현

박태원은 「창작여록-표현 · 묘사 · 기교」(『조선중앙일보』, 1934, 12.17~31)의 전반부에서,[138] 소설 창작을 위해 콤마, 된소리, 여인의 회화, 문체 등을 강조하고 있는데 이러한 사실은 그가 작중 인물의 언어에 주목하고 고심했음을 시사한다. 박태원은 소설 창작방법 중에서도 입말체의 대화를 구현하는데 주의를 기울였던 것이다. 작중 인물의 언어를 묘사할 때 콤마는 정확성을, 된소리는 감정을, 여성의 회화는 어조를 표현하기 위해 적합하기 때문이다. 그가 제시한 입말체의 구현방식과 목적을 표로 정리하면 다음과 같다.

1979, 56~57면 참조.
138) 박태원 · 류보선 편, 「표현 · 묘사 · 기교-창작여록」, 『구보가 아즉 박태원 일때』, 깊은 샘, 2005, 250~276면. 이하 이 글의 인용은 인용문 말미에 페이지 수만 밝힘.

종류	목적	예시
콤마	'말'이 지닌 어조를 문장으로 표현할 때 정확성을 기하기 위해 콤마를 사용한다.	"어디 가니?" "어디 가니." "어디, 가니?"
된소리	된소리는 말하는 이의 어조와 감정을 표현할 수 있다. 된소리를 통해 말하는 이의 불쾌, 반항, 혐오 등 다양한 종류의 감정을 표현할 수 있다.	"없소." "없쏘." "없쏘!"
여인의 회화	여인의 회화를 특색있게 표현하기 위해 여성의 억양을 표현한다.	"그랬세요" "아범" "그랬서요" "아버-엄"

박태원은 인물의 성격을 창조하기 위해 구어(口語)를 적극적으로 활용했다. 손쉽게는 문장부호를 통해 인물의 의도를 명확히 표현할 것, 인물의 감정을 담아내기 위해 된소리를 활용할 것, 여성스러움을 담아내기 위해 모음과 장단(長短)의 활용할 것을 제안하고 있다.

"왼갖 문장 부호의 효과적 사용은, 사실의 표현, 묘사를 좀 더 정확하게, 좀 더 완전하게 하여 놀 것이다. 그리고 이러한 시험은 작품 중에서도, 특히 회화에 있어 중대한 의의를 갖는다."(252면)

"우리가 귀로 들어 이를 느끼는 것은 남자들의 말이 직선적인 것에 비겨 여자들의 말이 곡선적이라는 것이다."(256면)

"무릇, 왼갖 회화의 묘체는, 그곳에서만 체득할 수 있는 것으로, 이에 이르러 우리는 표현이 기술을 끊임없이 연마하는 것과 함께, 언제든 인생연구를 게을리 하여서는 안 될 것을 새삼스러이 느끼지 않을 수 없다."(257면)

"결국, 언어의 선택이란, 문체 성립에 있어 극히 초보적 문제에 지나지 않는다. 그보다도 그 선택된 어구를 어떻게 효과적으로 배열하여, 가장 함축있는 문장을 이룰 수 있나 하는 것이 가장 큰 문제일 것이다."(260면)

그가 1934년 창작여록에서 제안한 것은 이미 1931년 *The killers*의 번역에서 선보였으며, 1930년대 중반 중단편 소설 창작에서 실현된다. 이태준은 1939년 2월부터 10월까지 『문장』지에 문장작법을 9차례 연재했으며, 1948년에는 일련의 내용을 단행본(『문장강화』, 박문서관)으로 출간했다. 이태준은 인물의 대화를 '담화(談話)'라 명명하여 담화의 표현 효과를 다음과 같이 기술하고 있다.

> 1. 인물의 의지, 감정, 성격의 실면모를 드러내기 위해서요
> 2. 사건을 쉽게 발전시키기 위해서요
> 3. 담화 그 자체에 흥미가 있는 때문이라 할 수 있다.
>
> 담화는 그 글을 쓰는 사람의 것이 아니라 그 글 속에 나오는 인물의 것이다. 글에서 인물의 다른 소유물은 보여 줄 수 없되, 담화만은 그대로 기록해 보일 수 있다. 즉, 그 인물의 것을 그대로 가져다 보일 수 있는 것은 담화 뿐이다.[139]
>
> 담화는 인물의 성격과 심리를 독자에게 단정시키는 귀중한 증거품이다.
> 인물들의 심리는 곧 인물들의 행동이 될 수 있다. 그러니까 심리를 단정시키는 담화는 곧 행동까지를 단정시킬 수 있어 담화의 한두 마디로 행동, 사건을 긴축, 비약시킬 수가 있다.(42면)

---

139) 이태준, 「제2강 문장과 언어의 제문제」, 『문장강화』, 깊은샘, 1997, 41면. 이하 이 책의 인용은 인용문 말미에 페이지 수만 밝힘.

박태원은 이태준에 앞서 인물의 언어에 주목하여 대화가 지닌 입말
체의 특이성을 소설에 담아내는 방식을 탐구했다. 입말체에 주목함으
로써 어휘의 평이성과 구어성을 소설 창작에 구현할 수 있는 구체적
인 방법을 제안했다. 박태원이 입말체에 주목했다는 사실을 보여주는
구체적인 근거가 헤밍웨이의 단편 *The killers*의 번역이다. 박태원의 작
품 번역을 살펴보기 앞서 헤밍웨이의 창작방법을 이해할 필요가 있다.

3.2. 빙산이론과 하드보일드 문체

*The killers*는 타이틀에서부터 독자의 긴장감을 고조시켜, 첫 문장에
서 끝 문장까지 살인에 대한 공포와 긴장감을 유지하도록 한다.[140) 헤
밍웨이의 문체와 기법의 모태는 일명 '빙산이론(Iceberg Theory)'으로 명
명된다. 헤밍웨이는 빙산이론을 다음과 같이 설명한다.

> 난 늘 빙산 원칙에 따라 글을 쓰려고 노력해요. 우리 눈에 보이는
> 부분마다 물 밑에는 8분의 7이 있죠. 아는 건 뭐든 없앨 수 있어요.
> 그럴수록 빙산은 더 단단해지지요. 그게 보이지 않는 부분입니다.
> 작가가 모르기 때문에 뭔가를 생략하면, 그때는 이야기에 구멍이 생
> 겨요. --(중략)-- 글을 쓸 때는 이미 만족스럽게 이루어진 것들에
> 제한을 받아요. 그래서 뭔가 다른 걸 배우려고 애썼어요. 먼저 독자
> 에게 경험을 전달하는 데 불필요한 모든 것을 없애려고 노력했어요.
> 독자들이 뭔가를 읽고 나면 그게 그들 경험의 일부가 되고 정말로
> 일어났던 일처럼 보일 수 있도록. 이건 굉장히 힘든 일이고, 난 정말
> 로 열심히 했습니다. --(중략)-- 하지만 알고 있는 그런 것들이 수
> 면 아래의 빙산을 만드는 겁니다.[141)

---

140) 신홍식, 위의 논문, 10면.

하지만 여전히 난 작가가 어떻게 글을 쓰는지에 대해 이야기 하는 건 매우 좋지 않다고 믿습니다. 작가는 눈으로 읽으라고 쓰는 거고, 설명이나 논문 같은 건 필요 없어요. 처음 한 번 읽었을 때 알 수 있는 것보다 더 많은 게 있다는 건 확실합니다. 이렇게 말했으니, 작품에 대해 설명하거나 더 어려운 작품을 돌며 가이드 투어를 제공하는 건 작가가 해야 할 일은 아니죠.[142]

영문학자들은 빙산이론을 다음과 같이 설명한다. 빙산의 물속에 잠긴 부분에 해당하는, 글의 많은 부분이 표현되지 않고 숨겨지게 하는 기법으로 주인공의 내면 표현을 억제하거나 최소화 한다. 그 결과 문체는 응축적이고 암시적인 문장이 된다. 소수의 언어로 많고 깊은 의미전달을 겨냥하는 다의적인 문장기술이다. 작가의 주관이 직접 표현될 만한 곳이나 주인공의 입을 통해 전달될 만한 곳에서 의외로 침묵해 버림으로서, 여백의 언어를 구사하며 불표현을 통한 표현효과를 실현한다.[143]

플롯이 한참 진행되다가 갑자기 중간에서 끝나 버리는, 이른바 '제로 엔딩' 방식을 즐겨 사용한다. 작품의 결말에 이르러 플롯의 가닥을 하나로 묶는 대신 가닥을 그대로 풀어 놓은 채 작품을 끝낸다. 수면에 떠 있는 빙산뿐 아니라 수면 아래 잠겨 있는 빙산의 모습을 헤아려야 하듯이, 독자들은 결말 부분에서도 작가가 생략한 내용을 미루어 짐작해야 한다.[144] 빙산의 일각만 보여주는 기법에서 문체는 간결하고 명료하다. 감정을 억제하기에 힘과 박력이 있다. 어휘 면에서는 형용사

---

141) 헤밍웨이·권진아, 「소설의 기술」, 『헤밍웨이의 말』, 마음산책, 2017, 58~59면.
142) 헤밍웨이·권진아, 위의 글, 2017, 47면.
143) 소수만, 「헤밍웨이소설의 본령:단편의 경우」, 『영어영문학연구』제19권제2호, 영어영문학회, 1995, 32~33면 참조.
144) 김욱동, 앞의 책, 294~295면.

나 부사를 사용하지 않으며, 문장 면에서는 짧고 간결한 평서문을 즐겨 구사한다.[145]

한국소설가 백민석은 헤밍웨이의 소설미학을 입말체 대화법, 빙산이론, 하드보일드 스타일, 남근중심주의 미학 네 가지로 구분하고[146] 빙산이론을 다음과 같이 설명했다. 표면에 드러난 이야기는 빈약해 보이지만, 불필요한 이야기를 생략함으로써 독자들로 하여금 생략된 이야기를 상상력으로 메워나가게 한다. 독자는 소설의 맥락에 따라 짐작할 수밖에 없으며, 어떤 짐작을 했느냐에 따라 소설 전체 이야기와 톤이 달라진다. 즉 소설을 완성하는 일은 독자의 손에 달린 것이다. 하드보일드 스타일은 감정표현과 설명을 비롯한 작가의 개입을 가능한 배제한다. 입말체의 대화법은 문체에 영향을 미쳐 하드보일드 스타일을 만든다.

<하드 보일드>의 문체는 간결하면서도 행간에 압축된 의미의 함축이 깊다. 김병익은 헤밍웨이의 문체를 ① 간결 평이한 어휘, ② 반복의 효과, ③ 빠른 대화의 템포, ④ 감정을 억제한 비정적인 외면묘사, ⑤ 자연상징물의 사용으로 분석했다.[147] 어휘의 측면에서, 간결하고 평이한 낱말을 선택한다. 문장은 단음절이나 2음절 정도의 짧은 평이한 낱말로 이루어 졌고, 난해한 낱말이나 다음절어를 사용하지 않는다. 형용사나 부사 같은 수식어는 최소한도로 줄이고 감정을 표시하는 수식어는 완전히 배제한다. 일상어를 띈 평범한 구어를 쓴다. 반복의 측면에서 같은 말을 두세번 되풀이함으로써 독자들에게 보다 더 큰 충격

---

145) 김욱동, 앞의 책, 296~299면 참조.
146) 백민석, 「헤밍웨이의 소설미학」, 『헤밍웨이』, 아르테, 2018, 101~126면. 이하 백민석이 제시한 헤밍웨이 소설미학에 관한 설명은 이 책을 참조한 것임.
147) 김병익, 「헤밍웨이의 문체」, 『영미어문학연구총서5-헤밍웨이』, 민음사, 1979, 98~108면 참조. 이하 헤밍웨이 문체에 관한 논의는 이 글을 참조한 것임.

을 준다. 일견 서툰 작문으로 보이나 기실 치밀하게 계획된 기교이며 문장의 박력을 높이는 효과를 연출한다.

대화의 측면에서, 그 수효가 많은 편이며 쾌속적으로 나열되어갈 뿐 누가 말하고 누가 대답한다는 화자 표시조차 하는 일이 드물다. 대화의 연결이 압축되고 흐름이 가속된다. 대화문이 평이하고 짤막한 표현이 빠른 템포 속에 연결되어서 문자 배후에 숨은 인물의 심리가 아무런 화자표시나 보충어가 없어도 매우 실감나게 전달된다. 비정적 외면 묘사의 측면에서, 감상과 정서를 배제하고 모든 표현을 최소한도로 줄이는 억제된 문체를 사용한다. 사물 묘사는 육안에 나타나는 객관적 사실의 기술만으로 그치며, 모든 인물묘사도 그 행동의 외면만을 그릴 뿐, 내면의 심리를 묘사하려고 하지 않는다.

The Killers(1927)에서 살인청부업자의 입말체 대화는 인물의 내면과 상황의 긴박성을 제시한다. 헤밍웨이는 꼭 필요한 언어의 선택, 불필요한 언어의 배제, 그리고 언어의 리듬을 바탕으로 배열하는 기법을 쓰고 있다.[148] 그의 소설에서 하드보일드 문체는 인간적인 감정을 지워버린 것으로 비인간적인 차가움과 비정한 건조함이 내재해 있다. 헤밍웨이는 세계 1, 2차 세계대전에서 죽음과 폐허를 경험하면서 인간적인 감정을 새롭게 인식했던 것이다.[149]

박태원과의 영향관계를 파악하기 위해 대화의 측면에 주목할 필요

---

148) 소수만, 「헤밍웨이의 문체의 미학(1): 간결과 리듬」, 『영어영문학전공』, 대학영어영문학회, 2000, 186면 참조.

149) 백민석은 작중 인물을 '하드보일드 실존'이라 명명하기도 하거니와 인간적인 것으로 남아 있는 것은 분노, 잔인함, 증오심 등으로 보기도 한다. 백민석은 하드보일드 문체와 범죄소설간 인물묘사의 연관성을 다음과 같이 설명한다. "헤밍웨이의 하드보일드 스타일이 주로 범죄소설과 영화에 영향을 미친 것은, 그것이 범죄자들의 감정과 행동을 묘사하는데 탁월한 효과가 있기 때문이다. 소설과 영화의 표현에서 감정을 절제한다는 것은 곧 사랑, 온정, 동정심, 친밀함, 슬픔, 배려심 같은 인간적인 흔적을 바싹 말린 것처럼 지워버린다는 것을 뜻한다."(백민석, 위의 책, 115면.)

가 있다. 그는 *The Killers*를 번역하면서 헤밍웨이가 빙산이론의 전제아래 구현해 낸 입말체 대화법을 주목했다. 입말체 대화법이란 소설에서 간결한 대화문을 의미한다. 헤밍웨이는 두 줄을 넘어서지 않는 입말체 대화를 구사함으로서 추상적인 표현을 배제하고 구체적인 묘사를 통해 인물과 사건의 추이를 제시했던 것이다. 박태원의 단편에는 다양한 형태의 대화가 구사되어 있는데 일련의 대화는 인물의 성격을 창조하기도 하고, 사건의 진행과 추이를 시사한다.

3.4. 단편 *The killer*의 번역

「살인자」(*The Killers* 1927)는 작중 인물의 성격과 사건의 긴박성을 인물 개개인 특유의 문체를 통해 보여준다. 헤밍웨이가 절망적인 주인공들을 부각시키는 방법으로 즐겨 쓴 문체는 입말체의 대화이다. 인물과 인물간의 대화는 대조의 형태로 인물의 성격을 창조하고 사건을 전개해 나간다.[150] 작품의 시간적 배경은 오후 6시 전후이며, 1시간동안 벌어진 일을 시간적 추이에 따라 기술하고 있다. 서술자의 개입이 거의 드러나지 않는다. 171개의 대화체 텍스트 중 68개가 선형적인 연대순으로 사건을 기술하고 있다. 연대순에 따라 사건을 전달함으로서 카메라의 눈에 비친 대로 사건의 진행과정을 보여줄 뿐, 평가나 해석은 독자에게 미루고 있다.[151]

작품 초입에서 한가한 마을의 간이식당을 배경으로, 살인청부업자

---

150) 안임수, 「헤밍웨이 초기 단편의 문체 연구」, 『인문학연구』2집, 관동대학교 인문과학연구소, 1999, 220~221면 참조.
151) 한진석, 「문학담화의 해석」, 『현대영어영문학』30, 한국현대영어영문학회, 1988, 412면 참조.

들과 소시민이 병치와 대조를 이루며 좌충우돌하는 대화는 작품의 갈등을 간접적으로 시사한다. 살인청부업자들은 음식을 먹기 위해 식당에 간 것이 아니며 살인청부를 수행하기 위해 들이닥친 것이다. 반면 식당에서 일하는 순진한 청년들은 저녁시간이 오기 전에 들이닥친 손님들에게 한가로운 모습으로 주문을 받았다. 살인청부업자들의 거침없는 말투는 식당에서 일하는 사람들의 순한 어휘와 대조적이다. 마찬가지 방식으로 작품 말미에서 살인청부업자들로부터 죽임을 당할 앤더슨과 이를 걱정하는 청년의 말투 역시 대조적이다. 살해당할 위협에 처한 남자의 체념과 불의를 알고 저항하다가 체념하는 청년의 어투와 행위는 불가항력적인 상황을 제시한다.

작품의 초입부분, 헤밍웨이 단편의 원문과 박태원의 번역을 병치해서 살펴보면 다음과 같다. 박태원 번역의 적절성과 예리함을 확인할 수 있도록 영문학 전공자 구자언(더클래식, 2014)과 김욱동(민음사, 2014)의 번역문을 함께 표로 만들었다.[152)]

작가	원문 및 번역
헤밍웨이	The door of Henry's lunch-room opened and two men came in. They sat down at the counter.
박태원	"헨리.란츠루"(헨리簡易食堂)의 문이 열리며 두 사나이가 들어왔다. 그들은 "카운터"아페가 안젓다.
구자언	헨리의 간이식당 문이 열리더니 두 남자가 들어왔다. 그들은 카운터에 앉았다.

152) Ernest Hemingway, *The Killers, The Best Short Stories of Hemingway*, 더클래식, 2014, 77~78면. 박태원, 「屠殺者」, 『동아일보』, 1931, 7.19. 헤밍웨이·구자언 옮김, 「살인청부업자들」, 『헤밍웨이 단편선』, 더클래식, 2014, 85~86면. 헤밍웨이·김욱동 옮김, 「살인자들」, 『헤밍웨이 단편선』1, 민음사, 2014, 101~102면.

김욱동	헨리네 식당의 문이 열리고 사내 둘이 들어왔다. 그들은 카운터 앞에 앉았다.
헤밍웨이	"What's yours?" **Geroge** asked them.
박태원	**"무엇을 잡수시렵니까"**하고 "쪼즈"가 그들에게 물었다.
구자언	**"뭘 드릴까요?"** 조지가 물었다
김욱동	**"뭘 드릴까요?"** 조지가 그들에게 물었다.
헤밍웨이	"I don't know," **one of the men** said. "What do you want to eat, Al?"
박태원	"글세 I"그중의 하나이 말하엿다. **"자네는 무얼 먹을려나 애"**
구자언	**"모르겠는데. 엘, 자넨 뭘 먹고 싶나?"** 한 남자가 말했다.
김욱동	**"글쎄. 이봐, 앨, 자넨 뭘 먹을 텐가?"** 그중 한 사람이 말했다.
헤밍웨이	"I don't know," said **Al**. "I don't know what I want to eat."
박태원	**"글세 I"**하고 "애"이 말하얏다. **"글세 무얼 먹을고"**
구자언	**"모르겠는데, 뭘 먹고 싶은지 모르겠어."** 다른 남자가 말했다.
김욱동	**"모르겠는걸. 먹고 싶은 게 생각이 안 나."** 앨이 대답했다.
헤밍웨이	Outside it was getting dark. The street light came on outside the window. The two men at the counter read the menu. From the other end of the counter **Nick Adams** watched them. He had been talking to Geroge when they came in.
박태원	바갓은 차차로이 어두어갓다. 창문밧 거리의 등불이 켜지엇다. 카운터 아페 안저 잇는 두 사나이는 "메뉴"를 읽엇다. 카운터 저쪽 끄 테서 "니, 애덤즈"가 두 사람의 하는 일을 보고 잇엇다. 그는 두 사나이가 들어오기 전에 쪼즈와 이야기하고 잇섯든 것이다.

구자언	밖은 어두어지고 있었다. 창밖에 있는 가로등에 불이 들어왔다. 카운터에 앉은 두 남자는 메뉴판을 보았다. 카운터 끝에 앉아 있던 닉 애덤스는 그들을 보았다. 남자들이 들어올 때, 닉은 마침 조지와 얘기를 나누던 중이었다.
김욱동	식당 밖은 점점 어두워졌다. 창밖 가로등에 불이 들어왔다. 카운터에 앉은 두 사내는 메뉴판을 들여다 보았다. 카운터 반대쪽 끝에서 닉 애덤스는 그들은 지켜보았다. 조지하고 한창 얘기를 나누고 있을 때 바로 이 두 사람이 들어왔던 것이다.
헤밍웨이	"I'll have a roast pork tenderloin with apple sauce and mashed potatoes," the **first man** said.
박태원	"애플.쏘쓰를 부처서 로우스트포크템더로인하고 매슈트퍼테이토우를 주시오." 첫재 사나이가 말하얏다.
구자언	"나는 사과소스, 으깬 감자가 함께 나오는 돼지고기 안심구이로 하지." 처음 말을 꺼냈던 남자가 말했다.
김욱동	"사과 소스로 구운 돼지 등심구이와 으깬 감자를 주게." 첫 번째 사내가 주문했다.
헤밍웨이	"It isn't ready yet."
박태원	**"그것 지금 안됩니다."**
구자언	**"아직 준비되지 않았습니다."**
김욱동	**"그건 아직 준비가 안 됐는데요."**
헤밍웨이	"What the hell do you put it on the card for?"
박태원	**"안 되는 걸 웨 카드에다 써노앗서?"**
구자언	**"그럼 메뉴판에는 도대체 왜 넣은 거야?"**
김욱동	**"그럼 도대체 왜 메뉴에 적어 놓았어?"**
헤밍웨이	"That's the dinner," George explained. "You can get that at six o'clock." Gorge looked at the clock on the wall behind the counter. "It's five o'clock."

박태원	"그건 찌너(저녁 정식(定食))에요."쪼ㅣ 즈는 설명하얏다. "여섯점이 되어야 잡수실 수 잇습니다." 쪼ㅣ 즈는 카운터 뒤벽에 걸린 시게를 치어다 보앗다. "지금 다섯점입니다."
구자언	"그건 저녁 메뉴예요. 6시에 됩니다." 조지는 설명하면서, 카운데 뒤 벽에 걸린 시계를 보았다. "이제 5시예요."
김욱동	"그건 저녁 식사 메뉴거든요. 6시가 되면 드릴 수 있습니다." "조지가 설명했다. 조지는 카운터 뒤쪽에 걸린 괘종시계를 올려다 보았다. "지금은 5시입니다."
헤밍웨이	"The clock says twenty minutes past five," **the second man** said.
박태원	"지금 다섯점 이십분인데 그래" 하고 둘째 사나이가 말하얏다.
구자언	"저 시계는 5시 20분인데." 다른 남자가 말했다.
김욱동	"저 시계는 5시20분이잖아?" 두 번째 사내가 말했다.
헤밍웨이	"It's twenty minutes fast."
박태원	"저 시계는 이십분 더 갑니다."
구자언	"시계가 20분 빨라서요."
김욱동	"이십 분 빠릅니다."
헤밍웨이	"Oh, to hell with the clock," the first man said. "What have you got to eat?"
박태원	"흥 빌어먹을 놈의 시계"하고 첫째 사나이가 말하얏다. "그럼 뭐는 맨들어 줄 수 잇소?"
구자언	"아, 시계는 아무래도 상관없어. 그럼 지금 먹을 수 있는 게 뭐지?"
김욱동	"아, 제기랄, 저따위 시계는 갖다 버려." 첫 번째 사내가 뱉었다. "이 집에선 도대체 뭘 먹을 수 있는 거야?"

헤밍웨이는 주어의 객관적 행위를 전달하기 위해 동사를 사용하고 있다. 동사의 시제는 과거형을 사용하여 서술자가 시간개념보다 심리적 태도의 묘사에 초점을 두고 있다.[153) 빠른 대화의 진행에 따라 긴

장감을 고조시키는가 하면, 독자의 입장에서는 누가 전달자인지를 찾
게 한다는 측면에서 스토리를 주의 깊게 읽게 하는 효과를 노리고 있
다.[154] 소설이 대화를 통해 전개되고 있는데, 특히 살인청부업자와 식
당 청년의 대화에 주의를 기울일 필요가 있다.

　박태원은 살인청부업자와 식당 청년의 성격창조를 위해 입말체를
구분하여 번역했다. 살인청부업자는 거칠고 일방적인 어투로 말하고,
주위 시선에 아랑곳없이 하고자 하는 일에 거침이 없다. 반면 식당에
서 일하는 청년은 손님을 접대하는 평범한 어투로 말하다가 점차적으
로 두려움을 느끼기 시작한다. 두 부류 인물의 성격을 잘 보여주는 대
화문을 박태원의 번역(1931)과 영문학 전공자들의 번역(2014)과 비교하
면 다음과 같다.

박태원(1931년)	구자언(2014년)	김욱동(2014년)
"무엇을 잡수시렵니까" **"자네는 무얼 먹으려나 애"** "글세 무얼 먹을고" "그것 지금 안됩니다." **"안 되는 걸 웨 카드에 다 써노앗서?"** "저 시계는 이십분 더 갑 니다." **"흥 빌어먹을 놈의 시 계"** **"그럼 뭐는 맨들어 줄 수 잇소?"**	"뭘 드릴까요?" **"모르겠는데. 엘, 자넨 뭘 먹고 싶나?"** **"모르겠는데, 뭘 먹고 싶 은지 모르겠어."** "아직 준비되지 않았습니 다." **"그럼 메뉴판에는 도대 체 왜 넣은 거야?"** "시계가 20분 빨라서요." **"아, 시계는 아무래도 상 관없어. 그럼 지금 먹을 수 있는 게 뭐지?"**	"뭘 드릴까요?" **"글쎄. 이봐, 엘, 자넨 뭘 먹을 텐가?"** **"모르겠는걸. 먹고 싶은 게 생각이 안 나."** "그건 아직 준비가 안 됐 는데요." **"그럼 도대체 왜 메뉴에 적어 놓았어?"** "이십 분 빠릅니다." **"아, 제기랄, 저따위 시 계는 갖다 버려."** **"이 집에선 도대체 뭘 먹을 수 있는 거야?"**

---

153) 한진석, 앞의 논문, 431~432면 참조.
154) 한진석, 앞의 논문, 438면 참조.

  박태원은 살인청부업자의 입말체의 어투 번역에 주의를 기울였다. 입말체의 어투는 다음과 같은 두 가지 효과를 거두고 있다. 첫째, 입말체의 어투는 인물의 직업을 비롯한 성격을 간접적으로 드러낸다. 둘째, 입말체는 대화의 효과를 극대화한다. 이름과 정보를 모르더라도, 그들이 나누는 대화를 통해 성격은 물론 그들이 처한 상황의 긴박성을 알 수 있다. 평화로운 일상을 깨고 들어온 살인청부업자들, 앨과 맥스는 청부받은 남자를 죽이기 위해 그가 드나드는 식당에서 진을 지킨다. 작품표면에 이들의 신분을 직접 기술하지 않아도 말투를 통해 그들의 직업과 앞으로의 향방을 충분히 읽어낼 수 있다.155)

  영문학자들도 이 작품의 대화에 주의를 기울였다. 대화는 지극히 간단한 압축 표현이지만 연속기법으로 단순함의 피상성을 극복하고 그 내용은 암시적이어서 독자로 하여금 앞으로 전개될 사건이 범상치 않을 것임을 감지하게 만든다.156) 작품이 간단한 지문과 대화문의 교체로 되어 있는 까닭에, 각종 정보는 인물의 대화를 통해 제시된다. 이야기 전개 기법이 주로 장면 묘사에 충실해서 몇 가지 장면의 전이과정은 불과 서너 개의 문장만으로도 충분하다. 대화는 장면의 형식으로서 장면묘사는 희곡에 가까운 진행 속도를 갖는다. 그 결과 이 작품은 서사물이기보다 몇 개의 장면에 합쳐진 연극과 같은 느낌이 든다.157)

---

155) 김미지는 박태원의 The killers 번역문에 대해 원문의 간결함을 살리되 한국어 특유의 대우법을 활용하여 상대높임 종결어미를 다양하게 구사했으며 문형 변형을 빈번히 했음을 분석한 바 있다. "원문의 간결함을 살리되 한국어 특유의 대우법을 활용하여 하오, 하게, 해라, 해요, 해 체의 상대 높임 종결어미를 다양하게 구사함으로써 인물간의 대화를 유려하게 흘러가도록 하는데 힘썼다."(김미지, 「소설가 박태원의 해외문학 번역을 통해 본 1930년대 번역의 혼종성과 딜레마─「屠殺者」, 「봄의 播種」, 「조세핀」, 「茶 한잔」을 중심으로」, 『한국현대문학연구』41집, 한국현대문학회, 2013.12, 212면.)
156) 소수만, 『어니스트 헤밍웨이:그의 인생과 작품세계』, 도서출판 동인, 2007, 362면 참조.
157) 김지원, 「「살인자들」에도 작가의 흔적이 있는가?」, 『현대영미소설』제5권2호, 현대영미소설학회, 1998, 58~59면 참조.

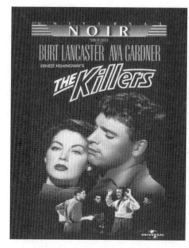

〈사진 1〉 시오드막 작 (1946)

〈사진 2〉 시오드막 작 (1946)

〈사진 3〉 돈 시겔 작 (1964)

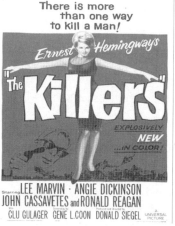

〈사진 4〉 돈 시겔 작 (1964)

이러한 희극적 요소로 말미암아, 작품은 세 차례에 걸쳐 영화로 만들어졌다. 작중 이야기의 전과 후에서 생략된 부분에 새로운 이야기를 첨가하기 용이한 때문이다. 1956년 러시아 예술영화의 대표자인 안드레이 타르코스프키 감독이 러시아국립영화학교(VGILK) 재학 당시 각색해서 만든 첫 단편작이 헤밍웨이의 *The killers*이다. 1946년에는 로버트 시오드막(Robert Siodmak)감독에 의해 영화화 되었으며, 1964년에는 돈 시겔(Don Siegel) 감독에 의해 영화화 되었다. 모두 범죄 스릴러 영화로 만들어졌다.

3.5. 입말체를 통한 인물과 사건 재현

박태원은 소설에서 대화체를 효과적으로 활용했다. 고현학은 근대 도시를 산책하듯 풍속을 기록한 박태원의 창작방법으로, 단순히 묘사에 그치지 않으며 인물, 사건, 배경의 유기적인 결합을 통해 주제를 실현하고 작가의 의도를 표출한다. 작중에서 산책하는 인물의 대화는 단순히 인물과 인물간의 상호소통에 그치지 않고, 작가가 포착한 성격의 일면과 문명의 특징을 전달하는데 일조한다. 박태원의 초기 단편에서는 입말체의 대화가 인물의 성격창조는 물론 사건전개를 추동한다. 예컨대 「반년간」(『동아일보』, 1933, 6.15~8.20)은 일본에 체류하는 인텔리 식민지 청년의 내면을 묘사하는데 일련의 사건은 청년이 만나는 인물과의 대화를 통해 전개되고 있다.

「제비」(『조선일보』, 1939.2)와 「성탄제」(『여성』2권12호, 1937, 12)를 통해 인물의 입말체인 대화가 작품의 구성과 전개에 어떠한 영향을 미치고 있는지 살펴보자. 두 작품 모두 '대화'가 작품 전반을 구성하고 있으며, 대화를 통해 사건이 전개되고 있다는 특이점을 지닌다. 「제비」에서 찻집에 들어간 손님과 찻집에서 일하는 소년간의 대화는 찻집 '제비'의 경영상 어려움을 희극적으로 전달하고 있다. 「성탄제」는 대화의 형식이 적극적으로 차용되어, 사건 전개는 물론 초점화 된 인물의 내밀한 슬픔을 드러내는 데 일조한다. 전자는 단문의 대화체를, 후자는 장문의 대화체를 구사하고 있으며 이러한 대화 형식의 차이는 작품의 전개과정은 물론 주제구현에 영향을 미친다.

「제비」는 이상(李想)과 그의 찻집 제비에 관한 이야기이다. 작중에서 카페 주인 이상은 카페를 운영하나 이문을 남기는 장사에 관심이 없으며 카페에는 손님이 없다. 손님이 없는 중에도, 카페에서 일하는 소년은 친절하고 신속하게 일한다. 카페에는 메뉴판에 적힌 수십 종의 음료와 주류 대신 가배와 홍차만을 팔고 있는데, 이러한 사실은 경영상 어려움을 시사한다.

> 그래 수영이는 오정(午正)에 일어나서 대강 점 안을 치워 놓고 와삿불에다 차주전자 둘을 가지런히 올려놓는다. 하나에는 홍차를 달이고 또 하나에는 가배를 달이고-.
> 그러고 있노라면 혹 손님이 한둘 오기는 오니 신통하다.
> 「어서 옵쇼」
> 이 소리는 능글맞게 크다.
> 「무얼 드릴갑쇼?」
> 「저- 나는 포트-랩, 자넨, 칼피스?」
> 「지금 안되는뎁쇼 무어 다른 걸루.....」
> 「안돼?.... 그럼 소-다 스이.」
> 「그것두 없다?.... 그럼 무어 되니?」
> 수영이는 눈썹 하나 까딱 않고 천연스레 대답한다.
> 「홍차나 고-히나.」
> 「그럼 고-히 다우.」
> 대체 말이 떨어지기가 무섭다.

「네-이.」

하고 부엌으로 달려간 소년은 '신속'하게 참말 '신속'하게 두 잔의 가배를 쟁반에 받쳐들고 그들의 탁자로 돌아온다.[158]

인용문은 헤밍웨이의 단편 *The Killers*에서 간이식당의 음식주문 풍경을 떠올리게 한다. 찻집에서 손님과 소년이 주고받는 대화의 내용은 성실한 소년과 손님의 주문과정을 보여주는데 그치지 않는다. 메뉴를 거듭 수정해야 하는 주문 풍경은 카페 '제비'가 간신히 명맥만을 유지하고 있음을 보여준다. 다양한 음료를 제공할 수 없는 카페의 경제상 어려움을 시사한다. 성실한 소년의 신속한 주문과 배달 과정은 다양한 메뉴를 만들어낼 수 없는 카페의 영세함은 물론 그러한 카페를 즐겨 찾는 사람들의 방문목적이 무엇인가를 마시기 위해서가 아니라 심리적 유희 활동의 일환임을 시사한다.

「성탄제」(『여성』2권12호, 1937.12)는 입말체의 대화가 인물의 성격창조는 물론 이야기의 전과 후의 맥락을 제시하는데 일조하고 있다. 주목할 만한 사실은 대화의 형식을 통해서 과거의 사건이 반추되며 인물의 비애와 고통까지 실감나게 전달하고 있다는 점이다. 언니 영이는 카페 여급으로 일하며, 가계는 물론 동생 순이의 여학교 등록금을 벌고 있다. 아래 인용문에서 대화는 언니의 직업에 대한 동생의 혐오를 드러내고, 영이는 자신을 여급으로 내몬 가족에 대한 원망을 표출한다.

흥 걸핏하면 자기가 바루 우리들의 희생이나 된 것처럼 떠들어 버리지만, 그래, 참말 자기가 하기 싫은 노릇이면야 단 하루라도 할 까닭이 있나? 술먹구, 남자들하구 희롱하구, 그러는 게 자기는 역시 재

158) 박태원, 「제비」, 『이상의 비련』, 깊은샘, 1991, 34~35면.

믾어서 그러는 게지 뭐여? 그렇지 뭐야? 그래 참말 맘에 없는 게면 왜 가끔 밤중에 부랑자는 집안으로 끌어들이는 거야? 누가 언제 그런 짓까지 해서 돈을 벌어 달랬어?

순이의 독설이 여기까지 미치면 영이의 분통은 끝끝내 터지고야 만다.

요년아. 그가 그으예, 고걸 또 말을 하구야 말었구나? 왜 부랑잔 집안으루 끌어들이는 거냐구? 누가 언제 그런 짓까지 해서 돈을 벌어 달랬느냐구?..... 오오냐. 내 다아 일러 주마. 이년아 니가 그랬다. 바루 니가 그랬다. 날더러 그렇게래두 해서 월사금을 맨들어 달라구 바루 네년이 그랬다. 가후에 여급질을 해 가지구 무슨 수로 네 식구 밥을 끓어 먹구, 옷을 해 입구, 그리구 네년의 학비까지 댄단 말이냐? 그래 몸이라두 팔 밖에 무슨 수로 다달이 네년의 월사금을 맨들어 준단 말이냐? 요년아, 바루 네년이 날 보구 그 짓을 하랬다.....

뭐요? 그만 해 두라구요? 동네가 부끄럽다구요? 이렇게 딸년을 망쳐 논게 누군데 그러우? 어머니유, 어머니야. 툭하면 얘, 줸이 집세 재축 또 하더라. 쌀이 떨어졌다. 나물 또 딜려 와야 한다. 김장두 당거야 한다..... 나는 무슨 화수분일 줄 알았습디까? 내가 무슨 수루 다달이 이십 원 삼십원씩 모갯돈을 맨들어 논단 말이유? 그걸 빠안히 알면서두, 나를 지긋지긋하게 조르는게 그게 날더러 부랑자 녀석 이래두 하나 끌어들이라구 권하는 게지 뭐야?

아아니야, 어머니두 조년하구 다아 한패야. 다아 한패야. 아버지두 한패야. 셋이 다아 한패여. 그래 셋이서 나 하나만 가지구 들볶는 거야. 뭐 동네가 부끄러워? 동네가 부끄럽다구? 호호, 자기 딸년에게 벨벨 못할 짓을 다아 시켜 왔으면서, 그래두 동네가 부끄러운 줄은 알았습디까? 그래두 체면을 볼 줄은 알았습디까? 하하하하.....[159]

인용문의 문장은 간결한 구어체로 구성되어 있다. 입말체가 화자의

159) 박태원, 「성탄제」, 『소설가 구보씨의 일일』, 깊은샘, 1991, 83~84면.

분노와 울분을 자연스럽게 드러낸다. 영이는 카페 여급으로 일하는 것으로 가계를 충당하지 못해 밤에는 남자를 끌어 들여 돈을 벌었다. 동생은 언니에게 독설을 퍼부으며 언니의 행실을 질타한다. 이에 영이는 자신을 학교밖 거리로 내 몰았던 동생과 어머니, 아버지에게 쌓여있던 울분을 터트린다. 작품 말미에 이르면 순이는 언니를 질시했지만, 그녀 역시 학교를 중도포기한 채 성탄제날 언니가 했던 것과 같이 남자를 집으로 들인다.

작품의 전문을 구성하고 있는 장문의 대화체는 1930년대 젊은 여성이 가족을 위해 짐 져야 했던 고단한 삶의 풍경을 구체적으로 보여준다. 동생은 언니를 향한 독설을 통해 그간 언니의 행실을 문제 삼으며 그간 언니가 했던 행동과 사건을 집약적으로 전달한다. 이에 언니는 동생의 독설을 문제 삼으며, 그 역시 격앙된 목소리로 자신의 입장을 전달한다. 장문의 대화체에는 그러한 행동을 할 수 밖에 없었던 가정의 경제적 곤궁과 자신을 향해 돈을 재촉했던 부모의 태도 등 지금까지 차마 말로 드러내지 못했던 울분은 물론 그간 가정에 있었던 사건들이 집약적으로 제시된다. 단문의 대화가 사건의 빠른 전개와 흐름을 보여주는 데 주력한다면, 장문의 대화는 작중 인물의 내면과 응축된 사건의 전모를 제시하는데 활용되고 있다.

박태원은 다양한 형태의 문장을 실험했다. 「제비」에서 드러나는 간결한 단문의 대화체, 「성탄제」에서 드러나듯 장문의 대화체 외에도 「방란장주인」(『시와소설』, 1936.3)에서는 장거리 문장을 실험한 바 있다. 문체에 대한 박태원 관심과 창작방법의 실험은 소설 입문 시절부터 시작되었다. 헤밍웨이의 단편을 반역하면서 입말체의 대화문에 주목한 이후, 그의 단편에는 대화를 통해 인물의 성격창조는 물론, 사건의 전개와 추이를 제시하였다.

3.6. 단편소설의 실험과 완숙

헤밍웨이 소설의 번역은 1931년 박태원이 단편 *The Killers*(1927)을 동아일보에 번역한 데서 시작된다. 박태원은 소설 창작을 시작할 무렵, 다양한 외국문학작품을 번역했다. *The Killers*(1927)는 헤밍웨이 단편의 형식적 백미를 보여주는 작품으로 알려져 있거니와, 이 작품의 번역은 헤밍웨이 작품의 첫 소개이면서 동시에 박태원이 소설창작의 구체적 방법론을 모색할 수 있는 계기가 되었다.

The Killers(1927)는 빙산이론(Iceberg Theory)을 비롯한 하드보일드 문체의 특징을 고루 반영하고 있다. 박태원은 이 작품의 번역을 통해 입말체 문장의 특이성을 십분 살리고 있으며 이후 다른 작품을 창작할 때에도 적극 실현했다. 「창작여록-표현・묘사・기교」(『조선중앙일보』, 1934, 12.17~31)에서는 된소리, 콤마, 여인의 회화 등에서 입말체의 기술방식에 대해 논의하고 있거니와, 박태원은 헤밍웨이 소설의 번역으로 습득한 문체적 특징을 그의 소설에 실현해 보였다.

헤밍웨이의 *The Killers*(1927)는 입말체의 대화문으로 작품이 구성되어 있다. 간이식당을 배경으로 살인청부업자와 식당에 있는 순진한 청년들이 대조를 이루고 있으며, 살인이라는 긴박한 상황은 양자간 대화를 통해 간접적으로 제시되어 있다. 작중에서 구현된 짧은 입말체는 헤밍웨이의 창작방법 '빙산이론'을 모태로 만들어진 문체이다. 이러한 방법론은 작가의 목소리를 최대한 숨기고, 작중 인물의 말과 행동을 통해 사건을 제시하고, 작품의 주제를 독자가 간파하도록 하는 효과를 지닌다. 1931년 박태원의 번역은 오늘날의 번역문과 견주어도 손색이 없을 정도로 인물의 어투와 사건의 추이를 세밀하게 보여주는데 성공하고 있다.

박태원은 1930년대 중단편소설에서 인물의 성격창조 방식으로 입말체를 두드러지게 활용하였다. 입말체의 대화문은 사건의 전개와 추이에 대한 직접적인 묘사방식으로 작품의 주제를 구현해 낸다. 예컨대 「제비」의 경우 단문의 대화를 통해 찻집에서 일하는 소년의 성실함을 묘사하는 듯하지만, 경영이 어려운 찻집의 경제적 상황이 묘사되어 있다. 「성탄제」에서는 장문의 대화를 통해 언니와 동생, 언니와 부모간의 갈등을 묘사하는 듯하지만, 1930년대 젊은 여성의 가정경제에 대한 책임감과 고단함을 보여주고 있다. 박태원 소설에서 입말체의 대화는 인물의 성격창조에서부터 사건의 추이과정을 제시하는가 하면, 작품의 주제를 구현하기 위한 구체적인 방법론으로 활용되고 있으며 근대소설의 완성도를 높이는데 일조했다.

박태원(1910~1986)은 1926년 시 「누님」(『조선문단』1926)에 가작으로 당선되어 문단활동을 시작한 이래 월북한 후에도 많은 작품을 창작하며 일생을 창작에 몰두했다. 일련의 창작과정에서 1931년 헤밍웨이 단편의 번역은 소설가로서 박태원의 창작모색의 과정을 엿볼 수 있는 단초를 제공한다. 그는 1930년대 한국 모더니즘 문학의 기수로서 이태준과 더불어 단편소설의 형식실험과 모색을 통해 한국 단편 소설의 양식을 한 차원 끌어올린 선도적인 문인으로 평가된다. 이러한 평가의 근저에는 동시대 해외문학의 흐름과 특이점에 대해 고심하고, 그것을 자신의 스타일로 수용하고 지속적으로 변화를 도모했던 창작 고뇌와 자기 탐구의 과정이 전제해 있음을 알 수 있다.

1. 앙드레 지드의 수용

1.1. 지드와 전향

한국 문단은 앙드레 지드(Andre Gide, 1869~1951)의 어떤 부분에 매혹되었을까. '식민지'라는 조선의 정치적 상황에서 지드에 대한 관심은 단연 작품보다 그의 작가적 행보였다. 무엇보다도, 근대 문단은 지드를 사회주의에 경도된 '전향 인사'라는 점에 주목했다. 지드의 전향과 그에 대한 조선 지식인들의 이해를 살펴보기 앞서, 지드의 활동 배경을 언급할 필요가 있다.

지드는 1869년 프랑스 신교도인 아버지와 가톨릭교도인 어머니 슬하에서 태어나 세계사적인 격동기에 활동한 작가로서, 그는 서구의 근대적인 사유가 생성되는 현장에 있었다. 지드는 부계의 고향에서 많이 보낸 탓으로, 신교의 영향을 더 많이 받은 것으로 보인다. 신교는 종교적 신념이 더 강렬하고 생활의 규율이 협착하였던 만큼, 몸에 젖은 신양적 사고방식과 아울러 예민한 감성은 신교도 정신의 질식하는 공기 속에서 일찍부터 반항과 반발 그리고 불안정의 기질이 싹텄던 것으로 보인다.[1] 그는 프랑스혁명(1789~1794)을 토대로 출현한 근대적 개인이면서 동시에 기독교의 전통과 문화를 생리적으로 내면화 한 중산층 지식인이었다. 그의 삶에 있어서 정신적 전환을 초래한 두 개의 계기는 '콩고여행'과 '소련여행'이다. 지드는 콩고여행 후 『콩고기행』(1927)을 남기며 사회 문제에 관심을 가졌다. 그는 부조리한 현제도에 대한 반발로 사회주의에 경도된다.

그는 제1차 세계대전(1914~1918)을 전후하여 유럽을 풍미한 자본주의와 파시즘의 전체주의적 횡포를 목도하고 사회주의로 전향한다. 그러나 1936년 직접 소련을 방문하여 스탈린 독재체제의 허구성을 목도한 이후, 소련체제를 비판하는 『소련에서 돌아오다』(1936)와 『續소련에서 돌아오다』(1937)를 발표한다. 그는 자본주의의 폐해와 소련 사회주의의 부패상을 목도함으로써, 인간의 자유능력과 의지를 일깨우는데 헌신했다. 이러한 그의 노력이 1947년 노벨문학상 수상의 영예를 안겨주었다.[2]

그렇다면 한국 근대문단에서 지드는 어떻게 이해되었을까. 지드는 세계1차대전(大戰1914, 8.3~1918, 11.11) 이후 다다이즘의 보호자이며 창설자로 소개되었으며,[3] 1930년대 전반까지도 동시대 불문학의 흐름을 보여주는 프랑스 대표작가 정도로 언급되었다. 1930년대 전반까지 세계1차대전 이후 프랑스문학의 경향을 초현실주의라 규정짓고, 마르셀 푸루스트 등과 더불어 앙드레 지드가 소개되었다. 대전후 문학현상은

---

1) 손우성, 「앙드레·지드의 生涯와 思想」, 『앙드레·지드 전집』4, 휘문출판사, 1966, 477면 참조. 이하 지드의 삶에 관한 논의는 이 글을 참조함.

2) 손우성, 위의 글, 495면 참조.

3) 無爲山峰고사리, 「『다다』? 『다다』!」, 『동아일보』, 1924, 11.24.

신경질적인 불안으로 대표되며, 프랑스 문단의 구체적인 특징은 다음
과 같이 소개된다.

佛文壇의 普通的 現像은 소브르죠와지―와 인텔리겐치아―의 生活現
像을 그 潛在意識의 織物한 또는 全的 苦悶에서 規定짓고 잇다. 그러
므로 그는 現實에서 遊離하라는 또 이 不安한 精神的 物質的 危壓에
서 離脫하라는 超現實的 夢遊世界로 誘導된다.[4]

그 만큼 지드의 '전향'은 프랑스에서는[5] 물론 식민지 조선에서 함
의하는 바가 컸다. 프랑스문학사에서는 지드의 전향을 이상주의에의
동경으로 평가한다. 프랑스는 1920년 심각한 사회적 갈등과 파시스트
운동 투쟁으로 인해 공산주의가 확산된다. 프랑스의 공산주의는 1917
년 혁명에 성공한 소련 공산주의 모델로 생성된 것이다. 그러나 프랑
스 지성들이 공산당에 관심을 보이거나 참가한 것은 대부분이 공산주
의 이데올로기에 의한 것이 아니라 그 이상주의에 의한 것으로 본다.
불문학사에서는 지드를 그 대표적 인물로 꼽으며, 공산주의가 너무 독
단적이라고 보이자 거리를 두게 되었다고 기술한다.

일본 근대문학에서 전향은 "인간이 자기 자신의 사색 과정을 자각
하여 자기 자신의 사상 수준에 걸맞는 새로운 방향을 거기에 부여하
는 것"을 의미했다. 전향 이전의 사상이란 사회의 습관에 따라서 움직
여 가는 타성에 의한 사상이다.[6] 가라타니 고진은 '전향'의 기원을 '다
이쇼적인 것'으로부터의 단절로 설명했다. 쇼와 초기에는 마르크스주

---

4) 「佛國超現實主義」, 『동아일보』, 1933, 6.18.
5) 이준섭, 『프랑스문학사』(2), 세손출판사, 2002, 94~95면 참조.
6) 藤田省三, 「昭和八年を中心とする轉向の狀況」, 『共同硏究轉向』上卷, 平凡社, 1959. 슌스
   케・최영호 역, 『전향: 쓰루미 슌스케의 전시기 일본정신사 강의』, 논형, 2005, 30면에서
   재인용.

의로의 전환을 '전향'이라고 불렀다. 마르크스주의는 단순히 세계관이
나 역사관이 아니라 주체의 자기 변혁을 의미하므로, '전향'으로 파악
되었다. 같은 맥락에서 마르크스주의를 포기한 것도 '자기 변혁'의 결
과이므로 '전향'이라 명명한다.7) 한국 근대문단에서도 전향은 자기 사
상의 새로운 방향을 부여하는 것으로 이해되었다.

1933년을 기점으로 지드가 사회주의로 전향하자, 동시대 한국 문단
에서 지드는 "左翼轉向"8) 인사로 대서특필된다. 각종 언론에서는 지드
의 작품세계에 대한 소개 없이, 좌익으로 전향한 세계적인 작가의 행
보에 초점을 맞추었다.9) 1930년대 전반에는 사회주의로의 전향 이력
에 관심을 보이는가 하면, 1937년에는 소련방문 이후 사회주의로부터
결별 이력에 주목한다. 『좁은문』·『전원교향곡』과 같은 당시 세계적
명성을 떨친 지드의 작품은 조선어로 번역되지 않았고,10) 식민지 지식
인들은 일본 저널에 소개된 지드의 행적과 일역본 소설을 읽으며 동
시대 세계문학의 추이를 읽었다.

지드의 전향 시기 1933년은 국내외적으로 파시즘의 분위기가 확산
되었다. 1931년 일본은 중국 만주에 전쟁을 일으키고, 괴뢰정권 만주
국을 만든다. 이 사건은 세계2차대전의 발화점으로 이후 일본에서는
15년간 전쟁이 지속된다. 일본이 만주에서 전쟁을 일으킨 이후, 이탈

---

7) 가라타니 코오진·송태욱 옮김, 「근대 일본의 비평-쇼와 전기1」, 『현대 일본의 비평
    1868~1989』2, 소명출판, 2002, 24면 참조.
8) 서항석, 「世界文壇 回顧와 展望 思潮, 作家, 作品 等等--一九三三~三四年을 主로 하야(8)」,
    『동아일보』, 1934, 1.21. 「불란서 좌문단의 일점홍. 안드레 지드, 좌향하자 대기염」, 『조
    선일보』, 1933, 12.3.
9) 일본문단에서도 앙드레 지드는 유행처럼 동시대를 풍미했다. 유치진, 「동경문단·극단견
    문초-져날리즘의 영향과 그 밑에 잇는 일본문학」, 『동아일보』, 1935, 5.21.
10) 앙드레 지드는 1947년 노벨 문학상을 수상하면서 해방공간에 수상 소식이 전해지고 이
    듬해, 1948년 8월 15일 을유문화사에서 그의 소설 『좁은문』과 『전원교향곡』이 번역되
    었다. 이에 대한 논의는 '제2부 해방이후, 보편성과 특수성'에서 다루었다.

리아의 뭇솔리니와 독일의 히틀러가 전쟁을 일으킴으로서[11] 세계사적
으로 파시즘의 공포와 분위기가 더욱 고조되었다. 아시아에는 만주사
변이, 유럽에서는 나찌 파쇼정권의 횡포가 더욱 거세지고 있었다.[12]

이 시기 조선에서는 1925년 발족한 카프문학이 해체 직전의 위기에
봉착했다. 1932년 카프 1차 검거, 1934년 카프 2차 검거, 1935년 카프
해산이라는 긴박한 위기의식 속에서, '앙드레 지드'는 문학 실천의 가
능성과 범위를 인식하게 해 준 동시대 세계사적 지표가 되었다. 근대
문학사에서 카프문학은 특정 유파를 떠나 문학의 현실 참여 가능성을
표명하는 유의미한 집단으로, 식민지 지식인들에게는 문학의 정치적
구현을 담보하는 출로였다. 다수의 문인들이 맹원이 되지 않더라도 동
반자 작가로서 카프와 입장을 함께 했다. 식민지 지식인들이 카프의
균열에 직면하여 목도 한, 지드의 거듭된 전향은 희망과 혼란을 주었
으며 나아가 문학이란 무엇인가에 대한 탐색의 준거가 되었다.

지드의 수용과정은 조선이라는 지역 문학이 세계 문학을 의식하고
정체성과 변화를 모색해 나가는 과정을 보여준다. 한국지역 문학에 국
한된 연구가 아니라 앙드레 지드로 대변되는 동시대 유럽 문학과 한
국 근대문학간의 영향관계를 추적한 것으로, 지역성 논의를 확장한 것
이다.[13] 근대 문인은 식민지라는 특수성 속에서 지드의 정치적 입장과

---

11) 쓰루미 슌스케·최영호 역, 『전향: 쓰루미 슌스케의 전시기 일본정신사 강의』, 논형,
    2005, 16면 참조. W.G. 비즐리·장인성 옮김, 『일본근현대사』, 을유문화사, 2004, 287
    면 참조.
12) 이헌구, 「歐米現文壇總觀-佛國篇」, 『조선일보』, 1933, 4.27.
13) 조선문학이 세계문학과 접속하고 교류하는 과정에 대한 선행연구로 다음과 같은 글이
    있다. 박숙자, 「로컬리티의 재구성: 조선/문학/전집의 사상」, 『한국문학이론과 비평』56,
    2012, 9. 245~270면. 박숙자는 식민지 시기 『세계문학전집』이 구성해내고 있는 세계
    문학의 기호가 조선문학과 어떠한 관계역학을 드러내며 조선문학의 로컬리티를 구성하
    게 되는지 주목하였다. 당시 문인들이 탐독한 '신조사판 세계문학전집'은 유럽중심 서
    구 문명의 흐름과 범주 속에서 결정되었다.

행보를 통해 식민지 시기 근대 문학의 방향성을 탐색했으며, 그 과정에서 문학의 외연과 내포가 확장되고 심화되었다. 니체의 관점주의(Perspectivismus)에 따르면 인간은 자신의 욕구에 따라, 이 욕구의 특수한 관점 속에서 주변 세계를 이해한다. 어떤 인식도 특수한 관점을 떠날 수 없고 어떤 관점도 그 자체로 전체를 다 아우르는 초월적 관점일 수 없다.[14] 한국 근대 문인들은 자신의 문학적 입장과 입지에 따라 지드의 전향을 해석하고 전유해 나간다. 지드의 전향에 대한 해석과 전유의 과정에서 자신의 문학적 입장을 공고히 하고 그들이 소속한 문학 장의 성격을 형성해 나갔다.

지드의 정치적 행보는 식민지 한국 근대문단 지식인들의 정신적 고뇌와 조우하면서 반향을 일으킨다. 그것은 이 땅의 문인들이 세계사적 추이를 독해하면서 식민지 근대 문학의 방향성을 탐색하는 이정표가 되었다. 특히 백철, 이원조, 박치우, 임화, 유진오 등은 지드의 행보를 통해 동시대 한국 근대문단이 처해 있는 입지를 객관화 하고 세계사적 전망을 찾기 위한 도정을 지속했다.

다음 장에서는 근대 문인들이 지드를 이해하는 시선과 입장에 대해 살펴보고, 일련의 논의가 근대 문학의 정체성 형성에 어떠한 영향을 미치고 있는지 제언하려 한다. 지드의 이해와 수용과정에 대한 일련의 논의는 문화적 우열의 확인이 아니라 한국 근대 문학의 특수성과 정체성을 확인할 수 있는 계기가 되기 때문이다.

---

14) 고명섭, 「창조하는 파괴자―나체의 관점주의에 대한 이해들」, 『니체극장』, 김영사, 2012, 639면.

1.2. 작가적 양심의 발현과 실천

1933년 문단에서는 앙드레 지드의 사회주의로의 전향을 소개하며 그를 "思想의 自由商人"이라 명명한다. 기사에 따르면, "1897년도에 『地上에 糧食』을 발표한 후 1930년부터 지금까지 佛文壇의 偉大한 不安의 時代를 支配하고 잇든 巨匠 『안드레 · 지드』는 突然 從來의 『니-체』的 態度부터 急角度로 『左向左』의 方向으로 轉換하엿다." 기사는 좌익으로 전향이 세계적 풍속으로 번지는 시점에서, 당시 불문학의 거장이 좌익으로 전향한 의의를 대서특필한다.[15]

이후 1935년 6월 파리에서 개최된 '국제작가회의'와 그 '의장인 지드'의 행보는, 1935년 문단의 주목을 받았다. "國際作家文化擁護大會"는 온실 속에 핀 어여쁜 꽃으로 알았던 프랑스문학이 히틀러의 반문화적 폭력에 직면하여 성치적으로 힘을 연대한 회의라고 소개된다. 특히 "享樂과 頹廢의 都市로 想像하든 巴里"라는 장소, "作家中에서 대부분은 일직이 우리가 소뿌르죠아작가라고 부르는 사람들"의 연대라는 점을 강조한다. 이때까지 안일한 지위에서 사회적 우대를 받은 소부르주아 작가들이 문화의 옹호를 위해 정치에 나섰음을 호평한다. 기사의 말미에는 조선의 문인들이 이에 자극받아야 함을 다음과 같이 제언하고 있다. "이 땅의 良心잇는 作家와 評論家들은 이러한 事實을 눈압헤 보면서도 아모런 刺戟도 늣기지 안는가."[16]

이듬해 1936년에 이르러서도 국제작가회의는 지속적인 주목을 받았다. 국제작가회의는 "불란서를 근거로 社會主義, 社會民主主義, 乃至 自由主義 作家들이 巴里에 集合"하여 "國民主義運動과 그에 따른 文化의

---

15) 배준호, 「思想의 自由商人 앙드레 지드의 轉向」, 『조선일보』, 1933. 8.1.
16) 探報臺, 「巴里의 國際文化擁護聯盟」, 『조선일보』, 1935. 8.31.

壓迫에 대한 文學 그대로의 文化擁護運動"으로[17] 평가된다. 이 회의에서 의장인 지드가 조선 문인들에게 시사하는 바는 매우 컸다. 그것은 사상을 초월한 '문학의 정치적 실천'을 의미하고 있으며, 나아가 '소시민 부르주아 작가의 계급을 초월한 현실 참여'를 의미한다. 해외문학파 이헌구도 '펜·클러브', '소련작가대회'와 구분되는 국제작가대회의 동기와 원인에 대해 소개했다. 그는 이 회의가 독일과 이탈리아의 정치적 위협 속에 뜻을 같이한 자본주의사회(자유주의, 데모크래시) 작가들임에 주목하였고, 지드를 일컬어 "偏狹한 一個 唯物論的 政治家라고 하기보다도 그는 人類의 文化를 正當히 批判擁護하는 一個思想的鬪士"라고 소개한다.[18]

당시 이 회의의 전모에 대해 세심하게 주목한 지식인은 박치우이다. 그는 1935년 파리에서 열린 문화옹호 국제작가회의의 가치를 고평하고, 특히 지드의 실천적 행보를 자세히 소개한다. 그에 의하면 문화옹호 국제작가회의는 1935년 6월 21일부터 25일까지 38개국에서 230명의 작가가 참여했으며, 회의의 의장은 앙드레 지드이다. 그 밖에 로맹 롤랑, 하인리히 만, 토마스 만, 막심 고리키, 포스라 헉슬리, 버나드 쇼, 싱클레어 루이스, 셀마 라겔뢰프, 바르 잉클랑 등 12명이 참여했으며, 그들은 협회 본부를 파리에 두고 자국에는 서기국을 만들기로 했다.

박치우가 이 대회에 세심한 주의를 보이는 이유는 그것이 "소시민작가의 회합"으로서 "소시민작가의 반파쇼적 정치운동"이기 때문이다. 그는 이 대회에 대해 문학이 좁은 울타리를 뛰어넘어 문화 실천의 형태로 정치 세계에 진일보한 것으로 평가한다.[19] 의장인 지드가 프랑스

17) 일기자, 「世界文壇點考(1)」, 『동아일보』, 1936, 1.1.
18) 이헌구, 「國際作家大會가 開催된 動機와 原因의 必然性-佛國篇(上)」『조선일보』, 1936, 1.1.
19) 박치우, 「國際作家大會의 敎訓(一)-文化實踐에 잇어서의 善意志」, 『동아일보』, 1936, 5.28.

상류 부르주아 출신의 문학가인 만큼,[20] "수년전까지도 우익의 이데올로기와 우익의 윤리의 가능성을 믿어왓"던 소시민작가들은 "문화의 적은 볼쉬비즘으로만 알어왓"는데, "지금에 와서는 반대로 '문화의 적은 파시트다. 히틀너 일파다. 이 나라의 나쇼나리스트다'라고 부르짖게끔 되엿"음을 고무적으로 보았다.[21]

박치우는 바야흐로 문화는 파시즘과 히틀러, 내셔널리스트에 저항한다는 지드의 말을 인용하면서,[22] '문화옹호 국제작가대회'를 파쇼에 반하는 "정치적 운동"으로 규정한다. 그는 대회 결의문의 일부 "哲學的 文學的 政治的 傾向을 달리하는 作家에 의하여 結成된 본 常設 '뷰로'는 文化의 領域에 있어서 廣範한 意味의 '파시즘' 文化의 發展을 威脅하는 一定의 危險을 向하여 抗爭"한다고 소개한다. 그는 대회를 소개하면서 동시대 근대 작가들이 작가적 양심과 예술가적 양심을 의식하고 적극적으로 현실에 참여할 것을 제안한다.

"작가는 우선 삐뚜러진 현실을 삐뚜러진 것으로서 용감히 충실히 그려내고 잇는 것을 스스로 물어 볼 것이다." "작가대회는 작가의 양심이란 어떤 것인가를 뵈여 주고 잇다." 그는 작가대회가 동시대 문인들에게 문학이 나아가야 할 방향성을 시사해 준다고 보며, 이 운동의 금후 동향에 대한 주도한 감시를 요구했다.[23] 당시 프랑스 정치 상황

---

20) 권은미, 「앙드레 지드와 아이러니」, 『이화여자대학교 인문과학대학 교수학술제』14, 이화여자대학교 인문과학대학, 2006, 23면. "뛰어난 법학교수였던 아버지와 부유한 사업가 집안의 어머니 사이에 태어난 지드는 초기 작품을 자비로 출판하면서 평생을 상류 부르주아로서 오직 문학에 자신을 바쳤다."
21) 박치우, 「國際作家大會의 敎訓(三)-文化實踐에 잇어서의 善意志」, 『동아일보』, 1936, 5.31.
22) 박치우, 「國際作家大會의 敎訓(二)-文化實踐에 잇어서의 善意志」, 『동아일보』, 1936, 5. 29. 이하 같은 단락의 인용문은 박치우의 글에서 인용한 것임.
23) 박치우, 「國際作家大會의 敎訓(四)-文化實踐에 잇어서의 善意志」, 『동아일보』, 1936, 6.2. '국제작가대회결의안'은 일찍이 1936년 1월에 그 전문이 다음과 같이 소개된 바 있다. 「國際作家會議 決議案全文抄」, 『조선일보』, 1936, 1.4. 모두 8개의 조항으로 되어 있으

에 비추어, 1936년 4월 26일, 5월 3일 양일에 있었던 프랑스 총선거에서 『인민전선』파는 단연 승리하여 의회의 과반수를 차지하고 인민전선 내각을 조직할 수 있게 되었는데, 그 승리의 배경에 로맹 롤랑을 비롯한 지드의 역할이 컸다고 한다.[24]

같은 입장에서 임화 역시 지드의 전향을 문학의 정치적 실천의 준거로 이해했다. 1936년 그는 "창조하는 몽상"으로[25] 낭만적 정신을 제창하며, 다음과 같은 지드의 말을 인용한다.

> **文學은 模倣하는 것으로 滿足하지 안는다. 文學은 形成하고 提案하고 創造한다.**[26]

지드는 문학의 임무는 단순한 사실주의도 아니며 비속한 공리성에도 반대해야 한다고 역설한다. 공리성만을 목표로 하는 문학은 그 자체가 사실상 또 하나의 모방의 문학이라는 것이다. 이어지는 다음 인용문은 지드의 입장이면서, 동시에 임화의 입장을 대변한다.

> 우리들은 鬪爭을 鬪爭自身을 위하여 사랑하는 것도 아니고 또 慾望

며, 마지막 조항을 소개하면 다음과 같다. "八, 모든 哲學的, 文學的, 政治的 傾向을 달리한 作家로서 된 『뷰-로-』는 文化의 領域에 잇서서 『파-시즘』이나 무엇을 勿論하고 文明開化에 威脅을 주는 一切의 危險에 對하여 抗爭하기로 함."

24) 「佛蘭西의 人民戰線 그 勝利의 時代的 背景과 『로-랑』『지-드』兩氏」, 『조선일보』, 1936, 5.9. 당시 인민전선이라고 하는 것은 공화당, 사회당, 급진사회당 등 프랑스의 전 좌익 정권을 망라한 연합군을 말한다.

25) 임화, 「위대한 낭만적 정신으로써 자기를 관철하라!(상)」, 『동아일보』, 1936, 1.1. 당시 임화의 문학관은 다음과 같은 인용구절에서 잘 나타난다. "이상에의 적합을 향하야 현실을 개조하는 행위 즉 이미 존재한 것을 가지고 존재하지 안흔 그러나 존재할 수 잇고 또 반듯이 존재할 세계를 창조하는 그것이 문학의 기본적 성질이다. 그러므로 문학은 꿈없이는 존재하지 안는다."

26) 임화, 「위대한 낭만적 정신으로써 자기를 관철하라!(하)」, 『동아일보』, 1936, 1.4. 굵은 글씨는 인용자의 강조.

하는 것도 아니다. **鬪爭의 成果를 위하여 그것을 사랑하고 그것을
欲來하며** 우리들은 戰鬪員인 것보다도 開拓者이다.

文學은 거울의 任務를 가지고 잇지 안타. 적어도 거울의 任務만을
가지고 잇는 것은 아니다. 싸벳트 同盟의 現代文學은 종래 이 任務에
만족해 온 것 같다. 그리하여 이 방면에 주목할 몇 개의 作品을 우리
들에게 주었다. 그러나 그것 만에 머믈러 잇을 것은 아니다. 우리들
이 사랑하는 우리들이 희망하는 新人이, 가갑증과 투장과, 가상으로
부터 超脫할 수 잇게 援助해 줄 것이 또한 必要하다. 이것은 아마 가
장 必要할 것이다. 그들이 스스로 자기를 만들고 자긔를 妙하게 援助
할 것이 필요하다.[27]

1930년대 중·후반 임화의 시적 실천은 낭만주의에 입각하여 마르
크스주의적 역사 전망을 자연에 투사하거나 식민지 청년들의 실천을
복원함으로써 그들에게 역사적 불멸성을 부여하는 것이었다.[28] 끊임
없이 주체성을 고수하려던 임화에게 지드의 전향과 글은 문학 실천의
방증으로 활용되고 있음을 알 수 있다. 카프해산 전후 작가들은 전향
하지만, 그것은 정치 활동의 중단을 의미할 뿐 사상의 중단은 아니었
다.[29] 임화는 지드의 전향을 적극적인 현실 참여로서 문학의 정치적
실현으로 보고 있음을 알 수 있다. 그는 지드의 전향을 통해 1930년대
중후반 절박했던 식민지 조선에서 문학의 적극적인 실천의 가능성을
모색했던 것이다.

---

27) 임화, 「위대한 낭만적 정신으로써 자기를 관철하라!(하)」, 『동아일보』, 1936, 1.4. 굵은
    글씨는 인용자의 강조.
28) 박정선, 「청년주체 구성과 새로운 근대를 향한 도정」, 『임화 문학과 식민지 근대』, 경
    북대학교출판부, 2010, 140면.
29) 이경림, 「마르시즘의 틈과 연대하는 전향자의 표상: 김남천의 「녹성당」론」, 『민족문
    학사연구』48, 민족문학사학회·민족문학사연구소, 2012, 129면 참조.

1.3. 개성 옹호와 인간 탐구

지드는 1936년 소련을 방문하고 돌아온 직후, 『소련에서 돌아오다』 (1936)를 출간하여 소련의 스탈린 독재체제를 비판한다. 사회주의로부터 재(再)전향한 것이다. 1937년 2월 일간지에서 유진오는 사회주의로부터 돌아선 지드의 근황을 소개하며, 그의 전향이 결국 인간 탐구의 도정이었다고 논평한다. 그에 따르면, 1936년 출간된 『소련에서 돌아오다』는 1937년 1월 일본에서 『中央公論』에 그 일부가 번역되어 실리고, 『세르팡』 2월호에는 [Pravda 프라우다』지의 반격을 비롯하여 각 방면 사람들의 의견이 소개되었다.[30] 그는 일본에 소개된 지드의 재(再) 전향에 대한 이견 외, 종국에는 자신의 독자적인 평가를 개진했다.

유진오가 보았을 때, 지드는 세계작가회의에 참석하고 사회주의 이념을 수용하긴 했으나 그 출발점이 달랐다. 그는 지드가 지닌 사회주의 이데올로기의 성격에 대해 수차례에 걸쳐 정치한 분석을 이끌어 낸다.[31] "지-드는 오즉 眞實을 사랑하엿고 自己에게 忠實하엿슬뿐이다. 지-드에게 잇서서 前後를 一貫하는 굵은 줄은 무슨主義 무슨主義의 思想的 連絡보다도 實로 이 稀貴한 理性 그것이엇든 것이다." 유진오는 지드의 다음과 같은 말을 인용하여, 자신의 의견을 방증했다. "各人이 가장 個性的이어야만 가장 잘 共同體에 奉仕할 수 잇다는 것이 恒常 나의 기본적 命題이엇다"[32] 지드가 자본주의, 파시즘에 반대하는 이유는 정치적 사회적 경제적 악에 반대하기보다 그것이 '인간성'을 위협하기 때문이다.

지드는 이성과 진실에의 충실을 절대적 사상과 생활신조로 삼고 있

---

30) 유진오, 「지-드의 蘇聯旅行記. 그 物議에 關한 感想數題(一)」, 『조선일보』, 1937, 2.10.
31) 유진오, 「지-드의 蘇聯旅行記. 그 物議에 關한 感想數題」, 『조선일보』, 1937, 2.10~14.
32) 유진오, 「지-드의 蘇聯旅行記. 그 物議에 關한 感想數題(二)」, 『조선일보』, 1937, 2.11.

기에, '사회주의'는 지드가 지향하는 인간 해방의 완성이 아니라 과정
이었다. 즉 당대를 풍미하는 자본주의, 소시민적 개인주의의 극복을
위한 도정이었다. 유진오는 기행문의 일부를 인용하면서, 진실의 탐구
자이자 인간성의 옹호자인 지드가 소련에서 인간성의 무시, 비판적 정
신의 결여, 획일주의, 비개성화를 목도했음을 전한다. "한 사람의 露西
亞인과 이야기를 하면 露西亞인 全體와 이야기한 것과 마찬가지다."(지
드) 유진오는 지드의 전향의 실체에 대해 다음과 같이 평가한다.

> 지-드의 콤뮤니즘은 콤뮤니즘을 爲한 콤뮤니즘이 아니라 實로 **지
> -드에게 잇어서 무엇보다도 놉고 무엇보다도 貴重한 個性擁護의 手
> 段으로서의 콤뮤니즘인 것이다.** 『나는 衷心으로 콤뮤니즘에 贊同하
> 면서도 콤뮤니즘의 助力을 바듬으로써 비로소 어디까지든지 個人主
> 義者인 것을 主張하는 것이다』(작가대회연설)[33]

유진오는 『프라우다』지에 실린 소련의 입장을 언급하며, 그들이 정
치적 비판에 급한 나머지 지드의 인간 이해에 소홀하였음을 지적한다.
유진오가 지드의 재(再)전향에 대한 이해의 변을 게재한 다음달 3월에
는, 이영묵이 유진오의 견해에 반기를 표하며 사회주의로부터 돌아선
지드를 비판한다.[34] 그는 직접 지드의 글을 읽지 못한 채 단지 유진오
의 글만으로 지드를 이해하고 있음을 밝히며, 지드는 쁘띠 부르주아
사상을 버리지 못한 소시민작가이며 사회주의에 대한 그의 비판은 쁘
띠 부르주아의 태도를 여실히 드러낸 데 지나지 않는다고 비판한다.
　1937년 유진오는 지드에 대한 비교적 객관적 이해에 도달했으며, 지

---

33) 유진오, 「지-드의 蘇聯旅行記. 그 物議에 關한 感想數題(三)」, 『조선일보』, 1937. 2.13.
34) 李寧默, 「지드와 이성. 유진오씨에게 보내는 공개장(1)~(8)」, 『조선일보』, 1937. 3.4~
　　12.

드 문학의 실체에 근접했다. 이는 그 자신이 지드와 마찬가지로 쁘띠 부르주아 출신의 작가이며, 동반자 작가로서 지식과 관념으로 마르크 스주의를 수용했기 때문이다. 지드에 대한 이해는 문학에 대한 유진오 의 입장을 대변하는 것이기도 하다. 문학의 영역은 인간의 탐구에 있 음을 지드를 통해 확인했던 것이며, 훗날 유진오는 인간 탐구의 영역 인 문학이 아닌 질서와 현상을 연구하는 법학의 길로 선회한다.

지드의 사회주의로부터 재(再)전향에 대해, 백철은 1938년 2월 25일 부터 26일, 양일에 걸쳐 세심하게 평가하는 글을 선보였다. 그는 지드 의 소련기행문을 비롯 소설작품을 분석하면서 지드의 문학관을 논평 한다. 그는 지드가 『소련에서 돌아오다-속편』(1937)을 쓰면서, "웨 구 차한 數字를 羅列하고 번거럽은 反證의 例를 가저다가 그 辨駁을 써서 까지 自己의 無實한 罪名을 벗으려고 애를 썻을까?" 의문을 표한다. 백 철은 지드의 사회주의로부터의 전향을 두고, 지드와 소련의 시각 차이 를 다음과 같이 설명한다.

> 위선 사벳트紀行에서 사벳트의 國家的 政策과 "지-드"의 良心이 正
> 面으로 衝突된 것이 人間의 問題를 中心한 것이엇다. 그러나 **지-드로**
> **보면 언제나 物보다도 人間이 몬저 와야 할 問題다. 物의의 建設 때**
> **문에 人間이 犧牲을 當하고, 物的인 것 때문에 人間이 過勞하고 混亂**
> **하는 것은 許建할 수 없는 本末의 顚倒엿다.** 根本的인 점에서 紀行中
> 設에 나타난 지-드의 不滿은 그 곳에 잇엇다.[35]

백철은 지드의 문학적 목표점을 인간 탐구로 보는데, 이는 백철 자 신의 문학적 입장을 대변한다.[36] 백철은 '인간 탐구의 과정'이라는 논

---

35) 백철, 「나의 지-드觀-『蘇聯紀行修正』을 중심하야」, 上, 『동아일보』, 1938, 2.5. 강조는 필자.
36) 백철, 「人間探求의 精神과 文藝復興期의 特望時代-그의 準備努力의 現代的 意識」(三), 『조

리로 지드의 행적을 평가한다. 그는 "지-드의 코뮤니즘에 對한 接近과 反撥은 어느 것이나 그 動機가 이 人間問題에 歸着"[37] 된다고 보았다. "지-드에게 잇어 가장 完成한 文學은 가장 個性的인 作品이다." 그는 지드가 '인간의 개성'에 주안점을 두고 있으며, "作品上에 잇어 具體的으로 反映된 것은 人物의 性格과 心理와 意識"중심임을 지적한다. 그는 지드 소설에 등장하는 여러 인물들의 개성을 분석하면서, 애초 사회주의로의 전향 역시 개성의 확장으로 보았다.

> 이 번 사벳트에 대한 지-드의 批判도 그것은 사벳트 現實이 將來는 어떠케 되리라는 것을 미리 豫測하는 것을 不肯한 데서 온 今日의 現實에 限한 良心的인 反撥의 意를 多分히 가지고 왓다. 따라서 向上되는 때에 이르면 그의 良心은 다 그 現實에 接近될 것은 지금부터 豫測할 수 잇는 일이라고 생각한다.[38]

일찍이 백철은 카프2차 검거되기 2개월 전, 1934년 5월에도 인간탐구의 의의를 역설하며 그 전범으로 지드를 언급한 바 있었다. 그는 자연에 대한 묘사 역시 인간생활에 대한 묘사 못지않게 작가의 주관적 의식과 노력에 의해 통제되고 있다고 보며, 무엇보다도 작가 자신의 이해를 강조했다. 그는 "우수한 작가는 무엇보다도 자기 자신을 명확히 이해하고 정직히 고백하는 데서부터 출발"한다고 보고, 지드의 전향을 준거로 삼았다.

선중앙일보』, 1934, 7.3 참조. 백철은 당시 인간탐구 문학론을 개진하면서, 문학적 열정이 문학으로부터 멀어진 것이 아니라 그 시대 인간에 대한 사회적 열정과 합치된 것으로 보았다. 이 외 백철의 인간탐구 문학은 백철, 「人間探求의 文學」, 『四海公論』, 1936. 6, 17~25면 참조.

37) 백철, 「나의 지-드觀-『蘇聯紀行修正』을 중심하야下」, 『동아일보』, 1938, 2.6.

38) 백철, 「나의 지-드觀-『蘇聯紀行修正』을 중심하야下」, 『동아일보』, 1938, 2.6.

"문학에 잇어 자기를 두려워하는 것, **자기를 고백하고 자기에 관심을 두고 자기를 표시해 가는 것**을 두려워하는 것은 말할 수 없이 못난 짓이다"[39]

"그리고 이와 같은 人間苦行의 作家精神은 언제나 直히 그들의 現實行動에도 巨大한 影響을 끼치엇으니 여기서 우리들은 『골키』와 同一한 苦行者로서 年前에 轉向한 로맨·로랑을 생각하고 잇으며 그보다도 **안드레·지드에 대하야 思想的으로는 自由商人이라고 定評이 엇으리만치 思想的으로 良心的으로 苦悶하든 그가** 그리고 文學에 잇어는 人間의 深奧까지를 探求하려든 『도스트엡흐스키-』의 硏究者인 **그가 近年에 와서 轉向하엿든 敎訓的 事實을 알고 잇다. 누구보다도 苦憫하든 지-드가 結局에 잇어 『人類의 밝은 炬火』를 發見하고 理性과 良心과 근노계급에 대한 希望을 가진 人間들의 새롭은 타입에 그의 自由商의 짐을 부리어 놓게 되엇든** 그는 『골키』에 나리지 않는 **人間探求를 위한 地上의 苦行者**이엇든 것이다."[40]

위 인용문에서 알 수 있듯이 백철은 1933년 지드의 사회주의로의 전향 때부터 지드의 전향을 인간 탐구의 도정으로 이해하고 있음을 알 수 있다. 백철은 지드의 전향을 그의 문학세계의 종착지가 아니라 도정으로 여긴다. 그는 1933년 지드의 공산주의로의 전향이 1930년대 세계공황, 대전(大戰), 자본주의와 파시즘의 대두 등 세계사적 정황에 비추어 당시 그가 도달한 탐구와 성찰의 정거장으로 본다. 같은 맥락에서 1936년 지드가 소련으로부터 다시 돌아선 것 역시, 지드가 도달한 인간 탐구의 한 지점이었다는 것이다.

---

39) 백철, 「文學·人間·自然-人間探求의 途程(6)」, 『동아일보』, 1934, 5.29.
40) 백철, 「文學·人間·自然-人間探求의 途程(7)」, 『동아일보』, 1934, 5.30. 강조는 필자.

1.4. 전체주의에 대한 경계

이원조는 동시대 역사의 보편성을 토대로 지드의 전향을 이해했다. 그는 1935년 일본 호세이대학(法政大學) 불문학과를 졸업했으며, 졸업논 문이 '앙드레 지드 연구'이다. 이원조는 「안드레 지-드 硏究-대학에서 연구한 문학자(1)」(『삼천리』, 1938, 1)에서 일본에서 불문학을 공부하면 서 앙드레 지드를 연구하게 된 배경을 소개하고, 그가 연구한 앙드레 지드 문학의 특징을 개괄적으로 소개하고 있다. 그의 연구물은 1934년 과 1935년 일간지에 소개되었다.[41] 그는 철학의 논리를 기반으로, 지 드 문학세계 전반을 통찰했다. 양재훈은 지드의 영향을 받은 이원조의 글쓰기를 "횡단적 글쓰기"라고 명명한다.[42] 그에 의하면 이원조의 글 쓰기는 양쪽 진영의 입장을 끊임없이 횡단함으로써 이루어진 것이다. "그는 끊임없이 서로를 대립시키고 그것들 사이를 오가며 상대편의 입장에서 서로를 조망하는 횡단적 사유를 펼치고 있었다."[43]

당시 이원조의 지드 논의는 해방이후는 물론 지금까지 유효하다. 해 방이후에는 이원조를 비롯한 다수 외국문학 전공자의 월북으로, 지드 연구는 그 전에 비해 전문성이 떨어지는 점도 있다. 해방기 문예지에 실린 지드에 관한 논의의 다수가 외국 연구자의 번역물이다.[44] 지드가

---

41) 이원조, 「앙드레 지드 "연구 노트"서문(1)~(5)」, 『조선일보』, 1934, 8.4~7.
   이원조, 「앙드레 지드의 思想과 作品硏究」, 『조선일보』, 1935, 4.20~25.
42) 양재훈, 「이원조의 횡단적 글쓰기 연구」, 『민족문학사연구』51, 민족문학사학회・민족문 학사연구소, 2013, 556~585면.
43) 양재훈, 앞의 글, 581면.
44) 해방공간 소개된 지드에 대한 논의는 다음과 같다. 김문환, 「지-드와 현대문학」(『청년 예술』, 청동시대사, 1948,4). 에드몬드 디멜・김유훈 역, 「앙드레・스기이드의片影」(『신 천지』3권5호, 1948, 6.1), 金秉逵, 「앙드레 지이드론」(『학풍』창간호, 을유문화사, 1948, 10), 드날드 릿치・金虛浚 譯, 「『아메리카』에 있어서 앙드레・지-드의 影響」(『자유신문』, 1948, 11.4), 쥬스틴・오부라이엔・田昌植 譯, 「『앙드레 지-드』의 日記」(『민성』5권2 호, 1949.2) 해방이후 지드 소설의 번역과 논의에 대해서는 '2부 해방이후, 보편성과 특

사회주의로 전향한 후인 1934년, 다시 사회주의로부터 전향한 후인 1938년, 이원조는 지드에 대해 다음과 같이 평가했다.

그러나 그는 끝끝내 '人間'을 把守하였으며 또한 最後의 勝利를 얻었으니 近來에 와서 저널리즘이 지드를 轉向하였다고 하는 것은 지드에 對한 다시 없는 모독인 것으로, (略) 以上에서 **내가 考究해 온 지드의 思想的 足跡으로 보아서도 그 發展의 當然한 結論인 것이고 轉向은 아닌 것이다.** 다시 말하면 펠난데스 같은 사람까지 지드를 콤뮤니스트라고(勿論 그네들이 부르는 콤뮤니스트란 말의 響意가 우리네의 그것과 다르다고 하더라도)하나 내 생각 같아서는 **지드는 가장 徹底한 휴머니스트(人間主義者)인 것이다라고 하는 것은 지드의 哲學은 唯物論이 아니다.**(1934년)[45]

처음에 지-드를 취한 동기의 가장 간단한 것으로 하나의 이유는 그때가 바로 지-드의 콤뮤니즘에로 전향한 다음이라 일본문단에서 지-드의 화제는 자못 일세를 풍미한 업지안헛스나 **내 생각에는 지-드의 전향이란 그러케 저-나리스틱하게 취급될 것이 아니라 훨씬더 근본적인 지-드의 일생을 통해서 우리 현대인의 내면생활 우에 한 역사적 과제로 부여된 것을 解明해야 할 것이라고** 생각한 때문이엿습니다.(1938년)[46]

1934년 이원조는 지드의 사회주의 전향을 "眞實을 사랑하는 眞摯한 態度"로 본다. 그것은 사상의 발전일 뿐, 지드는 코뮤니스트가 아니라는 것이다. 1938년 이원조는 사회주의로부터 재(再)전향한 지드를 설명

수성'에서 다룸.

45) 이원조, 「앙드레 지드 硏究 노트 序文」, 『조선일보』, 1934, 8.4~10. 이원조, 『오늘의 文學과 文學의 오늘: 李源朝文學評論集』, 형설출판사, 1990, 521~527면 참조.

46) 이원조, 「안드레 지-드 硏究-대학에서 연구한 문학자(1)」『삼천리』, 1938.1, 195면.

하면서, 지드의 전향은 그의 일생을 통한 삶의 문제라고 본다. 다시 말해 지드는 그가 처해 있는 시대의 문제에 성실한 태도를 일관해 있으며, 그러한 태도가 각 작품에서 한 개의 이념으로 나타났던 것이다.

이원조에 의하면, 지드가 진지하게 추구하고 접근한 것은 진리이다. 지드에게 진리의 최고 표식으로 맨 처음 나타난 것이 '神'(全體)이다. 그 다음이 '인간'이며, 그 다음에 도달한 것이 '전체 속에 든 개체'이다. 글의 말미에 참고문헌으로 "지드의 자서전「만약 한낱의 버리알이 죽지 안흐면」", "자크 리비엘의 「에튜-드」의 한 항목인 「앙드레 지-드」", "레옴 피에르 캥의 앙드레 지드 연구"로 밝히고 있는데, "레옴 피에르 캥의 앙드레 지드 연구"는 1984년 민희식이 참조한 지드 연구의 참고문헌이기도 했다.[47)

이원조가 밝힌 지드 문학의 의의는 다음과 같다.[48] 그는 인간의 진보를 탐색하고 있으며, 그 추이가 "신에 대한 인간의 문제, 개인으로서 인간의 문제, 사회에 대한 개인의 문제"라는 것이다. "人間의 進步를 위해서는 所有나 滿足이 큰 障害가 되는 것이고 期待와 無所有라는 것이 도리어 高貴하다는 것은 오늘날의 지드의 思想에까지 뿌리 박혀 있는 것으로서 그것이 지드의 轉向에 대한 重要한 契機"라고 본다.

이원조의 지드 연구에서 주목할 만한 대목은 그가 전체주의(全體主義)에 주목한 점이다. 그는 지드가 전체와 개인의 변증법적 조화를 지

47) 이원조, 「안드레 지-드 硏究-대학에서 연구한 문학자(1)」, 『삼천리』, 1938.1, 195~199면. 민희식은 지드의 문학세계를 "몽상의 시대, 죽음과의 대결, 신과 인간의 대결, 행동의 동기에 대한 모색, 인도주의, 말년의 사상"의 순서로 소개한다. (민희식, 『프랑스 문학사』, 이화여자대학교출판부, 1984, 602~605면 참고.) 민희식이 참고가 한 서적중 하나인 "L. Pierre-Quint: A. Gide. Stock, 1952"에서 'L. Pierre-Quint'의 글은 1934년 이원조도 일본에서 앙드레 지드를 연구하기 위해 읽었다.
48) 이원조, 「앙드레 지드의 思想과 作品硏究」, 『조선일보』, 1935, 4.20~25. 이원조, 『오늘의 文學과 文學의 오늘:李源朝文學評論集』, 형설출판사, 1990, 529~538면 참조.

향하면서 발전해 나갔다는 논의를 펼치기 위해, 전체주의의 규율과 횡포에 눈을 뜬다. "카톨리시즘이 봉건사회의 절대군주를 중심으로 한 중앙집권제의 관념적 반영"으로서 의무와 복종이 요청되며, 그 결과 극기적인 금욕주의를 미덕으로 치부했다. 그러나 인간은 신의 아들이 아닌 까닭에 감각과 의지의 존재이므로 교회와 같은 전체의 부속물로만 존재할 수 없었다는 것이다. 널리 알려진『좁은문』과 같은 작품 역시 신에 대한 인간의 문제를 탐색해 나간 것이다.

이원조는 지드를 통해 전체주의를 이해했으며, 이러한 발견은 조선이라는 지역성을 벗어나 세계사적 보편성을 획득한 것이다. 이원조는 일본의 식민지, 봉건적인 전대 유산을 비롯한 당대 조선 지역의 문제를 세계 역사의 흐름 속에서 사유할 수 있는 틀을 지드 문학을 통해 발견한 것이다. 전 세계적으로 내셔널리즘과 파시즘이 가속화되는 상황에서, 식민지 문인은 전체주의의 압제를 공감하고 그 속에서도 끊임없이 인간의 진보를 찾으며 문학과 자기 삶의 일치를 이루어 나간 지드에게 매료되었던 것이다. 나아가 그는 지드를 통해 한국 근대 문학이 나아가야 할 방향성을 감지하고 싶었던 것이다.

이원조가 지드의 문학을 통해 조우한 전체주의의 문제성은 1939년 조선문단에서 동시대를 대표하는 세계사적 정신의 흐름으로 주목받는다.[49] 전체주의는 당시 독일과 이탈리아, 그리고 일본의 군국주의 이데올로기를 포괄할 수 있는 사상으로서 철학, 학문, 법, 그리고 문학의 제 영역에서 성찰과 전망의 대상으로 부각된 것이다. 서인식은 전체주의의 역사관에 대해 초점을 맞추었으며[50] 박치우는 철학적 관점에서

---

49) 1939년 2월부터 3월에 걸쳐 조선일보는 "全體主義의 諸相"이라는 특집을 마련하여, 역사·철학·법·문학의 분야에서 전체주의의 특징과 의의를 소개하는 지면을 마련한다.
50) 서인식,「全體主義 歷史觀-그것의 現代的 領導性에 대하야」,『조선일보』, 1939, 2.21.

전체주의의 기원과 특징을 일괄하고 있는데, 그에 의하면 아직 학문의 수준으로 정착되지는 않았다.[51] 유진오는 법학의 관점에서 전체주의의 성격과 법제화에 대해 주목하고 있으며,[52] 임화는 문학의 관점에서 전체주의의 성격을 조망했다.[53]

임화는 동시대 정치 세계, 독일의 나치즘과 그 체제에서 발생한 문학의 흐름을 조망한다. 그에 의하면 전체주의는 "政治的 事件"으로, "理論으로서 주어진 것이 아니라 行爲로서 힘(力)으로서 招來"된 것이다. "1933년 1월 獨逸 國民社會主義勞動黨의 政治 把握"은 "宗敎裁判以來 政治가 文化 위에" 권력을 행사한 큰 사건이다.[54] 나치는 국민 대신 '민족'을 호명하며 '피'의 연대를 부르짖으면서 민족을 개조하고 결집시켰다. 임화는 괴벨스의 다음과 같은 말을 직접 인용하고 있다.

> 政治도 하나의 藝術이다. 아마도 最高이면서 綜合的인 藝術일 것이다. 現代 獨逸의 정치를 形成하는 우리는 大衆이란 素材를 國民에까지 맹그러가는 藝術家다. 그것을 爲하야 障害가 되는 非國民的 要素를 排除하는 것으로 우리는 비로소 純粹한 국민이란 藝術品을 맹그러낼 수가 있다. 이러한 藝術的 勞作에 있어선 예술은 훌륭하면서도 國民的이어야 한다. 아니 純粹한 國民性에 뿌리를 박은 藝術만이 비로서 훌륭할 수가 있다.

나치는 민족의 반대편을 "아스팔트문화"라고 하여, "猶太人 文學, 『콤

---

51) 박치우, 「全體主義의 哲學的 解明-「이즘」에서 「學」으로의 樹立過程(上)(中)(下)」, 『조선일보』, 1939, 2.22~24.

52) 유진오, 「全體主義의 輪廓-權利와 自由 대신에 義務와 統制」, 『조선일보』, 1939, 2.12.

53) 임화, 「全體主義의 文學論-「아스팔트」文化에 대신하는 것은?」, 『조선일보』, 1939, 2.26~3.2.

54) 임화, 「全體主義의 文學論-「아스팔트」文化에 대신하는 것은?(上)」, 『조선일보』, 1939, 2.26.

뮤니즘』文學, 自由主義的 文學"을 배척했다. 일련의 문학은 도시 정신을 반영한 문학으로서, 향토에 대한 애착이 없으며 환경에 대해 기회주의적이다.55) 이에 나치는 민족을 하나의 형식으로 삼아, "古代『겔만』의 文化"와 "浪漫主義"를 지향한다.56)

일찍이 일본유학시절 이원조가 지드 문학세계 전반의 큰 특징으로 발견한 '전체주의에 대한 경계'는 서구 정신세계사의 흐름을 반영한 것이기도 하면서, 동시대 세계사적으로 팽배해진 전체주의(국가주의)의 파행성과 직결되고 있었다. 식민지 근대 문인들은 동시대를 살고 있는 '앙드레 지드'라는 상징적인 코드를 통해 세계문학의 흐름은 물론, 세계 정치와 사상의 변화를 통찰했다. 그런 까닭에 한국 근대 문단에서 지드의 전향은 지드의 문학보다 더욱 중요한 문제로 다가왔던 것이며, 근대 문인들은 그의 전향의 의미와 가치를 분석하는 과정에서 식민지 근대문학 그리고 지식인의 방향성을 모색해 나갔던 것이다.

1.5. 글로벌리티의 수용과 로컬리티의 성찰

'앙드레 지드'라는 글로벌리티는 '조선문학'의 로컬리티를 탐색하고 성찰할 수 있는 의미있는 준거이다. 근대 문인들은 지드를 수용하는 과정에서 한국 근대문학이 도달한 위치와 의의를 검토하고, 심화 확장해 나갈 수 있었다. 식민지 조선의 문인들은 앙드레 지드의 '전향'에 주목하면서 세계문학과 역사의 추이를 읽었으며, 나아가 조선문학의 미래와 조선문학의 로컬리티를 만들어 나갔다. 그들은 제각각 입지와 개성은 달랐지만 다음과 같은 사실들을 고민했다. 문학이란 무엇이며,

55) 임화, 「全體主義의 文學論-「아스팔트」文化에 대신하는 것은?(中)」, 『조선일보』, 1939, 2.28.
56) 임화, 「全體主義의 文學論-「아스팔트」文化에 대신하는 것은?(下)」, 『조선일보』, 1939, 3.2.

작가는 식민지 현실에서 무엇을 지향하며 나아가야 할 것인가. 현실의 제반 압제에 대응하여 문학은 어떠한 독자성을 지켜 나갈 수 있는가.

주체적으로 구시대 봉건 질서를 쇄신하기도 전에 제국의 식민지가 된 상황에서, 이 땅의 문인들은 문학이 무엇을 할 수 있으며 무엇을 해야 할 것인가를 고뇌했다. 이 시점에서 1933년 지드의 사회주의로의 전향은 문인을 비롯한 식민지 지식인들에게 문학자의 양심과 실천의 가능성을 보여주었다. 지드의 전향을 두고 당시 조선 문인들은 다양한 견해와 입장을 선보였다. 철학자 박치우는 소시민 작가들이 현실문제에 눈을 뜬 양심의 발로로 보았으며, 같은 맥락에서 임화 역시 명멸해 가는 카프문학의 운명 속에서 문학이 현실에 적극 개입할 수 있는 정신의 힘을 얻었다. 한편 유진오와 백철은 지드의 전향을 '인간 탐구의 과정'으로 수용했다. 유진오는 지드의 재(再)전향에 대한 일본의 반응을 소개하고, 지드의 두 차례에 걸친 전향을 개성 옹호의 관점에서 파악했다. 백철은 지드의 두 차례 전향 과정 모두에서, 문학의 본령은 인간에 대한 탐구에 있음을 확인했다.

불문학자 이원조는 지드 문학연구를 통해 세계사적 보편성에 눈을 떴다. 그는 일본유학시절 지드 연구로 학위를 받은 만큼, 동시대 지드에 대한 그의 이해는 독보적이었다. 그는 일찍이 지드의 문학세계가 전체와 개인의 관계에서 변증법적 모색을 해 나간 인간 탐구의 과정이라 보았다. 지드는 자신의 삶을 통해 인간 탐구를 실현해 보였으며, 신과 사회를 비롯한 전체와 개인의 관계에 주목하며 조화를 모색해 나갔다는 것이다. 그는 지드의 사회주의로의 전향, 그리고 사회주의로부터의 재(再)전향을 20세기를 전후한 전체주의에 대한 경계와 개인 문제 탐색의 도정으로 이해했다. 지드의 행적과 문학 작품에 반영된 전체주의에 대한 경계는, 1930년대 말 국가주의 형태를 띤 전체주의의의 팽배와 세계2차대전이 임박한 압제 분위기와 연동된다.

지식인의 현실 참여가 점점 더 어려워지는 식민지 시기, 한국 문단에서 불문학의 거두 앙드레 지드의 사회주의로의 전향은 식민지 지식인들에게 희망이기도 하고 가능성이기도 했다. 그것은 소시민 부르주아 작가가 프롤레타리아를 비롯한 모든 계급을 포용할 수 있는 비전으로서, 문학이 어떻게 현실에 적극적인 변화와 실천을 주도할 수 있는지를 보여주었다. 동시에 문학은 끊임없이 인간을 탐구해 나가야 하는 도정임을 각인시켰다. 지드가 다시 사회주의로부터 등을 돌렸지만, 삶과 인간에 대한 그의 끊임없는 탐색과 성실한 태도는 근대 문인들에게 '문학'의 정체성과 방향성을 제시해 주었다.

지드의 두 차례 전향에 대한 근대 문인들의 입장과 평가는 무엇이 맞고 그른가의 문제가 아니다. 주목해야 할 부분은, 동시대 글로벌리티의 표상중 하나인 앙드레 지드를 통해 근대 문인들은 식민지 조선에서 '문학'이 무엇을 할 수 있으며 무엇을 해야 하는가에 대해 지속적으로 고뇌하고 탐색해 나간 것이다. 식민지를 배경으로 성장한 한국 근대문학은 '인간'을 사유하면서, 동시에 정치적 맥락을 염두에 두지 않을 수 없었다. 그 결과 문학은 현실문제에 뛰어들 수 있는 작가의 양심이자 실천이었고, 인간의 개성 옹호를 위한 지속적인 탐구행위이며, 이 세계를 압제하는 전체주의에 대한 끊임없는 경계의 시선이었다. 이것은 한국 근대문학이 도달한 동시대 문학의 소명과 방향성임과 동시에, 근대문학이 성취한 근대성 이른바 '문학의 지적 성실성'이다.

앙드레 지드라는 표상이 '다른' 환경에서 전용되는 과정에서 한국 근대 문학은 독자적인 주체성과 세계사적인 보편성이 형성되었다. 이광수가 일찍이 정의한 근대 문학은 1930년대 이르러 그 외연과 내포가 확장되고 있었다. '현실적 실천', '인간 탐구의 도정', '전체주의에 대한 경계' 등과 같은 문학의 소임은 비단 한국 근대 문학의 과제에 국한된 것이 아니라, 그 이후 '한국문학'이 담당해야 하는 숙명이었다. 여전히 민족 분단의 현실을 살아가고 있는 이 땅에서, 문학은 정치적 도그마와 견제하면서 당면한 시대의 과제를 함께 짊어져 나가야 했다. 그런 의미에서, 한국 근대문학이라는 리트머스에 떨어진 '앙드레 지드'는 조선의 고유성이 세계의 보편성과 조우할 수 있는 계기를 마련했음을 알 수 있다.

2. 앙드레 지드 『좁은문』의 조선적 전유

2.1. 『좁은문』과 모윤숙의 『렌의 哀歌』

근대 문인들에게 영향을 미친 앙드레 지드의 소설은 무엇일까. 당시 문인들에게 가장 특별한 방식으로 기억되는 작품은 1907년 작 『좁은문』이다. 『좁은門』은 1948년 을유출판사에서 번역되었다. 지드의 행적이 식민지 근대 지식인들의 주목을 받은 만큼, 그의 소설은 조선어로 번역되지 않았어도 일찍이 일본어판으로 읽혔다.[57] 특히 이원조는 일본 유학시절 지드 연구로 학위를 받은 만큼, 귀국 후 지드에 대한 학술적인 글을 저널에 소개했다.[58] 작품이 조선어로 번역되지 않았지만,

---

57) "지난날 朝鮮文學에 잇서서의 『앙드레·지-드』의 影響은 至大한 것이엿다. 그의 作品은 거지반 日本語로 飜譯되어 朝鮮에 紹介되고 文化와 文學에 뜻잇는 사람으로 하여금 基本的인 讀書의 對象的 書籍이엇다." (드날드 릿치·金虛浚 譯, 「『아메리카』에 있어서 앙드레·지-드의 影響」, 『자유신문』, 1948, 11.4.) 미국에서는 지드의 소설이 늦게 소개되었는데, 원전 출간일로부터 17년이 지난 1924년에 『좁은문』이 번역 출간되었다고 한다.(앞의 기사 참조)

58) 이원조, 「앙드레 지드 硏究 노트 序文」, 『조선일보』, 1934, 8.4~10., 이원조, 「앙드레 지드의 思想과 作品研究」, 『조선일보』, 1935, 4.20~25., 이원조, 「앙드레 지이드 연구」,

당시 지드에 대한 논의는 전문성과 동시대성을 갖추고 수용되었다.

이헌구는 1935년 박용철로부터 『좁은문』의 번역을 제안받았으나 용감하게 나서지 못했다. 1940년에는 기독교 문예총서를 기획하던 지인에 의해 선(先)고료를 받고 산사에 들어가 번역을 시작했으나 '시대'의 우울과 '알리사'의 우울을 참을 수 없어 번역을 중단하고 말았음을 토로한 바 있다.[59] 지드의 소설이 유구한 기독교문화의 정신적 깊이를 내장하고 있는 만큼, 유교문화권이면서 식민지로 전락한 조선의 지식인들에게 지드가 구현해 낸 종교(기독교)와 인간의 긴장관계는 공감을 주기 쉽지 않았다.

'전체로서 유구한 문화'와 동시에, '그 전체에 반항하는 자유로운 개인'을 내장한 지드의 정신을 식민지 조선의 작가가 공감하기는 어려웠다. 그것은 이헌구가 번역의 어려움을 토로하면서 '우울'이라 명명했듯이, 지극히 관념적이고 개인적인 문제로 비춰졌을 것이다. 『좁은문』의 알리사의 우울은 식민지 조선이 놓여 있는 시대적 우울을 연상시켰으며, 알리사가 고심하는 기독교 정신의 실현은 근대 문인들이 체득한 유교윤리와도 이질적인 것이었다.

근대 지식인의 전범이라 할 수 있는 유진오는 일본어판 『전원교향악』을 읽고 다음과 같이 평가했다.

"豫備知識도 업섯든 내가 偶然히 처음 편 것은 그의 『田園交響樂』이엇다. 그러나 事實을 率直히 말하면 『田園交響樂』을 읽은 後의 나의 印象은 決코 조치 못햇다. 나는 그곳에서 古典主義 象徵主義를 通해 - 그리고 보는데 따러서는 自然主義에서까지도 - 佛蘭西文學의 가장 優秀한 特長이면서도 同時에 가장 실흔 短點이라고 할 수 잇는

『삼천리문학』제1호, 삼천리사, 1938, 1.
59) 이헌구, 「서글픈 逸話-앙드레 지-드에 對한(上)」, 『國都新聞』, 1950, 1.20.

洗練된 形式 現實의 그림자가 稀微해지도록 琢磨된 人間 造花의 美를 다시 보앗슬뿐이엇다."

"現實의 文學 生命의 文學 억세고 힘찬 文學은 讀者에게 숨쉴 餘裕를 주지안코 부등부등 肺腑 속으로 迫頭해 들어오는 것이다. 그러나 이 盲目의 美少女를 救하는 神聖한 늙은 牧師의 이야기는 달밋혜 울리는 胡弓가티 고흐나 그러나 가느다란 꿈속의 멜로디를 들려줄 뿐이엇다. 情熱이란 發生의 것이다. 그러나 지-드의 情熱은 冷徹한 理性으로 하야케 漂白된 것이엇다. 그러나 나는 그의 冷徹한 너무나 冷한 理智가 도리혀 무서웟다. 거기다가 基督敎的 雰圍氣에 全혀 상관이 업는 나에게는 그 小說이 갓고 잇는 지튼 宗敎的 色調가 도모지 心琴에 共感되지 안엇다."[60]

유진오는 이후에도 지드의 소설을 몇 편 더 읽었으나, 그의 작품세계와 혈연관계를 맺을 수 없었다고 토로한다. 『좁은문』을 일컬어 "小說技巧의 極致", "小說技巧의 聖典"으로서 "한 字도 더 加할수업고 한字도 더 뺄수업는 珠玉가튼 小說"로 평가하지만, 그 이상의 정신적 교감을 할 수 없었다고 한다. 유진오는 1940년 7월 5일자 신문 지면에 『좁은문』에 대해 다음과 같이 소개한다. "이 작품은 일종의 심리소설이어서 그 제목은 성경에서 나온 것이니 즉 높은 도덕적 세계에 들어가기 위해서는 모든 희생을 인내해야 한다는 의미다"[61] 짧은 지면 탓이기도 하지만, 유진오의 단평에는 기독교와 개인의 내적 고통에 대한 가치 등은 언급되어 있지 않다.

근대문학사에서 지드의 소설을 적극적으로 수용한 작가는 모윤숙이다. 모윤숙은 1936년 4월부터 『女性』지에 수필 「렌의 哀歌」를 연재하

---

60) 유진오, 「지-드의 蘇聯旅行記. 그 物議에 關한 感想數題(一)」, 『조선일보』, 1937, 2.10.
61) 유진오, 「海外名作小說 解說付 <좁은 門> 앙드레지드作」, 『동아일보』, 1940, 7.5.

고 1937년 단행본으로 출간한다. 단행본『렌의 哀歌』(일월서방)는 잡지에 발표된 6개의 산문을 묶어 놓은 것이다.[62]『렌의 哀歌』가 발간되자, 현민은 이를 "『좁은門』女性版"으로 소개한다.[63] 모윤숙 역시 일역본으로 작품을 읽었을 터인데, 지드의 소설이 남성화자 제롬의 시점에서 전개되는데 비해, 모윤숙의 산문은 여성 화자는 '렌'의 시점에서 이야기가 전개된다. '렌'이라는 미혼 여성의 시점을 취함으로써, 낭만적이고 청순한 여성의 이미지가 투영된다.

다음 장에서는 앙드레 지드의 원작『좁은문』을 살펴보고, 이 작품을 새롭게 전유한 모윤숙의『렌의 哀歌』를 소개하려 한다. 모윤숙의 새로운 전유방식에 대한 일련의 이해는 근대문학사에서 지드의 소설『좁은문』이 어떻게 이해되고 있는지를 보여줄 뿐 아니라, 나아가 유럽과 다른 식민지 조선의 특수성과 문화적 배경을 알 수 있는 계기가 될 수 있다.

2.2.『좁은문』: 신에 대한 인간의 성실성

불문학사에서 지드는 유럽 역사의 격동기 인간의 존재를 확인하고 끊임없이 행동의 지침을 모색했던 작가로 알려져 있다. 그는 프루스트와 더불어 제1~2차 세계대전 사이에 활동했던 '인생탐구의 거장'으로 소개된다.[64] 제1차 세계대전 이후 세대에게, 전통적인 종교와 모랄을

---

62)『렌의 哀歌(제1信)』,『여성』, 1936.4. /『렌의 哀歌(제2信)』,『여성』, 1936.5. /『렌의 哀歌(제3信)』,『여성』, 1936.7. /『렌의 哀歌(제4信)』,『여성』, 1936.9. /『렌의 哀歌(제6信)』,『여성』, 1936.12. 단행본을 만들면서, 제7신과 제8신이 추가된 것으로 보인다.

63) 玄民,「新刊評:『좁은門』女性版」,『조선일보』, 1937, 5.8.

64) 송면,『프랑스 文學史』, 일조사 1981, 369~372면., 김붕구 외 3인,『새로운 프랑스文學史』, 일조각, 1986, 376~380면 참조.

거부하는 개척자로서 새로운 모랄 탐구를 위한 고통스러운 모색과 갈
등, 그리고 방황의 도표를 작품에서 보여주었다. 그는 구속과 금지의
모랄이 가지는 타율성을 거부하고, 하나의 입장을 고지하는 데서 오는
편견과 자기기만을 배척하는 '자발성spontanéité'과 자유롭고 자율적인
자기 판단과 양심에 충실하려는 '성실성sincérité'을 보여주었다.[65]

또한 그는 "非그리스도教的, 非決定論的인 人生觀에서 생기는 倫理와
美學의 問題를 考察한 最初의 現代作家 중의 한 사람"으로 평가되고 있
다. 대표작 『좁은문』에 대해서는 "靈的 충족에의 추구가 경험하는 좌
절을 통하여 프로테스탕트를 비판"한다고 평한다. 여주인공 알리사는
"사랑의 기쁨을 犧牲으로 하여 신에게로 나아"간다. "그것이 소설이건
희곡이건 藝術形式으로 되기 前에 우선 그 자신의 삶의 문제로서 제기
되고 추구"되고 있으므로,[66] 지드의 작품은 젊은 세대에게 영향을 주
었다고 평가받는다.

앙드레 지드의 『좁은문』은 "신에 의한 사랑의 완성을 지향하는, 그
어떤 신비적 경향에 대한 비판서"로도[67] 알려져 있거니와, 신에 대한
인간의 성실성을 보여주고 있다. 작중 주인공 제롬은 프랑스 중산층의
가정에서 태어나, 아버지를 일찍 여의고 어머니의 영향으로 청교도적
분위기에서 자랐다. 그는 어린 시절부터 사랑해 온 알리사와 성년이
되어 결혼 하려 하나, 알리사는 결혼을 기피한다. 그녀 역시 제롬 한
남자만을 사랑해 왔으나, 지상의 행복 대신 천상의 행복을 지향하며

65) 김붕구 외 3인, 『새로운 프랑스文學史』, 일조각, 1986, 379면. 제2차 세계대전 때 그는
    독일점령하의 프랑스에서 탈출하여 튀니지·알제리 등지에서 고난의 피난생활(1940~
    1945)을 겪는다.
66) 송면, 『프랑스 文學史』, 일조사 1981, 369~372면.
67) 배기렬, 「앙드레 지드의 개인주의 연구」, 『외대어문론총』제8호, 경희대학교 외국어대학,
    1997, 214면.

외롭게 세상을 떠난다.

　알리사는 제롬의 외사촌 누이이다. 외삼촌은 1남 2녀를 두었다. 젊고 매력적인 외숙모는 젊은 남자를 집에 불러들이며 바람을 피우다가 종국에는 집을 나갔다. 제롬은 상심에 젖은 알리사를 위해 헌신하려는 마음을 먹었고, 그녀와 정신적으로 소통하며 내밀하게 사랑을 나누었다. 동시에 그는 알리사의 여동생 줄리엣과는 친구 같은 동료애를 간직하며, 또 다른 형태의 친밀함을 공유했다.

　제롬과 알리사는 함께 하는 시간은 적었지만, 오랫동안 편지를 주고받으며 서로의 사랑을 확인했다. 그러나 알리사는 제롬을 사랑하는 동생의 마음을 알아차리고 제롬에게 동생과 결혼하도록 주선한다. 반면 동생은 언니가 제롬과 결혼할 수 있도록, 사랑하지도 않는 남자와 결혼한다. 줄리엣이 결혼한 후에도, 알리사는 제롬의 청혼을 받아들이지 않았다. 제롬은 3년간 외국으로 떠나 있다가, 그녀와 해후한다. 그에 대한 알리사의 사랑도 변함없었지만, 그녀는 제롬의 청혼을 재차 거절한다. 그녀는 제롬에게 순수한 사랑을 더럽히지 말아 달라고 청한다. 알리사는 제롬과 헤어진 후, 남은 생을 요양원에서 보내며 죽음을 맞는다.

　알리사는 지상에서의 행복 대신, 숭고하고 순결한 천상의 사랑을 선택한다. 지금까지 제롬은 알리사가 원하는 덕을 갖추기 위해 노력하는 삶을 살았으며, 그녀의 순결한 사랑은 소년을 성년으로 만들었다. 알리사는 음란한 여성인 어머니와 대별되는 순결한 여성이다. 유혹자인 여성은 본능만 남아있는 악의 화신으로 파괴자로 등장하며, 작중에서 급하게 사라지는 조역인[68] 반면 순결한 여성은 숭고한 정신을 실현하

---

68) 김정숙, 「여성, 그 순수함과 가혹함: 앙드레 지드의 여성인물들」, 『불어불문학』제52, 한국불어불문학회, 2002, 142~143면 참조.

는 작품의 진정한 주인공이다. 그녀는 육체 대신 영혼만이 살아 있으며, 그 기저에는 경건한 신앙이 자리 잡고 있다. 이들은 타인을 신에게 인도하는 성직자들이다.[69] 알리사가 지향하는 '좁은문'은 알리사의 어머니가 걸어간 쾌락의 길과 대조되는 길이다.

그녀의 금욕적 사랑은 어머니의 불륜에 대한 대속(代贖)의 의도도 내재해 있다. 그녀는 신의 눈높이에 맞는 사랑을 실천하기 위해 스스로 고행(苦行)의 길을 걸었다. 그녀는 "무엇에도 타협하지 않는 강직함, 자신이 원하는 것이 무엇인가를 성찰할 수 있는 지적 성숙, 자신의 사고를 실행하기 위하여 요구되는 고독을 견딜 수 있는 견고한 자의식"[70]을 지닌 인물로 평가된다. 작중에서 '좁은문'에 대한 설명은 알리사 어머니의 가출 사건에 이어 나타난다. 외숙모의 가출로 어수선해진 즈음, 제롬은 교회에서 목사로부터 "좁은 문으로 들어가기를 힘쓰라"는[71] 설교를 듣는다.

> <좁은 문으로 들어가기를 힘쓰라. 넓은 문과 널따란 길은 멸망으로 이끌며, 그리로 지나가는 자는 많으나, 「생명」으로 이끄는 문은 좁고 그 길은 비좁아, 그것을 찾아내는 자가 적기 때문이니라> 그리고는 주제를 정확히 갈라, 먼저 널따란 길에 대해 말했다. --- 머리가 멍하고, 꿈이라도 꾸듯이, 외숙모 방이 떠올랐다. 누워서 웃고 있는 외숙모가 보인다. 그 빛나는 장교도 웃는 것이 보인다. ··
> ···· 그래서 웃음에 대한 기쁨에 대한 관념 자체가 기분 나쁘고 모욕적인 것이 되어, 죄악의 추악한 과장처럼 되는 것이다.
> ----------------(중략)----------------

---

69) 앞의 글, 144면 참조.
70) 앞의 글, 140면.
71) 앙드레 지드·박은수 역, 「좁은문」, 『앙드레 지드 전집1』, 휘문출판사, 1966, 128면. 이하 작품 인용은 이 책으로 하되, 인용문 말미에 페이지 수만 기입함.

나는 그리로 들어가기를 힘써야 할 좁은 문을 보았다. 내가 잠겨 있던 꿈속에서 나는 이 문을 일종의 압연기(壓延機)로서 마음속에 그려 보았으며, 그리로 나는 노력과 엄청난 고통을 치르며 들어가는 것이었으나, 거기에는 그러나 하늘의 지복의 전조가 뒤섞여 있었다. 또 이 문은 바로 알리사의 방문이 되기도 했다. 그리로 들어가려고 나는 자신을 무로 돌리고, 내 속에 있는 모든 에고이즘을 버리는 것이었다. ······ <「생명」으로 이끄는 문은 좁기 때문이니라> 하고 보매에 목사는 계속했다. ‐ 그래서 나는 온갖 고행, 온갖 슬픔 저쪽에서, 순수하고 신비스럽고 맑고 깨끗한 다른 기쁨을 내 심혼이 이미 갈망하던 그 기쁨을 상상하고 예감하는 것이었다.(128면)

그녀가 걸어간 ""좁은문"이란 천국에 이르는 문"을 말하며, "좋은 것이란 쉽게 이루어지지 못한다는 것"으로72) "자기희생에 의한 덕의 추구"(136면)를 의미한다. 그것은 "자랑스러운 기쁨"으로, "사람들에게 매달려 의지하는 인간은 불행"하기 때문이다.(166면) 그것이 자랑스러운 이유는 좁은문이 "속세의 덧없는 영"과는 판이한 "하늘의 영광"(175면)이기 때문이다. 적어도, 알리사와 제롬에게 "행복이라 불려지는 것"은 "심혼과 관계가 깊은 것"이다.(176면) 그들은 이 땅 위에서 속세의 행복보다 하늘의 영광을 위해 순결한 사랑을 바쳤으며, 종국에는 그 사랑마저도 하늘의 영광을 위해 내려놓았다. 그들은 "모든 인간적인 만족"(201면) 너머의 세계를 탐색했다.

알리사는 "거룩한 것"을(187면) 지켜나가기 위해 끊임없이 헌신했으며, 그녀에게 그것은 선택이 아니라 의무였다. 그것은 신 앞에서 자신의 모든 것을 헌납하는 것으로, "어떤 가치가 있다면 그것은 하느님 앞에서 자신을 지워 없애는 데서밖에는 오지 않는다."(194면) 죽음을

---

72) 박봉배, 「앙드레 지드 作「좁은문」」, 『지방행정』41, 대한지방행정공제회, 1992, 134면.

목전에 두고, 그녀는 다음과 같이 기도한다. "하나님, 그이만이 제게 알게 해 준 그 기쁨을, 앞으로는 당신만이 주시도록 해 주소서"(214면) 그녀는 이 땅에 인간의 사랑이 아닌 신의 사랑을 실현하기 위해 온 힘을 기울였다.

제롬 역시 그녀를 통해 '완전한 기쁨'과 '완전한 행복'을 갈망했다. 지상에서 누리는 기쁨과 행복의 한계를 알고 있기에, 그들은 그 한계를 뛰어넘을 수 있는 완전성을 찾아 신에게 기도하고 그 세계에 도달하기를 꿈꾸었던 것이다. 그런 의미에서 지상에서 알리사의 외로운 죽음은 단순히 패배를 의미하지 않는다. 그것은 제롬의 삶 속에서 숭고한 사랑으로 존속한다. 그들은 지상에서 천상의 숭고하고 순결한 사랑을 일구어냈으며, 신의 덕을 실천하는 인간의 고결한 의지를 실현했던 것이다. 지드는 작품의 표면에는 남녀의 연애를 보여주고 있지만, 작품의 궁극적 의의와 가치는 신에 대한 인간의 고결한 의지의 구현에 두었다.

2.3. 『렌의 哀歌』 : 정신적 연애에 대한 향유

앙드레 지드의 『좁은문』과 달리, 모윤숙의 『렌의 哀歌』는 주인공 여성 화자가 남성에게 일방적으로 편지를 쓴 것이다. 이 장에서는 1937년 발간된 일월서방의 판본만을 텍스트로 삼아, 근대문학사에서 지드 소설의 독자적인 수용과정에 대해 주목해 보았다.[73] 두 작품 모두 기독교적 분위기를 배경으로 하여,[74] 청춘 남녀의 사랑을 순결하게 만들

---

73) 모윤숙의 『렌의 哀歌』에 대한 선행논의로 송영순, 「모윤숙의 ≪렌의 哀歌≫의 세계」, 『돈암어문학』9, 돈암어문학회, 1997, 5~27면에 있다. (송영순, 「≪렌의 哀歌≫의 세계」, 『모윤숙 시 연구』, 국학자료원, 1997, 197~221면.)

고 있다.

『좁은문』에서 알리사가 '자수정 목걸이'에 의미를 두고 있는 것처럼, 『렌의 哀歌』에서 여성 화자 렌은 시몬이 주고 간 '수정 십자가'에 의미를 부여하고 있다. 차이가 있다면, 『좁은문』은 기독교(종교)에 대한 인간의 문제를 화두로 삼고 있다면, 『렌의 哀歌』에서 기독교의 분위기는 여성 화자의 고결함과 순결함을 부각시키는 배경에 그치고 있다.[75] 알리사와 제롬이 보들레르의 시를 주고받았던 것처럼, 렌과 시몬도 보들레르를 읊조렸다. 지드의 소설에서 남녀는 보들레르의 낭만적인 연가를 직접 주고받으나, 모윤숙의 작품에서는 보들레르의 이름만 언급된다.

『좁은문』이 남성 화자 제롬에 의한 사건의 전개 및 알리사의 편지로 구성되어 있다면, 『렌의 哀歌』는 여성 화자 렌이 쓴 총 8개의 편지와 그녀의 일기로 구성되어 있다. 처녀 렌은 유부남 시몬을 사랑한다. 두 사람은 서로에 대한 애정을 자유롭게 표출할 수 없다. 자유로운 만남이 허락되지 않는 까닭에, '렌'은 시몬에게 편지를 쓴다. 독백 형식의 이 편지에는 여성 화자의 내밀한 비밀이 모두 서술되어 있는데 비

---

74) 모윤숙의 아버지는 함남 원산의 전도사이면서 독립투사였으며, 그녀의 어머니 역시 독실한 기독교 신자였다고 한다. "모윤숙은 유년시절부터 기독교적인 환경과 부친의 영향으로 기독교 사상과 조국애인 민족주의 사상이 싹트기 시작했음을 알 수 있다." 송영순, 「생애와 시의 변모과정」, 『모윤숙 시 연구』, 국학자료원, 1997, 29면. "모윤숙의 기독교 사상은 속죄의식과 죄인의식의 차원을 넘어 모세주의적인 예언의식으로 그의 시에 나타난다. 즉 예언자, 선지자의 의식은 선각자 의식으로 드러나 민족을 구원하려는 사명감을 지닌 선각자 의식으로 드러난다."(송영순, 앞의 책, 92면.)

75) 최동호는 이 작품에 대해 기독교적 모럴 의식으로 개인의 육체적 사랑을 넘었다고 평가하면서, 기독교적인 사랑의 구현에 의의를 두었다. 최동호, 「모윤숙의 초판본 『렌의 哀歌』에 대하여」, 『렌의 哀歌』, 이화여대출판부, 1997, 75면 참조. 한용운의 『님의 침묵』과 비교하면 모윤숙의 『렌의 哀歌』에 내재한 기독교적 요소의 독자성을 추출할 수 있지만, 모윤숙이 영향을 받은 『좁은門』과 비교하면 기독교에 대한 성찰의 정도와 깊이가 다름을 알 수 있다.

해, 그것이 시몬에게 전달되지 않는다는 점에서 독자들은 여성의 은밀한 연애 정서를 들여다보게 되는 호기심을 충족한다.

무엇보다도 『렌의 哀歌』가 『좁은문』과 구별되는 점은 미혼 여성인 렌과 기혼 남성 시몬의 사랑을 다루고 있다는 점이다. 그런 의미에서 모윤숙이 설정한 여성 화자는 다음과 같은 세 가지 측면에서 『좁은문』과 구별된다. 첫째 여성 화자가 호명하는 대상은 아이와 가정이 있는 유부남이다. 제4신에 이르면, 시몬의 가족이 언급되면서 렌의 슬픔이 구체적으로 부각된다. 우선 "시몬의 형상과 같이 생긴 소녀"가 등장한다. 어여쁜 아가를 둔 시몬은 큰 행복을 두고 있다. 렌은 시몬의 아이와 가끔 만나기도 하며, 그 아이의 순수함을 통해 시몬의 고결함을 연상하기도 한다. 편지 말미에 이르면, 렌은 시몬의 아내가 렌의 방 가까이에 오므로 편지를 중단한다고 서술한다. 렌은 남성 시몬에 대해 자신이 "밝고 힘찬 반려(伴侶)"가 아니라 "검은 비밀의 방", "의문의 존재"로[76] 그치는 현실을 탄식한다.

둘째 여성 화자는 사회와 현실을 의식하면서 근대 조선에서 여성 지위의 한계를 제기한다. 셋째 여성 화자, 렌은 학교에서 학생들을 가르치는 여교사로 설정되어 있다. 제5신에 이르면, 렌에 관한 정보가 비교적 자세히 나타나 있는데 그녀는 학교에서 허락을 받고 호반에서 요양 중에 있다. 렌은 시몬의 아내로부터 "生命과 靑春, 건전한 社會의 義務를 위해 시몬을 가까이 하지 말"(16면)라는 간곡한 충고를 받았다. 렌은 이룰 수 없는 자신의 사랑에 대한 정신적 육체적 고통으로, 학교를 떠나 수산나의 집에 머무른다. 그녀는 시를 쓰는가 하면, '피아노

---

76) 모윤숙, 『렌의 哀歌』, 일월서방출판부, 1937, 8면. 이하 산문집 『렌의 哀歌』에 대한 인용은 이 책으로 하되, 인용문 말미에 페이지 수만 밝힘. 인용문은 원문의 표기법을 따르되, 띄어쓰기만 함.

연주', 신의 섭리에 복종하겠다는 체념, 죽음기를 들으며 마음의 괴로움을 달랜다. 마지막 6월 7일 일기에서는 시몬의 편지를 읽고 환희에 빠진다. 제6신에서 렌은 수산나의 집을 떠난다. 자신의 삶을 "떠다니는 生"(29면)이라 묘사한다.

렌은 개인의 연애 외, 사회를 의식하면서 당시 현실에서 '지도자'와 '정의감' 등을 고심한다. 『좁은문』과 달리 『렌의 哀歌』는 조선의 현실과 사회의 시선을 벗어나지 않고, 그 자장에서 만들어진 작품임을 알 수 있다. 『좁은문』에서 제롬과 알리사는 주위 가족과 친지들의 약혼과 결혼 권유에도 굴하지 않고 시종일관 신과 인간의 관계를 탐색하면서 땅의 행복이 아니라, 하늘의 행복을 추구해 왔다.

반면 『렌의 哀歌』에서 렌과 시몬은 땅에서 이루어지는 정의와 평화에 주의를 기울이는 인물들이다. 그들은 이 땅이 규정해 놓은 도덕적이고 법률적 시각을 준수하는 까닭에, 그들의 사랑을 단념한다. 시몬이 처자가 있는 유부남이기에, 렌은 그의 딸과 아내 그리고 가정을 지키기 위해 자신의 사랑을 포기한다. 그것은 종교 혹은 하늘의 행복을 갈구하는 데서 비롯된 것이 아니라, 지극히 땅의 윤리를 의식한 데서 비롯된 것이다.

모윤숙은 사랑을 잃은 처연한 여성의 낭만적 정서를 과다하게 표출한다. 그로 인해 이 작품은 산문이 아닌 시로도 보게끔 했다.[77] 렌은 자신의 죽음을 의식하며 제7신에서 다음과 같이 독백한다. "강한 女性이 되라하신 그대의 말슴을 거약함은 아니엿만, 天來의 유약한 性格으로 눈물을 피할 길 없습니다."(35면) 제8신에서 렌은 마지막 편지를 쓴다. 청춘의 면류관을 벗었으므로 재앙이 그들에게 내리지 않을 것을

---

77) 최재서, 이선희, 이병기와 백철 등이 그러했다. 송영순, 위의 책, 201면 참조.

고백한다.

　모윤숙의『렌의 哀歌』는『좁은문』이 안고 있는 신학적 배경에 대한 탐색, 즉 신과 인간과의 관계 성찰보다 남녀 간 정신적 사랑으로 초점이 전환되었다. 그 결과 이 작품은 독자들에게 연애에서 오는 슬픔을 향락할 수 있는 정신적 토대를 제공했다. 모윤숙은 민족과 국가의 수난사를 작중 배경으로 설정하여 남녀 인물의 숭고한 내면을 부각시키기도 하지만, 이 작품이 이후 남녀 간의 순수한 사랑을 보여주는 멜로 영화로 만들어지는 등 대중에게는 정신적 연애에서 오는 슬픔에 대한 향락으로 소비되었다.

　이 작품은 신에 대한 인간의 문제와 같은 기독교 정신의 탐색이 아니라, 현실에서 이루어질 수 없는 남녀의 애절한 사랑 피력으로 경도된다. 독자들은 사랑하는 남자의 행복을 위해, 자신의 행복을 포기하는 순수하고 지고한 여성의 아름다운 내면을 엿보는 것으로 작품을 향유한다. 렌은 '구원의 연인'을 표상함으로써, 독자들로 하여금 소위 당대를 풍미한 정신적 연애를 간접적으로 향유하도록 이끈다. 독자 대중은 이 작품을 통해 그들이 꿈꾸는 '구원의 연인'과 조우하며 정신적 연애의 고매함을 탐닉해 온 까닭에, 『렌의 哀歌』는 해방과 전쟁이후에는 대중가요와 영화 등의 형태로 변주되어 지속적으로 향유되었다.[78] 1967년에는 '정열적인 매혹의 가수' 남진에 의해 대중가요 '렌의 애가'(김영광 작곡, 지구레코드)가 이루지 못한 사랑의 야속함으로 대중에게 향유되었다. 그 내용을 소개하면 다음과 같다.

---

78)　『렌의 哀歌』텍스트 자체도 1937년 초판본 이래 지속적으로 증보되어 1976년에 결정판이 나왔으므로, 첨가되고 바뀐 부분이 많다. 1949년판(청구문화사), 1952년판(양문서관), 1954년판(문성당), 1962년판(일문서관), 1976년판(하서출판사), 1984년판(중앙출판공사), 1978년판(대호출판사), 1978년판(지소림), 1986년판(성한출판주식회사) 등 전집 수록을 제외한 6종 이상의 단행본 이본이 있다. 송영순, 위의 논문, 7~8면 참조.

사랑은 허무해요 / 사랑은 야속해요 / 아무리 서러워도 달래주신
그대건만 / 사랑은 비에 젖어 허물어지고 / 괴로움 달래려다 가슴 아
파서 / 보내는 마음 눈물이 넘쳐 / 부르다 흐느껴 우는 서러운 렌의
애가 // 사랑은 허무해요 / 사랑은 무정해요 / 그날 밤 그 자리에 서
로 같이 포갠 꿈은 / 차가운 비바람에 사라져가고 / 흐느낀 눈물만이
가슴 적시며 / 기다리는 맘 원망에 넘쳐 / 목메어 흐느껴 우는 서러
운 렌의 애가[79]

대중가요에서 렌은 다소 통속적인 여성으로 돌변한다. 노래 가사 속
의 남녀 인물은 짧은 만남으로 인해 사랑의 애절함이 배가 되었다. 가
사 속의 목소리는 사랑을 잃은 여성 화자 '렌'인데 이를 노래하는 대
상이 '정열적인 매혹'의 남성 가수임에, <렌의 애가>는 남녀의 애절
한 사랑을 표방하면서 이 노래를 듣는 남녀 모두가 제 마음속의 이루
지 못한 사랑을 소환해 내는 향수를 제공했음을 짐작할 수 있다. 남진
의 <렌의 애가>는 모윤숙의 『렌의 哀歌』에서 '한 남자에 대한 지고한
여성의 사무친 그리움과 원망'을 다소 감각적으로 극대화했다.

2.4. 『렌의 哀歌』: 연애를 초월한 민족애 구현

『렌의 哀歌』에서 모윤숙이 앙드레 지드의 『좁은문』을 의식하고 그
에 대해 언급하는 대목이 있다. 제7신에 이르면 렌은 시몬으로부터 떠
나기 위해 찬 눈을 맞으며 길을 떠난다. 그녀는 앙드레 지드의 『좁은
門』을 호명하며, 지드가 구현해 낸 '좁은문'과 그녀가 가야 하는 고독

---

79) 남진히트송 리사이틀,
   http://music.daum.net/album/main?album_id=676325&song_id=9913722 2013, 11,1. 당
   시 레코드에서 남진은 "정열적인 매혹의 가수"로 소개되었다.

한 길을 동일시한다.

> 모든 것을 생각에 올리면 올릴사록 思慮는 더욱 荒凉해갑니다. 좁
> 은門의 作者인 앙드레·지이드는 드디어 좁은門을 通하여 容認되기
> 어려운 自身을 發見했습니다. 진리는 흔히 眞理 그대로 人間에게 너
> 무 苛酷한 형벌을 체험하게 해 줍니다. --(중략)-- 싸늘한 情에 冷却
> 된 한 處女의 魂을 안으시고 天國의 門을 여러 주시라. 다사로이 오
> 직 정성을 모와 마음 한가운데 거룩한 花壇을 길러 어느 때 임을 向
> 하려던 가련한 과거에서 이제는 意味좃아 니저버린 生命의 한 폭이
> 어설프게 北國 한 모퉁이에 흘러와 있습니다. 그러나 오직 살아서
> 한 개의 人間으로의 의무를 다하라는 노력만은 단순이 남어 잇서
> 요.(30~32면)

"싸늘한 情에 冷却된 한 처녀의 혼"에게 '좁은門'은 '天國의 門에' 상
응하지만, 그것은 종교적인 구도자의 길은 아니다. 모윤숙은 지드의『좁
은門』을 의식하면서, 특히 '인간에게 너무 가혹한 형벌을 체험케'해
주는 '진리'에 주목한다. 이때 진리는 뒤에 진술되는 문장 '오직 살아
서 한 개의 인간으로서의 의무'와 겹쳐지면서, 그것이 종교의 진리가
아니라 이 땅이 요구하는 진리임을 알 수 있다. 이러한 사실은 작중
인물의 직업과 그들이 관여하는 일을 통해서도 알 수 있다.

여성 화자 '렌'은 여학교 교사이다. 그녀가 사랑하는 시몬에게는 아
내와 아이가 있으며, 그는 민족과 시대를 고심하는 이 땅의 선각자이
자 지식인이다. 렌은 사랑하는 남성 시몬과 긴 우정을 나누기 어려움
을 토로하는데, 렌의 목소리는 조선이라는 공간을 살아가는 여성이 지
닌 근심을 대변한다. 모윤숙은 1952년판『렌의 哀歌』서문에서 '렌'을
일컬어 한국에서 태어난 여자이므로, 자기 청춘의 꿈과 더불어 민족의

수난을 감내해 가면서 정신적으로 성장해가는 가상의 인물이라 설명
한다.

　　렌의 앞에는 靑春이 맞아왔다. 民族의 受難이 파도처럼 거세게 그
　　情神을 놀라게 하였다. 가난과 追放이 그의 生을 가로막았다. 수척해
　　질 대로 수척해진 렌은 한 崇高한 이데아 때문에 해진 치맛자락을
　　끄을며 그대로 자꾸 人生의 사닥다리로 걸어 올라간다. 나는 렌을
　　누구라고 지목하고 싶지 않다. 시몬을 어떤 男性에게다가도 比기고
　　싶지 않다. 모두가 이데아의 한 部分이기 때문에. 한 女性의 至高한
　　情神의 努力이 어디까지 도달할 수 있는가 하는 試驗이라고 한다면
　　나는 抗議 대신에 默默하겠다.[80]

　위의 서문 내용은 『렌의 哀歌』 전모를 시사하고 있다. 아름다운 청
춘기에 들어선 '렌'은 청춘의 꿈을 구가하기 앞서 민족의 수난에 직면
했다. 가난과 추방의 현실에서, 그녀는 '숭고한 이데아'를 지켜나간다.
여기에서 이데아란 개별 인간 정신의 노력을 의미하는데, 특히 모윤숙
은 "한 여성의 지고한 정신의 노력이 어디까지 도달할 수 있는가"를
시험했다는 것이다. 그것은 알리사와 제롬이 그러했듯이, 모윤숙의 『렌
의 哀歌』에서도 남녀 주인공들이 일체의 육체적 접촉 없이 철저하게
정신적 연애로 일관했음을 의미한다.

　모윤숙의 『렌의 哀歌』에서 렌의 의식을 투사하는 또 다른 존재가 시
몬이다. 왜냐하면, 작중에서 시몬은 독자적인 행동과 목소리를 가지지
않으며 단지 렌에 의해 기억된 행동과 목소리만으로 전달되고 있기
때문이다. 다시 말해, 렌은 이 땅에서 자신이 보고 싶어하는 부분을

---

80) 모윤숙, 「序文」, 『完決版 렌의 哀歌』, 양문서관, 단기4285(1952년)초판(단기4292 16판
　　발행본 참고).

'시몬'이라는 대상을 통해 욕망하고 투사한다. 이러한 특징은 자아와
대상과의 합일을 지향하는 시 장르의 특징이기도 하거니와, 이 산문이
지닌 시적인 요소이기도 하다.

작중에서 시몬이 어떤 인물이며 무엇을 하는 사람인지 제시되어 있
지 않지만, 그는 인생의 무상함을 아는 사람이다. 렌이 기억하는 시몬
과의 대화 중에 다음 구절을 보자. "허물 만코 변키 쉬운 人生을 어이
믿느냐고, 못 믿을 人生을 믿는 곳에 슬픔이 온다."(19면) 시몬은 기독
교보다 불교 사상을 더 내면화 한 인물임을 알 수 있다. 렌의 사유 속
에서도 기독교적 요소는 그리 보이지 않는다. 렌이 고심하는 것은 기
독교의 문제가 아니다. 오히려 그것은 불교의 공(空)사상에 가깝다. 그
렇다고 해서, 불교 사상이 농후하게 자리 잡고 있는 것도 아니다. 렌이
쓴 일기의 일부에는 시몬을 부르면서 읊조린 다음과 같은 시가 씌어
있다.

> 오직 그대 내 등불 가까이 오라
> 내 등불 가까히 오라
> 沈默의 흰 하늘 그 달 빛지는
> 樹林의 언덕 새로 그대여 오라
> 물먹은 菩提樹 그늘 아래
> 漂流하는 魂! 어둠에 고닯으리
> 오직 그대 내 등불 가까이 오라(23면)

여성 화자 렌은 사랑하는 남성에게 등불을 켜고, 쉴 수 있도록 보리
수 그늘을 드리우겠다고 한다. 시 속의 '보리수'는 두 가지 의미로 읽
을 수 있다. 먼저 불교에서 석가모니가 그 아래에서 변함없이 진리를
깨달아 불도(佛道)를 이루었다는 나무로 읽을 수 있다. 다음으로 슈베

르트가 1827년 지은 연작 가곡 <겨울 나그네> 가운데 제5곡 "여인에게 버림받은 젊은이가 보리수 그늘 아래서 마음의 안식을 구하는 내용"으로 읽을 수도 있다. 작중에서 렌은 시몬에게 안식을 줌과 동시에 진리에 도달할 수 있도록 이끈다.

그렇다면 시몬의 고단함은 어디에서 오는 것일까. 그것은 한 가정의 가장으로서, 민족과 국가의 일꾼으로서 책임과 의무를 다하는 데서 기인한 것이겠지만, 그 실체가 분명하지 않다. 렌은 시몬을 위해 수산나의 집을 거쳐서 고향을 떠나 북국으로 떠난다. 시몬과 렌의 관계를 통해 다음과 같은 렌의 의지의 지향점을 알 수 있다. 첫째, 렌은 시몬보다 오히려 이 땅의 정의와 민족의 구원을 염원하는 인물이다. 둘째, 렌은 육체보다 정신적 사랑의 가치를 강조하는 인물이다. 작품 말미에 해당하는 다음의 인용문은 렌의 마지막 행보와 그녀의 의도가 집약되어 있다.

"시몬! 나의 理想 속에 당신의 歡喜가 잇습니다. 조선을 아끼시는 뜨거운 情熱을 니저버리지 안흐시기 바랍니다. 당신이 바라는 義의 세계, 올흠의 殿堂을 그 땅 우에 세우시도록 노력하소서. 의로운 兵士가 되어, 최후 소원을 위해 싸호시고 건전한 시몬으로 平生을 맛치소서"(33면)

"당신의 永遠한 건전을 위해 당신의 주위에서 사라저 버린 形體. 이 괴로운 體刑을 알으시오면 그대 시몬은 값잇는 情熱을 正義平和를 爲해 희생해 주실 줄 압니다."(34면)

작중에서 시몬은 의(義) 세계, 정의와 평화를 위해 헌신해야 하는 지사이다. 얼핏 보면 렌은 시몬이 대의를 추종하는 인물이기 때문에 그를 떠나는 것으로 보인다. 그러나 판단과 행위의 주체는 렌이다. 조선을 아끼고, 의를 이 땅에 세우려는 의지는 시몬보다 렌이 더 간절하다. 그녀는 시몬 못지않게 국가와 사회, 민족의 미래를 자기 운명의 짐으로 여긴다. 그런 까닭에, 시몬과의 사랑을 실현하는 것보다 이 땅의 문제에 주의를 기울인다.

렌은 시몬의 다음과 같은 말을 기억하며 읊조린다. "結婚은 하지 말고 平生을 깨끄시 마츠라" "男子를 아는 知識이 예민한 女子일사록 不幸하다"(15면) 『좁은門』의 제롬과 달리 시몬은 이미 결혼하여 아버지와 남편의 역할을 수행하고 있으며, 사회 활동을 하고 있다. 가정과 사회에서 다양한 경험을 가진 남자 시몬은 미혼 여성 렌에게 '남자를 아는 예민한 지식'을 기피하고 '결혼'을 하지 말고 깨끗이 생을 마칠 것을 권고한다. 렌이 마음속에 새기고 있는 시몬의 권고는 시사하는 바가 크다. 신여성을 대변하는 모윤숙 의식의 일면을 시사하기도 하거니와, 당시 남성들이 요구하는 여성상을 반영하고 있기 때문이다. 그것은 몸과 마음이 모두 순결한 여성, 수녀를 연상시킨다.

렌은 알리사와 달리 이 땅의 법과 도덕을 가슴 깊숙이 내면화 한 인물이다. 작품의 마지막 구절에서, 렌은 "시몬! 우리가 범죄함이 없이 靑春의 면류관을 버섯스니 재앙의 잔이 우리 앞에 오지 않으리다"고 (38면) 마무리한다. 이 구절은 동시대 현실의 도덕적 지탄을 의식하면서 쓴 것이다. 처녀와 유부남이 사랑했으나, 그들은 사회적으로 지탄받을 수 있는 범죄를 저지르지 않았으며 오로지 정신적 연애만을 공유했다는 것이다.[81] 그런 까닭에, 사회로부터 주위 사람들로부터 재앙

---

81) 당시 최재서 역시 이 대목에 대해 다음과 같이 평가했다. "퍽도 왜소하게 보인다. 작가는 기독교를 뛰어넘어 알몸으로써 인생에 부딪쳐 주기를 바란다." 최재서, 「시와 도덕과 생활1」, 『조선일보』, 1937, 9.15.

은 받지 않을 것이라는 도덕적 위안으로 작품을 마무리한다.

　　모윤숙의 『렌의 哀歌』에 대해 이선희는 다음과 같이 소개한다. "렌은 시몬을 끌고 하늘노 올나가기를 원하고 땅 우에서 지아비되고 지어머되기를 원치 안는 까닭도 있다." "렌은 꿈을 菓子보다 더 조와하는 女人이다. 렌의게서 꿈을 버끼면 그는 넘무 헐버슨 자기를 가엽게 생각헐 것이다. 렌은 이러한 꿈으로 지상의 愛人 시몬을 싸서 저푸른 하늘우에 언저 놓았다."[82] 이선희가 말하는 '하늘과 땅'은, 지드가 『좁은 門』에서 구현해 낸 '하늘과 땅'과 다르다. 이선희와 모윤숙이 추구한 하늘과 땅은 지극히 지상의 도덕에 속한다. 그들은 이 땅이 요구하는 윤리와 규율에 따라 개인의 사랑을 단념한 것이다. 미혼 여성과 기혼 남성의 사랑이 자칫 불륜으로 치달아 도덕적 지탄의 대상이 되어서는 안 되기 때문이다.

　　무엇보다도 모윤숙은 '이 땅'이 요구하는 민족의 문제, 현실의 문제에 우선하고 개인의 문제를 뒤로 한다. "근대 신여성들은 사랑에 있어서 유부남이 문제시되지 않았다." "그러나 이들의 사랑도 결국 국가와 이데올로기에 의해서는 부서지고 말았다"는 지적은 모윤숙의 평가에 적실한 대목이다.[83] 모윤숙은 '이 땅'에 체제와 질서를 수립해야 한다는 사명감으로, '하늘'의 이치를 개인의 삶과 대등하게 바라볼 수 없었다. 그들이 바라본 '하늘'은 단지 '이 땅'이 아닌 곳으로 존재할 뿐, 종교적이고 존재론적 가치의 대상으로 하늘을 사유할 수 없었던 것이다.

---

82) 이선희, 「新刊評:『렌의 哀歌』를 읽고-毛允淑女士의 最近作」, 『조광』, 1937.5, 225면.
83) 최종고, 「이광수와 메논」, 『이승만과 메논 그리고 모윤숙』, 기파랑, 2012, 250면.

2.5. 민족주의와 구원의 연인

한국 근대문학 장에서 앙드레 지드의『좁은門』은 널리 읽히고 수용되었다. 당시 지드의 소설은 조선어로 번역되지 않았지만, 식민지 문인들은 일역본으로 그의 작품을 읽었다. 지드의『좁은門』은 신과 인간의 구도를 깊이 탐구하면서, 신에 대한 인간의 숭고한 사랑을 구현해 놓은 작품이다. 지드의『좁은門』은 근대 개인주의 정신과 전래 기독교 문화에 대한 성찰의 결과물이라 할 수 있다.

근대 조선의 문인들은 이 작품의 주제 의식에 쉽게 공감하기 어려웠다. 기독교문화의 전통과 개인의 내밀한 지적 편력은 식민지 조선의 정체된 분위기와 호응하기 어려웠다. 당시 유진오는『좁은門』과『전원교향곡』을 언급하면서, 그의 관심을 끌지 못했음을 고백한다. 그는 지드의 기독교에 대응하는 개인의 내적 고뇌에 동화되기 어려웠다. 식민지 암울한 분위기 그리고 유교 문화 풍토로 인해, 그들은 개인과 동시에 전체를 사유할 수 있는 문화적이고 정서적인 여유가 없었다. 이헌구의 고백처럼 '시대'의 우울 앞에서 알리사의 우울까지 읽어 들일 여유를 갖지 못했다.

모윤숙은 산문집『렌의 哀歌』를 통해『좁은門』을 독자적으로 전유해 놓았다. 모윤숙은 '알리사'를 변용한 '렌'이라는 인물의 창조를 통해 독자들의 관심을 모았다.『좁은門』이 남성 화자의 시점에서 여성의 내면을 관찰하고 탐구하고 있다면,『렌의 哀歌』는 여성 화자의 시점에서 자신의 내면을 고백했다. 모윤숙은 지드 소설에 나타난 인간과 종교에 대한 성찰 대신, 서정적 여성 화자의 내밀한 고백이라는 시점 전환을 통해 이루어질 수 없는 남녀 간의 애절한 사랑과 여성성의 비의를 전달했다.『좁은門』이 남녀의 연애라는 외형 속에 궁극에는 신과 인간의 대결구도를 탐색하고 있는데 비해,『렌의 哀歌』는 한 남자에 대한 여성의 내밀한 사랑을 보여줌과 동시에 개인보다 민족을 우위로 하는 민족주의적 세계관을 시사하고 있다.

이러한 전유방식은 다음과 같은 사실을 알려준다. 한국 근대문학사에서 지식인은 식민지의 그늘 속에서 전체(全體)로서 교회, 그리고 신과 인간의 존재론적 탐색이 어려웠다. 그들에게 직면한 전체(全體)의 문제는 종교와 개인의 문제가 아니라, 민족과 그 구성원의 문제로 국한될 수밖에 없었다. 국권을 상실한 만큼, 그들은 개인의 자율성에 대한 이해보다 민족을 호명하고 존재할 수 있도록 했다. 그 결과 작중 여성 화자가 갈등을 풀어나가는 방식은 내밀한 여성성과 낭만성을 노출하면서 민족주의로 귀착하는 것이었다.

지드의『좁은門』과 대조적으로『렌의 哀歌』는 한국에서 매우 오랫동안 베스트셀러를 기록했다. 1978년까지 무려 53판이 발행되는가 하면, 영화와 가요의 형태로 변용되어 대중들에게 향유되었다. 1967년 대중가요로 만들어진 <렌의 애가>에서 렌은 짧은 만남 이후 기다림으로 지속되는 무정, 허무, 야속한 사랑으로 흐느껴 우는 서러운 여성 화자로 등장한다. 1969년 김기영 감독에 의해 만들어진 영화 <렌의 애가>는 "문예·멜로·반공 영화"로 분류되고 있으며, 렌이라는 여성이 실의에 빠진 남성 시몬을 구원하는데 그 구원의 방식은 지극히 정신적인 방식으로 이루어진다. 이러한 구원은 궁극에는 한국전쟁을 비롯한 국가 재난과 민족 상흔에 대한 극복으로 이어진다.

앙드레 지드가『좁은門』에서 선보인 알리사가 구현해 낸 '신에 대한 인간의 성실성'은 모윤숙의『렌의 哀歌』에 이르면 만인에 대한 '구원의 연인'으로 전유된다. 지고지순한 연인은 세 가지 대상을 구원한다. 1930년대 모윤숙은 구원의 대상으로 '식민지 조선'을 삼았으며, 그것은 표면적으로는 눈앞에 있는 '남성'을 의미하기도 했다. 나아가 모든 독자들에게는 이루어질 수 없는 사랑을 갈망하고 향유하는 '자기 욕망'의 대리 구현자이기도 하다. 그 결과 구원의 연인은 여러 대중문화 장르에 새롭게 출현한다. 가요와 영화에 출현한 구원의 여인은 대중의 내면에 잠재해 있는 내밀한 연애심리를 소환해 내는 멜랑콜리의 코드였다.

제2부
해방이후, 보편성과 특수성

제1장

앙드레 지드 작품 번역과 이중 시선

1. 지드 작품의 번역

1.1. 1947년, 노벨문학상 수상

> 『지드』는 第一次大戰의 世界文壇에 활개 친 靑年知識人의 寵兒이기
> 도 하였다. 그러나 그는 이미 小說이라는 作品의 世界를 떠나 自己自
> 身의 人生體驗의 告白 旅行記 日記 等으로 그의 作品行動 --(중략)--
> 第二次大戰後에도 그는 相富히 問題되는 日記를 發表--[1]

인용문과 같은 앙드레 지드(1869~1951) 문학 세계 전반에 대한 통찰
은 해방이후 문학사에서 특기할 만한 사실이다. 왜냐하면 해방이전 근
대 문단에서 지드는 그의 두 차례에 걸친 전향에 대한 해석으로 분분
할 뿐, 그의 작품 전반에 대한 가치 평가가 제대로 이루어지지 않았기
때문이다. 사회주의로 전향한 지드, 사회주의로부터 다시 전향한 지드,
양자에 대한 정치적 관심이 분분했을 뿐, 그의 작품 번역은 물론 전작

---

[1] 이헌구, 「서글픈 逸話-앙드레 지-드에 對한(上)」, 『독립신보』, 1950, 1.20.

에 대한 가치평가가 이루어지지 않았다.

1947년 지드의 「좁은문」이 노벨문학상을 수상하자, 해방이후 문단
은 그의 문학활동 전반에 주목했다.[2] 대표작이라 할 수 있는『좁은문』
과『전원교향곡』이 번역 출간되었을 뿐 아니라[3] 일기의 일부가 문예
지에 번역 소개되었다. 당시 일간지들은 지드의 가정환경과 끊임없이
자신을 탐구해 나가는 그의 문학 여정을 소개했다. 사회주의자로 전향
했다가 소련기행 이후 다시 소련으로부터 등을 돌린 그의 정치적 행
보에 대해서도 언급되고 있다.[4] 당시 일간지에서는 그의 노벨문학 수
상에 대해 "이것이야말로 實로 時代의 苦悶과 함께 살고 時代와 함께
그 成長을 보히며 몸소 現代의 良心의 所在를 指向하는 眞實로『現代作
家』다운 稀貴한 作家의 한 사람"[5]으로 치하한다.

건국과 민족문학 수립의 기치 하에 당시 지식인 작가들은 세계문학
을 주시하면서 지드의 소설과 글을 유용한 테제와 안티테제로 활용했
다. 해방공간 지드 소설과 그의 다른 저작들이 번역된 데는, 일찍이 식
민지 근대에서부터 해방기에 이르기까지 조선 문인들이 지드의 지적
성실성을 체감해 왔기 때문이며 바야흐로 해방이후의 시점에서는 지
드와 같은 실천적 지성이 요구되는 상황이었음을 시사한다. 이 장에서
는 해방공간에서 앙드레 지드가 수용되는 과정을 살펴보고, 앙드레 지

---

2) 1945년~1949년까지 노벨문학 수상자의 명단은 다음과 같다. 1945년 칠레의 가브리엘라
   미스트랄(시인), 1946년 스위스의 헤르만 헤세(소설가), 1947년 프랑스의 앙드레지드(소
   설가・수필가), 1948년 영국의 T.S 엘리엇(시인・비평가), 1949년 미국의 윌리엄 포크너
   (소설가)
3) 김병철,『한국근대번역문학사연구』II, 을유문화사, 1975, 845면 참조.
   앙드레 지이드・안응렬(安應烈) 역,『전원교향곡』(을유문화사, 1948, 8.15)
   앙드레 지이드・김병규(金秉逵),『좁은門』(을유문화사, 1948, 8.15)
4) 이영준,「노-벨文學受賞者 안드레・지드小考(上)~(下)」,『독립신보』, 1947, 11.25~26.
5)「노벨 수상자. 자연 과학상엔 영국인. 문학상 프랑스 지드氏」,『조선일보』, 1947, 11.15.
   「현대의 양심-「지-드」에 대하야」,『자유신문』, 1948, 1.4.

드라는 국제성을 전유하여 해방이후 문인들이 문학을 통해 실현하려 했던 건국담론의 특수성을 확인해 보는 준거로 삼으려 한다.

1.2. 지드 문학의 번역

해방이후 번역된 앙드레 지드의 저작과 그를 소개하는 평문을 시기 순, 영역별로 분류하면 다음과 같다. 특기할 만한 사실은 『전원교향곡』 과 『좁은문』이 1948년 8월 15일자로 번역 발간되었다는 점이다.

장르		저자와 제목	발표 시기
저술	소설	안응렬(安應烈) 역, 『전원교향곡』	을유문화사, 1948, 8.15
		김병규(金秉逵) 역, 『좁은門』	을유문화사, 1948, 8.15
	일기	**이영준 역, 「나의 日記帖에서」**	**『신천지』, 1947, 12.1**
		金永秀 역, 「大戰中 앙드레 지드의 鬪爭記」,	『민성』6권3호, 1950, 3
		역자 없음, 「敗戰後의 프랑스 - 日記抄」	『문학』23호/『백민』 개제, 1950, 6.1
	평문	역자 없음, 「꼴-키에의 告別」	『신문예』, 1945, 12.1
		金永鮮 역, 「꼴키論」	『신세대』3권1호, 1948, 1.1
		역자 없음, 「作家의 生理 : A.마르로-에 對한 斷片(上)~(下))」,	『국도일보』, 1949?
		양병식 역, 「문화의 再建 - 文學的 回想」	『조선일보』, 1950, 1.20~21

연구자 평문	김문환, 「지-드와 현대문학」	『청년예술』, 청동시대사, 1948, 4
	에드몬드 디멜·김유훈 역, 「앙드레·ㅅ기이드의片影」	『신천지』3권5호, 1948, 6.1
	金秉逵, 「앙드레 지이드론」	『학풍』창간호, 을유문화사, 1948, 10.
	드날드 릿치·金虛浚 譯, 「『아메리카』에 있어서 앙드레·지-드의 影響」	『자유신문』, 1948, 11.4.
	쥬스틴·오부라이엔·田昌植 譯, 「『앙드레 지-드』의 日記」	『민성』5권2호, 1949.2

『전원교향곡』의 번역자 안응렬(安應烈, 1911~2005)은 프랑스 공사관
으로 활동했으며, 후일 불문학 교수로 재직한다.6) 당시 그는『뀌리夫人』
(을유문화사, 1949)도 번역했으며,7) 학술논문으로는 「抗拒文學에 對하여:
第二次世界大戰의 文學活動」(『학풍』, 1950, 5)이 있다. 김병규(金秉逵) 역시
불문학 연구자로 보인다. 그는 다른 작품(안뜨레비라보, 「어머니의 肖像」,『경
향신문』, 1947, 10.26)도 번역한 바 있다.

두 번역자 모두 불문학 전공자로서 일어판의 중역이 아니라, 원서를
번역한 것으로 보인다. 앙드레 지드의 정치적 성향과 문학적 특수성에
비추어, 번역자들 모두 독자적 의식을 지닌 지식인으로서 안응렬은 한
국전쟁 이후에도 쌩텍쥐베리8) 등 다양한 불문학 서적을 번역해 온 데

---

6) 2005년 향년 94세로 작고한 안응렬은 원로 불문학자로서 한국불어불문학회 회장과 한국
외국어대학교 교수를 역임했다. 그는 초창기 불문학교수로서 사제양성을 위해 만들어진
대신학교(大神學校)에서 불문학을 공부했다. 초기에는 공사관으로 일했으며, 주한 프랑스
공사관통역관으로 프랑스에 주재하는 동안, 파리문과대학 불문학과에서 프랑스문화를 연
구했다. 「안응렬씨 귀국」,『경향신문』, 1955, 7.16 참조.
7) 이휘영, 「安應烈譯『뀌리夫人』」,『경향신문』, 1949, 2.25.
8) 쌩텍쥐베리, 안응렬 역,『인간의 대지』, 신태양사, 1958., 쌩텍쥐베리, 안응렬 역,『어린

비해, 김병규는 좌익 문인으로 알려져 있다. 김병규는 해방이후 김동석과 더불어 김동리와 순수문학 논쟁을 했으며, 전후 북한에서 김병규라는 이름으로 번역 출간된 불문학 서적으로 미루어[9] 월북했음을 추측할 수 있다. 번역자의 이력에서 알 수 있듯이, 해방직후 문단에서 지드의 소설은 비교적 가치중립적 시각에서 수용되고 있음을 알 수 있다.

지드의 소설을 번역 출간한 을유문고는 1948년 1월 8일 "東西古今의 學術書籍을 總網羅하여 새해부터 「乙酉文庫」를 發刊하리라 하는데 第一記 文庫의 執筆陣"은 "정인보 이병기 양주동 정지용 김석담 이하윤 등 제씨"이다.[10] 당시 을유출판사와 정음출판사 측은 문고판 발간을 시작으로 "「좋은 冊을 廉價로 많이 읽히자」는 出版文化人으로써의 至高한 精神"으로[11] 호평받았다. 1949년 9월 20일자까지 을유문고에서 발간된 동서고금 학술서적은 총 22권에 해당하는데, 그 중 지드의 소설이 두 편이라는 점은 특기할 만 하다.[12]

1.3. 청년문화의 방향성 탐색

『좁은門』(을유문화사, 1948, 8.15)의 번역자 김병규는 출간직후 지드의 문학세계 전반을 소개하는 글을 잡지에 실었다.[13] 그는 지드 문학의

왕자』, 인문출판사, 1973.

9) 아라공 루이, 김병규 역, 『공산주의자들』, 평양:국립출판사, 1956., 바르뷔스 앙리, 김병규 역, 『포화: 분대의 일기』, 평양: 국립문학예술서적출판사, 1958. 라 퐁테느, 김병규 역, 『우화집』, 평양: 조선문학예술총동맹출판사, 1963.

10) 「「乙酉文庫」發刊」, 『경향신문』, 1948,1.8. 해방직후 출판인들은 출판의 동시대적 가치로서 '문화건설'을 목표로 삼았고, 해방공간의 가치로서 '건국 사업'을 목표로 삼았다. 이중연, 『해방기 출판의 지향』, 『책, 사슬에서 풀리다』, 혜안, 2005, 130면.

11) 장만영, 『一九四八年文化界回顧』, 『경향신문』, 1948, 12.28.

12) 1949년 을유문화사에서 출간된 동서고금을 조선, 유럽과 영미, 중국 세 가지로 분류하여 소개하면 다음과 같다.

의의를 문학에 대한 태도, 작가로서 인간적 성실성에서 찾았다. 『전원교향곡』과 『좁은문』의 의의를 평가한 아래의 대목에서 알 수 있듯이, 객관적으로 가치와 의의를 평가하고 있다.

> 그는 **自己의 完全한 可能性을 試驗**하려면 基督敎慣習이 가르치는 善보다 惡을 擇하는 것이 더 眞實한 態度라고 생각하는 것이다. 왜냐하면 善은 自尊妄大하는 心情을 갖게 하지만 **惡은 自己虐待와 自己破棄를 가르쳐 줌으로써 神에게 가까이 갈 수 있는 唯一한 길을 열어주는 때문이다. 이러한 그의 態度를 正當化하기 爲하여 『와일드』 『니체』 『토스토이에프스키』 等의 이모 저모가 招待되어 오고** 自我의 內面的 苦痛을 忍從과 葛藤 가운데서 겪은 作家를, 明確히 裁斷을 일삼는 作家보다 優位에 두려는 그의 傾向이 나타나게 되는 것이다.[14]

김병규는 지드를 "자기의 완전한 가능성을 시험"한 사람으로 본다.

조선서적	유럽과 영미서적	중국서적
박태원, 『聖誕祭』 이개 저 박태원 역, 『李忠武公』 김석담, 『朝鮮史敎程』 고승제, 『경제학입문』 채만식, 『螳螂의 傳說』 김교신, 『信仰과 人生-김교신 수필집』 조복성 저, 『昆蟲記』 이진영, 『中國民族解放運動史 序說』 서경수 저 김동성 역, 『漢文 常識』 이병기 選解, 『要路院夜話記』	하아디 저 임학수 역, 『슬픈 騎兵』 메리메 저 이휘영 역, 『카르멘』 톰슨 저 김기림 역, 『科學槪論』 미른 저 양주동 역, 『미른 隨筆集』 안델센 저 서항석 역, 『그림없는 그림책』 밀스키 저 공재익 역, 『露西亞史』 지이드 저 김병규 역, 『좁은門』 지이드 저 안응렬 역, 『田園交響樂』 모오팟상 저 최완복 역, 『橄欖 나무밭』	곽말약 저 윤영춘 역, 『蘇聯紀行』 후오렌 라이어 저 김경수 역, 『사회주의사상사』 양주동 주해, 『詩經抄』

13) 金秉逵, 「앙드레 지이드론」, 『학풍』 창간호, 을유문화사, 1948, 10.
14) 김병규, 위의 글, 46면, 강조는 필자.

그는 해방이후 젊은 세대에게 그들이 짊어져야 할 짐을 먼저 짊어진 선배로서, 지드를 젊은 세대의 귀감으로 소개한다. "젊은 時節을 오히려 어려운 精神的 苦難 가운데로 걸어 온 『지이드』는 自己個人 가운데서 孤獨하게 營爲되어 온 精神的 危機로부터의 脫皮를 凝視하는 데서 世界的 危機로부터의 蟬脫(선탈)을 찾아 낼 수 있었다. 『젊은 反逆者들이』 着眼한 것도 『지이드』의 이러한 面이었을 것이다."15) 1947년 노벨문학상을 수상할 무렵 지드의 나이는 77세이고, 김병규가 이 글을 쓸 무렵 지드는 78세였다.

김병규의 글은 1948년 8월 15일자로 지드의 소설을 이 땅에 번역하는 목적을 시사한다. 그는 해방공간 젊은이들에게 세계적 귀감이 되는 작가의 삶에 대한 성실성을 보여줌으로써, 조선의 청년들이 현실과 자신의 삶에 더욱 적극적인 태도로 임하기를 바랐던 것이다. 그는 조선의 청춘들에게 연애의 문제가 아니라, 와일드 니체 도스토예프스키 등을 탐독했던 지드의 지적인 성실성을 독려했던 것이다. 당시 신문에 소개된 단행본 『좁은門』의 광고 역시 연애 문제보다 고민과 사색을 강조하고 있다.

> 앙드레·지드 作★金秉逵 譯 좁은門 乙酉文庫版·280圓·송료20圓
> "純粹한 戀愛란 무엇인가? 젊음의 기쁨과 슬픔은 어떤 것인가? 文豪 지드가 多感하던 靑春時節의 傑作! **現代의 靑年과 함께 苦悶하고 思索하는 論理의 作家 지드**가 一躍 文名을 날린 名作이 비로서 우리말로 飜譯되었으니 읽으라!"16)

광고 문구에서 알 수 있듯이 해방공간 지드 문학에 대한 관심은 남

---

15) 김병규, 위의 글, 47면.
16) 『경향신문』, 1949, 2.16. 1면 하단 책 광고. 굵은 글씨는 인용자의 강조.

녀 간의 연애에만 초점을 두지 않고, '고민하고 사색하는 논리의 작가'
로서 '청년'들의 귀감에 있음을 알 수 있다. 남녀의 문제가 아니라, 신
과 인간의 문제로 개인의 삶을 고뇌했던 주인공을 통해[17] 당시 젊은
이들로 하여금 지적 성찰의 세계로 유도하고 싶었던 것이다. 뿐만 아
니라 젊은 시절, 직접 고뇌의 한 가운데를 걸어오면서 자기를 발전시
켜 나간 노 작가의 삶의 이력을 당시 젊은이들의 삶의 전범으로 삼게
하려던 것이다. 주지하다시피 지드는 "지칠줄 모르는 부단한 변모와
탈피를 거듭하면서" "기나긴 여정의 전진만을 계속"한[18] 작가로 알려
져 있는데, 지드 소설의 번역과 이해는 해방이후 건국사업의 일환으로
행해진 청년문화 계도의 일면이었다.

1950년에 근접하여 번역되는 지드의 글은 인간적인 사색 혹은 예술
가로서의 고뇌를 담은 글보다, 세계대전에서 패한 프랑스의 현실을 고
심하는 일기들이다.[19] 「문화의再建-文學的回想」(『조선일보』, 1950, 1.20~21)
에서는 전중에는 전사가 필요했지만, 전쟁이 끝난 마당에는 건축가가
필요함을 역설하는 등, 청년들에게 새 문화 건설의 희망을 당부하는
내용을 담고 있다.[20] 「敗戰後의 프랑스-日記抄」(『문학』23호/『백민』개제,
1950, 6.1)에는 1940년 6월 14일부터 1941년 5월 5일간의 일기 일부가
소개되어 있는데, 독일의 침략과 프랑스 패전에 대한 회의가 드러나
있다.[21] 노령에 접어든 지드가 당시 작품을 발표하지 않은 탓도 있지

---

17) 앙드레 지드 · 박은수/이진구 역, 「좁은문」, 『앙드레 지드 전집』1, 휘문출판사, 1966 참
    고. 1948년 을유문고판을 찾지 못해, 1966년 번역판을 중심 텍스트로 삼았다.
18) 배기렬, 「앙드레 지드의 개인주의 연구」, 『외대어문론총』제8호, 경희대학교 외국어대학,
    1997, 213면.
19) 당시에는 동시대 세계적인 지성 앙드레 지드의 일거수일투족에 대한 관심이 컸던 것으
    로 보인다. 1949년에는 지드가 80세의 나이로 독창적인 프랑스의 영화 "1950년대 파
    리"에 출현했다는 뉴스도 전한다. 「佛文豪 앙드레지드 獨創의 新映畵에 出現」, 『경향신
    문』, 1949, 12.12.
20) 앙드레 지드 · 양병식 역, 「문화의再建-文學的回想」, 『조선일보』, 1950, 1.20~21.

만, 1950년에 임박할수록 남한 사회는 지드의 글 중에서도 특히 민족주의적 요소가 엿보이는 일기 등을 전달한다.

앙드레 지드에 대한 보다 더 객관성과 깊이를 갖춘 평가는 1960년에 이르러 이루어진다. 1960년대에는 앙드레 지드의 문학전집이 간행되는데[22) 1960년대 이르러 그의 문학 활동 전모에 대한 총체적 평가가 이루어진다. 그의 "사상의 변모"는 지적 성실성으로 수용되었다. "그는 시종일관 하나의 사상 밑에서 작품을 형성해 가지는 않았다. 수시로 그 시대의 사상, 그 지역의 사상을 자기내부에 흡수시켜 그 작품에 반영시켰던 것이다.(이것을 지드는 성실성이라고 부른다)" "수시로 메이캽 된 그의 문학은 시간과 공간을 초월하여 언제나 푸르를 수가 있었고 언제나 나따나엘(「대지(大地)의 자양(滋養)」에서 그는 젊은 독자를 이렇게 부른다)과 함께 싱싱하게 살아갈 수가 있었다."[23)

2. 1947년 전후, 지드에 대한 이중 시선

2.1. 소부르주아의 비극적 양심

해방이후 지드에 대한 이해에서 빼 놓을 수 없는 저작으로 이태준의 『소련기행』(1947)을 들 수 있다.[24) 지드가 이태준보다 10년 앞서 1936

---

21) 앙드레 지드 · 역자 없음, 「敗戰後의프랑스-日記抄」, 『문학』23호/『백민』개제, 1950, 6.1.
22) 1966년에 이르면 『앙드레 지드 전집 全5卷』(휘문출판사, 1966)이 출간된다. 1955년에도 『앙드레 지드 선집1, 2, 3, 4』가 영웅출판사에서 발간되었으나, 그것은 일역본의 중역으로 보인다. 각 권의 번역자를 소개하면 다음과 같다. 1권은 『좁은문』으로 장만영이 번역, 2권은 『전원교향곡』으로 박목월이 번역, 3권은 『여인의 학교』로 박훈상이 번역, 4권은 『배덕자』로 최광렬이 번역, 5권은 『비밀일기』로 이덕진이 번역했다.
23) 이광훈, 「변모(變貌)와 편력(遍歷)의 문학자(文學者)-앙드레 지이드 10주기에 즈음하여」, 『동아일보』, 1961, 2.21.

년 소련을 방문하고 출간한 『소련에서 돌아오다』는 당시까지 번역되
지 않았지만, 지식인 작가들은 지드의 존재는 물론이며 그의 거듭된
전향과 책의 출간에 대해 알고 있었다. 이태준 역시 소련여정 중에 자
주 지드를 의식하며 지드와 대비하여 소련을 예찬한다.

이태준의 『소련기행』에서 지드에 대한 언급은 두 곳에서 나타난다.
1946년 9월 1일 모스크바에서, 그리고 9월 25일 레닌그라드로 향하는
객차 안에서, 이태준은 지드를 떠올린다. 이태준은 9월 1일 모스크바
크레믈린궁 속에 있는 '국회의사당'을 방문하고 감격에 젖어, 다음과
같이 소련을 예찬한다.

나는 오늘 크레믈린 구경이 아니라 이 최고 쏘비에트 의사실 구경
이, 더욱 모스크바에 들어 첫날 이곳을 구경하는 것이 가장 감명 깊
고 만족한 것이다. 이것은 쏘비에트에 대한 예의로가 아니다. 「구라
파의 양심」이라던 로망 로오랑이나 바르부스가 진작부터 쏘비에트
를 지지한 것이나, **앙드레 지-드가 바로 이 크레믈린 앞마당 붉은광
장에서 꼬르키-의 영구 앞에서**
**「문화의 운명은 우리 정신 속에서 쏘비에트의 운명과 넌지시 결
탁되여있기 때문에 우리는 쏘비에트를 옹호하는 것이라」**
고백한 것은, **이 말만은 가장 진실한 바를 웨치였던 것으로**, 이 쏘

24) 이태준의 『소련기행』(1947)과 해방공간 발표된 각종 소련기행문에 관한 최근 논의로
이행선, 「해방공간, 소련·북조선기행과 반공주의」(『인문과학논총』36, 명지대학교 인문
과학연구소, 2013, 65~107면)가 있다. 이행선은 소련과 북한 기행관련 단행본 및 기사
문을 텍스트로 삼아, 글쓴이의 사상적 차이에 대해 정치한 분석을 하고 있어 연구자들
에게 환기시키는 바가 크다. 이행선은 지드의 소련기행에 대한 객관적 시선 결여를 지
적하는데 예리한 분석이긴 하지만, 일찍이 지드가 1936년 파리국제작가회의의 의장으
로 참석하면서 그가 비판하고 경계했던 것 중의 하나가 민족주의라는 점을 간과하고
있다. 지드는 일체의 전체주의에 대한 부정이라는 점에서, 파시즘과 동일한 맥락에서
민족주의도 부정한다. 그런 까닭에 지드의 시각은 갓 식민지에서 해방된 민족의 지식
인 이태준의 시각과 근본부터 차이를 노정하고 있다.

비에트에서 자라나는 자유와 문화의 복리는 조선 같은 약소민족에
게는 물론이요 나아가서는 전 인류의 그것과 이미 뚜렷하게 결탁되
여 있는 것이다.[25]

인용문에서 짐작할 수 있듯이, 이태준은 지드의 소련기행문 『소련
에서 돌아오다』를 비롯 그의 반사회주의로의 전향을 인지하고 있다.
인용문에서 "이 말만은"이라고 강조한 부분에서 드러나듯, 지드의 소
련 비판은 정당하다고 보지 않으나 고리키를 통한 쏘비에트에 대한
찬사는 적실한 것임을 강조한다. 고리키에 대한 지드의 애정 어린 고
별인사는 1945년 12월 『신문예』에도 소개된 바 있는데,[26] 지드가 1936
년 소련을 방문했을 때 고리키 관 앞에서 했던 연설로서 고리키를 추
모하며 사회주의 문학의 필연성과 가치에 대해 동감하는 내용을 담고
있다.

1936년 소련을 방문한 이래 지드는 이미 사회주의와 결별한 상황이
지만, 해방직후 좌익 문인들에게 지드의 사회주의 이력과 당시 글들은
유용하게 그들의 입론으로 소용되었다. 이태준에게 있어서 소련은 '자
유', '문화'의 산지로서 약소민족을 포함한 전 인류와 결탁되어 있
다.[27] 여기에는 고리키와 같은 대문호와 혁명을 배출한 나라, 동시에
약소한 조선에게 구원의 손길을 뻗을 수 있는 나라라는 경외심이 담
겨있다.

두 번째로 이태준이 지드를 떠올린 것은 9월 25일 레닌그라드로 향

---

25) 이태준, 『소련기행』, 깊은샘, 2001, 52면. 굵은 글씨는 인용자의 강조.
26) 앙드레 지드 · 역자 없음, 「꼴-키에의告別」, 『신문예』, 1945, 12.1.
27) 『소련기행』에서 보인 이태준의 찬양과 옹호에 대해 권성우는 "주체와 대상의 불화와
    환멸의 정서를 보여주었던 초기의 기행문과 비교하면 『소련기행』의 내적 형식은 일치
    와 동화에 해당된다"고 평가한 바 있다. (권성우, 「이태준 기행문 연구」, 『상허학보』14,
    상허학회, 2005.2, 204면.)

하는 객차에서 이다. 그는 "한 칸에 두 사람씩의 침대"로 그 내부가 화
려한 1등차 안에서 다음과 같이 술회한다. "이 나라에 이런 등급이 있
다는 것을 흔히 이상히 알고 어떤 서구인의 말처럼 신 계급의 발생이
란 인상을 받을지도 모른다."[28] 이어서 그는 현재의 소련은 1등객차에
서 3등객차까지 등급이 나누어져 있지만, 이후 3등차를 모두 1등차의
평등한 입지로 끌어올리기 위한 과정 중에 있음을 강조한다. 해당 본
문은 다음과 같다.

> "그러나 이 시일을 가장 단축시키는 조건에 있는 것이 소련이며
> 이것을 목표로 강행하기 때문에 자본주의 사회에서 소비생활에만
> 습성이 박힌 사람은 구속을 느낄 만치 이 사회의 목표가 달성될 때
> 까지는 사회적 제재가 있을 것도 이해할 수 있는 일이다. **또 지-드
> 같은 사람으로도 쏘비에트 사회의 물품들이 조야(粗野)하고 일률적
> 임에 실망했다고 한다.** 1936년도 파리에 있다 와보면 으레 그랬을
> 것이다. 지금도 중공업만 힘써온 소련은 3등차가 그대로 있듯이 약
> 간의 특수한 고급 상품을 제하고는 모다 실질 본위의 물품뿐이다.
> --(중략)--
> **혁명 후 노서아는 자기네만 잘 살기 위해 주력했다면 지금쯤 노서
> 아는 어느 자본주의 사회 자산계급만 못지 않은 풍성한 물질을 가졌
> 을 것이다.** 변방 낙후민족들에게 경제적 기초를 평등히 세워주기 위
> 해(기르기쓰 공화국의 공업화나 아르메니야나 꾸루지아 등이 대자
> 본문제는 전연맹적으로 극복한다는 것 같은 일례) 오직 민족 평등의
> 최초의 소신만을 관철해 나가는 이 정의의 노력에는 물품의 조야를
> 탄키는커녕, 그렇기 때문에 아직 조야한 물품에 도리어 만강(滿腔)의
> 경의를 표해 옳은 것이다.
> **완전 공산사회로 넘어가는 위대한 건설과정에서 팟쇼침략자와 장**

---

28) 이태준, 『소련기행』, 깊은샘, 2001, 129면.

기간 미증유의 대전을 치루고 그 큰 소모와 파괴로 인해 귀중한 계획들이 지연되고 있는 것엔(1946년까지 완성하려던 중학까지 의무교육제의 일례) 의분까지 금할 수 없다. 그러나 계급과 착취가 없어진 이 사회에선 전후에도 실업을 모르고 공황을 모르고 오직 강력한 계획실천에 매진하고 있다. **지금 집을 짓고 내부를 꾸미는 중에 있는 집을 찾아왔으면, 앉을 자리가 좀 불편한 것이나 그 집 사람들이 풀 묻은 손으로 바쁘게 돌아가는 그것을 볼 것이 아니라 그 집의 설계여하와 완전히 준공된 뒷날 어떨 것을 생각해 비판함이 정당하고 의의 있는 관찰일 것이다.**[29]

이태준은 지드의 사회주의 비판을 '물질에 대한 불만'으로 이해한다. 물품의 조야함과 획일성은, 파리의 쁘띠 부르주아에게는 실망스러웠을 것이라고 말이다. 이태준에 따르면 소련은 당시 '완전 공산사회'로 넘어가는 건설기에 있는데, 지드는 과정중인 상황을 고려하지 않고 성급하게 비판했다는 것이다. 소련의 건설이 지연된 데 대해, 그는 다음과 같이 두 가지 실례를 들어 설명한다. 첫째 변방의 낙후 민족들에게까지 경제적 기초를 세워주었기 때문이며, 둘째 독일 파쇼 침략자들과의 대전(大戰) 때문이다. 이러한 전후 사정에 대한 이해 없이, 지드는 완전 공산주의사회로 진행 중인 소련의 모습을 보고 섣불리 판단했다는 것이다.

그렇다면, 실제로 지드가 소련에서 목도하고 비판한 것이 무엇인가. 1936년 『소련에서 돌아오다』에서 지드는 '사회적인 균일화',[30] '철저한 비개성화',[31] '고립 쇄국적',[32] '스탈린 독재'[33]를 보았고 '부자유'[34] 등

29) 이태준, 『소련기행』, 깊은샘, 2001, 129~130면. 굵은 글씨는 인용자의 강조.
30) 앙드레 지드·김붕구 역, 「소련에서 돌아오다」, 『앙드레 지드 전집』4, 휘문출판사, 1966, 371면.
31) 앙드레 지드·김붕구 역, 위의 책, 377면.

을 비판했다. 지드는 소련 사람들의 외양을 비롯 사고 모두가 개성 없이 획일화 된 것, 외부와 단절한 채 스탈린 독재가 공고히 되는 지점을 비판한다. 일련의 요소는 지드가 궁극적으로 지향하는 '자유'와는 동떨어진 것이었다. 결론부터 말하자면, 지드에게 '자유'는 개인의 자유임에 비해 이태준에게 '자유'는 약소 인민의 '해방'이었다.

이태준은 당시 동행한 방소사설단과 더불어 '자유'를 인지했으나, 그것은 지드가 체득한 '개인의 자유'가 아니었다. 기행문 서문의 "작년 8월 15일, 우리 3천만은 처음 오는 자유에 얼마나 참어온 울음부터를 터뜨렸는가!"[35]라는 절규에서 짐작할 수 있듯이, 그것은 '민족의 해방에서 오는 자유'이지 '개인의 자유'는 아니다. 그러므로 그는 소련과 해방이후 조선 사람들을 '개인'이 아니라 '인민'으로 사유한다.[36] 종교, 국가, 사회를 비롯 각종 전체주의적 규율로부터 '자유'를 찾아 나선 지드와, 이민족의 압박에서 갓 벗어나 '자유'를 발견한 피식민지 약소국 지식인의 처지는 달랐다. 근본적으로 이태준은 근대적인 개인의 자유를 경험한 바가 없었기에,[37] '해방'과 '자유'를 동일시 할 수밖에 없었다.

1946년 이태준은 '민주주의 민족전선'의 문화부장과 '남조선의 조쏘문화협회 이사'를 맡고 있었다.[38] 이태준을 비롯한 당시 방소 사절단

---

32) 앙드레 지드 · 김붕구 역, 위의 책, 379면.
33) 앙드레 지드 · 김붕구 역, 위의 책, 388~393면.
34) 앙드레 지드 · 김붕구 역, 위의 책, 398면.
35) 이태준, 『소련기행』, 깊은샘, 2001, 64면.
36) 안미영, 「이태준의 해방이후 소설에 나타난 국어의식」, 『현대소설연구』36, 현대소설학회, 2007, 87면 참조.
37) 이태준의 근대 소설들은 상고주의자로서 고전과 예술성은 실현하고 있지만, 개인성을 실현하는 근대적 사유는 없다. 안미영, 『근대 문학을 향한 열망, 이태준』, 소명출판, 2009 참조.
38) 임유경, 「미(美)국립문서보관소 소장 소련기행 해제」, 『상허학보』26, 상허학회, 2009.6, 359면. 민주주의 민족전선은 3.1운동의 역사적 배경을 민족자결주의가 아닌 러시아혁명(1917)의 성공에 따른 전 세계적 혁명의 조류에서 찾는 가운데, 운동을 지도하고 조

들은 소련의 실체를 알기 위해 갔다기보다, 해방된 조선의 민주 건설을 홍보하고 이를 위한 원조를 구하러 갔던 것이다.[39] 임유경의 지적처럼, 그들의 "소련행은 조선의 해방된 상태와 범민족 차원에서 국가건설운동이 일고 있는 현재적 상황을 대외적으로 알릴 수 있는 절호의 기회로, 세계적 수준에서 조선에 대한 인식을 제고하려는 집단적차원의 자기증명 행위로서 의의"를[40] 지닌다. 해방직후 이태준은 소련체제의 획일성과 인민들의 순응주의를 간파할 수 없었다. 당대 조선지식인들이 본 것은 소련의 실상이 아니라 식민지에서 갓 해방된 지식인의 거울에 비친 실상이다.[41]

이태준은 '인민과 사회의 관계'에 주목할 뿐, 개인으로서 '작가와 사회' 혹은 '개인과 집단'의 관계를 고려할 수 없었다. 기행문 내내 이태준은 지속적으로 전통과 고전, 예술성과 정치성의 관계를 고심하지만, 그는 러시아어를 할 수 없었으므로 당시 유통되는 러시아문학을 읽을 수 없었으며, 단지 그가 할 수 있는 것이라곤 연극과 영화를 통해 사회주의에의 열망의 이미지들과 조우하는 것이 고작이었다.

그 결과 이태준은 지드에 대해 양가성을 보였다. 지드 문학의 선취

직할 주체의 결여와 민중생활과 요구를 운동에 연계시키지 못함으로써 실패할 수밖에 없었다는 교훈에 입각해, 친일파 민족반역자를 배제한 민주주의 진영의 주도로 민주주의정권과 자유독립국가를 건설하는 것이 3.1운동의 현재적 의의라고 주장했다. 이강국, 『민주주의 조선의 건설』, 범우사, 2006, 212~214면. 이봉범, 「잡지 『신천지』의 매체전략과 문학」, 『한국문학연구』39, 동국대학교 한국문학연구소, 2010, 229면. 229면 재인용.

39) 임유경, 「'오빠꾼'과 '조선사절단', 그리고 모스크바의 추억」, 『상허학보』27, 상허학회, 2009.10. 임유경은 당시 소련이 "자국의 정치적 실리적 이익을 앞세워 군정체제를 전면화하거나 일종의 계약관계로 朝(조)蘇(소)양자를 결박하기보다, 미성년의 상태에 있는 조선을 보호하고 그를 대신하여 일시적인 대리권을 행사하는 '오빠꾼'을 자처함으로써 양자의 관계를 후견-피후견의 관계로 자리매김 하려 했던 것"으로(231면) 본다.

40) 임유경, 위의 글, 249면.

41) 남원진, 「해방기 소련에 대한 허구 사실, 그리고 역사화」, 『한국현대문학연구』34, 한국현대문학회, 2011. 8, 296면 참조.

적 요소는 긍정하지만, 정치문학 활동의 정치적 선조성은 없다는 것이다. 이태준과 유사한 시선에서 지드를 바라보는 글은 1948년까지 나타난다. 김문환은 「지-드와 현대문학」(『청년예술』, 청동시대사, 1948, 4.)에서 지드를 일컬어 '현대의 양심'은 될지언정 '현대의 영웅'이 못된다고 소개한다.

> "近代精神의 破滅 當時부터 뼈저린 苦惱를 모조리 當하느라고 弱해진 「지-드」는 現代의 良心은 될지언정 現代의 英雄은 못되는 것이다. **觀念的 즉 特殊한 主題로 現實의 再現을 否認하면서** 可能을 完成시키려는 「지-드」의 「로망」은 極히 **良心的인 理想主義者**일 것이다. 完成 못한 可能이란 理想일 수밖에 없는 것이고 理想을 完成시킬려는 良心은 終是 特殊한 「로망」手法으로 現實을 誘導하는 것이다."[42]

> "「지-드」의 根本思想은 理想主義가 아니였으나 『現實의 絶望』을 느낀 그는 理想을 憧憬하게 됐고 理想主義가 될 수밖에 없었다"
> "自己를 위함이라기보다는 現代精神에 苦惱하는 民衆의 代辯者로써 轉換한 것이나 이 轉換한 精神이야말로 民衆을 眞實로 사랑하는 意味에서 斷行한 것이다. 이것이 즉 **「지-드」가 近代精神이 集中한 現代의 苦悶을 이겨내지 못한 悲劇的 良心**인 것이다."(12)

김문환은 신로망문학건설 도상에 있어서, 민주주의 노선에 입각한 인민정신을 실현할 수 있는 문학을 다음과 같이 제안한다. "한 사람도 相互合칠 수 없는 數億의 人民들은 길을 잃고 아우성치니 文學精神은 以上 더 참을 수 업는 것이며 하루바삐 人民의 精神을 統一시키므로써 人民을 救援할 수 있는 거고 이 길만이 앞으로 文學이 걸어가야만 할

---

42) 김문환, 「지-드와 현대문학」, 『청년예술』, 청동시대사, 1948,4.(청년문학예술연구회), 이하 김문환의 인용문은 이 글을 참조함. 굵은 글씨는 인용자의 강조.

길이다."

지드의 자유와 해방직후 이태준과 같은 문인에게 자유는 그 함의하
는 바가 달랐다. 지드가 국가(프랑스혁명), 민족, 계급, 사회, 교회를 비
롯한 삶의 전반에 내재해 있는 규율과 복종의 관계를 체험하고 이로
부터 벗어나려 했다면, 이태준 등은 전대 봉건사회와 파쇼 식민지 경
험에서 규율과 복종의 관계를 체험했을 뿐이다. 요컨대 지드가 교회로
부터의 자유뿐 아니라 국가와 민족으로부터 자유를 지향한 데 비해,
이태준 등은 근대 국가의 실감이 없으므로 국가로부터 자유라는 단계
까지 사유가 도달할 수 없었다. 시민혁명을 성공한 나라의 지드와 해
방된 약소민족의 이태준이 각각 직면한 현실의 구조가 달랐으므로, 그
들이 재현해야 할 미래에 대한 조망도 달랐던 것이다. 그러므로 이들
에게 있어서 앙드레 지드는 1936년 사회주의로부터 재(再)전향한 이
래,[43] '소부르주아의 비극적 양심'의 대변자로 각인될 뿐이었다.

2.2. 삶에 대한 성실성의 대변자

1947년 12월 『신천지』에는 비교적 동시대에 해당하는 앙드레 지드
의 원문이 번역 소개되어 있다.[44] 일련의 일기는 1937년 여름에 쓴 글
로서,[45] 일기 중의 몇 편이 번역자의 짧은 해제와 함께 소개되었다.

---

43) 李寧默, 「지드와 이성. 유진오씨에게 보내는 공개장(1)~(8)」, 『조선일보』, 1937, 3,
　　4~12. 이영묵은 이 기사에서 지드가 쁘띠 부르주아 사상을 버리지 못한 소시민작가이
　　며 사회주의에 대한 그의 비판은 쁘띠 부르주아의 태도를 여실히 드러낸 데 지나지 않
　　는다고 보았다. 이러한 입장이 해방이후에도 여전히 지드 이해의 한 축을 형성하고 있
　　었던 것이다.
44) 앙드레 지드·이영준 역, 「나의 日記帖에서」, 『신천지』, 1947, 12.1.
45) 번역 소개된 『신천지』(1947,12)에서는 "새로운 現實 앞에서 苦悶하고 逡巡(준순)하는 지
　　-드 最近의 晩年日記!"라고 소개되어 있는데, 이미 10년 전 1936년에 쓴 글이나 일기

일기 소개에 앞서, 역자는 지드가 오스카 와일드의 예술지상주의와 니체 철학의 영향을 받았음을 밝히고 있으며, 지드를 '리버럴리스트'와 '휴머니스트'로 평가하고 있다. 다음과 같은 두 가지 인용문은 지드 문학 전체의 의의를 시사한다.

내가 룻소-의 理論 中에서 特히 不快의 念을 禁치 못하는 것은 그가 『無知의 價値』를 너머도 높이 評價하고 있는 點이다. 사람은 그 智性으로서 科學을 創造해 내고 利用해 온 것이었지만 그 그릇된 使用은 科學自體에 害毒을 끼친 게 아니었고 되려 科學을 誤用하는 人間 스스로가 害毒을 입고 있는 이 事實을 좀 더 冷靜히 生覺해 봐야 할 것이다.

俗談은 아니지만 제 발등에 불이 떨어지면 그 누가 人間 重大事라는 點을 새삼스럽게 考慮하고 나서 불을 끌 것인가. **그야말로 本能的이어서 絶對的인 것이며 거기에는 後天的으로 人間이 創造한 要素는 없는 것이다. 事實이겠으나 그러나 또 同時에 變化시킬수 없는 人間이라는 것도 하나도 없는 것이다. 타고날 때부터(그리고 죽엄에 이르기까지) 우리 自身을 人間으로써 圓滿하고 完全하게 琢磨해 나가야 할 것이다.**[46]

위 내용에 해당하는 1966년판 번역은 다음과 같다.

루소에 있어서 특히 내가 싫어하는 것은 무지(無知)에 대한 그의

의 간행일은 1946년임에 최근작이라 할 수 있다. 『신천지』는 정론성을 매체전략의 우선순위로 삼으며 중도적 노선을 견지했다. "극좌 · 극우 편향성을 모두 비판하는 가운데 '독재와 착취가 없는 자주적 민족국가건설'을 주창하면서 냉전체제 하 민족의 좌표를 부단히 모색하는 노선을 전반기까지는 확고부동하게 고수했다." 이봉범, 「잡지 『신천지』의 매체 전략과 문학」, 『한국문학연구』39, 동국대학교 한국문학연구소, 2010, 229면.
46) 앙드레 지드 · 이영준 역, 「나의 日記帖에서」, 『신천지』, 1947, 12, 177면.

존경이다. 과학의 발견을 인간이 악용하였다면 과학 자체를 정화하는 것으로 족하지 않다. 오히려 이를 악용하는 인간을 규탄해야 한다.

불이 우리를 태운다고 해서 이를 꺼 버리지는 않을 것이다. 이는 당연한 일이다. 내가 루소를 비난하는 것은 인간적인 것이 문제될 때 「자연의 법칙」을 운운하는 것이다. **자연의 법칙은 수정할 수 없다. 그러나 인간이 설정한 것, 인간에 관한 것으로 수정될 수 없는 것은 하나도 없다.** ― 우선 (혹은 끝으로라고 말함이 더 옳다) 인간 자신이 그렇다.[47]

후자가 전자에 비해 명징하고 자세한 번역이지만, 양자 모두 전달하려는 의미는 동일함을 알 수 있다. 지드는 루소의 자연관을 비판하면서, 인류 사회의 발전은 인간의 후천적 노력의 결과임을 강조한다. 반면 루소의 자연관은 인간을 수동적으로 만들며, 문제에 직면한 인간에게 올바른 개선과 진보의 방향을 제시하지 않는다는 것이다. 당시 번역은 되지 않았지만 『소련에서 돌아오다』(1936)에서 강조했듯이, 지드가 중요시 여긴 것은 "인간과 인간들", "인간을 어떻게 만들 수 있으며, 또 어떻게 만들어 놓았는가 하는 점"이다.[48] 지드의 문학적 성실성은 인간 자신의 능동적인 자율성의 확장과 심화에 근원을 두고 있다. 그 탐구의 도정에 사회주의와 기독교의 여정이 존재해 있었던 것이다.

지드는 자신의 사회주의 전향을 부정하지 않는다. 그는 인류의 문제를 해결하기 위한 도정에서 사회주의를 하나의 여정으로 본다. 그는 맑스의 글을 인용하여, 그의 탐색은 결과와 완성이 아니라 끊임없는

---

47) 앙드레 지드・李桓 譯, 「日記」, 『앙드레・지드 전집』5, 휘문출판사, 1966, 352~353면. 굵은 글씨는 인용자의 강조.
48) 앙드레 지드・김붕구 역, 「소련에서 돌아오다─부록 반종교 투쟁」, 『앙드레・지드전집』 4, 휘문출판사, 1966, 370면.

정진의 과정임을 술회한다. 같은 맥락에서 지드는 자신이 반기독교주의자가 아니며, 끊임없이 자신을 변화하기 위한 도정 즉 내적 성찰의 윤리로 기독교를 준거로 삼는 기독교주의자임을 드러낸다. 그가 거부한 것은 '신'이 아니라 '교회'이기 때문이다.[49] 다음 인용문은 지드의 정진의 과정을 잘 보여주고 있다.

『나는 맑스派는 아니다』 맑스 自身은 그 末年에 이렇게 말하였다. 나는 이 警句를 몹시 좋와한다. 生覺나는 대로 그의 말을 적어 보자. 『나는 어떠한 固定的 秘訣이나 또는 모-든 努力-思想의 努力-에서 除外된 낡어빠진 旣成制度를 云謂한 것이 아니고 맛당히 한 새로운 方法을 가저온 것이다. 그럼으로 나의 말에 抱泥(포니)하지 말고 학설을 넘어서 앞으로 앞으로 나가거라』고 말하지 않었든가.

―――――――――――(중략)――――――――――

크리스챤에 잇어서는 革命은 自己自身 속에서부터 이러난다. 아니 나는 自己自身이 서둘러서 革命을 이르킨 것이라고 말하고 싶다. 이러한 革命은 또한 그이들 自身을 滿足시킨 것이다. 그러나 맑시스트는 外部革命으로써 充足하다고 生覺한다. 나는 이 두 가지의 努力과 效果를 서로 補充的으로 倂行해서 同時에 일으키고 싶다.

――――――――――(중략)――――――――――

『個人主義와 共産主義.. 네 뱃속에 꿈투리고 있는 두 원수를 너는

49) 그는 교회가 인간을 律(율)하는 금령(禁令)들을 받아들일 수 없었다. 신에게는 인간을 탈취하여 점유(占有)할 의사는 없다. 인간이 만든 교회가 신의 이름으로 모든 불필요한 제약을 가하여, 인간을 질식시키는 것이다. 손우성, 「앙드레·지드의 生涯와 思想」, 『앙드레·전집』4, 휘문출판사, 1966, 477면. 이 지점에서 앙드레 지드는 니체의 반그리스도 사상과 합치한다. 그러나 지드는 니체와의 영향관계를 물었을 때, 니체의 독일어 서적 출간의 시점과 자기 저서의 출간 시점 불일치를 설명하며 영향을 받았다기보다 동시대 동일한 사고를 공유한 혈연관계라고 주장한다. 이원조, 「앙드레 지드 硏究 노트 序文」, 『조선일보』, 1934, 8.4~10. 이원조, 『오늘의 文學과 文學의 오늘: 李源朝文學評論集』, 형설출판사, 1990, 524면.

어떻게 調和시킬 수 있다고 假裝할 것인가?』 나의 親舊 R·M·드·
르힌리는 나에게 말하였다. 『**그것은 물과 불 같은 것이라**』고 그러
나 저 水蒸氣는 물과 불의 結婚에서 나오는 것이 아니겠느냐[50]

위 내용에 해당하는 1966년판 번역은 다음과 같다.

"<나는 마르크스주의자가 아니라>라고 마르크스가 만년에 외쳤
다는 말이 전해지고 있다. 나는 이 재치 있는 넋두리를 좋아한다. 내
생각으로는 이것은 다음과 같은 뜻이다. <나는 당신들에게 새로운
방법을 가져다주었다. 그러나 앞으로 인간이 노력(사고의 노력의 뜻
이다)하지 않아도 좋을 처방도 아니요, 완성된 체계도 아니다. 따라
서 내 말에 지박하지 말고 전진하라> ---(중략)--- 기독교도에 있
어 혁명은 자신의 내부에서 일어난다. 우선 내부에서 일어남으로 비
롯한다라고 쓸 수 있다면 좋겠다. 그러나 이 내부의 혁명은 충족한
것이 되고 만다. 다른 사람들의 경우 외부적 혁명으로 충족하는 바
와 같다. 이 두 노력, 두 결과를 나는 상호 보충적인 것이 되기를 바
라고 싶으며 흔히 이 둘이 대립하는 것은 매우 부자연스럽다고 믿는
다. --(중략)-- <개인주의와 공산주의... 이 원수들을 어떻게 화해시
키겠다는 것입니까? 설사 당신 자신 안에서라도 말입니다. 그것은
물과 불입니다> 이렇듯 친구 마르땡.듀.가아르는 웃으며 내게 말한
다. 물과 불의 결합에서 수증기가 태어난다."[51]

지드는 소련이 역사에 집착하고 그리스도의 신성을 부인하며, 교회
의 교리를 배격하고 비판하는 것에 대해서도 용납한다. 그러나 교회의
가르침이 세계에 새로운 희망을 가져왔고 혁명적인 발효제가 되었음

---

50) 앙드레 지드 · 이영준 역, 「나의 日記帖에서」, 『신천지』, 1947, 12, 179~180면. 굵은 글
씨는 인용자의 강조.
51) 앙드레 지드 · 李桓 譯, 「日記」, 『앙드레 · 전집』5, 휘문출판사, 1966, 352~353면.

에, 인류 문화에 대한 탐색의 태도까지 버려서는 안 됨을 지적한다. 부
연하자면 『소련에서 돌아오다』(1936)에서 그는 "교회 자체가 어떤 점
에서 그것을 배반했으며, 어떤 점에서 「복음서」의 그러한 해방적 교리
가 애통하게도 교회의 야합으로써 권력의 남용에 가담하게 되었는가
를 지적하는 것"이[52] 마르크스주의자의 몫이라는 점을 강조한다. 교
회에 관한 모든 일을 무조건 묵살하거나 부정하는 것은 무지라는 점
을 비판한다.

위 일기는 1937년 여름에 쓴 글로서, 앙드레 지드 삶의 궤적과 문학
관을 집약하고 있다. 그가 소련을 방문한 시기가 1936년 8월 14일부터
28일이며 『소련에서 돌아오다』(1936, 11)와 『續 소련에서 돌아오다』
(1937, 6)의 출간시기에 비추어, 위 일기는 사회주의로부터 전향 전후
지드 자신의 의식 추이를 비교적 명료하고 객관적으로 서술해 놓은
것이다. 그의 문학 세계 전반에 걸쳐서 그가 주장해 왔듯이, 그는 인류
의 문제를 해결하기 위해 직접 행동으로 나서고 창작으로 표현해 왔
던 것이다. 그런 의미에서 그는 '휴머니스트'이며, 끊임없이 자신의 가
능성을 일깨워 나간 '실천가'였다. 지드의 다양한 저작 중에서도, 그의
문학적 궤적 전체를 시사하는 위와 같은 일기의 번역은 1947년 한국
문단이 도달한 세계사적 보편성이자 객관성이라 할 수 있다. 당시 문
인들은 지드를 통해 해방공간의 사상적 통합과 민족의 화합을 도모하
고 싶었던 것이며, 지드를 통해 그에 대한 키워드를 찾고 싶었던 것이다.

문예지에 발췌된 지드의 글을 통해 짐작할 수 있듯이, 1947년 해방
공간 적어도 『신천지』의 중도파 지식인에게 있어서 중요한 것은 전향
을 비롯한 사상의 추이가 아니라 이질적인 사상이 어떻게 결합되고

---

52) 앙드레 지드·김붕구 역, 「소련에서 돌아오다—부록 반종교 투쟁」, 『앙드레·지드전집』
    4, 휘문출판사, 1966, 402~403면 참조.

통합될 수 있는가에 있음을 알 수 있다. 해방공간 지식인들이 염두에 둔 지드 문학의 성실성은, 개인주의와 공산주의를 이질적인 것으로 보지 않는 그의 지적인 성실함을 의미한다. 나아가 이를 실천하기 위해 지난한 노력을 해 온 그의 삶의 궤적을 의미한다. 미국과 소련의 틈바구니에서, 남한과 북한으로 분리된 공간에서, 해방공간 지식인들은 어떻게 양자의 사상을 '물'과 '불'이 아니라 '수증기'로 조화롭게 재탄생시킬 수 있는가를 그들의 숙명으로 삼았던 것이다.

위 일기들은 비록 지드 일기의 일부에 불과하지만, 그의 삶 전반을 설명해 주고 있다. 그는 육체와 물질에 대항한 정신주의의 우월성을 주장하는 것이 아니라 제도와 종교, 관습에 가두어진 인간성의 실체를 일깨우려 했으며, 궁극적으로 자유로운 인간성의 해방을 꿈꾸었다. 그것은 인간에 대한 근원적인 탐색과 성찰의 과정으로서, 휴머니즘의 본질과도 상통한다. 종교라는 형식 밖에서 인간과 신을 맞대면 시기는가 하면, 사회제도의 형식 밖에서 인간과 인간 간의 관계가능성을 탐색해 나간 것이다. 좌우 이데올로기의 편견을 넘어선 이와 같은 인간에 대한 이해와 통찰은, 군정의 통제 하에 있는 해방공간에서는 보편화되기 어려웠다. 지적인 성실함이 실현되기에는 통제와 부자유의 벽이 너무 높았던 것이다.

2.3. 세계사적 보편성과 조선적 특수성

앙드레 지드의 문학과 활동은 식민지 시기부터 해방이후 오늘날에 이르기까지 지속적으로 소개되고 있다. 지드는 식민지 근대문단에서도 큰 반향을 몰고 왔다. 근대문학사에서 지드 작품은 조선어로 번역되지 않았고, 다수의 문인들이 일역본을 읽었다. 식민지 문인들은 지드를 '전향인사'로서 정치적 행보에 주목했으며, 작품 번역에 나서지 않았다. 해방이전에는 주로 근대 지식인 작가들의 입론의 준거로서 지드의 '전향'에 초점이 맞추어져 소개되었지만, 해방 후에는 그의 작품을 비롯 그의 저작이 번역되기 시작한다. 해방이후 지드 수용과정에서 괄목할 만한 변화를 초래한 것은 1947년 지드의 노벨문학상 수상이다.

1948년에 이르러 을유문화사에서 지드의 소설『좁은문』,『전원교향곡』을 번역 출간했다. 1947년 노벨문학상 수상과 더불어 지드의 소설이 출간되고 그의 글들이 문예지에 번역되었다. 소설 외 일기, 그에 관한 평론들이 번역되어 일간지에 소개되었다. 김병규는『좁은문』을 번역출간하면서 같은 시기 문예지에 지드에 대한 평문을 썼다. 그는 평문에서 방황과 고뇌 속에서도 성실한 삶을 보여주었던 지드의 이력을 소개하고, 젊은 세대의 귀감으로 제시했다. 해방이후 문단에서는 지드 소설과 다양한 글의 번역을 통해 건국의 과제를 짊어져야 할 청년들에게 방향성과 길잡이를 제공하려 했던 것이다.

이러한 노력은 1947년 지드에 대한 두 가지 이해방식으로 나타났다. 일군에서는 사회주의로 전향한 지드는 이해하지만, 사회주의로부터 등을 돌린 지드를 이해하지 못했다. 또 다른 한편에서는 지드의 두 차례에 걸친 전향과 이념을 지적 성실성으로 이해한다. 개인주의와 공산주의를 이질적인 사상으로 분리하지 않고 양자 간 결합과 화해를 모색한 그의 삶의 궤적에 주목했다. 전자에 해당하는 대표적 문인으로 이태준을 들 수 있다. 그는 1946년 소련여행을 다녀온 후, 1947년 소련에 대한 예찬으로 가득 찬 기행문을 출간한다. 기행문에는 자기보다 앞서 소련을 다녀온 후 소련을 비판한 지드를 의식하는 구절이 있다. 이태준은 지드의 소련 비판을 쁘띠 부르주아의 성급한 판단으로 보았다.

지드와 이태준 간의 시각 차이는 그들이 지향하는 '자유'의 함의하는 바가 다름에 있다. 교회와 사회, 국가와 민족, 자본주의와 사회주의 등 다양한 전체와 전체주의에 대한 경험에서 자유를 찾았던 지드와, 봉건질서와 식민지 압박과 같은 형태의 전체주의를 경험한 이태준이 지향했던 자유는 그 함의하는 바가 다를 수밖에 없었다. 구체적으로 말하자면, 그것은 한 사람에게는 개인의 자유이고 또 다른 사람에게는 민족의 해방을 의미했다. 해방공간의 특수성, 봉건타파와 통일된 민족국가의 건설이라는 과제 앞에서 조선의 지식인 작가는 조급한 발걸음으로 소련을 방문했던 것이다.

1947년 『신천지』에서는 1936년 지드가 소련기행을 다녀온 직후 사회주의에 대한 자신의 입장을 보여주는 일기의 일부가 번역되었다. 이 글은 지드 이해에 있어서 소설작품보다 더 중요하다. 일기에서 그는 맑스주의는 탐구의 과정이며 자신은 반기독교주의자가 아니라, 외부혁명으로서 맑스주의와 개인혁명으로서 기독교주의의 합치점을 모색하려 했음을 술회한다. 1947년 남북의 분단의 골이 깊어지고 민족의 통일이 암울한 시기, 중도파 지식인들은 양자 간의 화합을 통해 새로운 국가와 민족의 탄생을 기원했던 것이다.

해방공간에서 지드는 당면한 국가와 민족의 현실에 고뇌하는 실천적인 지식인의 노역으로 그의 작품이 번역, 소개된다. 식민지시기에 비해, 해방공간에 이르러 '앙드레 지드'라는 인간의 실체에 더 근접할 수 있었다. 이 땅의 문인들은 앙드레 지드라는 기표를 전유하여, 해방된 민족의 오늘을 고뇌하고 내일을 구상하려 했던 것이다. 완전한 해방과 건국을 위해 지드와 같은 진보적인 정치적 실천이 요구되는가 하면, 남북한 이데올로기의 격화를 타계하기 위해 지드와 같은 지적인 성실함이 요구되기도 했다.

　해방공간 지드 소설의 번역과 이해는 다음과 같은 사실을 보여준다. 첫째, 지드 소설의 번역 출간을 통해 일본을 경유하지 않고, 조선인의 눈으로 세계 문학과 세계사적 보편성에 도달하려 했다는 점을 들 수 있다. 해방공간 지식인들은 제국으로부터 분리되어 문학과 정치의 홀로서기에 돌입하고 있다. 둘째, 1947년 지드를 둘러 싼 이해의 두 가지 풍경은 해방공간 지식인의 고뇌를 시사한다. 이태준을 비롯한 일군의 문인들은 지드의 전향을 소부르주아의 한계로 인식하며, 사회주의자로 전향한 그의 행적만을 추종한다. 또 다른 한편에서는 전향을 둘러 싼 지드의 행보를 시대와 현실에 대한 성실성으로 수용한다. 해방공간 지드에 대한 이해는 세계사적 보편성과 조선적 특수성을 고민하던 동시대 지식인들의 고뇌와 모색의 기표로 작용하고 있음을 알 수 있다.

1. 『동물농장』의 번역

1.1. 대전(大戰)의 종식과 반도의 운명

해방기 소설의 미숙성을 지적할 때, 의례히 한 사회의 나아갈 지평
이 없었던 격변의 상황이 언급되곤 한다. 작가들 스스로 식민지 문제
를 청산하지 못한 탓도 있지만,[1] 냉전의 도래와 남북한 분단의 그늘
속에서 그들은 가까운 미래도 읽어낼 만한 자유와 객관적 거리를 확
보하지 못했다. 그 결과 그들은 세계사적 추이와 전망을 읽어내기보
다, 이념으로 균열된 해방공간의 혼탁함을 조명하는 데 그친다. 해방
공간 오웰 소설의 번역은 2차 세계대전 전후(前後)의 정치적 문제를 포
함한 해방기 문학 장의 특수성을 보여주고 있다.

---

1) 유석환은 김남천의 「1945년 8.15」(『자유신문』, 1945, 10.15~1946, 6.28), 김동리의 「해
  방」(『동아일보』, 1949, 9.1~1950, 2.16)의 경우 식민지 경험의 서사화 방식 및 8.15 해
  방의 비주체성을 텍스트 안에 내장하고 있다고 지적한다. (「한반도의 안과 밖, 해방의 서
  사들—해방을 둘러싼 기억투쟁과 민족문학(론)의 지정학」, 『상허학보』29집, 상허학회, 2010.
  5, 304면.)

이 장에서는 조지 오웰(George Orwell 1903~1950)의[2] 『동물농장』(1945)
과 『1984년』(1949)이 해방이후 한국에서 번역되고 이해되는 과정을 살
펴봄으로써, 해방이후 조선의 세계 인식이 어느 정도에 도달해 있었는
지 살펴보려 한다. 해방이후 지식인들의 세계인식은 식민지시기와 비
교하여 어떤 차이를 보이는가. 완전한 독립을 위한 건국 담론 외, 이를
가능케 하는 조건으로서 동시대 세계사적 추이에 대해서는 얼마나 감
지하고 있었는가. 1948년 남북한 단일 정부의 수립으로 어떠한 정신적
공황에 직면하는가.

해방기 문학은 한반도 문제를 미소 양국을 비롯한 냉전구도를 배경
으로 당대 관점에서 볼 때 더 심층적인 논의가 가능하다.[3] 2차 세계대
전의 종전에 따른 조선의 해방, 38선의 구획, 탁치문제와 남북정부 수
립, 한국전쟁 발발과 정전에 이르기까지 한반도 문제는 '민족적 문제'
인 동시에 '세계적 문제'였다.[4] 당시 세계 질서는 '서구 자유 진영'과
'동구 공산 진영'으로 재편되었고, 양자 간의 첨예한 냉각은 신생 독립
국으로 하여금 반드시 어느 한쪽으로든 편입되도록 강요를 초래했다.
독립-국가 건설-냉전질서로의 편입 과정에서 조선은 냉전 제국의 일

---

2) 조지 오웰에 대한 연구자들의 평전과 대표적 연구서는 다음과 같다. 윌리엄즈의 글에 어
빙하우 · 에릭 프롬 등의 작품론 등을 모아 편집한 김병익, 『오웰과 1984년』(문학과지성
사, 1984), 어빙 호우 편저 · 한승희 역, 『전체주의 연구-조지오웰작 「1984년」의 이해와
평가』(지문사, 1984), 마이클 쉘던 · 김기애 옮김, 『조지오웰-감춰진 얼굴』(성훈출판사,
1992) 등이 있다. 한국 지식인이 쓴 조지 오웰 평전으로 박홍규의 『조지오웰-자유 자연
반권력 정신』(이학사, 2002)과 고세훈의 『조지오웰-지식인에 관한 보고서』(한길사, 2012)
가 있다.
3) 정재석, 「해방과 한국전쟁, 3차 대전론의 단층들」, 『상허학보』27, 상허학회, 2009, 10,
191~228면., 김혜인, 「난민의 세기, 상상된 아시아-이광수의 『서울』(1950)을 중심으로」,
『대중서사연구』24, 대중서사학회, 2010.12, 136-160면., 공임순, 「원자탄이 매개된 세계상
과 재지역화의 균열들」, 『서강인문논총』31, 서강대학교 인문과학연구소, 2011.8, 5~43면 등.
4) 정재석, 「타자의 초상과 신생 대한민국의 자화상-해방~한국전쟁기 인도인식을 중심으로」,
『한국문학연구』38집, 동국대학교 한국문학연구소, 2009.12, 371~372면.

부로 편입되기 시작한다.

해방이후 조선에서는 정치와 문화 면에서 서구에 대한 관심과 정보가 증폭된다. 특히 미국과 소련의 전제적 분위기가 외신으로 보도된다. 시카고 외신에 따르면 "장래에는 미국과 소련만 강력한 국가가 되고 타 국가는 양자주위에 군집한 위성(衛星)이 되리라" 우려하며, 미국 국민은 미국 정부가 원자폭탄을 공개하여 세계평화에 앞장설 것을 촉구한다.5) 워싱톤 외신은 소련과 미국 양자가 서로 적대시 되는 분위기에 우려를 표명하며, 우호 유지의 필요성을 역설한다.6) 당시 저널에 의하면 채정근의 "뉘른베르크법정에 선 인류의 적 나치의 무리"(1946.6), 김일환의 "동경전범자재판"(1947.1)을 비롯 발칸반도의 정치동향, 영국의 대인도정책, 인도네시아, 전후 일본의 동향, 제3차대전에 대한 가상, 동구라파 문제, 희랍문제 등을 특집으로 다루고 있으며 문학에 있어서도 실존주의, 흑인문학을 비롯 현하 서구의 문학 동정이 소개된다.7)

김광섭은 「世界文藝私觀」(『경향신문』, 1947)에서 2차 세계대전 종식후 니힐리즘, 센티멘탈리즘, 데카당트 등의 다양한 문학형태의 출현을 예상한다.8) 해방이후 조선의 저널에 소개된 외국문학은 크게 두 가지 특

5) 시카고 25일발 AP연합합동, 「장래에는 미국과 소련만이 강력한 국가를 보존」, 『동아일보』, 1946, 1.28.
6) 화성돈 25일발 AP연합합동, 「미소양국간에 우호유지가 필요」, 『동아일보』, 1946, 1.28.
7) 이상은 『신천지』의 1946~1950년 사이에 외국정세를 다룬 특집 기사를 중심으로 소개한 것이다.
8) 김광섭, 「世界文藝私觀」, 『경향신문』, 1947, 10.26. (1-130) "오늘 세계는 전쟁으로 무엇을 얻었으며, 인류는 전쟁으로 무엇을 잃었는가. 이 냉혹한 현실 앞에서 문학은 **리알리즘을 더욱 강화**하기도 하리라. 그와 동시에 **니힐리즘과 센티멘타리즘이 전쟁의 선물로 대두**하기도 하리라. 또한 세기말적 **데카탄트의 진출**이 반드시 없으리라고도 단정은 못하리라." 당대 현실에서 문학은 이지적이고 과학적이지만, 그 근저에는 휴머니즘이 전제되어 있다. 굵은 글씨는 인용자의 강조.

징을 보인다. 첫째, 정치적 대립구도에 따라 신문과 잡지는 특정 국가의 문학을 집중적으로 다룬다. 신문과 잡지의 정치적 입장에 따라 소련과 영미문학이 압도적으로 소개되다가, 1948년을 경계로 미국문학 소개로 경도된다. 둘째 노벨문학 수상자에 대한 지대한 관심을 들 수 있다. 신문사에서는 각 시기별 노벨문학 수상자가 누구인지 앞 다투어 소개하며, 수상작 외에도 수상자들의 문학세계를 소개하는 데 많은 지면을 할애한다. 1946년 헤르만 헤세, 1947년 앙드레 지드, 1948년 T.S 엘리엇, 1949년 윌리엄 포크너가 그에 해당된다.

첫 번째 특징과 관련하여 1946년 신문사설에는 올바른 미국문화의 섭취를 제안하는 사설이 보인다.[9] 1948년 6월에는 일본 동경제대에서 영문학을 강의한 영국학자 에드먼드 쁘란덴이 영국의 현대작가를 소개하는 글이 번역되었다.[10] 1948년 9월 9일에는 영국의 버나드 쇼에 대한 근황,[11] 1949년에는 미국 여류연출가 다이린프의 버나드쇼 방문기도 번역 소개된다.[12] 1949년에 이를수록, 미국 영화와 더불어 미국문학의 소개가 많은 지면을 차지한다.[13] 잡지에서도 미국문학에 대한 관심이 확대된다. 1947년 11월에는 한흑구가 「미국문학의 진수」(『백민』,

---

9) 「미국문화의 섭취」, 『자유신문』, 1946, 2.25. 기사에 따르면 미국은 1776년 영국으로부터 독립된 신생국으로서 "그 顯著한 會成國民으로 지닌 包括的인 문화는 인류의 행복을 위하야 각종각양의 공헌"을 하고 있다. "청교도주의는 역사의 발전을 따라 실생활에서 현저히 침전하고, 물질주의와 현실주의적인 면이 점차로 확대되어 프래마티슴과 뉴-듸-ㄹ도 역시 이러한 기저에서 파생"되었다. 당시 조선인들은 영화와 저널리즘을 통해 미국문화의 선진적 정신과 궤적을 탐구하기보다, 외양을 좇기에 급급하다며 비판하고 있다.

10) 에드먼드 C.쁘란덴, 「英國의 現代作家」, 『민성』4권6호, 1948, 6, 105면. 그는 영문학전공 학생을 위해 맨들·영, 워스워-드, 하-듸, T.S.엘리옷트, 하-바-드.리-드, 찰스램 등의 영국의 고전적인 문인소개를 연재한다.

11) 「英國大文豪 버-翁近況」, 『자유민보』, 1949, 9.9.

12) 「뻐나드 쇼-방문기」, 『경향신문』, 1949, 3.8.

13) 예컨대 김명수, 「오 헨리와 그 작품」, 『경향신문』, 1949. 6.9~. 등이 있다. 이 외 1949년에도 지속적으로 영문학이 소개되는데, 1949년 7월 12일에는 현대 영시가 오랫동안 연재된다. (이인수, 「現代英詩小論」, 『태양신문』①~⑧, 1949, 7.12~20.)

1947, 11)를 소개한 이래, 그는 지속적으로 미국문학을 소개하는 글을 발표한다.[14) 1950년대 이르면 세계문학화한 미국문학의 위상을 소개하는 글들이 번역된다.[15)

　두 번째 특징과 관련하여 각종 저널에서는 노벨문학 수상자를 소개함으로써 동시대 세계문학의 흐름을 주목한다. 예컨대 1947년 11월에는 당해 노벨문학 수상자 앙드레 지드에 대한 논의들이 기사화 되는데,[16) 아메리카에서 지드의 위상을 다루는 등 빈번히 소개된다. 1948년 11월에는 1948년 노벨문학수상자 T.S 엘리엇의 '현대시운동' 및 그에 관한 글이 기사화 된다.[17) 해방공간 외국문학 소개에서 주목할 부분은 1948년을 즈음한 영미문학에 대한 관심 고조이다.

1.2. 1948년 전후(前後)

　1945년 8월 15일부터 1950년 6월에 이르기까지, 민주주의와 냉전에 대한 인식은 균열의 지점을 내포하고 있다. 1948년 남북한 단일정부의 수립이후, 세계사적 인식의 진폭은 제한되고 협소해진다. 예컨대 문학에 있어서도 미국문학을 세계문학으로 보편화하기 시작한다.

---

14) 「최근의 미국문단」(『백민』4권4호, 1948.10), 「미국문학의 기원」(『백민』5권2호, 1947, 11), 「최근의 미국소설」(『문학』6권3호, 1950, 5.1)

15) 맬컴·카우리 김형식 역, 「世界文學化한 美國文學」(上)(下), 『문예』, 1950.1~2.

16) 이영준, 「노-벨문학수상자 안드레 지드 소고」, 『독립신보』, 1947, 11.25~. 1948년 이후 남한사회에서 앙드레 지드의 소개 역시 정치적 분위기와 무관하지 않다. 조지 오웰이 영국 식민 지배를 받은 버마를 경험한 것과 마찬가지로, 앙드레 지드 역시 프랑스 식민 지배를 받는 콩고의 참혹한 실상을 목격하고 '콩고여행'을 쓰면서 1926년 공산당에 입당했다. 그러나 그는 1936년 소련 방문에서 모스크바의 폐쇄성과 획일주의를 목도한 후 자신의 판단착오를 고백하고 공산당에서 탈퇴했다. 이러한 앙드레 지드의 이력은 1948년 남한 사회에서 충분히 매력적으로 다가왔을 것이다.

17) 김경린, 「1948년 노벨문학수상자 그의 현대시운동」, 『경향신문』, 1948, 11.18., 「英詩人 에리옷트氏에 48年度 노-벨文學賞」, 『자유신문』, 1948, 11.6.

1948년 이전만 하더라도, 지식인들은 조선의 상황에 적합한 민주주의를 모색하고 있었으며, 이를 위해 전체주의에 대한 이해도 선행해 있었다. 1946년 박치우는 2차 세계대전의 종식이후 민주주의와 전체주의 간의 대립을 조망하면서 조선의 민주주의를 탐색하는 글을 발표했는데, 정치적이고 철학적인 안목이 전제해 있다.[18] 그에 의하면 2차 세계대전후 전쟁을 자행한 국가들은 '파시즘' 대 '민주주의'의 대결이었다고 하지 않고 '전체주의' 대 '민주주의'의 대립이라 지칭한다. 왜냐하면 파시즘에 대한 부정적인 인상을 스스로 지우기 위해서이다.

> 대체 파시즘이라면 발상지인 이태리의 경우라면 하는 수 업지마는 파시즘이라는 것이 본래부터가 국수주의와 긴급히 손을 잡고 이러난 것인 만큼 독일이나 일본의 경우에서 본다면 자신의 파시즘을 외국인 이태리의 수입품 모조물로 자처하기에는 국수주의적 입장에서 대단히 체면 적은 점이 업지 안을 뿐만 아니라 ** 탄압을 위주로 하는 파시즘이라는 이름으로부터 벗어온 자국민의 인상을 고려에 너치 안을 수 업섯든 까닥이다

그러기에 독일은 '파시즘' 대신 '국민사회주의'라는 일종의 사회주의로, 일본에서는 "일본주의"라 명명했다. 파시즘은 '전체주의'라는 철학적 간판을 내 걸었다. "전체와 부분과의 관계의 문제에 잇서 부분에 대한 전체의 우위를 주장한다는 의미"이지만, "파시즘의 전체주의는 처음부터 목적이 이론상의 흥미에 잇는 것이 아니라 진실로 개인에 대한 민족 또는 국가의 우위를 주장함으로써 민주주의와는 정반대인 개인의 자유를 위협한다." 전체주의에 대한 이해가 명확하게 이루어지

---

18) 박치우, 「전체주의와 민주주의」, 『民敵』창간호 제1권1호, 1946.5, 5~17면 참조. 이하 인용문은 이 글의 것임. 인용문은 현행 띄어쓰기를 따랐으며, 한자는 한글로 변용함.

고 있음을 알 수 있다. 이러한 서구 정치의 흐름을 전제로 박치우는
파시즘의 전체주의를 경계하면서 조선 민주주의를 모색한다.

> 신생 조선은 민주주의 국가래야만 된다고 한다. 올코도 조흔일이
> 다. 우리는 몬저 모-든 특권 소수자에게 대해서 다수자의 이름으로
> 일대일을 주장할 일이다. 그래서 이 일대일을 관철해야만 한다. 그
> 러나 이렇게 관철되는 일대일은 조선의 경우에서는 영미 등의 민주
> 주의와는 당연히 상모가 달라져야만 하며 또 반드시 달라질 것이다.
> 웨냐하면 여기에서는 처음부터 다수자는 근로대중이며 또 노동자임
> 으로 해서 그 자신이 생산자이며, 생산자이니만치 이럿캐 해서 어더
> 지는 일대일은 결과에 잇서서 벌서 형식논리적인 일대일 즉 「공평
> 의 가상」이 아니라 여하한 주저나 예외업시 각자가 능력에 의해서
> 노동하며 노동에 의해서 분배하는 사회를 향해서 나갈 수 박게는 없
> 게 되리라는 의미에서 진실로 이 의미에서 조선의 **은 현실적인 공
> 평일 수 있는 것이다.

세계적으로 만연해 있는 전체주의에 대한 이해를 통해 조선 민주주
의를 모색하려는 이와 같은 시도는 진전된 역사의식과 전망을 보여주
고 있다. 식민치하 경성제대에서 철학을 전공하고 해방이후에는 남로
당에 가담한 중간파 박치우 개인의 정치적 입장도 전제되어 있겠지
만[19] 이러한 객관적인 성찰은 1948년 이전에는 가능할 수 있었지만,
1948년 남북한 단독 정부의 수립과 더불어 객관성을 담보하기 어려워
진다. 당면한 역사와 현실에 대한 편향된 인식은 문학에 있어서도 예

---

[19] 박치우에 관한 대표적인 논의로 윤대석의 「아카데미니즘과 현실 사이의 긴장-박치우의
삶과 사상」(『우리말글』36, 우리말글학회, 2006.4, 371~396면.)이 있다. 박치우의 철학
은 아카데미즘에 머물지 않고 현실을 철학의 개념으로 풀어서 설명하려는 태도를 보였
다. 그에 의하면 '철학은 오늘, 이 땅, 우리에게 마땅히 무엇이어야만 될 것인가'의 문
제이다.

외가 아니다.

1.3. 『동물농장』창작 : 전체주의 경계

1945년 8월 15일 조선의 해방을 즈음하여 세상에 빛을 본 소설이 있다. 그것은 1945년 8월 17일 영국에서 출판된 조지 오웰의『동물농장』이다.[20] 작품 말미에 써 놓은 날짜를 보면, 1943년 11월 이 작품을 쓰기 시작해서 이듬해 2월 탈고한 것으로 되어있다. 오웰은 1944년 탈고하여 출판사에 의뢰했으나 출간되지 못했다. 2차 대전 기간 동안 소련은 서방 연합국들에게 동맹국이었으므로 소비에트 체제에 대한 통렬한 캐리커쳐가 출판된다는 것은 영국 정치사회에서 소련과의 협력관계에 상당한 불편을 초래할 가능성이 있는 일종의 정치적 위험이자 모험일 수 있었다.[21]

세계대전의 종식과 때를 같이하여 이 땅에 출현한 오웰의『동물농장』은 당 시대의 정치적 문제성을 첨예하게 재현해 놓았는데, 그것은 파시즘을 비롯한 전체주의에 대한 위협이다. 오웰이 풍자한 전체주의는 기실 1, 2차 대전의 실체를 비롯 도래될 냉전의 실체를 시사한다. 대항해시대를 거쳐 서구의 제국들은 자국의 이익을 극대화하기 위해 식민지 쟁탈전에 나섰으며, 식민지 점유의 과열화는 국가간의 전쟁을 예고하고 있었다. 근대 국가들은 민족과 국가 간의 '차별성'을 통해 국가주의를 유포했으며, 그 안에는 전체주의의 맹아가 자리잡고 있다.

---

20) 영국에서 출간된 출판사는 Secker &Warburg(1945)이다. 같은 시기 미국에서는 펭귄 북스에서 출간되는데 필자가 찾은 *Animal farm*의 서지 사항은 다음과 같다. First published by Secker &Warburg 1945 Published in Penguin Books 1951. 이어 1952, 4, 5년 재판을 거듭했으며, 1957, 8, 9년을 이어 지속적으로 재판을 거듭하고 있다.

21) 도정일, 「작품해설:『동물농장』의 세계」, 『동물동장』, 민음사, 2007, 145~146면.

오웰은 영국의 식민지 버마에 근무하면서 제국의 식민정책을 비롯한 국가주의의 압제를 목도한다.[22] 일찍이 그는 제국의 경찰로 근무하던 시절 목도한 것을 담은 첫 소설 『버마 시절Bumese Days』(1934)을 미국에서 출간한다.

1945년 발간된 『동물농장』은 종전(終戰)과 더불어 제국이 또 다른 이념을 등에 업고 대중에게 권력을 행사하는 당대의 정치 문제를 담지해 내고 있다. 오웰이 우려하는 전체주의의 실체는 『동물농장』에서 다음과 같이 나타난다. 농장의 운영은 사람을 중심으로, 사람의 이익을 극대화할 뿐 농장 동물들의 권익은 무시되었다. 지배계급으로서 인간은 그들의 이익을 위해 동물들의 자유와 노동력을 착취했다. 이러한 인간의 농장운영에 불만을 품은 동물들은 인간을 적대시하며, 그들 스스로 운영되는 자치 공동체 '동물농장'을 만든다. 그러나 결과는 마찬가지였다. 동물들의 지배계급인 돼지 역시 그들이 적대시해 왔던 인간과 동일한 행태를 보이고 있었다. 지배계급으로 안착한 돼지들은 그들만의 안락과 이익을 도모하기 위해, 다른 동물들의 노동력을 착취하고 자유를 유린했다. 혁명은 실패로 돌아가고 혁명 정신은 어디에도 찾아볼 수 없다.

동물들의 지배계급은 그들이 적대시했던 인간들의 삶을 재현하고 있었다. 동물들은 또 다른 지도자와 그의 권위에 눌리어 지배당하고 있었다. 지도자는 자신의 정신노동을 육체노동과 '구분'하고 노동계급과의 '차별성'을 정당화했다. 노동계급에게는 자유와 평등 그리고 노동

---

22) '차별성'은 식민제국이 스스로 만들어 낸 것이다. 조지 오웰은 「교수형」, 「코끼리를 쏘다」 등의 산문에서, 피식민자와 식민자의 정치적 계급의식이 인위적이며 비인간적인 행태로 조작되고 내면화되는 과정을 보여준다. 오웰의 산문을 편집해서 번역한 국내서는 다음과 같다. 조지 오웰·이한중 옮김, 『나는 왜 쓰는가』, 한겨레출판사, 2010. 조지 오웰·박경서 옮김, 『코끼리를 쏘다』, 실천문학사, 2003.

의 신성함을 강조하면서, 지배계급은 동물들의 적이라고 간주했던 인
간들과 거래하며 이권을 챙겼다. 여기에는 노동계급의 판단할 수 없는
우매함과 무지가 전제되어 있다. 지배계급은 노동계급의 판단력을 중
지 시기키 위해, 공부를 시키지 않으며 교조적인 구호들을 반복 학습
시킨다. 체제의 정당성을 확보하기 위해 또 다른 적을 설정하고 적개
심을 조장하는가 하면, 지배계급의 이익에 따라 구호 내용이 조금씩
바뀌기도 한다.[23)

『동물농장』에서 비판의 초점은 돼지 나폴레옹으로 풍자되는 소련
문제에 국한된 것이 아니다. 애초 비판의 표적은 농장주인 존즈, 사람
들로부터 시작되고 있다. 농장에서 쫓겨난 농장주 존즈가 사람들에게
자신의 처지를 하소연했지만, 사람들은 동정하는 듯 했으나 "이렇다할
도움도 주지 않았다. 내심 그들은 존즈에게 닥친 불행을 이용해서 뭐
득볼 일이 없을까 속으로 계산해 보고 있는 참이었다."[24) 동물농장의
지배계급에게 무조건적이고 무비판적으로 복종하고 순응하는 다른 동
물과 달리, "자신의 생애를 한 토막도 빠짐없이 고스란히 기억"하는
당나귀 벤저민은 그들의 상황을 다음과 같이 정리한다. "그의 말인즉
지금의 사정이 옛날보다 더 나을 것도 못할 것도 없고 앞으로도 더 나
아지거나 더 못해지지 않을 것이며 굶주림과 고생과 실망은 삶의 바
꿀 수 없는 불변 법칙이라는 것이었다."[25)

오웰이 주목한 것은, 공산 진영과 자유 진영 양자 모두에 잠재해 있

---

23) 이러한 상황은 1949년 발표된 『1984년』과 동일하다. 빅브라더는 '골드스타인'라는 적
　　을 상정해 두고, 지속적으로 '신어'를 창안하여 체제를 영속해 나간다.
24) 조지 오웰·도정일 옮김, 『동물농장』, 민음사, 2007, 37~38면.
25) 위의 책, 114면. ("다만 「벤쟈민」만이 자기는 오-랜 생애의 일을 전부 기억하고 있는데
　　모-든 것은 좋와질 수도 없고 납버질수도 없는 것이요 饑餓, 困境, 失望이란 전 생애의
　　변할 수 없는 法則이라고 말하였다" 1948년 번역본, 101~102면. 띄어쓰기는 현행 맞
　　춤법에 따름.)

는 전체주의의 위협과 인간이 지닌 삶의 조건이다. 그는 인간의 권리
와 자유가 보장되지 않는 당면한 현실을 문제 삼고 있다. 2차 세계대
전의 종식이후 냉전(cold war)은 팽팽한 두 힘의 맞섬을 보여준다. 자유
진영이든 공산 진영이든 간에, 어느 한쪽도 팽팽하게 맞섬의 끈을 놓
지 않고 더 단단하게 조여가고 있었다. 양자 모두 집단의 권익을 위해
또 다른 한 편을 '적'으로 간주하여, 독재를 서슴지 않을 수 있다. 국
가의 안보와 민족의 사활을 내걸고 또 다른 한 편의 적이 지닌 가공할
만한 공포와 위협으로부터 국민 스스로 희생과 봉사의 선봉에 나설
것을 자극할 수 있다. 2차 세계대전을 경험하면서, 오웰이 직시했던
당대 삶의 문제성은 이데올로기를 초월하여 인류의 삶에 포진한 전체
주의의 위협이었다.[26] 작가는 인간의 삶에 포진한 전체주의에 대한 경
계를 보여주려 했다.[27]

  1936년 오웰은 스페인 내전에 참전하면서 공산주의 내부의 균열을
목도했다. 스탈린 공산주의자들이 권력을 장악하기 위해 다른 사회주
의자들(무정부주의, 사회민주주의, 트로츠키주의)을 탄압하고 숙청하는 과정

---

26) 최근 민주주의에 대한 성찰에 주목해 보면, 웬디 브라운은 민주주의가 자본주의와 더불
  어 하나의 '브랜드'로 상품물신성의 최신 변형으로 변질된 점을 지적하는가 하면(「오늘
  날 우리는 모두 민주주의자이다...」), 크리스틴 로스는 민주주의란 단어가 간직한 해방
  의 울림을 완전히 제거한 채 계급적 이데올로기가 되어버렸음을 탄식한다.(「민주주의를
  팝니다」) 아감벤 외10 · 김상운 외2 옮김, 『민주주의는 죽었는가?』, 난장, 2010.
27) 그는 글 쓰는 동기를 '순전한 이기심', '미학적 열정', '역사적 충동', '정치적 목적' 네
  가지로 분류하고, 자신의 글쓰기에는 정치적 목적이 전제해 있음을 밝힌다. 조지 오
  웰 · 도정일 옮김, 「나는 왜 쓰는가」, 『동물농장』, 2000, 133~144면. "1936년 이후 내
  가 진지하게 쓴 작품들은 그 한줄 한줄이 모두 직접적으로나 간접적으로 전체주의에
  <반대>하고 내가 아는 민주적 사회주의를 <위해> 씌어졌다. --(중략)-- 지난 10여
  년을 통틀어 내가 가장 하고 싶었던 것은 정치적 글쓰기를 예술이 되게 하는 일이었다.
  나의 출발점은 언제나 당파의식, 곧 불의(不義)에 대한 의식이다. --(중략)-- 그 책을
  쓰는 이유는 내가 폭로하고 싶은 어떤 거짓말이 있기 때문이고 사람들을 주목하게 하
  고 싶은 어떤 진실이 있기 때문이다."(141면. Why I Write 1946, 여름)

을 목도하면서 공산주의에도 내재해 있는 전체주의를 발견했다. 20세기 출현한 사회주의는 19세기 만연했던 제국주의를 '부정, 해체, 극복' 하는 역사적 과제를 수행하면서, 제국주의 이데올로기의 실체를 밝혔다. 사회주의가 제국주의의 실상(착취와 수탈)과 허상(문명과 진보의 전파) 간의 괴리를 노출시켜 이데올로기 내부의 허위와 야만성을 폭로한 공과가 있지만,[28] 사회주의 역시 스탈린체제에 접어들면서 전체주의의 변종에 지나지 않음을 목도한 것이다. 그는『동물농장』(1945)의 출간에 앞서『칼탈로니아 연가 *Homage to Catalonia*』(Secker & Warburg, 1938)를 출간하는데, 이 르포에서 공산주의 내부에 존재하는 전체주의의 허위성을 고발하고 있다.

1.4.『동물농장』번역 : 전체주의 도구

한국에서 조지 오웰의『동물농장』은 1948년 10월 31일 김길준에 의해 번역출간된다.[29] 김길준의 번역으로 1948년 10월 31일 '대건인쇄

---

28) 도종일,「문명의 야만성과 세계화 비전」,『시장전체주의와 문명의 야만』, 생각의 나무, 2008, 82~83면 참조. 도종일은 나치 독일의 파시즘과 스탈린의 소비에트 전체주의는 정치 독재와 기술의 결합이라는 공통점을 갖고 있음을 지적한다. 양자 모두 기술적 방법지와 실용교육을 강조하고 반지성주의를 취택했다는 것이다. 비판적 지성의 학살과 관련하여, 도종일은 권력-자본-기술의 3자 연정 관계를 기반으로 한 시장전체주의에 대해 비판한다. 시장의 신은 자유의 이름으로 자유를 박탈하고 선택의 이름으로 선택을 제한하며 다양성의 이름으로 다양성을 죽인다. 시장의 신은 오락, 소비, 향락의 문화로 세상을 장악하며 비판 지성을 침묵시키고 사회의 창조적 에너지들을 고갈시킨다고 비판한다.(도정일,「시장전체주의와 인문가치」, 위의 책, 198~199면.)

29) "動物農場(작품명) 소설(종별) 죠-지・오어웰(원작자) 英(국적) 金吉俊(역자) 국제문화협회출판부(출처) 10월 31일(간행일)" 김병철,『한국근대번역문학사연구』II, 을유문화사, 1973, 1018면. 이 외 오영식의『해방기 간행도서 총목록:1945~1950』(소명출판, 2009) 과『광복60주년 기념:해방공간의 도서들』(국립청주박물관, 2005)에는 소개되어 있지 않았다.

소'(1947년, 9월30일 등록 제21호)에서 인쇄되었으며, 발행소는 국제문화 협회 출판부(서울 종로 YMCA內)이고 책값은 150원이다. 이 책이 번역 발간되던 해, 칼럼형식의 서평 「동물농장」(『경향신문』,1948, 12.1)을 제외 하고, 당시 신문과 잡지에서 이 책에 관한 언급은 찾아볼 수 없었다. 신문의 서평에 의하면 "어떤 공식주의에서 절규하는 현대인의 위험한 착각을 바로 잡기에 충분하고 이 책을 읽음으로써 진정한 민주주의에 의 지향이 명시될 것으로 믿는다"는[30] 뚜렷한 정치적 목적을 전달했다.

번역자 김길준의 해방이전 이력을 뚜렷하게 알 수 없으나, 민족문제 연구소의 해외친일인명 수록 명단으로 보아 친일 관료로 보인다. 해방 이후에는 공보국장으로 있었으며, 1946년 10월 19일 일간지에서 그는 김기림의 언론집회의 자유 및 출판물배급 시급이라는 요구에, 군정청 공보국장으로서 당대 지식인의 책임없는 자유를 질타하며 앞으로 언 론집회사상의 자유에 더 힘쓸 것이라 응답한다.[31] 같은 해 그는 러취 (Lerch, A.L.) 군정장관의 군정장관실 내 'Public Relations Office'의 고문이 된다.[32] 1947년 7월 20일 일본여정을 신문에 소개하기도 하고, 같은 해 10월 7일에는 대일(對日)기술배상안과 관련하여 무조건적 배일사상 은 쇄국주의의 잔재라 여기며, 일본에 배상을 청구하게 되겠지만 기술 배상을 청구하여 자생자활의 길을 모색해야 한다는 칼럼을 발표한다. 이 칼럼에서 그는 일본에 대한 반발을 약화시키는 한 편 문제의 초점 을 '삼팔선'에 집중시키려 한다.[33] 1949년 6월 18일 그는 군정장관고 문에서 공보처 고문으로 취임한다.[34] 같은 해 9월 6일 국방부 장관실

---

30) 「동물농장」, 『경향신문』, 1948, 12.1. 글쓴이가 소개되어 있지 않다.
31) 「(공개장)우리생활의 긴급한 과제(8)문화편」, 『경향신문』, 1946, 10.19.
32) 「러취장관 연내귀임 영전하는 김길준씨」, 『경향신문』, 1946, 12.17.
33) 김길준, 「對日技術賠償案」, 『경향신문』, 1947, 7.10.
34) 「김길준 공보처고문으로」, 『경향신문』, 1949, 6.18.

로,[35] 9월 30에는 교통부비서실장으로 취임한다.[36] 그는 미군정 우익 권력의 중심에 있었다.

『동물농장』의 출간이 1948년 10월이라는 사실은 중요하다. 1945년 8월 17일 영국에서 발간되고 뒤이어 같은 시기 미국에 소개된 책이 불과 3년 만에 남한에서 소개될 수 있었던 것은 그만한 정치적 이유가 선행해 있었기 때문이다.[37] 번역본『동물농장』은 총 10장의 내용이 빠짐없이 완역되었으며, 역자는 이 작품의 주제와 의도를 책의 서두에 상세히 소개한다. 특히 줄거리를 자세하게 안내하고 있으며, 독자들의 이해를 돕기 위해 작중 인물의 특징과 의의도 밝혀준다.[38]

> 「죤스」씨의 농장 동물들은 성공리에 혁명을 일르키어 농장을 자기네의 소유로 한다. 그네들의 希望과 計劃, 그리고 成就하는 業績들이 이 동물농장이란 작품의 골자가 되는 것이다. 혁명 당초에는 목적달성에 도취한 나머지 「모-든 動物은 平等하다」라는 위대한 誡命을 표방하나 불행하게도 지도권이 다른 동물들보다 지적으로 우수한 「도야지」들에게로 자동적으로 옮겨나 버리고 만다. 그리하야 일껀 성취된 혁명도 점차 부패하기 시작한다. 그리고 혁명당초의 원칙이 뒤집혀 질 때마다 그럴듯한 辨明이 임기응변적으로 작고 나오는 것이었다.(3면.)

---

35) 「공보처 김길준씨 국방부로 전출」,『동아일보』, 1949, 9.6.
36) 「교통부비서실장 김길준취임」,『경향신문』, 1949, 9.30.
37) 1948년 5월 10일에 남한에서만의 총선거가 실시되어 5월 31일에는 최초의 국회가 열렸다. 이 제헌국회는 7월 17일에 헌법을 공포하였는데, 초대 대통령에는 이승만이 당선되었다. 이어 8월 15일에는 대한민국의 수립이 국내외에 선포되었으며, 그해 12월 유엔 총회의 승인을 받아 대한민국은 합법정부가 되었다.
38) 죠-지·오에웰作 金吉俊 譯, 「譯者 序」,『*Animal Farm* 動物農場』, 국제문화협회간, 1948, 3~5면. 이후 인용문에서는 인용한 페이지의 수만 기입. 한자는 가급적 한글로 표기.

원작자 「오에웰」氏는 이 농장에 등장하는 동물개개에 대하야 깊은
동정을 갖이고 그들의 생태를 묘사함에 비범한 수완을 보히었다. 이
작품을 읽을 때 무엇보다도 독자의 마음을 감동시키고 눈물지웃게
하는 것은 「스노-뽈」과 「나폴레온」의 조직 覇權다툼 보다도 삐앞흐
게 일하는 「빡설」이나 또 그리 찬양할 만한 동물은 못되나 저자가
일단의 묘필로써 그려낸 당기를 좋아하는 암말 「몰리-」의 풍모일
것이다.
　이 저자는 명작 『妙術나라의 애리스』(Alice in wonderland)에 비견할
만한 것으로 그의 기상천외의 탁월한 상상력에는 오즉 감탄을 불금
하는 바이다. 그리고 이 소설의 특징인 신랄한 풍자와 「유-모어」는
직접 우리의 심금을 울려서 생각하면 생각할사록 길이길이 미소를
지어내게 한다.(4면.)

　인용문에 의하면 역자는 다음과 같은 두 가지 사실에 주목하고 있
다. 첫째, 평등을 내걸고 혁명을 수행했으나 그것은 변명에 불과할 뿐
독재가 지속된다. 둘째, 인물의 형상화라는 측면에서 독재자보다 그들
에게 희생당하는 '빡설(Boxer)'과 '몰리(Mollie)'의 성격창조를 높이 평가
한다. 양자 모두 우매한 피지배자로서 빡설이 맹목적으로 복종하고 헌
신하는가 하면, 몰리는 실체가 아니라 눈에 보이는 것(아름다운 댕기)에
만 현혹되어 독재자의 수하에 들어가 혹사당하고 만다. 요컨대 이 작
품에서 역자는 독재의 횡포에 초점을 맞추어 고통받는 피지배계층의
모습을 강조한다. 맹목적이며 눈에 보이는 것밖에 알지 못하는 피지배
계층의 속성을 지적함으로써, 그들의 불행을 통해 독재의 위협을 경고
한다. 역자 소개에서 주목해야 할 부분은 다음과 같은 출간의 정치적
목적이다.

「동물농장」(Animal Farm)은 제2차세계대전후에 발표된 가장 저명한 풍자소설이니 전인류가 미국과 소련의 두 개의 세계로 양분되어 「이데올로기-」의 싸움이 한참인 이때에 專制主義보다는 역시 民主主義가 일층 進步된 方式이오, 또 專制主義의 獨裁가 얼마나 많은 矛盾과 당착을 들어내이고 있는가의 사실을 우리는 다시 한번 재검토할 필요가 있을 줄 안다. 『나치스』의 독일과 『파시즘』의 이태리와 『군국주의』 일본은 이미 패망하였지만은 지구상에는 아즉도 전제주의적 독재가 존재하고 있지 않을지? 「동물농장」은 동물의 세계를 빌어서 독재의 모순과 피지배자의 비애를 여실하게 갈파하였으니 전제주의에 대한 어떠한 비난공격보다도 이 일 편이야말로 가장 빼앞흔 교훈이 될 것이다.(4면)

『동물농장』의 번역은 공산주의에 대한 경계의 일환이자, 민주주의를 옹호하기 위해 기획된 것이다. 1948년 8월 15일 남한정부가 들어서고, 북한에 대한 남한 정부의 정당성을 공산주의에 대한 민주주의의 우위에서 설파하려는 것이다. 역자는 공산주의를 '전체주의'로 보지 않고 '전제주의'와 동일시한다. 전체주의(全體主義 Totalitarianism)가 개인의 모든 활동은 민족 국가와 같은 전체의 존립과 발전을 위하여서만 존재한다는 이념 아래 개인의 자유를 억압하는 사상이라면, 전제주의(專制主義 Despotism)는 국민의 의사를 존중하지 않고 지배자의 독단에 의한 정치 형태를 의미한다. 번역자는 전체주의에 대한 이해없이, 전근대적인 독재자의 횡포에 초점을 맞추어 작품의 주제를 전제주의의 위협으로 단순화 한다.

역자는 "또 이 이야기에는 저자가 일부러 어떠한 「모랄」을 지적하여 첨가시키려고는 하지 않았지만은 우리들이 다 잘알고 있는 세계정세의 어느 부분에 부합되는 점"을 지적하여, '소련과 북한의 독재체제'

대(對) '미국과 남한의 민주주의'를 떠올리게 만든다. 그 결과 "처음부터 끝까지 이 소설을 다 읽고 난 사람은 누구나 어떠한 判定과 結論을 스사로 얻고야 말 것이다"라고 자신한다. 나아가 좀 더 직접적으로 다음과 같이 단언한다.

> 「동물농장」은 자칫하면 허울좋은 공식주의로 떨어지기 쉬운 현대 인류에 대한 일대 경종이니 "진정한 민주주의의 자주독립국가를 수립하여야 할 우리 조선청년이 이 소책자를 읽음으로써 적어도 어느 것이 참된 민주주의이며 또 어느 것이 민족결합의 가장 공평한 생활방식이냐? 라는 것을 다시 한번 반성하게 된다면 譯者는 물론, 원작자도 만족할 줄 안다. -1948년 5월 譯者 識

박홍규는 한국에서 오웰의 작품 초역은 미국정부가 깊이 관여하고 있음을 지적한 바 있다. "1948년『동물농장』의 한국어 번역을 시작으로 미국 해외정보국은 오웰의 책을 30개국 이상의 언어로 번역, 배포하기 위한 자금을 지원했다."[39] '공산주의에 대한 심리적 공격'이라는 점에서 국무부가 대단한 가치를 평가하고 번역에 대한 자금을 지원했다고 한다. 이러한 증언 외 번역자 김길준의 정치적 입지, 신문의 서평과 번역자의 해설 등으로 보아,『동물농장』의 국내번역은 미군정과 정부에 의해 기획된 것임을 알 수 있다.[40] 자세한 작품 소개에 비해, 작

---

39) Rodden, John, The Politics of Literacy Reputation : The Makingabd Claming of "St.George" Orwell, Oxford: Oxford University Press, 1989, p.202. 박홍규,『조지 오웰 -자유 자연 반권력 정신』, 이학사, 2002, 21면 재인용.
40) 더 확인해 보아야겠지만 1948년 10월『동물농장』을 출간한 출판사, 국제문화협회출판부 역시 정부가 관여한 우익성향의 기관으로 보인다. 1947년 2월 20일자 "조선출판협회" (『동아일보』) 기사에 의하면, '국제문화출판부'는 협회에 참석한 11개 출판사 창립 멤버 중의 하나로 명시되어 있다. 김을한(金乙漢)이 1945년 12월 조선문화사를 '국제문화협회'로 개편하여 맡았으며, 발행한 책으로 김구의『도왜실기』등이 있다.

가에 대한 소개는 정확하지 않다. 오웰의 다른 작품 및 정치적 입장에
대한 소개도 없다.[41]

> 원작가 소개 : 「죠-지 오어웰」氏는 영국인으로서 평론가이며 수필
> 가인 동시에 倫敦업서버지와 「뉴-스테잇쓰맨·앤드·네이슌」지에
> 소설을 정기적으로 집필하고 있다. 그리고 「싸이릴·커너리」의 월
> 간잡지 『지평선』에도 자조 투고하고 있으며 그의 「倫敦通信」은 米麯
> -파-틔산-레뷰誌에 게재되어 평판이 높다.
> 「벵갈」에서 영국인과 인도인 사이에 출생한 「오어웰」氏는 「이-튼」
> 학교재학당시부터 벌서 이채를 띄운 학생이었고 「삐루마」國에서 오
> 년간이나 인도국립경찰소속으로 근무한 일도 있으며 西班牙내란 당
> 시에는 西班牙 국군에 가담하여 전투중에 중상을 당한 일까지 있는
> 다채로운 이력을 가진 작가이다.(5면)

인용문에서 볼 수 있듯이, 작가의 소개가 올바르지 않다. 번역자는
오웰을 영국과 인도의 혼혈인으로 소개한다. 그의 부계와 모계가 다
같이 인도와 버바에서 군인 또는 공무원으로 있었거나 상업에 종사했
으나, 그들 모두는 영국인이었다. 이 외에도 이튼 재학시 이채를 보인
학생이라는 점 역시 정확하지 않다. 일련의 연구서에 의하면 오웰은
어린 시절부터 명석하긴 했으나 명문학교 이튼에서는 학업 능력이 출
중하지 않았으며, 조용한 성품으로 존재감이 부각되는 학생은 아니었
다고 밝히고 있다.

그는 젊은 시절에는 영국제국 중간층 공무원이 되는 과정을 보여주
지만, 제국경찰에서 빠져나온 후부터 런던 동단지구에서 가난한 사람
들의 삶을 살펴보는 등 실재하는 현실과 불합리한 정치를 직시한다.[42]

---

41) 기존의 미국판에서 작가소개의 일부만을 발췌한 것으로 보인다.

제국경찰을 그만두고 유럽으로 돌아온 이후, 하층민 생활의 실재를 담은 것으로 『파리와 런던의 밑바닥 생활*Down and Out in Paris and London*』(1933), 버마 시절에 대한 글이 『버마 시절*Burmese Days*』(1934), 영국 북부지방의 실업실태와 생활환경을 소개한 『위건 부두로 가는 길*The road to Wigan Pier*』(1937), 그 밖에 다수의 에세이와 소설이 있으며, 우리에게 잘 알려진 작품으로 『동물농장*Animal farm*』(1945)과 『1984년*Nineteen Eight-Four*』(1949)이 있다. 오웰은 30년대 초반의 반제국주의, 30년대 후반의 혁명 사회주의 그리고 30년대와 40년대 후반의 과격파 흐름을 보이지만, 전 시기에 걸쳐 사회주의 입장을 초월해서 정직하게 사회를 보았다.[43]

저자 소개의 불명확성은 『동물농장*Animal farm*』에서 치닫고 있는 공산주의의 파행성을 고발하는데 주목했을 뿐, 인간 '조지 오웰'에 대한 이해와 관심이 전무했음을 시사한다. 그저 대부분 소설가들이 그러하듯, '다채로운 이력'의 작가에 불과했다. 오웰은 사회주의에 대항한 작가가 아니라 전체주의에 대항한 작가였으며, 1948년 조선은 민주주의라는 이름으로 또 다른 형태의 전체주의에 휩싸여 있으면서도 이를 탈각한 채 오웰의 『동물농장*Animal farm*』을 오로지 독재를 고발한 반공문학으로 유포시킨다. 오웰에게 있어서 민주주의는 공산주의와 마찬가지로 전체주의의 횡포를 지닌다는 작가의 문제의식에까지 도달하지 못한 채, 역자는 '전체주의'가 아니라 '전제주의'로 작품의 주제를 단순화 했다. 정부의 정치적 목적에서 번역되었으므로, 이에 대한 지식인의 자발적이고 깊이 있는 접근이 이루어지 어려웠을 뿐 아니라 2

---

42) R. 윌리엄즈 · 남용우 역, 「블레어에서 오웰로」, 『조오지 오웰』, 탐구당, 1981, 5~15면 참조.
43) 박홍규, 앞의 책, 101면 참조.

차 세계대전후 냉전구도와 한반도 남북의 분단으로 인해, 동시대 문화에 대한 정제된 접근과 평가가 가능하지 않았다. 1948년 남북한이 각각의 단독 정부를 수립함에 따라, 만연한 전체주의 분위기 속에서 작품의 주제의식 및 작가의 의도를 직시할 수 없었다.

첫 번역본인 1948년판 『동물농장 *Animal farm*』은 원작의 내용을 충실히 반영했다. 차이가 있다면 공산주의 사회에서 사용하는 어휘, '원수' '악질반역자'44) 등이 빈번히 등장한다는 점이다. 예컨대 적개심 대신 '증오심',45) '메이저'가 아니라 '노소좌', 공포와 학살 대신 '테로'와 '살육'이라는 용어를 쓰고 있다.

> 「크로바」의 두 눈에서는 눈물이 뚝뚝 떠러젓다. 말로 표현은 못하지만 수년전에 인간타도를 계획할 때에는 오늘과 같은 생활을 목적한 것은 아니였었다고 혼자서 생각하는 것이었다. 「老少佐」가 처음으로 혁명을 말하던 그날 밤에는 「테로」와 살육을 생각한 동물은 꿈에도 없었을 것이다. 「크로바」도 그날 밤에는 굶주림과 채찍에서 해방되어 모두가 동등한 입장에서 자기실력에 따러서 일하고 강자는 약자를 보호하고 평화롭게 사는 그 세계를 마음에 그리며 「老少佐」의 말을 드럿던 것이었다. 그런 동기와 목적으로 출발한 동물농

---

44) **동무들!** 우리는 조금도 지체할 수 없오! 우리는 해야 할 일이 있소. 우리는 오늘 아침부터 당장에 풍차공사를 다시 시작하겠오. 겨울동안도 쉴 수는 없오, 비가 오건 눈이 오건 계속할 터이오. 우리는 **악질반역자**가 우리의 하는 일을 파괴할 수 없는 것을 아르켜 주어야 되겠오! 우리의 계획은 변할 수 없다는 것을 아러두시요. 동무들 전진합시다."(6장-58면)

45) "나는 좀 더 말할 것이 있소. **인간에 대하야 憎惡心**을 가지는 것이 동무들의 의무이오. 두다리를 가진 것은 모두 원수고, 네다리나 날개를 가진 것은 동무요, 인간에 항쟁함에 있어서 우리는 인간을 달머서는 않되오, 인간을 정복한 혜라도 그들의 악습을 배워서는 않될 것이오. 동물은 집에서 사러서는 않되오. 물론 침대에서 자는 것도 않되고 돈을 만지거나 장사를 하여도 않되오. 인간의 습성은 전부 악한 것이오. 그리고 무엇보다도 우리가 명심해야 할 것은 한 동물이 다른 동물을 학대해서는 않되오."(14면. 이하 인용문은 현행 맞춤법의 띄어쓰기를 따랐으며, 굵은 글씨는 인용자의 강조.)

장이라면 왜? 누구나 마음에 생각하는 것을 자유로 말할 수 없게 되고 왜? 무서운 개들이 농장안 가는 곳마다 서있게 되며, 왜? 사랑하는 동무들이 끔찍한 죄를 고백하고 목잘리워 죽는 것을 보지 않으면 않되게 되었을까? 도저히 이해할 수가 없었다.(7장~69면)[46]

　인용문에서 '크로바'의 독백은 이 작품의 주제를 시사한다. 일련의 우매한 동물 중에 가장 현명해 보이는 '크로바'는 혁명이 결국 독재에 지나지 않았으며, 오히려 민주주의로부터 훨씬 멀어져 있음을 시사한다. 혁명을 일으킨 공산주의 사회에서는 표현의 자유조차 허락되지 않는다는 사실을 말이다. 이 외 8장에서도 '처형의 공포'를 '肅淸旋風'(71면)이라 명명하며, '슬로-간'(77면)이라는 어휘를 그대로 사용한다. 어휘의 자극적인 표현에서 짐작할 수 있듯, 당시 이 책의 출간은 특정한 정치 목적을 실현하는 데 있다. 공산주의에 대한 비판과 경계를 목표로, 동물 세계를 빌어 공산주의는 허울 좋은 변명에 불과할 뿐 중국에는 '독재'와 '피지배자의 비애'의 초래를 강조한다. 냉전의 도래와 더불어 소련을 비롯한 북한을 전제주의 독재체제로 치부하면서, 진정한

---

46) 인용문의 내용을 원문과 비교하면 다음과 같다. "As Clover looked down the hillside her eyes filled with tears. If she could have spoken her thought, it would have been to say that this was not what they had aimed at when they had set themselves years ago to work for the overthrow of the human race. These scenes of **terror and slaughter** were not what they had looked forward to on that night when **old Major** first stirred them to rebellion. If she herself had had any picture on the future, it had been of a society of animals set free from hunger and the whip, all equal, each working according to his capacity, the strong protecting the weak, as she had protected the last brood of ducklings with her foreleg on the night **old Major**'s speech. Insted-she did not know why-they had come to a time when no one dared why-they had come to a time when no one dared speak his mind, when you had to watch your comrades torn to pieces after confessing to shocking crimes." George Orwell, *Animal Farm*, Penguin Books, 1970, pp. 75~76. "First published by Martin Secker & Warburg 1945. Published in Penguin Books 1951"

민주주의 실현은 미국과 남한에서 가능함을 시사한다. 그 결과 1948년 조선에 번역 소개된 『동물농장』은 당대 만연한 전체주의의 경계라는 작가 조지 오웰의 의도와 반대로 전체주의의 도구로 활용되는 아이러 니를 보여주고 있다.

2. 『1984년』의 번역

2.1. 만화 〈1984년〉(1949) : 반(反)민주주의의 이해

1949년 10월 5일 『태양신문』에는 만화로 된 조지 오웰의 『1984년』 이 소개된다.47) 기사문은 방대하게 총 5단에 걸쳐 서술되어 있으나, 기사 내용 모두는 만화의 줄거리만 소개하고 있다. 소설을 읽고 쓴 것 이 아니라, 만화로 만들어진 〈1984년〉의 내용을 소개한 것이다. 조지 오웰의 소설 『1984년』이 영국에서 1949년 출간된 것을 고려할 때, 1949년 10월 5일 기사는 『1984년』의 발간 이전 국내 첫 소개에 해당 된다. 이 기사가 실린 『태양신문』은 1949년 2월 25일 창간된 종합일간 지로서 독립운동가 출신 노태준이 사장으로 있었으며 정부수립이후 공산당이 불법화된 시기에 발간되었음에도 좌익적 색채를 띠고 있었 다고 한다.48) 신문사의 취지를 분명히 알 수 없지만, 동시대 다른 신

---

47) 「1984年 原作=조-지·오-웰. 漫畵=에브나·띤」, 『태양신문』, 1949, 9.27. 이하 그림
   과 기사문의 내용은 이 기사의 내용을 참조한 것이다. 띄어쓰기는 현행 맞춤법에 따름.
48) 6·25동란으로 부산에 피난하여 계속 발행하였으나, 휴전 후 서울에 돌아온 뒤 경영난
   에 부딪혀 사장 겸 발행인 임원규(林元圭)에 의하여 명맥만 이어오다 1954년 4월 25일
   장기영(張基榮)에게 판권이 이양되었다. 이 무렵 발행부수는 8,000부 정도였으나 유가
   지(有價紙)는 절반에 지나지 않았다. 장기영이 계속 발행하다가 같은 해 6월 8일자 제
   1,236호를 마지막으로 『한국일보』로 개제되었고, 지령은 그대로 계승되어 발행하였다.
   편저자 강인봉, 「언론방송편」, 『한국민족대백과사전』www.naver.com

문사와 구별되는 진보적인 성격을 감지할 수 있다. 필자가 직접 만화를 보았는지 여부는 알 수 없으나, 한 컷의 그림 '2분간의 증오'와 더불어 기사 내용은 '2분간의 증오' 의식을 소개하는데 집중되어 있다. 공산당에서 분리된 '골드스타인'에 대한 민중의 증오심은 매일 정기적인 의례를 통해 만들어지고 있는데, 그것이 바로 '2분간의 증오' 의식이다. 기사에는 아래의 삽화와 더불어 그 의식이 다음과 같이 소개된다.

　　오늘도 인민의 적인 골드슈타인의 얼굴이 스크린에 나타났다. 관중가운데는 이곳저곳에서 고함소리가 일어났다. 골드슈타인이라는 자는 과거 당의 최고인물의 한 사람이었는데 그만 탈락하여 반혁명운동을 하였다는 **로 사형선고를 받았는데 신비한 일이지만 도망하게 되었다. 『2분간증오』의 계획은 *****은 변화하는데 골드슈타인만은 항용 주요인물이 되었다. 당에 대한 모든 범죄, 음모 --(중략)-- 모두 그의 교시를 따른다는 데서 나타나는 것이며, 그는 어딘지는 모르나 아직도 생존하고 있으며 --(중략)-- 골드슈타인의 얼굴을 보면 윈스톤(작품의 주인공)은 가슴이 맥맥해졌다. 그는 여윈 유태인 얼굴인데 영리해 보인다. 그는 양의 얼굴 비슷도 하고 그 목소리조차 양같았다. --(중략)-- 스크린에 나타난 스스로 만족한 표정을 한 양같은 얼굴과 유라시아 군대의 무서운 힘을 쳐다보면 누구든지 참을 수 없다.

주인공 윈스톤도 군중들에 동화되어 증오를 발산하기 시작한다. "돼지같은 자식!" "돼지같은 자식!" "돼지같은 자식!" 인용문에서 알 수 있듯이, 이 기사는 전적으로 만화 <1984년>의 줄거리 일부를 소개 하는 데 할애되어 있다. 골드슈타인과 빅브라더간의 대립 구도, 그 속 에서 빅브라더의 지시를 따라 맹목적으로 골드슈타인에게 증오를 퍼 붓는 군중들의 모습을 설명하고 있다. 만화의 완성도·원작과 원작자 에 대한 안내·창작 배경에 대한 언급 없이, 순전히 흥미로운 이야기 거리로 작품의 내용이 소개되는데 그친다. 기사의 제명으로 '原作=조 -지·오-웰.'이 소개될 뿐, 독자들에게 저자의 저작 의도와 주제에 대 한 안내가 전무하다.

그렇다 하더라도, 원작이 발표되던 1949년에 만화의 형태로 조지 오 웰의 『1984년』이 한국에 소개되었다는 점은 주목할 만하다. 이 작품 역시 전체주의의 속성을 간파하기보다, 『동물농장』과 마찬가지로 공 산주의 사회의 파행성을 경계해야 한다는 취지로 독자들에게 인지되 었을 것이다. 무고한 대중에게 증오심을 조작하여, 불합리한 체제를 존속시켜 나가는 공산주의에 대한 비판은 남한의 독자들에게 섬뜩한 이미지로 각인되었을 것이다. 이 만화의 포스터를 비롯, 2분간의 증오, 이어서 전개되는 '전쟁'이 곧 '평화'이고, '자유'가 곧 '노예'이며, '무지' 가 곧 '힘'이라는 선동 등은 동시대 남한의 독자들에게 공산주의 독재 의 맹목성을 각인시키기에 충분한 자료가 되었을 것이다. 해방이후 조 지 오웰의 문학은 그 전모가 올바르게 소개되지 못하고, 당대 이데올 로기를 공고히 하기 위한 교조적인 수단으로 활용되는데 그쳤다. 다시 말해 반(反)민주주의의 이해의 근거로 작용했던 것이다.

2.2. 애니메이션 〈동물농장〉(1954) : 오독에서 오락으로

오도된 이해는 한국전쟁이 지난 이후에도 지속적으로 나타난다. 남녀 간의 자연스러운 사랑과 연애마저 불허하는 공산주의, 적개심으로 똘똘 뭉쳐 가족애를 비롯한 따뜻한 인간 정서를 말살하는 공산주의, 이러한 공산주의에 대한 극단적 적대성은 한국전쟁 이후 소설에서 남한의 작가들에 의해 반공정신을 실현하기 위한 플롯으로 원용되었다.[49] 오웰 소설에 대한 교조적 오독(誤讀)은, 1949년 소개된 만화 〈1984년〉보다 1954년 영국에서 조이 벳첼러(Joy Batchelor)와 존 할라스 (John Halas) 감독에 의해 만들어진 애니메이션 〈동물농장〉의 영향이 크게 작용하였다.

애니메이션 〈동물농장〉은 결말부분이 원작과 상이하다. 원작의 결론은 피지배층 동물들이 돼지들의 집안에서 타락한 행태를 들여다보는 것으로 끝맺지만, 애니메이션에서는 억압받는 동물들이 돼지들을 공격하여 새로운 혁명을 이끌어 내는 것으로 끝을 맺는다. 이 애니메이션은 1960년 한국에 수입되었는데, 처음에는 극장판으로 상영되다가 최근까지 DVD로 판매되고 있다.[50] 애니메이션 〈동물농장〉은 1960년 12월 24일 '크리스마스 특집 총천연색 만화'로 이듬해 1월까지 대한

---

49) 안미영, 「정비석의 대중소설에 나타난 '윤리' 고찰」, 『전전세대의 전후인식』, 역락, 2008, 43~69면 참조. 정비석의 『애정윤리』(1952)의 주인공들은 연애의 자유가 허용되는 것과 민주주의를 동궤에 놓고 있다. 이러한 인식은 『에덴동산의 길은 아직도 멀었다』(『조선일보』, 1961연재)에 이르러서도 지속된다. 작중 주인공들은 자유로운 연애를 즐기면서 그 근거를 공산주의가 아닌 자유주의 국가에서 찾고 있다. "정말 자고 싶으면 호텔에라도 가지 않고 왜 안타까와만 했을가요?" "그건 자유주의 국가에서나 할 수 있는 일이야. 공산국가에서는 감시가 심해서 호텔출입이 아무나 맘대로 안되거든." (정비석, 『에덴동산의 길은 아직도 멀었다』, 회현사, 1978, 279면.)

50) 알라딘에서 다음과 같은 품명으로 73%세일가 3,900원으로 판매되고 있다. "동물 농장 SE -조이 벳첼러 | 존 할라스 | 블루미디어 | 2009-02-17 | 원제 Animal Farm SE"

극장에서 상영된다. 신문하단의 영화광고란을 주목하면, 당시 이 작품
이 어떻게 이해되고 있는지 알 수 있다.

"어린이나 어른이나 다 함께 즐길 수 있는 X마스 특별선물"
"엄마! 아빠! 할머니! 할아버지! 누나! 오빠! 아저씨! 나! 온가족 다
함께 맘껏 웃고 즐길 수 있는 재밋고 신나는 만화영화!"
"동물농장이란 어떤 만화?". "특이한 작풍의 영국의 풍자 작가 「죠
-지 오웰」 원작의 영화화!" "공산주의의 발전, 탄생, 발전사, 독재를
동물세계에 비유 풍자!"[51]

광고에 의하면, 애니메이션 <동물농장>은 남녀노소가 함께 웃고
즐길 수 있는 재미있는 영화이다. 왜냐하면 심각한 문제의식을 전달하
기보다, 보복과 인과응보의 윤리에 근거하고 있기 때문이다. 인간에
대항한 동물의 혁명이 지배층 동물에 의한 피지배층 동물의 착취로
끝나는 것이 아니라, 다시 피지배층 동물들의 혁명으로 이어지면서 인
과응보의 유쾌한 윤리를 제공하고 있기 때문이다. 그 근저에는 공산주
의의 발생과 발전, 나아가 필연적인 몰락을 암시한다. 조지 오웰 원작
이 제시한 전체주의에 대한 경계가 선악(善惡)의 대립구도 속에 희석됨

─────────────

51) 『경향신문』, 1960.12.22, 3면 하단 영화 광고란. "이 진귀한 만화영화의 플롯트 소개"라
고 하여 다음과 같이 줄거리를 8개로 나누어 소개하고 있다.
① 농장주는 흉작의 계속을 비판하고 가축의 밥조차 주지 않고 매일 술만 마신다.
② 굶주린 동물에게 가장 연장인 돼지 「메이저」는 동물혁명을 역설하고 죽는다.
③ 몇일후 웅변과 독창력이 뛰어난 「스노볼」 돼지는 혁명을 성공에 이끈다.
④ 혁명에 성공한 동물농장엔 일곱 가지 계율이 정해졌다. (一)동물은 옷을 입어서는
안됨. (二)침대에 자선 안 됨. (三)다른 동물을 죽여선 안 됨. (四)모든 동물은 평등함.
(五)술을 마셔선 안 됨. (六)두 다리로 다니는 자는 원수임. (七)네 다리 동물은 동무다.
⑤ 얼마 후 스노볼은 의지와 지혜가 강한 「나포레온」 돼지에 의해 숙청당한다.
⑥ 동물농장은 나포레온에 의해 독재되고 모든 동물은 죽도록 일만하게 되었다.
⑦ 어느 사이에 일곱 계율은 무시당하게 되고 나포레온은 흡사 인간처럼 행세했다.
⑧ 특권만을 휘두르는 독재 돼지 「나포레온」에게 항거하는 동물들의 혁명 또 다시 폭발

으로써 전체주의의 경계라는 애초의 문제의식이 전달되지 못한다. 조지 오웰의 원작 『동물농장』은 그 이듬해 1962년 '동물공화국'이라는 제명으로 중앙일간지에 번역 연재된다.[52] 1964년 5월 13, 19일에는 조지 오웰의 『동물농장』이 인형극으로 만들어져 공연되었다.[53]

이러한 점으로 미루어 보아 조지 오웰 문학에 대한 이해는 1960년도에 이르기까지 전체주의의 알레고리라기보다 공산주의 독재(전제주의)로 수용되었을 뿐만 아니라 공산주의의 자가당착적 몰락을 예고하는 풍자소설로 소비되고 있음을 알 수 있다.[54] 1960년 애니메이션 『동물농장』이 "공산주의의 발전, 탄생, 발전사, 독재를 동물세계에 비유 풍자"한 것으로 소개되었던 것과 마찬가지로, 1949년 만화의 형태로 소개된 『1984년』 역시 비민주적인 공산주의 교조적 획일화를 엿볼 수 있는 기회로서, '특이'하고 '자극'적인 '독재'에 대한 캐리커처로 수용되었을 것이다. 1949년 소개된 당시의 만화를 찾아보기 어려웠고, 소설 『1984년』은 1955년 마이클 앤더슨 감독에 의해 영화(컬럼비아 픽처스: 영국)로 만들어졌는데 SF영화로 소개된다. 이후 1984년 영국 마이클 레드퍼드 감독에 의해 리처드 버튼이 주연하여 영화화 될 무렵에는,[55] 공상적인 미래의 이야기가 아니라 현실 고발의 정치의식으로 독해되었다.

52) 조지 오웰 작·박병화 옮김·김성환/박근자 그림 「동물공화국」(1)~(56), 『동아일보』, 1962, 10.6~1963, 12.14.
53) 현대인형극회는 1964년 5월 18, 19일 시민회관 소강당에서 세 작품을 공연하는데 그 중 하나가 <동물농장>이다. 「인형극공연」, 『경향신문』, 1964, 5.14.
54) 이 만화영화는 1990년 국영방송 K-2TV에서 방영된 것으로 보인다. 「만화 <동물농장>-동물을 통해 인간사회 풍자」, 『한겨레신문』, 1990, 10.1.
55) 「조지 오웰의 「1984년」영(英) 영화감독이 영화로 제작」, 『경향신문』,1984, 6.21. 1993년 비디오로 출시되면서 당시 이 영화에 대해서는 "통제와 감시의 전체주의의 사회의 미래"(「볼만한 비디오 베스트10 선정」,『한겨레신문사』, 1993.12.31.), "정치의식과 현실고발을 담고 있는 조지 오웰의 원작소설을 영화"로 만든 것으로 소개되었다. (「베스트10에 뽑혀 대만영화 <로빙화>」, 『경향신문』, 1993.12.31.)

2.3. 『1984년』(1950) 번역 : 오지 않은 미래

정인섭은 「영미문학의 동향과 그 수입방략」1~4(1950, 2.8~10)을 기획 연재하면서[56] 마지막 기사에 "오랜 문학적 전통과 유산"을 지닌 영국의 1949년 수작을 소개한다. 그는 이 글에서 조지 오웰의 『1984년』과 그 소설의 특징으로 '풍자'를 언급한다.

> "『미곌 · 태니스』는 『바다의 비밀』이라는 소설에서 직업적 자유당원을 예민하게 풍자하였는데 이것은 1949년의 걸작의 하나로서 영국과 미국 두 나라를 통해서 비평가들의 주목을 끌었던 것이다. 『조지오웰』씨의 『一九八四年』의 풍자, 『엘리집스 · 보웬』양의 『그날의 열』의 전시의 인간관계, 『죠이스 · 캐리어』씨의 『순례자』의 도덕관, 『헨리 그린』작의 『사랑한다는 것』의 ****취, 『호프 · 민츠』의 『황금의 무사』의 역사물 등등 일일이 적을 수 없거니와 이 모든 작품들이 영국에서만이 아니라 미국으로 수출되어 많은 독자를 갖게 되었다."[57]

그는 영국문학을 국내에 수용할 수 없는 상황을 개탄하며, 미국내에서 동시대 영국 작품을 읽어볼 수 있는 다음과 같은 조건을 장황하게 소개한다. "『뉴욕』市에는 1949년 5월 4일에 영국정부의 주관하에 『영국서적』공보원(브리티쉬 · 부크 · 센터)란 것을 개설"했는데, 빌딩의 한 층을 제공하여 독자들을 즐겁게 했다는 것이다. 그 결과 "영국의 유명한 출판업자 12회사가 한 지붕 밑에 모여서 영국의 모든 출판물을 전람 출판소개하고 있다. 1948년에 영국서 출판된 서적류가 14,686권이었는데, 그 중에서 9,897권이 미국으로 소개되었다는 것이다." 정인섭이 제

---

56) 정인섭, 「영미문학의 동향과 그 수입방략1~4」, 『서울신문』, 1950. 2.8~10.
57) 정인섭, 「英美문학의 動向과 그 輸入의 方略(完)」, 『서울신문』, 1950. 2.10. 현행 맞춤법에 따라 띄어쓰기 함. 이하 동일 기사내용은 이 기사의 내용임. 한자를 한글로 변용함.

안 하는 바는 영국소설의 국내 유통이다.

> "以上에 말한 英美文壇의 最近 모습을 若干 紹介했거니와 현재 민
> 주주의 문화진영을 지도하고 있는 영미문학을 우리 문화계도 잘 알
> 아야 되겠는데 그것을 수입하여 오는 급무는 두말할 것도 없거니와
> 구체적 방법에 있어서 미국문학은 미국공보원이 있으니, 그것을 통
> 해서 어느 정도 추진하면 가능하거니와 영문단의 것은 그것을 주관
> 하는 기관이 없는 만큼 우리들의 힘으로 해결해야 될 것이다."

정인섭은 미국공보원(美國公報院)을 통해 미국문학 작품은 구해 볼 수
있지만 영국의 것은 찾아 볼 수 없는 어려움을 호소한다. 그가 직접
미국공보원 측에 찾아가 영국문학서적도 미국문학과 함께 한국에 소
개해 줄 것을 청했지만, 공보원 측에서는 공보원의 사업과 서적은 미
국 국무성(國務省) 관할인 만큼, 미국이외의 것은 취급하지 않는다고 했
음을 전달한다. 그는 "곧 우리들 가운데 누구든지" 꼭 진행해야 할 사
항임을 강조하며 글을 마친다. 정인섭의 글을 통해 해방기 외국 문학
의 번역과 소개가 미국 공보원의 통제에 있으며, 그 이외의 유입은 용
이하지 않음을 알 수 있다. 1948년 『동물농장』의 번역처럼 정부와 미
군정 시책의 일환이 아닌 이상, 외국 문학 작품이 해방공간 조선에 유
입되기 어려웠다.

그런 의미에서 1950년대 번역 출간된 『一九八四年』은 주목할 만한
작업이다. 조지 오웰의 『1984년』은 1949년 출간(published by Martin Secker
&Warburg 1949)되었는데, 위에서 살펴보았듯이 출간된 지 1년만인
1950년 2월 국내 일간지에서 정인섭의 영미문학 동향 소개를 통해 동
시대 영국소설의 수작으로 소개된 바 있다. 물론 당시에는 제목 『一九

八四年』과 '풍자'라는 특징만 소개될 뿐, 번역된 것이 아니다. 조지 오웰의 『1984년』은 1950년 3월에 번역된다.

최초 번역본은 각기 다른 출판사의 세 가지 종류가 있으나, '譯者小記'의 내용·'1950년 3월15일이라는 번역일자'·'소설의 번역 전문' 모두 세 종이 동일하다. 아마 동일자의 번역을 여러 출판사에서 출간한 것으로 보인다. 시기별로 소개하면 『一九八四年』(문예서림, 1951), 『未來의 種─一九八四年』(청춘사, 1953), 『一九八四年』(정연사, 1957)이 해당된다.

1951년 번역본의 표지에는 지영민(池英敏)이 역자로 표기되어 있으나 마지막 페이지에는 역(譯)겸(兼)발행자로 김희봉(金熙鳳)이 표기되어 있어 번역자가 불명확하다. 1953년의 번역본에는 표지에 번역자가 표기되어 있지 않으며 마지막 페이지에 편자(編者)겸(兼) 발행인으로 김현송(金玄松)이 명시되어 있는데, 번역자를 밝히지 않았다. 그래서인지 1953년 번역본의 역자 소기에서 역자의 개인 정황이 제시된 마지막 두 단락은 삭제되어 있다. 1957년 번역본에는 전면과 마지막 페이지 모두에서 나만식(羅萬植)이 역자(譯者)로 표기되어 있다. 3종중 1957년 번역본이 표지와 마지막 페이지 모두에서 나만식이 역자로 표기되어 있으므로, 유력한 번역자로 보인다.[58]

3종의 『一九八四年』은 출간일자는 달라도 역자서문은 모두 "1950년 3월 15일"로 표기되어 있음을 주목할 필요가 있다.[59] 그런 의미에서 『一

---

58) 나만식(羅萬植)은 1935년 6월10일 동경형사지방(판결기관)에서 '치안유지법위반'으로 '징역 2년 집행유예 3년'의 판결을 받은 것으로 미루어 보아(독립운동관련 판결문, 국가기록원), 일본유학생 출신의 지식인으로 보인다. 1957년 발간된 번역본 마지막 페이지의 출간일자는 다음과 같다. "단기 4290년, 역자 나만식(羅萬植), 발행자 정병모(鄭秉謨), 인쇄자 제일인쇄사, 발행소 정연사, 총판 한일서관, 가격 1,200환" 으로 미루어, 번역은 1950년 3월에 이루어졌고 1951년 발간 당시에는 번역자의 실명을 밝히기 어려웠던 것으로 보이며, 1957년에 이르러 번역자의 실명을 밝힐 수 있었던 것이 아닌가 추측해 본다.

59) 1950년 일본에서도 요시다 겐이치(吉田健一)와 龍口直太郎의 공역(共譯)으로 『一九八四

九八四年』은 한국전쟁발발 이전에 번역되었으며, 전쟁으로 말미암아 곧바로 유통되지 않은 것으로 보인다.[60] 3종의 동일한 "譯者小記"에 의하면, 번역자가 어렵게 원서를 구했으며 이 작품의 가치를 절감하고 자발적인 의지를 지니고 번역에 전력했음이 나타나 있다. 그는 외국문학의 유입이 가능하지 않던 상황에서 개인적으로 지인의 도움을 받아 '원서'를 구했다. 역자의 저자 소개 부분만 보도록 하자.

　　저자「조-지 오-웰(George Orwell)」은 인도「벤갈」출생의 영국인으로 본명을 「애릭 블래어」라고 하는 「이-튼」졸업생이다. 「버-마」에 가서 경관이 되었다가 기후가 몸에 맞지 않을뿐더러 영국 식민지정책에 대한 반감, 불타오르는 창작에의 욕구에서, 구라파에 되돌아와서는, 파리의 호텔, 머슴살이까지 하고 심지어는 서반아내전의 일병사로서 참전한 일도 있다는, 무척 고생한 분이다. 체험과 탁월한 상상력, 그리고 독창적인 필치로 이루어진 본서로 크게 명성을 날리었으나 불행히도 폐를 앓아 금년 1월 하순에 별세하고 말았다. 본서를 저술하고 있을 때 이미 절망적인 상태에 있었다고 하나 두뇌는 그 어느 때보다도 명석하였다고 한다. 역자는 이 기회에 심심한 애도를 표하며 그 명복을 마음으로부터 비는 바이다.
　　본서고유의 단어는 역자의 졸역으로는 그 진미를 전하지 못할까 두려워 권말에 일괄하여 원어와 대조해 놓았다. 천학비재(淺學非才)

年』(문예춘추신사, 소화25년 1950)이 출간되는데, 한국어판 번역일자가 1950년 3월 15일이지만 일본어판의 중역 가능성도 배제할 수 없다. 『동물농장』의 경우 한국에서 1948년(김길준 역, 『동물농장Animal farm』, 국제문화협회간, 1948) 일본에서 1949년 (나가시마케이스케 譯 『동물농장Animal farm』,오사카교육도서주식회사,1949) 번역발간 되었으므로, 영어판을 번역한 것으로 보인다.

60) 1951년 지영민 역으로 출간된 번역본과 1957년 나만식 역으로 출간된 번역본 양자의 책지가 앞서 1949년 10월 5일 태양신문에 소개된 기사의 만화 <1984년>의 삽화로 구성되어 있다는 점은 흥미롭다. 1949년 이 작품을 처음 소개하면서 지녔던 문제의식이 이후에도 지속된 것으로 보인다.

의 약배(若輩)인지라 불비한 점이 많을 줄 아오며 강호제현의 하교가 있기를 바라마지 않는다.

끝으로 이 역서를 상재함에 있어 절대한 후원을 아끼지 않으신 김형식(金亨植)선생, 동대(東大) 홍순탁(洪淳鐸)씨, 그리고 김호민(金灝旼), 한동삼(韓東三) 양선생의 지도와 편달에 뜨거운 감사를 올린다. 원서를 보내주신 지영숙(池英淑)씨 외우 천중식(千重植)씨의 협력, 본서를 알게 된 동기를 지어준 옥강휘(玉岡輝)형의 은혜도 잊을 수는 없다─一九五〇年 三月一五日 譯者 識[61]

1950년 『1984년』 번역자의 작가에 대한 공감과 경의는 1948년 『동물농장』의 번역자와 비교해 볼 때, 큰 차이를 보인다. 당대 청년들의 정치적 교화를 목적으로 서문을 쓴 김길준은 번역 의도에 집중할 뿐, 조지 오웰을 영국와 인도인의 혼혈로 보는 등 작가에 대한 이해가 없었다. 반면 1950년 『一九八四年』의 번역자는 작가의 삶의 궤적과 세계관을 이해하고 이 작품이 지닌 역사의식에 깊이 동감하고 있다. 물론 여기에는 번역자의 정치적 입장과 의도가 선행해 있을 것이다. 아울러 1948년 조지 오웰의 첫 소개라는 시점과 1950년 세월이 경과한 시점에서 소개라는 점도 고려해야 할 것이다. 1950년 번역한 작품의 내용은 지금의 번역본과 비교해 볼 때 원본의 누락 없이 동일하다. 번역 구성과 내용에 대해서는 3부의 번역 수용사에서 상론하겠다.

관 주도가 아닌 개인의 필요에서 시작한 독자적 번역인 만큼, 작품에 대해 자유롭게 이해하고 수용한 감이 없지 않지만 한계도 있다. 해설에서 짐작할 수 있듯이 번역자는 이 작품을 '오지 않은 미래의 이야

---

61) 죠지·오-엘 저·나만식 역, 「譯者小記」, 『現代名作 一九四年』, 정연사, 단기4290, 3~4면. GEORGE ORWELL 지영민 역, 『一九八四年』, 문예서림, 1951, 3~4면. 현행 맞춤법의 띄어쓰기에 따르며 한자는 한글로 변환함.

기'로 인식하고 있다. 풍자와 아이러니의 대상을 냉전구도 속의 당대 현실에서 읽어내려는 시도가 보이지 않는다. 한국 내부의 전체주의 구도 속에서 전체주의에 대한 경계라는 작가의 진의가 제대로 수용되기 어려웠던 것이다. 그런 까닭에, 체제의 영속을 위해 언어 [新語] 통제가 의식 통제와 조작의 수단이라는 통찰은 미비한 것으로 보인다.

대신 자극적인 소재에 주목한 것으로 보인다. 예컨대 개인의 자유가 허락되지 않는 독재의 분위기, 부모가 자식을 믿을 수 없는 감시의 살벌함, 남녀의 사랑마저 허락되지 않는 교조적 사회 등은 적대적인 북한 공산주의 체제의 야비함에 대한 이해 수단으로 그쳤던 것으로 보인다. 당시 잡지와 신문을 통해 이 작품에 대한 문단의 반응을 직접 확인할 수 없었지만, 이전 장에서 언급한 정비석 소설에서와 같이 일련의 자극적인 소재는 남한 작가들에게 반공 윤리를 유포하기 위한 수단으로 적절히 소설에 원용되었다.

조지 오웰의 『1984년』이 학술적으로 다루어진 것은 1964년이다. 「학회의 신년시무 영어영문학회서 두 대외행사」(『경향신문』, 1964.1.9)에 따르면, 정인섭은 「조지 오웰의 <1984년>에 대하여」를 발표한다. 그는 이 작품이 당시 영국 노동당을 풍자한 것으로 보이지만, 도래할 현실의 보편성을 시사하고 있다고 평가한다.[62] 1968년에는 김병익의 번역으로 『1984년』(문예출판사, 1968)이 출간되는데, "전체주의체제 정치체제의 진상을 밝힌" '정치소설'로 분류된다.[63] 1968년 을유문화사에서

---

62) 「학회의 신년시무 영어영문학회서 두 대외행사」, 『경향신문』, 1964. 1.9. 정인섭은 영국 런던대학 교수(1950~1953), 일본 덴리대학(天理大學) 교수 및 경도대학원 강사(1953)로 있으면서 1953년 런던대학원을 수료하였다. 이러한 그의 이력은 영국 문인 조지 오웰에 대한 이해에 큰 영향을 주었으리라 본다. 아울러 그는 해외문학연구회를 조직한 창립 멤버로서, 그의 자유민주주의적 입장이 조지 오웰 문학에 대한 온건한 이해에 영향을 미쳤으리라 본다.

63) 「조지 오웰 미래 정치소설 『1984년』전역 간행」, 『동아일보』, 1968. 5.23.

출간되는『세계문학전집』에는 오웰의 작품이 수록된다. 1984년을 전후 하여 전 세계적으로 오웰의 소설이 주목받기 시작하는데, 한국에서도 1983년 오웰의 사회주의 이력과 그의 작품세계를 객관적으로 소개하는 글이 발표된다. '빅브라더'에 대해 국가독점매스미디어로 읽는 등 전체주의에 소용되는 여러 가지 요소들과 그에 대한 알레고리에 대해 점차 객관적 독해를 보이게 된다.[64]『1984』의 수용사에 관해서는 3부에서 자세히 소개하도록 하겠다.

2.4. 눈먼 성찰과 일민주의

조지 오웰의 소설이 소개되던 1948년 이후 저널과 문예지에 출현한 새로운 이데올로기 '일민주의(一民主義)'가 눈길을 끈다. 일민주의를 언급하기 앞서, 해방이후 오웰 문학에 대한 이해가 어떤 수준에 도달해 있는지 정리할 필요가 있다. 오웰의 문학은 1948년 남한 정부에서 전체주의의 도구로 활용되고 있었다. 해방직후 조선에서는 파시즘을 비롯한 전체주의에 대해 어느 정도 철학적 이해를 보였지만, 남북한의 분단과 제각각의 정부수립으로 양자 모두 전체주의의 긴 늪 속으로 귀환해 들어갔다. 남한에서는 북한의 공산주의 사회가 지닌 파행성을 대중들에게 각인시키기 위해 오웰의『동물농장』이 유용한 텍스트가 되었다. 작가의 출생 및 행적에 관계없이, 작가가 지향하는 정치적 성향에 대한 이해 없이, 작품에 등장하는 강렬한 캐리커처에 열광하고 교조적으로 활용했던 것이다.

『1984년』역시 마찬가지이다. 작품이 발간되던 1949년, 국내 태양신

---

64) 김효순, 「조지 오웰의 소설 「1984년」 그리고 오늘」,『경향신문』, 1983. 10.6.

문에 소개된 만화의 삽화와 내용은 이 소설의 자극적인 소재, 강렬한 캐리커처를 단순히 볼거리로 전락시켰다. 신문사의 의도가 어떠했는 지는 알 수 없지만, 결과적으로 단정수립 이후 남한의 독자들에게 공산주의 독재의 획일화와 비인간적인 풍모를 전달하기 위한 교조적 수단으로 작용했다. 1950년 3월 번역자로 추정되는 나만식이 비교적 작가의 행적에 동감하고 작품의 특이성을 높이 평가하긴 했지만, 그 역시 소설에 나타난 전체주의의 공포를 미래의 극단적인 편린으로 이해할 뿐, 당면한 현실에 내재한 전체주의적 속성을 읽어낼 수 있는 반성적 텍스트로 독해하지 못했다. 오웰의 문학을 단순히 반공문학, 공산주의 독재에 대한 풍자문학으로 이해함으로써, 그가 제기한 전체주의에 대한 통찰에는 이르지 못했다.

이러한 사실은 1948년 남한의 단독정부의 수립이후 이승만정권의 전체주의 분위기와 무관하지 않다. 조지 오웰 문학에 대한 교조적 오독은 1949년 남한사회에 풍미한 '일민주의'의 전개 확산을 고려해서 살펴볼 필요가 있다. 이승만은 정부수립직후 1948년 11월 13일 대한국민당의 결단식에 '일민주의'를 기치로 내건다. 일민주의는 새로운 민주주의 강령으로, 1949년 "조국재건과 삼대주의" 중의 하나가 된다. 당시 조국재건을 위한 삼대주의에는, 일민주의 외에도 신민족주의와 삼균주의가 있다. 1949년 11월 『민성』에 의하면 일민주의는 김광섭, 신민족주의는 안재홍, 삼균주의는 김흥곤이 각각 소개하고 있다. '하나의 국민(一民)'으로 대동단결하여 민주주의의 토대를 마련하고 공산주의에 대항한다는 '일민주의'는 집권자의 권력의지를 대변하는 당대의 '신어(新語)'였으며, 이후 일간지를 비롯한 저널에서는 일민주의라는 '신어(新語)' 소개에 주력한다.

김광섭은 일민주의를 소개하기 앞서, 하나의 主義가 새롭게 출현하는 이유를 다음과 같이 세 가지로 들었다. "사회가 부패하였을 때 그 사회를 혁신하려 하거나 또는 한 사회를 자기의 사상으로 유도하려 하거나 그렇지 않으면 시대의 일반적 요청에 의하여 선지자로서 국민 사상을 계몽하고 나아가 영도하려는데 있"다고 보았다.[65] 그 중 이승 만의 일민주의 제창 이유를 세 번째 항목에서 찾았다. 김광섭은 해방 공간에서 공산주의자들 역시 '진보적 민주주의'라 하여, 민주주의라는 어휘를 사용해 왔음에 그와 구분하려는 취지에서 민주주의를 '일민주 의'라 명명한다. 다른 말로, '알기 좋은 民主主義' '弊端 없는 民主主義' '平民 民主主義'라 칭한다.

그에 의하면, "一民主義는 다른 나라의 민주주의와 요소에 없는 「한 백성」으로 뭉쳐서 하나로 統一된 한 땅에서 共存 共生하자는 三千萬 民 族의 要求가 內在하여 있는 것이다."(27면) 이승만대통령은 한 백성이 되기 위해 경제적인 균등, 파벌의식 청산, 양반과 상놈의 구분 타파, 남녀의 동등, 관존민비(官尊民卑) 사상 타파 등을 부르짖었다. 그러나 국 민을 '백성'으로 사유하는 방식에는 이미 전체주의적 요소가 기초해 있다. 이승만을 비롯하여 그의 일민주의를 추종하는 김광섭은 국민을 주권의 주체로 보지 않고, 군주의 지도와 편달을 받는 '백성'으로 사유 하고 있었다. 이승만 정권은 정권의 정당성을 표명하고 공산주의에 대 항할 만한 또 하나의 '신어(新語)'를 창출해 낸 것이다. 결국 '일민주의' 는 '일민구락부'를 만들어내는 등 반공을 공고히 하고 집권세력의 존 립 근거로 활용됨에 따라, 전체주의에서 빈번히 나타나는 구호중의 하 나로 작용했다.

---

65) 김광섭, 「一民主義小論」, 『민성』5권11호, 1949.11, 26면. 이하 이 글의 인용은 인용문 말미에 페이지 수만 기입하고 강조는 필자. 현행 맞춤법에 따라 띄어 쓰고, 한자는 가 급적 한글로 변환 함.

1948년 남북한의 단정수립과 분단으로 우리의 역사 인식과 소양은 퇴행하거나 제자리걸음을 걸어야 했다. 그것을 입증하는 바로미터가 바로 '조지 오웰 작품의 번역과 이해'라 할 수 있다. 오웰의 소설은 2차 세계대전 전후(前後) 냉전구도 속에서 탄생했으며, 해방이후 한국은 미국과 영국에 편승하여 그들의 정치적 편향성으로 오웰을 오독했다. 나아가 이승만 정권의 영속과 공산주의에 대한 적대성으로 말미암아, 오웰이 제시한 전체주의와 인간의 자유에 대한 뼈저린 문제의식은 제대로 독해될 수 없었다. 오웰의 문학은 1948년 이래 지금까지 지속적으로 번역 소개되고 있으며, 자유당 정권의 몰락과 4.19세대의 성장 그리고 이 땅의 민주주의에 대한 열망과 비례하여 점차 객관적 이해에 도달했다. 그것은 지나온 우리 역사에 대한 진통이기도 하고 당면한 시대에 대한 성찰의 결과이기도 하다. 조지 오웰의 문학은 오늘에 이르러서도 전체주의, 제국주의, 자본주의로부터 거리를 두고 분단을 타계하고 정치적 통찰을 가능하게 해 주는 유효한 텍스트라 할 수 있다.

1. 헤밍웨이의 이해

1.1. 헤밍웨이와 한국문단

헤밍웨이(Ernest Miller Hemingway, 1899~1961)의 「도살자 *The Killers*」(『동아일보』, 1931, 7.19~31)가 처음 번역된 이래, 헤밍웨이는 한국 문단에서 어떻게 이해되었을까. 1933년 이하윤이 미국 순수예술 소개에서 신흥 작가로 소개하고,[1] 김기림이 '전쟁아 잘 잇거라의 원작가'로 소개하면서 그의 생애와 작품에 대한 해설이 알려지기 시작했다.[2] 헤밍웨이의 작품은 그의 삶과 밀접한 관련을 맺고 있으므로, 그의 일생을 소개하면 다음과 같다.

1899년 7월 21일 시카고 교외의 오크파크에서 출생하였다. 아버지는 수렵 등 야외 스포츠를 좋아하는 의사였고, 어머니는 음악을 사랑

---

[1] 이하윤, 「미국순수예술로」, 『동아일보』, 1933, 6.18.
[2] 김기림, 「전쟁아 잘 잇거라 원작가」, 『조선일보』, 1933, 11.2.

하고 종교심이 돈독한 여성이었다. 헤밍웨이는 1917년 고등학교를 졸업한 후 대학진학 대신, 캔자스시티의『스타 *Star*』지(紙) 기자가 된다. 1921년에는 캐나다『토론토 스타』지의 특파원이 되어 유럽에 건너가 각지를 시찰하고 그리스-터키 전쟁을 보도하였다. 파리에서는 G.스타인, E.파운드 등과 친교를 맺으며 창작을 위한 많은 지식을 공유했다. 1923년에는『3편의 단편과 10편의 시 *Three Stories and Ten Poems*』를 처음으로 파리에서 출판했고, 1924년에는 단편 모음집『우리 시대에 *In Our Time*』를 출간했다(1925년 미국 출판). 1926년에는 장편『해는 또다시 떠오른다 *The Sun Also Rises*』를 출간하면서 작가로서 널리 명성을 알렸다.

삶과 작품간 친연성의 관점에서, 작품이해를 위해 삶의 주요 분기점을 주목할 필요가 있다. 그의 삶의 주요 분기점은 크게 세 시기로 볼 수 있다. 첫 번째는 스페인 내전(1936~1939) 참전을 비롯한 세계1,2차 대전 가담시기이다. 제1차세계대전(1914~1918)중 1918년에는 의용병으로 이탈리아 전선에 참전한다. 그는 적십자 야전병원 수송차 운전병으로 참여하던 중 다리에 중상을 입어 밀라노 육군병원에 입원하다가 귀국하였다. 이탈리아 참전을 경험으로 1926년에는 장편『해는 또다시 떠오른다 *The Sun Also Rises*』를 창작한다. 이 작품으로 그는 길 잃은 세대(Lost Generation 로스트 제너레이션) 대표작가로 분류되었다. 1937년 스페인 내란이 발발하자, 헤밍웨이는 공화정부군에 가담했다.

두 번째는 세계2차대전(1939~1945)의 종식과 더불어 전쟁체험을 소설에 구현해 나간 1940년대이다. 1939년 3월 스페인 내란이 파시스트인 혁명군의 승리로 끝나자, 미국으로 돌아와 스페인 내란을 배경으로 한『누구를 위해 종은 울리나 *For Whom the Bell Tolls*』(1940)를 출간해서 전 세계 독자의 주목의 받았다. 세 번째는 노벨문학상 수상과 더불어 미국문학의 대표주자로 조명 받았던 1950년대 이후로 구분할 수 있다.

1952년에는 『라이프』 9월 1일에 『노인과 바다 *The Old Man and the Sea*』 전문을 실은 다음, 9월 8일 단행본으로 출간했다. 이 작품으로 1953년 퓰리처상, 1954년 노벨 문학상을 수상했다. 헤밍웨이는 작품뿐 아니라 삶의 전모가 세계인의 주목을 받았으며 한국에서도 예외는 아니었다.

한국은 식민지와 해방 그리고 한국전쟁으로 분단되는 일련의 과정에서 미국의 영향력이 지대했던 만큼, 미국 작가 헤밍웨이의 활약과 작품은 단순히 외국의 일작가로 수용되기보다 미국이라는 코드 안에서 사유되고 이해될 수밖에 없었다. 그 결과 그의 일거수일투족은 작품을 이해하는 수단 외에도 아메리카를 이해하고 수용하는 잣대로 작용했다. 문단과 저널리즘의 주목은 헤밍웨이에 대한 관심에 그치지 않으며 미국에 대한 이해와 수용의 일환으로 이어졌다.

이 장에서는 한국 문단에 헤밍웨이의 문학이 처음 수용되던 시기에서부터 헤밍웨이 서거에 이르기까지, 그의 문학이 수용되는 과정을 통해 미국이라는 국가의 이념이 작가의 삶과 문학을 통해 결합되는 특이성을 살펴보려 한다. 이러한 접근은 서구 문인의 수용과 이해 과정을 통해 당대 한국이 처한 시대적 특수성을 반성적으로 사유할 수 있는 계기가 된다.

1.2. 퓨리턴(Puritan)의 도덕 실현

한국 근대문단에서 미국과 미국문학에 대한 관심은 1920년대부터 일기 시작했다.[3] 1925년에는 에드거 앨런 포와 휘트먼 등의 초창기 미

---

3) 장덕수(1894~)는 1923년 미국으로 유학을 떠나 오레곤(Oregon)주립대학에 입학한 후 1924년 미국대학과 학생들의 활동을 소개하는 글을 동아일보에 발표하였다. 장덕수, 「미국의 대학」, 『동아일보』, 1924, 4.24~5.6. 그는 입학후 중도에 그만두고 컬럼비아에 입

국 문예,[4] 1929년에는 미국 문명의 상징으로 재즈를 주목했다.[5] 1930
년에는 미국의 현대시인,[6] 1930년에는 노벨 문학상을 수상한 루이스
싱클래어를 소개하기도 했다.[7] 한국 근대문단에서 미국문학은 영국이
나 여타 문학의 추종을 허락하지 않을 만큼 독자적인 생명력과 특수
성을 지니고 있음을 인정했다.

> 신앙의 자유와 황금욕과 별천지를 동경하는 공상과 호기심 등으
> 로 운집하는 이민의 때, 또 그에서 일어나는 산업기구의 변화 등이
> 그들의 발랄한 생활상이며 또한 문학의 재료였다. 그들은 악전고투
> 의 기록을 혹은 일기에 남긴 것이 문학아(文學芽)의 초생이거니와 점
> 차로 문학이란 것도 개척 사업 중의 일부분화 하고 말았다. --(중
> 략)-- 인지가 발달되고 기계문명의 싹을 본 후에 생성된 미국문학
> 은 미개인이 공상하는 것과 같은 예언이나 신화나 전설문학 등이 있
> 을 수 없었다. 그들은 밝고 명랑한 안전(眼前)의 자연과 인간과 사회
> 를 직면하는 대로 문학화 시켰다. 백오십 여년이란 단시일에 그들의
> 일반 문화와 문학적 활동이 능히 세계문화와 세계문학상에 있어 뚜
> 렷한 금자탑을 축성한 것이라면 실로 경이와 존경으로서 대하지 않
> 을 수 없다.[8]

미국이라는 신생 국가의 탄생 배경에는 개척 정신이 자리 잡고 있
다. 미국은 기계 문명과 산업이 발달하면서 발랄한 생활과 문화가 꽃

학하여 1936년 박사학위를 받고 졸업하였다.

4) 「미국의 문예」, 『동아일보』, 1925, 6.22.

5) 「미국적 문명을 상징하는 째즈」, 『동아일보』, 1929, 10.17.

6) 이하윤, 「현대시인연구-미국편」, 『동아일보』, 1930, 12.16.

7) 최광범, 「노벨 문학상을 탄 루이스의 소설-미국문명의 기록과 비판」, 『동아일보』, 1930,
11.18. 이후에도 마크 트웨인을 비롯한 미국 작가들의 소개가 이루어진다.

8) 전무길, 「미국 소설가 점고(1) 세계문학렬에 처한 미국문학의 특수성」, 『동아일보』, 1934,
9.2. 원문을 현행 맞춤법을 고려하여 바꿈. 이하 인용문도 동일하게 처리함.

피게 되었으며 세계문화와 세계문학의 금자탑이 되었다. 전무길은 당시 미국문학의 범주를 낭만주의, 사실주의, 사회주의 세 가지 군으로 분류한다. 각각의 특징으로 정열·의분·혈전을 구분하고 있으나, 모두 현실 사회생활에 대한 심각한 불안과 그에 대한 시정을 목표로 삼는다는 점에서 공통적이라고 지적한다.

 어떤 주의 어떤 파에 속하는 작품이거나 그 속에서 엄연히 관류하는 공통성이 있으니 그것은 **현실 사회생활에 대한 심각한 불안과 또 그에 대한 시정을 도(圖)하려는 노력이 현저**한 그것이다. **낭만주의** 작품은 한낱 공상물이 아니라 역시 현실에 불만하여 시정된 이상 사회를 설계하는 정열이 있고, **사실주의**는 냉혹한 해부도로써 현실의 암흑상을 점출(點出)하여 독자의 의분을 자극 줌으로써 동일한 목적을 달성하려 하며, **사회주의** 작품은 적극적으로 선두에서 혈전을 감행하나니 이런 점들로 보아 **그들은 사회생활에 대한 불만과 연하여는 그 개혁적 설계 내지는 공작을 한다는 공통점이 있다**는 것을 증명할 수가 있다.[9]

 제1차대전후 미국에서는 국제주의에 입각하여, 어려움에 처한 국가에 직접 찾아가 의기를 실현하는 헤밍웨이와 같은 적극적인 현실 참여 문필가들이 출현했다. 미국의 모든 작가들이 자발적으로 종군한 것

---

9) 전무길, 「미국 소설가 점고(완) 미국의 문화현상과 장래문학에의 암시」, 『동아일보』, 1934, 9.26. 전무길은 유진 오닐을 논하는 다른 지면에서, 연극의 출발이 뒤처지게 된 미국의 문화풍토를 다음과 같이 성토하기도 했다. "자유를 주지 않았다. 미국을 절대 자유의 국가로만 망상하던 자로서는 이 말을 의아할 것이다. 물론 그들은 신교의 자유를 위하야 생소한 처녀지를 개척하는 용기가 있었고, 정치적 자유를 위하야 독립전쟁을 불사했고 노예해방과 데모크라시를 위하야 남북전쟁을 감행하였나니 이만하면 자유를 기구하는 증좌임에 틀림없다. 그러나 '퓨리탄이즘'의 아성은 그들의 전통적인 자유 외에 신생하는 자유를 감금하였다. 실로 미국의 연극은 '퓨리탄이즘'의 자유를 억압하는 자유 밑에서 장구히 발아하지 못하고 신음하여 왔다." 전무길, 「현 미국극단의 자랑 오닐일 극의 편모-(1)」, 『동아일보』, 1935, 3.19.

은 아니지만, 전쟁을 비롯한 당면 현안에 촉각을 드리우고 국가적 차원이 아니라 개별적인 방식으로 문제해결을 시도했다. 주지하다시피 제1차대전에서 환멸을 느낀 지식인 예술가들은 자신의 세대를 일컬어 상실의 세대, 길 잃은 세대(Lost Generation)로 지칭했다.

세계2차대전이 발발하자, 식민지 조선은 미국의 행보에 주목했다. 민주주의 국가인 영국·프랑스와 협력하여 세계의 악을 처단하고자 하는 의기에는 '퓨리탄적인 모럴'과 '아메리카 인텔리의 기개'가 담겨 있다고 보았다. 이러한 미국의 행보를 이른바 '아메리카 데모크라시의 고조와 옹호'로 규정지었다. 당시 한국 문단에서는 부정과 질서 파괴를 경계하면서 그에 맞서는 경향 문필가의 출현과 의의를 높이 평가했다. 독일이 세계를 정복하려는 시점에서 미국은 자신을 수호하기 위해서라도 영국과 프랑스를 원조해야 한다고 보았다.

"이번 전란을 이데올로기의 싸움이라고 하야 침략적인 독재주의를 배격 증악(憎惡)하고 있는 이상 그들의 전쟁관은 매우 적극적으로 아메리카의 전통인 데모크라시의 고조와 옹호에 열중하고 있다. 현저하게 애국적으로 기울어진 동시에 같은 데모크라시의 국가 영길리(英吉利), 불란서와 협력하야 세계의 악을 제거 코저 노력하는 기백에 충만해 있으니, **거기 의연히 퓨리탄적인 모랄을 계속하고 있는 아메리카 인텔리의 기개가 숨어 있는 것이라고 생각한다.**"

"아메리카 일반은 전쟁을 혐오하고 평화를 열애한다. 그러나 아메리카의 평화주의는 구주의 평화주의와 상이하야 나약성, 공포심, 퇴폐성이 초치(招致)한 것은 아니다. **아메리카의 평화주의는 퓨리탄의 양심성에서 전승된 것으로 세상의 부정과 포역을 미워하며 질서의 파괴와 사람과 물자의 낭비를 싫어한다. 그런 고로 만일 세상에서 감히 이러한 폭거를 행하는 자가 있다면 아메리카의 퓨리탄적 도덕심은 아메리카로**

하여금 일어서게 할 것이리라."

"영길리를 원조하라. 아메리카도 전란와중(戰亂過中)에 말려 들어
간다. 그러나 독일 등의 갱 단(團)이 세계를 정복하려 하고 있다. 아
메리카는 자기 자신을 수호하지 않아서는 안 된다. 생이냐 사이냐
하는 문제, 그렇지만 싸울 의의가 있는 전쟁이다. 싸우라."[10]

세계2차대전이 한창일 무렵, 미국의 저명 작가와 평론가의 과반수
는 미국이 나치스적 침략으로부터 세계를 구원해야 한다고 주장한다.
퓨리탄적 도덕심은 미개의 땅을 일구고 국가와 문명을 탄생시킨 초석
이며, 나아가 미국의 헌법과 제도를 초월하여 미국인의 사유 속에 오
래도록 유지 존속되고 있다. 개척기의 퓨리탄적 도덕심은 아메리카만
이 아니라 전 세계를 수호하고 지키는데 앞장서는 도덕으로 작동하고
있다. 세계2차대전에서 미국은 독일과 직접적인 대결구도를 띄고 있
지 않지만, 세계 평화의 수호를 위해서는 전쟁이라는 위협도 피하지
않으려는 의분을 표출한다.

세계2차대전이 종식된 뒤, 해방공간의 한국 문단은 미국을 어떻게
이해하고 있는가. 여세기는 대규모의 혈전은 사라졌지만, 차가운 전쟁
의 기운이 세계에 팽배해 있다고 보았다. 미국은 세계사상 양대 기류
중에서 민주주의를 수호하며 전투휴식중이라는 인상을 준다. 냉전구
도에서 미국은 긴장과 불안으로부터 완전히 벗어날 수는 없다.

인류가 일찍이 가져보지 못한 대규모의 혈전이 지상에서 사라지
고 소위 평화가 다시 찾아 왔음에도 불구하고 민주주의의 쟁탈전에
서 시작된 세계사상의 양대 종가의 시비는 냉전이란 이름 아래 공공

---

10) 「戰亂過中 歐米文壇(8)북미주편 데모크라시의 옹호」, 『동아일보』, 1940. 1.18. 굵은 글
씨는 인용자의 강조.

연한 새로운 혈투를 준비하는 듯 전후의 미국은 전투 휴식중이란 인상밖에 주지 못하고 있다. 불안과 긴장에서 탈각하여 순간적이나마 안도감을 추구하는 것이 현 아메리카 사회의 일반적 현실이라 하겠다.[11]

헤밍웨이는 이탈리아, 스페인 등의 전쟁을 직접 목도하고 경험했으며 참혹한 전쟁의 실체를 소설에 담아 낸 작가로서 미국을 대표하는 현대작가로 소개된다. 오태석은 1949년 세계문화계의 전후 동향을 개관하며, 프랑스는 전쟁의 상흔을 딛고 점차 문예적 기법을 실현하는 작품이 늘어났으나, 미국은 인권문제를 취급한 작품의 출현이 눈에 띈다고 보았다. 다양한 인종으로 구성된 국가로서 다양한 인종이 전쟁에 참전하여 협동한 체험을 다룬 작품이 늘고 있다는 것이다. 연극에 있어서는 전쟁물이 많으며, 영화는 텔레비전의 영향으로 영화관객이 감소되었다. 일련의 문화계 소식과 더불어 헤밍웨이의 작품『무기여 잘 있거라』(1929)와 『누구를 위하여 종은 우나』(1940)와 같은 작품이 많은 독자를 확보하고 있었다.[12]

이치우 역시 조선영화와 문학을 논하면서, 미국영화가 전쟁 전에 저급했던 데 비해, 전쟁 후에 접어들어 고상하게 되었다고 평가한다. 미국영화가 전진한 것과 같이, 미국문학도 전대에 비해 호평되었다. "철저한 인도주의 대담 불굴한 개척정신, 고상한 쾌락주의 공명, 엄정한 청교도주의, 왕성한 낭만정신, 훌륭한 사실주의, 그리고 아동적 환영건강 옹대 등 제 요소는 미국문학에서도 볼 수 있는 것이다."[13] "미국

11) 여세기, 「지성의 빈곤 현저-미국」,『경향신문』, 1948, 9.5.
12) 오태석, 「최근의 세계문화계 전후의 동향개관」,『경향신문』, 1949, 9.17.
13) 이치우, 「영화시론:조선영화와 문학」(二),『경향신문』, 1949, 1.28. "작가도 대통령도 다같이 '퍼브릭 써-벤트'의 일종인 이상은 공중이 욕망하는 데에 誠心과 誠意로써 충실하지 않으면 안 된다"고 주장했다. "이른바 「輿論」을 恒常 低級과 俗惡으로 생각하는 것

예술가들은 민중의 공복(公僕)"이라고 찬탄하는데, 그 대표주자로 헤밍웨이를 꼽았다. 미국을 문화적 데모크라시가 실현되는 국가로 보았으며, 헤밍웨이와 그의 문학은 이를 실현하는 미국의 선두 작가로 이해되었다.

1.3. 스페인 내전 참전과 평화주의

스페인 내전(1936, 7.17~1939, 4.1)의 발발과 더불어, 1937년에는 헤밍웨이의 행보가 주목받았다. 작가이기 이전에 저널리스트였다는 점, 세계1차대전에 참전하여 동시대 발발했던 전쟁을 직접 눈으로 목도했다는 점에서 한국 근대문단은 헤밍웨이를 주목했다. 예컨대 「西班牙 內亂 과 文人들의 筆陣」(『동아일보』, 1937, 6.16)에서는 스페인 데모크라시와 문화옹호를 위해 참화(慘禍)의 전장으로 현지 시찰을 떠나는 문인들의 행보를 조명했다. 작가들의 참전 경로가 대부분 징모가 아닌 지원으로 자진 입대한 것을 들어, 이들의 민주주의 수호에 대한 신념과 이상사회 건설의 열렬함을 상찬했다.[14] 이탈리아 파시즘, 독일 나치즘 등 문화 파괴주의로부터 스페인의 문화를 구하려는 참전 문인들의 의지를 높이 평가했다.[15]

스페인 내전은 히틀러와 무솔리니를 등에 업은 프랑코의 쿠데타에 맞서 민주주의 정부를 돕기 위해 세계 각국의 의용병들이 참전한 전

은 「民度」가 얕은 專制 未開國의 常識이다." 인텔리겐치아라는 특수 계층의 문화만을 존중하는 국가는 불행하고 저급하다고 비판한다.

14) 「西班牙 內亂과 文人들의 筆陣」, 『동아일보』, 1937, 6.16.

15) 독일의 유명한 하인리치 만의 다음과 같은 말을 부기해 놓았다. "西班牙에 獨逸軍隊를 보낸 것이야말로 나치스 罪惡의 絶叫이다. 西班牙 冒險으로 해서 執權 壽命을 延長하려 는 것이다. 나치스는 自體의 沒落을 防止하려 獨逸 軍隊의 犧牲을 命名 乃至 强要한 다...."

쟁이었다.[16] 1936년 헤밍웨이는 키웨스트 공화파의 구급차 부대지원을 위해 기부금을 보내는 것으로 스페인 내전에 관여했다. 1937년 3월 16일 스페인에 도착하여 1년 동안 시민전쟁을 취재하여 '북아메리카 신문연합'에 속한 신문과 유럽 및 캐나다 신문에 36편의 기사를 보냈다.[17] 그 기사 중의 일부가 1938년 식민지 조선의 사회주의 계열 잡지에 소개되었다. 『비평』제6권제9호(1938, 9.1)에 헤밍웨이의 스페인내전 보도기 '서반아 현지보고'가 역자 미상으로 소개되었다.[18]

헤밍웨이는 1937년 3월에서 5월까지 도스 패소스(Dos Passs's)가 시작한 다큐멘터리 *The Spanish Earth* 제작에 참가했다. 헤밍웨이가 스페인 내전에 종군하며 쓴 르포르타지를 기초로 미국에서 *The Spanish Earth*가 만들어져서 상영되었다. 헤밍웨이는 "피 흘리는 전투의 사실적 장면과 무익한 살인, 전쟁의 잔혹상을 생생하게 보여주어 전쟁의 공포를 연상"시킴으로써 공화국의 대의명분을 명확하게 표현해야 한다는 취지를 밝히며, 전쟁의 목적을 다음과 같이 말했다.[19]

> 우리는 민주적 선거에 의해 우리의 토지를 경작할 권리를 얻었다. 지금 군벌들과 부자 지주들이 우리의 땅을 빼앗기 위해 우리를 공격했다. 그러나 우리는 귀족들이 자신의 유희를 위해 방치해 둔 스페인의 토지를 경작하고 관개할 권리를 위해 싸웠다.[20]

---

16) 애덤 호크실드·이순호 역, 『스페인 내전, 우리가 그곳에 있었다』, 갈라파고스, 2017.
17) 박홍규, 『누가 헤밍웨이를 죽였나』, 푸른들녘, 2018, 220면.
18) 김병철, 「미국문학의 번역」, 『한국근대번역문학사연구』II, 을유문화사, 1975, 724면.
19) Ernest Hemingway, *The Spanish Earth*, Savage,1938, p.12. 박홍규, 앞의 책에서 재인용, 222면.
20) Ernest Hemingway, *The Spanish Earth*, Savage,1938, p.13. 박홍규, 앞의 책에서 재인용, 222면.

다큐멘터리 전쟁 영화 *The Spanish Earth*의 감독은 요리스 이벤스(Joris Ivens), 출현은 오슨 웰즈(Orson Welles)이다. 영화 장면은 스페인전쟁으로 가족을 잃은 여인들의 슬픔과 동요를 담고 있다. 영화의 시작과 끝은 농경지를 배경으로 농부들

사진 5) *The Spanish Earth*의 일부

의 경작 풍경을 담고 있다. 영화의 엔딩은 메마른 토양에 물길을 만들어 물줄기가 대지를 가로지르는 장면으로 처리되어 있다. 이러한 장치는 경작권을 위해 희생한 농민들의 피와 땀이 대지에서 실현되기를 갈망하는 염원을 담고 있다.

1937년 11월 27일자 동아일보에서는 영국의 국제평화옹호연맹 런던 대회에서 이 영화를 상영할 예정이었으나, 1937년 10월 23일 돌연 작품상영이 금지되었다고 보도했다.[21] 상영금지 명령에 관계자들이 당황한 소식 및 영화 내용을 소개했다. 스페인의 농민들은 지주의 압박에 시달리다 경작권의 확립을 위해 정부군에 가담하여 투쟁했다. 식민지 조선은 동학농민전쟁이래 지주와 농민의 갈등이 해결되지 않았을 뿐 아니라 오히려 공장주와 노동자간의 갈등으로 계급 갈등의 골은 깊었으며, 조선에 대한 일본의 식민 통치는 극심했다. 식민지 조선의 정치적 문제가 산재해 있는 만큼, 이 땅의 지식인들에게 스페인 내전은 동시대 세계에 포진해 있는 계급 갈등과 헤게모니의 추이를 읽어 낼 수 있는 근거가 아닐 수 없었다.

---

21) 「국제평화옹호연맹에서 『西班牙의 土地』상영금지」, 『동아일보』, 1937, 11.27.

1930년대 근대 문단에서 헤밍웨이는 그의 작품에 앞서 '스페인 내전'에 참전한 민주주의의 옹호자로 주목을 받았다. 미국 작가로서 바다 건너 다른 나라의 민주화를 위해 전쟁에 뛰어든 작가의 용맹과 신념을 높이 평가했던 것이다. 이어서 한국 문단에서는 헤밍웨이의 스페인 내전 참전과 더불어 스페인 내전을 배경으로 만들어진 작품 『누구를 위하여 종을 울리나 For Whom the Bell Tolls』가 소개되었다. 헤밍웨이는 이 작품을 1940년에 발표했는데, 1941년 종합지 『삼천리』는 헤밍웨이의 新作 「누구 때문에 鍾은 우느냐」를 소개하며 구미에서는 1940년 발간이후 베스트셀러가 되었으며, 영화화되기로 결정되었음을 전한다.

누구 때문에 鐘은 우느냐

헤밍웨이의 新作 「누구 때문에 鍾은 우느냐」는 작년 11월 發 이래로 이미 50만을 팔고, 15만달러의 大金으로 영화화도 결정되었는데 이 소설의 표제 「누구 때문에 鐘은 우느냐」는 英吉利 17세기의 종교 시인 짠, 돈 시에서 취한 것이라고 同書에 명기되어있음으로 이 고전 시인의 시집이 최근 아메리카에서 비상한 세력으로 팔려 얼마 사이에 다 없어졌다는 것이다.[22]

『누구를 위하여 종을 울리나 For Whom the Bell Tolls』를 비롯한 헤밍웨이의 다른 작품은 1953년 이후 한국어로 번역되었다. 일본어 번역서 『陽はまた昇る』(東京:角川書店, 1943)가 있긴 하지만, 1930년대 한국의 문인들이 헤밍웨이의 장편소설을 읽은 흔적을 찾아보기는 어렵다. 당시 지식인들은 헤밍웨이의 작품보다 그의 정치적 활동에 주목했다. 식민지 지식인들은 스페인 내전을 통해 세계의 헤게모니 변화를 읽어내려

---

22) 「話題 朝鮮·內地·海外 話題 -에흘러 다니는-」, 『삼천리』제13권제6호, 1941.6.

했으며, 세계의 지성인 작가들이 민주주의를 실현해 나가기 위해 어떠한 노력을 기울이는지 알고 싶었던 것이다. 한국의 정치 풍토에서 헤밍웨이가 미국의 작가라는 사실은 아메리카라는 제국을 이해하기 위한 척도로 작용하기 시작했다. 1954년 헤밍웨이의 『노인과 바다』가 노벨문학상을 수상함에 따라, 헤밍웨이와 그의 문학은 미국 문화의 전범으로서 미국을 이해하는 준거가 되었다.[23]

2. 『노인과 바다』의 수용

2.1. 휴머니즘 탐구와 창작방법 개척

<헤밍웨이>는 이 작품 "노인과 바다"에서 운명과 싸워 이기려는 한 인간의 투지와 패배의 결과를 인정하지 않으려는 강인한 생명력을 내세움으로써 이전 작품에서 볼 수 있는 황무지와 패배의 주제가 자취를 감추고 여기에 일종의 윤리적인 해결을 붙여놓았다. 부정에서 긍정으로의 전환이라고 할 수 있다.[24]

인용문은 노벨문학 수상작 『노인과 바다』에 대한 평가이다. 수필가 전숙희는 "인간이 지닌바 투혼"을 떠올리며 "괴롭고 아프고 또 한없이 잔인하면서도 싸워야 하는 것이 결국은 우리 인간들에게 부여된 지극히 슬픈, 그러면서도 또 체념하지 않으면 안 될 운명"[25]으로 이해했다. 백철은 "인간은 파멸될는지 모르지만 패배하진 않는다는 신념"

23) 1954년 국제 펜클럽이 주관하는 '문학의 밤'에서 조용만이 '헤밍웨이론'을 발표하는 등 한국에서도 주목을 받기 시작했다.
24) 「작품과 작가(2) 헤밍웨이」, 『경향신문』, 1959, 3.17.
25) 전숙희, 「표현의 자유를 지키련다─문학본래의 고귀한 권리자취」, 『동아일보』, 1959, 1.1.

을 표현의 자율성으로 보았다. 이러한 정신은 문학이 고수해야 할 신념으로서, 정치적 압제에 대항할 수 있는 문학 본래의 권리라는 것이다.[26] 작품번역과 아울러 해외 지성들이 쓴 작가론이 소개되었으며,[27] 헤밍웨이 문학에 대한 학술적 논의가 본격화 되었다.[28]

헤밍웨이의 창작기법에 대해서도 주목하기 시작했다. 미국 문단에서는 현대 미국 소설들이 인물 창조의 힘이 부족하다고 진단하며 그 대안으로 헤밍웨이의 창작방법을 제시했다. 현대소설은 인물 창조를 위해 고심해야 하는데 시추에이션을 중시한다. 반면 "헤밍웨이는 인물 외에는 아무것도 없다. 그러나 인물 묘사에 많은 시간을 보내지는 않는다. 그는 말로 표시할 행위를 중요시한다."[29] 문체 측면에서 하드보일드 기법을 창안했으며 장편보다 단편에서 위용이 돋보였다. 여석기는 헤밍웨이의 문체를 "간결과 압축과 생략을 위주로 하면서 때에 따라 반복과 연결을 서슴지 않는 특이한 문장기법이며 일절의 형용을 배제한 데서 비정의 스타일이라는 인상조차 준다"고 평가했다.[30]

최인욱은 윌리엄 포크너와 더불어 헤밍웨이를 소설문학의 변화를 주도하는 작가로 논했다. 현대소설은 스토리 중심이 아니라 형태 중심으로 변모해 간다고 보았다. "20세기의 현대소설은 스토리야 어떻게 되었든지 하나의 진실한 인간을 찾기에 온갖 힘을 경주하고 있다." "과거의 소설은 그 구성 체제가 대개 시간적 순서에 의한 배정이 아니

---

26) 백철, 「새로운 싸움터로(수필)」, 『동아일보』, 1955, 1.4.

27) E·바-겐·크네히트, 呂世基 譯 「전통과 현실-E헤밍웨이論」(『문예』통권15호 제4권제1호, 1953.2), 조오지·스넬의 「헤밍웨이와 제5차원」(『신천지』통권63호 제9권제5호, 1954.5)

28) 1957년 한국영어영문학회 제1회 교양강좌에서 양병탁이 「헤밍웨이의 세계」(1957, 9. 30) 조권희는 「어네스트 헤밍웨이의 문학과 생활」(『단원』2권1호, 단국대학, 1959)을 발표하여 대학 강단에서도 연구가 활발히 진행되었다.

29) 「현대미국소설의 문제점, 인간적인 가능성의 경시를 중심하여-쎄터디 리뷰지에서」, 『동아일보』, 1960, 11.14.

30) 여석기, 「단순성의 미학-헤밍웨이 문학의 일면」, 『동아일보』, 1961, 7.7.

면 주제에 대한 인과적 관계에 의하여 성립되었는데" 현대소설은 "시간과 공간의 처리를 객관적인 현실에 맡기지 않고 작자 자신의 주관을 토대로 독자적인 방법을 전개"한다. "과거의 소설과 같은 정리된 스토리에서가 아니라 그 독특한 조형적인 구성에서 보다 효과적인 현실감각을 맛보게 된다는 것이다."[31]

안수길은 헤밍웨이의 창작방법에 관심을 가지고 문학작품의 본질을 탐구하였다. 그는 작가의 사상은 인물과 사건을 통해 형상화되어야 함을 강조하면서, 작가의 사상이 인물을 통해 잘 구현된 예로 헤밍웨이의 『노인과 바다』를 제시했다.

> 그러므로 아무리 문학적 구상의 방법인 서사의 순서를 정당하게 밟아 이루어진 작품이라 하여도 그 작품에 작가의 사상이 작중 인물의 언동이나 전개되는 사건에나 내지 배경인 자연(장소)에 의하여 구체적이고 생명이 있는 것으로 표현되지 않고 개념이 떼굴떼굴 생경하게 굴러 있다면 그것은 성공한 작품이라고 할 수 없을 것이다. ---(중략)---『헤밍웨이』의 '바다와 노인'에는 한 마디의 추상적인 관념이나 사상을 말하는 구절이 있는 것도 아니오, 인생에 대한 어떤 결론을 내려준 것도 아닌데도 불구하고 이 작품처럼 강렬하게 작자의 사상, 순수하고 병들지 않은 인간성에의 향수 내지 그런 인간성의 승리를 구하는 사상을 표명한 작품은 드물 것이다. 만약 평가자가 있어 작품 표면에 철학적인 관념이 들어나 있지 않거나 인생에 대한 결론을 짓는 것 같은 추상적인 문구가 얼른 눈에 띄지 않는다고 해서 그 작품을 무내용 내지 무사상의 작품이라고 한다면 그는 성급한 평론가의 비판을 미면(未免)할 것이다.[32]

---

31) 최인욱, 「변모해가는 소설문학, 남의 소설을 읽을 때」, 『동아일보』, 1958, 10.14.
32) 안수길, 「작가의 사상과 작중인물의 사상(상)」, 『동아일보』, 1956, 10.11.

또 다른 지면에서, 안수길은 소설 문장의 명료성을 주장하며 헤밍웨이의 문체를 예로 들었다.

"그러므로 작가 팬으로서는 무엇보다도 자신의 의도를 또렷하게 표현하여 독자에게 정확하게 전하지 않아서는 안 된다는 것이 제일 의(第一義)로 되지 않아서는 안 된다. 일(一)에 명료, 이(二)에 명료, 명료한 작품은 작자가 의도하는 바가 어떤 것이든 독자에게 부담이 없이 읽혀질 뿐 아니라 친근감까지 가지고 받아들이게 될 것이다."

"이렇게 명료성에 기초를 두고 독자에게 친근감을 가지고 읽혀지는 작품을 나는 쉬운 작품이라고 하고 그렇지 않은 것을 어려운 작품이라고 생각한다. 그리고 나는 작품은 모름지기 쉬워야 된다고 주장한다. 그러나 내가 쉽다고 하는 것은 결코 안이(이지 고잉)를 의미하는 것은 아니다."

"내가 말하는 쉬운 것은 명료한 작품을 말하는 것이요 안이한 작품과 성질이 다르기 때문이다."[33]

이 외에도 헤밍웨이 문학에 구현된 모럴에 대해서는 박영준의 글을 참조할 수 있다. 당시 매체에서 『태양은 또다시 떠오른다』는 영화화되었으나, 다른 영화에 비해 한국에서는 지루하게 느끼는 관객이 많았다는 점에서 성공작은 아니라고 평가했다.[34] 그것은 작품에 제시된 모럴이 1950년대 한국사회의 풍토와 맞지 않은 이유 때문이며, 문자로 읽는 것과 눈으로 직접 목도하는 것 간의 이러한 차이는 관객들에게 불쾌감을 자아냈다. 박영준은 주인공 여성에 대해 다음과 같은 불만을 토로했다.

---

33) 안수길, 「어려운 작품과 쉬운 작품, 명료성이 주는 친근감」, 『동아일보』, 1958. 7.29.
34) 「헤밍웨이 원작 해는 또다시 뜬다」, 『경향신문』, 1958. 5.14.

> "황지(荒地)"에서 지성의 절망, 감정의 불안 등으로 성생활의 난행을 감행하는 그 암담한 생활을 어느 정도 이해할 수 있으나 그 난행을 스크린을 통하여 직접 목격한다는 것은 절대로 유쾌한 일이 아니었다. 말하자면 하나의 이야기처럼 들어 넘기는 것과 내 눈으로 직접 목격한다는 것이 우리의 감정을 움직이는 데 얼마나 차이가 있음을 알았다.[35]

박영준뿐만 아니라 당시 한국의 헤밍웨이 독자들은 지성의 절망과 감정의 불안을 이야기를 통해 읽는 것과 눈으로 직접 보는 것 간에 차이를 느낀다. 박영준의 유쾌하지 않은 감정은 시대의 절망과 불안에 대한 이해에서 오는 것이 아니라, 인물의 윤리적 파행에 있다. 이것은 단순히 문화의 차이만이 아니라 의식과 지성의 차이를 보여준다. 제아무리 지성이 절망하고 감정이 불안하더라도 기존의 윤리가 균열되어서는 곤란하기 때문이다.

1954년 노벨상을 수상한 『노인과 바다』는 패배하지 않는 인간성을 구현함으로서 휴머니즘을 탐구한 작품으로 수용되었다. 1950년대 헤밍웨이에 대한 이해는 작품번역에서 나아가 학술적 접근, 창작방법의 탐구로 이어졌다. 대학의 영문학 전공자들은 작품을 번역하는 데서 나아가 헤밍웨이 문학을 본격적으로 연구하기 시작했다. 작가들은 헤밍웨이 작품을 통해 새로운 소설 창작방법을 모색해 나갔다. 소설가 최인욱이 소설의 구성에 주목했다면, 안수길은 인물의 형성과 문체에 주목했다. 헤밍웨이는 인간성을 탐구한 작가이자 새로운 소설 창작방법을 개척하고 실현해 옮긴 작가로 수용되었다.

---

35) 박영준, 「로스트쩨네레이슌」, 『경향신문』, 1958, 5.23.

2.2. 뉴 프런티어 정신

헤밍웨이는 그의 삶을 통해 민주주의를 실현하는 미국의 풍모를 구
체적으로 실천하고 작품으로 구현한 작가로 알려졌다. 그는 휘트만과
더불어 미국문학을 대표했다.36) '뉴 프런티어(New Frontier 신개척자)'는
미국 민주당 대통령 후보로 지명된 케네디의 대통령 후보 수락 연설
에서 주창한 새로운 개척정신이다. 그는 미국 국민에게 국가와 세계를
위한 소명의식을 가질 것을 호소했다. 다시 말해 미국 시민들이 인류
와 평화에 대한 도덕적 책임을 함께 져 나갈 것을 제안했다. 1961년
케네디는 대통령으로 당선(재임기간 1961~1963)되었고, 그가 내건 뉴 프
론티어 정신은 새로운 부흥을 꿈꾸는 미국 개척정신의 정치모토로 당
시 널리 수용되었다.

한국 문단에서 헤밍웨이의 이력과 문학은 이러한 미국의 입장을 대
표하는 것으로 이해되었다. 영문학자 오화섭(1916~1979)은 미국문학의
특징으로 '프런티어 정신'을 지적하고 현대 아메리카니즘의 상징으로
헤밍웨이 문학을 꼽았다. 그는 미국문학이 영국문학의 기반에서 벗어
나 그의 자태를 뚜렷이 드러낸 것을 20세기로 보고, 헤밍웨이는 이 세
기를 대표하여 구라파 문학에 새로운 자극을 준 미국 작가로 평가했
다.37)

「세계란 훌륭한 곳 싸울 보람이 있는 곳」이라는 신념을 갖는 「헤

---

36) 미국의 대표 시인 휘트만의 "최대 공헌은 데모크라시의 참다운 본질인 일반 인간과 개
인의 자유를 찬미한 데 있다." 휘트먼은 "민주주의의 본질에 대한 그의 사상이나 연구
에서 보더라도 미국의 현대사상계의 주요한 진로를 개척한 사람들 대열에 들어야 할
인물"로 언급된다. 「월트 휫트맨의 「풀잎」출판백년제 외지(外誌)에서」, 『경향신문』, 1955,
4.5.
37) 오화섭, 「생명력의 작가 「헤밍웨이」의 문학」, 『경향신문』, 1954, 11.14.

밍웨이」는 초기의 소극적인 인생관으로부터 적극적인 태도로 변한 것이다. 일개 인간의 운명은 즉 사회의 운명이며 민주주의가 어느 모퉁이에서 붕괴된다면 세계의 민주주의는 어디서나 무너지고 말 것이라고 생각하게 된다. 이러한 「생명력」의 소유자인 「헤밍웨이」는 「맥스웰 엔더슨」과 좋은 비교가 된다. 「앤더슨」은 그의 희곡 「키이 라르고」에서 스페인 내란에서 환멸을 느낀 「킹」이라는 청년을 그렸지만, 「헤밍웨이」는 「누구를 위하여 종을 울리느냐」에서 행동하는 생명력의 인물을 내세움으로써 또한 거의 원시적인 사랑을 통하여 「쇼 I」의 소위 「라이프 포쓰」를 발산하는 미국의 푸론티어 스피릿트를 여실히 보여주고 있다.[38]

맥스웰 앤더슨(Maxwell Anderson 1888~1959)은 현대 시극(詩劇)의 주창자이자 실천가로 알려져 있다. 그는 세계1차대전을 소재로 희극을 창작했는데, 「키이 라르고 *key Largo*」(1938)는 그의 대표작이다. 오화섭은 스페인 내전을 배경으로 앤더슨이 인물의 환멸을 보여주었다면, 헤밍웨이는 행동하는 인물의 생명력을 보여주었다는 점에서 미국 프론티어 정신을 구현했다고 평가한다. 철학자 신일철(1931~2006)은 미국의 프론티어 정신을 소개하면서, 미국 정신을 대표하는 헤밍웨이의 문학 여정을 다음과 같이 설명하고 있다.

「프론티어」란 원래 「변경」의 뜻이다. 서부로 개척선을 넓히던 미국인의 마음속에는 자유·독립·용기·모험의 정신이 있었으며 이것이 아메리카 자유주의 산업사회의 정신적 토대가 된 것이다. 미국사를 고려할 때 모험과 용기를 발휘할 여지를 가졌던 때에는 「몬로主義」를 주창할 만큼 대외정책에 관심이 적었고, 1차대전중은 소위

---

38) 오화섭, 「생명력의 작가 「헤밍웨이」의 문학」, 『경향신문』, 1954, 11.14.

중립을 지키려고 했던 정도였다. "번영과 성공"이 약속된 미개지가 국내에서 충족되지 못하게 되자, 제2차 세계대전에서 미국은 유럽·중동·극동까지 프론티어의 변경을 넓히게 된 것이다. 이러한 사정은 헤밍웨이의 작품활동의 추이를 통해서도 발견할 수 있다.

헤밍웨이 작품의 주인공은 파리에 갔으나 거기서 실망하고(「태양은 다시 뜨는가」 1926년) 스페인 전쟁에 가서 용기와 모험을 발휘하여 영웅적으로 쓰러진다(「누구를 위해 조종은 우는가」 1940). 그러나 「키리만자로의 눈」에서 주인공의 모험심은 「아프리카」 탐험에까지 가게 하나 그토록 올라가려던 산정에는 동물의 뼈만이 앙상히 남아 있을 뿐 하찮은 호기심 모험하는 「프론티어 스피리트」는 「비극」과 대별하게 된다. 결국 마지막으로 주인공은 늙어 이제는 바다에 나가 따분하게 낚시질을 하는 노인, 이것이 미국 「프론티어 스피리트」이 걸어온 길이 아닌가.

헤밍웨이의 '노인'은 말한다. "사람은 지는 법은 없다. 사람은 파멸당하는 일은 있지만 결코 지는 법은 없다." 그러나 방어와 싸우는 노인은 고독하다. 젊었을 때 야구 구경, 씩씩한 '디마지오' 선수를, 영웅을 숭배한다. 그래서 노인은 "자신을 갖고 발꿈치의 아픔을 무릅쓰고 모든 임무를 다하는 '디마지오'만큼 가치 있는 사람이 되어야 한다"고 생각한다. 기진하고 노쇠한 노인은 '사자'를 꿈꾸는 것이다. 결국에 가서는 야수성과 모험에 가득 찬 헤밍웨이 작품중 인물들도 허무를 느끼고 그걸 극복하려 애쓴다.[39]

신일철은 이후 다른 평문에서도 프래그마티즘이라는 모험적이고 행동적인 미국적 인간형을 만들어 낸 기수로서 헤밍웨이를 언급했다. "뉴 프론티어 사상의 소산인 미국적 사고는 헤밍웨이로 대표되는 오늘날의 미국문학과 그 밖의 여러 부문의 기틀이 되고 있다."[40] 영문학

---

39) 신일철, 「新프론티어 정신의 대두-케네디와 헤밍웨이」, 『경향신문』, 1960, 11.23.

자 김병철 역시 헤밍웨이 문학세계 전모를 조망하면서 진정한 인간성
을 행동을 통해 포착하려 했다는 점을 강조했다. 헤밍웨이를 "자의식
과잉이라고 하는 현대적인 노이로제에 청신한 행동적 모랄로 대결한
강인한 행동적 모랄리스트"로 규정하고 "미국 고유의 푸론티아적 휴
매니스트"라 명명한다.[41]

　1950년대 헤밍웨이의 문학은 20세기 휴머니즘을 구현한 것으로 볼
수 있다. 인간의 가치를 긍정하고 이를 현실에 실현하는 것을 최대의
목표로 삼고 있기 때문이다. 1950년대 미국을 비롯한 서방에서는 휴머
니즘이 민주주의라는 제도의 구현과 안착을 통해 구현될 수 있다는
믿음을 가지고 있었다.

> 　결국 휴매니즘은 이 지상에 보다 나은 민주주의 사회를 건설하려
> 는 노력이라고 할 수 있다. 「인간생활의 기쁨·미·가치를 진정으로
> 긍정하는 것」이 휴매니즘이라고 <휴매니즘의 철학>의 저자인 C.라
> 몬트는 말한다. 그는 20세기 휴메니즘을 한마디로 정의해서 "이 지
> 상의 자연세계 안에서 이성과 민주주의의 방법들을 통해서 모든 인
> 간의 최대 선을 위해서 기꺼이 봉사하는 철학"이라고 했다. --(중
> 략)-- 한편으로는 인간으로서 가능한 한 냉철한 이성을 통해서 선
> 과 악, 참과 거짓, 미, 가치 등을 판단하고, 뿐만 아니라 인간과 정서
> 면에서도 이해력을 넓히는 너그러운 정신인 것이다.[42]

　휴머니즘이 강렬한 사회는 역설적으로 지극히 비인간적인 사회일
수밖에 없다. 비인간화의 강도에 정비례해서 인간의 가치가 부각된다

---

40) 신일철, 「정치사상강연초(4)」, 『경향신문』, 1962, 5.28.
41) 김병철, 「헤밍웨이의 생애와 문학(하)」, 『경향신문』, 1961, 7.7.
42) 신일철, 「네오 휴매지즘과 현실(상)-인간 이외에는 아무런 입법자도 없다-싸르트르」, 『동
　　아일보』, 1959, 5.31.

는 지적처럼,[43] 당시 휴머니즘에 대한 호명은 압제와 통제의 시대로부터 인간성이 실현될 수 있는 사회에 대한 희구였다. 민주주의는 이를 실현시켜 줄 수 있는 제도라는 신념이 유효했던 것이다. 적어도 1950년대 헤밍웨이는 미국의 개척정신을 실현하는 프로티어 정신의 기수였으며, 미국 민주주의를 대변하는 작가로서 자리 잡고 있다. 헤밍웨이 서거 직후, 케네디 대통령의 다음과 같은 추도사는 그가 미국문학과 미국을 대표하는 지성임을 표명한다.

> 어네스트 헤밍웨이만큼 미국민의 정서와 태도에 커다란 영향을 미친 미국인은 별로 찾아볼 수 없다. 그가 1920년대에 파리에서 밝은 문단의 거성을 나타난 이래 미래문학과 전 세계 남녀의 사고방식을 한손으로 바꿔놓았다. 오늘날 미국은 예술의 중심지의 하나가 되었다. 비록 그가 불란서, 스페인, 아프리카 등지를 여행하여 세계적인 시민이 되었으나 그는 처음에 시작한 바와 같이 그가 명성을 가져오고 예술을 쌓은 미국의 따뜻한 마음속에서 생애를 끝막았다.[44]

1958년에는 헤밍웨이의 문학 사상을 재점검할 수 있는 사건이 있었다. 그는 스페인 내전을 다룬 소설 3권의 재출판 금지요청 문제로 출판사(에스콰어어 지)에 소송을 제기했다. 소설의 등장인물들이 소련을 지지했던 왕당파 또는 공산주의자들로서 작가의 동정을 받고 있으나, 그렇다고 이 작품들이 친공(親共) 소설이 아니라는 것이다. 일련의 작품들은 소련이 우호국일 때의 작품으로, 독자와 소련이 최대의 적이된 금일의 상황과는 다르다는 것이다. 재판(再版)이 되면 작품에 대한

---

43) 황병주, 「냉전체제하 휴머니즘의 유입과 확산」, 『동북아역사논총』52, 동북아역사재단, 2016, 404면.(355~411면)
44) 「"미국민에 정서 준 거성" 케네디 대통령 추도사」, 『동아일보』, 1961, 7.3.

타격이 클 것인 즉, 재출판 전에 퇴고의 필요로 이해되었다. 이미 발표한 작품에 대한 이러한 태도는, 그가 자기 사상보다는 각 시대의 이데올로기에 민감한 작가임을[45] 시사했다. 헤밍웨이는 변호사를 통해 다음과 같이 말했다.

> "시간의 경과는 작가의 작품을 좋게도 나쁘게도 작용하는 것이다. 소련이 우리의 맹방이었던 시대에 작가들의 작품에 대해서 취하였던 독자들의 태도와 소련이 아마도 우리들에 대한 가장 큰 적이 된 오늘날 그 작가들과 작품에 대한 태도와의 사이에는 현저한 변화가 생겼다."
>
> "요구된 재출판으로 인해서 **작가에게 주어지는 피해**는 누구나 감히 측량할 수 없다."[46]

1958년 헤밍웨이의 출판소송은 그의 문학사상의 근원을 돌아보는 계기를 마련했다. 그는 세계사적 변화에 민감하게 반응하며 소신을 펼쳤으나, 그에 못지않게 독자를 의식하고 소설을 썼던 것이다. 수요를 고려하여 생산하는 자본주의의 생리가 그의 창작태도의 한 귀퉁이에 자리잡고 있었던 것이다. 세계1,2차대전중 전쟁지를 돌아다니며 그에 대한 자신의 입장을 소설에 담았으나, 결국 일련의 전쟁서사는 특정 이념에 대한 옹호라기보다 미국적 휴머니즘의 실현으로 이해할 수 있다.

---

45) 「시대사상에 민감한 작가 「헤밍웨이」의 일상-최근엔 재출판금지토록 소송도 하고」, 『경향신문』, 1958, 8.22.
46) 「출판사가 피소 "헤밍웨이"에 의해」, 『동아일보』, 1958,8.8. 강조는 필자.

2.3. 전작의 번역과 미국문화의 아이콘

헤밍웨이는 본격적으로 작품이 번역되기 이전부터 한국 문단의 관심을 모았다. 1948년 언론에서는 헤밍웨이의 실제 생활이 보도되는데,[47] 이는 당시 그가 세계적으로 주목받는 대중 스타의 반열에 놓여 있음을 시사한다. 『노인과 바다』가 1952년 퓨리처상, 1954년 노벨 문학상을 수상하면서 그에 대한 관심은 고조되었다. 1954년 노벨문학상 수상과 더불어 작품 번역과 전집이 간행되었다.[48] 아울러 세계문학전집이 출판사에서 경쟁적으로 간행되면서, 다양한 이본이 존재하게 되었다.[49] 작품 번역 추이(1930~1973)를 살펴보면 다음과 같다.[50]

시기	한국 문단의 작품 번역 및 평문
근대	박태원 역, 「도살자」, 『동아일보』, 1931, 7.19~31(7회) 1927년 발표 역자 미상, 「西班牙現地報告」, 『비판』6권9호, 1938.9. 설정식 역, 「도살자」, 『인문평론』2권1호, 1940.1 『陽はまた昇る』(東京:角川書店, 1943)
1952년	オオクボ,ヤスオ 譯, 『現代世界文學全集:誰がために種は鳴る』16(東京:三笠書房, 1952) 다권본

---

47) "어느 사이에 진실로 현대 미국 대표 작가가 된 헤밍웨이는 얼마 전 카리브 해상의 쿠바에 와서 멀리 본국을 응시하며 오년 째나 구상인 진작을 준비하고 있다. 그는 유위(有爲)한 지성이나 진지한 정신까지 다 못쓰게 버려놓은 헐리우드의 금력을 경고하며 「헤밍웨이류」의 건재를 격려하고 있다." 여세기, 「지성의 빈곤 현저-미국」, 『경향신문』, 1948, 9.5.
48) 김병철 외 역, 『헤밍웨이 전집』1~5, 휘문출판사(서문당), 1967.
   최준기 외 역, 『헤밍웨이 전집』1~7, 대양서적, 1973.
49) 이에 대해 출판사들이 세계문학전집에 대한 허황된 경쟁의식과 대립을 조성하는 것을 우려하여, 같은 작품의 번역이 여러 출판사에서 나오게 하기보다 번역진에게 좀 더 시간적이고 경제적 여유를 주어 자신 있는 번역을 할 수 있게 해야 한다는 지적이 제기되었다. 「맞서게 만든 번역문학, 작금의 출판가 점묘」, 『동아일보』, 1958, 11.26.
50) 각종 신문자료. http://www.riss.kr.libpro1.kku.ac.kr 단행본 검색. 기타 자료를 참조함.

	박기준, 「미국문단의 귀재「헤밍웨이」」,『세계를 움직이는 사람들』, 동아출판사, 1952, 36면.
1953년	최광열 역, 『최후의 승리』(광문사, 1953) 1952년 발표 정봉화 역, 『노인과 바다』(대신문화사, 1953) ≪노인과 바다 The Old Man and the Sea≫(1952) 발표 E · 바-겐 · 크네히트, 呂世基 譯, 「전통과현실-E헤밍웨이論」 (『문예』통권15호 제4권제1호, 1953.2),
1954년	**김철 역, 『누구를 爲하여 鐘은 우는가』(태극문화사, 1954) 1940년 발표** **권응호 역, 『전쟁과 사랑 (A) Farewell to Arms』(동서문화사, 1954)** オオクボ,ヤスオ 譯, 『現代世界文學全集:武器よさらば』18 (東京:新潮社, 1953) 高村勝治 · 福田降太郎 共譯,『ヘミングウェイ全集』 (東京:三笠書房, 1953) 大ク保康雄ボ 譯,『ヘミングウェイ短篇集』(東京:新潮社, 1958) 조오지 · 스넬의 「헤밍웨이와 제5차원」(『신천지』통권63호 제9권제5호, 1954.5)
1957년	신동섭 역, 『누구를 爲하여 鐘은 우는가』상권(계문출판사, 1957) 김병철 역, 『세계문학전집:武器여 잘 있거라』12(동아출판사, 1957) 다권본
1958년	박기준 역, 『武器여 잘 있거라』(문호사, 1958) 오학영 역, 『세계문학전집:武器여 잘 있거라 외』1 (삼오문화사, 1958) 다권본 이인석 · 최기선 공역, 『범문각외국문학번역총서:무기여 잘 있거라』(범문각, 1958) 다권본 안동민 역, 『해는 다시 뜬다』(일신사, 1958) 정병조 · 황찬호 공역, 『女子없는 世界』(한일문화사, 1958) 김병호 · 박기열 공역, 『헤밍웨이短篇集』(정연사, 1958)(진문출판사, 1963) 서울대학교 문리과대학 문학회, 『20世紀短篇選集』, 경기문화사, 1958. 다권본 「어트랜틱 백주년 기념호에 발표된 제근작 2편」, 『現代』, 1958.2 황찬호 역, 『교양신서:老人과 바다』17(신양사, 1958) 다권본 강봉식 역, 『교양신서:貧富』28(신양사, 1958) 다권본

	Charles, A. Fenton · 심연섭(심동력) 역, 『헤밍웨이의 문학 수업시대』, 창문사, 1958. 서라벌예술대학 출판국, 『문예창작강좌』, 서라벌예술대학 출판부, 1958. 양병택, 「헤밍웨이의 세계」, 『논문집』1권, 경희대학교, 1958, 193~332면.
1959년	김재붕 역, 『바다와 老人:原文對譯』(영신문화사, 1959) (청산문화사, 1961) 김화진 역, 『노인과 바다(외)』(범우사, 1959) 김석주 역, 『노인과 바다』(범조사, 1959) 박충집 역, 『老人과 바다』(한일문화사, 1959) 김병철 역, 『양문문고:해는 또다시 떠오른다』76(양문사, 1959) 다권본 정병조 역, 『세계문학전집:무기여 잘 있거라/老人과 바다/해는 또다시 뜬다』49(을유문화사, 1959) 다권본 김해동 역, 『위성문고:武器여 잘 있거라』40(법문사, 1959) 다권본 정봉화 역, 『세계문학전집:누구를 위하야 좋은 울리나』27(정음사, 1959) 다권본 (『누구를 위해 鐘을 울리나』28권, 정음사, 1961) 김형일 역, 『누구를 爲하야 鐘은 울리나』(동학사, 1959) (한양출판사, 1964) (송인출판사, 1968) 양병탁 역, 『양문문고:키만자로의눈』53(양문사, 1959) 다권본(『노오벨상문학전집』6, 신구문화사, 1964.) 손종진 역, 『영미 문학 선역집』, (경문사, 1959) 이철모 역, 『헤밍웨이短篇集』(여원사, 1959) 이호성 역, 『청초하고 밝은 곳:헤밍웨이 걸작선』(신조문화사, 1959) (『알프스의 연가』, 신조문화사, 1965) 조광목 역, 『江 건너 숲속으로』(대동당, 1959)
	Barrett, W · 유영 역, 『현대문학의 가는길』, 양문사, 1959. 조권희, 「어네스트 헤밍웨이의 문학과 생활」, 『단원』2권1호, 단국대학, 1959, 211~218면.
1960년	안동민 역, 『해는 또다시 떠오른다』(아동문화사/정민문화사, 1960) (평원문화사, 1961) 박기준 역, 『武器여 잘 있거라』(동서문화사, 1960) (백인당, 1962)
	김우종, 『위인신서:세계의 대소설가 17인』1, 여원사, 1960.
1961년	김종운 역, 『누구를 위하여 좋은 울리나』 (동학사, 1961) 손세일 역, 『危險한 여름』(신구문화사, 1961)
	Francis Brown · 김수영/유영/소두영 역, 『20세기 문학평론』, 중앙문화사, 1961. 여석기, 「헤밍웨이의 생활과 의견」, 『현대문학』, 1961.5

1962년	이삭 역, 『女子없는 世界』(영문각, 1962)
	여석기, 「불패의 인간상」, 강면진 편집, 『선구자의 생애와 사상, 세계문화의 창조자』, 동서출판사, 1962. 어네스트 헤밍웨이·김병철 역, 「비극의 정복자」, 『세계전기문학전집:세계의 인간상』4, 신구문화사, 1962. C.베이커, 「불패의 고독한 기사「헤밍웨이」」, 안동림 편, 『사색하는 사람들』, 동서출판사, 1962. 김영수, 『문예사조사』증보판, 수학사, 1962. 어어령, 「헤밍웨이의 죽음과 행동」, 『고독한 군중』4, 경지사, 1962.
1963년	이철모 역, 『살인자 키리만제로의 눈』(평화문화사, 1963)
	Philip Young, 「E. 헤밍웨이론」, 『미네소타대학 미국 작가론 총서』, 한국영어영문학회, 1963-1964. 장만영, 『세계의 인간상』, 신구문화사, 1963. Robert E. Spiller·양병흠 역, 『미국문학의 전개』, 양문사, 1963. 전형진, 「행동주의에 비춰본 헤밍웨이, 까뮈, 이상」, 『문리학총』2권1호, 경희대학교 문리과대학, 1963, 145~154면.
1965년	오국근 역, 『武器여 잘 있거라/太陽은 또다시 떠 오른다/老人과 바다』(학원사, 1965)
	Wilson, Colin·김진경 역, 『아웃사이더:사상가와 반항적 자세』, 법문사, 1965.
1966년	김병철 역, 「프랜시스 매코머의 짧고 행복한 생애」, 『세계단편문학전집』2 (계몽사, 1966)
1967년	김병철 역, 『헤밍웨이 전집:누구를 위하여 鐘은 울리나/老人과 바다』1, 휘문출판사(서문당), 1967. 김병철/김재남 역, 『헤밍웨이 전집:해는 또다시 떠오른다/강건너 숲속으로/貧富』2, 휘문출판사, 1967. 장왕록/정병조/이가형/양병택 역, 『헤밍웨이 전집:위험한 여름/女子없는 世界/승리자에겐 아무엇도 주지마라/우리들 時代에』3, 휘문출판사, 1967. 정병조/양병탁/장왕록/이가형/이창배 역, 『헤밍웨이 전집:아프리카의 푸른 언덕/봄의 奔流/오후의 죽음/제5열/시』4, 휘문출판사, 1967. 김병철/김석주 역, 『헤밍웨이 전집:武器여 잘 있거라/움직이는 향연/나의 兄 어네스트 헤밍웨이』5, 휘문출판사, 1967. 문영각편집부 역, 『江 건너 숲 속으로』(문영각, 1967)

	A.E. 홋치너·최세조 역, 『살아있는 헤밍웨이』, 예원사, 1967.
1968년	윤종혁 역, 『누구를 위하여 鐘은 울리나』(삼성출판사, 1969)
	김병철, 『헤밍웨이 문학의 연구』, 을유문화사, 1968.
1970년	심명호 역, 『누구를 위하여 종은 울리나』(민음사, 1970) 정성집 역, 『(對譯版) 老人과 바다』(제문출판사, 1970) 김기덕 역, 『세계단편문학대계:헤밍웨이短篇集』7(상서각, 1970)
	김병철, 『헤밍웨이 傳記』, 을유문화사, 1970.
1972년	안정효 역, 『우울한 도시의 축제』, 발행처불명, 1972.
1973년	최준기 역, 『헤밍웨이 전집:누구를 위하여 鐘은 울리나』1, 대양서적, 1973. 김종운 역, 『헤밍웨이 전집:武器여 安寧(외)』2, 대양서적, 1973. 김용권 역, 『헤밍웨이 전집』3, 대양서적, 1973. 정병조 외 역, 『헤밍웨이 전집』4, 대양서적, 1973. 김영숙 역, 『헤밍웨이 전집』5, 대양서적, 1973. 김병옥 역, 『헤밍웨이 전집』6, 대양서적, 1973. 이상옥 역, 『헤밍웨이 전집』7, 대양서적, 1973.

헤밍웨이의 소설은 상당 부분 영화로 제작되었다.[51] 1959년 기준 영화화된 작품으로는 「킬리만자로의 눈」, 『누구를 위하여 종은 울리나』, 『무기여 잘 있거라』, 『노인과 바다』, 『파국』, 『태양은 다시 떠오른다』등 10여 편이 소개되어 있다.[52] 1958년에는 『누구를 위하야 종은 울리나』의 한국 개봉, 「킬리만자로의 눈」의 영화 제작, 영화 「노인과 바다」 배우의 명연기 등[53] 영화화 되는 과정에서 헤밍웨이가 밝힌

---

51) 「3편의 소설을 완성, 헤밍웨이 집필 쾌조」, 『경향신문』, 1959, 3.14.
52) 「문예작품의 영화화 콩쿠레고전으론 쉑스피어, 현대에선 헤밍웨이, 빈도기록 톱은 레미제라블」, 『동아일보』, 1959, 10.21. 『파국』은 『가진 자와 안가진 자』를 원작으로 마이켈 커티스 감독이 항구와 해상을 무대배경으로 존가필드와 파트리샤 닐을 주연으로 한 액션, 로맨스 영화로 제작되었다. (「정초의 극장가」, 『동아일보』, 1959, 12.28.)
53) 「「트레시」의 명연기, 『헤밍웨이』작품을 완전소화 "바다와 노인"」, 『동아일보』, 1958,

소회 등이 소개되었다. 특히 영화 「노인과 바다」 촬영 당시 헤밍웨이의 고집은 해외 토픽으로 한국독자들에게 영화를 압도하는 작가 정신, "영화 제작이라는 상행위(商行爲)와 싸운 고급한 문학정신의 완성한 발로"로 상찬되었다.[54]

한국 매체에서는 헤밍웨이의 작품 외에도 현존하는 작가의 삶에 대한 관심도 지대했다. 1960년에는 와병중인 헤밍웨이의 사생활을 비롯하여[55] 낚시질 하는 근영을 기사로 다루었다.[56] 1961년 7월 2일 헤밍웨이가 사망하자, 언론에서는 그의 서거를 대서특필하며 문학세계 전모를 조명하는 글을 게재했다.[57] 그의 죽음이 엽총 오발이 아니라 자살로 밝혀지면서 다시 주목받았다.[58] 죽음을 둘러싼 사인규명 논란이 보도되었으며, 장례일정을 비롯한 미발표작에 대한 관심이 집중되었다. 1961년에는 8월에는 '헤밍웨이 추모 특선 프로'라는 타이틀로 영화 <노인과 바다>가 단성사에게 개봉되었다.

이 장에서는 미국 현대작가 어니스트 헤밍웨이가 한국 문단에 소개되는 1930년대부터 1961년 서거하기까지 그의 문학이 한국에 수용되는 과정을 살펴보았다. 한국 문단에서 헤밍웨이는 스페인 내전 참전 작가, 노벨문학상 수상작가로 주목받았으며, 아메리카 데모크라시의 구현자로 수용되었다. 1953년부터 영문학자들에 의해 본격적으로 작품이 번역되었고 학술적인 연구가 시작되었으며, 한국 문인들에게는

10.19.
54) 전봉건, 「영화에 먹히는 문학정신-작가는 좀더 고급해야겠다」, 『동아일보』, 1959, 8.30.
55) 「헤밍웨이 와병, 서반아서 휴양중」, 『동아일보』, 1960, 8.9. 「헤밍웨이 와병설, 20세기 문학의 거성」, 『경향신문』, 1960, 8.9.
56) 「낚시질 헤밍웨이의 근영」, 『동아일보』, 1960, 10.3.
57) 「헤밍웨이의 문학과 생애」, 『동아일보』, 1961, 7.3. 김병철, 「헤밍웨이의 생애와 문학 (상)~(하)」, 『경향신문』, 1961, 7.5~7.
58) 「입에 총구대고 발사 자살」, 『동아일보』, 1961, 7.9.

휴머니즘을 탐구하고 소설 창작방법을 개척한 작가로 수용되었다. 1961년 헤밍웨이가 서거하기까지, 그의 삶과 문학은 미국 개척기의 프런티어 정신을 실현한 미국 지성의 대표로 이해되고 수용되었다.

헤밍웨이는 그의 삶과 작품간 관계가 밀접한 만큼, 그의 문학에 대한 이해도 삶과 작품의 특이성에 따라 세 시기로 구분된다. 첫째, 스페인 내전 참전을 비롯한 세계1, 2차 대전 가담 시기에 주목을 받았다. 한국은 일본의 식민지를 겪고 있었으며 동학농민전쟁을 비롯하여 민족 내분의 경험이 있는 만큼, 스페인 내전에 대한 세계 다른 국가와 지식인들의 태도가 과거를 성찰하고 미래를 예측할 수 있는 준거로 수용되었다.

둘째, 1940년대이후 전쟁체험을 소재로 전쟁소설을 발표하면서 미국의 문화와 이데올로기를 대변하는 작가로 주목받았다. 세계1차대전은 1914년부터 1918년, 세계2차대전은 1939년부터 1945년에 발발했으며, 전쟁의 종식과 더불어 세계는 새로운 냉전 체제에 돌입했다. 헤밍웨이는 자신이 경험한 전쟁을 소설에 구현함으로서 전쟁이 초래한 참혹함을 묘사하는 과정에서 미국이 지향하는 아메리카 데모크라시를 보여주었다. 그는 미국이 아니라 스페인의 전장을 경유하여 미국의 정신을 실현했던 것이다.

셋째, 1954년 노벨문학상 수상으로, 헤밍웨이에 대한 대중의 관심은 더욱 고조되었다. 그의 작품이 본격적으로 번역되기 시작했으며, 그의 일거수일투족이 언론에 공개되고 주목의 대상이 되었다. 이러한 사실은 그가 단순히 세계의 저명 소설가라는 점에서 기인한 것이 아니라, 휴머니즘과 민주주의를 결합한 아메리카의 뉴 프런티어 정신을 구현하는 지성인이었기 때문이었다. 1950년대 헤밍웨이는 뉴 프런티어 정신의 기수로서 미국의 새로운 개척정신을 세계적으로 알리고 이를 실천하는 선두주자가 되었다.

　일본의 식민지(1910, 8.29~1945, 8.25)과 한국전쟁(1950, 6.25~1953, 7. 27)을 겪은 한국에서 미국의 현대작가 헤밍웨이는 단순히 그의 작품으로만 이해되지 않았다. 식민지 시기에는 작품에 앞서 '그의 활동'이 지식인들에게 주목받았으며, 한국전쟁 이후에는 작품에 앞서 '그의 조국'이 한국 대중에게 주목의 대상이 되었다. 1930년대부터 1940년에 이르기까지 한국의 언론은 세계 전쟁에 자발적으로 참여한 헤밍웨이의 종군(從軍) 태도에 주목했으며, 이를 통해 식민지 조국의 현재와 미래의 삶을 모색했다. 한국전쟁이 종식된 1950년대에 이르면 헤밍웨이는 미국의 문화와 가치관을 대표하는 선두주자로서 대중문화의 아이콘으로 수용되었다. 이데올로기에 대한 신념과 미래의 전망을 제시하는 작가가 아니라 인간성을 탐구하고 새로운 창작방법을 위해 고심한 미국의 뉴 프런티어 문인의 선두 주자로 인식되었다.

제3부
시민의식과 자기완성

1. 조지 오웰 『1984』의 수용사

1.1. 『1984』의 세계사적 의의

영국 현대작가 조지 오웰(Geroge Orwell, 1903~1950)의 마지막 소설 『1984』 (1949)가[1] 한국문학사에서 번역되고 수용되는 과정은 한국문학과 독자가 성숙해 가는 과정과 추이를 보여준다. 조지 오웰은 에릭 아서 블레이어(Eric Arthur Blair)의 필명이다. 그는 영국의 식민지 인도에서 제국의 경찰직을 수행하는가 하면, 파리와 런던에서 밑바닥 체험을 하기도 했으며, 스페인 내전에 직접 참여하기도 하는 등 20세기 격변의 역사를 몸소 체험하며 일련의 글을 썼다.

『1984』에는 격변하는 세계사적 체험이 응축되어 있다. 오웰은 1946

---

1) 이 작품에 앞서 그는 『파리와 런던의 밑바닥 생활』(*Down and Out In Paris and London* 1933), 『위건 부두로 가는 길』(*The Road and Wigan Pier* 1937), 『버마 시절』(*Buemese days* 1936), 『카탈로니아 연가』(*Homage to Catalonia* 1938), 『동물농장』(*Animal Farm* 1945) 등과 같은 수필과 소설을 발간했다.

년부터 『1984』의 집필을 시작했으며 초고는 1947년 10월에 완성되었
다. 그 후 폐결핵으로 입원했으며 1948년 7월에 퇴원하여 11월에 최종
원고를 완성하고 12월에 출판사에 보냈다.[2] 『1984』는 1949년 영국과
미국에서 거의 동시에 간행되었다. 1년간 영국에서는 약 5만부, 미국
에서는 약 36만부가 팔렸다.[3] 이 작품은 출간과 동시에 세계적으로 주
목을 받았으며 한국도 예외는 아니었다.

2부에서 살펴보았듯이, 오웰의 『1984』가 한국 문단에 처음 소개된
것은 1949년 일간지를 통해서이다. 한 컷의 그림 '2분간의 증오'와 더
불어 작품의 대표적인 에피소드 등이 간략하게 서술되어 있다. 대형의
체제로부터 분리해 나간 '골드스타인'에 대한 민중의 증오심은 매일
정기적인 의례 '2분간의 증오'를 통해 만들어진다는 내용을 담고 있
다.[4] 원작이 발표(published by Martin Secker & Warburg)되던 1949년, 한국에
도 오웰의 『1984』가 소개되었다는 점은 시사적이다. 1949년 영국과 미
국에서 발간된 시점으로 미루어 거의 동시대 한국에서도 작품을 수용
했다.

한국어 초역은 1950년 3월에 이루어졌다. 『동물농장』(김길준 역, 『Animal
farm』, 국제문화협회간, 1948)가 해방직후 미군정의 정치적 목적으로 번역
되고 수용되었던 것에 비해, 『1984』의 번역은 개인에 의해 이루어졌으
나 수용과정에서 당대 정치의 영향을 받을 수밖에 없었다. 오웰의 『1984』
는 1950년 초역 이래 1960년대, 70년대, 80년대 지속적으로 번역본이
출간되며 제명에 해당되는 1984년도에는 관심이 폭발적으로 증대된다.

오웰의 『1984』가 1948년이라는 창작 시점에서 '1984년'이라는 미래

---

2) 박홍규, 『조지 오웰』, 이학사, 2003, 282~283면.
3) 위의 책, 304면.
4) 「1984年 原作=조-지 오-웰. 漫畵=이브나·띤」, 『태양신문』, 1949, 9.27.

의 시기를 작중 배경으로 삼고 있는 만큼, 이 장에서는 한국에서 초역(初譯)되던 시기부터 1984년에 이르기까지 작품이 이해되고 수용되는 추이를 살펴보려 한다. 일련의 번역본 출간에 따른 『1984』의 독해와 이해는 한국문학사의 성숙과정을 확인할 수 있게 해 준다. 논의에 앞서, 오웰이 『1984』에서 제시한 두 가지 특징을 주목할 필요가 있다.

첫째, 인간과 체제간의 갈등을 다루고 있다는 점이다. 주인공은 글쓰기를 통해 사유 능력을 고수한다. 윈스턴 스미스(Winston Smith)는 기록국에서 과거를 날조하는 일을 하고 있다. 그는 이성적인 존재로 살기 위해 일기를 쓰고 기록한다. 글을 쓰는 행위는 인간성 유지를 위한 최후의 보루이다. 이와 더불어 사랑하는 여자와의 성관계(욕망) 역시 인간성을 확인하고 존속하기 위한 방편이다. 빅 브라더를 위시한 전체주의 정부는 윈스턴을 결박하고 고문한 다음, 그에게 내재한 인간성을 모두 말살한 다음에야 그를 죽인다. 체제는 자율성을 지닌 인간의 존재를 용납하지 않았다.

둘째, 인간의 자유를 박탈하고 의식을 통제하기 위한 시스템의 작동 방식이다. 작중 인간에 대한 통제 시스템은 크게 두 가지로 나타난다. 표면적으로는 독재자 '빅 브라더(Big Brother)'가 거대 권력을 행사하며, 권력의 집행과정에서 '텔레스크린(telescreen)' '마이크로폰(microphone)'과 같은 첨단기기를 동원한다. 표면적인 기술적 통제와 더불어 언어 통제를 통해 인간의 자율적 사고를 거세하고 기계화시킨다. '이중사고(Double think)', '신어(new speak)', '선전문구(전쟁은 평화이고, 자유는 예속이며, 무지는 힘이다 War is Peace, Freedom is Slavery, Ignorance is Strength)' 등을 통해 대중을 획일화하고 프롤레타리아(the prole)로 전락시킨다.

오웰은 거대 권력이 인간의 존엄성과 자유를 말살할 수 있음을 우려하며 현실에 존재할 수 있는 전체주의의 실체를 재현해 보인 것이

다. 세계2차대전 직후에는 히틀러와 무솔리니를 비롯한 파시스트, 중
공, 소련을 비롯한 공산주의 등으로 읽을 수 있겠지만, 그것은 당대적
독해이다. 인간성을 말살할 수 있는 여지는 다양하다. 인간성 말살은
파행적 민주주의 체계에서도 발생할 수 있으며 거대 국가가 위세를
떨치는 상황이라면 언제 어디서든 발생할 수 있다. 작중 전체주의는
다양한 방식으로 주인공을 비롯한 대중을 통제하며, 일련의 사건은 독
자로 하여금 인간과 집단의 관계를 성찰하게 만든다. 요컨대 오웰은
이 작품을 통해 전체주의를 경계하고 인간의 자유와 존엄성을 지켜나
가야 함을 제안했던 것이다.

본격적인 수용사에 앞서 한국에서 조지 오웰과 그의 작품 연구는
어느 정도, 어떤 논의가 이루어졌는지 살펴보자. 그 중 장편소설『1984』
에 관한 연구만 하더라도 학위논문을 비롯한 영문학, 역사학, 언론학
등 많은 연구자들의 주목을 받았다. 『1984』에 관한 학위논문들은 정치
하게 기술되는 만큼, 작중 정치제도와 알레고리 분석에 주력했다. 전
체주의에 주목하여, 개인에 대한 감시와 사생활 통제를 분석하고 일련
의 억압은 현실을 비롯하여 앞으로도 일어날 수 있음을 지적한다.[5]

단행본에서는 작가의 생애와 관련하여 글쓰기의 전개과정을 추적한
다. 법학자 박홍규는 사회주의 작가, 반(反)권력의 작가로서 오웰의 생
애와 작품을 소개한다.[6] 정치학자 고세훈은 오웰의 생애를 속죄와 해

5) 최영화, 「오웰의 폭력론 연구:『1984』를 중심으로」, 중앙대 영어영문학과 석사학위논문,
   2005; 김완수, 「조지 오웰의『1984』에 나타난 프롤 집단의 전복적 잠재성에 관한 연구」,
   명지대 영어영문학과 석사학위논문, 2010; 서정호, 「오웰소설 '1984'의 알레고리에 대한
   시각이미지 표현연구」, 연세대 영상디자인전공 석사학위논문, 2011; 남궁협, 「조지오웰
   의 <1984년>에 담긴 현대적 파시즘에 대한 고찰」, 조선대 영어영문학과 석사학위논문,
   2014; 류수아, 「Individual and system in the Geroge Orwell's nineteen eighty-four」, 서울
   대 외국어교육과 영어전공 석사학위논문, 2014; 이종민, 「디스토피아 소설로서 조지 오
   웰의『1984』」, 배재대 영어영문학과 석사학위논문, 2016.
6) 박홍규,『조지 오웰』, 이학사, 2003.

원의 과정으로 보고 제국주의, 사회주의, 좌파 애국주의의 관점에서 글쓰기의 과정을 소개한다.[7] 영문학자 박경서는 오웰의 작품을 직접 번역한 만큼 소설과 수필에 걸친 그의 문학세계를 집약적으로 소개한다.[8]

영문학에서는 영미문학사의 전개과정에서 현대작가 오웰의 문학적 성취에 주목하는가 하면,[9] 역사학에서는 세계사적 관점에서 오웰의 이데올로기에 초점을 맞추어 논의하고 있으며,[10] 언어 및 언론학에서는 작중 전체주의 사회에서 이루어지는 언어 통제의 문제점에 주목하고 있다.[11] 그 외에도 오웰의 『1984』에 관한 논의는 현대 문명사회에 포진한 전체주의의 위험성 탐구의 일환으로 논의되고 있으며[12] 한국

---

7) 고세훈, 『조지 오웰』, 한길사, 2012.

8) 박경서, 『조지 오웰:읽기의 즐거움: 동물농장 1984년』, 살림, 2005.

9) 박경서는 오웰의 작품연구 및 번역작업에 전념했으며, 다른 작가와의 비교연구도 활발히 진행했다. 「George Owell의 정치소실 연구-Nineteen Eight-Four를 중심으로」, 『신영어영문학』 5, 신영어영문학회, 1994, 123~124면; 「조지 오웰의 소설에 나타난 사회주의적 전망」, 『신영어영문학』 10, 신영어영문학회, 1998, 103~124면; 「전복적 상상력:아나키즘적 유토피아에서 전체주의적 디스토피아」, 『영미어문학』 104, 한국영미어문학회, 2012, 53~76면; 「양극단의 정치적 스펙트럼:백인의 책무와 제국의 위선-키플링과 오웰의 경우」, 『영미어문학』 114호, 한국영미어문학회, 2014.9, 71~92면.

10) 김명환은 세계사적 관점에서 오웰의 혁명관과 이데올로기를 다루고 있다면, 변문균은 『1984』에 제시된 다양한 감시체계를 오늘날 현대인들의 삶과 비교하고 있다. 김명환, 「조지 오웰의 혁명개념과 애국심」, 『영국연구』 36, 영국사학회, 2016, 97~133면; 김명환, 「조지 오웰의 사회주의」, 『역사와경계』 100, 부산경남사학회, 2016, 377~412면; 변문균, 「『1984』에 나타난 조지 오웰의 혜안:전 세계적인 사회현상을 중심으로」, 『영미어문학』 103, 한국영미어문학회, 2012, 61~81면.

11) 남궁협, 「언론 부재의 한국 사회는 전체주의로 향하고 있는가?-조지 오웰(George Orwell) 불러오기」, 『커뮤니케이션 이론』 10권1호, 한국언론학회, 2014.3, 255~294면.; 최용찬, 「언어의 독재, 독재의 언어」, 『한국사학사학보』 35권, 한국사학사학회, 2017, 135~163면.

12) 송한샘, 「조지 오웰의 『1984』에 드러난 감시와 처벌 메커니즘 연구:미셸 푸코의 이론에 근거하여」, 『국제한인문학연구』 22, 국제한인문학회, 2018, 5~39면; 배윤기, 「조지 오웰을 찾아서」, 『로컬리티 인문학』 19, 부산대학교 한국민족문화연구소, 2018, 425~457면; 강준수, 「『1984년』을 통해 본 전체주의와 가상공간의 집단주의」, 『스토리&이미지텔링』 15, 건국대학교 스토리앤이미지텔링연구소, 2018, 12~37면.

문학과의 비교도[13) 논의되었다.

이 글에서는 한국에서 오웰의 『1984』가 소개되고 이해되는 과정에 주목하여 1950년대부터 1980년대에 이르기까지 한국문학사에서 수용 과정의 특이성을 살펴보려 한다. 일찍이 『동물농장』(1945)이 관 주도하 정책적으로 번역되고 소개된 만큼, 『1984』(1949) 또한 번역을 비롯한 이해 과정에는 한국적 특수성을 내장하고 있다. 2부에서는 초역 본의 발굴과 번역자 등에 관해 다루었다면, 3부에서는 향후 지속적으로 번 역되는 과정에서 한국의 정치적 상황의 영향을 받으며 작품 이해의 진폭이 달라졌음을 살펴보려 한다. 통시적인 맥락에서 작품에 대한 시 기별 독해의 특이성을 주목해 보자.

1.2. 1950년대 : 공상소설

해방이후 『동물농장』의 번역 이래, 오웰은 한국 언론에 빈번히 등장 한다. 1950년 1월 24일에는 서거 소식이 전해졌으며, 그해 2월에는 정 인섭이 영미문학의 동향을 소개하면서 작품의 특징을 '풍자'로 소개했 지만 구체적인 작품 분석은 없었다.[14) 1950년 3월 『1984』의 초역이 이 루어지는데 전문을 가감 없이 비교적 상세히 번역했다.

2부에서 제시한 최초 번역본들『一九八四』(문예서림, 1951), 『未來의 種 一九八四』(청춘사, 1953), 『一九八四』(정연사, 1957)에서 번역 일자, 譯者小 記, 번역전문 이 세 가지가 출판사본들 모두 동일하므로 동일인의 번 역으로 밝힌 바 있다. 공통적으로 번역 일자가 1950년 3월 15일로 기

---

13) 김응교, 「문학속의 숨은신」, 『한국문학연구』 48, 동국대학교 한국문학연구소, 2015, 219 ~253면.

14) 정인섭, 「영미문학의 동향과 그 수입방략」 1~4, 『서울신문』, 1950. 2.8.~10.

입되어 있는데, 역자는 번역 동기를 설명하면서 작품의 특징을 다음과 같이 소개한다.

今年으로 우리는 二〇世紀로 後半에 들어섰다. 지나간 半世紀동안 우리는 모든 分野에 있어 수없는 變化와 눈부신 發展을 보아왔다. **이 變化와 發展이 人類生活에 참다운 幸福을 가져오는데 도움이 되었는지 그렇게 못하였는지는 識者의 判斷에 맡기기로 하더라도 過去를 回想하고 熱慮할 때 우리는 未來를 생각하지 않을 수 없는 것이다.** 흑이 백이고 둘에 둘을 보태면 다섯이 된다고 믿게 되는 경위를 읽어갈 때 우리는 어느덧 깊은 사색에 잠기는 것이다. 한 권의 諷刺 小說로 내치기에는 너무도 深刻한 어떤 사사를 주는 것으로 **주인공「윈스튼·스미스」가 정말 다음 세대의 전형적인물이 되지나 않을까하는 실감이 방불하여 전율을 금하지 못하는 것**이다. 허구이면서도 이렇게도 박력을 가진 미래의 전망은 다시 없을 것이다. 풍자라기보다는 일종의 경고가 될 것이라고 평한 사람도 있다. **객년(客年) 미국에서 출판되어 일대 센세이숀을 일으킨 본서가 미래를 생각하는 우리나라의 지식인들에게도 일독할만한 가치는 충분히 있다고 믿는 까닭에 감히 역필(譯筆)을 들었다.**[15)]

번역자는 1950년 번역하면서 1949년 미국에서 출판되어 센세이션을 일으켰음을 알고 있으며, 이에 한국 지식인들도 일독할 만한 가치가 있다고 여겨 번역에 나서게 되었다고 전한다. 그의 지적처럼, '풍자'라고 보기에는 '박력을 가진 미래의 전망'으로 인해 '일종의 경고'로 읽히기 때문이다. 반면 심각한 문제의식에도 불구하고, 작품을 당대의

---

15) 죠지·오-엘 저·나만식 역,「譯者小記」,『現代名作 一九四年』, 정연사, 단기4290, 3~4면. GEORGE ORWELL 지영민 역,『一九八四年』, 문예서림, 1951, 3~4면. 현행 맞춤법의 띄어쓰기에 따르며 한자는 한글로 변환함. 굵은 글씨는 인용자의 강조.

정치를 비롯한 현실 체제의 알레고리로 읽어내지 못한 채 미래의 판타지로 수용한다. 제명 '1984'가 도래하지 않은 미래를 의미하긴 하나, 반공체제 아래 남한의 현실에서도 극단적 전체주의의 위협이 작동하고 있음에도 이에 대한 언급은 없다. 미래의 공상소설로 분류함으로서 오웰이 제시한 정치적 통찰에까지는 이르지 못한 것이다.

세계2차대전 이후 미소 강국은 물론 분단된 한국의 미성숙한 정치 풍토와 현실을 환기시키는 문제작이었으나, 미래소설로 치부됨에 따라 일련의 문제의식은 도래하지 않은 세계를 다룬 공상소설 속으로 침잠하고 말았다. 더욱이, 1950년 6월 25일 한국전쟁의 발발은 향후 이 작품에 대한 해석과 사유를 더디게 만드는 계기로 작용했다. 전체주의의 현재성과 전망을 다각적으로 사유하기보다, 남북한의 분단과 대립이라는 관계 속에서 특정 목적을 실현하기 위한 텍스트로 수용되기 십상이었고 이러한 상황은 향후에도 지속되었다.

1950년 번역본은 표지그림이 상세히 그려져 있다.

〈그림 1〉 번역본의 표지그림

<그림 1>의 번역본 표지그림에는 소설의 스토리를 구성하고 있는 다양한 에피소드가 삽화로 그려져 있으며, 그 상황을 설명하는 어휘들이 씌어 있다. '수화기', '父母를 스파이', '고문장편', '密交場', '나는 당신을 사랑합니다' 등의 어휘는 작품의 주제를 전달하는 중요한 소재들이다. '수화기'는 대중을 세뇌하고 통제하는 기구이며, '父母를 스파이'는 자녀가 부모를 고발하는 상황을 설명하는데 가족은 해체되고 체제 유지를 위한 도구로 존재한다. '密交場'은 남녀가 몰래 만나 연애하는 장소를 의미하는데 남녀의 사랑을 비롯한 개인의 사적인 감정 표출이 허락되지 않는 통제 시스템을 보여준다. 이 밖에 그림의 왼쪽 상단에 제시된 2분간의 증오 등은 개인을 통제하는 전체주의의 실제 풍경을 담고 있다.

원작은 총 제 1, 2, 3부로 구성되어 있으며 1부는 8개의 장, 2부는 10개의 장, 3부는 6개의 장으로 나누어져 있되, 숫자 구분만 있다. 이에 비해 1950년 3월 한국어 번역본은 숫자 옆에 소제목이 있어, 줄거리 이해를 도왔다. 소제목은 번역자가 자의적으로 붙였겠지만, 내용을 집약적으로 이해할 수 있는 키워드를 내세웠다는 점에서 번역자의 작품 이해가 꼼꼼하고 정교함을 엿볼 수 있다. 번역본에서는 '빅 브라더(big brother)'를 '대형(大兄)'으로 번역하고 있는데 이러한 표현은 향후 오랫동안 다른 번역본에서도 동일하게 나타난다.

원작의 구성		1950년 번역본(초역)의 구성
제1부	1. 2. 3. 4. 5.	第一部	一. 勝利館, 反性同盟, 書話機, 思想警察. 二分間미워하기. 大兄을 打倒 二. 流動要塞. 로켙彈 三. 꿈이야기. 女教師. 體操 四. 記憶의 구멍. 空氣傳送管

	6. 7. 8.		五. 食堂에서. 面刀칼날, 안좋다. 現實制御. 오리소리, 밤나무카 페. 二重考. 얼굴罪 六. 어느날 밤. 「錄音되는 人間」. 思想罪 七. 希望이 있다면. 貧民街에서. 初夜權 八. 四月의 散策. 汽船. 福票. 옛날은 어떠하였습니까? 古物商. 마음에 드는 방. 黑髮의 여자
제2부	1. 2. 3. 4. 5. 6. 7. 8. 9. 10.	第二部	一. 나는 그대를. 勝利의 廣場. 어디서. 二. 密會. 「黃金의 나라」. 政治 行爲. 三. 鐘樓. 春畫局. 變態的인. 十一年前에. 四. 남모르는 방에서. 진짜 커피. 아름다운 그 여자. 쥐. 五. 장기委員會. 憎惡歌. 새로운 포스타. 로캘彈의 洗禮. 六. 錯誤. 생각, 말, 行動. 어이하여 두려울까? 七. 꿈이야기. 어머님, 배가 고파서, 아무리 그네들이기로소니 九. 敵이 바뀌다. 寡頭的 全體主義의 理論과 實際 十. 우리는 죽은 사람. 너희들은 죽은 사람. 무거운 목소리
제3부	1. 2. 3. 4. 5. 6.	第三部	一. 一○一號室. 이빨이 나오다 二. 눈물이 날때까지. 界針盤. 過去가 存在하는 곳. 넷, 다섯. 殉敎는 없다 三. 大兄에의 사랑. 勝利의 웃음. 錄音한 말소리. 六○의 老人 같이 四. 즐거운 꿈. 自由란? 五. 쥐! 다시 만나서 六. 나는 大兄을 사랑한다

1950년 번역본의 소제목들은 주인공 윈스턴을 중심으로 그가 직면
하는 다양한 상황과 사건을 시간의 추이에 따라 제시하고 있다. 제1부
에서는 윈스턴의 일상과 그가 살아가는 환경을 소개하고 있으며 2부
에서는 여자를 만나 밀회하고 남모르는 방에서 진짜 커피를 마시는
등 사생활을 즐기고 감정을 표출하는 모습을 소제목으로 집약하고 있
다. 제3부에서는 윈스턴이 발각되어 갇히고, 쥐를 통해 고문당한 끝에

세뇌되고 말았음을 보여준다. 작품 말미에 이르러 윈스턴은 자아를 잃고 '나는 대형을 사랑한다'고 고백하거니와, 그는 인간의 존엄성을 잃고 체제가 만든 시스템의 부속품으로 죽게 된다. 1950년대 번역본의 소제목은 일련의 과정을 이해하기 쉽게 구체적인 어휘로 집약해 놓았다.

1.3. 1960~1970년대 : 정치소설

1960년에 이르러서야 오웰 소설에 대한 본격적인 탐구가 이루어진다. 오웰에 대한 관심은 『동물농장』의 일간지 연재(박병화 번역, 「동물 공화국 *Animal Farm*」『동아일보』, 1962, 10.6~1963, 12.14)로 짐작할 수 있다. 매 연재마다 내용을 집약한 삽화가 제시되는데, 시사만화가 김성환의 작품이다. 주지하다시피 그는 '고바우영감'(『동아일보』, 1955~1992)으로 유명한 시사만화가 이다. 서민의 입장에서 현실을 읽되 캐릭터에 주목하여 은유와 풍자로 표현하는 그의 만화관에 상응하여, 그는 농장에 있는 온순한 동물의 군상과 탐욕에 빠진 돼지들의 모습을 대조적이고 흥미롭게 부각시켰다. 아래 <그림 2>와 <그림 3>은 연재 1회와 연재 마지막회 삽화로 동물농장의 내부 정경과 점차 탐욕스러운 인간으로 변모되는 돼지의 모습을 보여주고 있다.

〈그림 2〉「동물공화국」 1회　〈그림 3〉「동물공화국」 마지막회　〈그림 4〉 정인섭의 글 소개

<그림 4>는 1964년 정인섭이 영어영문학회 발표 내용을 소개하면
서 텔레스크린의 조정을 받는 인간의 모습을 보여주고 있다. 텔레스크
린은 '시민의 마음을 살피는 정보기계'라고 씌어 있다. 전체주의 체제
에서 언어를 통해 인간 사유를 통제한다는 지적은 이전과 달리 작품
에 대한 깊이 있는 이해를 보여준다. "20년 후의 英語는 이미 죽은말
(言語) 그 대신으로 통용되는 언어「뉴·스피크」는 감정없는「집짓개」
의 한 조각같은 것. 가령「굿」(good=善)의 반대말은「배드」(bad=惡)가
아니라「언굿」(ungood=非善)이라는 식이다. 이처럼 언어를 규격화 시킨
것은 인간의 모든 사상(思想)에서 그 복잡성을 단순하게 하자는 것이
다. 그러니 인간의 사고(思考)는 기계의 작용일 뿐이다."[16]

1967에는 미국 비평가 어빙 하우(Irving Howe)가『1984』에 관한 쓴 평
문이 영문학자 김용권에 의해 번역된다. 어빙 하우는 작품에 나타난
정치적 요소를 꼼꼼하게 분석하고 일련의 요소들이 전체주의의 구체
적인 작동 방식임을 피력하고 있다.[17] 그는 세계2차대전 전후로 서구
의 정치제도에 만연한 전체주의적 요소를 분석하고 비판하였는데, 그
의 지적은 명확했으며 당시 기자이자 언론인으로 활동했던 김병익에
게도 영향을 미쳤다. 1968년 5월 23일 김병익에 의해『1984』는 문예출
판사에서 전역(全譯) 간행되는데, 그는 어빙 하우가 쓴 평론 구절을 인
용하여 작품을 해설한다.

김병익 번역본에서 특기할 만한 사실은 그가 번역하면서 1950년 3
월에 번역된 나만식의『1984』를 참조하였다는 점이다. 중학 재학시절
친구의 집에서 처음 나만식의 번역본을 보았는데, 1968년 직접 번역하

---

16) 경향신문편집부,「학회의 신년시무 영어영문학회서 두 대외행사」,『경향신문』, 1964, 1.9.
17) 어빙 하우·김용권 번역,「제5장 역사의 악몽:오우월」,『정치와 소설』, 법문사, 1967,
132~154면.

면서 나만식의 번역이 잘 되어있음을 알았다고 회고한다.18) 1950년 나만식은 'Big Brother'를 대형(大兄)이라고 했으나, 1968년 김병익은 '태형(太兄)'으로 번역했으며 1984년 신장 번역본에서는 대형(大兄)으로 표기했다. 아마도 1968년 번역 무렵에는 어감상 더 큰 대상을 고려하여 태형(太兄)이라 명명한 것으로 보인다. 그는 작품해설에서 조지 오웰의 『1984』가 거둔 문학적 성취를 다음과 같이 설명한다.

> 조지 오웰의 ≪1984년≫은 흔히 말하듯 미래소설이자 정치소설이다. 2차 세계대전의 상처가 아직 가시지 않은 1948년 36년 후의 세계를 묘사했으니 미래에 관한 픽션이요, **스탈린과 히틀러가 따를 수 없는 완벽한 전체주의를 설계했으니 정치적 문학이다.** 그러나 이 책을 읽은 사람이라면 가장 평범한 독자라도 그렇게 도식적인 평을 내릴 수는 없으리라. 그것은 상상의 미래를 그린 것이지만 **어빙 하우가 지적하듯 "현대에 대한 움직일 수 없는 증언, 차라리 현대를 대변하기" 때문이며 처음부터 끝까지 '당'의 통치방법과 정치철학이 튀어나오지만 거기에는 가능할 수 있는 사회 속에 패배하는 인간의 정신적 파탄이 추적되었기 때문이다.**19)

김병익은 「해설」 서두에서 미래소설과 정치소설을 뛰어넘는다고 소개했지만, 후술되는 작품해설에는 그가 발 딛고 있는 현실의 구체적인 정치담론은 언급하지 않으며 당의 독재정치 방식과 이에 무력하게 반항하다가 죽은 주인공에 대한 줄거리가 기술되어 있다. 당은 사상통제와 과거통제를 통해 인간의 사고와 의식을 통제하고 모든 국민을 당에 충실한 당원으로 만든다. 적어도 1968년 번역 당시에는 '인간'의 고

---

18) 김병익, 『그래도 문학이 있어야 할 이유』, 문학과지성사, 2005, 309~310면.
19) 김병익, 「해설」, 『1984년』, 문예출판사, 1969, 1면. 1968년 초간본이 나왔지만 이 글에서는 1969년본을 참고함. 이 책은 김병익의 이름으로 나온 첫 번째 책이다.

뇌에 초점을 맞추기보다 '당'의 철저한 '감시'와 '통제'시스템, 특정 정치 체계에 주목하여 작품을 바라보고 있다. 다시 말해 어빙 하우가 지적한 '사회 속에 패배하는 인간의 정신적 파탄'을 1968년이라는 한국의 정치사회에 근거하여 조명하지 않았다. 주지하다시피 그는 정치학 전공자로서 당시 언론사의 기자로 일했다.

김병익은 작중 주인공이 자유를 구가하는 시민으로서, 인간의 근원적인 조건과 욕망을 지닌 시민의 기원임을 논의하지 않은 것이다. '사회 속에 패배하는 인간'은 미래에만 있는 것이 아니라 기실 1960년대를 전후한 한국 현실에도 존재하고 있지만, 거기까지 작품을 투사하지 않았다. 당시 신문들은 이 작품을 홍보하는데, 『동아일보』가 문제작으로서 미국을 강타한 베스트셀러라는 점에 초점을 맞추고 있다면, 『경향신문』은 정치소설이자 미래소설로서 전체주의를 경계하는 작품이라는 데 초점을 맞추고 있다.

① 1980년대의 전체주의 사회상을 그린 「1984년」은 「얼더스 헉슬리」의 「멋진 新世界」와 비교, 논의되는 문제작이다. 30년대에 나온 「멋진 新世界」가 서구의 과학만능주의에서 상상된 먼 미래의 인간사회의 변질을 그린 것에 반해 48년에 발표된 「1984년」은 가까운 장래를 예상하면서 전체주의 정치체제의 진상을 밝힌 것으로 간행 후 미국 내에서만 사백여 만부나 팔린 작품이다.[20]

② 역자가 밝히고 있듯 정치소설이자 미래소설이라 부를 수 있는 일종의 인간의 비극문학. 전 세계에서 이 책만큼 조용한 물의를 동반한 책도 드물다. 2차 대전의 열기가 채 가시지 않은 1948년에 36년 후의 세계를 극도의 전체주의로 내다보고 그린 것이다.

---

20) 동아일보편집부, 「「1984년」全譯 간행」, 『동아일보』, 1968, 5.23.

「오세아니아」「유라시아」「이스트아시아」의 3대 초국가로 끝없는
전쟁에 의해 지배되는 세계, 부모와 자식과의 관계를 포함한 모든
인간관계의 경화(硬化) 현상이 일어난다. 증오와 적개심, 그리고 인
간부재의 전율이며 정치악이 구현할 수 있는 메커니즘의 완전한 공
포이다.21)

미국의 언론인은 오웰의 문학적 성취를 동시대 현실문제로 사유하
며 다음과 같이 평가했다. "타협할 줄 모르는 정직성으로써 당대의 지
식인들을 날카롭게 비판했고 예언적 통찰로써 전체주의와 조직 메커
니즘 속에서 야위어가는 현대 인간 의식을 적나라하게 그려냈"22)다고
하여, 현대 인간이 처해 있는 전체주의, 메커니즘을 읽어내며 오웰 소
설의 현재성(당대성)을 읽어내려 했다. 『1984』는 1960년대에 이어 1970
년대에 이르러서도 지속적으로 관심을 받았으며, 꾸준히 베스트셀러
목록에 올랐다. 1972년 11월 21일자 베스트셀러 문고소설 부분 1위였
으며 지속적으로 5위순 안에 들었다.23) 1978년도에는 시험관 아기의
탄생을 지켜보며 "조지 오웰의 「1984년」속에 나오는 과학화 된 인간
생산공장의 한 상징적 장면"으로24) 해석하기도 한다.

1970년대에 이르면, 오웰의 문학적 성취는 세계 정치 인식은 물론
시민 의식으로 고양된다. 1971년도에는 이근철의 번역으로 컬러판 『세
계의 문학대전집-25時・一九八四』32(동화출판공사, 1971)이 출간된다. 이
번역본의 두드러진 특징으로는 게오르규의 작품 『25時』와 함께 구성

---

21) 경향신문편집부, 「1984년 오닐 착(着) 김병익 역」, 『경향신문』, 1968, 6.5.
22) 「「리펀코트」부사장 조지 스티븐즈가 보는 현대지식인상」, 『조선일보』, 1969, 6.22.
23) 베스트셀러(11월 6~19일) 『동아일보』, 1972, 11.21. 1972년 11월 문고소설부분 베스트
    셀러 1위, 12월 베스트셀러 작품으로 등극한다. 1973년 봄, 1975년 봄에도 지속적으로
    베스트셀러 목록에 오른다.
24) 경향신문편집부, 「시험관 아기」, 『경향신문』, 1978, 7.27.

되어 있다는 점, 작품 서두에 '주요 인물' 소개란을 두고 있다는 점, 본문에 컬러 화보가 삽입되어 있다는 점이다. 게오르규의 『25時』와 오웰의 『1984』 모두 서구에서는 1949년 출간되었다. 두 작품 모두 공상소설 형식을 취하고 있으나, 현실의 정치 체제를 바탕으로 한 풍자와 고발의 의도를 지니고 있다는 점에서 공통점을 지닌다. 이러한 사실은 1971년 동화출판사본이 『1984』를 '정치소설'로 분류함을 시사해 준다. 번역본의 첫 페이지에는 인물소개가 나오는데, 주인공인 소시민(윈스턴)을 필두로 사상 경찰(오브린), 연인(줄리아), 친구(사임), 이웃(파아슨스) 총 5명이 소개되어 있다. 알기 쉽게 표로 만들면 다음과 같다.25)

인물	성격
윈스트 스미드	완벽한 당(黨)이 지배하는 가상적 미래 사회의 소시민. 말살된 개인의 자유를 찾아 몸부림치다가, 사상 경찰의 교묘한 조종에 의해 의식 구조의 재구성을 당한다.
오브린	사상 경찰의 간부. 윈스튼에게 반동의 가능성이 있음을 간파하고 접근하여 동지 행세를 하면서 윈스튼의 반당적(反黨的) 행각을 조장하고 방조한 다음에, 체포하여 개조시킨다.
줄리아	개인적 자유와 향락을 모색하다가 윈스튼을 발견, 당의 눈을 피해 사랑에 빠졌다가 사상 경찰에 체포된 후 서로 배신한다.
사임	윈스튼의 친구. 지나치게 해박한 지식과 솔직성 때문에 당에 의해 증발된다.
파아슨스	당명(黨命)에 맹종하는 저능의 사나이. 잠꼬대로 지껄인 한 마디 말 때문에 일곱 살짜리 딸에 의해 고발되어 끌려가 버린다.

25) 조오지 오오웰·이근철 번역, 「해설」, 『컬러판 세계문학대전집−25時·一九八四年』 32, 동화출판공사, 1971, 298면 참고.

삽화는 총 8개로 구성되어 있는데, 그 중에서 오웰의 초상화, 텔레스크린, 남녀의 만남, 고문 장면을 순서대로 소개하면 다음과 같다. 본문의 원색 삽화는 이제하가 그렸으며, 케이스 그림은 클레의 '오르페우스의 정원'으로 장식했다.

〈그림 5〉 조지오웰

〈그림 6〉 텔레스크린

〈그림 7〉 남녀의 만남

〈그림 8〉 고문실 광경

번역본의 특이점으로는 'Big brother'를 '위대한 동무', '프롤'을 '무산계급'이라 명명하면서 북한의 체제를 명명하는 단어를 쓰고 있다는 점이다. 작중 전체주의를 '공산주의'로 이해하고 있음을 알 수 있다. 작가 소개란에서는 오웰을 이튼 스쿨의 우수학생, 캠브리지대학 졸업생으로 잘못 소개하고 있다.[26] 1984년에 이르러서도 동일한 번역이 나타나는데, 정병조의 『1984』(중앙일보사, 1984) 번역본에서도 'Big Brother'를 '위대한 동무'로 번역했다.

1.4. 1984년 전후 : 알레고리 소설

1984년을 전후로 작품에 대한 관심은 증폭되는데, 그 어느 때보다 독자들의 관심을 받으며 판매되었다.[27] 1984년을 전후하여 많은 출판사들이 우후죽순으로 『1984』를 번역 출간한다.[28] 정병조의 『1984』(중앙일보사, 1984), 강연호의 『1984』(삼연사, 1983), 김태환의 『조지 오웰의 1984년』(한국양서, 1983), 한태희의 『1984년』(지문사, 1983), 김회진의 『1984년』(범우사, 1984), 한바람의 『1984년』(을지, 1984), 염윤호의 『1984년』(문진당, 1984), 심세실리아의 『1984년』(가야, 1984), 이현복의 『1984년』(보성출판사, 1984), 김종현의 『1984년』(민들레, 1984), 고동호의 『1984년』(국일, 1984), 정승하의 『1984년』(청맥, 1984), 김일엽의 『1984년』(지혜, 1984), 박명관의 『1984년』(혜림출판사, 1984) 등이 출간되었다.

---

26) 조오지 오오웰·이근철 번역, 「해설」, 『컬러판 세계문학대전집-25時·一九八四年』 32, 동화출판공사, 1971, 514~517면 참고.

27) 「기대 불안 엇갈린 새해 세계 표정, 조지 오웰저 「1984년」완전 매진. 프랑스초고속열차 폭탄테러... 일본선 강진」, 『조선일보』, 1984, 1.5.

28) 이상현, 「출판-오웰 「1984」 13사 출판 경쟁, 졸속 번역 -덤핑공세 "자해행위"」, 『조선일보』, 1984, 1.21.

　김병익의 번역본도 1968년 이후 1984년 신장(新裝) 10쇄로 문예출판사에서 재출간된다. 1968년도에는 김병익의 해설만 실렸는데, 1984년도 번역판부터 김병익의 해설 외에도 E.L 닥터로의 「「1984年」의 기슭에서」의 글이 실린다. 1968년도 본에는 'Big Brother'를 태형(太兄)으로 번역했으나, 1984년도 본에서는 대형(大兄)으로 번역했다.

　아래 사진은 1971년도 정병조 본, 1983년 강연호 본, 1984년 재발간된 김병익 신장본의 전면과 후면의 표지이다.

〈그림 9〉 정병조본

〈그림 10〉 강연호본

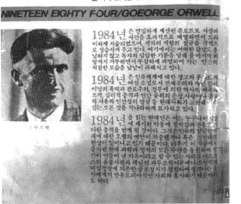

〈그림 11〉 김병익본 후면

〈그림 12〉 김병익본 전면

1984년이 가까워질수록 『1984』에 대한 논의는 열기를 띠고 부상하기 시작했다. 뉴욕타임지의 기고를 그대로 전하는가 하면[29] 작품을 구상할 무렵 오웰의 모습을 소개하기도 했다.[30] 강연호의 『1984』(삼연사, 1983) 번역본 말미에는 에리히 프롬의 「조지 오웰과 「1984」」가 해설로 실려 있다. 이 외에도 오웰과 그의 문학을 연구한 단행본이 출간되었다. 『1984』에 대한 어빙 하우의 연구서 『전체주의 연구: 1984년의 이해와 평가』(한태희 번역, 지문사, 1984)와 레이몬드 윌리엄즈의 『오웰과 1984』(김병익 편역, 문학과지성사, 1984)가 번역되어 작품 이해의 보편성을 확보했으며, 피터 루이스의 평전 『조지 오웰: 1984년에의 길』(중앙일보 문예중앙부역, 중앙일보사, 1984)이 번역되어 오웰과 그의 작품에 대한 이해를 도왔다.

각 출판사의 번역 외 연구서 간행에서 알 수 있듯이, 『1984』는 알레고리 소설로서 당대적이면서도 다양한 사유를 동반하여 수용되기 시작한다. 정치학자 정종욱은 공산주의 소련의 스탈린 체제 등의 전체성은 동시대와 유사점이 있음을 지적하면서도 "「1984년」은 불특정의 미래를 가리킬 뿐이며 거기에 상징적 의미 이상을 부여하려는 어떠한 발상도 후세의 지나친 현명의 탓으로 돌릴 수밖에 없다"고 해석의 장을 넓혔다.[31]

1984년에 가까워질수록, 소설에 나타난 상징적 요소들은 동시대 현실의 다양한 문화적 맥락에서 사유되고 해석되었다. 경향신문은 창간 37돌을 맞이하여 특집으로 오웰의 『1984』를 다룬다. 미국 평론가 어빙 하우(Irving Howe), 오웰의 전기를 쓴 영국의 버나드 크릭(Bernard Crick),

---

29) 월터 크롱카이트 기고, 「오웰의 「1984년」은 다가오는가」, 『동아일보』, 1983, 6.10.
30) 정종욱, 「오웰의 「1984년」과 오늘의 세계」, 『동아일보』, 1983, 12.27. 동아일보편집부, 「「1984년」을 저술한 「주라도 생활」오웰의 슬픔속에 작품구상」, 『동아일보』, 1983, 12.27.
31) 정종욱, 「오웰의 「1984년」과 오늘의 세계」, 『동아일보』, 1983, 12.27.

미국의 평론지인 코멘터리(*Commentary*)의 편집장으로서 신보수주의의 대표 논객인 노먼 포드호레츠(Norman Podhoretz), 미국 평론가 존 로스트(John Lost) 등 오웰에 관한 전문 연구자의 견해를 비롯한 동시대 다양한 반응을 소개한다.32)

① 20세기의 비극적인 예언서인 「1984년」의 저자 조지 오웰을 과연 예언자라고 할 수 있을 것인가. 우리는 47세의 나이로 짧은 인생을 살고 간 오웰이 그의 마지막 소설 「1984년」에서 묘사한 가공할 미래 세계에 마침내 도달하고 말 것인가? 파시즘의 발호, 스탈린형 공산주의의 확산, 2차 세계대전, 냉전의 격화 속에서 개인의 압살을 통감한 오웰이 그의 절망적인 미래관을 전하기 위해 가상한 연대 「1984년」이 앞으로 2개월 후로 가까워짐에 따라 「1984년」을 둘러싼 논란이 재연되고 있다.

----(중략)----

오웰의 미래 투시력을 인정하는 사람들은 대형의 존재를 현대사회에서 인간의 사고를 획일화하고 개성을 말살시켜버리는 이념이나 제도, 과학문명의 산물에서 찾고 있다. 현재까지 문명비평가들에 의해 지적된 주요한 대형 후보로는 파시즘, 공산주의, 전체주의, 관료주의, 매스미디어, 컴퓨터, 유전공학, 경찰국가 등이 있다.33)

② 특히 첨단의 기계문명을 향유하고 있는 미국에서는 1984년에 돌입하면서 TV신문 잡지들의 특집과 각종 세미나, 그리고 의회의 청문회 등을 통해 조지 오웰의 예언을 재음미하고 기계문명의 발달이 개인의 자유와 사생활이 말살된 극도의 전체주의를 낳는다는 조지 오웰의 관점에서 미국이 맞는 1984년의 현실을 조명 비교하는데 열을 올리고 있다.34)

---

32) 김효순, 「조지 오웰의 소설 「1984년」 그리고 오늘」, 『경향일보』, 1983, 10.6.
33) 김효순, 「조지 오웰의 소설 「1984년」 그리고 오늘」, 『경향일보』, 1983, 10.6

작품에 대한 풍부한 분석에서 '대형(大兄)'에 대한 다양한 이해가 이루어진다. '빅 브라더'를 전체주의 중에서도 공산주의를 표방하는 특정 국가 뿐 아니라 바람직하지 않은 정치체제를 포함하여 인간 사고를 획일화하고 개성을 말살시키는 이념, 제도, 과학문명의 산물에서 찾기 시작했다. 특히 현대의 첨단기술에 주목하여 '무한적 감시', '기록보관자(컴퓨터)', '감시기구발달', '공중첩보', '사고통제'와 같은 상황을 지적하고 있다.[35] 전체주의는 개인의 자유와 감정을 억압하여 인간성을 파괴시킨다는 지적 아래, 오웰은 인류의 자유와 인간의 존엄성을 탐구한 것으로 수용된다.

1984년 1월 『문학사상』은 "조지 오웰이 예언한 그 해가 왔다!"라는 표제와 더불어 조지 오웰을 특집으로 다루고 있다. 특집은 오웰의 사진, 1,300매에 달하는 「1984년」의 원고 전문수록, 17명 지식인들의 앙케이트(나와 <1984>)로 구성되어 있다. "가장 절실한 비평행위는 재독행위이다. 잡지 사상 처음으로 단행본 한권 분량을 전재한다"는 전제 하에 김병익의 번역과 해설이 소개되어 있다. 김병익의 번역은 문예출판사의 번역문과 다르지 않으며 해설도 1968년 본과 동일하다. 새로운 점은 오웰의 유년기와 학창시절 그리고 가족사진 등이 소개되고 있다는 점이다.

---

34) 「「1984년」 문턱 美서 재조명받은 오웰의 예언」, 『경향신문』, 1983, 12.29
35) 동아일보편집부, 「오웰의 「1984는 다가오는데」, 『동아일보』, 1983, 12.23. 이외 다음과 같이 도청장치에 대한 우려의 글도 있다. 「오웰도 놀랄 현대 「인간감시 장비」, 35년 전에 본 「1984년」 어디까지 왔나, 일반기업 도청장치 10만개 넘어... 비밀없는 세계로」, 『조선일보』, 1983, 12.24.

〈그림 13〉 문학사상 특집 목차

〈그림 14〉 문학사상 특집 사진 1

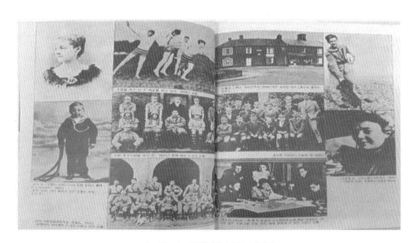

〈그림 15〉 문학사상 특집 사진 2

특히 17명 지식인의 앙케이트는 1984년을 기점으로 작품에 대한 이해가 객관화 되었음을 보여준다. 전체주의를 공산주의와 같은 특정 이데올로기로 읽지 않고, 인간의 자유를 억압하는 폭력적인 체제로서 언제 어디서나 출현할 수 있음을 직시하게 되었다. 예컨대 김우창의 '언어'에 대한 이해, 안병영의 '전체주의'에 대한 이해는 『1984』의 문학적 성취를 잘 간파하고 있다.

> **언어 – <1984>에서 언어의 통제는 인간 통제의 한 중요한 수단이 되어있다. 그러나 이러한 통제가 <1984년>의 통제 사회에만 한**정된 것이겠는가? 정도를 달리하여, 방법을 달리하여, 언어는 사회 통제, 정치통제 그 수단으로 늘 사용되어왔다. **언어가 자유로워지는 것은 완전한 민주사회에서만 가능하다. 그런데 진정한 민주사회는 마음이 자유로운 사람들에 의하여서만 실현될 수 있다. 마음의 자유는 언어의 자유이다.** 언어의 자유를 지키는 것은 언어를 쓰는 모든 사람의 할 일이다. 그중에도 그것은 문학 하는 사람들의 책임이다.[36]

> **전체주의 – 오웰의 <1984년>은 인류에게 현대 전체주의의 비인간적 정체를 적나라하게 파헤치고, 그 어두운 그림자가 드리우기 전에 불퇴전의 용기를 가지고 이에 맞서지 않으면 안 될 소이를 가장 리얼하게 시사하는 정치소설이다.** 전체주의의 벌거벗은 폭력 아래서 빚어지는 모든 인간적인 것의 파괴와 자유의 말살, 자동인간화의 과정은 일상 속에 파묻혀 삶의 목적과 가치를 잊어가는 현대인에게 던져주는 무서운 경고인 것이다.[37]

김우창은 언어의 통제를 민주주의 사회의 토대에서 이해하는가 하면, 언어의 자유는 마음의 자유로 나아가 문학 하는 사람의 책임이라

---

36) 김우창(영문학·고대), 「앙케이트/나와 <1984년>–언어」, 『문학사상』 135호, 문학사상사, 1984.1, 357면. 굵은 글씨는 인용자의 강조.
37) 안병영(행정학·연대), 「앙케이트/나와 <1984년>–전체주의」, 『문학사상』 135호, 문학사상사, 1984.1, 377면. 굵은 글씨는 인용자의 강조.

제언한다. 안병영은 오웰이 작중에서 제시한 전체주의는 인간에게 요구되는 자유의 가치를 부각시키는 장치임을 시사하고 있다. 1980년대 이후에 이르면 특정 정치체제에 기대어 작품을 해석하기보다 인권의 문제, 다시 말해 인간의 존엄성과 자유에 초점을 맞추어 작품을 이해한다. 예컨대 이공학자는 "1984년형의 인간을 조직과 정치체제를 지탱해주는 부속품"을[38] 형상화 한 것으로 보았다.

소설가 이병주는 1984년 1월 1일부터 "조지 오웰이 예견했던 1984년은 우리 현실 속에 과연 어떻게 펼쳐질 것인가"라는 문제의식에서, 「서울 1984」(『경향일보』 1984, 1.1~7.31 179회-제1부)를 연재한다.[39] 이러한 사실은 당대 문인들을 비롯한 독자들이 오웰의 『1984』를 단선적으로 파악하지 않고 다양한 상징을 내포한 알레고리 소설로 읽고 있음을 시사해 준다. 오웰이 제시한 상황을 한국적 현실에 맞추어 재해석하면서 동시대를 성찰할 수 있는 텍스트로 유용하게 활용하고 있다. 연재 29회에서 이병주는 작중 남녀인물의 대화를 통해 오웰이 『1984』를 창작하게 된 배경과 작품의 의의를 다음과 같이 설명한다.

**"조지 오웰은 1984를 미래소설로서 쓴 것은 아닙니다. 물론 36년
후를 설정한덴 예언적인 무드가 있었겠지만, 아무튼 조지 오웰은 시**

---

38) 이창건(한국에너지연구소 원자로공학부장), 「1984년형 인간상」, 『동아일보』, 1984, 1.30.
39) 안건혁, 「오웰도 예견못한 '오늘의 세태' 풍자」, 『경향신문』, 1983, 12.30. 이병주는 연재에 앞서 소설의 특징을 다음과 같이 소개했다. "조지 오웰이 선취한 1984년이 오늘 서울에 있어서 어떤 양상으로 전개되고 있는가를 그려보고 싶은 야심이 없을 까닭이 없다. --(중략)-- 나는 가난 속에서도 시들지 않은 꿈과 풍요로써도 행복을 감당하지 못하는 군상을 통해 현대의 활화(活畵)를 그려보고 싶다. 그러다 보니 착한 악인을 만날 수도 있고 악한 선인을 만나게 될지도 모른다. 부득이 양만득(陽萬得)이란 돈키호테와 하지연(何之然)이란 산초판사가 등장하게도 되는 것이지만 이들이 주인공일순 없다. 아무튼 이 소설에 등장하는 사람들의 애환을 통해 오늘 우리의 현실이 오웰의 「1984」처럼 극악한 것은 아니란 사실증명을 하고 싶다." 「오웰의 현실·오늘의 현실 대비 작가의 말」, 『경향신문』, 1983, 12.19.

간적인 미래를 쓴 것이 아니라 전체주의적 경향의 미래를 쓴 겁니
다." -남자

"1948년 당시 영국에선 그런 무서운 사회를 예견할 만큼 무슨 위
기 같은 것이 있었나요?" -여자

"있었죠. 세계 2차대전이 끝난 무렵 영국도 그 전쟁의 상처에서
일어서기가 상당히 곤란했던 모양이죠. 그런 상황이었고 보니 과격
한 사회주의 풍조가 어느 계층을 휩쓸고 있었을 겁니다. **오웰은 그
풍조를 방치하면 스탈린 치하의 소련처럼 될 것이라고 내다 본거죠**"
-남자40)

　

이병주는 오웰의 『1984』는 공산주의·사회주의에 대한 비판이 아니
라 전체주의 체제에 대한 비판임을 명확히 인지하고 있다. 다시 말해
소련, 중공, 북한만의 문제가 아니라 앞서 국가들에 만연한 문제이지
만 전체주의는 '국가'의 이름으로 등장하는 어느 사회에서나 발생할
수 있는 억압과 통제의 시스템임을 알고 있다. 이병주를 비롯한 1984
년을 즈음한 지식인들은 오웰의 『1984』를 당대 현실을 성찰할 수 있
는 고전으로 수용하고 있으며, 작중 다양한 장치를 알레고리로서 읽으
며 반성적으로 사유하고 있음을 알 수 있다.

1980년대에 이르면 알레고리에 대한 폭넓은 이해를 바탕으로 작품
이 함축하는 가치의 외연과 내포가 심화 확산된다. 그것은 재발간된
김병욱의 문예출판사 번역본에 미국 작가 E.L. 닥터로가 1984년에 쓴
작품해설이 실려 있음에서도 확인된다. E.L. 닥터로는 '체제'가 아니라
'인간'의 자유와 개성에 초점을 맞추어 작품을 해석하고 있으며, 이 작
품이 전달하려는 바는 '좋은 나라 대 나쁜 나라'가 아니라 '정부 대 개
인'의 문제임을 지적한다.

---

40) 이병주, 「서울 1984」29회, 『경향신문』, 1984, 2.4. 굵은 글씨는 인용자의 강조.

오웰이 펼치는 이야기는 좋은 나라 대 나쁜 나라의 이야기가 아니라 정부 대 개인의 이야기이다. 1984년에는 스탈린주의가 만연되어 있다. 이 일이 일어나는 곳은 소련이 아니라 오세아니아라는 영미계 (英美系)의 초강대국이다. 그리고 오세아니아 시민들의 삶을 그렇게 암울하게 만들고, 이들에게 괴물 같은 종속과 타락을 가져다 준 것은 끝이 없고 필요도 없는 전쟁이다. 영구적이고 인위적인 비상사태 하에서 살아가기 때문에 시민들은 삶의 스파르타적 군대화나, 정부가 국민적 콘센서스(consensus, 일치)를 이룩하는 가혹한 형벌적인 수단들에 저항할 수가 없다. **≪1984년≫의 위대성은 1930, 40년대의 독재를 예리하게 관찰한 데서 오는 것이 아니라, 모든 전후 산업세계 구조 속에 내재하는 전체주의에 대한 비전에서 온다.**[41]

정부는 개개인을 통제하기 위해 역사와 언어를 조작하고 현실을 날조한다. 닥터로는 윈스턴이 명령에 따라 사실과 숫자를 바꾸고 신문과 잡지의 내용을 제거하거나 만들어 내는 등 역사를 변조하는 일을 했음을 상기시킨다. 그는 오웰의 작품을 소련 혹은 독일과 같은 특정 국가의 문제로 보지 않는다. 근대 시민에 의해 만들어진 '국가'가 거대한 괴물이 되어 시민을 억압하고 구속할 수 있음을 경고한다는 메시지를 읽어내고 있다. 이러한 지적을 통해 점진적으로 '국민'이 아니라 '시민'을 사유하는 독해와 의식의 향상성을 확인할 수 있다. 고세훈의 지적처럼 그가 전체주의에 그토록 민감했던 이유도 모든 이념에 앞서 시민적 자유를 옹호했기 때문이다.[42]

그러므로 이 작품은 소련뿐 아니라 좌든 우든, 개인의 자율성을 말

---

41) E.L. 닥터로, 「해설-」, 조지 오웰, 『1984년』, 문예출판사, 2008, 208면.

42) 고세훈, 『조지 오웰』, 한길사, 2012, 457면 참조. 『1984』에서 윤리와 지성의 자율적 주체로서 행동하는 개인, 곧 자유인이야말로 바로 그러한 자율과 자유를 말살하려는 전체주의 체제에 맞서는 유일한 제약 조건이다.

살하려는 모든 전체주의 국가들을 향한 것이며 전체주의 권력의 끔찍한 속성에 대한 폭로요 경고이다.[43] 오웰은 국가 권력에 대한 비판에서 한 걸음 더 나아간 것이다. 그는 국가 권력이 아닌 기관이나 조직들이 행사하는 권력에 대해서 비판하고 있다.[44] 인간의 자율성은 제국주의, 파시즘, 공산주의의 상황뿐 아니라 민주주의의 체제에서도 여전히 위협받을 수 있기 때문이다. 전체주의는 과거의 역사에서만 존재하는 것이 아니고 현재와 미래 사회에서도 출몰할 수 있다. 자본주의 체제 아래에서 자유민주주의가 갖는 한계로서 파시즘이 출현할 수 있듯이 말이다.[45]

오웰이 작품을 구성하면서 제목을 '유럽 최후의 남자'라고 명명했듯이[46] 그가 궁극적으로 지향하는 것은 인간의 존엄성과 자유이다. 오웰은 작품 창작을 위해 스탈린 치하 소련과 히틀러의 독일에서 영감을 받았지만, 그가 우려한 것은 서방세계에서 목적을 위해 수단을 정당화하는 좌우 이념주의자들 모두였다. 오웰은 이 작품을 통해 독자들에게 "자유란 당연한 것으로 받아들이기에는 너무나 값진 것이며 자유란 주의 깊게 감시하고 보호돼야 할 필요가 있다"고 지적한다.[47]

1.5. 고전 이해와 문화의 성숙

조지 오웰의 『1984』가 한국 문단에 처음 소개된 것은 1949년 일간

---

43) 위의 책, 473면 참고.
44) 김명환, 「조지 오웰의 사회주의」, 『역사와경계』 100, 부산경남사학회, 2016, 386면.
45) 남궁협, 「언론 부재의 한국 사회는 전체주의로 향하고 있는가?-조지 오웰(George Orwell) 불러오기」, 『커뮤니케이션 이론』 10권1호, 한국언론학회, 2014.3, 265면.
46) 박홍규, 『조지 오웰』, 이학사, 2003, 280~311면 참조.
47) 「뉴욕 타임즈 본사특약 월터 크롱카이트 기고-오웰의 「1984년」은 다가오는가」, 『동아일보』, 1983, 6.10.

지이나 번역은 1950년 3월에 이루어진다. 영국에서 1949년에 출간 (published by Martin Secker & Warburg 1949)된 만큼, 같은 시기 한국에 소 개되었다는 것은 괄목할 만한 일이다. 처음 번역의 시작은 작품이 내 재한 가치의 독보적인 우월함에서 기인한 것이기도 하지만, 수용과정 에서는 특정한 목적으로 출간되고 확산되었음을 시사한다. 이 글에서 는 번역의 측면에서 초역부터 1984년에 이르기까지 작품이 어떻게 수 용되었는가에 주목하였다.

1950년에는 첫 번역 작업이 이루어졌으며, 주로 공상소설로 수용되 었다. 『1984』의 초역은 필자가 찾은 바에 의하면 각기 다른 세 출판사 에서 『一九八四』(문예서림, 1951), 『未來의 種──九八四』(청춘사, 195), 『一 九八四』(정연사, 1957)라는 제목으로 번역되었다. '1950년 3월 5일이라는 번역일자', '소설의 번역 전문' 모두 세 출판사가 동일하므로, 번역은 동일인으로 보인다. 번역자를 포함하여 동시대 지식인들에게 현재와 미래에 대한 통찰력을 환기시키는 문제작이었으나, 1950년 6월 25일 한국전쟁의 발발로 인해 독자와 연구자의 관심과 논의가 진척되기 어 려웠다.

1960년대에는 주로 정치소설로 이해되었다. 현재에도 유통되는 번 역본으로 김병익의 1968년 5월 23일 전역(全譯) 간행작업이 대표적이 며, 초기 학술적 접근으로 정인섭의 논의를 들 수 있다. 한국전쟁으로 말미암아 초역 당시에는 문단 내부의 반향을 불러일으키지 못했으나, 1960년대부터 지금에 이르기까지 오웰의 『1984』는 한국 사회의 변화 와 더불어 다양한 관점에서 수용되면서 현실변화의 추이를 보여주는 척도의 텍스트로 자리 잡았다. 1970년대에는 세계문학전집에 수록되 었으며 게오르규의 『25時』와 더불어 정치소설로 분류되어 공산주의 사회를 표상하는 것으로 이해되었다.

1984년을 전후로 작품에 대한 관심과 기대는 폭증했다. 작중 전체주의를 비롯한 각종 장치를 특정 국가 혹은 이데올로기를 대변하는 것으로 보지 않고 알레고리로 읽어내기 시작한 것이다. 『1984』는 불특정의 미래를 의미할 뿐, 거기에 상징적 의미 이상을 부여하려는 어떠한 발상도 후세의 지나친 현명의 탓으로 돌릴 수밖에 없다고 해석의 외연을 넓히기 시작하면서 '빅브라더'에 대한 해석이 풍부해지기 시작했다. 빅브라더를 전체주의 중에서도 공산주의를 표방하는 특정 국가, 바람직하지 않은 정치체제를 포함하여 인간 사고를 획일화하고 개성을 말살시키는 이념, 제도, 과학문명의 산물에서 찾기 시작했다.

조지 오웰의 『1984』가 한국에서 번역되고 이해되는 과정은 특정 작품의 이해와 수용 정도를 보여주는데 그치지 않고 독자를 포함한 문화의 성숙도를 시사한다. 이른바 고전으로 분류되는 문학작품은 그것이 내장하고 있는 인간·삶·제도가 지닌 보편성이 깊이 담보되어 있으며, 그것을 읽어내는 데서 수용 주체의 지적인 성숙도를 확인할 수 있다. 물론, 문학의 탄생과 이해가 텍스트 내부의 문제에 그치는 것이 아니라 작품을 둘러싼 현실의 다양한 층위와 더불어 성장하고 무르익을 수 있다는 것도 고려되어야 한다. 그러므로 『1984』의 수용은 제국의 식민지에서 벗어나 분단을 맞이하였고, 서구 열강의 냉전구도에 놓인 한국의 정치적 맥락을 고려해야 한다. 바꾸어 말하자면, 이 작품에 대한 시대적 이해의 층위야말로 한국의 정치적인 특수성을 시사해 준다는 점에서 통시적 읽기를 주목할 필요가 있다.

2. 조지 오웰 『1984』의 독해와 정치 담론의 전개

2.1. 조지 오웰과 정치소설

이 장에서는 한국에서 오웰의 『1984』를 수용하는 과정에서 정치의식이 개진되고 성장하고 있음을 살펴보려 한다. 1950년 3월 번역이 이루어졌으므로 1950년대부터 1984년에 이르기까지 오웰의 『1984』가 어떻게 독해되고 있으며 그 과정에서 어떠한 정치 담론이 형성되었는지 주목하려는 것이다.

에리히 프롬은 『1984』를 오웰의 "마지막 정치소설로 전체주의가 미래세계를 지배한다는 반(反)유토피아적 정치 문학(政治文學)"으로 평가했다.[48] 오웰은 '정치적'이라는 어의를 "세상을 특정 방향으로 밀고 가려는, 어떤 사회를 지향하며 분투해야 하는지에 대한 남들의 생각을 바꾸려는 욕구"라 보았다.[49] 그러므로 그는 글쓰기의 기원을 불의를 감지하는 데서 찾았으며 궁극에는 정치적 글쓰기를 예술로 만들려고 했다(To make political writing into an art). 예컨대, 『동물농장』은 정치적 목적과 예술적 목적을 하나로 융합해 보려 한 최초의 시도였다. 어떤 책이든 정치적 편향으로부터 자유로울 수 없으며, 예술은 정치와 무관해야 한다는 의견 역시 정치적 태도에서 기인한 것이다.

오웰에게 문학의 목적은 정치적 진실을 말하는 것이다. 그는 계급없

---

48) 에리히 프롬, 「조지 오웰과 「1984년」」, 조지 오웰·강연호 옮김, 『1984:반(反)유토피아적 정치소설』, 삼연사, 1983, 284면.
49) 조지 오웰·이한중 옮김, 「나는 왜 쓰는가」, 『조지 오웰 에세이 나는 왜 쓰는가』, 한겨레출판, 2011, 289~300면 참조. 이하 '정치적'이라는 어휘를 비롯한 오웰의 정치적 글쓰기는 이 글의 내용을 참조한 것임. 오웰은 글을 쓰는 동기를 크게 네 가지로 구분한다. 첫째, 순전한 이기심의 발로이다. 다른 사람들에게 과시해 보이고 싶은 욕구가 동기라는 것이다. 둘째, 미학적 열정이다. 외부 세계의 아름다움, 낱말을 비롯한 언어의 아름다움에 대한 인식에서 온다. 셋째, 역사적 충동이다. 사물을 있는 그대로 보고 진실을 알아내고 그것을 후세에 보존해 두려는 욕구이다. 넷째, 정치적 목적이다.

는 민주적 사회주의를 지향하는데, 그의 정치적 문학관은 다음과 같은
세 가지 경험에서 기인한 것이다. 첫째, 1922년부터 1927년까지 버마
에서 제국주의 경찰로 지내면서 반(反)제국주의관이 형성되었다. 둘째,
런던과 파리의 뜨내기 생활과 위건(Wigan) 탄광촌 체험을 통해 영국
노동계층이 식민지 피지배자들만큼 부르주아 자본주의의 희생자임을
깨달았다. 셋째, 1936년 겨울부터 이듬해 6월까지 마르크스주의 통일
노동당 의용군으로서 스페인 내전(1936~1939)을 체험하면서 반(反)전체
주의자가 된다.50) 그가 경험한 일련의 정치적 갈등과 투쟁은 그의 문
학관을 형성하는데 크게 기여했다.51)

한국에서 『1984』가 지닌 정치성에 대한 확인은 초역(初譯) 이래 1984
년에 이르기까지 사회 변화와 맞물려 다양한 독해 과정으로 나타난다.
오웰의 『1984』가 번역된 이래, 이 작품은 현대 정치, 경제, 문화사적
추이에 따라 수용되었으며 사회문화 전반에 걸쳐 다양한 영향을 미쳤
다. 초역부터 1984년에 이르기까지, 작품의 이해는 물론 독해를 바탕
으로 한국 지식인들의 정치의식이 생성되고 진화되는 다양한 스펙트
럼을 분석하려 한다.

조지 오웰과 그의 문학세계에 대한 논의는 영문학자, 정치학자, 언
론학자 등 다양한 층위의 연구자들을 통해 이루어졌으며, 단행본들을
비롯한 다수의 학위논문과 소논문이 양산되었다. 특히 오웰의 대표적
인 정치소설이자 마지막 소설인 『1984』에 대해서도 활발한 접근이 이
루어지고 있는데, 이 글과 유사한 문제의식을 지닌 선행 논의들은 오

---

50) 박경서, 「조지 오웰의 소설에 나타난 사회주의적 전망」, 『신영어영문학』10, 신영어영문
학회, 1998, 102면 참조., 박경서, 「전복적 상상력:아나키즘적 유토피아에서 전체주의적
디스토피아」, 『영미어문학』104, 한국영미어문학회, 2012, 58면 참조.
51) 박경서, 「George Owell의 정치소설 연구-Nineteen Eight-Four를 중심으로」, 『신영어영문
학』5, 신영어영문학회, 1994, 123~124면 참조.

웰이 제기한 전체주의의 폭력성이 오늘날에도 유효한 사회문제임을 지적하고 있다.[52] 한 시대를 풍미한 외국문학 작품의 독해와 그로 인해 형성된 정치담론에 대한 이해는 당시 한국문화를 둘러싼 문화지형도와 독자성을 확인할 수 있는 계기를 제공해 준다. 오웰의『1984』는 정치소설로 분류되는 만큼, 이러한 연구는 외국문학 작품이 한국문학에 미친 영향을 넘어서서, 1950년대 이후 한국 사회에서 정치의식이 형성되고 정치담론이 전개되는 과정을 확인할 수 있다.

2.2. 공산주의에 대한 비판

오웰의『1984』는 '공산주의'의 실제를 보여주는 텍스트로서 공산주의를 경계하고 비판하기 위한 담론형성에 기여했다. 특히 한국전쟁 직후에는 중국 공산주의 사회 비판을 위한 표본으로 활용되었다. 중국 모택동의 전체주의를 '인간 양계장'으로 지칭하며 오웰의 작품과 견주어 설명한다. 5억5천만 중국 인민을 대상으로 한 보건체조, 노예노동 등 생활 모습을 다음과 같이 설명한다.

이 世界에는 恐怖, 忿怒, 勝利, 自虐 이외에는 어떠한 情緖도 없어질 것이다. 그 밖의 것은 무엇이든지 모조리 없애버린다. 이미 – 아내나 자식이나 친구를 감히 믿으려 드는 자는 없다. 허나 장차는 아내니 친구니 하는 따위 自體가 없어진다. 자식이라는 것은, 암탉이 알을 낳으면 곧 끄집어내가듯이, 어머니한테서 나오자마자 가져가 버

---

52) 송한샘, 「조지 오웰의『1984』에 드러난 감시와 처벌 메커니즘 연구:미셸 푸코의 이론에 근거하여」,『국제한인문학연구』22, 국제한인문학회, 2018, 5~39면., 배윤기, 「조지 오웰을 찾아서」,『로컬리티 인문학』19, 부산대학교 한국민족문화연구소, 2018, 425~457면., 강준수, 「『1984년』을 통해 본 전체주의와 가상공간의 집단주의」,『스토리&이미지텔링』15, 건국대학교 스토리앤이미지텔링연구소, 2018, 12~37면.

린다. 一黨에 대한 忠誠 이외에 忠誠이라는 것도 없어질 것이요, 大
兄에 대한 사랑 이외에는 사랑이라는 것도 없어질 것이다.

오늘날, 「오웰」의 豫定表보다 二十五年이나 앞서서 淸朝의 臣民으
로 태어났던 一農夫의 아들은 世界最大의 인구를 가진 國家를 改變
하여 「오웰」의 惡夢을 現實化하여 가고 있다. 지난 八個月 동안에
毛澤東은 五億 中共農民의 九〇%를 묶어서 소위 「人民公社」라고 부
르는 人間養鷄場에 쓸어 넣었다. 毛의 이 歷史에 없는 도박이 그대로
이룩된다면 明日의 中共天地에는 누구나 一定한 職業이나 家庭이나
家族도 없게 될 것이다.[53]

한국전쟁 이후 오웰의 『1984』는 중공 공산주의에 대한 비인간성과
불합리성을 설명하기 위한 텍스트로 활용되었다. 2차 세계대전 이후
냉전과 분단 상황에서, 오웰이 제시한 전체주의는 공산주의에 대한 실
제 표본으로 공포와 부정으로 읽히기에 용이했다. 이러한 비인간적인
정치체제에 대항하여 인간이 투쟁하지 않는다면 오웰이 제기한 비극
이 현실화 될 수 있음을 경고했다. 이후 1960년대를 거쳐 1970년대에
이르기까지, 오웰의 『1984』는 중공과 소련의 정치체제를 비판하기 위
한 공산주의 표본으로 지속적으로 활용된다. 1984년에는 일본경제신
문 편집위원 오까다의 글을 번역한 「중공기행 : 중공판 '조지 오웰'의
세계」(『통일한국』5권 0호)가 소개되기도 한다.[54]

오웰의 전체주의는 중공을 비롯하여 소련의 정치체제로도 이해되었
다. 1970년 봄, 소련의 지식인 안드레이 아말리크(1937~1980)가 당시
소련의 현실을 분석하고 비판한 저서 「1984년까지 소련은 존속할 것

---

53) 동아일보편집부, 「엉뚱한 「꿈」 狂奔하는 中共」, 『동아일보』, 1958, 12.1. 굵은 글씨는
    인용자의 강조.
54) 평화문제연구소, 「중공기행: 중공판 '조지 오웰'의 세계」, 『통일한국』5권0호, 평화문제
    연구소, 1984.3, 104~105면.

인가 *Will the Soviet Union survive until 1984*」가 뉴욕에서 출간되었다. 책의 제목에서 알 수 있듯이, 그는 오웰의 『1984』를 의식하고 소련의 멸망을 예고했다. 소련이 중공과의 전쟁에서 지고, 군부가 집권하다가 1980년과 85년 사이에 종말을 고한다는 것이다.

> 극작가이기도 한 그(안드레이. 아말리크,31)는 「조지 오웰」이 정치적으로 자동화된 사회를 풍자한 작품 「1984년」에 비견할 수 있는 「1984년까지 소련은 존속할 것인가」라는 소책자에서 1975년부터 1980년 사이에 소·중공 전쟁이 일어날 가능성이 짙으며 현 모스크바 정권은 1980년부터 1985년 사이에 붕괴될 것이라고 내다보았다. 그는 이어 소련에서 민주주의 운동의 성공은 중산층에 달려 있는데 중산층의 속성이란 너무 평범하고 나태하고 관료적이라고 영도권을 잡기가 어려울 것이라고 지적하고 있다. 그는 모스크바 정권이 중산층의 건설적인 움직임과 하층계급의 파괴적인 움직임의 틈바구니에서 양대 세력과의 충돌을 면할 수 없게 되어있으며 하층계급은 일단 그들의 세력을 알고 나면 극단적인 폭력사태를 빚어낼 것이라고 말하고 또한 소련 내의 비「러셔」계인들의 민족주의 의식이 크게 고조되어 새로운 민족국들이 속출할 것이라고 보았다.[55)]

1970년대 한국 언론은 소련이 인권 지식인 아말리크에게 어떠한 정치적 폭력을 행사하는지 지속적으로 주목한다. 1970년 3월 5일에는 책의 내용이 소개되다가, 5월 22일에 이르면 반정부지식인 검거 과정에서 작가 아말리크 역시 구속되었음을 소개한다. 소련의 반정부 지하 비밀신문의 폭로에 따르면 비밀경찰 KGB는 반정부 학생 및 지식층을 무더기로 구속, 재판을 진행하고 있으며 수많은 정치범들이 정신병자

---

55) 뉴욕로이터 동화, 「소련은 종말에 가깝다, 蘇史家 아말리크 예언」, 『경향신문』, 1970, 3.5.

라는 구실로 병원에 집단 수용되고 있다고 전한다.[56] 소련체제의 비민
주화를 지적하고 지도부의 억압과 횡포를 밝히는 글은 언론에 지속적
으로 소개된다.[57] 1972년 7.4 남북공동성명이후 북한과의 관계에 주목
하고 있는 만큼, 분단과 냉전의 고충을 겪고 있는 한국 사회에서는 소
련과 미국의 행보에 관심을 기울였다.[58]

소련 인권운동가의 거취에 대해서는 세계 외신이 관심을 보였는데,
1973년 아말리크는 두 번째 3년 구금형에 항의하며 단식투쟁한다.[59]
같은 해에는 소련작가 알렉산드르 솔제니친이『이반 데니소비치의 하
루』와『암병동』등의 작품으로 노벨문학상을 수상하자, 인간애의 복원
을 지향하며 소련 정치체제의 문제성은 전 세계의 주목을 받았다. 한
국 언론에서는 솔제니친, 아말리크를 비롯하여 박해받은 소련 지식인
의 안위에 지속적으로 관심을 보였다.[60] 아말리크의 저서는 한국 지식
인들에게도 주목을 받았는데, 당시 소련의 행보에 주목하여 소련의 정
치체제를 풍자한 자마틴의『우리들』과『1984』가 함께 논의되었다.

　　20세기 초에 나온 책으로 미국에서는 한 40년 전에 소개된「자미
　아틴」의「우리들」이라는 역시 소련산 반유토피아 작품이 얼마 전에
　영국서 영역 출판되어 나왔다. 제목이 암시하듯이 앞으로「나」니「개

---

56) 모스크바 AFP합동 특약,「반정부 지식인 무더기 검거, 蘇作家 아말리크도 구속」,『경향
　　신문』, 1970, 5,20.
57) 매일경제 편집부,「이것이 소련이다–사회 문화(9) 반체제운동(상)」,『매일경제』, 1972,
　　10.2.
58) 1973년 6월 17일부터 10일간 미소정상회담은 단연 주목하지 않을 수 없었다. 브레즈네
　　프 소련공산당 서기장이 워싱턴을 방문하여 닉슨과 회담했다.
59)「해외토픽 蘇作家 아말리크 단식투쟁」,『동아일보』, 1973, 7.25. 결국 아말리크는 1975
　　년 모스크바를 떠나라는 명령을 받고 1976년 프랑스에 이주했으나, 1980년 국제회의에
　　참석하는 과정에서 교통사고로 죽는다. 모스크바 UP,「"72시간내 모스크바를 떠나라"
　　소경찰, 아말리크에 명령」,『동아일보』, 1975, 9.15.
60)「박해받는 蘇지식인들 설 땅은 어디에…」,『동아일보』, 1973, 9.6.

인」이니 하는 것은 완전히 없어지고 비개인적인 중앙집권제의 정점
에 군림하는 「大惡人」이라는 독재자 밑에 衆生은 모두 「나」 아닌 「우리」
로 화해서 일사불란한 이를테면 동물과학사회가 생겨나리라는 것이
다. 여기까지 이야기를 하고 보면 얼른 생각나는 것이 「조지 오웰」
의 「1984년」이다. 이 책에서 「大惡人」의 구실을 하는 것은 「大兄」(빅
브라더)이고, 아무도 본 적이 없는 전지전능한 독재자와 그의 수족
의 체제하에서 인류는 완전히 기계화해버린다. **권력은 국민을 위해
서 있는 것이 아니고 그 자체를 존속시키기 위해서 있고, 그러기 위
해서 국민의 지능과 감성을 마비시켜 버린다. 끊임없이 전쟁을 해서
국민에게 궁핍과 긴장을 강요하고 개성이나 개인의식을 말살하기
위해서 심지어는 성이나 연애마저도 당이 통제한다.**[61]

『1984』의 전체주의는 중공과 소련을 비롯해서 북한의 공산주의라는
지적도 널리 표명되었다. 미국을 비롯한 한국 사회는 북한을 주적으로
삼아 전체주의의 표본으로 비판했다. 1979년 5월 발트하임 유엔사무
총장을 수행하여 평양에 방문했던 뉴욕타임즈 기자는 '평양이야말로
오웰의 「1984년」이다'라고 소개했다. 1983년 미국 외신은 김일성을 소
설 속의 대형(大兄)으로 소개하고 북한이야말로 전체주의적으로 통제
하는 고립된 정체불명의 국가라고 제시한다.[62] 1971년에는 중앙정보
부 심리전국의 외곽단체로 사단법인 북한연구소가 창립되는데, 1984
년에는 오웰의 『1984』에 등장하는 주민의 처지와 북한 주민의 처지가
같음을 소개하는 글이 기관지 『북한』에 게재되기도 한다.[63]

---

61) 김진만, 「해외문화—부정적 미래상을 보인 반유토피아 작품들」, 『동아일보』, 1970, 3.7.
　　굵은 글씨는 인용자의 강조.
62) 「북한은 「1984년」 나라」, 『경향신문』, 1983, 12.30. 워싱턴연합, 「북한은 전체주의의 표
　　본」, 『동아일보』, 1983, 12.30. "'북괴는 오웰의 1984년" 미국 TV전체주의 표본으로
　　소개」, 『조선일보』, 1983, 12.31.
63) 박재우, 「죠지 오웰의 1984년 현장—북한」, 『북한』148, 북한연구소, 1984.4, 200~207면.

1984년에는 오웰의 『1984』에 제시된 정치체제와 북한의 체제를 비교분석하는 단행본이 발간되었다. 김창순(1920~2007)은 북한을 고발하는 홍보책자 『조지 오웰 「1984년」의 실체 북한』(고려서적, 1984)을 출간한다. '「조지 오웰」이 묘사했던 완전통제국가는 지상에 있다'라는 부제아래 『1984』의 체제와 북한정권이 비교되어 있으며, 『1984』와 마찬가지로 전체 총 3부로 구성되었다.64)

구성	내용
제1부	「오웰」의 예언
제2부	「1984년」의 실체 : 대형(大兄), 당(黨)의 전능, 감시와 통제, 숙청, 인간개조, 역사날조, 주민생활, 우민정책, 인간성 말살
제3부	「1984년」 이후

이 외에도 『1984』의 본문 용어와 북한에서 사용되는 어휘를 비교해서 표로 제시해 놓았다.65)

오세아니아	북한	오세아니아	북한
대형(大兄)	수령(김일성)	진리성	국가정치보위부
신 볼쉐비즘	김일성주의	평화성	인민무력부
내부당원	간부 당원	애정성	사회안전부
외부당원	평당원	창작국	로동당 문화예술부

---

64) 그는 편저자로서 1948년 북한의 정부 기관지 '민주조선'의 임시 부주필을 지내던 중 혁명분자로 투옥되었다가 한국전쟁 중에 월남했다. 고려대학교 아세아문제연구소 특별 연구원으로 재직했으며 북한연구소 이사장을 지내는 등 북한학을 정립한 1세대 북한학자이다.

65) 김창순, 『조지 오웰 「1984년」의 실체 북한』, 고려서적, 1984, 28면.

당의 지식층	당 인텔리	음악국	작곡분과위원회
사상 경찰	사회안전원, 정치보위부원	신어(新語)	문화어
어린 영웅	소년영웅	신어사전	문화어사전
스파이단	소년단	타임지	로동신문
청년반성동맹	사로청 (사회주의 로동청년단)	승리광장	김일성광장
여행증명서	여행증	단체오락	대중오락
증발했다	로동교화소행, 아오지행	배급카드	양권(糧券)
소금광산행	아오지탄광행	부인탄광노동	여성착암수중대
공개재판	인민재판	교화원	교화소
정범(正犯)	정치범	노동수용소	로동교양소
증오 주간	반미(反美) 주간	단체행군	배움의 천리길 행군
반혁명분자	149호 대상	데모	군중대회
형제	반김(反金) 세력	토론회	총화
영사(英社)	조선민주주의인민공화국	체조시간	생산체조시간

　초창기『1984』의 번역자이자 언론인 김병익은 작중의 전체주의를 제2차 세계대전 이후 냉전구도에서 공산주의로 보고, 공산주의에 대한 경계와 비판으로 이해하고 소개했다. 그는 1950년 3월 나만식의 번역이후,『1984』를 전역한 전문 번역자(문예출판사, 1968)이자 언론가로서 작품에 대한 그의 해설은『1984』에 대한 의의와 가치를 형성하는데 영향을 미친다. 1969년에는 동아일보 기자로서『1984』를 '예술로 승화한 정치소설'이라 평가하고, 오웰의 공상이 얼마나 적중했는지 블록화된 세계 정치 체제를 통해 지적한다.

66년 1월 「뉴욕 타임즈 매거진」은 「존.루칵스」교수를 동원 발간년
도부터 목표연도인 「1984년의 반에 이르다」는 글로써 「오웰」의 예
언이 얼마나 적중했는가를 검토했으며 동구에서 최초로 공산주의를
비판한 「유고」의 전부통령 「밀로반. 질라스」는 지난 3월 23일자
NYT에의 기고를 통해 「오웰」을 재론, 앞으로 15년 남은 「1984년의
전망」을 살피고 있다.

──(중략)──

**전후의 무질서가 채 회복되기도 전 「소비에트」체제를 모델로 한 「오
웰」의 세계는 3대 초국가의 『승리도 패배도, 전면전도, 종식도 없는』
무한한 분란의 세계며 거기에 살고 있는 인간이란 「太兄」이란 개인
숭배와 당의 관료정치, 일기마저 쓸 수 없는 철저한 정보체제 속에
세뇌되고 사랑마저 금지된다. 과연 현재의 세계는 블록 체제로 大分
되고 월남전과 중동 분쟁처럼 종식 없는 전쟁이 계속되며 개인숭배
와 소년단조직은 이미 毛思想과 紅衛兵으로 중공에서 실제로 나타
났으며 「질라스」가 지적하듯 현대 정보기술은 독재정치를 더욱 용
이하게 만들었다. 50년대 「어빙. 하우」가 보듯 「악몽의 징후」로 느
끼던 「1984년」은 이제 『앞으로 별다른 변화가 없이 「오웰」이 정묘
하게 통찰한 미래의 체제에 인간이 투쟁하지 않는다면 「오웰」의 세
계는 실현될 것』(질라스)이란 박진한 현실감으로 바뀌고 있다.[66]**

한국전쟁직후 『1984』의 전체주의를 중공에 빗대어 이해했듯이, 김
병익도 소련과 중공을 염두에 두고 있다. 다시 말해 오웰이 제시한 『1984』
의 전체주의를 남한의 '민주주의'와 대별되는 '공산주의'로 제한하고
있었던 것이다. 그는 오웰의 작품을 냉전구도하 현실 정치체제 해석의
준거로 삼고 있는 만큼, 작품이 내포하고 있는 다양한 알레고리에 대

---

66) 김병익, 「사후의 각광─60년대에 재발견되는 지성, 英作家 조지 오웰」, 『동아일보』, 1969,
6.5. 굵은 글씨는 인용자의 강조.

한 이해와 해석의 여지를 축소시켰을 뿐만 아니라 동시대 한국 민주주의의 파행성을 지적하지 못했다. 그들이 몸담고 있는 동시대 민주주의 사회에서 민권이 얼마나 유효하게 실현되고 있는지, 관조의 텍스트로 활용되기보다 남한사회가 주적으로 삼고 있는 독재 국가에 대한 적대감으로 읽었던 것이다.

그 결과 전체주의는 인간의 자유를 억압한다는 측면에서 국가와 개인의 문제로 사유되어야 하는데, 서구의 냉전구도라는 거시적 담론의 폐해로 수용했다.[67] 이 작품에 대한 김병익의 접근과 이해는 1984년 신장(新裝)본 후면의 해설에서도 확인할 수 있다. 아래의 인용문에서 드러나듯, 작중 정치제체를 소련을 비롯한 공산권으로만 집중하고 있다.

> 1984년을 읽는 현대인은 어느 누구나 이 작품에 제시된 악몽에 절박감과 전율로 커다란 충격을 받게 될 것이다. 그것은 인류의 암담한 미래에 대한 오웰의 예언이 적중했거나 혹은 정반대의 현상이 일어나고 있기 때문이다. 더욱이 이 작품에서 풍자된 현대 과학과 정치의 모든 수단을 동원하여 인간이 만들어 낸 지옥이라고 할 수 있는 사회가 마르크스 유물사관과 레닌의 과두조직이론에다 스탈린의 비밀경찰에 의존한 공포정치가 결합하여 생겨나는 공산세계의 반유토피아적인 사회와 흡사하기 때문이기도 하다.[68]

'공산주의에 대한 경계와 비판'이라는 김병익의 독법을 이해하기 위

---

67) 이러한 지적은 박홍규도 제기하고 있다. 그는 1984년을 즈음하여 쓴 김병익의 글을 대상으로 "그 어느 글도 우리 역사에서 가장 어두운 전체주의 시대의 하나인 전두환 군사 정권이 지배한 1980년대 전반에 대해서는 아무런 언급도 하지 않고 있다"고 비판한다. 언론인으로서 5.18민주항쟁을 주도한 '지도자', 국가보안법 반공법을 비롯한 국가 체제를 유지하려는 '이중사고'등에 대한 지적이 없었음을 지적하고 있다. 박홍규, 『조지 오웰』, 이학사, 2003, 313~317면 참조.

68) 조지 오웰·김병익 옮김, 『1984』, 문예출판사, 1984, 책의 뒷면.

해 그의 행적과 육성이 담긴 목소리를 참조할 필요가 있다. 그는 1991
년 대담에서 "인간 내면에 대한 고민 없이 어떻게 세계의 고통을 이해
할 수 있는가", "구체적인 사랑을 깨달아 가는 일련의 과정들 없이 어
떻게 역사에 대한 사랑을 말할 수 있는가"를 고민하고 있거니와,[69] 시
대를 대표하는 지성인으로서 그의 독해가 성글 리가 없다. 그는 1968
년 『1984』를 번역(문예출판사)한 후, 해설에서 어빙 하우가 쓴 평론의
마지막 구절을 강조하며 다음과 같이 인용했다.

> 그러나 무엇보다 이 책을 읽는 우리 現代人은 이 책이 제시한 惡夢
> 에 먼저 커다란 衝擊을 받을 것이다. 어빙 하우의 말을 다시 인용하
> 자.『후세에 가면 「一九八四年」도 「歷史的인 흥미」이외의 아무것도
> 아닌지도 모른다. 「一九八四年」의 세계가 실현되었다면 그 작품을
> 읽는 者는 支配者들 뿐이며 그들은 그 책의 보통 아닌 先見之明을 되
> 뇌여 생각해 볼 것이다. 「一九八四年」의 世界가 실현되지 않는다면
> 사람들은 이 책을 단순히 個人的 不安, 惡夢의 徵候로써 느끼게 될
> 것이다. **그러나 우리들은 더 잘 알고 있다. 그 惡夢이 바로 우리들의
> 것이라는 것을.**』[70]

그는 직접 문면에서 동시대 현실 정치를 언급하지 않았지만, 어빙
하우의 말을 빌어 자신의 입장을 간접적으로 시사하고 있음을 짐작할
수 있다. 신동아 사건 · 동아일보 해직 등을 비롯한 유신정권의 언론탄
압은 그에게 검열로 작용했을 것이며 그것은 표현방식의 변화를 고민

---

69) 류철균 · 박철화, 「반지성의 폭력을 허무는 지성-말 삶 글, 김병익 선생 대담」, 1991,
   2.28 오후 3시, 김병익 선생 집필실.
70) 김병익, 「해설」, 『1984년』, 문예출판사, 1968, 7면. 굵은 글씨는 인용자의 강조. 어빙
   허우의 원문은 1967년 김용권의 번역으로 한국에 소개되었다. 어빙 하우 · 김용권 번
   역, 「제5장 역사의 악몽: 오우월」, 『정치와 소설』, 법문사, 1967, 132~154면.

하게 만들었을 것이다. 그가 1984년 편역한 레이몬드 윌리엄즈의『오웰과 1984』(문학과지성사, 1984)은『1984』독해의 세계사적 보편성을 보여준다는 점, 1984년 재발간한『1984』의 해설에 E.L. 닥터로의 해설을 싣고 있다는 점을 미루어, 그는 당시 이 땅의 정치적 조건으로부터 자유로웠던 서구지식인의 목소리를 통해 자기 입장과 목소리를 대변했던 것으로 보인다.

1984년에는 오웰의 전체주의 국가를 북한의 비인간적인 상황에 비유하여 만든 KBS연중기획 미니시리즈「1984 진실을 찾아서」(김홍종 연출, 문호선 작, 한국방송공사제작)가 만들어진다. 이 작품은 김원일의「상실」(1970),「압살」(『현대문학』1973, 9)과 백도기의「저 문밖에서」(『현대문학』1973, 4)를 혼합하여 단일 드라마로 만든 것이다. 언론에서는 "북괴의 비극적 생활을 배경으로 철저히 기만당하고 폭력의 제물이 된 한 청년의 삶을 통해 공산집단의 실체를 파헤친 작품"으로,[71] 한국문화콘텐츠 방송대본에서는 "3개의 원작 소설을 바탕으로 공산당에 의해 세뇌되어 인간성을 상실한 채 암살요원이 된 한 인간의 비극을 그린 6.25 특집 드라마"로 소개된다. "소박한 광부 허목진은 탄광사격대회에서 입상을 한다. 그는 부상으로 1개월간 시베리아 유학이라는 특전을 받고 탄광지대를 떠난다. 그것은 허울뿐이고 공산당에서는 그를 남파간첩으로 만들기 위해 비인간적인 훈련을 시킨다."[72] 1984년, 한국

71)「미니시리즈 제3탄「1984 진실-」제작」,『경향신문』, 1984. 2.24. 6.25특집 드라마 방영 후 "종전의 TV 반공극이 으레 인간성이 배제되어 이데올로기만 가진 인간상을 그려왔는데 비해 이 극에서는 주인공의 인간적인 면에 중점을 두어 연출"했음을 지적하며, "이데올로기와 체제에 짓밟히는 평범한 한 인간의 비극이 더욱 절실하게 전달되었다"고 평가했다.「KBS1 6.25특집「1984-을 찾아서」체제에 짓밟힌 인간성 묘사 깔끔 폭력 장면 영상처리도 무난」,『동아일보』, 1984, 6.25.
72) http://www.kocca.kr/db/broadcastdb/scriptList.do?menuNo=200462 한국콘텐츠진흥원에서 제공하는 드라마 대본에는 제작 의도가 다음과 같이 제시되어 있다. 1) 분단 40년 폐쇄된 사회 40년이 만들어 낸 인형인간의 비극적 삶과 인간회복의 도정을 통하여 저

방송공사는 오웰의 전체주의를 북한의 공산주의로 수용하고 승공(勝共) 의지를 실현하는 6.25 특집 드라마를 기획했던 것이다.

2.3 민주주의의 성찰과 문학의 당대성

오웰의『1984』는 1950년부터 1984년에 이르기까지 주로 공산주의의 표본으로 이해되었으며, 그 과정에서 공산주의에 대한 경계와 비판 담론 형성에 기여했다. 한편, 또 다른 축에서 오웰의『1984』는 한국 내부의 정치적 문제를 제기하고 환기하기 위한 비교의 준거로 활용되면서 '민주주의의 성찰' 담론을 형성하기도 했다. 1960년대 4.19와 이후 박정희 정권(1961, 5.16~1979, 10.26)이 이어지면서 이에 대해 자성하고 비판하는 담론의 준거로 조지 오웰의『1984』가 활용되었다. 1960년대 이르면 지식인들은 당대 독재정권을 비판하기 위해 디스토피아의 사례로『1984』를 원용했다. 정권에 대한 저항은 경향신문의 칼럼「餘適」과 동아일보「횡설수설」란을 들 수 있는데, 박정희 독재정권이 빚어내는 파행적 민주주의를 비판하면서 오웰이『1984』에 제시한 디스토피아와 비교했다.

1963년 10월 1일「餘適」(『경향신문』)은 박정희 정권 아래, 텔레스크린과 다를 바 없는 국가의 사생활 감시 시스템을 비판한다. 시인 정지용이 만든 '여적(餘適)'은 '붓 끝에 남는 먹물'의 의미를 담고 있는데, 기사로 다루지 못했으나 해야 할 필요성이 있는 동시대 이슈를 다루며

들이 제아무리 인간을 세뇌시키려 해도 그것은 한낱 사상누각일 뿐 고귀한 인간정신은 말살시킬 수 없다는 것을 제시하고자 함. 2) 철저히 기만당하고, 유린당하고 우롱당하고, 폭력의 제물이 되어야 했던 주인공의 삶의 궤적을 통하여 반문명, 반인간의 집단인 저들의 정체는 어떤 것인가를 고발코저 함. 3) 우리가 지켜야 할 가치관, 이념체제, 자유의 소중함을 일깨워 승공의지로 승화시키고자 함.

신문사의 입장을 다소 적극적으로 개진하는 칼럼 란이다. 일찍이 1959년 2월 4일에는 무기명 칼럼 「餘適」에 실린 다수결의 원칙과 공명선거에 관한 단평으로 인해 편집국장이 연행되고 칼럼의 필자인 주요한이 기소되는 필화사건이 있었다. 그런 만큼 1963년 10월 1일 「餘適」에 제기된 사생활 침해 비판 칼럼은 궁극에는 국민의 기본권도 보장하지 않는 박정희 독재정권에 대한 저항과 반발을 목표로 삼고 있음을 알 수 있다.

> 헌법에 보장된 "통신의 자유"가 이따금 침해되는 일이 많다. 편지 한 통이 사람의 생명을 셋이나 빼앗은 최영오 일병사건만 해도 그랬던 것이다. "사신(私信)의 비밀"은 "마음의 비밀"인지라 침해당한다는 것은 자기정신을 도둑맞는 경우와 마찬가지다. 국민의 기본권 가운데서도 "통신의 자유"가 중요한 위치를 점하고 있는 까닭도 바로 그것이다. 남의 편지를 함부로 뜯어본다는 것은 남의 집 안방을 함부로 드나드는 일과 다를 것이 없다. 귀중한 "사생활의 자유"가 지켜지지 못하는 나라는 제아무리 대의명분을 내세운다 하더라도 민주주의 사회라고 볼 수 없다. **"1984"년이라는 미래소설은 완전한 독재주의 국가를 풍자한 것인데 그중에는 남녀 간의 연애도 당의 허락을 받아야 하고 또 「텔레스코프」 장치에 의해서 인간의 사생활이 24시간동안 감시받도록 되어 있다는 이야기가 나온다. 소름이 끼치는 소설이다.** 그러나 이따금 연서에 쓰인 글귀가 말썽이 된다는 것도 「텔레스코프」나 "연애허가장"제도와 그리 다를 것이 없겠다. 정도의 차이는 있으나 개인생활의 침해란 점에서는 그 성격이 같은 것이라고 할 수 있기 때문이다. 또 "사신의 비밀"이 짓밟혀 물의를 일으키고 있는 것을 보면 아무래도 이 땅에 진정한 자유가 도래하기란 요원한 것처럼 느껴진다.[73]

73) 경향신문편집부, 「여적」, 『경향신문』, 1963,10.1. 굵은 글씨는 인용자의 강조.

칼럼에서는 평범한 연애편지를 함부로 읽어보고 그 내용을 트집 잡
아 공무원으로 하여금 3개월 근신 처분을 받게 한 사건이 소개된다.
편지 내용인즉 애인에게 여름방학 스케줄을 전달하려는 것인바, 이를
실감나게 표현하기 위해 "박정희군의 민정이양(民政移讓) 스케줄 모양
질질 끌지 말고" 속히 알려달라고 한 것이 당국의 비위를 상하게 했
다. 남의 편지를 뜯어보는 것도 개인의 자유를 구속하는 것이겠으나
단순 비유로 구사된 표현을 트집 잡는 당국의 감시와 구속이 민주주
의를 역행한다는 측면에서 부당함을 제기했다.

칼럼이 씌어진 1963년 10월 1일에는, 1963년 10월 15일 제5대 대통
령선거를 목전에 둔 상황이다. "박정희군의 민정이양(民政移讓) 스케줄
모양 질질 끌지 말고"라는 표현은 중의적이다. 1961년 5월 16일 군인
박정희는 비상사태라는 이름하에 무능한 정치인들을 대신하여 정치를
하지만 사회가 안정되고 양심적인 정치인이 등장하면 그들에게 정권
을 맡기고 다시 군인으로 돌아가겠다고 했다. 그의 약속은 지지부진하
며 오히려 독재의 기미가 더욱 농후했다. 소소한 연애편지를 소재로
삼아 사생활의 부자유를 지적한 것 같지만, 궁극의 의도는 임박한 대
통령선거를 앞두고 박정희의 독재를 견제한 것이며 그에 대한 비판의
준거로 오웰이 제시한 『1984』의 전체주의의 실제를 활용한 것이다.

1967년 6월 12일 「횡설수설」(『동아일보』)란에서는 1967년 6월 8일 실
시된 제7대 국회위원 선거 비리를 규탄하는 사설이 게재된다. 투표과
정에서 공개/대리투표 등 부정선거가 자행되었음이 알려지면서 '총선
부정 규탄 투쟁'이 전개되었다. 6월 10일에는 전국의 대학생들이 6.8
부정선거 사건을 규탄하며 대규모 시위도 벌였다. 남한의 후퇴하는 민
주주의와 독재정권을 비판하기 위한 일환으로 오웰이 제시한 『1984』
의 세계와 비교한다.

8.15해방에서 기산(起算)하면 한국 민주주의의 나이도 만 22세에 가깝다. 그러나 6.8 총선거는 우리에게 성인 된 한국 민주주의의 연륜을 보여주었다기보다는 한국 민주주의의 '25시'를 절감케 한다. **하기야 시간의 경과가 민주주의의 성장을 뒷받침하는 것이 아니라 고도로 조직화 되고 기계화 되고 능률화 된 독재제도를 완성시킬른 지도 모른다. 그러한 가능성을 일찍이 경고한 것이 「조지 오웰」의 "1984년"이었다. "1984년"에서 사람들은 정밀하게 과학화된 독재 제도 하에 전쟁이 평화고 노예화가 자유고 무지가 힘이라는 테제를 받아들인다.** 그러나 지금이 1984년이 아닌 바에야 어느 모로 보거나 이번 총선거가 공명선거였다고 주장될 수는 없다.[74]

인용문은 1945년 해방 이래 한국은 민주주의를 건국의 이념으로 삼아 왔으나, 1967년 6.8 총선거는 민주주의의 후퇴를 보여준다는 점에서 『1984』가 제시한 독재를 환기시킨다고 주장한다. 두 신문의 칼럼 모두 특정 개인의 입장표명이 아니라 신문사(경향신문과 동아일보)가 주관하는 자유형식의 글이라는 점에서 주목할 필요가 있다. 무기명 자유 형식의 글을 통해 오웰이 제시한 전체주의가 동시대 독재정권에 대한 비판으로 사유되고 있음을 알 수 있다. 글쓴이는 자신이 몸담고 있는 이 땅에서 억압받는 민권의 현주소를 고발하기 위해 『1984』를 사유하고 현실 비판의 잣대로 활용하고 있다.

민주주의에 대한 성찰은 문학의 영역에서도 예외는 아니었다. 1960년 4.19 이후 민주화를 향한 다양한 행보는 한국문학 내부에서도 스스로를 돌아보는 계기를 가져왔다. 이후 평론가 이광훈(1941~2011)은 문학인으로서 사회참여방법을 모색하며 오웰의 작가정신을 준거로 들었다.

---

74) 동아일보편집부, 「횡설수설」, 『동아일보』, 1967, 6.12. 굵은 글씨는 인용자의 강조.

하나의 인간이 어떠한 행위를 하고자 할 때는 항상 그 입장과 자격에 따라 그 행위의 방법을 달리해야 한다.

--(중략)--

문학인에겐 문학인으로서 입장과 그에 준한 참여방법이 있다. 문학인은 일반 시민들이 하는 그러한 방법으로 이 사회에 참여할 수는 없다. **영국의 작가 <죠지·오웰>은 1930년대 <W.H.오든> <스펜더> 등이 공산주의에 참가하는 것을 보고 다음과 같이 말을 한 적이 있다. <作家가 政治에 參加할 때 그는 한 사람의 市民, 한 人間으로서 해야 할 것이며 ― 作家로서는 할 일이 아니다. 뿐만 아니라 作家가 黨을 爲해서 어떤 일을 할 수는 있지만 黨을 爲해서 써서는 안 된다.>**

--(중략)--

문학인의 본업은 무엇인가? 두말할 필요도 없이 문학인의 본업은 문학 바로 그것이다. 그러므로 문학인은 문학 그것을 통해서만이 이 사회에의 참여가 가능한 것이다. 문제는 간단하다. 숱한 미아들이 찾아 헤매이던 문제의 핵심은 바로 여기에 있었다.

--(중략)--

격동기가 왔을 때 문학인들도 데모를 하고 누구누구의 성토대회를 할 수도 있다. 그러나 그것은 한 인간으로서 한 시민으로서 참여하는 것이지 문학인으로서 참여하는 것은 아니다. 4.19때 학생들이 죽어가는 것을 방관하고만 있었다고 해서 문학인에게 죄를 물을 수는 없다. 그러나 한 인간으로서의 죄는 물을 수 있다. 다만 그토록 참담한 사건이 일어나지 않으면 안 되었을 이정권하(李正權下)의 어두운 현실을 작품에 반영시키지 않은 것에 대해서는 문학인에게 그 책임을 물을 수 있다.[75]

이광훈은 문학인으로서 자격과 시민으로서 자격을 구분하며, 문학

---

75) 이광훈, 「文學人의 社會參與 小論」, 『경향신문』, 1960, 11.17.

인은 문학인으로서 입장과 그에 준하는 창작이라는 방법으로 사회에 참여하는 것임을 피력한다. 그는 문학과 정치의 관계를 규명하며 문학인으로서 조지 오웰의 태도를 언급한다. 문학인은 시민이지만, 작가로서 본문을 다하기 위해서는 창작을 통해 실현해야 한다는 것이다. 이때 작가는 특정 기관이나 당을 대변하는 것이 아니라 인간을 대변해야 한다는 것이며, 그로 말미암아 문학은 자유의 이름으로 어떠한 구속도 없이 세계를 위해 자기 목소리를 낼 수 있다.76)

1971년 평론가 이명재는 「한국전후소설의 영역」(국어국문학회 90회 발표논문)에서 현대소설의 배경을 통계적 접근으로 점검하고, 한국문학은 소재의 빈곤성에서 탈피하여 새로운 영역을 개척하기 위해 오웰의 『1984』와 같이 미래소설로 눈을 넓힐 것을 주장했다. 그는 당면한 사회현실이나 소소한 시정잡사보다는 다가올 세기를 관망하며 미래를 지향하고 가능성을 제시할 수 있는 작품의 스케일을 요구했다.77) 다시 말해 우물 안에 갇혀 있지 말고, 미래의 전망을 제시할 수 있는 세계사적 혜안을 가진 작가와 작품의 등장을 제안하고 있다.

---

76) 이광훈이 지적한 오웰의 문학관은 1998년 박경서에 의해서도 지적되었다. "오웰에게 있어 한 작가가 정치와 관련을 맺는다는 것은 한 시민과 인간으로서 관계를 맺어야지, 작가로서 정치과 관련을 맺어선 안된다는 것이다. 다시 말해 작가가 선거운동에 참여하여 여론조사를 하고 전단을 뿌리고, 심지어 내전에도 참가해야 하지만, 어떤 특정한 정당을 위해 글을 써서는 안 된다는 것이다." "작가의 정치적 활동은 자유이지만 작가는 본디 동시대 사건들을 독자들에게 정직하게 알리고자 하는 의무감을 가져야 한다는 것이다." 박경서, 「조지 오웰의 소설에 나타난 사회주의적 전망」, 『신영어영문학』10권, 신영어영문학회, 1998, 108~109면.

77) 이명재, 「한국전후 소설의 영역」, 『경향신문』, 1971. 4.19. "구미의 경우 「오웰」의 「1984년」, 「헉슬리」의 「멋진 新世界」, 「웨일즈」의 「月세계의 첫 人間」등으로 성과가 컸음에 비추어 다가올 세기를 관망하며 미래에의 지향은 필요한 가능성을 지니고 있다. 이는 늘 안이한 사회현실이나, 시정잡사에 집착된 채 탈출구를 찾지 못하고 겨우 악한 빛 도둑들의 모험을 주제로 한 「비카레스트」풍 따위로 바장이고 있는 오늘의 침체 상을 극복 향상하는 길이다."

한국이 처해 있는 당대적 문제에 몰두한 작품 외에도 미래를 관망할 수 있는 작품이 요구되었다. 이러한 지적의 기저에는 문학이 현실의 나아갈 방향성을 제시할 수 있어야 한다는 시대적 요구와 맥락이 닿아 있다. 문학은 좀 더 적극적으로 현실을 직시하고 수용해야 했다. 1976년 4월 19일 홍기삼(1940~)은 4.19의 문학적 의의를 설명하면서 오웰의 『1984』를 들어 문학이 지닌 당대적 명제를 다음과 같이 설파한다.

> 모든 예술은 숙명적으로 당대적이다. 특히 언어예술인 문학은 말할 것도 없이 당대적 소산이며 현실의 정직한 반영이요 그 증언이다. 수백년 수천년전의 이야기를 소재로 한 역사소설과 **「조지 오웰」의 작품 「1984년」과 「로시왈트」의 「제7지하호」를 포함하더라도 문학이 당대적이라는 명제는 조금도 수정되지 않는다.** 예술지상주의자들이나 순수문학론자들의 주장과 같이 예술이 당대적인 것일 때 영원성을 획득하지 못할 것이라는 생각은 실로 가소로운 일이고 어리석은 편견이다. 만약 이들의 주장을 그대로 받아들여야 한다면 현실을 버리는 예술만이 영원한 것이고 더 솔직히 말해서 현실을 부정하고 배반하는 것, 동시대의 공존자들을 제외하고 미래의 저 얼굴없는 미지의 후손들에게나 대화를 가질 때 그것이 영원한 예술이 된다는 뜻이다.
>
> --(중략)--
>
> 부끄러운 일이지만, 4.19에 의해 비로소 시인 작가들은 시민계급의 사회적 기능을 깊이 생각하기 시작했고, 역사진행이 국민 전체가 공감하는 타당성 위에서만이 드디어 가능하다는 점을 생각했으며, 4.19의 민족사적인 가치가 문학의 내용에 어떻게 적용되어야 하는지를 생각하기 시작했던 것 같다.[78]

---

78) 홍기삼, 「문학과 「4.19」」, 『동아일보』, 1976, 4.19. 굵은 글씨는 인용자의 강조.

홍기삼은 '문학이 당대적이라는 명제'를 강조하고 있거니와, 이때 오웰의『1984』는 문학의 당대성을 실현한 작품임을 전제로 삼고 있다. 그는 오웰이 제시한 디스토피아를 미래의 이야기로 읽지 않고 동시대 문제로 읽었던 것이다. 조지 오웰의『1984』와 M. 로시왈트의『제7지하호』의 당대적 의의를 피력하며 1970년대 한국 사회에서 문학이 거두어들인 성과를 성찰한다. 4.19의 문학적 충격이 1970년대 중반까지 전승되어 참여논쟁으로 시작된 이론적 대립이 전통계승논쟁, 농촌문학론시비, 리얼리즘논쟁, 시민문학논쟁, 세대구분논쟁, 제2·3차 참여논쟁 등으로 줄기차게 이어져 왔다고 본다. 문학의 당대성 인식은 작가들이 '시민'의 존재와 위상에 눈을 뜨는 토대를 마련한다.

4.19의 감동을 문학적 언어로 치열하게 받아들인 김수영, 신동엽 등의 문사들은 역사와 사회 현실에 대한 시대적 요청을 받았던 것이며, 그들에 의해 '시민계급'의 사회적 기능에 대한 성찰이 이루어진다. 국가와 '국민'의 관계가 아니라 국가와 '시민'의 관계를 사유하기 시작했던 것이다. 국민이 시민으로 사유될 수 있을 때, 인간은 국가·민족·제도·이념의 구속을 받지 않고 자유로운 개인으로서 존엄성과 자유를 구가할 수 있기 때문이다. 다시 말해 시민의 입장에 섰을 때라야만, 국가의 시스템 및 제도가 지닌 파행성을 지적하고 그와 분리된 인간의 존엄한 가치에 대해 주장할 수 있는 것이다. 문학의 방향성과 당대성 성찰을 통해, 지식인들은 오웰이『1984』에서 제기한 인간 자유에 대한 성찰에 한층 가깝게 다가가기 시작한다.

2.4. 과학의 진보와 개인의 통제

1960년대 후반에는 과학적 진보에 대한 낙관적 입장이 개진되면서 미래학에 대한 관심이 확산된다. 산업문명 신단계의 이행, 이데올로기의 종언, 정보혁명을 주축으로 하는 미래조작능력의 비약적 증대로 말미암아, 오웰의 『1984』는 반디스토피아를 지향하되 미래학 탐구의 텍스트로 원용되었다.

> 지금 우리는 줄기찬 개발 의욕과 미래의 설계로 새로운 유토피아 사상의 르네상스를 맞이하려 하고 있다. 아니, 세계의 조류는 이미 「미래학」=「퓨철로지」라는 하나의 학문까지 형성하기에 이르고 있다. **「조지 오웰」이 "1984년"이란 소설에서 하나의 학문까지 형성하기에 이르고 있다. 「조지 오웰」이 "1984년"이란 소설에서 그린 비관주의적인 디스토피아(역유토피아)의 미래상은 종언을 고하고 새로운 낙관주의적인 유토피아의 시대가 다다르고 있다는 이야기이다.**[79]

1960년대 후반에 접어들자 과학에 대한 진보적인 낙관으로 말미암아, 오웰이 『1984』에서 제시한 1984년 디스토피아는 기우의 세계로 인식되었다. 1969년 7월 20일, 진보적 과학관에 힘을 싣는 세계적인 사건이 발생한다. 인류 최초로 사람(Neil Armstrong, 1930~2012)이 하늘을 날아 달에 도착하는 사건이 발생했다. 전 세계 사람들은 텔레비전을 통해 아폴로 11호가 달에 착륙하는 역사적인 순간을 지켜보았다. 이로 인해 신화와 동경의 대상이었던 달이 과학의 영역으로 들어오게 되었다. 달나라 탐험을 기점으로 오웰이 제시한 디스토피아의 세계가 기우임을 증거하며, 미래에 대한 기대치는 상승되었고 과학과 문명이 만들

---

79) 경향신문편집부, 「미래상」, 『경향신문』, 1968, 1.1.

어낼 수 있는 낙관적인 미래상을 모색하기 시작했다.

> 작가 「조지 오웰」이 그의 작품 「1984年」에서 예언한 정적이고 엄한 통제 하에 묶인 미래 사회의 모습에 대해 우리는 지금도 다소 불안을 느낀다. 그러나 아폴로 11호의 달여행은 1984년에 대한 극적이고 밝은 희망을 인류에게 가져다주는 것이다. 인간은 이제 우주라는 새로운 대양을 항해할 수 있게 되는 것이다. 무한히 존재하는 신세계 가운데서도 가장 가까운 달에 처음으로 착륙하는 날이 다가오고 있다.
>
> 이러한 우주의 신세계에 인간이 정착하게 되면 그것은 미국의 개척시대와 마찬가지로 다원적인 사회를 다시 낳게도 될 것이다. 그렇게 되면 인류는 오웰이 예언한 1984의 사회와 같은 공포는 맛보지 않아도 된다. 그래서 인류의 장래는 영원히 다양하고 개방적인 것이 될 것이다.80)

인용문은 아폴로 11호 계획 운행의 총책임자인 미항공우주국장 토머스.O.페인 박사의 입장을 기술한 것이다. 「1984」를 통해 불안과 디스토피아만을 보는 것이 아니라, 과학이 일구어낼 수 있는 진보에 대

---

80) 토마스.페인 NASA 국장, 「누구든지 달에 갈 수 있다」, 『동아일보』, 1969, 7.19.(NYT 본지 특약 독점 게재) 굵은 글씨는 인용자의 강조. 동아일보가 본지특약 독점 게재인 반면, 경향신문은 『뉴욕타임즈』의 글을 요약했다. "작가 「조지 오웰」이 그의 작품 「1984年」에서 예언했던 미래의 사회는 약간 불안하기조차 하다. 그러나 「아폴로」11호의 달에의 여행은 인류로 하여금 1984년에 극적이고 밝은 희망을 갖게 한다. 인류는 이제 우주라는 새로운 대양을 항해할 수 있게 된 것이다. 이 우주의 새 세계에 인간이 살 수 있게 된다면 그것은 미국개척시대처럼 다양한 사회를 재생시킬 것이고 인류의 장래는 영원히 다양하고 개방적인 것이 될 것이다. ----(중략)---- 「조지 오웰」이 「1984년」에서 그린 모습은 아직도 인간에게 꿈이다. 그러나 우주여행의 수단이 더욱 발달한다면 그것은 인류에게 다른 사회로부터는 적당히 떨어진 알맞은 장소에 자유스러운 사회를 건설하는 가능성을 가져다 줄 것이다." 경향신문편집부, 「달旅行은 꿈이 아니었다」, 『경향신문』, 1969, 7.21.

한 낙관을 표명하기도 한다. 1950년대부터 시작된 우주경쟁에서 소련
이 1957년 스푸트니크 1호를 발사해 인류 최초 인공위성을 지구궤도
에 올려보내고 1961년에는 보스토크 1호 발사로 최초 우주인을 탄생
시켰다면, 미국은 1969년 최초로 인간을 달에 보내는 쾌거를 이룩한
것이다.

1970년대에 이르자 미래에 대한 낙관에 균열과 의혹의 시선이 던져
졌다. 정보통신기술의 발달과 더불어 정부의 민간사찰이 증대되어, 개
인 자유의 통제라는 문제가 제기된 것이다. 오웰이 『1984』에서 제시한
대중 통제방식(텔레스크린)이 점차 현실화되었다. 제2차 산업혁명의 모
체인 컴퓨터는 첨단기술의 발달과 문명화에 기여했으나, 문명의 이기
를 통제의 수단으로 활용함에 따라 파생적인 문제가 제기되었다. 미국
과 영국은 컴퓨터의 발달로 인해 개인정보가 유출되고 악용될 수 있
음을 심각하게 우려한다.

　① 「존 미첼」 전법무장관 재임시 민간인에 대한 사찰행위는 「조지.
오웰」의 미국판 「1984년」식 사회에 대한 두려움을 정당화시킬 정도
로 심화됐었음이 31일 발표된 한 對政府 건의보고서에서 밝혀졌다.
美보건후생성에 제출된 이 보고서에서 정부고문단은 개인에 관한
정보를 수용하고 있는 컴퓨터 자료은행의 운영에 관한 제약을 가할
것과 개인의 사회 보장번호를 표준이 되는 보편적인 신분확인기로
사용하는 추세에 제동을 걸어줄 것을 촉구했다. --(중략)-- 이 보고
서는 또 새로운 범죄정보망은 정부, 개인 기업체, 복리단체, 정신건
강기구 등의 광범위한 컴퓨터화된 서류철과 함께 연결해서 사용할
수가 있으며 중점적으로 이 같은 컴퓨터화된 서류철들은 개개인을
그들의 과거에 얽매어 놓는 정보전제체제를 가져올 것이며 결국은
모든 개인은 과거의 잘못과 분규를 떨쳐버리고 새로이 재출발할 수

있다는 미국사회의 독특한 자유주의 체제에 종지부를 찍고야 말 것
이라고 말했다.[81]

② 최근 영국은 이에 대한 대비책으로 컴퓨터를 사용해서 개인의
정보를 얻는데 있어서 개인의 프라이버시를 침해하지 않도록 하는
보호법안을 마련중이다. **사실 지금 대부분의 선진국들은 「조지. 오
웰」이 예상한 「1984년」과 같은 정보의 홍수 속에서 살고 있으며 개
개인의 상황 하나하나가 전부 컴퓨터에 보전되어 있다.** --(중략)--
정부는 어떤 사람에 대한 어느 부분의 정보가 필요했을 때 그 부분
만 알려주게 하려 하지만 그것은 상당히 어려운 일이고 부당하게 사
생활을 침해당했을 때 그것이 부당함을 호소하려 해도 사생활을 남
앞에 까발려야 하는 때문에 이것도 근본적인 예방책은 되지 못할 듯
하다. **결국 인간은 자신들이 만든 기계에 의해 「1984년」과 같은 상
황에서 살게 되고 마는 꼴이 되었다.**[82]

1970년대 후반에 이르면 한국 사회에서도 정보화 사회의 문제점이
제기되고 있다. 정보의 전체주의화에 대해서는 "아무리 「만능의 기계」
라 할지라도 그것을 이용하는 인간이 비뚤어졌을 때 결과는 뻔하다.
공상소설가 「조우지 오웰」이 그의 작품 「1984」에 썼듯이 인간이 자신
이 만든 기계에 의해 멸망되지 않기 위해서는 「양심」「도덕심」이 한층
필요할 것이다"고 여겨,[83] 개인과 정부의 도덕적 문제를 제기한다. 또
한편으로는 과학의 발달은 두려움과 더불어, 인류의 삶에 편의성과 안

---

81) 워싱턴 UP, 「정부고문단 보고서의 지적 위기의 美自由主義」, 『경향신문』, 1973, 8.1.
　　굵은 글씨는 인용자의 강조.
82) LPS 합동, 「컴퓨우터는 사생활을 침해하고 있다」, 『동아일보』, 1976, 6.16. 굵은 글씨는
　　인용자의 강조.
83) 조용철, 「미래에 산다<142>제6부 2차산업혁명의 모체 컴퓨우터 악용되면 인류의 비극
　　이」, 『동아일보』, 1976, 6.30.

락을 증진시킬 것이라는 기대감도 공존했다. 1982년 말 타임지는 「올해의 인물」로 사람 대신 '컴퓨터'를 표지의 대상으로 삼았다.

> "현대 국가는 컴퓨터를 통해 개개인을 통제한다."
> "개인의 모든 신상이 밀접하게 연관된 국가기관 또는 개인기관의 컴퓨터에 기록된다면 이는 그만큼 개인의 권리가 제한되는 것을 의미한다."
> "전체주의 국가는 대중매체의 위력을 잘 알고 있기 때문에 매스미디어를 국가의 독점 하에 둔다.
> "자유세계의 언론들도 뉴스와 논평의 제공기능이 제한된다면 언제든지 大兄이 될 소지를 갖고 있다."[84]

1984년이 가까워질수록 언론에서는 국가 안보를 앞세워 개인을 통제한다는 지적이 제기되었다. 1983년에 이르면 인간을 감시하는 장비는 항공사, 보험사, 백화점, 기업체 등에서 상용되고 있으며 도청장치는 10만개를 상회하는 등 정보 수집 및 사람을 감시하는 장치는 발달했다.[85] 컴퓨터 공중 첩보 등의 발달로 첨단기술이 '대형(大兄)'으로 이해되기도 했다.[86] 오웰이 『1984』에서 제시한 전체주의는 특정 이데올로기 혹은 특정 국가(중공, 러시아)에 국한된 문제가 아니라 국가의 제 형태와 그 안에서 살아가는 개인의 문제로 수용되었다. 그 결과 인간의 존엄성과 윤리의 재구축이라는 현실적인 문제가 제기되었다.

---

84) 김효순, 「조지 오웰의 소설 「1984년」 그리고 오늘」, 『경향신문』, 1983, 10.6.

85) 「오웰도 놀랄 현대 「人間감시 장비」」, 『조선일보』, 1983, 12.24. 이러한 사정은 미국도 다르지 않았다. 1984년에 가까워질수록 정보기술의 발달로 개인의 자유를 위협한다는 비판, 그리고 그 비판이 지나치다는 비판 등으로 오웰의 작품은 재사유 되었다. 워싱턴 송태호 특파원, 「「1984년」문턱 미(美)서 재조명받는 오웰의 예언」, 『경향신문』, 1983, 12.29.

86) 조용철, 「오웰의 「1984」는 다가오는데…」, 『동아일보』, 1983, 12.23.

"소련을 비롯한 동구권은 전체주의 관리 사회로", "미국을 비롯한 일부 선진국은 공산주의와 대결한다는 명분과 현실적인 이유"를 들어 "개인의 자유보다 국가체제의 가치를 앞"세울 여지가 있음을 우려했다.87) 이에 교육학자, 윤리학자 등은 새로운 삶의 방식을 통어할 수 있는 윤리 정립의 필요성을 제기했다. "인간의 근원문제를 따져 과학기술에서 야기된 인간소외를 해소시키고 삶의 의욕을 불어넣어"어야 한다는 측면에서88) "가장 절실하게 필요한 것은 과학의 지식이 아니라 인간의 존엄을 느끼게 하는 철학" "'숨을 곳'을 점점 잃어가는 이 시대의 삶의 조건"을 이해하고 윤리와 약속의 성역을 다시금 소환할 것을 제안했다.89) 1984년 한국 현실에서는 '개인(個人)'으로 존재하는 것, '자유주의'의 어려움을 우려하며 '인간의 윤리'를 강조한다. 새로운 시대일수록 인간의 높은 목표가 필요함을 제시한다.90)

2.5. 시민의식 성장

조지 오웰의 정치소설 『1984』는 한국 현대사회의 전개과정에서 다양한 정치담론을 형성하고 변형시키고 있음을 알 수 있다. 오웰은 모든 글쓰기가 일정한 목적과 방향성을 띄고 있다는 점에서 정치적이라고 보았거니와, 그가 살았던 2차 세계대전 전후의 시점, 제국주의의 실제 경험 등은 그의 작품의 배경과 주제를 형성하고 있다. 그런 까닭

87) 양무목, 「1984年」, 『매일경제』, 1983, 12.9.
88) 김용운, 「오웰의 「1984년」과 철학교육」, 『경향신문』, 1983, 12.5.
89) 김인회, 「오웰의 「1984년」과 우리의 1984年」, 『경향신문』, 1983, 12.19.
90) 「신년사-『1984』와 1984」, 『동아일보』, 1984, 1.1. 1984년 1월 1일 동아일보 신년사에서는 오웰의 『1984』를 언급하며, 전체주의를 동서(東西)의 문제 소련과 미국의 양대 구도 안에서 파악한다.

에 오웰의『1984』는 문학뿐 아니라 정치와 과학에 있어서도 다양한
반향을 불러일으키며 정치적 견해를 개진하는 도구로 활용되었다.

　이 장에서는 독해의 측면에서 이 땅의 언론과 지식인들은 이 작품
을 어떻게 읽고 정치의식을 형성하고 전개시켜 나갔는지 주목하였다.
오웰의『1984』는 1950년 한국전쟁 이후부터 1984년에 이르기까지 한
국이 처해 있는 분단, 냉전, 민주주의의 성찰이라는 관점에서 다음과
같은 세 가지 정치담론 형성에 기여했다. 첫째, 공산주의에 대한 경계
와 비판을 들 수 있다. 오웰이 제시한 전체주의는 한국전쟁 이후 냉전
구도 속에서, 중공 소련 북한으로 이해되었다. 특히 1984년을 기점으
로 미국의 언론은 오웰이 제시한 전체주의 시스템과 북한의 독재체제
를 동일시하며 비판했으며, 국내에서도 오웰의 전체주의 체제와 북한
의 독재체제의 비교를 통해 북한의 공산주의를 비판하는 단행본이 발
간되었다. 정책적으로 북한을 연구하는 기관에 의한 연구인 만큼, 공
산주의에 대한 경계와 비판의 역할을 톡톡히 수행해 냈다.

　다음으로 민주주의와 문학의 당대성에 대한 성찰을 들 수 있다.
1960~70년대 박정희 정권의 독재를 목도하며 지식인들은 민주주의를
위협하는 독재정치를 비판하기 위해 디스토피아의 사례로 이 작품을
원용했다. 칼럼 「여적(餘滴)」(『경향신문』, 1963.10)에는 사생활의 자유가
보장되지 않는 점을 들어 민정이양은커녕 독재로 나아가는 박정희 정
권을 비판하기 위해『1984』의 전체주의 풍토와 빗대와 비교했다. 또
다른 칼럼 「횡설수설」(『동아일보』, 1967.6)에서는 독재적인 총선거를 비판
(1967.6)하기 위해『1984』에 구현된 디스토피아의 세계와 대비했다.
1960년 4.19이후 1970년대 문학 평론가들은 오웰의 작품과 비교하여
한국문학의 당대성과 문학이 미래의 전망을 제시할 수 있어야 함을
제언했다. 그들은 4.19정신을 계승하며, 시민의식을 성장시킬 수 있는

기제로 오웰의 작가정신을 준거로 삼았다.

마지막으로 정보통신기술의 발달과 개인 통제를 들 수 있다. 과학이 진보함에 따라 미래학 탐구의 기반으로, 반디스토피아를 지향하며 작품을 원용했다. 아폴로 3호 달나라 탐험을 기점으로 인류의 미래에 대한 기대치가 상승되었으며, 과학과 문명이 만들어 낼 수 있는 낙관적인 미래상을 모색하기 위해 이 작품을 원용했다. 과학의 진보에 대한 막연한 낙관은 개인의 통제와 감시라는 정보사회의 폐단이 제기되면서 윤리의 재정립을 강조했다. 1980년대에 이르면 조지 오웰의 소설은 특정 대상의 이해에 그치지 않고 알레고리 소설로서 당면한 현실 문제를 비롯하여 미래에 발생할 수 있는 다양한 인간문제로 폭넓게 인식되었다. 소련, 미국, 중국, 북한과 같은 특정 전체주의 국가의 문제가 아니라 과학문명의 발달, 국가주의의 팽창 등으로 인한 전 인류의 문제로 읽혔으며 인간이 지닌 자유와 존엄성을 훼손할 수 있는 국가와 과학을 비롯한 시스템을 경계하면서 오웰이 제기한 문제의식을 넓게 사유하기 시작했다.

조지 오웰의 『1984』는 정치소설로 분류되는 만큼, 이 작품은 1950년 나만식의 번역 그리고 1968년 김병익의 번역 이래 한국 문단과 사회 전반에 걸쳐 다양한 영향을 미치고 있음을 알 수 있다. 한국전쟁과 분단, 세계 냉전체제, 정보통신기술의 발달이라는 정치적 사회적 변화에 상응하여 오웰의 소설은 현실을 직시하고 성찰할 수 있는 준거 담론으로 활용되었다. 그것은 비단 한국의 정치적 상황에 국한된 독해가 아니다. 한국이 처한 분단이라는 특수한 상황은 세계 냉전구도라는 보편적 상황과 맞물려 있으므로 오웰의 『1984』를 읽고 수용하는 독해의 과정은 문해력을 넘어서서 정치의식의 성장 및 시민의식의 성숙과 연계되어 있다. 고전으로 분류되는 오웰의 『1984』에 대한 이해와 수용과정은 정치적 격변의 맥락과 추이를 사유할 수 있는 구체적인 준거이자 현실의 변화를 읽고 새로운 담론을 구축하는 활성화된 텍스트로 작용하고 있다.

제 2 장 **자기완성의 수신서**

1. 헤르만 헤세의 수용

1.1. 헤세와 자아발견의 문학

헤르만 헤세(Hermann Karl Hesse 1877~1962)의 문학은 한국 문단과 독자에게 어떻게 수용되었을까. 외국 문학의 수용은 특정 작가와 작품을 알게 되는 것에 그치지 않는다. 특히 오랜 기간에 걸쳐 널리 애독되는 경우, 작품 수용은 문화를 수용하면서 동시에 문화 창조에 기여한다.

한국에서 헤세의 작품은 1927년 『싯다르타』의 일부가 번역된 이래 점진적으로 전작이 번역되었으며 지금까지도 고전으로 널리 읽히고 있다. 이 장에서는 헤세 작품이 한국의 문단, 작가, 독자들에게 어떠한 영향을 주었는지 주목하려 한다. 헤세 문학이 한국에서 어떻게 수용되었는지 살펴보기 앞서, 독일의 문학사가들이 헤세 문학을 어떻게 평가하고 있는지 살펴보자.

헤세는 소설을 통해 자신의 인생행로를 주관적이며 전기적으로 서술하는데, 주인공은 그가 경험한 학교, 시민세계, 예술가 작업, 그리고 사회전체와의 갈등을 보여준다. 그는 1912년 스위스로 이주하여 편지와 격문을 통해 평화의식을 고취시키고자 노력했으며, 마지막 장편소설 『유리알 유희』(1943)를 통해 자신의 개인적인 갈등을 객관적으로 전환시키는데 성공했다.[1] 독일문학사에서는 1차 세계대전 전후(前後) 독일문학의 일 요소로 사회소설을 지적하는데 헤세는 토마스 만 형제와 더불어 위기에 직면한 독일정신과 유럽정신의 내면사를 구성한 작가로 평가된다.[2] 독일 지식인들은 패전 후 모든 전통적인 가치의 붕괴를 비롯하여 시민사회 물질주의의 파국을 목도하자, 헤세가 부르짖은 인간성의 의의를 이해하게 되었다.[3]

패전 이후 바이마르공화국 문학에서 헤세는 '소외'를 다루되 정신적인 문제에 주목하며 지식인과 예술가를 대상으로 범위가 제한되어 있다고 평가한다.[4] 정신성에 주목한다는 점에서, 헤세 장편소설에 나타나는 '자아발견'은 "자의적인 것이 아닌, 자신의 운명을 발견하는 것, 그리고 완전히 그리고 단절없이 그 운명을 마음속에서 철저히 생활하는 것"으로 보았다.[5] 헤세가 자신의 경험과 내적 성찰을 소설에서 보여주었지만, 그의 문학 근저에는 1, 2차 세계대전을 비롯하여 독일제

---

1) 호프만/뢰쉬 공저·오한진 외 옮김, 『독일문학사-독일문학의 기본배경과 양식 및 형성』, 일신사, 1992, 478면 참조. Hoffmann/Rösch:Grundlagen, Stile, *Gestalten der DEutschen Literatur*. Cornel-sen/Hirsvhgraben Verlag. Frankfurt 1985.
2) 프리츠 마르티니·황현수 옮김, 『독일문학사』하, 을유문화사, 1994, 215~216면, 229~230면 참조. Martini, Fritz, *Deutsche Literaturgeschichte*, Alfred kröner Verlag, 1961.
3) 위의 책, 241면 참조. 헤세는 일찍이 스위스로 망명하여 독일 문제를 독일에서 떨어져 있는 스위스에서 우려하고 괴로워하며 추구했다. (233면.)
4) 볼프강 보이틴 외·허창운 옮김, 『독일문학사-사회사적 관점에서 본 문학적 술화』, 삼영사, 1993, 471~472면 참조. W.Beutin [Mitverf.], *DEUTSCHE LITERATUR GESCHICHTE*, Stuttgart:Metzler, 1992.
5) Kurt Rothmann·이동승 옮김, 『독일 文學史』, 탐구당, 1981, 234면. Kurt Rothmann, *Kleine Geschichte der Deutschen Literatur*, Reclam, 1979.

국과 유럽문명에 대한 고뇌가 전제되어 있음을 알 수 있다.

한국에서는 어떻게 이해되고 있을까. 독문학자 이인웅, 정경량, 조
창현은 헤세 문학 수용논의에서 두드러진 성과를 남겼다. 이인웅과 정
경량은 독일에서 헤세 문학연구로 박사학위를 받았으며, 조창현은 국
내에서 헤세 문학의 한국 수용에 관한 논의로 학위를 받았다. 이인웅
은 헤세 탄생 100주년을 기념하여 독일에서 개최되는 국제학술 심포
지엄에 특파되어[6] 그 결과물을 『문학사상』(1977.7)에 게재했다.[7] 조창
현은 1926년부터 1989년까지 헤세 문학의 번역물에 주목하여 번역상
의 특징을 분석했으며,[8] 다른 지면에서는 1990년부터 1999년까지 헤
세 문학의 번역본들을 분석했다.[9] 정경량은 한국문학사에서 헤르만
헤세가 수용되는 과정에 주목하고 한국 작가 중 시인 조병화, 수필가
전혜린, 소설가 김동리의 문학관에 미친 영향관계에 주목했다.[10] 이
밖에 헤세의 개별 작품과 한국 작품 간의 비교연구도 이루어졌다.[11]

---

6) 이인웅, 「한국인에 깊이 파고든 헤세 문학」, 『동아일보』, 1977, 4.13. 외국어대 독문과
   교수 이인웅은 4월 13일부터 15일까지 독일 마르바흐에서 개최되는 헤르만 헤세 국제학
   술 심포지엄에 참석하였고, 기사는 자신이 발표한 '한국에서의 헤르만 헤세'의 내용을
   간추린 것이다.

7) 이인웅, 「헤르만 헤세 탄생 백주년 현지취재 특집」, 『문학사상』, 문학사상사, 1977.7, 52
   ~149면.

8) 조창현, 「Hermann Hesse 문학의 수용에 관한 연구: 1926년부터 1989년까지 한국에서의
   Hesse수용에 대한 분석적 고찰」, 서강대학교 대학원 박사학위논문, 1990.

9) 조창현, 「헤르만 헤세 문학의 한국 수용사–1990년부터 1999년까지 한국에서의 헤세 수
   용에 대한 분석적 고찰」, 『세계문학비교연구』5권0호, 세계문학비교학회, 2001, 209~244
   면. 『데미안』, 『나르치스와 골드문트』를 비롯한 헤세의 대표작들의 번역본을 대상으로
   논의하였다. 조창현은 학위논문과 연구물을 단행본(『한국인의 눈에 비친 헤르만 헤세』,
   한국학술정보, 2013)으로 출간한다.

10) 정경량, 「헤세 문학의 수용」, 『한국의 독일문학 수용 100년』2, 한신대학교출판부, 2002,
    174~208면. 정경량은 「서구문학의 수용과 그 한국적 변용:헤르만 헤세 문학의 경우」,
    『세계문학비교연구』2, 한국세계문학비교학회, 1997, 170~203면에서 발표한 논문을 위
    단행본에 실었다.

11) 고명수, 「내관을 통한 Paradise의 시간과 공간–헷세의 <Der Dichter>와 도연명의 <도
    화원기>와 이인로의 <청학동기>를 중심으로」, 『동국어문학』3, 동국어문학회, 1989, 57

일련의 논의에서 흥미로운 부분은 이인웅이 독일 심포지엄에 참가한 후 소개한 「소련에서의 헤르만 헤세」(『문학사상』, 1977.7)이다. 소련의 헤세 연구자가 발표한 내용을 이인웅이 번역한 것으로 보이는데, 소련에서도 헤세에 대한 관심이 높으며 주로 화가·작가·학자를 비롯한 지식인들에게 인기가 있었다는 점이다. 대다수 국가가 『데미안』, 『싯다르타』, 『황야의 이리』 등을 주로 수용하는데 비해 소련의 독자들은 『유리알 유희』에 주목했다. 그 이유는 "인간이란 자기가 스스로 체험하지 못한 것을 다른 사람에게서 볼 수도 없고 이해할 수도 없다"는 헤세의 말을 인용하여, 소련의 독자들은 '헤세의 성실성과 원리 원칙에의 충실'에 호응하고 "자본주의에 대한 비판, 정신적인 가치에 대한 강조, 정신과 진리 앞에 선 인간의 책임에 대한 분명한 역설, 초연한 이념으로 유지되고 있는 공동체의 모델"을 깊이 공감한다는 것이다.[12]

소련의 헤세 문학수용은 히피문화의 확산과 더불어 인간 자율성을 최대치로 신장하기 위해 『황야의 늑대』가 젊은이들의 사랑을 받았던 미국과는 대조적이다. 헤세의 지적처럼, 각국의 독자들은 스스로 체험한 범주 안에서 헤세 문학을 이해할 수밖에 없다는 사실을 반증한다. 그러므로 한국에서 헤세 문학 수용에 관한 논의는 한국 독자와 한국 문화가 기존에 어떠한 체험을 했으며, 어떠한 전망을 지니고 있었는지 탐구할 수 있는 전거가 된다. 한국에서 헤세 문학은 어떻게 이해되고 나아가 한국 문화에 어떤 기여를 했을까.

~73면., 윤창식, 「'나무'의 생태시문학적 함의−헤르만 헤세와 안도현의 경우」, 『문학과 환경』13, 문학과환경학회, 2004, 38~65면., 유진상, 「헤르만 헤세와 박용래」, 『헤세연구』18, 한국헤세학회, 2007.12, 77~100면., 박정희, 「자아를 찾아 떠나는 여행−헤르만 헤세의 『데미안』과 이문열의 『젊은날의 초상』」, 『헤세연구』19, 한국헤세학회, 2008, 107~128면.
12) 카랄라슈빌리, 「소련에서의 헤르만 헤세」, 『문학사상』, 문학사상사, 1977.7, 67~69면.

헤세 문학수용의 특이성을 살펴보기 앞서 근대문학사이래 1970년대에 이르기까지 헤세 문학이 이해되고 수용되는 추이부터 주목해 보자. 1960~1970년대는 독문학 전공자들의 헤세 문학 번역이 본격화 되었으며, 헤세 문학은 베스트셀러 목록에서 빠지지 않는다. 이 장에서는 헤세 문학이 보편화되는 이 시기에 이르기까지 한국에 수용된 헤세 문학의 특이성을 살펴볼 것이다. 일련의 논의는 한국에서 헤세 문학을 어떻게 이해하는가는 물론 한국 문화가 지닌 독자적인 면모를 확인할 수 있는 계기가 될 것이다.

1.2. 근대 : 동양 친화, 낭만주의, 반전(反戰)주의

헤르만 헤세(1877~1962)는 1920년대 한국 문단에 소개되었다. 1927년 불교잡지를 통해 소개된『싯다르타』는 헤르만 헤세의 작품 중 가장 먼저 번역되었다.(헬만 헷세・양건식역, 「싣달타」, 『불교』제26호 연재, 1926, 7~8.) 전문이 번역되지 않고 일부분만 번역되었으나 동시대 독자들에게는 반향이 컸던 것으로 보인다. 채정근은 신의주 국경에서 압록강을 바라보며 헤세의『싯다르타』에 등장하는 싯다르타와 고빈다를 떠올린다.

> 수천만년의 봄을 맞는 압록강은 '침묵은 금'의 격언을 알고 있다. 나는 어떤 날 밤 '싣달타'(헤르만 헤세 저)가 강물에 귀를 기우리듯 철교에 서서 압록강의 말없는 '에누다리'를 듣고 저 흐르는 물결에 귀를 기울이고 있었다. … 시커먼 흐름 위에는 여러 가지의 물상과 심상이 '떠블'되어 흐르고 있었다. 역사이전이 얼굴을 내어밀기도 하고 미래가 꼬리를 보이기도 하였다. 아마도 나도 '싣달타'나 그의 친우 '고빈다'와 같이 시간이라는 미념(迷念)을 벗어나 *반 이상에 도달할 듯이 느껴졌었다.[13]

헤세의 동양 친화 정서는 1941년 번역된 단편소설 「詩人」(『인문평론』
3권1호, 1941.1)에서도 드러난다.[14] 이 작품은 예술가소설로서 동양을
배경으로 아름다운 세상을 시 속에 완벽하게 창조하려는 시인이 되기
위해 집과 가족을 떠난 주인공의 삶을 보여주고 있다. 작품의 말미에
서 역자는 이 작품을 『싯다르타』와 유사한 작품으로 다음과 같이 소
개한다.

> 이 곳에 譯出한 「詩人」에 나오는 '한폭'이라는 주인공(한자로 무슨
> 자를 써야 할는지, 또한 과연 실재한 인물이었는지는 상고하야 보았
> 으나 드듸여 알지못하고 마랐다)의 생애와 사상은 헷세 자신의 사상
> 과 인생에 대한 태도라고도 할 수 있다. 그의 유명한 작품 『시달타』
> 에 나오는 시달타의 생활태도와 흡사한 것이 있다. 이 곳의 「詩人」
> 은 단순한 우화에 불과하나 무엇인지 모르게 읽고 나서 깊이 생각게
> 하는 것이 있다.[15]

근대 문단에서는 헤세 문학은 동양 친화적 성격 외에도 낭만주의,
반전주의 작가로 소개되었다. 헤세는 인간과 자연의 관계 속에서 인간
의 자유로운 정서를 구가하는 낭만적 서정적 경향의 작가로 소개되었
다.[16] 헤세는 괴테, 노발리스, 니체, 하이네, 도스토예프스키 등의 영향
을 받았는데, 그의 초기 시는 노발리스를 비롯한 낭만주의 시인의 영
향을 많이 받았다.[17] 1935년에는 초기 시 「안개 속을 걸음의 야릇함이

13) 신의주 채정근, 「북국의 봄 국경의 밤」, 『동아일보』, 1935, 5.10.
14) 신철 역, 「詩人」, 『인문평론』 3권1호, 인문사, 1941.1, 102~110면.
15) 신철 역, 「詩人」, 『인문평론』 3권1호, 인문사, 1941.1, 110면.
16) "소설계의 헤르만 헷세 일파의 업적이며 최근에 일어난 '우주적 서정시운동' 등에 대하여
   논급할 필요가 있으나 고사키로 한다."(「歐洲現代文藝思想槪觀」十, 『동아일보』, 1929. 10.)
17) 헤르만 헤세·홍성광 편역, 「낭만주의와 신낭만주의」, 『헤세의 문장론: 책읽기와 글쓰기
   에 대하여』, 연암서가, 2014, 28~41면 참조. 초고는 1900년 6월 17일자 <알게마이네

여」와 「감회」가 소개되었다.[18] 낭만주의 시인으로서 시와 주요 작품 제목을 알려주는 정도로 소개되었다.

헤세는 1898년 처녀시집 『낭만적인 노래 *Romantische Lieder*』를 간행하는 등 시 창작활동부터 시작했으며 점차 소설을 창작했다. 1차, 2차 세계대전을 겪으면서 왕성하게 창작에 전념했다. 대중에게 익히 알려진 작품으로 『수레바퀴 아래에서』(1906), 『크눌프-크눌프 삶의 세 가지 이야기』(1915), 『데미안』(1919), 『싯다르타』(1922), 『황야의 이리』(1927), 『나르치스와 골드문트』(1930), 『유리알 유희』(1943) 등이 발간되었으며, 원작을 한국어로 옮기기에는 시간이 소요될 수밖에 없었다.

헤세는 군국주의 나치 문화의 파쇼적 정치 성향에 대항하여 하이네와 더불어 개인의 자유를 구가하는 작가로 소개된다.[19] 전쟁과 나치에 반대하여 1914년부터 1919년에 이르기까지 독일, 스위스, 오스트리아의 신문과 잡지에 수많은 정치 기사와 논문, 경고장, 공개서한 등을 발표한다. 이로 인해 독일 신문들은 그를 '절조가 없는 인간' '조국의 배반자'라는 낙인을 찍었으며 작가 자신은 이러한 명예훼손으로 깊은 마음의 상처를 받았다. 1923년에는 스위스 국적을 취하여 심신의 상처를 치료했다. 1939년부터 1945년까지, 나치 정권은 헤세 책의 인쇄를 허락하지 않아 독일에서는 출판될 수 없었다.[20]

당시 한국에 소개되지 않았으나 『황야의 이리』(1927)에서 헤세는 주

슈바이처 차이퉁*Allgemeine Schweine Zeitung*>에 '낭만적*Romantisch*'이라는 제목으로 게재.

18) 헤르만 헷세·서항석 역, 「안개 속을 걸음의 야릇함이여」, 『카토릭청년』, 1935, 1.25. 헬만 헷세·차희순 역, 「感懷」, 『시원』제1호, 1935, 2.1.

19) 조희순, 「세계문단동향보고-나치스 문단의 신경향-其一」, 『동아일보』, 1936, 2.15. 조희순은 헤세를 비롯한 토마스만, 하인리히, 레온하르트 프랑크, 브레히트 등 이들을 '제2의 독일인'이라 명명한다.

20) 이인웅, 「헤르만 헤세의 생애와 작품」, 『헤르만 헤세』, 문학과지성사, 1983, 11~37면. 일찍이 헤세는 프랑스의 로맹 롤랑과 우정을 맺고 반전적(反戰的) 서신을 교환했다.

인공 하리 할러를 통해 독일의 파시즘에 저항한 자신의 행적을 다음과 같이 고백한다. "나는 전쟁 중엔 반전주의자였고 전후에는 안정과 인내, 인간성과 자기비판을 권고하면서 하루하루 더 첨예해지고 터무니없이 거칠어지는 국수주의적인 선동에 반대한 적이 몇 번 있었다."[21] 그는 조국 독일을 비판하면서 동시에 독일 국민의 정치적 타협에도 경고를 내비친다. "내 나라 사람들의 삼분의 이가 그런 종류의 신문을 읽고, 매일 아침 매일 저녁 그런 논조에 설득당하고, 경고당하고, 선동당한 나머지, 불만과 악의에 차 있어. 그 모든 것의 목적과 종착점은 또 전쟁이야. 다가오는 다음 전쟁은 이번 전쟁보다 훨씬 더 끔찍할거야."[22] 마틴 부버, 토마스 만을 비롯한 많은 작가와 지식인이 독일로부터 스위스로 망명하였으며, 그들은 몬타뇰라에 있는 헤세를 방문했다.[23]

한국과 달리 일본에서는 이 시기에 헤세의 작품이 대다수 번역되기 시작했다. 『나의 친구』라는 제목으로 『크눌프에 대한 기억』이 1909년 소개되었다. 이후 『싯달타』(1925 역), 『황야의 이리』(1933 역), 『나르치스와 골드문트』(1936 역), 『鄕愁 Peter Camenzind』(1937 역), 『수레바퀴 아래서』(1938 역), 『크눌프』(1938 역)의 차례로 번역되었다. 1939년에서 1942년간 18권으로 된 최초의 헤세 전집이 발간되었으며, 1950년대에 헤세의 거의 모든 작품이 번역되었다.[24] 일본의 헤세 연구자에 의하면 일본에서 헤세가 선풍적인 인기를 끌 수 있었던 이유는 일본의 민족성과 결부된다.

---

21) 헤르만 헤세·김누리 옮김, 『황야의 이리』, 민음사, 1997, 165면.
22) 헤르만 헤세, 위의 책, 166면.
23) 황진, 『헤르만 헷세 생애·작품 및 비평』, 고려대학교출판부, 1982, 292~337면 참조.
24) 최석희, 「최근 일본에서의 헤세 수용」, 『헤세연구』8, 한국헤세학회, 2002.11, 5~17면.

첫째 자연과 결합된 헤세의 고독과 자연으로부터 나온 표상세계
는 일본인들의 자연감정과 완전히 일치하고 있으며, 둘째 무상함에
대한 감정과 방랑성은 전통적 일본문학의 특성과 고통적인 요소를
나타내 주고 있고, 셋째 헤세의 몽환적이고 낭만적인 요소는 일본의
생활방향에 감정적으로 쉽사리 적응되고 있다는 점입니다.[25]

일본 민족의 기질적인 습성으로 인해 헤세 문학이 인기를 끌었지만,
그러한 습성으로 인해 헤세 문학의 전모보다 일부만을 수용하게 된다.
민족의 기질과 호응하는 작품 그 외에 작품에 대해서는 깊이 숙고하
지 않게 되기 때문이다. 이러한 사실은 한국에서도 예외 없이 적용된다.

1.3. 해방기 : 내면 탐구의 시인

1946년 헤세가 노벨문학상을 수상하자 해방기 문단에는 그의 작품
세계를 소개하는 글이 발표되었다. 1946년 헤르만 헤세의 노벨문학상
수상은 1945년 2차 세계대전 종식이라는 시대적 추이에 비추어, 동시
대 사람들에게 그의 작품이 어떻게 수용되었는지 시사해 준다. 반전(反
戰), 자연, 평화, 인간 존중 등의 가치가 요구되었고, 헤세의 문학이 각
광을 받으며 세계사적 의의를 지니게 되었다.[26] 해방공간에서는 근대
문단에 비해 그의 삶의 궤적과 작품이 비교적 상세히 소개되었지만,
외부세계가 아니라 내면을 응시하는 작가로 평가했다. 작품의 전모를
모두 읽고 판단한 것이 아니라는 점에서 헤세 문학 이해의 한계를 보

---

25) 와타나베 마사루, 「일본에서의 헤르만 헤세」, 『문학사상』, 문학사상사, 1977.7, 64~65면.
26) 당시 많은 지각있는 작가들은 세계가 폭력과 단순한 목적지향적 이성으로부터 치유될
수 있을 것인가라는 문제에 관심을 가지고 있었다. 헤세는 『유리알 유희』(1943)를 통해
미래의 한 세계도시에 대한 보고를 소설의 형태로 제시했다. 호프만/뢰쉬 공저·오한진
외 옮김, 앞의 책, 478면.

인다.

양병임은 헤세를 "인류역사상 최대의 전쟁 중에도 참으로 인생을 관조하고 인류의 정신적 고향을 탐구하는 동양적 철학 시인"으로 평가하며 "인간의 진정한 행복을 탐구하기 위하여 무언과 고독을 사랑하는 그 생활에서는 철인의 면모를 엿볼 수 있"다고 소개한다. 아동문학가로서 헤세의 시 3편(「나의 사랑하는 어머님에게」,「七月에 난 아기네들에게」,「가을」)을 소개하며, 동심의 세계가 구현되어 있음도 지적한다.[27] 조벽암은 물질문명을 근저로부터 실망하고 회의하여 환멸하고 자기 심혼을 응시, 내면으로의 침잠한 것으로 소개했다. 조벽암은 헤세의 소설을 일컬어 사회비판, 사실주의와 거리가 먼 작품이라고 평가한다.

> 그는 사실주의자와는 거리가 멀다. 따라서 헷세의 것은 사회성이 결핍하다. 결핍이 아니라 없다해도 과언이 아니다. 사회성을 그에게 바라는 것은 전혀 그릇된 욕구이다. 헷세의 소설은 사회소설과는 대척적인 심령소설이라고 할 수 있다. 그에게 구할 것은 위에도 말한 바와 마찬가지로 심혼의 응시오 내면세계에의 침잠이요 자기에의 탐구이지 사회비판이나 외부세계에의 관심은 아니다. 그래서 그는 심혼의 응시와 내계에의 탐구에 사는 사람은 필연적으로 고독하지 않으면 아니 되며 이렇게 사는 길이 결코 소극적약(消極的弱)한 태도가 아니라 도로혀 자신을 속이지 않고 응시탐구하야 홀로 사는 것만이 제일 억센 생의 방도라고까지 말하고 있다.[28]

근대 문단에서는 헤세 문학을 동양 친화, 낭만적, 반전(反戰) 작가로 이해하고 있었음에 비해 해방기에 이르면 사회성이 거세된 내면 탐구

---

27) 양병임, 「노벨문학수상사 헤르만 헷세에 대하야」, 『동아일보』, 1946, 12.1.
28) 조벽암, 「회의와 자아탐구의 고독한 방랑시인 헤세」, 『경향신문』, 1946, 11.24.

의 문학으로 소개한다. 헤세는 1910년 이후로 병든 유럽을 개혁할 수 있는 지혜를 동양에서 찾았다. 두 차례 세계대전을 체험한 후 병들어 가는 유럽인을 치료할 수 있는 구원의 지혜로 동양적 사색을 받아들인 것이다. 전후의 유럽 지식인들이 지닌 시대 위기를 극복할 수 있는 근본적인 해결책을 전후(戰後) 작품에 등장하는 주인공을 통해 구현해 보인 것이다. 그는 정치가가 아닌 예술가로서 세상을 재단하며, 문학 작품을 통해 부조리한 세상을 점진적으로 개혁하고자 하는 의지를 가지고 사회에 적극적으로 참여한 양심적인 작가였다.[29]

헤세가 인간의 구원을 위해 특정 국가의 '국민'이 되는 것을 포기했을 뿐 스스로 세계의 '시민'이 되기를 자청했었다는 점에서 헤세의 문학을 사회성의 결핍으로 단언할 수 없다. 당시 문인들은 한국에 수용된 헤세의 작품만을 대상으로 그의 문학을 이해했으며, 그 기저에는 세계사적인 정치 맥락의 이해가 선행되어 있지 않다. 일간지에는 헤세의 노벨문학상 수상소식과 더불어 그의 대표 수필 「구름」의 전문이 소개된다.[30] 이 작품은 구름을 바라보며 떠오르는 다양한 생각을 자유롭게 쓴 수필이다. 이 당시만 하더라도 일본어로 번역된 작품이 읽혔던 까닭에, 조선어로 번역된 작품이 없었다는 점에서 수필 전문의 초역은 특기할 만하다.

잔잔한 호수 우에는 한낮의 태양이 맑고 뜨겁게 타고 있었다. 다만 쭉 벋힌 구름 한 점이 남아 있었다. 솜털처럼 바람에 불려 흐터진 구름이 우로 올나가 북쪽으로 움즉이며 잔잔히 날러갈 때 그 구름은 흔들리는 뒤와 앞끝을 모아 둥그렇게 만들어 점점 희고 맑어지었다. 선부(船夫)의 눈은 기쁨에 차서 풍당 젖은 세도난 돛을 다시

---

29) 진상범, 「동서양적 관점에서 본 헤세 문학의 동양성 및 서사적 제반 양상」, 『헤세문학의 숲을 향하여』, 한국문화사, 2016, 33~35면 참조.
30) 헤르만 헷세 · H.B 초역, 「구름」, 『경향신문』, 1946, 11.24.

올리었다.

이처럼 빛나게 또 고독하게 잔잔한 창공을 달리고 있음을 보는 사람에게는 그 구름이 멀리서 부르는 여인의 노래처럼 생각키웠다.

그 구름은 참으로 노래를 부르고 있었다. 그것은 노래하며 날르고 있었다. 그 구름은 여가수이며 동시에 노래었다. 다만 큰 바다새와 바닷바람만이 구름의 노래를 이해할 수 있었다. 리바불의 맨 끝에 있는 등대에서든가 코루시카섬의 고지에서 가까운 밑을 내려다본 시인이라면 아마 그 구름의 노래를 이해했으리라. 그러나 거기에는 시인은 없었다. 그리고 설사 누가 왔다고 해도 구름의 노래를 우리의 말로 번역해 오려고 애썼을게다.

아름다운 힌 구름은 천천히 스페치아와 쎄스트리의 강어구를 지나 라콰로의 잿빛 바위 우를 넘어갔다. 그는 껌은 애가 절간 꼭대기에서 떨어지는 낙수물처럼 수평선에서 다 끝까지 미끄러져가는 것을 바라보고 왔다. 또 그는 갈색의 어부가 뻘겋고 누런 돛을 달고 어듬칙칙한 배를 달리고 있음을 보았다. 그리고 그는 태양이 불란서 저쪽으로 기우러짐을 보았다. 그 뒤 그는 노래하고 타는 듯 붉은 그 황혼과 작열과 침목과 사람의 순간을 꿈꾸었다.

오- 태양이여 - 황금의 태양이여 -

그는 언제나 꼭같은 노래를 불렀다.

푸른 바다와 태양과 그 사랑과 그 아름다움과 불타는 화려한 저녁의 노래를 해변가에 서 있는 명쾌한 도시가 떠올랐다. 그 거리 베니스의 뒤로 원형의 요색이 그리고 또 그 뒤로는 언덕과 넓고 넓은 담녹색의 고원과 또 고원 뒤로 허여 알프스의 냉냉한 산맥이 보였다. 구름은 모서리를 치고 천천히 움즉이려 했다. 바다에서 태여난 이 따뜻하고 아름다운 구름이 흐르고 가서 어쩌면 좋을 것인가? 북쪽 냉냉하고 거칠은 고원에서 어쩌면 좋을 것인가?

오 - 태양이여 - 태양이여 - 그대는 나를 사랑하는가? -

종소리가 큰 항구의 거리에서 들려왔다. 그는 쎄인트 스테파노의 저녁종이다. 동편산들은 이상하게도 분명히 가까워졌고 푸른빛이 도는 불란서의 언덕 저편으로 태양이 기우러지기 시작했다. 태양이여 - 그대는 진홍빛으로 타고 기이하고 구슬픈 아름다움을 땅우에 뿌리었다. 바다는 붉은 금빛이 되었고 보랏빛으로 변했다.

그때 태양의 이글이글 타는 시선은 그리운 구름을 쏘았다. 뜨거운 전율에 그 흰 날개는 그야말로 붉게 타오르고 불타는 광솔처럼 베니스의 언덕 우에 걸쳐 있었다.

바다빛은 퇴색하고 땅은 회색으로 변하야 절당지붕 우에도 언덕 요색에도 그리고 가로수 우에도 저녁 어둠이 나붓기었다.

그러나 고독한 구름은 땅위나 바다에나 공중에 있는 무엇보다도 아름답게 담홍색으로 그냥 타고 있었다.

그는 장밋빛으로 변했다가 보이지 않고 말았다. 첫 별이 꼼짝꼼짝 빛나기 시작할 때 그는 도푸이와 빠푸이와 미라노 위를 넘어 북쪽의 차디찬 그 미지의 흰 산으로 점점 빠르게 날러가고 있는 그 자태를 이제는 누구도 볼 수가 없다.

이 작품은 이후 한국의 고등학교 독일어시간에 고독의 시 「안개 속에서」와 더불어 직접 독일어로 배우게 된다.[31] '구름'은 첫 번째 소설 『페터 카멘친트』에서도 주인공 자신을 표상하는 중심 소재이거니와, 그가 구현하려는 방랑과 자유를 대변하는 중요한 문학적 소재이다. '안개'와 더불어 '구름'은 대기 중에 자유롭게 부유하면서 형태와 빛깔을 달리한다. 어느 한 곳에 고착되지 않으면서 환경과 조화를 이루어 나간다는 점에서 헤세가 지향하는 방랑과 자유를 실현해 보이고 있다.

1.4. 1950년대 : 독문학의 정립과 학술적 수용

1950년대 중반에 이르면 헤세 선집이 발간되는 등 관심이 증폭되었다. 헤세를 비롯한 독일문학의 수용은 한국 대학에서 독어독문학과의 역사와 명맥을 함께 한다. 1946년 8월 서울대 문리대에 독어독문학과가 설치되고,[32] 초대 주임교수로 동경제국대학 출신의 김삼규가 취임했다. 교수진 중에 어학전공자 없었으므로 문학, 그중에서 독일 고전문학 중심으로 강의가 이루어졌다. 1949년 일본 법정대학 출신의 김진섭, 이회영, 일본 상지대학 출신의 한남구, 일본 와세다 대학 출신의 문창수로 구성되었다. 한남구는 『헤세전집』을 편집하고 주를 달아 출판하여 초창기 독문학 교재로 삼았다. 1948년 첫 졸업생으로 곽복록, 1949년 이영배가 배출되었다.

전란 중에도 부산 구덕산 기슭에서 강의가 이루어졌으며, 1951년 강

---

31) 이인웅, 「한국에서의 헤르만 헤세」, 『문학사상』, 1977.7, 70면.
32) 서울대학교에 불어불문학과는 1945년 해방과 더불어 창설되었다. 이 역시 일본에서 불어불문학을 전공하고 귀국한 손우성, 우휘영 등이 서울대학교에서 후학을 양성했다.

두식, 1952년 지명렬, 1953년 정찬조가 졸업했다. 1950년대 중반『독한 사전』편찬사업이 시작되었으며 이 무렵 세계문학전집 출판 붐을 타고 헤르만 헤세, 토마스 만, 한스 카로사, 프란츠 카프카 등 독일 문학의 번역이 활발히 이루어졌다. 1950년대 후반부터는 독어독문학과 교수 들이 각종 장학생으로 선발되어 서독을 비롯하여 오스트리아, 스위스, 미국 등으로 유학하고 귀국하였다. 곽복록은 독일 및 오스트리아 박사 학위를 최초로 취득했으며, 이후 한봉흠, 오한진, 이유영, 김철자, 이덕 호, 허창운, 이인웅, 정규화 등으로 이어졌다. 1954년 한국외국어대학 교, 1959년 성균관대학교, 서울대 사범대에 관련 학과가 설치되었다. 대학 강단에 있는 연구자는 일간지를 통해 헤세 문학세계 전모를 대 중들에게 알기 쉽게 소개한다.

'흐르는 한 점의 구름을 무한히 사랑하며 명상에 잠기는 고독한 시인'이라 하면 헤세의 모습의 일면을 나타낼 수 있을는지? 이 시인 의 고요하고 무엇인가 두려워하는 듯한 겸손한 눈동자 속에는 언제 나 낭만이 흐르며 평화가 깃들고 불굴의 혼이 깊이 숨어 있는 것을 느낀다. 대자연의 말소리에 귀를 기울이고 이해함으로써 고독의 정 신을 기르고 대자연의 일속물의 존재인 자기 자신을 추구하며 이해 하려고 애쓰고 있는 시인이 바로 헤세인 것이다.[33]

위 글에서 정경석은 작가의 행적과 더불어 그의 전작을 통시적으로 설명함으로서 작가와 작품에 대한 이해를 도왔다. 그는 첫 번째 시집 『낭만적 노래』(1902), 『페터 카멘친트』(1904), 『수레바퀴 아래서』(1906), 『게 르트루트』(1910), 『로스할데』(1914), 『크눌프』(1915), 『데미안』(1919), 『싯

---

33) 정경석(연대강사), 「헬만 헷세의 문학-고독과 평화의 시인으로서의」, 『동아일보』, 1955, 10.22.

다르타』(1922), 『황야의 이리』(1927), 『나르치스와 골트문트』(1930), 『유리알 유희』(1943) 『전쟁과 평화』(1946) 등 작품 추이와 더불어 작가 생애를 설명했다. 1950년대 중반에 이르러 헤세의 전반적인 문학 작품들이 소개되기 시작했다.

1960년대에는 서강대, 고려대, 이화여대에 독어독문학과가 신설되었다. 1960년도부터 헤세 문학은 적극적으로 수용된다. 1964년 곽복록이 서독의 뷔르츠부르크 대학에서 한국인으로서는 처음을 독문학 박사학위를 취득하여 1964년 서울대에 부임했다. 1970년대에는 연세대, 부산대, 숙명여대, 단국대 등에 독어독문학과가 설치되었으며 1980년대에는 정부의 제2외국어 장려정책으로 독어독문학은 수많은 국공립 대학과 사립대학에 신설되었다. 1970년대를 전후하여 독일문학의 관심과 수요가 널리 확산되었다.

동시대 미국에서는 1946년까지 『게르트루트』·『데미안』·『황야의 이리』·『나르치스와 골드문트』만 번역되었을 뿐, 종교적 인문주의 작가로 재단하고 헤세 문학에 매료되지 않았다. 헨리 밀러(Henry Miller)의 권고로 1951년 『싯다르타』(H.로스너, 뉴디렉센)가 번역되었고, 콜린 윌슨(Colin Wilson)을 비롯한 학자들이 헤세의 가치에 주목했다. 그 결과 1967년 『싯다르타』가 10만부 이상 팔렸으며, 헤세 선풍이 일어났다. 콘래드 룩스(Conrad Rooks) 감독은 1953년 헤세의 『싯다르타』를 읽고 1972년 영화 '싯다르타(Siddhartha)'를 개봉했다. 프레드 하이네스(Fred Haines) 감독은 1974년 '황야의 이리(Steppenwolf)'를 개봉했다.

1973년 헤세 문학을 정규교육에 활용하기 이전까지, 헤세 문학은 18~20세 젊은이들에게 폭발적인 붐을 일으켰다. 특히 히피문화의 확산에 기여했는데, 『황야의 이리』가 젊은 대학생들에게 널리 수용되었다. 중학생과 고등학생들이 열광적으로 헤세를 읽게 되자, 교사들은 교육적인 목적으로 헤세의 작품을 활용하기 시작했다. 대학의 교육학과에서는 헤세의 작품을 자기 동일성 찾기에 활용하는 등 학교수업에서도 다루기 시작했다. 미국 정규의 교육과정에서 헤세 문학을 수용하자, 1950~60년대 자생적으로 일어났던 '젊은이들만의 신비주의 문화'는 제도화 과정에서 소멸하기 시작했다.[34]

1.5. 1960~70년대 : 헤세 서거와 전작 번역

1962년 8월 9일 헤세가 서거하자, 작품에 대한 관심과 찬사가 촉발되었다. 헤세의 사망 다음 날인 8월 10일 그의 죽음을 애도하는 기사들이 도처에 실린다. 일간지에서는 그의 죽음을 애도하며 작품세계를 소개하는 기사가 대거 실렸다. 평론가 곽종원, 시인 박목월, 평론가 백철은 다음과 같은 애도의 글을 남겼다.[35]

> 20세기 생존 작가의 거봉을 이루고 있던 헤르만 헷세의 서거의 보를 듣고 애도의 정을 금할 길이 없다. 헷세는 문단에 등장한 이후 약 60여년간 시, 소설, 평론 등 각 장르에 걸쳐서 실로 많은 작품을 남겼다. 그의 문학세계는 조용하면서도 강한 의지가 깃들여 있어서 인도적인 기초 위에서 독재에 항거하는 기수의 역할을 담당하는 내용을 주로 썼었다. 1946년 노벨문학상과 괴테상을 탄 그의 문학은 이미 절정에 이르렀고 그 후의 작품들은 인생을 조용히 체념하는 정

---

34) T.치올프스키, 「미국에서의 헤르만 헤세」, 『문학사상』, 문학사상사, 1977.7, 58~63면. 1970년대를 전후한 헤세 수용의 변화에 대해 치올프스키는 다음과 같이 평가한다. "헤세에 대해 아무것도 알지 못하고 있던 미국에서 젊은이들은 1955년부터 그를 자기들만의 작가로 발견하고 썩지 않은 작가로 체험하려 했습니다. 그러나 70년대에 와서는 중학생들까지 교육적 목적을 위해 씌어진 값싼 문고판으로 지루한 헤세 책들을 읽도록 되어 있으니 과거의 아름다운 젊은이들만의 유희는 자연히 끝나게 된 것입니다."(63면)
35) 「체념 속의 정적, 국내 인사들도 애도」, 『동아일보』, 1962, 8.11.

적 속에 잠긴 내용을 그리고 있었다. 그의 작품들은 우리나라에도 많이 번역되어서 일반 독자들에게 친숙해졌느니 만큼 이번 계보를 듣는 우리들은 더 한층 애도의 감을 금할 길이 없다. -곽종원, 「인도적인 기초」

우리들의 가장 가까운 위대한 정신적인 스승이나 친구를 잃어버린 듯한 슬픔을 가졌다. 그의 시는 동양적인 친밀감을 준다. 그것은 그의 시가 불교적, 즉 무상한 일면을 내포하고 있는 데서 더욱 그러하다. 자연을 대상으로 한 그의 많은 시는 그의 수필 그의 소설 또는 그의 풍경화와 더불어 길이 남을 것이다. 그는 구름과 같이 살다 구름과 같이 갔다. -박목월, 「동양적 친밀감」

--(전략)-- 나는 헷세의 작품에 친밀하게 접근해오던 사람은 아니다. 그러나 그의 작품에 대한 나의 단편적인 인상에서도 그가 현세계 문단에서 이상한 매력을 느껴왔다는 것은 사실이다. 그는 대시인이오 대작가지만 본질적으로 그는 시인이다. 그의 소설까지도 시적인 신비성이 가득 차 있었으니 말이다. 그는 동양에 여행한 일이 있지만 특히 동양의 신비성 같은 것을 동경하고 잘 이해하는 사람이오, 우리 한국에도 관심과 흥미를 느낀 줄 안다.--(후략)-- -백철, 「시적인 신비성」

조병화는 일간지에 애도시를 발표한다.[36] 그는 청춘 시절 방황 속에서 영혼을 안내해 준 스승으로 헤세를 기억한다. 헤세를 일컬어 동양의 지혜와 서양의 사색을 겸비한 현인으로 높이 추앙하고 있다.

---

36) 조병화, 「은혜-H. 헤세 잠 위에 1962년 8월 9일, 그의 별세의 날」, 『경향신문』, 1962, 8.10.

생명의 폭풍우 속에서
청춘의 검은 방황 속에서
스스로의 영혼으로 안내해 준
당신은 최초의 내 안내인이었습니다.
---(중략)---
동양의 지혜와
서양의 사색이
생명의 자리를 깊이 높혀서
스스로 만든 스스로의 집, 지금
당신은 고이 누었습니다.

헤세의 죽음을 애도하며 그의 시 「황혼과 죽음」도 번역 소개되었다.[37]

황혼과 죽임이 - 헤르만 헤세작

피곤한 여름이 머리를 숙이고 호심(湖心)에 비친 퇴색한 제 얼굴을 들여다본다.
나는 지쳐 뽀얗게 먼지를 입고 무거운 가로수의 그늘 속으로 걸어간다.
「포플라」의 가지를 흔들고 지나가는 부드러운 바람결.
내 등 뒤 하늘엔 빨간 놀이 탄다.
그리고 내 앞은 저녁의 불안(不安)과, 황혼과, 죽음이-.
나는 지쳐 먼지를 입고 걸어간다.
내 뒤에는 청춘이 머뭇거리는 걸음을 멈추고 예쁜 고개를 숙으려, 이제부터 나와는 나란히 걸으려 하지 않는다.

---

37) 「헤르만 헤세 작 황혼과 죽음이」, 『경향신문』, 1962, 8.10.

헤세 추도회에서는 강연과 시낭송도 기획되었다.[38] 헤세에 대한 애
도는 세계적인 문인의 죽음에 대한 애도이기도 하지만, 종국에는 한국
문인 스스로를 독려하기 위한 계기이기도 했다.

> 독일은 2차 세계대전에 패배하였지만 대전후 헤르만 헤세에게 노
> 벨문학상을 수여함으로 말미암아 인류는 독일 민족의 정신적 지도
> 성을 다시 인정한 셈이다. 그런 의미에서 헤세는 진정한 의미에서의
> 애국자이기도 하다. 우리가 이 문호를 특히 애도하는 것은 그의 문
> 학자로서의 위대성을 인정하는 까닭인 것은 두말할 것도 없지만 우
> 리나라에도 이러한 위대한 문학자가 나타나기를 바라는 마음에서이
> 다.[39]

전혜린은[40] 헤세의 죽음을 애도하며, 자신이 소장하고 있는 동양적
이고 무상감에 가득 차 있는 헤세의 수채화를 일간지에 소개했다.[41]
그녀는 일찍이 독일 유학 시절, 헤세로부터 엽서와 작품을 선물 받았
으며 동생 전채린에게 헤세의 소설을 추천하는 서신을 남기기도 했
다.[42] 1964년에는 『데미안』을 직접 번역했다. 전혜린을 비롯한 독일문

---

38) 「세기 휴메니스트 헤세의 인생여로」, 『동아일보』, 1962, 8.10. 국제펜클럽 한국본부에
   서는 1962년 8월 27일 헤르만 헤세 추도문학강연회를 열고, 전혜린이 '현실에서의 도
   피'라는 주제로 강연을 하고 조병화 김남조의 시낭독이 있었다. 「강연」, 『동아일보』,
   1962, 8.27.
39) 「헤세를 애도한다」, 『경향신문』, 1962, 8.11.
40) 전혜린(1934~1965)은 1953년 서울대 법학과를 입학했으나 1955년 재학중 전공을 독
   문학으로 바꾸어 독일로 유학했다. 1959년 독일 뮌헨대학 독문학과를 졸업하고 귀국하
   여 대학에서 강의했다. 독일 유학시절부터 사강의 「어떤 미소」(1956), 이미륵의 「압록
   강은 흐른다」(1959), 뵐의 「그리고 아무 말도 하지 않았다」(1964) 등 10여 편의 번역작
   품을 남겼으며 수필집 『그리고 아무 말도 하지 않았다』(1966), 『미래완료의 시간 속에』
   (1966)와 유작 일기 『이 모든 괴로움을 또 다시』(1976)를 남겼다.
41) 전혜린, 「헤세의 수채화」, 『경향신문』, 1962, 10.8.
42) 전혜린, 「부록 서간중에서 : 채린아(4)-남독 뮌헨에서 1956, 1.27」, 『그리고 아무 말도

◇사진= 「헤세」의 수채화와 그의 「사인」。

학 연구자들이 강단에서 활약하고 헤세 작
품 번역이 활발히 이루어졌다. 1950년대 중
반부터 헤세 작품 번역이 활발히 이루어졌
으며 1968년에는 헤세 전집이 독문학 전공
자들에 의해 번역 출간되었다.

2. 헤르만 헤세 문학의 번역과 이해

2.1. 헤세 문학의 번역

처음 번역되는 근대부터 독문학 전공자들에 의해 번역이 본격화 되
는 1960~1970년대까지, 번역 추이를 살펴보도록 하자. 한국에서 헤세
문학의 번역과정은 통시적으로 4시기로 구분할 수 있다.[43] 헤세 작품
이 단행본으로 처음 번역 출간된 것을 기점으로 단행본 위주로 분류
하면 다음과 같다.

시기	번역 작품
1920~ 30년대	양건식 번역, 「싯달타」의 일부, 『불교』26호, 1926.

하지 않았다』, 민서출판, 2005, 334~335면.
43) 작품번역 추이는 다음과 같은 문헌을 참조했다. 조창현, 『한국인의 눈에 비친 헤르만
   헤세』, 한국학술정보, 2003; 정경량, 「헤세 문학의 수용」, 『한국의 독일문학 수용 100년』
   2, 한신대학교출판부, 2002, 174~208면; 김병철, 『한국근대번역문학사연구』1·2, 을류
   문화사, 1980. 각종 신문자료. http://www.riss.kr.libpro1.kku.ac.kr 단행본 검색

	서항석 번역, 「안개속을 걸음의 야릇함이여(안개 속에서 Im Nebel)」일부, 『카톨릭청년』, 1935.1.
	역자 미상, 「어디에선가 Irgendwo」, 『시원』1호, 1935.2, 36면.
	신철 역, 「詩人」, 『인문평론』3권1호, 인문사, 1941.1, 102~110면.
해방기	**김준섭 번역, 『싯달타-1부』26호, 웅변구락부출판부, 1946.** **(1957년 김준섭에 의해 1,2부 정음사에서 완역 출간.** **1959년 재판 출간)**
	역자 미상, 「흰 구름」, 『개벽』, 1947. 윤순호 번역, 『교양신서:방랑-수기』27, 신양사, 1948. (다권본) 윤순호 『방랑Wanderung』, 신양사, 1958.
1950 년대	신동집 번역, 『방황-크눌프』, 영웅출판사, 1954. (선집) 김준섭 번역, 『크눌프』, 정음사, 1959년. (다권본)
	김요섭 번역, 『젊은날의 수기-데미안』, 영웅출판사, 1955. (선집) 구기성 번역, 『데미안-成年의 秘密』, 동아출판사, 1958. (다권본)
	박훈산 번역, 『영원한 사랑-나르치스와 골드문트』, 영웅출판사, 1955. (『헬만 헷세 전집』5, 영웅출판사, 1956) 이명찬 번역, 『知性과 사랑』, 양문사, 1959.
	신동집 번역, 『青春은 아름다와라』, 영웅출판사, 1955. (선집) 구기성 번역, 『아름다와라 青春이여』, 양문문고, 1959.
	박종서 번역, 『페터 카멘친트』, 동아출판사, 1958. (다권본)
	박종서 번역, 『로스할데』, 동아출판사, 1958. (다권본) 송영택 번역, 『로스할데』, 문연각, 1973.
	박종서 번역, 『유리알 유희』, 대왕서적, 1959. 손재준 번역, 『유리알 유희』, 예문관, 1968.
	인우성 번역, 『헬만 헷세 단편집』, 덕수출판사, 1958. 박인수 번역, 『헷세 단편집』, 박영사, 1961.
	윤순호 번역, 『세계문학에서 무엇을 읽을 것인가』, 강호사, 1959.
	신동집·김요섭·박목월·최광열·김영도 번역, 『헬만 헷세 전집』1 ~5, 영웅출판사, 1959.

1960~ 70년대	강두식 번역, 『길 잃은 사람-황야의 늑대』, 양문사, 1960. 최현 번역, 『황야의 이리』, 문원각, 1968.
	박찬기 김영호 공역, 『세계시인전집-헤세 시선』, 교양문화사, 1961. 이인웅, 『헤르만 헤세 시문집』, 문학사상출판부, 1978.
	김정진 번역, 『방황하는 현대』, 지경사, 1962.
	조병화 엮음, 『헤세명언집』, 오성출판사, 1968.
	이영구 번역, 『차륜 밑에서』, 예문관, 1968. (다권본) 송영택 번역, 『세계문학: 차륜 밑에서』7, 학원사, 1971. (다권본) 박환덕 번역, 『수레바퀴 아래서』, 범우사, 1973. 이병찬 번역, 『수레바퀴 밑』, 동서문화사, 1977.(다권본)
	송영택 번역, 『게르트루트』, 문예출판사, 1972. 이갑규 번역, 『게르트루트』, 삼중당문고, 1976.
	이규영 번역, 『메르헨, 어른을 위한 童話集』, 풍림출판사, 1974. 김창활 번역, 『별에서 온 이상한 소식:젊은세대를 위한 동화』, 민예사, 1978. 이인웅 번역, 『발코니의 女人』, 수문서관, 1978.(수필/시가 첨부된 그림 으로 구성)

일련의 작품은 이후 다양한 역자와 출판사에 의해 출간된다. 특히 『데미안』과 『나르치스와 골드문트』는 1960년대에 여러 차례 번역이 이루어진다. 『데미안』의 경우 전혜린(신구문화사, 1964), 김요섭(문예출판사, 1966), 이병두(삼일출판사,1966), 이영구(민조사,1967), 김정진(예문관, 1968), 송영택(학원사, 1971), 강두식(동화출판공사, 1972), 원선일(풍성각, 1973), 김정호(문화출판사, 1977), 송숙영(갑인출판사, 1978) 등이 번역한다. 『나르치스와 골드문트』의 경우 송영택(인문출판사, 1967), 박운상(송인출판사, 1970), 오한진(장원출판사, 1971), 손재준(대양서관, 1972), 조성(진경출판사, 1974), 권민철(개척사, 1974), (동서문화사, 1975) 등이 번역하며, 이 외에도 1960~1970

년대『크눌프』에 대한 번역이 다양한 번역자와 출판사들에 의해 이루어졌다.

작품집의 번역이 활발한 만큼 1950년대 중반부터 학술성을 보이는 연구 결과가 산출되기 시작한다. 1960년대부터 헤세 관련 주제의 학술지 논문과 학위논문들이 꾸준히 나오기 시작했다.[44] 한국문학사에 수용되는 과정과 헤세 문학의 번역 추이를 볼 때, 헤세 문학은 1960년대부터 1970년대 사이에 집중적으로 조명되었다. 그 이유로 다음과 같은 사실을 들 수 있다.

첫째, 독일 현지에서 독일문학을 전공하고 돌아온 학자들의 전문번역과 강단 활동이 활발해지기 시작했기 때문이다. 특히 1960년대 여성 지식인의 아이콘 전혜린은 헤르만 헤세 수용의 전도사 역할을 했다.

둘째, 1962년 헤르만 헤세가 서거함으로 인해, 한국을 비롯한 세계 문단이 그를 기억하고 그의 작품을 재조명했다는 점을 들 수 있다.

셋째, 헤르만 헤세 전집의 간행을 들 수 있다. 1954년 1956년에도 5권으로 된 헤세 전집이 나왔지만,[45] 1968년에는 독일문학을 전공한 곽

---

44) 1972년 이인웅이 헤세 문학에 대한 연구로 독일에서 박사학위를 받은 이후, 한국에서 헤세 문학에 대한 연구는 전문적으로 더욱 확산되었다. 대표적인 평론만 소개하면 다음과 같다. 김준섭, 「동서양의 종합정신 헤르만 헤세를 찾아서」, 『신천지』10, 1954., 정경석, 「헤르만 헤세의 문학」, 『동아일보』, 1955, 10.22; 김정진, 「헤르만 헤세의 유리알 유희」, 『지성』1, 1958; 최순봉, 「양극과 단일성의 추구-H. Hesse:Das Glasperlenspiel을 중심으로」, 『독일문학』제1호, 1959; 강두식, 「내면으로의 길-헤르만 헤세론」, 『현대문학』, 1961; 김정진, 「헤르만 헤세의 문학과 생애, 그의 서거에 부쳐서」, 『사상계』, 1962; 동아일보 편집부, 「「헤르만헷세」의 문학과 생애 고독한 편력속에 성숙」, 『동아일보』, 1962, 8.11; 전혜린, 「현실에서의 도피: 헤르만 헤세론」, 『성균』16, 1962; 전혜린, 「두 개의 세계-데미안의 경우」, 『문학춘추』, 1965; 박인수, 「내면에의 길-헤르만 헤세론」, 『신사조』, 1962.

45) 본격적인 독문학자가 배출되기 이전이므로 일역본의 중역으로 보인다. 1950년 발간된 선집을 대상으로 번역자와 수록작품을 소개하면 다음과 같다. 신동집 번역, 『청춘은 아름다워라:彷徨의 心魂』제1권., 김요섭 번역, 『젊은날의 苦惱:싱클레어의 젊은날의 手記』제2권., 최광렬 번역, 『青春時代 : 旅風』제3권., 박목월 번역, 『鄕愁』제4권., 박훈산 번

복록(서강대교수), 김복진(서울대교수), 박종서(고대교수), 손재준(고대교수), 이성일(성대교수), 이영구(해양대 교수), 송영택(서울대강사), 민병산(평론가)에 의해 『헤르만 헷세 전집』전5권(예문관)이 간행된다.[46]

한국에 번역 출간된 헤세 대표소설의 목록과 추이는 다음과 같다.

번역 순서	번역 서적과 출간 연도	원작 출간
1	『싯달타』(1946)	1922
2	『크눌프』(1954)	1915
3	『데미안』(1955)	1919
4	『나르치스와 골드문트』(1955)	1930
5	『페터 카멘친트』(1958)	1904
6	『유리알 유희』(1959)	1943
7	『황야의 이리』(1960)	1927

근대문학사에서 『싯달타』가 일찍이 지식인들에게 주목받으며 번역되었다면, 다음으로는 청년을 주인공으로 삼은 작품이 번역되었다. 특히 『데미안』과 『나르치스와 골드문트』가 여러 차례 번역되었는데, 이러한 경향은 이후에도 지속된다. 한국에 번역된 서적의 추이와 특징은 한국 작가와 독자들이 헤세 문학에서 찾으려 했던 것이 무엇인지 시사해 준다.

역, 『永遠한 사랑』제5권.
46) 전작의 구성은 다음과 같다. 『鄕愁・車輪밑에서・人生의 소롯길・隨想』제1권., 『사랑의 三重奏・湖畔의 아뜰리에・크눌프・라디델・寓話集』제2권., 『데미안・荒野의 이리・印度의 시』제3권., 『나르치스와 골드문트・메르헨・詩集・日記』제4권., 『유리알 遊戲』제5권.

2.2. 수행의 수신서

헤세 문학의 수용과정에서 『싯다르타』
가 가장 먼저 수용되었다는 사실은 주목
할 필요가 있다. 1926년 양건식에 의해 불
교 종교잡지에 게재(헬만 헷세·양건식역, 「싯
달타」, 『불교』제26호 연재, 1926, 7~8.)된 것
은 종교적 특성상 유추가 가능한 일이나,
1946년 철학자 김준섭에 의해 작품 1부의
번역본이 출간(김준섭 번역, 『싯달타-1부』26
호, 웅변구락부출판부, 1946.)되고, 이후 완역
본이 출간(1957년 김준섭에 의해 1,2부 정음사

에서 완역 출간. 1959년 재판 출간)되었다는 점은 이채를 지닌다.

김준섭(1913~1968)은 1941년 연희전문학교 문과를 수료하고 1943년
일본 동북제대 철학과를 졸업한 후 1944년 이화여전 교수가 되었다.
1952년 철학박사 학위를 받은 후, 한국에서 처음으로 기호 논리학과
과학철학 사상을 보급했고 1954년 서울대 문과대 교수가 된다. 기호논
리와 과학철학의 씨를 뿌렸고 한국인으로서 처음으로 독일에 가서 헤
세를 만났다. 언어와 문학에 대한 감식안을 지녔으며, 헤세의 세계관
에 감응을 보였다.[47)

그는 1957년 정음사에서 발간하는 세계문학전집에서 헤세의 소설을
맡아서 번역했는데 「싯다르타」 외에도, 「鄕土·페터 카멘찐트」, 「크늘

---

47) 이초식, 「현안(玄岸) 김준섭 교수 정년퇴임 특집호:현안 김준섭 박사의 인품과 철학」, 『철
학논구』6, 1978, 서울대학교 철학과, 1~5면. "헤세는 구름을 사랑하기로 유명하지만,
나도 헤세 못지않게 구름을 사랑하였고 또 사랑하고 있다. … 산과 바다와 하늘과 구름
을 즐길 줄 모르는 사람같이 답답하고 메마른 사람은 없다." (「철할자들과의 대화」중
헤세 방문기에서)

프」, 「가을의 徒步旅行」, 「七月」, 「歸鄕」, 「靑春은 아름다워라」, 「少年時代」, 「戀愛하는 靑年」, 「暴風」 등을 번역하여 수록했다. 독일어 판본을 텍스트로 삼아 번역했으며, 해당 텍스트의 출처를 해설의 끝에 소개하고 있다. 그는 해설 말미에 헤세 작품의 만남에서부터 작가를 직접 찾아가 만난 이력을 다음과 같이 설명한다.

역자가 헤세의 작품을 읽기 시작한 것은 독일어를 배우기 시작한 때이었으니 근 30년이 되어온다. 역자는 헤세의 아름다운 문장을 좋아하였고, 대자연에로의 향수를 가지게 하는 작품의 무대를 사랑하였다.

역자는 또한 헤세 작품에 등장하는 인물들을 좋아한다. 모두 인간성이 풍부하고 소박하며 순박한 인물들이다. 고향의 산과 바다와 푸른 섬을 사랑하며, 자유와 평화와 사랑을 토대로 하는 사회를 이상으로 하는 인물들이다. 이러한 인물들로 가득 찬다면 사회는 많은 죄악이 훨씬 줄어져서 새로운 사회가 건설되리라고 믿는다.

헤세의 작품은 예술품으로서도 높은 향기를 발하거니와 읽는 사람에게 깊은 감화를 주어 마음의 개조와 인격의 향상에도 큰 도움이 되게 한다. 예술이 사회를 정화시키고 구제한다는 것은 헤세의 작품 같은 것을 가리켜 하는 말이라고 할 수 있을 것이다.

그런 의미에서 우리나라에도 헤세의 작품의 애독자가 많이 늘어 예술 감상의 안목이 높아지는 데서 문화향상에 기여되는 바 있기를 바라며, 또한 **하여 가는 사람의 심혼을 정화시켜 국가재건에 큰 도움이 되기를 비는 바이다.

1953년 11월에 역자가 서서(瑞西) 몬타뇰라로 헤세를 방문하였을 때에, 헤세는 생전 처음으로 한국인을 본다고 말하였고, 역자는 당신의 소설을 처음으로 한국말로 번역한 사람이 나라고 말한 일이 있었는데, 이제 헤세편을 내며 생각하니 이로써 정신적으로 많이 졌

던 그의 빚을 다소나마 갚은 것 같은 느낌을 가지게 된다.[48]

　인용문에서 짐작할 수 있듯이 김준섭은 언어와 문장이 명료하여 번역에 있어서도 동시대 문학전공자에 뒤지지 않는다. 『싯다르타』는 철학자 김준섭뿐 아니라 창작하는 소설가들에게도 공감과 영감을 주었다. 소설에서 주인공의 깨달음과 그에 이르는 과정이 한국 작가들의 정서와 쉽게 교감을 이루었다. 이청준은 헤르만 헤세의 작품 중에서 『싯다르타』의 다음과 같은 구절을 인상에 남는 것으로 소개했다.

　　싯달타는 전에도 강에서 많은 소리들을 들었다. 그러나 오늘은 새로운 소리가 들려왔다. …… 그는 이 강에 귀를 기울여 수천 가지의 노래 소리를 들었다. ……
　　들립니까? 바스데바는 다시 말없이 눈으로 물었다. 그는 얼굴에 명랑한 미소를 띠고 있었다. 마치 강물 소리마다 옴이 깃들어 있는 것처럼 그 늙은 얼굴의 주름살마다 찬란한 미소가 서리어 있었다. 그리하여 그가 싯달타를 쳐다볼 때 그 미소는 한결 빛나는 것이었다. 싯달타의 얼굴에도 같은 미소가 빛나고 있었다. **이미 마음의 상처에서는 꽃이 피어나고 오뇌에서는 광명이 비치고 자기의 자아는 단일한 범(梵)으로 융화되어 있었다.** 이때 비로소 싯달타는 운명과 싸우기를 그치고 고뇌가 사라졌다.[49]

　인용문은 싯다르타가 깨달음을 얻고 고뇌가 사라지는 대목이다. 강조한 구절은 박병덕의 번역에 의하면 다음과 같이 더 자세히 알 수 있다. "그의 상처에서 한창 꽃이 피어나고, 그의 고통이 빛을 발하고, 그

48) 김준섭, 「해설」, 『세계문학전집–鄕土/크눌프』36, 정음사, 1959(1979중판발행), 9~10면.
49) 이청준, 「헤세와 나그 잊을 수 없는 말」, 『문학사상』, 문학사상사, 1977.7, 119면. 굵은 글씨는 인용자의 강조.

의 자아가 그 단일성 안으로 흘러들어가고 있었던 것이다."50) 상처와
꽃, 고통(오뇌)과 빛(광명)이 단일성으로 융화되는 지점에서 싯다르타가
깨달음을 얻었음을 알 수 있다. 헤세는 깨달음을 대립이 아니라 융화
되는 데서 찾고 있거니와, 한국 작가들은 헤세 문학의 주제의식 못지
않게 그의 소설에 나타난 동양적 감성과 신비사상에 감응했다. 싯다르
타는 '강물 소리'를 들으며 깨달음에 도달한다. 유주현은 헤세의 단편
「詩人」(1919)의 일부를 소개하는데, 여기에도 강물이 중심 소재로 제시
되어 있다.

> 어느 날 밤 강물 위에서 관등놀이가 거행되었을 때 한혹은 혼자서
> 강기슭 저쪽을 터덜터덜 걷고 있었다. 강물 위에 가지를 늘이고 있
> 는 나무 밑둥에 몸을 기댄 그는 정지하듯 흐르는 물 위에 수많은 등
> 불이 깜빡이며 흔들리는 광경을 바라보았다. 보트와 뗏목이 떠 있고,
> 그 위에서 남자들과 부녀자가, 그리고 어린 소녀들이 서로 아는 체
> 를 하며 반기는데, 그 화려한 몸차림들은 마치 아름다운 꽃밭같이
> 보였다. 그리고 불빛을 튀기는 잔자로운 물결은 은은한 속삭임 소리
> 를 내고 있었다. 가희들의 노랫소리, 애상에 젖은 비파소리, 호소하
> 는 듯한 퉁소의 가락, 그런 소리를 그는 들었다. 그는 고독한 방랑자
> 로서 그 모든 아름다움을 바라보는 동안 가슴속엔 차츰 격랑이 일기
> 시작했다.51)

유주현은 유럽 출신의 작가가 동양의 관등놀이 광경을 동양인보다
더 생생하게 묘사한 것이 인상적이었다. 이 작품에서 헤세는 관등놀이
의 아름다움을 묘사하는 데 상당히 공을 들이고 있음을 알 수 있다.

---

50) 헤르만 헤세・박병덕 옮김, 『싯다르타』, 민음사, 2013(1997 1판1쇄), 199면.
51) 유주현, 「헤세와 나―그 잊을 수 없는 말」, 『문학사상』, 문학사상사, 1977.7, 115면.

왜냐하면 주인공 한혹은 세속의 지극한 아름다움을 보면서 동시에 이를 시로 표현하고자 욕망이 생기기 때문이다. 위 인용문 다음에 이어지는 문장에서 이 작품의 주제라 할 수 있는 한혹의 갈등이 전개된다. "강을 건너가 신부나 친구들과 함께 어울리며 축제를 즐기고 싶기도 했다. 그럼에도 이 모든 광경을 섬세한 관찰자의 입장에서 받아들여 한 편의 완벽한 시를 짓고 싶은 욕구가 훨씬 컸다."[52] 한혹은 속세에 남아서 아름다움을 즐기는 것이 아니라, 섬세한 관찰자가 되어 완벽한 시를 짓기 위해 집을 떠난다.

최하림도 헤세 소설에서 "동양의 그림 속에 나오는 현인들처럼 고요한 산과 물을 응시하면서 생의 유전을 해득하고 그로부터 그의 소설적 소설세계가 펼"쳐지는 것을 인상적인 구절로 꼽았다. 그 역시 헤세의 단편 「詩人」을 소개하며 작중에 드러난 인물의 묘사와 인물이 깨달음에 이르는 과정을 인상 깊게 소개했다.

> 이 소설의 주인공은 그 시적 완성을 소멸 속에서 얻는다. 따라서 완성자는 수염이 허옇게 나부끼는 노인의 모습으로 등장한다. 「수련이란 것은 무엇인가? 심오한 개성이란 것은 무엇인가?」나와 세계가 만나지고 합일되어서 시로서 나타나는 그 라스트는 이러한 질문을 우리로 하여금 하게 할 뿐만 아니라, 세계인식이 얼마나 고요한 가운데서 이루어지는가를 우리로 하여금 새삼스럽게 되새기게 한다.[53]

허영자는 헤세의 소설 중에서 『싯다르타』를 인상적인 작품으로 소개하고 작품에 나타난 수행(修行)의 가치를 소개했다. 작중에서 고빈다가 싯다르타에게 깨달음에 목말라 하며 그 방법을 물었을 때 싯다르

---

52) 헤르만 헤세·홍성광 옮김, 「詩人」, 『환상동화집』, 현대문학, 2013, 66면.
53) 최하림, 「헤세와 나-그 잊을 수 없는 말」, 『문학사상』, 문학사상사, 1977.7, 121면.

타는 다음과 같이 말한다.

> 지혜는 전할 수 없소 현인들이 전하려는 지혜는 항상 무지와 같
> 은 것이오 …… 지식은 다른 사람에게 전할 수 있어도 지혜는 전할
> 수 없는 것이오 사람은 지혜를 발견할 수는 있고 지혜롭게 살 수도
> 있소 지혜에 몸을 의탁할 수도 있소 그러나 지혜를 말하여 주거나
> 가르쳐 줄 수는 없는 것이오 …… 많은 스승을 떠나게 된 원인이 거
> 기 있었소[54]

싯다르타는 자신을 찾아온 옛 친구 고빈다에게 깨달음은 각자 몸소
삶을 통해 발견해 나가야 하는 것이라고 말한다. 허영자는 이 이야기
에서 "인간이 실로 고독하고도 또한 독립된 개체"이며 "스스로의 체
험과 각성을 통하여서만 지혜는 터득된다"는 것을 발견한다. 이를 통
해 "인생의 부조리와 고뇌와 온갖 가난을 헤쳐나갈 용기"를 얻으며 나
아가 "각양각색의 개성적인 삶의 노정은 결국 스스로 지혜를 발견해
가는 과정"이라는 점을 시사 받았다. 철학자 김준섭을 비롯한 한국 작
가들은 무엇보다도, 『싯다르타』와 같은 작품에서 동양적 정서와 자신
의 삶 안에서 깨달음에 이르는 수신(修身)의 지점에서 감응했다.[55]

---

54) 최하림, 「헤세와 나그 잊을 수 없는 말」, 『문학사상』, 문학사상사, 1977.7, 121면.
55) 흥미로운 점은 『싯다르타』에 대한 인도인들의 시큰둥한 반응이다. 이인웅이 심포지움
　에서 만난 인도의 학자는 다음과 같이 설명한다. "유감스러운 일이지만 헤세가 인도에
　서는 아직까지도 크나큰 공명을 사지 못한다는 것이 사실입니다. 헤세의 작품은 인도
　이외의 다른 사회에 사는 젊은이들에게, 즉 자기 자신과의 조화를 이루고 자아를 올바
　로 유지하는 것이 어려운 문제로 되고 있는 나라에서 열광적으로 읽혀지는 모양입니다.
　그러나 인도인들은 좀 다른 사회적인 상황에 처해 있으며, 개인적인 자유와 자아 일치
　감을 느낄 수 있는 가능성을 언제나 충분히 지니고 있습니다." V.가네산, 「인도에서의
　헤르만 헤세」, 『문학사상』, 문학사상사, 1977.7, 74~75면.

2.3. 성장소설 독본

한국에서 헤세 문학은 청소년 소설의 바이블로 수용되었다. 앞서 작품번역의 추이에서 살펴본 바에서 알 수 있듯이, 『데미안』의 경우 해를 거듭하면서 번역될 정도로 번역자나 독자들에게 큰 주목을 받았다. 1966년 출판사는 『데미안』을 '전 세계의 젊은이들을 열광시킨 문제작'으로 다음과 같이 소개한다. "젊은 날의 고뇌의 상을 부각한 청춘의 바이블! 가혹한 현실 앞에서 참다운 자아의 운명을 찾고자 고독하게 모색하고 지치도록 갈망하고는 죽음에 의하여 자기의 운명을 성취하는 인간상"을56) 제시한다는 광고 문구는 전혜린의 해설을 떠올리게 한다. 전혜린은 『데미안』(1964)을 번역했으며 수필집(1966)에 실린 해설에서 『데미안』을 청춘의 고뇌를 표상하는 이데아로 파악했다.

> 소설 『데미안』이 표현하고 있는 인간상은 한 청춘의 고뇌의 상이다. 고독하게 모색하고 지치도록 갈망하고는 죽음에 의해서 자기의 운명을 성취하는 모습이다.
> 이 인간상이 우리에게 와 부딪치는 가장 큰 이유는 그것이 우리들이 어느 시기에 반드시 겪어야 하는 정신적 발전 단계를 솔직하게 표현하고 있는 점일 것이다. --(중략)--
> 데미안은 하나의 이름, 하나의 개념, 하나의 이데아이다. 그러나 어떤 현실의 인간보다도 더 살아 있고 더 생생하고 가깝게 느껴지는 무엇이다. 우리 속에 있는 모든 요소를 남김없이 그리고 완전한 방법으로 구현하고 있는 까닭에 우리는 때로 관념속에서 보다 진실하다. 데미안이 우리보다 진실한 것은 그 때문일 것이다. 젊음과 인식욕, 지식학의 심볼, 어린 시절의 성애의 기피에 대한 섬세한 대변자, 관념 속에의 도피, 자아 예찬, 그리고 죽음에 의한 승리. 데미안은

---

56) 『동아일보』, 1966, 11.24.

확실히 우리 자신의 분신이다.[57]

전혜린이 청춘기의 내면에 존재하는 모든 요소를 완전히 구현해서 보여준다는 점에서 『데미안』의 가치를 평가했다면, 출판사는 그런 이유로 이 땅의 젊은이들이 꼭 읽어야 할 필독서라는 점을 강조한다. 마케팅의 결과라고만 볼 수 없지만, 『데미안』은 당시 젊은이들의 많은 사랑을 받았다. 1973년 신문보도에 따르면 『데미안』은 '사춘기 여학생에게 큰 인기'가 있으며 '청년의 발전하는 내면세계'를 보여주는 작품으로 '음미하며 읽어야 하는 작품'이다. 1966년 다음과 같은 기사는 이 작품의 선풍적인 인기를 시사한다.

> 한 청년의 발전하는 내면세계를 그린 「데미안」은 우리나라에서는 처음 55년 말 대구 영웅출판사에서 김요섭씨 번역으로 「젊은날의 고뇌」라는 이름으로 출판되어 큰 재미를 못 보고(56년 11월 재판 46판 245면 6백환) 잊혀지다시피 했다가 66년 11월 서울 문예출판사에서 같은 책(역자 역시 김요섭씨)이 「데미안」이란 제목으로 나오자(46판 269면 2백80원) 젊은 층 특히 사춘기 여학생들에게 화제가 되면서 선풍적인 인기를 끌어 약 1년 동안에 5만 여부가 나가는 놀라운 반응을 보였다. --(중략)-- 따라서 「데미안」을 처녀 출판물로 내놓고 문을 연 문예출판사(대표 전병석)는 단번에 튼튼한 토대를 마련하고 「데미안」으로 번 돈으로 67년 한 해 8권의 신간 서적을 출판할 수 있었다.
> 지형이 헐어 4번이나 조판을 다시 할 정도(전씨의 증언)로 「데미안」이 무섭게 나가자 출판사에서 서점으로 책을 공급하던 것이 서점에서 출판사나 제본소로 현품을, 그것도 현금이나 선금을 주고 책

---

57) 전혜린, 「두 개의 세계」, 『그리고 아무 말도 하지 않았다』, 민서출판, 2002, 232~235면.

을 가져가는 현상을 빚었고 몇몇 출판사에서 「데미안」이 잇따라 나
오면서 일반 독자층에 헤세의 작품이 대중적인 인기를 끌게 되었다
(「데미안」이 단행본 외에 소개된 것은 64년 7월 신구문화사간으로
나온 『노벨문학 전집-헤세』편에 전혜린 역으로 수록되었다.)

「데미안」이 이렇게 인기를 끌게 된 계기는 65~66년에 베스트셀러
로 화제를 모았던 전혜린 수필집 「그리고 아무 말도 하지 않았다」의
영향이 결정적이었다고 할 수 있다. 여학생들에게 인기를 끌었던 전
씨(작고)는 이 수필집에서 「데미안」에 대해 "독일의 전몰(戰歿)학도
들의 배낭에서 꼭 발견되었다는 책"이라고 소개하고 자신의 친구가
이 책을 읽은 후 자살을 해 무덤에 같이 묻었다는 등의 내용을 쓰면
서 「데미안」에 대한 작품해설을 써서 수필집을 읽은 독자들은 「데
미안」이 어떤 책인가 하는 강렬한 호기심에 이 책을 서점에서 찾기
시작했다.58)

1960년대는 『데미안』이 베스트셀러 1~2위를 다투었다면, 1970년에
는 『지성과 사랑:나르치스와 골드문트』가 소설부 베스트셀러 5위 안
에 들었다. 1974년에는 시집 『한 밤중의 한 시간』이 국외 시집 중 베
스트셀러 5위 안에 들었다. 1973년 출판협회의 설문조사에 의하면 1년
동안의 구독서중 가장 인상에 남는 책으로 『데미안』, 『바람과 함께 사
라지다』, 『지와 사랑:나르치스와 골드문트』의 순으로 응답할 만큼 헤
세의 소설은 독자들에게 지대한 영향을 끼쳤다.59) 현대 독일소설을 전
공한 윤순호교수(성균관대)는 헤르만 헤세의 작품세계를 '내부를 향한
길'이라고 설명하면서 『데미안』을 예로 들었다.

---

58) 구건서, 「흘러간 만인의 사조 베스트 셀러(15) 헤르만 헤세작 「데미안」」, 『경향신문』,
　　1973, 6.2.
59) 「번역물 인기 여전」, 『동아일보』, 1973, 1.12.

그는 그의 초기 작품에 해당하는 『데미안』에서 "인간의 길은 자기 자신에게로 가는 길이다."라고 제시하고 있으며 그의 전 생애를 통해 이 길을 되풀이해서 그리고 있다. 이러한 '내부로 향한 길'은 결국 외로운 길이었으며 자아발견에의 피나는 노력의 길이었다. 그는 이 길에서 마주치는 하나하나를 남김없이 글로 나타냈으며 동시대인들과 달리 그가 문제 삼은 것은 "나는 어떻게 해서 나 자신으로 되돌아 갈 것인가. 어떻게 해서 나는 나의 더 깊은 자아를 발견할 것인가"라는 것으로 요약된다.[60]

당시 작가들도 청소년시절 『데미안』 등을 통해 자기 내면과 세계에 대해 눈을 떴다. 조해일은 중3때 조세희로부터 헤르만 헤세의 『크눌프』를 소개받았다. 이후 그는 『페터 카멘찐트』, 『수레바퀴 아래서』, 『데미안』 등을 미친 듯이 읽기 시작했다고 하는데, 그중에서 『데미안』은 어린 그에게 세계의 양면성을 인식하게 했다. 그의 내면 깊숙이 남아서 세계 이해의 기초를 제공한 구절은 다음과 같다.

> 싱클레어 우리의 신은 아프락사스입니다. 그는 신이면서도 악마이고 밝은 세계와 어두운 세계를 모두 자기 속에 가지고 있습니다. 아프락사스는 당신의 어떤 생각에 대해서도 또 당신의 어떤 꿈에 대해서도 거스르지 않습니다. 그걸 잊지 마십시오. 그러나 당신이 흠잡을 곳 없이 정상적으로 된 날에 아프락사스는 당신 곁을 떠납니다. 그는 당신을 버리고 새 남비를 찾아 그 속에서 자기의 사상을 끓입니다.[61]

한말숙은 16세 때 『크눌프』를 읽었는데, 작품 말미에 크눌프가 눈에

---

60) 「헷세 탄생 1백주년 계기 전세계서 재평가모임」, 『매일경제』, 1977, 7.2.
61) 조해일, 「헤세와 나―그 잊을 수 없는 말」, 『문학사상』, 문학사상사, 1977.7, 117면.

덮여 죽어갈 때 신이 속삭이던 소리가 생생한 미감(美感)으로 남아있다.

> 보아라! 나의 이름으로 그대는 방랑하였고, 정주한 사람들에게 언제나 자유에의 향수를 실어다 주었다. 나의 이름으로 그대는 바보짓을 했으며 또한 웃음거리가 되었다. 바로 나 자신이 그대 속에서 사랑을 받은 것이다. 그대는 바로 나의 자식이요, 나의 형제이며 분신이다.[62]

헤세 소설에 등장하는 주인공들은 한 개인의 영적 성장과정을 묘사하는 독일의 전통적인 교양소설의 특성을 보인다. 주인공의 내면 성장이 중점적으로 묘사되며 작가의 서정을 보여준다. 『데미안』의 경우 내면성도 강조되지만, 시민성을 자각하고 실천하려는 의지가 후반부에 제시되고 있다는 점에서 시민적 교양소설이라 명명할 수 있다.[63] 그럼에도 한국 사회에서는 '시민성' 보다는 개개인의 '자아 완성'에 초점을 맞추어 수용된다. 『데미안』·『나르치스와 골드문트』 등이 신화원형적 관점에서 일정 부분 입사식의 구조를 지니고 있지만,[64] 한국에서는 헤세 대부분의 소설을

〈그림 16〉 신문사 공익광고(1984. 4.23)

---

62) 한말숙, 「헤세와 나그 잊을 수 없는 말」, 『문학사상』, 문학사상사, 1977.7, 123면.
63) 진상범, 「동서양적 관점에서 본 헤세 문학의 동양성 및 서사적 제반 양상」, 『헤세문학의 숲을 향하여』, 한국문화사, 2016, 78~90면 참조.

신화 원형적 관점에서 수용한다. 정치사회적 맥락을 거세한 독해는 헤
세 문학을 미성년에 대한 계도와 계몽의 도구로 활용했다.

1980년대에 이르면 청소년물로서 『크눌프-삶으로부터 세 이야기』
가 베스트셀러에 포함되었다.[65] 87년에 이어 88년까지 헤세의 소설은
베스트셀러 목록에 올랐다. 이후에도 헤세의 문학은 청소년 소설의 필
독서로 수용되었으며, 신문에서는 청소년 대상 공익광고에서 계도의
목적으로 '크눌프' 캐릭터를 원용했다. 공익광고에서는 방황하는 크눌
프와 대조적으로, 이 땅에 살고있는 크눌프(청년들)는 절제와 성찰이 필
요하다는 사실을 강조한다.

> "그것은 바로 젊음이란 소비적 낭만도 무조건적 부정도 아니라는
> 것입니다. 그 끊임없는 절제와 자기성찰을 통해서만 젊음은 진정한
> 낭만일 수 있습니다."

자신을 찾아 나가는 것은 맞지만, 그 과정에서 '모험'과 '방랑'의 코
드가 거세되었음을 알 수 있다. 방랑과 모험은 '충동적인 낭만', '무절
제한 혼돈'으로 '낭비', '낙오자'로 치부되면서 '끊임없는 절제'와 '자기
성찰'이라는 미덕을 강조하고 있다. 1960~70년대 헤세 문학의 수용과
정으로 미루어 헤세의 자율성이 가장 잘 드러난 『황야의 이리』가 당
대 한국 독자들에게 왜 각광받지 못했는지 짐작할 수 있다. 한국에서
는 『싯다르타』가 가장 먼저 번역되었으며, 이후에도 독자들은 자기완
성을 위한 수신서로서 헤세 문학을 탐독했던 것이다.

헤세가 자연친화적이며 사색적인 작가이긴 하지만, 사회성을 배제

---

64) 진상범, 위의 책, 89~157면 참조.
65) 「창작물 올 상반기 많이 팔렸다」, 『동아일보』, 1987, 6.24.

한 작가는 아니다. 이 장의 서두에서 살펴보았듯이 그는 반전주의자로
서 '인간'으로서의 윤리를 위해 '국민'으로서의 윤리에 저항하고 비판
했다. 『황야의 이리』를 비롯한 작품에서 그는 '세계 시민'의 이름으로
인간이 나아가야 할 삶의 윤리를 탐구하며 자기 내면의 탐구를 통해
그에 이르기를 권고했던 것이다.

　헤세 문학의 번역 추이를 볼 때, 한국의 헤세 문학 수용자들은 헤세
문학의 특정 부분 '성장기의 자기완성'에 열광했으며, 출판사를 비롯
한 동시대 사회는 그러한 특징적인 부분을 마케팅과 사회 계도를 위
해 활용하고 있음을 알 수 있다. 이러한 사실은 미국에서 헤세 문학이
히피문화의 발흥에 기여한 것과 대조적이다. 미국에서 인간의 자율성
을 최대치로 신장시키기 위해 『황야의 이리』가 젊은이들의 사랑을 받
았던 것과 대조적으로, 한국에서는 『데미안』 등의 소설이 성장소설로
수용되고 인기를 끌었다. 세계대전 체험 세대의 반전주의, 헤세 문학
의 사회성은 수용되지 않았다. 인간과 세계에 대한 이해 폭을 확장시
키기보다, 미성숙한 인간이 성숙한 인간이 되기까지 성장소설의 독본
으로 수용되었다.

　1990년대에 이르러서야 『황야의 이리』에 대한 이해와 수용의 흔적
을 찾아볼 수 있다. 정찬은 헤세의 『황야의 이리』에 등장하는 주인공
할리와 헤르미네의 구도를 그의 소설 『로뎀나무 아래서』(문학과지성사,
1999)에 적용하여 삶과 죽음, 꿈과 현실을 초월하는 궁극의 아름다움
에 도달하는 통로로서 사랑의 불가해성을 보여주었다.[66] 적어도 1960
~70년대 한국 문화는 사회 전반적으로 자기계발과 자기완성을 위해
매진했던 것이며, 이러한 현상은 당대 지성이 도달한 위치와 성격을

---

66) 김광호, 「죽음을 향해 달려가는 '절대사랑'」, 『경향신문』, 1999, 8.24.

반영하고 있다. 자기완성의 수신서로서 헤세 문학에 대한 이해는 1990
년대에도 지속된다. 1997년 민음사는 헤세 전집을 소개하면서 다음과
같이 그의 소설을 평가했다.

> 헤세의 작품은 대부분 **인간의 근원적인 충동과 그것을 딛고 성숙
> 한 인간이 되기까지의 고뇌와 방황을 다룬다. 이른바 성장소설이 다
> 다를 수 있는 가장 높은 경지를 이룩한 헤세의 문학은 독일에서만
> 100만부가 팔리는 등 전 세계독자들의 사랑을 받아왔다.** 그의 문학
> 은 너무나 심오하다. 사라진 것들에 대한 향수가 있고 고독에 몸부
> 림치는 방랑자가 있고 권위가 강박에 무너져 내리는 여린 소년이 있
> 고 자아를 발견하고 고통을 예술로 승화하는 영혼이 있다. **헤세의
> 소설에 등장하는 주인공들의 좌절과 방황은 아무리 시대가 흘러도
> 여전히 유효하다.**67)

위 내용은 일정 부분 유효하지만, 헤세의 전작을 포괄하기에는 미흡
하다. '성숙한 인간이 되기'라는 타이틀은 헤세 소설을 성장소설의 독
본으로 고착시킨다. 헤세가 제시한 인간에 대한 폭넓은 이해와 사유는
외부 세계에 대한 성찰에서 기인했는데도 불구하고, 외부 세계는 거세
되고 인간의 고뇌와 성찰만이 제시되어 있다. 이러한 사실만으로 헤세
의 자기 내면에 이르는 집요한 탐구의 과정을 설명하기에는 한계가
있다. 헤세가 국가, 민족, 인류의 미래를 고뇌하면서 도달한 지점이 근
원적인 인간의 자기 탐구라는 사실이 간과되어 있다.

헤세의 문학은 1980년대에 이어 오늘날에 이르기까지 방황하는 청
소년들의 성장소설로서 수용된다. 정여울은 여행에세이 『헤세로 가는

---

67) 허연, 「문학거장 통해 20C 돌아본다」, 『매일경제』, 1997, 8.16. 굵은 글씨는 인용자의
　　강조.

길』(아르테, 2015)을 소개하는 프롤로그에서 자신의 독서 편력을 회상한
다. 십대 후반부터 『수레바퀴 아래서』로 시작하여 『데미안』·『나르치
스와 골드문트』·『싯다르타』·『황야의 이리』로 독서수순이 나타나
있는데, 이러한 사실은 오늘날에 이르러서도 대다수 한국 독자들이 헤
세 소설을 청소년 성장소설, 교육소설, 학생소설로 수용하고 있음을
시사한다.[68] 한국에서 발간된 독일문학사에서도 헤세는 자신이 몸담
고 있는 동시대 정치와 사회 문제를 고뇌한 작가가 아니라 "고도 산업
화와 자연 착취의 시대에 자연적인 삶의 이념을 문학 창작의 지향점
으로 삼고 시인과 소설가로 활동"한[69] 작가로 소개된다. 『데미안』에
서 '데미안'은 "현대 산업사회의 모순된 기술 문명과 기성의 그릇된
가치관을 비판하면서 인간이 본래적이고 원천적인 삶으로 돌아갈 것
을 주장하는 문명비판적 사고의 상징적 대변자"로[70] 평가되는데, 이
러한 평가는 헤세 소설의 주제의식을 그가 몸담았던 동시대 현실과
분리된 원형적인 인간의 문제로 추상화시킨다. 헤세의 소설은 현대 사
회를 살아가는 모든 인간의 문제이기도 하지만, 이러한 작가의 고민이
어디에서 비롯되었는지, 보다 구체적이고 현실적인 문제가 간과되어
버리고 말았다.

---

68) "삶이 힘겹게 느껴질 때마다 신기하게도 내 손에는 헤르만 헤세의 책들이 쥐어져 있었
다. 입시 지옥에서 헤맬 때는 『수레바퀴 아래서』를 읽고 있었고, 내가 누구인지 스스로
도 알 수 없을 때는 『데미안』을 읽고 있었으며, 내게는 도무지 창조적 재능이 없는 것
같아 가슴앓이를 할 때는 『나르치스와 골드문트』를 읽고 있었다. 의미 없이 나이만 먹
는 것 같아 가슴이 시려울 때는 『싯다르타』를 읽고 있었으며, 내 안의 깊은 허무와 맞
서 싸워야 할 때는 『황야의 이리』를 읽고 있었다." 정여울, 「프롤로그: 나도 모르게 나
의 치유자가 되어준 헤세를 그리며」, 『헤세로 가는 길』, 아르테, 2016, 7면.
69) 노태한, 『독일문학사』, 한국문화사, 2003, 434면.
70) 노태한, 위의 책, 435면.

2.4 탐구보다 완성으로

헤르만 헤세 문학은 1920년대 한국 문단에 수용된 이래 지금까지 꾸준히 사랑을 받고 있다. 청소년들의 필독서에 빠지지 않고 등장하는 헤세의 소설을 우리는 어떻게 이해했던 것인가. 특정 작가, 헤세 문학을 이해의 과정에는 어떠한 요인들이 작용하고 있는 것인가. 이러한 문제의식에서 헤세 문학이 한국에 수용되는 과정에 주목해 보았다. 특히 헤세 문학에 대한 관심이 정점에 이르렀다고 판단되는 1960년대부터 1970년대를 대상으로 헤세 소설이 수용되는 과정에 주목했다. 그에 앞서 한국문학사의 전개과정과 대비하여 헤세 문학이 수용되는 과정을 천착했다.

근대문단에는 동양 친화, 낭만주의, 반전(反戰) 작가로 소개되었다. 해방공간에서는 1946년 노벨문학수상과 함께 그의 문학적 성과에 깊은 관심을 가지고 작품의 구체적인 경향을 소개했으나, 내면을 탐구하는 낭만적 작가로 이해되었다. 1950년대에 이르면 한국 대학에서 학문 토대가 구축됨으로써 헤세 문학의 번역과 소개가 더욱 활발해진다. 1960년대 이후에는 독일에서 학위를 받는 전공 지식인이 강단과 평단에서 활동하면서 헤세 전집 간행을 비롯하여 학술적 접근이 이루어지기 시작한다. 헤세의 문학은 한국의 정치적 격변에 그리 영향을 받지 않았으나, 한국의 수용자들은 정치적 맥락에서 헤세 문학을 이해하지 않았다. 세계사적 변화와 현실의 추이가 아니라 학문의 완성과 지적 성장을 위해 수용되었다.

1960~1970년대 헤세 문학은 자기완성의 수신서로 수용되었다. 『싯다르타』를 비롯한 동양적 정취의 작품이 수신서로서 지식인 작가들에게 감응을 주었다면, 『데미안』을 비롯한 『크눌프』, 『나르치스와 골드

문트』등은 청소년의 성장소설 독본으로 수용되었다. 인간에 대한 폭넓은 이해를 통한 자기 내면탐구가 아니라 자기완성을 전제로 헤세의 소설을 성장의 기제로 삼았던 것이다. 헤세에 의하면 완전성은 신의 경지일 뿐 인간은 가능성의 존재이다. 가능성의 존재가 가야하는 끝없는 도정에서 방랑과 모험을 단순히 낭비로 치부하고 절제만 강조해서는 안 된다. 헤세의 소설을 청소년 소설로 가두어 버리는 우를 범해서는 안 된다.

1960~1970년대 헤르만 헤세의 소설이 자기완성의 수신서로 수용된 것은 헤세 문학 수용자의 지적 수준이기도 하지만 출판사를 비롯한 사회전반적인 성격도 간과할 수 없다. 1962년부터 경제개발 5개년 계획이 실시되었으며, 성장 위주의 사회논리가 팽창하던 시기였다. 고도의 경제성장을 목표로 자본주의가 급격히 확산되던 시기이기도 하다. 방랑, 시행착오, 모험보다는 정진(精進), 절제, 성실, 근면이 요구되었다. 그런 까닭에 인간이 지닌 자유에 대한 탐구가 깊이 있게 개진되기 어려웠으며, 사회활동 경제활동을 위해 인간으로서 갖추어야 할 기능을 구비하는 데 초점을 맞추었던 것이다. 다양한 형태의 탐구보다 절제를 통해 완성에 도달하려는 성장 일변도의 한국 현대화 흐름을 읽을 수 있다.

초출 일람

안미영, 「한국 근대 소설에 나타난 헨릭입센의 <인형의 집> 수용」, 『비교문학』30, 한 국비교문학회, 2003.2, 109~132면.

_____, 「1920년대 불량 여학생의 출현 원인 고찰」, 『한국문학이론과 비평』18, 한국문 학이론과비평학회, 2003.3, 293~317면.

_____, 「해방이후 전체주의와 조지 오웰 소설의 오독」, 『민족문학사연구』49, 민족문 학사학회, 2012.8, 339~374면.

_____, 「앙드레 지드『좁은문』의 조선적 전유방식-모윤숙의 산문집『렌의 哀歌』(일월 서방, 1937)를 중심으로」, 『어문론총』59, 한국문학언어학회, 2013.12, 633~654.

_____, 「해방공간 앙드레 지드 소설의 번역과 이중시선」, 『민족문학사연구』53, 민족 문학사학회, 2013.12, 365~387면.

_____, 「앙드레 지드의 수용과 한국 근대문학 로컬리티의 재구성-전향에 대한 이해를 중심으로」, 『현대소설연구』54, 2013.12, 335~360면.

_____, 「이태준의 '애수'의 배경과 단편관 연구-안톤 체호프의 사숙과 영향을 중심으 로」, 『현대소설연구』59, 한국현대소설학회, 2015.8, 427~460면.

_____, 「헤세 문학의 수용, 자기완성의 수신서」, 『어문론총』73, 한국문학언어학회, 2017.9, 115~154면.

_____, 「조지 오웰『1984』의 번역과 수용과정 연구」, 『현대문학의 연구』, 한국문학연 구학회, 2019.2, 315~347면.

_____, 「조지 조웰『1984』의 독해와 정치 담론의 전개」, 『국어국문학』186, 국어국문 학회, 2019.3, 367~397면.

_____, 「박태원의 헤밍웨이 단편 *The killer*의 번역과 입말체의 구현」, 『구보학보』21, 구보학회, 2019.4, 113~141면.

_____, 「아메리카 데모크라시의 이해와 뉴 프런티어 정신의 구현-헤밍웨이 문학의 수 용을 중심으로」, 『인문학연구』58권3호, 인문과학연구소, 2019.9, 179~214면.

_____, 「한국 근대 문학에서 에드거 앨런 포 문학의 수용」, 『영주어문』43, 영주어문학 회, 2019, 233~252면.

_____, 「에드거 앨런 포의 문학이론과 공포소설의 수용」, 『리터러시 연구』11권2호, 한국리터러시학회, 2020, 331~353면.

저자 소개

안 미 영

한국 현대문학 소설을 전공했으며, 현재 건국대학교 글로컬캠퍼스 교양대학 교수이다.
2002년 동아일보 신춘문예에 평론이 당선되었다. 평론집으로 『낮은 목소리로 굽어보기』
(시와에세이, 2007), 『소설, 의혹과 통찰의 수사학』(케포이북스, 2013)이 있으며, 연구서로
『이상과 그의 시대』(소명출판, 2003), 『전전세대의 전후인식』(역락, 2008), 『이태준, 근대
문학을 향한 열망』(소명출판, 2009), 『해방, 비국민의 미완의 서사』(소명출판, 2016), 『잃어
버린 목소리, 다시 찾은 목소리』(소명출판, 2017)가 있다.

서구문학 수용사-서구문학의 수용과 로컬리티의 재구성

초판 1쇄 인쇄 2021년 2월 10일
초판 1쇄 발행 2021년 2월 22일

지은이 안미영
펴낸이 이대현

책임편집 임애정 | **편집** 이태곤 권분옥 문선희 강윤경
디자인 안혜진 최선주 | **마케팅** 박태훈 안현진
펴낸곳 도서출판 역락 | **등록** 1999년 4월 19일 제303-2002-000014호
주소 서울시 서초구 동광로46길 6-6(반포4동 577-25) 문창빌딩 2층(우06589)
전화 02-3409-2060(편집부), 2058(영업부) | **팩시밀리** 02-3409-2059
전자우편 youkrack@hanmail.net
홈페이지 www.youkrackbooks.com

ISBN 979-11-6244-677-5 93800

정가는 뒤표지에 있습니다.

* 잘못된 책은 바꿔 드립니다.